U0536814

中國好小說

2022中国年度优秀中篇小说选

小说选刊／选编

〔中篇卷〕

图书在版编目（CIP）数据

中国好小说．中篇卷：2022中国年度优秀中篇小说选 / 小说选刊选编．-- 北京：中国书籍出版社，2023.5

ISBN 978-7-5068-9386-2

Ⅰ．①中… Ⅱ．①小… Ⅲ．①中篇小说—小说集—中国—当代 Ⅳ．① I247

中国国家版本馆CIP数据核字(2023)第065134号

中国好小说．中篇卷：2022中国年度优秀中篇小说选

小说选刊 选编

图书策划 武 斌
责任编辑 成晓春
责任印制 孙马飞 马 芝
出版发行 中国书籍出版社
地 址 北京市丰台区三路居路97号（邮编：100073）
电 话 （010）52257143（总编室）（010）52257140（发行部）
电子邮箱 eo@chinabp.com.cn
经 销 全国新华书店
印 刷 河北省三河市顺兴印务有限公司
开 本 710毫米 ×1000毫米 1/16
字 数 342千字
印 张 30
版 次 2023年5月第1版
印 次 2023年5月第1次印刷
书 号 ISBN 978-7-5068-9386-2
定 价 88.00元

目录

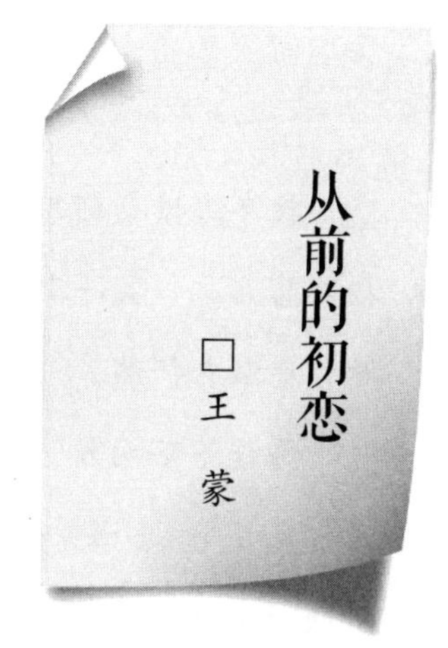

缘　起

从前，有这么两个孩子，一个是男孩儿，一个是女孩子。

他们是唱着“我们的青春像火焰般的鲜红，燃烧在布满荆棘的原野，我们的青春像海燕般地英勇，飞翔在暴风雨中的天空”长大的。

他们也都曾唱着“兄弟们向太阳向自由，向那光明的路”向着高压水枪与刺刀冲锋。

从前，就是说七十多年以前了，一次，曾经，仍然，最初的，爱。

后来，他，也就是我，找到了曾经写下的这一段故事，稿纸已经变黄、变脆，文字依旧完好。

二十世纪五十年代，文具店的蘸水钢笔、稿纸、骆驼牌与北京牌墨水，还有少年王蒙的写作，经受了相当长期的考验。倏忽一别，六十六年。

为它写下三首七律诗：

往事深情恋逝川，稚文六十六年前。钟声荡漾黄昏夜，口号高扬碧落天。一笑一颦全历历，初肠初意俱端端。少年挥洒多雄论，鲐背重温更俨然。

陈迹苍茫两万[①]天，关山踏遍人翩翩。初温犹热暖米寿，往事无常思百年。感遇柔情称进取，应无俗态益欣欢。屈指九旬读少作，一词一字亦涟涟。

一切悉熟自在身，少年英气正纯真。青春万岁犹回味，组织新人继沉吟。往事如歌声未老，今宵说梦语何亲！为有文学多记忆，风风雨雨砺初心。

但想不起写作的确切时间。应是一九五六年稿吧，根据是一九五六年一月全国主要出版物由竖排改为横排，而作者书写使用的是那一年市场开始提供的大张单面横写500字型格纸，此前的稿纸都是折叠双面竖写小张的。这一年公布了首批简化汉字，文稿上写的却是大量不规范的民间简体字。

如果确是一九五六年，那么有趣之处在于，它与同年的《组织部来了个年轻人》，互通互生互补互证同胎同孕异趣。

给过一家刊物，回答是“不拟用”，退还。然后六十六个春秋来去，从北京西四北三条（报子胡同）、北新桥到乌鲁木齐南门、团结路，到伊宁市解放路、新华西路，到北京前三门、北小街、奥森公园……经过了“日月推

① 两万余昼夜，指六十六年的时间。

移时差多，寒温易貌越千河”（引自旧作）的迁移，许多东西都丢失了与淘汰了，此旧稿却完整地、寂然冷然地保存着，坚守着，与我为伴，我再没有翻起过它。它与我共度了两万多个不平凡的日夜，比我本人更静谧、耐磨、沉得住气。

它是我的纪念和从前，直至今日。

至于文稿内容，写的是七十多年前的事。七十年后心血来潮，打开，热气与稚气腾腾。它是往事，是昨天，比昨天远，但比前天近。仍然保留着笑容、多情、歌曲、好梦，包括“最宝贵的”（一九七九年我的复出小说的题名），包括一条条大义凛然，永生永世，天地人心，必须、笃定、坚决、当然。

我尽量少动原文，原汁原味。日记体，是因为一九五六年前五六年，我确实坚持写过详尽的日记。此后小说写多了，公务事务也大增了，日记基本失守失踪失忆，写也不成样子了。小说与公务事务，对于日记，是推动也是妨碍。不太忙也不太不忙的人可以试着写点小说，不然就写点日记手记，留点印迹。

到了一九五六年，写作此稿时，参考了抄录了移用了几年来的“非虚构”日记，包括某些日子的天气标记，应该都是有根据的。从前的真实日记，写在三十二开横线笔记本上。在《组织部……》轩然大波之时，我写下了孪生的《初恋》。

往事如烟？非烟？那么请问：你是谁？你是不是文学地写了下来？你生活得很急很热，你写得很动情很火，晾了一点一个甲子，它仍然乒乒乓乓欢蹦乱跳。文章何处哭秋风（李贺）？如火如荼势如虹，且掬黄河泼大墨，文心文气岂雕虫！

1951年12月23日　星期日

再有一个星期，光荣的、伟大的、深沉的一九五一年就要过去了，时间如飞，小心自己不要落在时间的后面啊。

到了冬天，到了新年，我就想起雪，白白的、可爱的雪，雪使世界庄严而纯洁。今年寒冷偏偏来得晚，一场正经的雪还没下呢。

一九五二年我就年满十八岁了，的确，年龄自有它的真理，我从来没有像现在这样地感觉到，我已经大了，我已经是一个年轻力壮的小伙子，我有多少力量、又有多少幻想啊。

从前我为自己年龄太小而羞耻，好像一株小树，没有发育好，就生长到伸展到风暴里去了，结果年龄，嗯哪，妨碍了我的工作，这样一说，我觉得自己不免失笑于众。众精灵、老干部，革命与战争培育出来的精明与犀利的一代，他们怀疑地打量我并且信且疑地询问我的岁数，当别人窃窃私语“团区委来了一个小娃娃”的时候，当我不能参加某些正式党员的会议的时候——我入党三年多了，岁数不够，还没有从候补党员转正，我总羞愧于自己为什么小，如果大一点，就更可以有所作为了。

现在呢，不再想这些，没有人怀疑我不是二十多岁。区委书记老伴，办公室的老田大姐，从一开始一直称呼我为“老刘同志”，工作里，我已经显示了一点点沉着与老练。本来嘛，成为脱产干部已经三年了。

环顾四周，朋友、亲人们，也已经有了许多变化。爸爸和妈妈离婚了，这很好，也很不容易，结束了旧社会遗留下来的几十年的残酷和痛苦的变态，固然还有尾巴。最近几个月，我首次在家里感觉到了平静和幸福。姐姐从学校出来，走上了工作岗位，她变得沉稳而且严肃。上次她批评我不该对一些不那么重要的事情兴奋与入迷：滑冰、小说、唱歌、欣赏风景……

说话也不应该动不动夸张激动。她提出要把更多的精力集中到工作和学习中，对极了。她还告诉我，她已经有了一个男性好朋友了。

过去我觉得，她虽然比我大一岁半，可是我帮助她在政治上“进步”起来的，而最近，我越来越感觉到，许多地方，是我需要向她学习了。

还有学校里的一些同志，中学的团总支干部们，我与他们的亲密，超过了与本机关的同事们。说实话，他们身上的担子够重的。一个中学生，每天七节课，团区委给他们布置了繁重的任务。就说两次军事干部学校招生吧，他们下了课后与校长们一起做新生审查工作，同学们对他们的要求又特别高，一次早操缺席，同学们就会说他们是“带头作用不够”。结果呢，一个学期结束了，他们的考试成绩比一般同学还要强，甚至于，他们学会的新歌与集体舞、新诗与新知识，即使是读报，也比其他同学们读得更多。

市委领导彭真同志说了，大讲学生党员干部的负担如何如何繁重，是没有意义的，前所未有的繁重任务，你靠谁去呢？只有一个办法，要吃点苦，必须加油努力。

市委领导的指示让新民主主义青年团的干部惭愧而又振奋。

我常常回忆今年年初参与的中学生党员积极分子培训班的情形，这些孩子们自我检查起来，比谁都沉痛，眼泪会在检讨会上流下。不，这是保尔·柯察金式的对自己的苛刻与无情。他们如果发现自己身上有一些不利于党的缺陷，他们会万分地痛苦。高兴的是，培训班结束后，他们一一地入党了。小李还送我一本“革命日记”，其实是我应该送他们一点什么纪念品的。我也怀念参军上了干部学校的同志们，前天，收到建群的信，他们马上要开赴朝鲜前线了。而省立高中的地下党第一支部书记，参军以后立即保送到沈阳的空军学校，他将驾驶着战鹰在蓝天白云中万里飞翔，与敌人短兵相接，瞬时胜负存亡生死。我羡慕他们，也祝福他们。

我们这里的张昌，常常嬉皮笑脸地叫他们“小干部”，我不喜欢。老有老的伟大，小有小的庄严，不容亵渎，不容轻薄。

我自己呢，不知道从哪里说起。我们的书记黎银波近来几次颇有深意地对我说：“你很不错，你真的大了……”可以想象，比我大十七岁，抗日战争前“一二 · 九”时期就参加了地下党的她，对于火爆的小人儿刘夏有多少期待。

一年当中有多半年我参加全区的一揽子中心任务，没有更多的时间取得她的理解与指导。但是她的敏锐与友情，她对旁人的观察深度，使我相信她永远了解着关注着指引着我。

我爱一揽子的突击任务、中心任务，它像火焰一样地把干部把群众燃烧起来，平常想做而没有做成的事情，一下子就做成了。

我也怕这一类工作，一开动，我就必须连基层的党支部带团支部一起抓。有个别党支部的老爷故意与我这个毛孩子找麻烦。“立仁”厂的支部书记不执行区委的指示，我与他吵了一架，我很难过，虽然区委领导支持了我，我仍然长久地不安。我们毕竟是团结起来到明天的最后斗争中的战士，英特纳雄耐尔，等待着我们一道去实现。

……朝天每日地开会、写材料、谈话、听报告、读文件，但是一年过去，我好像更爱玩了。对不起，正是玩——让我真切感动地体会到，我们用双手正在建立着的新生活的幸福。有时候周六晚上开了一晚上会，我仍然愿意会后用十分钟走到近处新盖好的电影院的门口看看。美艳的灯光照耀着鲜明的影片广告图片，图片上的中苏影星与散场后走出来的欢喜的人群，脸上仍然停留着关注、沉醉、迷恋与感动，我分享他们的兴奋与满足。我觉得如此轻松快活，生活中给我们的不仅是压弯脊的任务加任务。我还爱音乐，一唱起歌来就进入了一个远远更伟大与悲壮的殿堂，更辽阔与深沉的世界。

“我们生在美丽的祖国原野，我们生在劳动战斗的地方……”

这是《人民日报》上刊载的歌颂斯大林的歌。我喜欢这两句歌词的情调。

（插话：后来不喜欢斯大林了，一直喜欢从前歌颂斯大林的歌曲旋律与歌词。）

这一年，我看了许多小说，普希金的诗，巴甫连科的《幸福》，法捷耶夫的《青年近卫军》。也许我还不能够充分理解它们，但我是忠实的，我爱书，我要按照书本来做。我坚信生活应该像书上写的那样美好，那样崇高而且纯洁。如果还没有完全一样的美好纯洁，那就正是对于革命与日常工作的期待。我不满足自己，我想的是对自己的全盘重塑和推进，我要的是近卫军队长奥列格，队员万尼亚、邬丽娅，和《幸福》里的伏罗巴耶夫式的人格、品性、美好与圣洁的精神世界。

天啊，我写了那么多，每天记日记，记得多，做得不够。

我必须结束日记了，我还要赶写原教会学校现第九中学教徒们对于教会自传、自治、自养三自革新运动的反映材料。

后来想到了的是

革命高潮的特点之一是革命群众革命志士的年轻化、低龄化，咸与革命，不分老幼。影片《小兵张嘎》《红孩子》《闪闪的红星》，演唱、歌剧、连环画等艺术形式中表现的《刘胡兰》《鸡毛信》《王二小》，已经脍炙人口。同时党在国民党统治区的中学里也发展建立了地下组织，包括一个学校的数个平行党支部与党的外围组织“民主青年联盟”“民主青年同盟”“中国青年激进社”。为了迷惑敌人，隐蔽自己，故意弄出了些翻新的花样。但地下革命组织力量的分布是不均衡的，有的学校革命力量雄厚，如北京的河北高中，从“一二·九”运动时期就有了不容小觑的革命力量。有的学校反动政治背景强大，如军阀政客张荫梧担任过校长的北平四存中学，还有洋教会学校、专业学校，基本上没有革命力量的种子。再有就是，学校中，学生中的地下党员，远远多于老师中的地下党员。

北平是和平解放的，最初一两年，各校大体由原班人马留守管理，同时，在各校积极建党建团，起初也是学生中的团组织建立与发展更迅速。青年喜革命，革命育青年，三番五次后，青春燃火焰！这样，该时期的中学，大量党的任务，很大程度上通过各级团委团总支团支部代为至少是配合协助进行。中学生参军、参干、南下到新解放区，一直到参加五一、七一、建国各种纪念庆祝大典活动，中学师生这一群体的组织工作，许多是由团委系统运作的。直至此后逐渐向各校派遣了领导干部，改造了原来的中学格局，取消了私立、教会学校，实现了从男女分校到男女合校的转变，中等学校党政系统健全有力了，上述模式，乃告结束。

1952年1月2日　周三　晴

有七个学校送来了自制请柬，请我去参加他们的除夕晚会，结果没有去成，那天晚上，区委书记召集全体干部，传达区各界代表会议[①]决议，中心是反贪污的问题。

今天报纸上刊登了毛主席在中央人民政府新年团拜会上的讲话，毛主

① 在全国尚未建立各级人民代表大会与政协会议的时候，有些地区先期举行了各界代表会议，履行人民议政参政职能。

席特别强调：现在开辟了一条新的战线——“反对贪污、反对浪费、反对官僚主义”的战线。

新的一年是在紧锣密鼓的备战气氛中来到的。

1952年1月31日　周四　晴　风

我又被抽调到区节约检查工作组，与区委组织部、宣传部的联系学校支部的同志一起，抓本区中、小学的“三反”运动。

今天晚上，我受命去旁听了男二中节约检查委员会[①]负责人与查办重点人物廉维仁的谈话。廉是留用旧总务主任，有名的“三只手”，几天来检查账目中发现疑点四十余处，说是竟有购买坤袜的发票混在体育用品支出项目中。他们的谈话进行了四个小时。廉维仁谈笑风生，若无其事，后来进入具体账目质疑，他竟然装聋作哑地推托什么“年老昏聩”。我实在忍不住想插几句嘴，揭露一下，想起了领导的叮嘱，贪污浪费发生在我们机构的内部，开始揭盖子恰如京剧《三岔口》，几只手在黑暗中摸索攻防试探发力，作为区委干部，要从倾听各方、观察分析、调查研究做起，切不可主观印象，轻易有所倾向表态。而我的在场，我的全无表情，我的认真记录，我的莫测高深，已经是推动运动进展与获胜的一个因素了。

参加完这次谈话，夜里十一点半，接着参加了校节委会碰头汇报，直搞到次日一点多。

从学校出来，迎面大风，街灯吹得抖抖颤颤，明明灭灭，沙石打脸堵嘴，我穿着的旧军大衣一吹即透，前胸冰凉，这才想起，没吃晚饭，饿

---

① 在用搞运动的方式推动社会改革时，各单位会成立临时的领导机构，其用意包含了让原有的领导成员接受运动的临时班子领导，发动群众对他们进行检查考验。

呀，嘴一动，吞进去的是大口冷气。更蹬不动自行车了，只好下车推着走，瑟缩地弯腰，把上身弯到车把上，一步步地艰难移动。

街上稀稀拉拉地走过一些人，他们竖直拉紧了大衣领子，用手捂着嘴说话，随风送来一些声音，好像也是在说什么："老虎""坦白""攻守同盟""斗争会"。中华人民共和国成立两年三个多月，毛主席屡次敲响了贪污腐化、脱离群众、蜕化变质、重蹈覆辙的警钟。一九五二年一月，全国五亿多人口，有一亿在反贪污。

有的商店仍然灯火通明，隐约听见人声嘈杂，门口停着汽车，是叫违法资本家胆寒的工商检查组乘坐的。这边的运动叫"五反"："反行贿、反偷税漏税、反盗骗国家财产、反偷工减料、反盗窃国家经济情报"。我们那边的"三反"，则是"反贪污、反浪费、反官僚主义"。两大战场，相呼应，相配合，相促进，连成一片、惊天动地。

古老的封建社会，贪污中饱已经是千年万人痼疾，看来是有一拼。

大风里我默默地向同道的同志们致敬，我们是友邻部队。我也默默地想念朝鲜前线的同志，向吕建群小鬼致敬，他们会比我们艰苦得多。

于是我的冻饿似乎给了我一点安慰，我并没有在五十年代的艰苦奋斗中只知享受北京的舒服日子。我有了劲，把自行车推进了区委会。

回到我的办公桌前，桌上有同志们给我留下的馒头与熬白菜。碗底下压着一张纸条，上写"你母亲来电话，说你好久没有回过家了"。老天，我是该看望老娘亲啦。

饭菜已经冰凉，办公室的炉火，剩下星星余温，我拿起饭菜走到廊子上，看到秘书室里开着明晃晃的灯，便走了过去。

秘书室里生着一个特大号日式"新民炉"，我将拿过来的菜碗放到炉盘上，把馒头烤在炉边，拉过一把椅子，坐下，唏嘘着烤手。区节委会秘书室的同志还没有睡，与我聊天。身上的寒气渐渐消失在懒人的暖意里，哈欠于是连连袭来。这时我听见一声快乐的孩子气的叫喊：

“刘夏同志！”

我揉揉眼睛，转过头，从大文件柜后面看到了一个女学生，她个子不是很高，我看到了她的天真的目光、浅浅的酒窝、永远的笑容，和最能表现出她的良善、朴素、稚气与纯洁的上唇微凸的紧兜着的小嘴。我认出了这是女六中高中一年级的党员，学生会主席凌蕊园。她的略显肥大的供给制干部通用的所谓苏式系带“列宁服”，并不能遮蔽她的活泼伶俐的身躯。她叫着我的名字，他乡遇故知般地向我伸出手，她一边笑一边急急地说：“记得我吗？认出来了吗？你怎么这样晚才过来？”

我不解地问：“你……怎么……在这里？”

她说：“区委调我来，利用寒假期间到节委办做统计员。已经搬来两天了。他们说这几天你都是早晨七点钟就走了，晚上十二点才回来。你可真忙啊！”

她说我真忙，我欢喜，除了旧中国遗留下来的垃圾废料，新中国的每一个成员，谁不是在与时间赛跑，在与时间拼命呢？

“你也忙啊，都快午夜两点了。”

“我其实没事。大家都不睡觉，我也不想睡觉。我帮着黄大姐整理简报。”说着她看到了炉盘上的菜碗，她说：“这样热怎么能热得了？”她到文件柜中拿出了她自己的白地红花的搪瓷缸子，不管我的阻止，把熬白菜倒进去，挑开炉顶中间的圆盘，把搪瓷器具放入火炉，立即，冒出了白菜的热气与香味。

不眠之夜咏叹调

这是什么样的美好？这是什么样的热潮？这是什么样的奋斗？什么样的青春，什么样的咏叹调？

每一刻钟都要推进局势，每一刹那都要争分夺秒，两三天可以完成一周计划，我们确立了方向目标！

时间、时间、时间，时间属于作为，时间属于热血，时间属于激情、理想、冲锋、奔跑，时间属于智慧，时间属于经验总结，改进，再改进，调理，也有微调，时间属于真正的、深沉的、严肃的头脑！

人类浪费了太多的岁月，阶级社会野蛮，丛林法则消耗，小农意识愚昧，历史从今夜，开始上道，生活从今晚，全新创造！幸福从今夕铺染，大楼从今晚建高！血汗哺育鲜花，口号夹杂欢笑，不眠的是从未有过的心愿，不眠的是美梦正在成真，比奇妙还奇妙，每一颗心都在发光发热燃烧跳跃！为了救中国只能拼死拼活，梦也要梦中国的伟大复兴起跑，读读《红楼梦》就知道了，寄生的懒惰的消费的麻木，只能靠铁与血的人民革命扭转面貌。

……不仅仅是七十年后的咏叹，更是七十年前活报。我曾入迷于青年艺术剧院的建院剧目《爱国者》，我常常感动于另一篇文学叙事作品的命名：“战火中的青春”。啊，战火，啊，青春，青春在战火中光热燃烧。我也要写党委会里的青春，青春在党的拼死拼活、日理万机、开天辟地、重塑广宇中发功出力成熟欢笑。

早在写作《初恋》的同时，我尝试了话剧的写作。又入迷于契诃夫的《万尼亚舅舅》《三姊妹》与《樱桃园》的烦恼，而且我痛感生活到处提供着舞台的氛围、角色的对白、戏剧的激情、舞美的魅惑与感动的功效。我的话剧第一幕写的是加班加点的不眠之夜，办公室，紧急的汇报与通报，请示与批复，钟声响了，电话铃响了，暗藏的敌特露出了马脚。一位少年制止了阶级敌人的阴谋，天快要亮了，郊区的鸡啼传到城市，风雨如晦，五更鸡叫。又一个不眠之夜推动了生活的进展，又一个不眠之夜战胜了敌对的军统、中统、蓝衣社、CC系、中央情报局、一贯道。还有圣母御使团和所有的坏蛋。七尺男儿经历了重生，生活经历了创意，国家经历了水涨船高，霞光万道。

我觉醒于革命再革命的机关，可不是等因奉此的干瘪的衙门。这里应该是何等浪漫，何等献身，何等摩顶放踵，何等呼风唤雨，何等改天换地，何等旭日东升，何等社会主义、共产主义、集体主义、大爱无疆、英特纳雄耐尔，在最后的决战斗争中，我们一夜未眠，又一夜睁大了眼睛……

我的话剧第一幕稿，曹禺老师看了，他请我到家里吃了午饭，为我的没有后文的第一幕叹气把头摇。

后来就有了组织部的故事和故事以后的故事，延续着，再延续着，很长见识，很好了，我的文学生涯陆陆续续，突然掀起波涛。

她扶着我的椅背，解释说："都在开夜车，我也不愿意一个人去睡。"

在我们旁边打着算盘的老周指着她吓唬说："这小人儿好不听话，现在不注意养精蓄锐，等忙起来你想休息也不可能了……"

我拿起半边热半边凉的馒头就着已经烫嘴的菜吃了下去，脑中浮现了她去年暑假在初中毕业生的联欢大会上讲话的情景。她现在穿着白衬衫、灰色系带列宁服与藏蓝裙子，她的样子像是素有作报告经验的干部，她信心十足，声音洪亮，她喜欢说："这样，我们……那么，我们……"

我想起来了，这是个特殊的学生，上小学时就加入了"民联"，一进中学就入了党。一九四九年秋天，团中央根据中央的指示建立少年儿童队（后改名为少年先锋队），她担任女六中首任“少儿队”大队长。她在中山公园音乐堂全市的第一个建队大会上，在军号声中上台领到了红领巾与大队长的三道杠袖标，当场佩戴。后来当选初中部学生会主席，再后来是高中部学生会主席，再后来兼任团总支副书记，再再后来兼任党支部委员。这样的党、团、队、学生会贯通的学生干部，似乎再没有第二个人。

当然，一年后，她不兼任少年儿童队的“干部”了。

为什么要把她调到区委来呢？这里并不是适宜中学生度寒假的地方，虽然她是党员，而且我知道她比我大一岁，但是我认定她还是孩子。不，不要和我比，我不是，我没有童年，没有少年，我只有革命，再革命，革一辈子命的命。她应该在冬天与她的同学同伴一起到什刹海冰场滑冰，或者靠着火炉去读《把一切献给党》与《卓娅和舒拉的故事》，她应该参加青年宫的合唱团舞蹈队，她应该与女生们去跳房子、踢毽、抓子儿……我甚至想给区委区政府提意见，对于使用学生党员的寒假时间，要慎重。

她从我的表情上看出了点什么吗？她说：“我们支部还有两个同学调到区工会参加‘五反’去了，工人们发动起来，揭发老板的罪行。是我们自己要求的，我们给支部写了几次信，要求参与运动，接受阶级斗争的教育。”

我嗯哼了一下，说：“该休息了。忙起来，够受的！”

她睡去了，我没有睡。我打开日记本，现在已经是三点过一分了。是的，现在，已经不是一月三十一日，而是二月一日了。日记中的许多今天，应该写作昨天了。《国际歌》里唱的是“团结起来到明天”，现在，当然就是明天。啊，明天你好！

1952年2月3日　星期日　晴

昨天晚上，本来要在七点钟，去市委汇报，后来汇报改在九点，我“轻闲”地与小周、小李唱起歌来。我们唱影片《幸福的生活》的片尾曲——《幸福之歌》，“不在那遥远的彼岸，不在汹涌的波涛那边，我们的幸福和我们在一起，就在我们美丽的祖国”。世界上还有更好的歌词吗？

最初大家都唱第一部，后来小周唱一部，小李唱二部，我唱三部。我们的三重唱唱得很完美，每唱完一遍，就自我鼓掌。也许主要的不是歌，而是影片，是影片反映的“二战”后苏联哥萨克人集体农庄的生活。每唱一句，就可以联想到无数美丽的画面，联想到赛马、大西瓜，女主席毕百灵，女子群舞《红莓花儿开》……于是我们忘记了贪污分子和不法奸商，浸沉在幸福的憧憬里。这幸福对我们，好像还有点陌生，但是唱歌的时候我们觉得，再开一个夜车，再在寒风里往市委跑一个来回，等次日早晨，太阳一出来，所有的憧憬，就都会实现了。

凌蕊园胆怯地推开门，我们停止唱歌，招呼她。她说：“我被你们的歌声引来了，到这儿第一次听见唱歌。”我说：“其实也常唱，只是最近，没有时间。”她眼珠转了转，问：“为什么你们这样忙？”小李反问：“谁又不忙呢！”我补充说：“忙里偷闲，唱点歌，那是最好不过，时间充裕，老唱，又有什么意思？”她点点头，主动地说：“让我跟你们一起唱吧。”

她唱了。唱得很安详，嗓子有些放不开，声音发颤，一丢丢沙哑。也许她不是个善于唱歌的姑娘，但我听了舒服。她的歌声里有内在的激情，过多的热情压迫着她，使她反倒唱不痛快。这是一种沙瓤味儿的嗓音，听多了，不知为什么，我觉得你会落下泪来。

远还没有尽兴，小周小李就走了，他们得去基层。凌蕊园对我说：“你们真好。”我问：“好什么？”她说：“……又忙，又唱歌。”我说：“那你别上学了，和我们一道工作吧。”她问：“你们要吗？”

我不明白，她说话的声音为什么这样动人，比唱歌更好听，不是朗诵，胜似朗诵，不是话剧对白，胜似对白。

后来她参观我的办公桌。看见玻璃板底下压着的姐姐的相片，赶快把目光离开那里。她非常敏感，不看男生珍藏的女生照片。我说：“这是我姐姐。”她一怔，大吃一惊，眼睛一眨一眨，思索着说：“她也姓刘，嗯，不，她是你妹妹。她才十九岁。”我问：“你认识她吗？”她说：“当然了，五〇年，她在高二，我在初二，我们一起参加过关于保卫工作的学习。”我听说她认识我姐姐，挺高兴，再告诉她：“她真是我姐姐。我只比她小一岁。”她不能理解地问：“那你多大了呢？”十九减一，我难道还要计算吗？我不好意思地说：“虚岁十九岁。”她坐到椅子上：“我以为你至少二十二了，这么说，你比我还小……”

我那时脸红得很厉害，不希望再对我的岁数研究推敲下去，她却又问：“你为什么那么小？”这一句问话让我的心都融化了。我吐吐舌头：“这话怎么回答？”她笑了，用手指敲一下额头：“我是说，你为什么这样小——做了干部、领导？”我简略地回答：“需要嘛。”又用话岔开，“唱歌吧。你独唱一个吧。”

她深思着，好像没听见我的话。她托着腮，脸上突然出现了迷惑和忧郁的色彩，眉头微皱，又放开，我仿佛听见她自言自语：“我真差……”

过了一会儿，她转头微笑着望向我，我再要求：“唱歌吧。你独唱一个吧。”

她定了定神，答应了。

她说：“我唱一个德国民歌，是讲一个童话……”于是，她用近似朗诵

1952 年 2 月 10 日　星期日

今天一天没有休息。

我常想：我并不羡慕别的年轻人。甚至包括苏联的年轻人的美好愉快生活，人应该美好，人应该愉快，又不单单是美好，不单单是愉快，人还需要艰苦，需要挑战，需要咬牙，需要坚忍，需要逢凶化吉，遇难呈祥。我没有少年时代，十一岁作为“进步关系”，即尚无组织身份的革命人，与本市地下党建立了固定联系，十四岁加入了党，不久就参加了工作。这种早熟也许是可爱的，我也曾为之骄傲称意，或者，也许是艰难的、过分的；会有各种人戳你的脊梁说这并不可取。但这已经是事实，是历史，是从前，也是后来：各有各的命，各有各的百味杂陈，各有各的得失苦乐。我什么也不换！我就是我，不是吹着口哨、哼着歌曲、梳着发型、穿着皮夹克、吃着馆子的他她你您。我愿意这样生活，从自己有思想，就全部献身在改造生活的伟大事业里边。我喜欢提前、努力、加油，预先做到旁人认为我做不到甚至是不能尝试的事情。

以后呢？将来呢？现在的世界是现在不是将来，现在的中国需要的是苦战。等生活里没有了地主、联合国军、五毒俱全的资本家与贪污分子，等中国的经济走上富裕……后来的少年们就会获得真正日益轻松的幸福与发展了。

我把这个意思讲给凌蕊园，算作对她那次问我为什么那么小的答复。她同意我的话，后来说：“可是你太瘦……”

1952年2月12日　星期二　大雪

昏昏一觉醒来，到处白得耀眼，大雪无声无息飘飞，无声无息抹去了大地上一切杂色。

早晨，骑车走过大街，雪花温存地触摸我的脸；晌午，斗争会开得正紧，雪花轻轻地敲打窗户；半夜，拖着疲惫的步子回机关，雪花清凉地挑起精神。最后我们都睡了，雪仍然下着下着，不辞辛苦，覆盖黄河长江……

1952年2月13日　星期三　雪

早晨，起了一阵风，太阳露出头来，人们从屋里走出，眯起眼睛，紧接着阴云漫过来，雪下得更大了。

今天进行第一阶段的工作总结，节委办公室主任表扬了我，说我了解情况细致，发现问题及时，我高兴。饭后我到秘书室去看凌蕊园，她正在灯下读《少年日记》，黄大姐在一旁打毛衣，问我："来找小凌吗？"我说："不，我来找你。"她挤一下眼说："我有什么好找的。"我提出一个要问的事由，她草草回答了一句，就开始数毛衣的针数，同时比画着对我说："小凌这个同志真好，她来秘书室几天，人人都说她好，没有一个人不喜欢她。"她还要说下去，凌蕊园跑过来制止了。

凌蕊园向她问毛衣的打法，我无事可做，看看火炉里的火烧得不旺，就拿起烧火棍起劲地通火。哗啦啦，天呀，我把炉箅子捅歪斜了一点，燃烧着的红煤落到了铁盘上滚动，我非常惶恐，凌蕊园熟练地用通条棍把箅子自下而上地端起，恢复了原来的位置，又向上抬了抬，火炉转危为安。我按她的指导，添了些小块的煤。

我说："我们出去溜达溜达好不好？"她有点迟疑，我又低声请求，我说，"走吧。"

（插话：我已经想不起来了，后来许多年过去了，她说，我的那两个字"走吧"，说得非常委婉，腹腔共鸣深沉诚挚，无与伦比。

似乎一辈子，我的喉咙里再没有出现过那样动人的发声了。）

我们穿过区委大院的后花园。那边有一个小侧门。花园里新安装了一副双杠。走过那里，我突然心血来潮，我说："你不是说我太瘦了吗，可是我会练双杠啊。"于是我撢掉了双杠上的雪，在上边做了几个悬垂举腿动作，然后曲臂直臂前后悠甩起来。我极力并直腿，挺起胸，摆正姿势，避免横向摇动，尤其是从双杠上一跃而下，发挥出了我双杠运动的最佳水平。她淡淡地说："挺好的。"我也就安静下来了。

推开侧门，胡同里静悄悄，一个戴大毡帽子的老人推着一车冻柿子过来，车上点着的电石灯摇摇欲灭。我请小凌先出门，我挨着她也走了出来。我买了两个柿子。上半年我们改供给制为包干制，每月除了饭费以外我还有七块多零花钱。我把柿子给了她一个，她笑了，说："好，我拿上，回办公室再吃。"

我闻到了雪夜的一种醉人的气味，清爽而又洁净。有雪花本身的潮湿，有从人家烟囱里飘出的木柴与炭火气息，似乎也有晚饭的暖和与亲切。吃饱晚饭和为次日的早饭午餐准备好了食材的人是多么福气！还有小凌的发香，似乎混杂着颜色深红的中华药皂的香药气。我还感觉到了一种能够把所有的这些冬天的抵御寒冷的生活味道糅合起来活跃起来的类似早秋的莲荷的味道，我相信它是从天空降落下来的，只有雪天才闻得见。或者，对不起，不好意思，会不会它是从小凌的身上散出来的香气呢？啊，我脸红了，心跳了，我低下了头。

“你在……”她可能觉得我有点不对劲，她有点奇怪。

“下雪的晚上，有一种芳香，在我们身边。”我说。她没有出声。

“你疲累了吗？你好像不太想说话了。要不我们回去？”

她摇摇头说：“今天接到了电话，我叔叔被开除党籍了。”

什么？我本来应该大吃一惊，但是在运动的高潮里，听到点事情，我没有大惊小怪。发生了任何事情也许都不足为奇，你只消弄清，它是怎么发生的，为什么发生的，往下该怎么样发展。

过了会儿她告诉我，她叔叔在上海工作。叔叔原来是新四军的干部，他们的联系有限，然而她的上学，她的一家走向革命，她从小学时代就加入了党的外围组织，这一切都决定于叔叔的存在、叔叔的信仰、叔叔的言说。她说：“我一直认为，他是最好的、最了不起的人物，他对我特别好，那个德国歌也是他教给我的……那时我觉得，一个共产党员，几乎就足以拯救与改变大半个世界。然而，世界的改变不是一劳永逸的，改好了，如果不注意，也许又变回来。前一个月已经听说他在‘三反’运动里暴露了问题，我很苦恼，现在，现在说是查出来了，他……贪污了抗美援朝的捐款。”她说不下去了。

我们都皱起了眉。她难过地问：“这是可能的吗？他原来那么好，后来，那么坏了。他曾经在我的日记本上题词，他题写的是：百炼成钢，学习刘胡兰、赵一曼、罗莎·卢森堡、卓娅。他是这样题写的呀！”

我没有说话，我知道用不着对她讲阶级斗争的规律、与腐败分子的界限；我也不想说，现在正是政治运动如火如荼的高潮当中，而一个人犯了错误，到底问题有多么严重，现有的揭发材料是不是全靠得住，这需要到运动后期慢慢做出冷处理。她的话也触动了我的心，有些人，有些事情，让我心头流血。幸福的暖心的生活里，也有冷水浇头与针刺心窝。

我们一起缓缓走到胡同口，看到路灯下面打冰出溜的孩子，凌蕊园想往回走了，我的目光扫过滑倒在冰上的孩子。我说："人人都在成长变化，有的人会变好，有的人会变得不太好，还有人会变坏。屈原的诗说：'何昔日之芳草兮，今直为此萧艾也？岂其有他故兮，莫好修之害也。'——从前的香草，变成了后来的臭草，谁让他们不注意自己的修养呢？我们也不能放松自身，不能学坏人坏样子……

"芳草，经过了各种风雨云雾、虫灾蝗害，能保持住少年时期的纯洁与忠诚？这并不是一件容易的事情。'三反'运动让我们懂了许多，不要以为革命的道路笔直平滑，不要以为明朗的天空下边没有阴暗的坑洼。"

她站住了，睁大了眼睛，看着我，她的两眼上蒙着一层悲哀的光泽，她激动地说："刘夏，你说说，我能吗？我能永远保持你说的那种纯洁和忠诚吗？"然后她咬紧嘴唇，转过脸去。

这时，我才知道她叔叔的事对于她的刺激有多么大，甚至于也可以说是打击有多么沉重。我站立在她的对面，看着她，紧握住她的手，我说："你怎么了，你怎么会这样提出问题？我们有一颗真正的共产党员的心，我们什么都不怕。如果有缺点错误，就一定能够改正。生活中的一切曲折，比如你叔叔的情况，考验我们，教育我们，冶炼我们。我们更有经验，也有决心，迎接一切风浪。你的叔叔，就是你的叔叔嘛，他做的事他负责。如果他确实是对不起党，对不起人民，对不起妻子儿女后人，我们要从他的身上吸取教训……但是你无论如何，仍然要等一等，看一看。"

她慢慢听着，呼吸，吐出的气凝聚成一朵朵的白雾，她想说话没有说，向前走。登上区委会大门的石阶，她用一部分手指握了一下我的手，她说："谢谢。"

我们走进院落，她要回秘书室，我要到团区委。我向她挥手说"再见"，在雪花中感到了从未有过的温暖，也有些微的忧患。党内查出了贪污分子，这不奇怪，为什么是纯洁的凌蕊园的叔叔呢？我其实也别扭。我没有注意到黎银波同志正在我们的办公室门口注视着我们，我走过去，她说：“都在一个大院，各进各的办公室，还要说‘再见’吗？”她笑了。

我脸红了。

1952年2月15日　星期五　晴（中午记）

为什么我这样骄傲、幸福？起床的时候恨不得喊几句口号，庆祝充实忙碌工作日的开始。

走路的时候，我向阳光下的白雪致意赞美，多留几天吧，暂时先不要化成水流。

在学校里，许多人向我打招呼。校长主任老师同学，都认识我，都知道我对于他们学校，不是完全不相干与不重要的，我是他们知道的人。

回到机关，一连接了好几个电话，有许多事情人们要问我，我要回答他们并且再问他们。和人和生活和工作和大事小事国家社会市委区委，我都连接得非常紧。

除了我，还有着多少个这样的十八岁、十九岁、二十啷当儿岁的快乐光明、天马行空而又脚踏实地、吭哧吭哧的青春吗！

1952年2月15日（夜，补记）

我好像有了一种神奇的充溢的力量，在紧张的工作生活里，不觉得一丝疲劳。而且，我盼着做更多更多的事情。

从明天，每天清早，一定要跑步做操，把又冷又新鲜的空气大口吞下去。我要买几个笔记本，一本记时事摘要，一本贴剪报，一本记读书心得，一本记对于任务、政策、方法、作风的感想与体会。再买一本呢……我要试着，在上面写几首诗。我早就想写诗了，老是不敢，再不写，实在是辜负了生活，辜负了我自己的蓬勃兴旺，噌噌噌地向前，四面笙歌，八面来风，感动与情愫如浪涛起伏涌动。

我想出去走走逛逛，我觉得
不如坐下来整理我的思想；
我想与同龄友人通个电话，
又觉得不如先读完报上的文章；
我想到雪地里多跑八百米，又觉得
不如写下这一天的感想；
我想重新听一遍王昆、楼乾贵，
却又想不如干脆自己高歌引吭。

天啊，我的诗是不是太小儿科了呢？

如果，一个人打开自己的心灵，常受感动，多思索，就会发现那么多好事情，新鲜而又有趣的事情正等着他去做，去写，去唱，去喊，那就做去喊去吧！如果发愤做到了能做的一切，也许，也许他成了一个——英雄。

1952年2月19日　星期二

明天，所有的学校都要开学了，据说，开学头几天还不能上课，大家忙于“三反”，许多事情还没有准备好。我问凌蕊园：“什么时候走啊？”她说：“还不知道呢。”我告诉她，学校不会马上上课，心里希望她多留几天。

报上又刊登了美国军队在朝鲜和我国东北散布细菌的消息。大家气愤极了。护士学校全体团员给团区委来信要求去前线，参加抵御细菌战的工作。有一个孩子，带头写了血书，有二十多位同学咬破了中指在血书上签名。银波同志和她们谈了话，劝她们安心学习，听候祖国的召唤。她们对于帝国主义的仇恨，移山倒海。

1952年2月21日　星期四　晴　小风

她走了，也没有告诉我一声。

晚上回来，银波同志把我的《少年日记》拿给我，不需要说什么，我只是连忙点头。又不由得愣了一下，女六中不是二十五日才开始上课吗？

我翻开书，夹着一纸小条：

> 我走了，再见。书还没有看完，先不看了，谢谢你。
>
> 区委会真是个伟大的、难忘的地方。
>
> 蕊园，午后

我一遍又一遍地看着这两行字，从这几十个字里，感觉到她的亲切、成熟和朴素。还有，我能不能说呢？我深深地有了一种感觉叫作亲近。亲近，就是又亲又近，在中国共产党一个大城市的区委会里本来也不会有陌生与遥远，工农劳动大众的特点正是联合起来，亲近如一人。我仿佛听见了她淳厚的声音，仿佛看见她热情而礼貌地向我伸出手。我感觉到了，她丰富的毫不做作的内心情绪的流露，这流露又是有分寸的。而且，她的纸条的字迹有一种中学女生少有的干练劲儿。于是我忽然想到，许多地方，我要向她学习……

教育局指示各学校尽早上课，银波同志说，这次运动以后，学校青年团的工作要更围绕着学好正课与建设调整学校的党政领导班子进行。团中央一位副书记指出，团在学校的工作，不要捣忙。捣忙？不太懂他的江苏宜兴吴语。似乎是说团的活动不要干扰学校的教学秩序。我不太舒服。我的思想，同时正围绕着那张小条飞快地旋转，恍惚中听见黎银波同志的这么些话。

但是我仍然明白，由学生团总支管那么多事，出头露面那么多的时代，快要过去了。

1952年2月24日　星期日（早晨）

这个世界有了一个笑容，到处是她的喜兴。这个世界有了一个声响，到处是她的声音。这个世界有了灵巧与清澈的目光，到处都有对你的关注。这个世界每天唱二十四小时歌，苏联、德意志民主共和国，瞿希贤、马可。睡梦里也响起了歌声，你的、她的、我的歌声。世界人间天下家国主义，一切都变得更加美丽、温柔而又正义弘扬，德行高尚，强大辉煌，礼花绽放。

1952年2月24日（深夜又记）

几天来，无论什么时候，都想着凌蕊园。

我想她。在火一样的“三反”运动中，我们的心不知不觉地连在一起。饭后三言两语，午夜短促问候，成为艰苦的生活里最宝贵的相互鼓舞和慰安。而我们之间的了解，也好像超过任何长期共事的朋友。她走了，就走了吗？我们长久地见不到面，她念书，我工作，“因公联系”的时候握一握手，是这样吗？

我有许多好朋友，他们比我年龄大得多，而那些年龄相仿的，我往往觉得他们太小孩。凌蕊园是我有生以来，第一个同辈的最好最好的朋友，我们可以挽着手参加生活与战斗。谁也不知道，这种对于朋友的想念，不，不说“想念”，就说想吧。想比想念这个词淳朴亲热得多，它有多么甜，又有多么苦。

“我想你了！”一声呼唤与多方的回应在世界上回荡，天开了，云散了，红日高照，万花千草，都在成长开放，所有的河流，发出了哗哗啦啦的奔流的轰响。

1952年2月25日　星期一　大风

我打开日记本，坐在写字台前，钟摆嘀嘀嗒嗒，把时间送走，大风在窗外狂叫，我的心像风下的海洋一样波涛万丈……

我明白了，我明白了！

我真傻，到今天才明白。我害怕，我还可能再多糊涂几天。刘夏同志，无论如何，你要平静一点，慢慢地讲……下午在长安大戏院，参加了全市中学教员控诉贪污分子大会，当场把二中的廉维仁逮捕了，同时，宽大了几个坦白自首的贪污分子，“免于处分”。会后，不知道为什么，我没有和别人一起坐电车，我独自在寒风中回去。我已经预感，有许许多多的事情在等待着我。

会开完是七点钟，虽然全市都处在“三反”“五反”的紧张斗争里，长安街的夜晚仍然有一片太平繁华的景象。道路做了新的整修，马路牙子换了一色的预制件产品，国营商店和合作社的门面也开始了金碧辉煌的装备。长安大戏院旁，是首都电影院，新片子开始预售票了，排队买票的人竟站了一里长，笑声此起彼伏。我匆匆提着书包走过，路灯把我的影子一时送在前，一时送在后。我向红绿色彩霓虹灯“首都”两字看了一眼，叹了口气。挺想看一次电影，已经一个多月没进电影院了。这时又想起了一直萦绕在心里的凌蕊园，对了，与她一起看一场电影该有多么好！如果和她一起看场电影……

还没想下去，这幸福已经使我受不了了。我愿意提前几小时去排队，买两张三角钱一张的，二楼前排正中最好座位的票。我们坐在一起，聊一聊学校里发生的事，灯黑了，我感觉到她的呼吸和目光，我能不能拉住她的手？新片开始映出，我们与影片里的主人公共同经历愁苦与快乐，我们都平心静气地看着，我懂，你应该比影片的角色更加耐心，你已经是年轻的老干部了。

我将因为她在身边而看得更感动，更入神。我的胸膛里有担忧也有祝福，有期待也有坚决。结束了，片子最后是幸福与平安，掌声中丝幕落下来，绒幕也落下来。我们走在长安街上，“长的是长安街”，《人民日报》上刊登过一首这样的诗，第一句就是：长的，是长安街。人们将会在长安街的漫步中谈电影、谈生活、谈前进、谈朝鲜战争。我的幻想入微，就像真的和凌蕊园看了一场电影，然后走在长安街上。我的脚步变得轻快，我的眼神变得明亮。

这是为什么呢？我想着的老是凌蕊园。凌蕊园，我轻轻念了一下凌蕊园三个字，马上笑出了声。

“你……”

好像忽然一个人闯来告诉了我，四顾无人，血液流动得更快了，我也想到，那么自然地，一点没有准备地想到：“我……”当那个字一从心里出现，当我再次自言自语，听到那个“啊——咿”字，眼泪哗地涌了出来。

不知怎么，我马上想到了我的童年，没有幸福的童年时代。想起了有一次，父亲和母亲打了架，地上倒着破碎的家具，父亲在冬夜穿着一身薄衣服走了，母亲伏在枕头上呜呜地哭，姐姐吓得缩在橱柜后一动不动。

我也想到了一个又一个冬天，在六七级西北风里，在北平街头冻死的饿殍，和“叫街”的乞丐，拿着石头砸着自己的胸口，哭诉着走投无路的悲哀，如果迎面看到一位有钱人走来，叫街的乞丐突然拿出一把刀，把自己的脸孔割上一道，满脸鲜血地跪在“行好的老爷太太”面前，哭诉着“有剩的给一口吃吧！”用他们职业化的口音调门发声，听起来却像是“人眼扭是秤嗯横迪，给一寇迟拔……”

我的童年没有和睦和温暖，没有温饱和游玩，我从小就知道了人生的艰难与人与人间的残酷，我多么渴望着真正的忘我的爱……在落华生与冰心那里，隐约有一丝丝爱，在巴金那里，有火一样的爱，在鲁迅那里，有痛苦与坚毅的爱。

紧接着，也许是同时？谁知道那一刹那，万种心思的出现次序呢？三个星期以来，和凌蕊园相处的记忆，像闪电一样迅速地从心中展示，相见、白菜汤和大火炉、瓷缸子、歌——东北风，莱茵河寂寞而幽静，颤抖和微哑的嗓音，第一次散步，胡同口打冰出溜的小孩子，直到最后“告别”的纸条，她在条上写“谢谢你”，她的署名并没有写姓……十八年来第一次有女生给我写信只签名字，没有写姓，这很重要，我要为之泪下。

二十几天来，我们在一起时，她说的和我说的每一句话，她唱的和我唱的每一首歌，她的和我的面部闪过的每一个细微的表情，都留下了痕迹。我们一起坐过、走过的屋子和街道上的每一个物件，我都能不差毫厘地全部回映清楚，像一个大合唱，像一组镜头与画片，像一阵又一阵雪与雨，包括“三反”和“五反”，总结材料和数字统计，还有深夜不眠的温暖与活力，直至契诃夫与他的妻子莫斯科大剧院的巨星克尼碧尔，都深深印在心里，永远不会被无情的岁月消磨。契诃夫终于与克尼碧尔结婚了，却没有足够的时间在一起，三年后，契诃夫病逝。

她呢？她，我觉得她也对我好，这个发现或者说这个判断给我难以形容的骄傲和喜悦。她难道不是关心我吗？她问我为什么那么小，说我“可是你太瘦”，她的在场见证了我的存在、我的年轻幼小、我的绝非肥头大耳的傻瓜、我的聪明、我的思索、我的瘦削、我的革命加多情气质。再想下去我微微有点害羞了。我第一次知道，一个美丽的姑娘的抚爱是多么动人，多么令人眷恋，多么使灵魂变得崇高而且丰富，一句话，她证明了感动了我的存在，她是我活过不平凡的少年时代的见证与标志。

我也能使她骄傲的！我还很幼稚，没立过功劳，不怎么光荣。我的上衣缺两个扣子，头发老是梳不顺。实在算不上什么，不，我还远远不是我自己，远远就是还差个十万八千里。但有了她就一切不同了，这与四年前的入党一样，开始了我的新生命。我有许多惭愧，只是决不气馁，我相信我的忠实、我的聪敏、我的深思、我的力量，对不起，力量有待于爱情与理念的发动。爱情是情，也是理念，是理论和信念，最见一个人的高尚还是卑微，诚挚还是奸诈，智慧还是愚笨，鄙俗还是高洁。

从西单走过天安门，到了东单，再从东单走到东四，到区委会了。我不回去，我又从铁狮子胡同向西走，那条路两旁长着高大的洋槐，很安静。我踏着积雪，走来走去，重新想起那已经想过的事情，想了又想，想了还想。

在雪后的北京大街上走路，是这样开心，还觉得自己有点神气，叫什么来着？昂首阔步，精神十足，路通千里，四面八方，时间是我们的，年龄是我们的，事业是我们的，美梦是我们的，北京市、一二三四五区、路灯和交通红绿灯、汽车站和商店的招牌，都是我们的。你好，白雪，你好，北京，你好，爱的梦，你好，长安街、东单、东四三条、六条、八条、铁狮子胡同……你好，主要是你。欧薮喽密奥（意大利语）——我的太阳！

1952年2月26日　星期二（早晨记）

一个人，在古老美丽新生的北京市城区大道上，在雪后走上三小时，谁能有这样的豪兴和诗意，这样的眷恋和温暖，这样的如歌的行板？

然后躺下，做了一夜的梦。

梦见在大森林里开庆祝“三反”胜利大会，贪污腐化一扫而光，光明灿烂，日月经天。

我问银波同志，这是什么地方？她说，这儿是热带。我看见了大象、犀牛、孔雀、群猴。梦中断了，又看到了小学五年级的级任[①]刘老师，他的脸上贴着橡皮膏。我当时很清醒地想起，他是在日本宪兵队的虎口里被害的。他怎么来了……我在冰场上滑冰，滑得非常快，于是围上一圈游人，欣赏我花样滑冰的技巧，凌蕊园却没有来，我哭了。用手揉着眼睛，有人掰开我的手，一看，是凌蕊园，她穿着桃红色的裙子。我说：“天这样冷，穿裙子行吗？”她说：“天冷什么？现在已经是春天了。”我回头，果然看见如茵的绿草，听见小溪淙淙的流水声。这时我飞起来了，怎么搞的，我会飞了呢？我长出了翅膀，穿过树林，穿过山岭，穿过月光，穿过快乐的风，穿过歌声，是马可的《我们是民主青年》，是歌剧《刘胡兰》里的“交

① 级任老师，现称班主任。

城的山来，交城的水”，是“东北风啊，刮呀，刮呀，刮晴了天啊晴了天”，是“天翻身来地打滚，仇人今天见了面”，我飞到了战火纷飞的前线，“我们是投弹组，战斗里头逞英豪”……我飞翔着穿过了交响乐伴奏的大合唱，苏联《共青团员之歌》：“听吧，战斗的号角发出警报，穿好军装，拿起武器……亲爱的妈妈，请你吻别你的儿子吧……”

一觉醒来，做过那么多梦。这使我有点激动，又有点不安，也许还有点惆怅，有点忏悔。

一代人，活得这样足实，这样热火，这样飞翔，我相信，我们相信，我们永远相信！

1952 年 2 月 26 日（晚上记）

一晚上有些忧郁，我好像变了，整天发狂地想着，想着梦，想着“三反”“五反”，想着会议，想着苏联、市委和华北局，到处是她。我相信她也做了梦。我的少年时代就这样结束了吗？在大合唱中？结束得这么早！不，我不怕，我经历的是少年的爱，春天的花，是多么的香，秋天的月，则多么的亮。不，这不是香港传过来的歌的原词。少年的我是多么快乐，美丽的她——沉稳的她、深沉的她、奋斗的她，而且是温柔的她，她是怎么样的呢？她是天使，她是淑女，她是大队长！我们都要长大，我们都会长大，“我们祖国，多么辽阔广大！”我们的年月辽阔光明！真希望自己多做几年无忧无虑的孩子，真希望自己已经是顶天立地的壮士！是个孩子，不是孩子，早已不是孩子，是先锋队、是后备军、是阶级的战士、是投弹手、是国士、是党人，力拔山兮，气盖世！时不利兮骓不逝。骓不逝兮挥长鞭，追风逐电马长翅！

然后我读书，我思索，我总结思想，我读大部头哲学与社会发展史，《资本论》。读通了《资本论》，那时候的刘夏，百战百捷，无敌于天下。

睡觉以前，仍然要到雪地里走一走，至少要跑三千米。

1952年2月29日 星期五 晴

明天就是美妙的三月了，今天太阳特别好，谁都觉得阳光是在把自己照耀，严寒就要消逝，春光正在明媚。为什么小小的、俗俗的春、光、明、媚四个字会让一个猛志入云的青年含泪？当我看到，各处貌似干枯的树枝和树干，它们的叶蕾蓓蕾蓄势待发，已经可以想象满树的桃李杏与樱桃花了。

每年春天都好像特别短，未及受用，匆匆已满。今年可一定要特别认真，注意地迎接春天。早晨，做完早操，我跑到胡同空场上大声唱歌，越唱声音越大，我觉得，凌蕊园在她的学校多少也能够听到一点。过了一会儿，小风吹过，我仿佛听见一个嗡嗡的回音，也许那是凌蕊园答复我的歌声吗？我跑着跳着等着回去。到了理论学习时间，我拿起精装厚书《联共（布）党史简明教程》，忽然想象，也许她不那么在意我呢？她可能根本没有想到诗与梦的故事，对于一个学生来说，当然最重要的是考试的分数和体育体能达标。我们的工作在向配合正课学习方向转移，庆祝会、联欢会、开幕式和接二连三地响着吹奏乐送别参军的日子正在收减。我的热情，我的快乐，我的苦恼，岂不都随风飘逝？那太可怕了，那太惨了，我不敢想下去，又忍不住想。就像童年时候等待妈妈回家。天黑了，没回来，是不是被汽车撞了呢？早晨的理论学习没有学下去，无论如何，不能把思想集中到书上。下午开会的时候，脑子也常常开小差。

参加工作以来，从来没有因为什么“个人问题”影响过学习，现在是怎么了呢？我翻开少奇同志的单行本《论共产党员的修养》，我要向“修养”求援，我要向党的教导求助。

1952 年 3 月 2 日　星期日

从家里吃晚饭回来，团区委办公室只剩下黎银波同志一个人，这个星期日比较空闲，都各自玩去了。银波坐在火炉旁，把电灯拉近，正在看放在膝头上的小说，她的头发湿漉漉的，大概刚洗过。看书当中偶尔用手摆弄头发。她见到我，把书翻过去，问我：“回来了？”

“你怎么没和老韩去玩？”我问。

“等着你呢。”

“有事吗？”我赶快脱掉棉军大衣，在她身旁坐下来。“没什么。”她随意地说，问我，“快回来了吧？”（指从区委的中心工作回到团委）我点点头。“三反”已经进入复查甄别定案总结阶段，快收兵了。

“这一段，真够忙的。”她说。把右腿搭到左腿上。

我觉得，她只是随便找找话说罢了，她正在观察我。

莫非她觉察到了什么？

“小鬼，越来越大了。”她富有深意地说，脸上隐藏着狡猾的笑容。在这敏锐的好心的领导同志面前，我好像有了依靠，动荡的心思初次平静了点，我不能隐瞒也不该隐瞒什么，我向前拉了椅子，叫了一声“银波同志”，她仰起头，凝视着我，默默地等待着。

我慌乱地开始说话，不知道往哪里放我的手。“最近，我好像……我是说，我……常常……”我断断续续讲着。

“说吧。”她轻声劝我，把两手交叉在膝头，耐心倾听。

我鼓起勇气，“银波同志，我……爱她，爱上了凌蕊园。”我终于说了，不知道怎么说的。党员、团干部，还是原来的队干部，银波当然也熟悉。我第一次公开了自己的心事，整个世界完全变了样儿，我豁出去了，我已经做出了重大的决定，我准备迎接命运的恩宠或者嘲笑，抚摸或者一脚踢到腚上，踢出三十里铺——“提起个家来家有名，家住在绥德三十里铺村”，“有心拉上两句话，又怕人笑话”。这样昏沉沉地过了一会儿，睁大了眼，不急促也不眼红，期待着银波的说法。

1952年3月2日　星期日（又记）

我已经完完全全变成一个大人了。银波同志后来讲了许多，许多我都听不清楚，我只记得她的声调是平和的关切的严肃的。她有好几次叫我小鬼，她用几句话打中了我的心：

“没什么，小鬼。如果爱就爱吧，别怕，别胡思乱想。本来是一件挺好挺美的事嘛。不过，也许还是可以等等吧，时间，会帮助人。一切的好与不太好，都需要时间的检验。她毕竟还是中学生。是的，我也认为她不一样，她与别的孩子不一样。她能处理一切……她现在，已经是学校的一个管事的主任。你们还小。你还是正在探寻……”

谢谢银波同志，谢谢！

1952年3月3日　星期一

是的，我还小。

如果我的心里有了爱情的种子，那就深深地埋藏起来吧，经过春风化雨，种子就会发芽，也许先静静地等待着。你革命革得很急切，你入党入得很提前，一粒种子，会长出一片、几片、一树的叶子。叶子慢慢生长，从前，以后，后来，终于……成为一株高大的、受得住风吹雨打的苹果树。

何必让瞬间的春风吹乱自己的头发？何必让种子在浮土上太早地发芽？

1952年3月4日　星期二

为什么不能说呢？九岁，我看电影《不求人》，我看到周曼华饰演的角色在类似蒸馒头的家务事中的干练和辛劳，为什么是那样地打动我的心？我忽然想到，我长大了，也会有一个媳妇儿，像周曼华一样，勤劳、俊秀、利索、奉献、长头发，抹着额头汗水，抿着嘴角，招人疼爱，美丽而又辛苦。

不能说的还有刚解放，地下党刚刚公开，团市委刚刚在东长安街8号成立，第一任团市委书记荣高棠号完房子立马调离随军南下，第二任书记刚刚接手，新成立的青年文工团排练歌舞。刚刚调到团市委的我被邀去看彩排，我看见了另一个白净如玉的她，见到了她看着盼着我的微笑……她是燕京大学法语系的党的外围组织成员，她会弹钢琴，她又分配到舞蹈队去了，这次彩排中，她一直对着我笑，再笑，又笑，还笑。我痴想了前后大约三十七个小时，七十二个小时我沉浸在她的笑靥里。然后，我笑了。

还有过一个人，她梳着两个小辫子。一次我突然找借口去找她，在见到后的第一分钟，我也笑了，清爽，如水，如空气，空空如也。

（插话：与她们分手都已经七十多年矣。

不，我不能再告诉自己什么了。我不能再写下什么了。）

晚上六点多钟，我去文具公司买红铅笔。出门了。看见一排女学生迎面而来，忽然听到了她的声音，“刘夏！”

她离开女伴，向我跑来，我被这意外相见的惊喜搅得迷乱，靠在文具店门口的电线杆子上。她穿了一件半新的赭石黄皮夹克，显得英武而俊秀。就是这身衣服，使我没有认出她来。

这一瞬，我似乎，初次正面靠近看清了她的脸，才知道，她多么美丽，她睁大眼睛的时候，出现了双眼皮。她的鼻子匀巧而且清秀。她在微笑的时候，有浅浅的酒窝隐现。从她的脸上看不出丝毫一点拙笨疑惑琐碎怯懦，像在太多的颇有些畏缩躲藏的少女身上看到的那样。她让人觉得的是毫无保留的友善和透明的纯洁。如果我再多看一会儿，恐怕双脚就支持不住自己的身体了。我转过头，我想是这样的一瞥，有多么暖心、舒心、适意、惬意，你把所有的表达美好心情与深深感动的言辞全部用上吧，把俄罗斯语的“夏思列夫”（幸福）与英语的“孩波伊”（快乐）也都抡出来吧，我永不满足，永不嫌多，永远牢记。

嗫嚅地回答她的招呼——她曾经招呼了你，你却没有回礼。我不知道应该怎样回答你，已经感动得旋天匍地。已经感动得山高水长，已经感动得悄悄哭泣。

“明有儿工夫，我去区委会看你们吧。”她可能好像这样说，我欢喜得声音发颤，忙不迭地说：“欢迎，太欢迎了。”我的口齿，怎么似乎不太清楚。除了她的声音，我再也没有力量听别的、想别的、说别的了。

1952 年 3 月 5 日　星期三

一夜没有合眼，四点钟起了床，给她写了信。

小凌，你走了，我天天想你。

春天就来了，你喜欢春天的草地吗？三月来了，马上会有一片绿草地，大得没有边，我们去玩上一天好不好？我们坐在草地上，我拉手风琴，你唱歌，白云从我们头上飘过。唱完了，我们谈一谈，我要把我关于人生的思想，告诉你。或者你常常思念的是大海吧？我们活了这么大了，没见过海，总会有一天，坐在毛泽东号巡洋舰上，迎着朝阳，一起朗诵着普希金的《致大海》："大海啊，你自由的元素……"浪花飞扬，打湿了我们的衣衫。

还有呢，我们一道去参加青年城的建设，在沙漠上建造花园，有一次你受了凉，生了病，躺在雪白的病床上，我去看你，你睡了，我踮着脚悄悄走过去，带给你一束小红花。

过了好些年，好些日子，再也没有恶霸、间谍、贪污分子了，也用不着在"三反"运动中开夜车了，那时会开一个庆祝共产主义实现的大舞会，几万个红绿灯照着所有的朋友，他们都来参加舞会。我们一起跳舞吧，先跳狐步舞，再跳华尔兹，还要跳探戈、伦巴，当然我是很笨的，常常走错步子。我一定会用心地努力地跳，只和你一个人跳。从黑夜跳到天明，从北京跳到上海，我老是邀请你，邀请你。

你答应吗？

你的朋友　刘夏

3月5日

写完信，天还黑。我跑到大门口，悄悄拔下门闩，推开门，看到弯弯的小月，我揣着信，向邮局走。寒风把我的眼泪吹干，在这黑夜的最后一刻，我祝福凌蕊园，祝福银波，祝福吕建群，祝福黄大姐，祝福老周、小李、小周，祝福姐姐和她的朋友，祝福一切为缔造新生活而憔悴了的好人，有一个甜甜的梦。

没想到，今天就接到了她的电话。日记刚写完，电话响了。她的声音十分微弱，像在遥远的地方，她说："今天中午我接到信了。"沉默了一会儿，又说，"你忙吗？"我没言语，沉默了一会儿，她说，"星期六晚上到学校来找我好吗？"我啊了一声，沉默了一大会儿。她说，再见，把电话挂上了。整个接电话的过程中，我竟没有说出一句话来。

我真笨！

为什么她的声音这么小呢？在一个女子中学的宿舍里。可是她那么快就回了电话。

今天是星期三，离星期六还有三天，三天，七十二小时，这是多么漫长。

1952年3月8日　妇女节　星期六

我喜欢三月八日，我喜欢妇女节，它也是我的春天节。许多年在这一天，骑车走过金鳌玉蝀桥，你一定会发现了全面的解冻，你看到了满太液池的碧波，你看到有几艘小游艇已经下水。

一直盼望着天黑下，汇报会偏偏开得很长，刘校长一开头就是一个钟头，我简直急得要哭。会散了，我吃了几口饭跑出门，忽然想起自己的头发太乱，又连忙跑回宿舍，生平第一次对着镜子认真拢头发。向晚的街头非常恬美，行人似乎都用羡慕的眼光投向我，我羞了。传达室工友说，凌蕊园在团总支书记的办公室，我进去，发生了意外的事情。

借着昏黄的灯光，我看到她躺在床上，白色的医用棉被齐胸盖着，头上裹着纱布。我进屋的时候她脸向里，我轻咳了一声，她转过头，马上流露出笑容，强作无事，坐了起来。她说："真好笑，晚上我和周露老师（专职团总支书记）一起去吃门钉肉饼，吃完饭在街上溜达，被马给撞了……才破了点头皮，不要紧。"我觉得她是故意说得这样轻松，我怯怯地走近床铺，让她躺下，我的动作不大自然，不知道怎样表达一个男孩的柔情和关心。她没躺，拉过枕头靠上，继续说她被撞的经过。

一个解放军同志骑的马惊了，大家都躲开，我正和团总支书记谈话，说到了区委，说到了黄大姐，说到了你，一下就被撞蒙了。睁开眼，好些人围着，那个解放军同志脸上掉着豆大的汗珠子，我忙说，没撞着，别着急。

她微闭了一下眼，摸了下额头，我退后，在离床一定距离的椅子上坐下。

不知道哪一班，在开周末晚会，有音乐声飘进来，是波兰集体舞曲："有位姑娘去到林中寻找红莓果，寻找红莓果，寻找红莓果……"我轻轻地和着乐曲哼哼了几声。

"疼吗？"我指着头问。她摇摇头。"上课了？"我问。

"早上课了。先生讲得非常好。"沉默了，我又小声问："过得怎么样？"她一笑，过了一会儿，她忽然说："星期二，我看到了你……"

"什么，是……在文具店门口吗？"

"不，那是星期三。星期二，在先农坛。"

"匈牙利！"我们一起喊道。那天有匈牙利文工团的访华演出，最精彩的是他们跳的"瓶舞"，每个女演员头上顶着一个瓶子，唱道："快快和我结婚（梭发米发梭梭）……今天就当新娘，明天就是母亲了，再晚就要变成老太婆（梭梭拉发米瑞多）。"

回忆是美丽的

那时候是一个高潮。“二战”的发生，在法西斯匪徒面前显现了世界各国共产党人的英勇无畏。斯大林格勒的血战，列宁格勒的坚持，中国东北的抗日联军，华北敌后的八路军，土耳其共产党员诗人希克梅特把红旗悬挂在纳粹军人占领的市政厅楼顶上，他的诗句说：“中国所有的风帆，都充满了风”。还有西班牙共产党的领导人伊巴露丽。

而中国革命的胜利，更是国际共产主义运动的高潮中的高潮。僵尸化旧中国凤凰涅槃，到处是红旗，到处是秧歌，到处是锣鼓，到处是《喀秋莎》，凌蕊园已经唱过了；还有捷克斯洛伐克的“快把小鼓咚咚地敲起来”，保加利亚的“唉，我们辽阔的原野，辽阔的原野，啊，我们亲爱的巴尔干山”，罗马尼亚的《多瑙河之波》，波兰的“弄脏了泉水就不是好姑娘”，匈牙利的作曲家李斯特和巴托克，阿尔巴尼亚的《你含苞欲放的花》……中华数千年，什么时候那样开放过，打开收音机，就是广播俄语讲座：“这是什么？这是书籍，那是什么？那是铅笔……”

文艺的记忆也是历史与地理的记忆，歌舞的演出也是政治格局的花花绿绿，还有爱情、友情呢，你的爱情，你的浪漫，你的人生，来了，去了，起了，伏了，笑了，泪了，小说了，畅销了，丧失了。

仍然相信，仍然想念，仍然难舍，仍然闪光，仍然挥手示意，仍然仍然，明年我将衰老，谁的青春都不是吃素的。

她勇敢地抬起眼睛：“我看了你的信。”我怀着紧张的期待注视着。“你写得真好。”她低下头。

这时我多么想，走过去拉住她的手，但是我没有胆量。时间就这样慢慢过去了，我偶尔说两句，她偶尔说两句。我们谈得很轻，很少，我们互相听见了许多许多。在无声中，在窗外传入的不知为何的声响中，在似有似无的谈话中，有一个旋律，有一个鼓点儿，有一支小曲儿，奏响了，唱出了，摇曳着。

我应该是自制而有礼的，于是说，我该走了。她点点头，当我要出去的时候，她叫住了我。

“我的叔叔到北京来了，他说，他要申诉。”

“哦，怎么？”我皱起眉。

“他来找我，我没见他，他又写了信……说是……”她紧紧闭着嘴唇。

想了想，我告诉她：“还是应该见他，至少他可以改正错误，做一个好人。斗争贪污分子的时候，我们是严厉的，对于承认了错误的人，我们其实宽厚而且仁慈。你是他的侄女，为什么不能关心他，帮助他呢？”

她想了想，点点头。

我回到机关。把一切告诉给银波，也告诉小李小周，我一点也不想隐瞒了，我爱得高高兴兴、亮亮堂堂、轰轰烈烈、风风火火。我只愿意得到别人的祝福，今天夜里。凡是听说了我的故事的人，都在笑着，谈论着，找我握手。我回忆着这次见面的经过，努力记住一切，我忽然害怕，如果，有一天，连这样的记忆也会淡漠起来呢？

我更加明白了，一个人在没有去世之前，他当然活生生地欢实；一个记忆在没有消逝之前，它当然刻骨铭心牢记；一团火在熄灭以前，它当然是在呼呼地燃烧。

生活，就是面对。快乐，就是信任。幸福，就是勇气。

1952年3月10日　星期一　晴

今天参加了两个学校的庆祝“三反”胜利大会，会上对这次运动查出来的贪污分子，做了极宽大的处理。这些贪污分子听到，将要宣布对他们的处分的时候，脸唰的一下白了，两腿簌簌发抖。而等他们听到免于法律处分、退赃的标准不按物价上涨的幅度增加的时候，一个个痛哭失声。昼夜不停地干了几个月的“三反”运动，表现了决心，表现了希望，表现了紧张，也表现了宽容。“三反”和“五反”陆陆续续要结束了。由于银波同志与党委交涉的结果，我不等整个工作完了，过两天就离开“节委办”回团区委做我的老工作去了。我有一种即将回家的兴奋感觉，我的新的生活阶段要开始了。我痛切感觉到现在的一切就是在创造自己的一生，我的幸运在于早早地独立地创造生活、创造此生、创造属于自己的选择的人生了。即使是最熟悉的工作，要的是挖掘出自己的全部潜力，努力的人、深爱工作的人、工作中成长和学习的人有福了。

我买了一双新皮鞋。

1952年3月11日　星期二

托人给凌蕊园带去了一个小条：

那天晚上以后，我更知道，和你在一起，是多么快活，我恨不得天天和你在一起，看着你，听着你说话。但是，哪能这样呢？你每天上课，学习并不是不吃力，而我，工作又那么多。我说，最好平常我们谁也不要想谁吧，你忙你的，我忙我的，越忙越好，然后见面了，我们拿出成绩来，一瞧，都不错啊。

小条最后，我请她星期六晚上，一块看个电影。苏联片《在和平的日子里》，我看到的广告画，是苏联的海军故事。

1952年3月15日　星期六

从早晨我就十分焦灼，昨天排了一中午队，买下来大华电影院今晚的两张票，可她来不来呢？我觉得她看了小条，应该回复我，中午给她打电话，叫了好久才通，结果她在开学生会执委会，晚上下班以后再打，仍然没找到。我决定到学校去找她。

这时小李从传达室拿来了她的信，小李举着信和我开心，非要我答应请客才把信给我。我急得要命，而且好像有点不安，我夺了信，一个人跑到后花园，双杠底下，心跳着拆开信，看了头一句，就慌乱了。

刘夏同志：

所有的错，所有的错，全在我。

我的眼花了，从头又看。笔记本上撕下纸，字迹凌乱，很多修改后加的话，我还没有完全绝望，继续看下去：

区委会的相处，你给我的帮助是难以计算的。你写信来了，写得那么高尚，那么真诚，那么温暖。我觉得我收到的不是信，是诗，是闪电，是春天的雨。一个幼稚的、肤浅的、容易冲动的女学生，除了响应你，难道能摇头说“不”吗？我激动起来了，我从来没有收到过，也没有想到过，恐怕今后也收不到这样美好的信笺了。你是写信的专家，你的信无法阻挡。我被大风吹来吹去，来不及思索，愿意一切按你的意思。

但是还有时间，过了第一分钟，总还有第二分钟，过了头一小时，总还有另一个钟点。时间帮助了我，唤醒了我，理智比情感更强，我只能说，我不行啊，我怎么行呢？

看到这里，我知道，是不一样的情形了。我困难地读下去：

我比不上你，真的，那天知道你比我还小一岁的时候，我无地自容。我是个中学生，和女伴们一起跳集体舞，玩猜领袖，但是，我告诉你，我的日子并不容易过，无时无刻都有一种巨大的羞耻，鞭挞着我。我已经十九岁，才上高中一年级，我的知识贫乏得可怜，我的考试成绩不那么理想，也许可以原谅自己，分出来许多精力，做政治工作。提起政治工作，又怎么能比你呢？这些还好说，最使我不能安宁的，是同学对我的信任和爱，她们什么事都找我，什么话都和我说。有一次，先生出作文题：《我最敬爱的人》，竟有同班同学写了我，在敬爱后边，她写上了我的名字。我觉得深深地对不起她们，昨天一个同学问我一道几何题，我也不会。

我常想，幸福还不是我的，现在还不是我的。我没有权利，我没有办法，我没有时间也没有能力，按别的轻松如意的方式想。

我抬起头，看见了黯淡下去的天空，我问，就是因为这个吗？你不行？为什么我觉得你了不起！正如你所讲，同班的同学，已经认定你是她们最敬爱的人。这样的评价，是随意的吗？

我知道，这样做会使你痛苦，请相信，我也并不好受，但这样更好。

我想说，你了不起。

天啊，我刚刚自言自语，我在说："你了不起！"这是什么，是同气相应，还是碰巧接上了火？"灵台无计逃神矢"，这回是鲁迅。

在未来长远的路程上，您一定能做出点什么……生活不会苛待您，您会有更好的朋友和伴侣。那时候，您能够同意我了，至于我，有您的那封无价的信，已经够了。我让它伴随我，一生永世，在我十九岁的时候，收信。

我已经够开心的了。

凌蕊园

3月14日

就这样，她称呼同志、您，署名凌蕊园，写完了信。

1952年3月16日　星期日　阴　风

起风了，北京的春风是可怕的，谁要到街上走一遭，回来满身是土，包括耳朵眼儿、鼻孔与眼角。我回家了，在家里听广播、洗衣服、擀面条、聊天，一切都觉得没意思。妈妈说我脸色不好，我不愿意他们看出来，故意表示高兴，和姐姐弟弟玩扑克，我常常看错了牌。下午，待在家里实在烦闷，去新华书店看书，翻翻这本，翻翻那本，哪本都很好，哪本都看不下去。打开一本《普希金诗集》，莫斯科外国文书籍出版局出版，戈宝权译，有一首叫作《我曾经爱过你》：

我曾经爱过你，爱情，也许，
在我的心灵里还没有完全消亡，
但愿它不会再打扰你……

还有人人会背诵的：

假如生活欺骗了你，
不要悲伤，不要心急……

看了几句，泪珠在眼眶里打转。跑出新华书店，往机关走，等啊等，等到上了电车，车开了，忽然想起背包丢在书店，只好在头一站下了车，重新跑回书店，取了背包，回到机关，一个人也没碰见。我觉得非常疲倦，就到宿舍拉了棉被躺下，一会儿想再写一封信，一会儿自尊心绞痛了，决定不再想她。风一阵阵，越来越大，隔着门缝、窗户缝，撒下一道一道的黄土。

从前的北平——北京

现在很多人不知道了，一九三七年日军与汪伪占领下的北京，是叫作北京。一九四五年，先是美军在天津塘沽登陆，然后开着吉普、道奇大卡车把美军运到了北京，并将日伪时期的靠左行车规则，在二十四小时内改成了美式的靠右行车。接着，“国军”开进，北京改名北平，属于第十一战区，司令孙连仲。

北京北平的春天风沙极大，小学老师在课堂上就这样讲，北京的市容与天气是：“无风三尺土，有雨一街泥。”南社名流黄节诗曰：“一尘黄不上丁香，似雪翻风风却黄。日日好春风里过，令人梅雨忆江乡。”

到了二十一世纪的今天，什么都不一样了，除了故宫北海颐和园天坛一些名胜，我已经常常是人在路上，在高楼大厦摩天建筑之中，不知身在何处。

好像地安门大街改的样子稍微少一点。一九四八年底，地下党给我们支部的任务是以“华北学联”名义组织高中男生数十名，以“童子军”军棍为武器，在解放北平的巷战基本结束、国民党军溃散、解放军尚未接管进驻行使管理之前，要靠我们这些潜伏的革命力量保卫地安门商业街区，避免青黄不接之时，商家遭到暴民恶徒哄抢。

对于地安门大街，我一直是情有独钟，分外在心在意的。

至于前门大街，近年注意恢复古城风貌，甚至恢复了一股节有轨电车，但更给人印象的不是老北京，而是新时代新北京对于老北京的认真追忆，辛苦经营召唤。平安大街更是如此。民国时期的老北平，西城区平安里这个重要的公交车站，并不存在，相当于平安里车站的是太平仓，在平安里南近处，有轨电车从太平仓向东拐，走大约一站路后往北拐弯，进入如今的平安大街，走厂桥、东官房、北海后门、地安门，等等。平安大街的设计与建设，无声无息。

再回来说北京的风，那时有一种风，老百姓叫作“下黄土”，应该是从境内外的黄土高原吹过来，然后落到许多角落。风带来了无孔不入的黄土，风又使盛开的丁香一黄不染。成也春风，败也春风，净也春风，脏也春风。此诗还证明了那时风大黄土大的时节是四月丁香季。

那时北京的夏天，雨前有燕子与蜻蜓在大街上低飞，雨后更是到处蜻蜓，夜晚是萤火虫打着小灯笼。孩子们称蜻蜓为：留离。冬天，西北风吹过电线，发出的声音鬼哭狼嚎。白天，成大群、结大队，飞满北京天空特别是北海团城一带最多的是大声喧哗的乌鸦。

（王蒙插诗：昨日京城昨日鸦，当年黄土当年沙。七十（载）文字犹激越，雨打陵园不败花。）

黄节的诗我是一九六三年在前辈学者钟敬文教授家悬挂的条幅上看到的，他设宴欢送我远走新疆。他家的墙上与咏风诗并排，还有一幅诗，表达一种含蓄的、类似对于红颜知己的情愫。忘年交黄秋耘大兄见了这另一首诗句，对我不断地说："赵慧文，赵慧文。"说的是拙作《组织部来了个年轻人》中的一个女性角色。

诗语诗人，波流未止。

星星点点亦模糊，犹忆曾然语似珠。日夜七旬东逝水，小王不忘话当初。

1952年3月17日　星期一　晴

真的过去了吗？使我这样激动，使我幸福，这样使我痛苦的一切，无声无息无踪影了呢。

怎么那么空啊，好像一所大房子。本来有人、有火炉、有钢琴，有各样的摆设和书画。现在什么都没有了。空空的。没有东西可以填补。

各校团组织，交上本学期工作计划。年轻人，火热的心，跟随着毛泽东前进！我却不能集中精力阅读，我不是个好干部吗？不，不可以这样，绝对不可以。

1952年3月18日　星期二　晴

天好了，天暖了。为了抗拒细菌武器，各地开展了爱国卫生运动。我们今天下午进行了彻底的大扫除，我负责擦玻璃，打了一盆水，搌湿了抹布，使劲擦，站在凳子上，擦高处。一边擦一边哼哼歌，想用歌分散悲伤，想起了那个晚上，说是："又忙又唱歌，真好。"说对了，这就是我们的梦。于是不等这个歌哼完，就哼哼起《白毛女》的插曲，《白毛女》插曲也使人渴望爱情。我的喉咙又哽塞了，赶快转而哼哼我最爱的《运盐小调》，"捎带上一把南路货，去到那三边把盐驮。哎嗨哟，哎嗨呀"，里面还有一段"额咧咧咧"，是模拟吆喝驴子的声音。这个幽默的歌似乎也不像当初那样使人快活。那个单纯地听边区盐贩吆喝驴的快乐时期，已经一去不复返了。

（插话：已经有许多离别，已经有许多"一鞠躬，再鞠躬，三鞠躬。清明扫墓墓安然，往事多端未可言。此身或旧心难老，姑写小说泪若泉。依旧文章依旧情，他生话旧不朦胧。绵薄难尽雪花舞，孩气童心慰此生"。）

1952年3月20日　星期四

好像不相信那些理由，太暧昧，太过分，我不相信如此丰满的幸福突然变成了弥漫的悲苦。

天气暖得那么早，女学生穿着红毛衣到户外来了。百货公司的货物添了很多新品种，“五反”以后，经济生活更加繁荣兴旺。

1952年3月22日　星期六

和她约会了今晚一谈，在她的一位同学家里，我初次脱下了棉袄，换上春装。周末的街道非常拥挤，无论是坐在新电车上的老头，提着医疗包的妇人，水果摊前大嚼着的孩子，大家都显得满足而快活。在朝鲜战争的炮火和斗争贪污分子的怒吼声中，人民已经感觉到大建设时代就要到来。我也快乐，也许更快乐得多，我为祖国的前进是那样激动，所以，因为，国家民族正在踏开大步前进，我的激动与快乐的心情特别希望与人共享。

她的同学住在国家一个部的宿舍，宿舍盖高楼，有人楼上愁。我首次进入九层楼的宿舍，看到了城市的面面灯火，灯光密密麻麻，令人觉得奇异和感动。这套宿舍是从前兰花饭店旧址，等我找到这个讲究的地方的时候，星星已经出现在暗褐色的天空。我被引导进入一个漂亮的房子，凌蕊园正在沙发上看画报。她介绍说这家同学的父亲是一位大艺术家，名声如雷贯耳，她提到了一些作品标题，我连连点头。然而，现在这里，艺术家的妻子不是凌蕊园的要好的同学——也是我认识的一个团干部，不是她的亲生母亲。她的亲生母亲是封建包办婚姻的不幸遗存角色，遗迹消失了，待在他们的家乡广东潮州。女儿与生母相距遥遥。

有些孩子，从小已经是一江春水向东流，同时还是八千里路云和月。

而会客室的墙上挂着一批艺术家与周恩来总理的合影，还有齐白石的画，有秦怡的大照片，有影片《一江春水向东流》的剧照，还有《魂断蓝桥》

的主角费雯·玛丽·哈特利的照片，看不出费雯·丽的签名是手写还是印刷。最惊人的是，用相当大的镜框，装着一张小幅炭笔素描，上面的签名，是法国共产党党员，大画家巴勃罗·毕加索。

坐在这里，我有一点点不一样的感觉，我的呼吸平稳了些，表情也雅致了些。

“看了信了吗？”她问。

“看了。”

这是一个高级的会客间，我还没有到过这种地方。是的，人生有很多层级，有更多的故事，留下许多照片，许多动静痕迹。

“你了解我吗？”

“我……不能说不了解。”

“你高兴吗？”

“我们生活在这样的大变化的时代，一切的一切，一日千里！太阳出来了，满呀嘛满山红。我们能不高兴吗？不高兴的倒霉鬼啊，让他们作孽去吧。青年团的任务是学习，学习，还有学习，是培养全面发展的共产主义新人。是的，”我咬了一下嘴唇，“我只知道生活本来有多么的好。”

说话当中，我不觉流露出一种酸涩的味儿，我其实不希望这样。

她觉察了，皱起眉头，阴影从脸上掠过。

她不看我，小声地执拗地开始说：“对不起，我知道。我觉得你特别好。‘同志’，这个称呼对于有些人，可能无所谓，但是，‘同志’是一切话语里最能感动我的。我叫你，刘夏同志，我愿意尽我的微小的力量和你一起，我愿意为你做一些事情。我不知道，比同志更亲密的名词，何况你那么早就参加了工作，你不容易。我接到你的信了，我只有一个想法，你是好的，我不能让你失望，不能使你受伤，我觉得如果不回应你，就违背了我的心，对自己的同志的爱，当然，也许用不着说这些了，有什么可说呢？”

她难过地轻轻地喘气，我慌了，我请求说“原谅我”，我不知为什么，伸手打开了又一个立式的台灯。

她摆一摆手，她说：“请求原谅的当然是我，虽然我只是一个中学生，对于爱情我不是全无所知，我知道那是多么珍贵多么严肃多么艰难。我得考虑一切，我不能随随便便，为了做出过的应许，我应该献出自己的生命，我能吗？我不能马马虎虎。

“很想和你谈我的过去，只说一点点，我曾经寄住在亲戚家，在我十三岁那一年，我的刚刚四十岁的父亲去世了，妈妈有慢性病，当时说法是我爹患了‘猩红热’。有一天听到亲戚与他们家的人说闲话儿，我知道了，他们说我是白吃饭的。当天晚上我离开了亲戚家，在城里转了一宿。我说的是济南，有一条大街叫四大马路。第二天早上，迷迷糊糊经过一个大院子，门框贴着招收童工的告示。于是我当了工人，折页子，干了两年半，直到我叔叔从外地回来，供我继续上学。就是这个叔叔，出了事情。我有时候，执拗得可怕，改不了，现在，我这样一个各方面都差的人，各方面都落在别人后面的时候，我觉得是耻辱，人可以不幸，但是不可以耻辱。不，还是说不清我的意思，总而言之，有一个力量命令着我，责备我吧。也许你以为我太不可理解。”

她说不下去了，双手捂住了脸。

她是工人，她是工人阶级，咱们工人有力量！

听着无限诚挚的诉说，坐在这间陌生的屋子的沙发上。我觉得，自己对她的了解，刚刚开始。

不要只知道自己，更要知道别人。

原来以为，一切都明白了，其实一切还都模模糊糊，她的说话，给我的印象，也还不是非常清晰的确定的，但我已经被她执拗的愿望感动，坚决而又美好。她对自己的要求，也正是更炽烈和深厚的，无怪乎同班同学会那样敬爱她。我同情和理解了她本来是个要强的女孩子，甚至于我要说，正因为我喜欢她，就不能不充分尊重她的意愿，不能用自己的表现刺激她。

这时她又问："刘夏同志，你说，最重要的是什么呢？"

我不知道，从何回答，反正她的用意是，现在，对于她最重要的是学习，是班上校里的工作，是她叔叔的问题……反正不是爱情。那我还能说什么呢？

我把话题转向了闲聊。聊到天气，聊到新近流行的歌，聊到北海游船下水，很快地我们轻松起来了，话很多，很活泼，就像什么事也没出现一样。我真愿意和她一起聊下去。但是时间大概已经很晚了，她的那个同学敲门走进了屋子，她瘦瘦高高的，广东潮州人，大眼睛，非常明亮。我自惭形秽了。过了一会儿，我和她都向主人告辞。那个同学介绍我们看了一下楼下的小花园。我们看了，树木已经发芽，同学向我讲述了花开季节会多么美丽，我当然相信也会意。然后离开了这个在我的一生中只有一次机遇逗留的地方。我推着车送凌蕊园走了一段，到了该分手的路口，她叫我快走，她说："再见"。

我难受了，想起那次在本院里道"再见"来，反身骑上自行车，飞快驶过深夜街头的寂静。

1952 年 3 月 23 日　星期日

我永远地默默地想着，不再悲苦，不再埋怨，一切都有当然、必然、自然。从她那里知道了同志两个字的价值。最主要的是什么？我懂得她的意思了，你时时刻刻应该思索的正是这个问题，你忘记必须用行动做出回答的正是这个问题。最主要的难道是，一起逛逛公园和看电影，一起吃两个门钉肉饼？最主要的是战斗，是前进，是学习学习再学习，是明天，永远在一起，永远有共同的幻想和忧虑，有共同的奋斗和成果。我希望她好，她希望我好，最主要的是还要加倍努力，最主要的是要活得光彩，不能玷污了我们小小年纪已经经历过、思索过、煎熬过的不幸的但也是崇高的一切。

主要是什么，此生永不能忘。

1952年3月25日　星期二

晚上和银波同志谈了，在她的屋子里，我极力用平静的语调叙述经过，说完，她找出来外国糖果招待我，点着头叹息，又笑起来了。她称赞说："刘夏，你们有点柏拉图的味道。现在，斗争激烈，胜利与建设匆忙，没有留下太多的柏拉图式思考与对话的时间和空间了。很好，你们还有一点，长着头脑的人是幸运的。人要活，还要思考与选择活，还要总结与改进你的活。我们太忙了。说真的，我欣赏你们的多少有一些的柏拉图主义。"

……然后她说："在我十八岁的时候，也无缘无故拒绝了第一个追求者，那是个很好的人，会画画，会法语，比我大许多岁……"

她想起往事来了，迷惘地望着绿色的灯罩，接着说："也不是无缘无故，我梦想的是更伟大的事情，我没有准备好。谢冰心说过，她最烦的是《红楼梦》，整天姐姐妹妹，哭天抹泪。不，这与文学史与文学评论不是一回事，冰心有她的时代与个性。我其实也是差不多，我不喜欢《西厢记》的腔调、《牡丹亭》的堆砌、《罗密欧与朱丽叶》的闹腾，不希望爱情来得这样简单，直不棱登。我渴望的是对自己的要求，那时我刚刚参加民族解放先锋队，国家在苦难中。也许，许多时候，许多个姑娘，除了拒绝第一个追求她的人，不能有别的办法吧？日寇长驱直入，你这个时候恋什么爱！也许以后就是以后了。”

她凌乱地说着许多“也许”。我懂了，生活里还有许多也许，当你碰到困惑和艰难的时候，你就想想苏格拉底、柏拉图、亚里士多德，直至车尔尼雪夫斯基他们的追求吧。

银波同志走近我，摸着我的头，又一次说“小鬼大了”。然后，“你很好，你是个好的党员，可惜有点多愁善感，也许你太文学了，心不仅要像火一样热烈，还要像钢一样坚强。人生的道路上，你还会碰到许多事，应该非常乐观，非常男子气地对待。别害怕不顺利，不顺利使人坚强，刺激人鼓起最大的力量。当然，一切对于你来说，还在未来，你要准备未来，你要创造未来，你要赢得未来……不能让未来的也许是十分伟大的可能性从你的指缝里溜走。”

银波的话使我有点不好意思，从银波的房子里走出来，我好像真的有力多了。个人生活的事情，应该已经不能震撼我。我会跨过它们，我知道生活中，最美的是最初的念想。无论遭到了什么，失去的总是没有得到的多，我已经了解了一些事了，再也不是小孩子了。

回到办公室，拉开灯，拿出各校团组织的工作总结和计划，自言自语地责备自己，工作荒废得够多的了，然后专心致志，一篇一篇地看这些材料，把意见和疑问记录在工作笔记上。

结　语

初恋是珍惜的文物吗？放了一年又一年，呵护了十载又十载，仍不古董，却是新章。初恋是少共CY的成长，是真正的成人节，是更透更彻的而立之年。初恋是海平线上出现的一艘舟船，非雾非云，若隐若现。初恋是第一次高歌，无谱无弦，无伴奏无轻弹，催人泪下，令人无眠。初恋是冲动，是洗礼，是净化，是远离腐恶轻薄的誓言，是决心保证，永远忠诚与贡献，责任与自律、自爱与爱怜。初恋是精神的提升，初恋是朝霞和旭日，是一阵风？是一声“八九”节气带来春光信息的雁唳。初恋是爱的培育，爱的发芽，爱的生根，爱的世界，奠基兴建。

初恋是永远的温习，回味，从最初到最后，从啼哭到哀乐，从做梦到惊醒，从笑笑到酸苦，从泪迹到光照安息。初恋不会遗失，初恋不会失联，初恋不会淡漠，初恋永远陪伴。

成是初恋，不成也仍然是初恋永远。再见了，我的初恋，不会再见了，也是初恋，就算是忘了吧？忘了什么呢？忘的不是别的，只是初恋。

初恋热气腾腾，温柔缱绻，兴高采烈，枝叶纷披，攀缘提升，登峰望远，好云好雨，好人好心，好的故事，好的纪念。

在抬头不见低头见的时候，说过“再见”。再见不是告别，是等待重逢，“你好”“早安”“别来无恙”“同干一杯吧，我的不幸的青春时代的好友”（普希金），欢呼：你丝毫也没有变，“从前这样，现在还是这样！”（苏联电影插曲）

在混乱的箱箧之中，在未知的颠簸飘摇里外，在已经有了许多个告别与痛哭的经验之后，七十年忆龄存货，依然活泼生动，仍然就在眼前。

初恋是一个声音，是电话里的慰安，初恋里还有许多打电话的故事，有些许的私密，下次，等我有了机缘，再专门写给文学的期刊。

特别是，尤其是，在苏联人说是俄罗斯波波夫、意大利人说是意大利马可尼、英国人说是英国亚历山大·贝尔，而美国国会二〇〇二年六月十五日做出269号决议，确认是美国人安东尼奥·穆奇发明了的电话里，稿纸上的主人公相信，仍然会一次次响起你的声音。你的声音在电话里是如此动人，温存，沉稳，不无矜持，略有犹豫，欲说还休，谛听敬肃，心语耳语，有声无声。你的声音在电话里得到了完美无瑕神奇与熨帖的表现。

我想，电话机里的声音的混响，声响的后浪前浪，抵御了战胜了一切的胆怯畏惧试炼袭击磨难。

一只小鹰在天上飞翔，又一只小鹰飞翔，两只小鹰颉颃，小鹰成双，小鹰分开了，再见，不是两两，不再成对成双，仍是一只加一只小鹰飞翔……

一只小鱼在水里游航，又一只小鱼在水里游航，两只小鱼游航，两只小鱼成双，小鱼徜徉，小鱼分别了，再见，不是两两，不再成对成双，也还是一只加一只，在那里游航。

必然，飞跃，成长，有人惦记，有人占据你的前心后心、左脑右脑，有人得到你的赞美追求和欣赏，有人逼迫你变得更好一点更美善光亮。于是，一江春水泛来，却尚未成渠，水到渠未成，成就的是一片生机，一片汪洋，草色遥看近却无，春花秋月永无了，花事无边风光好。

一声咏叹，又一声咏叹，二重唱，小合唱，美声，南梆子，保护了战斗的号角；有掩护的开火，有冲锋的炸药包，有卧倒也有奋起，有礼赞，有微笑，有柏拉图的理性，马克思的科学社会主义，也有文学的多姿，更有狙击手的十环连击，百发百中……

韶光应是最童真，朝日彩云万物新，
陶然最乐汗滴土，倜傥应推歌入云。
风寒苦斗贪污犯，日暖欢拥生动春，
涤荡污泥与浊水，花红柳绿更欣欣。

天真孩子稚无眠，热烈青春诗畅酣，
革命党人期大任，太平百姓盼丰年。
轻声且问卿心曲，或愿携行我梦圆？
未敢轻说诚有幸，与君然诺重如山！

几个月后，我想念，我相信，我觉得，我似乎，终于接到她的电话了。有说，其实电话机也是爱迪生发明的，好的，爱得死发明了它？迪迪生也随它去，它值得欢呼赞美。从前，对于爱情最重要的是书信，是旧手帕上题诗，贾宝玉。后来就是电话了。现在是微信。爱情不应该林黛玉那样艰难，也不应该微信表情那样便捷轻率。最好的亲近的随时的声音，传递在爱谁谁发明的德律风——telephone——电话机里。

我总坚信记得，你说呢？她在电话中说过：她已经被邀请，九月二十三日凌晨一时三十分，她要上天安门观礼台，参观本年国庆阅兵的预演，包括礼花、礼炮、焰火。她们的集合时间是九月二十二日，二十三点十五分。

我在区里工作，我知道得更多，我知道此后还有第二次预演，还要加上各界群众游行的彩排。不巧的是，我的参观票是二十七日凌晨的，我说。二十三日的预演，观众里没有我，我预祝她看得满意。

在电话里，她笑了，咯咯咯咯。

一！二！三！四！

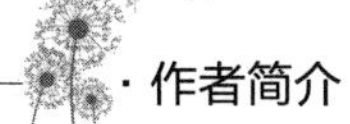

·作者简介·

王蒙，男，1934 年生，河北省南皮县人。中国作家协会名誉副主席。曾任文化部部长、全国政协文史和学习委员会主任、中国作协书记处书记、《人民文学》主编、中国艺术研究院院长等职。著有长篇小说《青春万岁》等十部，小说集二十余部，2014 年出版《王蒙文集》四十五卷。作品被译为二十余种文字，曾获茅盾文学奖等多种奖项。2019 年 9 月荣获“人民艺术家”国家荣誉称号。

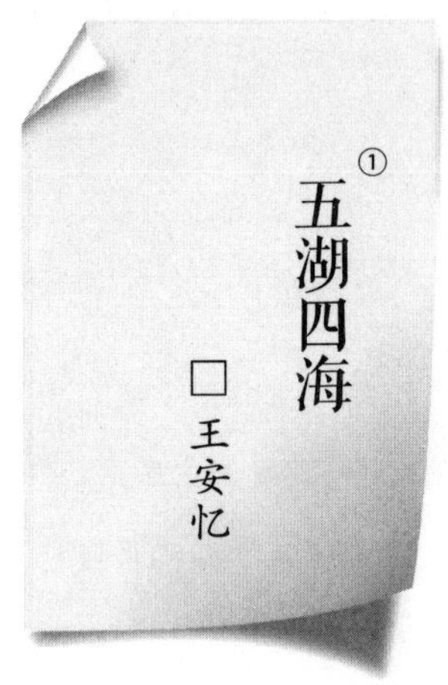

1

她不知道日子怎么会过成这样！

他们原本水上人家，当地人叫作“猫子”。这个“猫”可能从“泖”的字音来，溯源看，是个古雅的字，但乡俗中，却带有贬义。安居乐业的农耕族眼里，漂泊无定所的生活，无疑是凄楚的。“猫子”自己，并不一味地觉得苦，因为有另一番乐趣，稍纵即逝的风景，变幻的事物，停泊点的邂逅——经过白昼静谧的行旅，向晚时分驶进大码头，市灯绽开，从四面八方围拢，仿佛大光明。船帮碰撞，激荡起水花，先来的让后到的，错开与

① 本篇节选自王安忆小说《五湖四海》，《收获》2022 年第 4 期。

并行，“猫子”们都是有缘人，相逢何必曾相识。夜幕降临，水面黑下来，渔火却亮起了。

修国妹出生于上世纪五十年代末，他们这些船户已就地编入生产社队，虽然还是水上生计，但统筹为渔业和运输。活动范围收缩了，不如先前的自由，好处是稳定。小孩子就在岸上的农村小学读书，大人走船的时候，歇在学校。就这样，修国妹读完高小，又在公社的完中读到初三毕业。这个年纪，又是女孩子，算得上高学历，父母也对得起她了，于是回船上劳动。这年她十五岁，读过书，出得力气，相当于一个整劳力——其时，船务按田间作业计工计酬，人依然住船上，背底下还叫作“猫子”。没两三年，分产承包制落地实施，他们分得船和船具，原来就是他们的，归了公再还回来。东西的价值算不上什么，重要的是政策。他家从事运输，集体制的运营，在计划经济内进行，接货送货固定的几个点。但是沿途几十里，水道分合，河汊连接，无数村庄人户，哪条船没有点私底下的捎带。鸡雏鸭雏，麦种稻种，自酿的米酒，看亲做亲的婆姨。三角五角的脚费，总归是个活钱。所以，“猫子”的家庭其实是藏富的。要是下到舱里，就能看见躺柜上一叠叠绸被褥，雪白的帐子挽在黄铜帐钩上，城市人的花窗帘、铁皮热水瓶、座钟，地板墙壁舱顶全漆成油红，回纱擦得铮亮，好比新人的洞房。倘若遇上饭点，生火起炊，摆上来的桌面够你看花眼：腊肉炒蒿子菜、咸鱼蒸老豆腐、韭菜黄煎鸡蛋、炸虾皮卷烙馍，堆尖的一盆盆，绿豆汤盛在木桶里，配的是臭豆子、腌蒜薹、酱干、咸瓜……这是看得见的，还有看不见底的，就是银行折子。数字有大有小，但体现了“猫子”的眼界，在人民币差不多只是簿记性质的日子里，他们已经涉入金融，似乎为改革开放自由经济来临，提前做好了准备。

张建设遇到修国妹的时候，她虚龄二十，在乡里就是大龄女了。“猫子”的身份不能说有，也不能说完全没有，影响恰当恰时的说亲。中学里，有男同学喜欢她，约她到县城看电影。并不是一对一，而是齐打伙，几个男生几个女生，心里知道只是他和她。回学校的路上，天已经黑了，意兴不像去时的振作，便散漫开来，变成络绎的一条线。他俩落在最后，不说话，只是有节奏地迈步，身体轻盈，飞起来的感觉。事情却没有后续。少年人的感情本来就是朦胧的，同时呢，乡镇上人又早熟，一旦涉入恋爱便与婚姻有关，所以就不排除现实的原因，大概还是“猫子”的偏见作祟。

有一次，行船到洪泽湖一个小河湾。这时候，乡镇企业遍地开花，四处都是小工厂的大烟囱。运输业随之兴隆，建材、原料、产品、半成品，货装到不能再装，吃水深到不能再深，远远望去，走的不是船，而是小山样的载重。这是白天。晚上呢，河道上满是夜航船，呜呜的汽笛通宵达旦。那是去湖南岸糟鱼罐头厂送酒糟，当地特产大曲，据学校的老师说，《清史稿》就有记载。托水的福利，多条河流交集本县境内，有名目的淮、浍、沱、涡、濉，无籍录的溪涧沟渠就数不清了。家家有酿酒的私方，计划经济时代，兼并合营成全民所有，到市场化的年月，一夜之间，大小糟坊无数。宅院、巷道、街路、河滩，铺的都是酒糟，县城上空，云集着酵醋的气味。修国妹家的船到了南岸，卸货掉头，回程途中，经过叫管镇的地方，从乡办棉纺厂接单。精梳下来的落棉打成帆布包，装够一船，已是下午二三点。沿岸找僻静处停靠做饭，岸上几行旱柳，棵棵都是合抱，出枝很旺，连成厚密的屏障，却传来鸡鸣狗吠，就晓得有村庄。叫爹妈在舱里午眠，修国妹独自在甲板点炉子坐水。这边淘米切菜，那边锅就开了，下进米去，不一时，饭香就起来。仰脸望天，日光金针雨似的洒落，沙啦啦响，其实是风吹树叶。忽看见树底站一条细细的身影，像她在芜湖读师范的弟弟，不禁笑了笑。铁钩划拉出炉渣子，掺着未烧尽的煤核，铲到瓦盆里，将沸滚的饭镬移过去焐着，换了炒勺，倾了油瓶，一条细线下去，滋啦啦响起来。煎三五条小鱼，炒大碗青菜，臭豆腐早焖在饭里，然后叫，吃饭了！扭头看，那孩子还不走，觉得好玩，玩笑道，吃不吃？他真就来了。一溜碎步跑过斜坡，跳上船。一张案板，正好一边坐一个，不知道的以为一家人。大约有半年光景，接连到管镇接货送货，就也经过这里，那孩子掐算准日子似的，准在柳树林里，船靠岸，就钻了出来。有时带几棵菜，半碗酱，有一回，他娘也跟来了。晓得是来看人的，也晓得很称心。下一次来，带的不是菜和酱，而是两磅毛线，一块灯芯绒料，几近下聘的意思。修国妹的妈私下里还请先生对了俩孩子的八字，水上人都有点信命。是她不答应，第一眼看他像她弟弟，一直当他弟弟了。虽然他比她早生半年，可"弟弟"不是以年月断的，她那亲弟弟也就小一年多点，因隔年又有了妹妹，于是，妈背上一个，她背上一个，好比是他妈，缘分就不一样了。

第三次，用另一种算法，也是第一次。她还在妈肚子里，停泊沫河口，老大们聚了喝酒，也有女人怀胎的，众人起哄指腹为婚。那条船是什么地方的不知道，老大姓甚名谁也不知道，就当一句戏言过去了。山不转水转，十八年后，同一个停泊地再遇见，老大还是老大，女人还是女人，当年的人种却开花结果，正巧一个男一个女，也都读了书，在船上帮衬，那个约定霎时间就回来了。年轻人都是浪漫的，这戏文般的由起，彼此生出好奇。但走船的生涯踪迹无定，恋爱中人最怕离别，一年时间过去，竟没有再见面，却出来一个张建设。

七八月的淮河，水涨得高，船从双沟新桥底下过，她站在舱顶做引导。双沟在苏皖交界，水域很宽，多条支线汇集，并齐河口，收紧了。只听马达汽笛，此起彼伏，万舸争流的气象。她一个小女子，水红的短裤褂，赤着足，手里挥动小旗，左右前后竟都按她的指点，避让错行。张建设就在对面的甲板，船帮贴船帮，摇动着，擦过去，上下看看，照面了。

两条水泥轮机船大小和载重差不多，张建设却已经是老大，登门拜访，是父亲出面接待。来客虽是初见的生人，但吃水上饭的都是一家亲，并不见怪。因带的礼厚，金华火腿、符离集烧鸡、阳澄湖蟹、东北天鹅蛋大米，另有两副女人的金镯子，上海老凤祥的铭记，就晓得是个走四方的后生，也猜出几分来意。有待嫁的女儿，断不了说亲的人。修老大读过几年塾学，经历新旧社会，到了今天，明白时代的进步，自己是受益的。儿女的事情，且是这样的大事，就不敢行包办的老法。女儿从来没有应许过一回，旁人说他没有家长的威权，他嘴上辩解，暗地里却是高兴的，出于舍不得的心。这一回，和以往不同，没有拉纤的中人，自推自，是开门见山的意思，他就有些失措了。一边让座，一边嘱女人办酒菜，先称客人大兄弟，后改口大侄子。两个年轻人倒很坦然，仿佛认识许久似的，互问姓名和学校，发现虽不属一个县份却有共同的熟识，无非是同学的同学，朋友的朋友，表亲的表亲。他插不进话，显得多余，讪讪走开去，到后舱理货。再回到前甲板，两人却不说话了，一个低头摆碗筷，一个举着酒瓶子，割瓶口的蜡封，眯缝着眼，躲开嘴角烟卷的烟。修老大不禁恍惚起来，因为看见了年轻时候的自己和孩子妈。下一回，是他登张建设的船。按规矩，要物色媒介，有当无过个手续，自己的女人也是这样说来的。可是，什么也代替不了做父亲的眼睛，有生以来头一回聘闺女，桩桩件件都要亲力亲为。

张建设的船保养得不错，新做的防水，马达也好使，尤其是日志。进货出货、行驶里程、途经地名、收支账目，分门别类记得清楚整齐，让修老大汗颜。赶紧合起来，不看了。船上用了小工，远房的表亲，洒扫就也干净。只是舱里有些乱，被褥有时间没拆洗了，衣裳洗是洗了，却不叠齐收好，而是搭在一根铁丝上，就像没洗过一样。中午饭是乡下人的粗食，小工的手艺，整条的河鲤鱼、整个的肘子、大块豆腐，都是一个煮法，炖！炖到酥烂，料下得足，口味十分带劲。一老一少两个老大，面对面吃喝，酒上了头，说话的声气大起来。老的说：大侄子的船什么不缺，独缺一双女人的手！小的应：女人好找，知己难寻！老的道：知己不是“找”，是“相处”的！小的又应：伯父听没听过“一见钟情”？老的摇头：这就难了，天下哪有这般准的事？小的抬手拦住：您别说，我真就对上一个！何方人士？近在眼前，远在天边。这话怎讲？老的有些酒醒，眼睛直看向对座，那个人是忍笑的表情，其实清醒得很：“近”是距离，却隔座山，就“远”了。什么山？老泰山！这话说得俏皮，两人都笑一笑，停住了。听见小工在岸上吹笛子，掺了鸟的啁啾，声长声短的。张建设收起笑意，双手端一盅酒，肃然道：从此以往，伯父您就是我的亲父！修老大耳朵里嗡嗡响，喝干酒，翻过盅底，亮了亮。就这样，吃完饭，送上岸，看日头向西，白日梦似的。事后难免懊恼，太没身份，至少也要拉锯二三回合。这后生确实有鼎力，一旦上船，舵就到他手底下，让人不得不折服。

渐渐知道，“您就是我的亲父”这句话，不是无来由的。张建设父母早亡，相隔仅半年，都是哮喘病。船上人最易得的两疾中的一疾，另一项是关节炎，因常年生活在潮冷的环境里。并不是绝症，照理不至于丧命，但时断时续，累积起来，最终吊在一口气上，其实是风湿走到心脏。那一年，张建设和弟弟张跃进，一个读中学，一个读小学，都未成人。有人出主意，报个虚岁，送大的当兵，每月津贴供养小的。可是当兵的名额让大队书记的儿占去了；再有人想到结亲，哥哥成家，弟弟也算有了怙恃，但头无片瓦、足无寸地的“猫子”，八尺长的汉子都难娶媳妇，更遑论未成年。如此，只剩一条路，列入五保，生产队养到十八岁。兄弟俩穿着孝衣，额上系着白麻，眼泪和了土，满脸的泥，就差一具枷，就成了听从发配的犯人。到末了，大的那个直起身子，开言道：叔叔伯伯费心，从今起，我就下学，请队上派工，大小是个劳力，倘挣不出我们兄弟的粮草，先赊着，日后一定补齐！说罢，拉了小的跪地磕响头。其时，身子没有长足，还是孩子的形状，说话做事已有几分大人的做派，比他爹妈都强。人们私下里说，那两口子都是软脚蟹，想不到下了一个硬种。所以，张建设比修国妹长一岁，学历却矮两级。

这是一段凄苦的日子，弟弟住读学校，他在大队运输船做小工。大队的船往往走的长线，出行十天半月不在话下。上岸第一要去的地方就是小学校，等弟弟下课，将些攒下的吃食塞到书包，手掌心摁进几个分币。十来岁抻个头的年龄，每回见，衣裳裤子都紧一紧，直至脚指头顶出鞋壳外。就地脱下橡胶防水靴，看那小脚丫子哆嗦着套上，转身打赤足走了。第二去的就是自家的破船，泊在河湾里。揭开油布一角，爬进去，黑洞里无数只眼睛射向他，是破绽的口子。船和房屋一样，没有人气顶，便一径颓圮下去。他抱膝坐下，四下里一片静，仿佛神灵出窍，又仿佛魂兮归来。父母的遗物，所谓遗物就是被褥衣服，清点无数遍了，可用的拣出来，实在糟烂用不上的也烧了。板壁墙上，他们兄弟的奖状：三好学生、普通话比赛、年级最优，揭下收在藤条箱，垫着桌椅床柜架起来，依然受了潮。母亲的针线匣子，一枚银顶针，氧化变成黑色，他取出来，戴在中指上，其余一并放入藤条箱，垫几块砖瓦，再架高一层。舱顶的漏是补不起来了，路上拖来的油毛毡压上去。他相信，总有一天，张家人还会在这船上过自己的营生。

万事开头难，起初是咬着牙一天一天熬，熬到某个阶段，就渐渐尝出些甜头。越拉越紧，扯头就开的绳结；锚链直溜溜下去，手臂忽的一麻，扎到底了；眼看对面船迎头过来，打个满舵，闪过了；喝酒划拳，船工们的荤笑话，岸上的大姑娘小媳妇，他甚至交了相好，一个寡妇，带一群儿女，鞋都露着小脚指头，让他想起自己。替人捎带——逐渐地，他也有了自己的私活，就问有没有穿剩的鞋，到地方一股脑儿扔上去，扔下来的却是新鞋，麻线纳的底，钉了胶皮，后帮子也镶了皮，晓得是水上人的脚。走船人哪个没有沿岸的风月，因为他小，就要受人起哄，先是红脸害臊，惯熟后便嬉笑打闹，欣然接受。可他是读过书的人，晓得爱情和同情的分别，也晓得鱼水之欢和天长地久孰轻孰重，还晓得此一时彼一时。

十八岁那年，他从大队船上出来，单立门户。自家船稍做修葺，货舱重铺一层水泥，重置马达、柴油机、锚链、缆绳，新添一座船钟，从蚌埠旧货市场淘来的，不知道哪艘海船上的物件。这些贴补可说都是拾来的废旧零散，一件一件集起来，再一件一件交割，多的换少的，少的换多的，大的换小的，小的换大的，倒手无数个来回，终于变无用为有用，凑合成三五成新。大队拨给几单货运，他又自谋了一些。邓小平主政国事，政策松动，上头开一分，底下就是十寸。耕作还有统购统销约束，捕捞和运输，尤其后者，本来就属集体经济权限，其时就更自由了。他驾着船走在河道，船钟当当地敲，穿越马达轰响，回应汽笛长鸣，凌空回荡，仿佛来自天庭的清音。他很快博得名声，不止因为是最年少的老大，主要在于人品。行业其实是江湖，“水上饭”的道更深。辖地的管治只不过名义上，具体事务还是人情款曲，随时日久远渐成公约，俗话叫“做行规”。他出道早，难免受欺，倘若不开蒙，或就一辈子屈抑，抬不起头，如他这样，心明眼亮，却可以从弱到强，由浅入深。父母在世，他只是看；父母离世，便是亲历；到如今，独驾一条船，则有了感悟。归纳起来天下祸福无论大小轻重，端的就一个“争”字，落到水上世界，不外争河道，争先后，争上下游，顺逆风。两相对峙，总是强者取胜，强中有更强，所谓山外有山，天外有天，永无止境，但有更高一筹的，就是不争！所以，反其道而行之，守着一个

“让”字，让掉的那些利好，用“勤”补上，计算起来，也并不见得有亏缺，倒积蓄起人缘。老大之间有了纷乱，往往请他作仲裁，这时候，“理”就出台了。“理”这东西，本是天下为公，却很怕霸蛮，扛不住会偏倚，有句村俚说得好：秀才遇到兵，有理说不清。好比一物降一物，霸蛮还怕一件东西，就是“让”，于是，他这样不争的人才有胜算。他自认在弱势，但弱势有弱势的活法。他相信，这世上既然容下一个人，必有一份衣食，不是天命论，是人生来平等的思想，他到底和父母辈的人不同，也是时代的进步。下一年，国家经济继续松绑，一系列开放政策脚跟脚下来，普惠大众，他的人生从此焕然一新，之前做梦都不曾梦到的，这里又有些命运的成分，他不信也不成。

分产承包手续完毕，下到船里，过去的日子扑面而来。父亲掌舵，母亲在舱外打水，铅桶哐哐地响。擦得铮亮的甲板，照得见他跌跌爬爬的身影，腰里系一根绳子，另一头系在妈的腰上。接着是弟弟，小小的，红红的小脚丫子，打着滑，船上的孩子都是这么长大的。此时此刻，他忽然发现已经长大到，这船盛不下自己了，猛一鼓气就撑破它，好像鸡雏撑破蛋壳。船帮的木板朽烂了；甲板下的龙骨断裂，凹陷下去；水泥防水层不是这漏就是那漏，不定什么时候，一觉醒来，船从身子底下滑走，人在水上漂。旧换新的时候到了，他想。

决心下定，即开始筹措。这些年走船，虽是以工分计，仅够他和弟弟的口粮，但私拉的单子，分账多少有他几个零钱，后来独立出来，暗地下的收入又多了些，合起算一份。再一份是身下的船，或只能当废旧货出手，如何折扣都有限。忽然闪念，购买者多半化整为零，分门别类，赚其中的利润差价，为什么不留给自己赚呢？想到这里便按捺不住，说干就干，先收拾打包，星期天张跃进从乡镇中学回家，兄弟俩搭手，河滩上支起油布棚，归置日用的琐碎，转眼间底舱挪空，直接将顶掀了。这是张建设拆解的头一条船，多年以后往回看，可算他事业第一步。事情不出预计，单是轮机部分，就抵得旧船的整价；墙板、地板、顶板、箱柜，作堆卖，又是一价；烂掉的龙骨，集拢卖个柴火价；锚链、绳索、篷布、油毛毡、大小铆钉、合页、锁扣，三不值两，也是个数目。承包制下，船户都在修葺，都是用得着的物件，不出三日，剩下一个船壳子。翻过来，涂上防水漆，就这么倒扣着，旁边是父母的坟头。“猫子”们的墓，只能做在河滩的斜坡，真叫作“死无葬身之地”。他特别留下那只船钟，好像有了它，就会有船，早和晚的事情。这份钱添上，新买一艘，不过十之三四，余下的大缺口，用什么补上呢?

当晚，睡在油布棚里，棚顶漏进星月，是个一无所有的人了。心里并不觉得沮丧，反是轻松。枕下的船钟嘀嗒走秒，数着时辰，一夜无梦。村烟鸡鸣里醒来，被盖让露水打湿，头脸也是湿的。望天边朝霞，就知道是个晴日头。拉根线绳，晾上衣服被褥，小泥炉生火煮面，搅进油盐酱醋，热滚滚下肚。就着河水刷了锅碗，再细细洗漱，睡乱的头发梳齐，整整衣裤，提一个人造革小包，上路了。离开水道，天地变得宽广，似乎没有边际，陡然间，人被解放了，同时，也生出渺茫，不晓得前面什么等着。可是，一步一步走过去，自然看得见，他信的就是这个。现在，他从返青的麦田间走上公路，稍等片刻，班车来了。近午时分，汽车驶过水泥大桥，迎面一座拱门，塑成三面红旗的形状，就晓得进县城了。下了桥，农田迅速向后退去，两边房屋稠了，将车路挤得越来越窄，跑着马车、牛车、拖拉机、汽车、手推车，自行车在车缝里游龙似的穿行。柴油机的马达、汽车引擎、喇叭、铃铛，此起彼落，牛和马最安静，沉着地迈步，勿管前后左右如何催促谩骂，按着自己的速度和路线。还有轮子底下溜达的猪啊狗的，从容闲散，俨然地方的主人。班车沿途停靠几次，下去些人，又上来些人，下去多，上来少，渐渐只剩二三人。卖票的看他，好像问去什么地方，他不回答，因为不知道要去哪里。他自来的活动范围都在河道周围，经过无数大小城镇，也只在临水的边际，没有进入中心区域。此时，班车通过壅塞的进城道口，街面疏阔，而且齐整，东西纵向为主干道，南北横向断开的多是小街，鱼骨似的排列。这是整体的结构，从局部看，小街由住家和摊贩组成，此时已到收市，就寥落下来。干道则为公家的营业，从车窗望出去，玻璃的门窗，门楣上的招牌，招牌上的大字，虽也人迹罕至，却是威严的气派了。一行字进入眼帘：中国农业银行供销合作总社。心中豁然开朗，此行的目标有了。过两个路口，一转车头，熄火了，剩余的人清空，他不敢停留，跟着下去，看见墙上的红漆鬼画符似的涂着：客车总站。他才晓得，已经走到再也无法走的尽头。回到路口，站定了，认准方向，直接奔银行大门去了。

初起的念头是存钱，身上的家当卸了，即可翻转腾挪。推门进去，当门三个窗口，都空着，后面的磨砂玻璃墙里，似有绰绰的人影。他"喂"了一声，好些时间，方才有人隔墙应道：中午休息，下午一点办公。抬头看看，壁钟走在偏出正中一刻的地方，他决定就地等待。慢慢在厅里踱步，活动活动手脚，一边看墙上的张贴，每个字至少看过两遍，窗口有了动静。就在这等待的几十分钟里，张建设改变了主意。

走到第一个窗口跟前，探头问道：哪里办理贷款？窗口里的女人抬起眼睛看向他，仿佛被惊着似的，说不出话。停一停，问是私人还是公家的业务。他一笑：可公可私。女人脸上的表情更警惕了：什么意思？他回答：农村联产承包制，既是集体也是个体，您以为公还是私？女人皱皱眉头，以为抬杠寻事的。街上少不了闲人，俗称"街华子"，专找女营业员搭讪，面前这一个又不很像。黧黑的皮色，肩背厚实，出大力的样子，衣服穿得板正，扣到领口，显见得乡下人进城。面上和悦，那几句答辞却藏着机锋，就不是乡下人的简单。有些摸不着路数，只觉得不可小觑。女人站起身，转回到玻璃墙后头，压着声说了什么，再出来，则尾随一个戴眼镜的男人。那男人矮下身，凑在窗口看出去，他也矮下身，就脸对脸了。里面人问知不知道贷款是怎样的事，他侧身指了墙上的告示：上头都说了的！正是农业贷款的宣传书，里面人不由笑了。这项政策下来有段时间，紧锣密鼓张扬，并不起效。农村人都是做一口吃一口，十分不得已才会背债，渐渐地凉下来，不想忽然间竟来了一个。紧接着，窗口里面递出一连串问题，姓名生年，户籍所在，教育程度，家庭成员——看起来是主事的，他对答如流，但当问到有没有抵押物这一项，陡然卡住了。他涨红脸，挠挠头，咧嘴笑了，露出一口整齐的白牙。男人直起腰，和女人相视一眼，都见出对方的好感，女人说：若无抵押，有担保人也可以。

最后，是由大队书记做了担保。张建设父母去世那年，武装部来征兵，有人撺掇报张建设，私心里多少为减轻负担，五保户的支出平摊在各家各户头上，紧巴巴的年月，压根草都有分量，结果去的是书记的儿子。自觉得从孤雏口中夺粮，心里藏了愧疚，还是要归到那年月的难处。儿子是回乡的知青，书读到半拉子，倒落得肩不能挑，手不能提。本以为吃上军饷，终身都是国家的人，无奈扶不上墙的泥巴，三年时间，列兵去，列兵回，连个党籍都没争到。私下曾经想过，倘若换了张建设，不定会有怎样的前程。他看好这孩子，单是这一条，就敢做担保人。往返几趟，办下贷款，差不多同个时候，书记大伯替他找到卖家。这时节，船家们都在晋级装置，一手兑一手，一条半新旧的机轮船兑到他名下。修国妹父亲前去视察的，就是它。

2

张建设和修国妹来往走动半年，正式喝了订婚酒。船上人家因是过着流动的生活，多半亲戚少，尤其张建设，连个家长都没有。请书记大伯做大人，和修国妹父亲母亲并为上首，下首坐了两人的弟妹，再加书记带来的小子。复员回家几年，还穿着军装，说普通话，看起来很像下来巡视的干部。他当兵在徐州卫戍部队，驻扎军分区大院，外勤站岗放哨，内务则洒扫庭除，替首长做些杂役。首长都是战争中过来，吃过苦的人，作风朴素，也没有架子。儿女们就不同了，养尊处优，难免有些浮浪。当兵的也是年轻人，有样学样，总会沾染习气。操场上玩球，肢体冲撞，几个言语回合，摘了帽子，抹下腕上的手表，参谋和列兵的区别就在有没有手表，然后或单挑，或群殴，打得起烟。传到坊间，就得了“丘八”的名称。徐州历史很久，人物说话颇有古风。那里生活三年，见过些世面，又怕家乡人不知道，因此滔滔不绝，席上的话让他全包。那两个弟弟一个妹妹只有听的资格，三个大人初次见面，拘着礼，低声细语地客套。修家母亲敬了盅头酒，硬挣着回去炉灶，换张建设上桌，替二位爷搭桥。三人静静地喝酒，耳朵里尽是聒噪，书记大伯到底挂不住，对张建设说：你是个有主张的孩子，成家立业了，莫忘记提携同年兄弟！张建设抬手向下首用力一划：都是我的弟弟妹妹，谁敢说不管？修家爹爹眼圈红了，他的头生女要让这人娶走了，仿佛看见吃奶娃腰里系根绳子在甲板上爬，爬着，爬着，背上又驮个小的，蜗牛似的，发顶扎两根小辫，是蜗牛的犄角，眨眼的工夫，长成个大姑娘，姑爷都坐到跟前了。真是割肉啊，由不得生出恨意来。可是呢，俗话说得好，女婿是半儿。他倒是有儿子，可儿子没长兄总归孤单，所以听见那担当的誓言，又是欢喜的。

婚事定了，成亲又过了一年。这一年里，银行的贷款还去大半，又积攒下迎娶的费用。前边说过，乡镇企业大兴，尤其苏南地区，人口稠密，农地紧凑，与几座工业城市相邻，无论发展的需求还是条件，都在龙头。继而向北延伸，越过省界，一径带动起来周边。物流几十倍上百倍增量，旧路不够用，新路不及开，高速公路还是遥远的传说，内河运输就夺得先机，变成主要渠道。计划经济的行政区划打开了边际，水网联通起来，左右逢源。拘泥得久了，外面世界的大和远就让人生畏，多还是局限在原先的地盘上活动。张建设却不怵，他的线路拉得很长，从淮河穿过洪泽水域，到高邮湖、邗江、六圩，顺长江到江浦、秣陵关、江宁镇，回进皖地。皖南这一片，本来就是富庶，如今又腾飞发展，成经济重镇。走过这些地方，张建设的经验是，发达地区一定从江河而起，再向沿海伸延。他读过书，鸦片战争之后签订《南京条约》，五口通商：广州、福州、厦门、宁波、上海，按下西方列强吞噬中国这一节，但说现代化速度，却是历史转折，社会的突变。在他头脑里，“海洋”是个象征性的概念，带有理想的色彩，离现实很远。现实是，地方大，人就小；地方小，人就大！看得出，张建设不是好高骛远的人，比起保守主义，他又要稍稍往前多看一步。于是，在这内河航运兴隆昌盛之时，他预感到更可能只是蜜月期，很快便结束了。抬头看，岸上的标语牌，赫赫然映入眼睛：要致富，先修路！沟渠填埋，农田等不及收成，压路机便开过来，打夯机的轰鸣昼夜不停，盖倒了船的轮机声。他已经看得见，陆路代替水路，车代替船。到那一天，旧的生计就将被新的代替，具体不知道究竟是哪一种，但他笼统地认识到，天下事物都是共生灭，同呼吸，就看你把不把到脉！

迎娶修国妹，他的船油漆一新，舱里满满当当。玻璃门的柜橱、梳妆台；大件有自行车、缝纫机，俗话叫“两轮一转”；小件是气压热水瓶、三五牌台钟、双面绣的插屏；当然少不了“三金”：金项链、金耳环、金戒指。修国妹的嫁妆有得一比。床上绸缎面湖丝绵被子、珠罗纱白底隐花帐子、羊毛毯、羽毛枕；地下铜锁铜包角的樟木箱、红木的套桶和脚凳，黄杨木的婴儿摇床都备下了；穿的有呢大衣，男式海军蓝，女式玫瑰红；新款羽绒衣，也是一蓝一红；衬绒夹袄，男装驼绒，女装羊羔绒；牛皮鞋，高帮、低帮、棉、单、凉、拖；单是锅就十来件，钢精的、生铁的、搪瓷的，双耳的、单柄的，煎、炒、炖、煮；成套的碗盘、茶碟、酒壶酒盅，各有几十头；顶别致的一盒西式餐具，大小刀叉勺，嵌在紫红平绒托上。一样一样送上甲板，摞起来，罩了桌面大的喜字，展销会似的。喜酒摆了十条船，大船三席，小船两席。两边的客人多是同行业。修老大行船日子久，结识在三四代以上；张建设走得远，都有隔了省的朋友来贺礼。下午三时开宴，入夜八九点还未散去，条条船掌了灯，河湾里点了火似的，红彤彤一片。直到东方露白，才一艘艘相继离开，马达突突响着，渐渐远去，消失在晨曦中。

这场夜宴，可说象征了水上运输的黄金时代。拉不完的货，接不完的单子，卸载的空船，被厂家拉住不放走，又装一载到下一家。沿河挤挤挨挨着大小码头，码头后面，新厂连老厂。天际线改变了形状，原先平缓的弧度上，凸起许多锐角，视野变得狭窄。听觉呢，也是壅塞，岸上是机器的隆隆声，岸下是船的马达和鸣笛。直至暮色下沉，夜色渐深，方才消停。这是他喜欢的时刻，水面疏阔许多，喧哗收敛起来，星月仿佛升高了，船尾拖了细浪，心里格外安宁。白昼里麻木的知觉此时恢复了，甚至更加灵敏，似乎，万物都在发力：潜流在码头的木柱间绕行，鱼排子、孵卵、破膜，地龙拱土，水蛇蜕皮，鸟族在枝头求偶……他以为在梦里，烟头的亮是梦里一个醒，带他回到现实。于是，听见自己的脉跳，舱里面妻子的鼻息，胎儿在母腹翻身打滚，他是个拖家带口的人，不由笑了，这无声的笑也进了耳朵！头顶上三星排列，时辰不早，烟蒂扔出船帮，“噗”的一声。叫出小工守夜，换进去睡了。小工是从江苏地界泗阳找来的，也是个孤儿，原先在乡里的麻刀厂做，受不了那个气味，宁愿当“猫子”，硬跟着船过来。

头一个孩子生在船上，取名舟生。其时，他们在巢湖那边，皖南比皖北发达，运费几乎翻番，一单接一单，几上几下，回程的日子一推再推，终于挨过日子，分娩了。修国妹可说自己给自己接生，母亲生弟妹的时候，她就在跟前，看不看都进眼睛里。生完了，就轮到张建设。想不到，没经过女人事的男人，竟然会侍奉月子。猪蹄炖得起膏，鲤鱼熬成牛乳，黄糖水打溏心蛋，莲子红枣粥，茼蒿菜煮水，用来煞油腻，苹果掏去芯子隔水蒸，也是压火气。第一口奶是他吸出来的，夜哭郎是他起来抱着摇到天明，母子俩的洗涮也归他，隔壁船的老大笑话说：男做女工，越做越穷！他回答：我这个女人命旺，破得了天戒！船驶到临淮关，和老岳家碰头，已经二月二龙抬头。婴儿出世剃胎毛的日子，按规矩是由舅舅动推子，可舅舅在县中学读书备高考呢，还是张建设自己来。外婆绞线头的小剪子，一绺一绺，又有人戏谑：修理地球啊！他笑接下句：锦绣河山！多半亲力亲为，他和舟生最亲。

日子过得快而且满，娶了娘子，生了儿子，攒了票子，舅子小姨供进城上学，自己的兄弟则送走当兵。这时节，生计多了，西线又开战，太平世道谁愿意出征打仗？参军的热便凉下来。这张跃进少小缺爹娘管教，天生也不是读书的料，要不是做哥哥的辖制，怕已经辍学上船了；二也是还张建设自己的少年心愿，听书记大伯的孩子说话，晓得虚多实少，还是有触动。这一批征兵是新疆驻防，内陆的人听起来，远到天尽头似的。这里单军服上身，发下的已经是棉和毛，看到那一双大头靴，方才有些释然。他忘不了张跃进顶出鞋的脚指头，那是软肋。安顿下几个小的，还有一个大头，就是允诺书记大伯帮衬的，他的同年兄弟。起先，那兄弟看不上他的帮衬，问娘老子“借”了钱，和战友参建水泥预制件厂，不到半年，钱打了水漂，战友们一个个跑得看不见。于是，书记大伯亲自押解到跟前，求个小工的营生。他怎么敢！不知道谁雇谁。来回寻思几遍，最后给明光镇的窑厂，也是他的客户，牵线做个销售主任。家家户户盖房造屋，砖瓦先是紧缺，接着过剩，因为四处都在开窑。临高望去，东南西北的大烟囱，吐出滚滚黑烟。出窑的时辰，有电的地方拉了线路，高支光的灯泡大放光明；没电的则扎起火把，映红半爿天。再一眨眼，满视野破土动工，或者从无到有，或者推了旧的盖新的，真叫作，眼看着起高楼，眼看着楼塌了！建材就又走俏了。

张建设做了这中人，实是心里打鼓，随时会出事似的，有一段时间，都不敢再往明光那边接单。过后传来风评，竟然很好，颇有作为的气象，方才松一口气。

书记大伯的儿子，大名李爱社，小名社会，和张建设的名字一样，听起来就知道什么时候出生，上世纪一九五八年，月份还大些。到底走过外码头，开了眼界，又操一口普通话，乡下人称普通话“标准语”，代表着官方，已经起了三分敬。这时节，如方才说的，砖瓦的市场，一时买方，一时卖方，要有眼力，看得准风头，顺风和逆风各有理据，这就要靠说辞了。刚从泥里拔出脚杆子的庄稼汉，眼和嘴都是拙的，缺的正是他这号人物。慢慢地，张建设接续上这头的老关系，有时看见李爱社，穿一身西服，打着花领带，来不及照面，好容易过上话，口气里是救济自己，给他生意做。所以，就又不从那里走了。

这一段日子，无意中留下纪念。那是在洪泽湖，搭了个年轻学生，上船就支起架子画风景，时不时放下画笔，端起照相机按快门。张建设忽然兴起，说替我拍一张，学生说好，让他站船头，稍许端详，快门“夸嗒夸嗒”连着两响，结束了。下船时，他没有收捎脚钱，写了邮寄的地址。十天半月以后，这事都忘到脑后面，照片却收到了。两张小，一张大，附了底片，拍得很好。仰角的镜头里，他手撑在胯上，身后蓝天白云，前景里看得见舱房的屋檐，檐下面还挂了一卷缆绳，就知道是在船上。他们老家的男女，生相都标致，似乎有南亚人的种气，高鼻梁，宽额头，双眼皮的多，张建设也是，神情轩昂，无限风光的姿态。

现在，张建设的计划是上岸。他们还在青壮，岳父母却是向晚的年纪。两位大人都有肺弱的迹象，关节也开始变形，使他想起自己早逝的爹和娘。看见舟生腰里系着绳子，被母亲牵着在甲板上蹒跚学步，想到的是自己，他们不能世世代代做“猫子”。并不是对身份抱有成见，如今，谁敢小视张建设呢？漂流的水上生活总是无根之萍。古代圣贤说，无恒产者无恒心，他是个有恒心的人。和存在决定意识的唯物论反过来，意识决定存在，就是要用一颗恒心创造恒产。不能说是自小的立志，提早十年，莫说十年，五年，三年，甚至仅仅一年前，他也不敢去想，可是，如今不是有实力了吗？从这里说，恒心又是从恒产里起来的，还要回到唯物史观。就像先有鸡还是先有蛋的问题，其实是个循环的关系。所谓上岸，落实到行动，很简单，就是造一座屋。钱不是问题，建材对别人也许是问题，对他却不是。做运输，没少和砖瓦水泥钢筋木材的供应商交道，人脉很广，难处在于“地”。他们被人蔑称“猫子”，这“猫子”两个字从词源上看没什么不是的，硬生生让这营生背上污名，归根究底，就是无地。无地则无籍，无籍则无名，无名则无族，而为乌合之众。张建设倒没有改写历史的远大目标，他向来没有目标，只有计划。计划的第一步，也是基本的一项，就是地。

地，这一件事情，唯有一个人能办，谁？还是书记大伯。书记是岸上人，统管七个平地生产队再加两个水上生产队。联产承包，分田到户，一系列改革，公社还原为乡镇，生产小队还原为自然村，在生产大队的基础上联合自治。这样大队便成为国家行政系统的末端，同时，计划经济体制也在这一节涣散开去。大队书记现在叫村主任，出自民选。农村的事情，哪一朝哪一代，明里暗里，主导性的力量总是来自宗族。书记的李姓是大姓，所在也是大村，几乎占大队人口一半，无论上级任命，还是现在的民意，都和它有关联。书记大伯和张建设不是族亲，在后天的缘分，一个由另一个抚孤，另一个呢，眼看到了托老的时候，生亲不如养亲。在这通常的人情底下，有更深的渊源，两个都是人里的龙凤，嘴上不说，内里却惺惺相惜，视对方为忘年知己。所以，张建设才有胆开口，向书记大伯要地，地可是乡下人的命！

多少也应了世事变化。分田的时候，借了县里测量局的人和尺子，连地埂地边都不放手，横来竖去地丈量。但种田的兴头很快被工业热潮盖过去，春种秋收周期缓慢，收益有限，哪里比得上机器！零散的地块又三三两两合起来开厂。土地流转中，实际面积又被利润统计盖过去，价值就有了涨缩。书记大伯在村子低洼处，近河滩的位置，切下半亩地。张建设不能让书记大伯为难，他以高于通常的钱数向村委会买下三十年租期。这时节，土地市场没有过明路，凭借约定俗成，民间的交易其实相当活跃。

张建设的财力足可以造楼，但只盖了五间平房，他不愿压过村人，尤其书记大伯的风头。村人们收留了他，他永远是谦卑的。龟缩在庄子台基底下，仿佛稍不留意就踩平了，渐渐地起来一股子生气。白墙黑瓦，前后各留一块园地，南院窄些，铺了砖，贴墙排几行盆栽，海棠、芍药、月季，大瓣的花，姹紫嫣红。北院种菜，支起架子，上面豆角、茄子、西葫芦，底下南瓜，一盘一盘，中间是豌豆荚，绿生生的。

修国妹的二胎就生在这里，取名园生，听起来像男孩，但要看这“园”字，就知道是个女孩无疑。虽然有生育制度管辖，船民们却依旧多生多养，水上饭总是风险大，人口就是保障。反正，船一开出，无有定所，谁也不认谁。集体制解体之后，就更自由了，“计划”内的政策对于他们基本失效。但张建设依法缴纳了超生罚款，他不能让自己的儿女“黑”掉，接下来，户口落到何处？什么事难得倒书记大伯呀！人场官场，可谓纵横家。土地使用权和所有权，宅基地和“地上物”烩在一锅，分盛碗里，你中有我，我中有他！还是拜世道所赐，八十年代开初，所有物权都在重新定性定量，事实上就是再次分配，变通的渠道很多，左右逢源，最终以居住地开立户籍，由这初生儿顶了门户。将来，张跃进复员转业，小弟大学毕业，小妹呢，也正在高考，带走水上户口，落回来就是陆上人。世事难料，后来谁也没有回来，连园生都离开了。张建设算得上思想超前，结果，还是被历史抄了近道，那真是和时间赛跑的日子。

两位大人安置进新房，舟生留下，吃奶的园生缚在母亲背上，再出船去。头一个孩子修国妹连尿布都没怎么换过，这一个从落地起就黏在身上，自然宠溺得多。两个都有一方偏袒，谁也不受委屈，是理想的家庭。那小工幼年吃苦，压抑住了，以为不会长了，想不到上船后放开吃喝，发起来，蹿得和张建设一般高，身子是少年人的细弱，秉性却很稳重，也随张建设。不像人家的小工，称主家“师傅”，而是叫“爸”，修国妹却是“师娘”，排阵有点乱，意思是对的。时间久了，两人真仿佛认了一个大儿子，就把“小工”叫成名字，后来又变“大工”，听起来是“大公”，像日本人。岳父母上岸，原先那条船修补修补，让“大工”掌舵，跟着张建设，装一样货，吃一锅饭。渐渐地，园生下地走路了，腰里系根绳子拴在她妈身上。

有一日，叫大工吃饭，人没有来，下一顿也没来，问他怎么吃的，低下头期期艾艾说：今后自己开灶，不劳累师娘了。两人共同“哦”一声。修国妹想，孩子大了，有了相好，要娶媳妇了；张建设想的是，大工要做小老大了。算起来，大工跟了他们四年半，萝卜干饭当出师了！于是，当下拟定船租，比惯例少抽一成，再分出一些货单。看他的船渐渐走远，马达声嗒嗒地击着水面，很久很久，难免是惆怅的。大工的离去却打开思路，他何不多买几条船，招几名老大，按比例收益？多年的经验告诉他，单凭自家，即便从昼到夜，再从夜到昼，不过挣一份衣食，过日子尽够了，也只是过日子。张建设的心要比寻常日子大出那么一点，通常叫作事业心的一点。以目前的财力，额外置办船是吃力的，当然，倾其所有也凑得起来。可是他不想回去那个捉襟见肘的草创时期，吃二遍苦，多年的勤力都白费了似的。再讲了，事业是他的，多少有私心的成分，不能为自己侵害家人的利益。这些朴素的守成的计算，其实体现出“有限公司”的初级思想。书本上的教条，在他是切身体会，也意味着一个乡下人正走入现代经济社会。

他去到县城农业银行。还清最后一笔贷款，已经过去三年时间。推进玻璃门，还是那个营业厅，窗口里也是过去的面孔，但他却像经历了翻天覆地，不再是原先的他，几乎有洞中一日世上千年的心情。贷款部的男人依然是那一个，还贷时又见过两面，知道他姓姚，副科的职级，就叫姚老师。倒不是虚称，因真受教过的，就是发放给他第一笔贷款，带有启蒙的性质。姚老师没变化，只是眼镜框架变黄，显出老旧。姚老师从窗口看见他，绕到前厅引他进办公区，两人握一下手，显得很郑重。如今，农业信贷已经普及，业务迅速增量，但张建设是第一个客户，又是按期清偿的第一笔，就有开张大吉的意思。姚老师记得他的名字，此时却和印象有点不同，好像长高了，或许是真的，民间说法：二十三，蹿一蹿。算起来，最近一次见面时，他正二十三。但更可能是岁数的原因，原先的小年轻，长成汉子了。

这一回申请贷款，有抵押物了，两条机动运输船，加五间平房，还有良好的信用记录，这比什么都有价值。这又推进了张建设的认识，诚信比实物更重要。临近中午，他邀姚老师吃饭。姚老师虚让两回，答应下来。张建设先行一步，去到新起的酒楼“水上人家”占位，点菜，到后厨捞一条鱼，摔在砧板，亲眼看着开膛破肚，才又回到座上，从二楼窗口往下看。他的县和修国妹的同在淮河沿岸，她在北，他在南。他靠过那里的码头，记得满城的酒糟味，空气都是发酵的，有一种丰腴，而他的地方因是在下游，受淹频繁，就要贫瘠得多。这县城原先只一条大街，向两边分出横巷，所以说它像鱼骨。新中国成立初期，拓宽一个交叉路口，设置行政机关，渐渐开出一些国营店铺，成为中心地带。到六十年代，建起一幢百货大楼，所谓“大楼”，不过二层，却是县城的制高点。他和修国妹订婚那年，来这里逛过。两人先下馆子吃饭，一盘爆炒猪肝，一盘爆炒腰花，特别对乡下人的口味。然后去百货大楼买结婚的物件，看见柜台里有白瓷碟子，问多少价钱，女营业员也不回，说：不卖！修国妹说：凭什么不卖？女营业员说：不卖就不卖！一里一外地对嘴。百货大楼的女营业员，都是天仙，凡人够也够不着的，可天仙变起脸来，比厉鬼还快，原来是“画皮”。修国妹平日显不出，这时节连他都惊呆，竟然这么嘴利，句句占理。女营业员哭了，梨花带雨的，又恢复天仙模样。就有人出来劝和，里面人哭着说：难道你要买我身上的衣服，我也要卖给你！于是明白，那白瓷碟子本是个盛器，里面的螺丝帽、螺丝钉，才是出售的商品。两人走出门，站在台阶上笑了半天。忽听有人说：一个人笑什么？原来姚老师来到了。赶紧起身让座，问喝哪种酒？姚老师说酒不喝了，下午要上班。于是招来服务员，泡一壶顶级黄山毛峰，冷盆也上来了。面对面和姚老师吃饭，有一点恍惚呢！似乎不太真实，同时呢，又再自然不过，仿佛之前所有的日子，都是奔着此情此景来的。

姚老师是街上人，出身一般人家。父亲在机械厂做工，母亲没有正式职业，有时在澡堂卖水筹子，这里的澡堂，兼营热水店；有时到县医院做清洁；儿女未成年自己又年轻的时候，到河码头拉过水，一个汽油桶的水五角钱。在这个几万人口的江边小城，就业的机会十分有限，他们这样的老户算是好的，路数多人脉广，就找得到活计。姚老师是长子，家里尽力供他读书，高三那年正逢“文革”上山下乡，就近插队城郊。出身清白，本人又努力，巧的是，第二年地区办五七大学，便推荐上了。原则是哪里来哪里去，但也有几个按需分配，他就在其中。先是在底下供销社，再到县农行，加起来已有十年光景，算得上业内的老人。底下一串弟妹，乱世里长大，没学到本事，倒混了习气，进不去厂子，又不肯务农，高不成低不就的，最后都闲在家里吃娘老子的。如今，因这大哥的人脉，一个个有了事做，大集体，小集体，总归是饭碗。父母方才歇下来，舒心一段。紧接着，就是男大当婚女大当嫁，除妹妹出门子，余下四个兄弟加他自己，都是进人口的。姚家只有小两间房的地皮，张建设悟过来，城里街上，也有地的难处——大的结婚占一间，二的占第二间，上辈人挤回原籍，幸而那里留了一间旧屋，等三的娶亲，挤出的就是他了。从单位分了一间宿舍，刚搬过去，四的媳妇说定了。二和三可没那么好商量，也是没办法——一个在码头做搬运；一个也在码头，名义“纠察”，实际是水警下面不入编的社会管理，类似民兵的组织，不发制服，臂上套个红箍，手里持一根警棍，再衔一枚哨子，就是全部的装备了。权力却很大，客轮乘载的大多是乡下人，畏首畏尾的，于是分外嚣张。领着上客走队形，非走直了不算，下客则相反，要将人群驱散，放羊似的漫在河滩。一早一晚两班航次，余下的时间便是抽烟打牌。这种行当专会培养粗恶，所以，这一个最难缠。老大的权威靠实力支持，本来资源就有限，分摊到各人更微薄了。姚老师是家中唯一读过书的，接触都是斯文人，脾性磨软了，怕的就是硬上的那种。无奈之下，给四的赁了私房，替他交租金。这样，三又不干了，要与四对换，两兄弟便闹起来。外头没消停，里头又起波澜，姚老师的允诺，他媳妇不认。幸亏平时攒下些私房钱，支应了这头，再对付那头……

听姚老师絮叨家事，张建设极为震动，想不到日子竟然过成这般窘急。他向来以为丧父丧母是天谴般的惨事，不料想有父有母可生出如许烦恼纠葛。他以为城里人不必挂虑衣食，却是比衣食更无从解。所以，他想，人世就是苦，不论从哪里起因，又在哪里生成，终是要面对和克服。

这一趟，不止从农行贷款，更要紧的，和姚老师做了知己。两人相差整十岁，这个距离在青少年几乎是隔代，但人向中年，却是平辈的兄弟，随着社会上的进退，甚至会重排长幼的序列，他们之间渐渐显现这样的趋势。张建设始终不改口“姚老师”的称呼，可是有时候，是他替姚老师作主张。其时，他买下三条二手船，将其中成色新的租给姚老师的四。这四是兄弟中最末的一个，家中所有被上面几个层层盘剥，到他则殆尽无余，大哥的人情也用到头了，这也是姚老师格外帮他的原因。这四本来有些随大的，本分，指望他多读几年书，有个公家的工作。但家庭是那样的氛围，出一个姚老师已经是奇迹，初中勉强毕业，在手管局做临时工。手管局底下挂靠无数单位，多是作坊式小企业，打铁铺子、石灰窑、渔具厂、五金店，五花八门，没个主项，总之，凡够不上国营工农商部门的，都归到它。所谓“临时工”，其实就是杂役，仓库守更巡夜、拉板车送运货、安装门脸、烧水扫院，任人差使，学不到手艺，还受憋屈。却不耽误找对象，这家的子女，包括姚老师本人，都遵循国家婚姻法规定，男二十，女十八，准时嫁娶，年龄又压得紧，一个挨一个，容不得喘息。张建设提出这办法，一是为姚老师解困，二也是看四的老实可怜，要是二和三，他就不敢担责了。

四的船，重上一遍防水漆，舱房尤其刷得簇新。四的对象是街上人户，现在，张建设知道城里生活的局促，格外送一架缝纫机和自行车，当年娶修国妹时候的“两轮一转”。喜宴办在姚家老屋，排了一巷子桌面，是给四撑腰，不叫哥哥们欺负，也给大的长了威风。张建设和修国妹被请到上桌，和两家大人，还有姚老师的领导同席。虽是最年轻，但领导带头，都称呼老大和老大师娘，害他们不停地起身敬酒，一杯一杯喝下去，师娘面无变色，老大倒有些撑不住了。

现在，张建设连他自己，总共五条船。对于一个刚起步的船东，恰如其分，输也输得起，赢呢，眼前的路长得很呢！

3

修国妹的弟弟修国华，家里叫作小弟，晚她一年半。因底下一年半有了修小妹，母亲要哺乳，就把他交给大的了。修国妹七岁上小学，他只五岁半，也跟着去学校。乡下的小学，有一半是托幼，家中管不及的孩子，送去消磨时间。他们是住宿，男女不分横排睡一张大床，因为挤，也因为铺盖不足，都打通腿，姐弟俩就合被窝。爹妈走船，十天半月看不见人，那小的白天还好，有许多事情分散注意，到夜里想起来，直哭直哭，怎么哄也哄不住，招来许多嘲骂，被叫作“哭死宝”。大的自然不依，一句回十句，一人对十人，那张利嘴便从此时练成的。后来上到三四年级，学校翻了房子，分出男女宿舍，她的被窝进来小妹，出去小弟，刚治好的夜哭症又发作了，这一回是哭他姐姐。修国妹就隔墙骂，骂那些要笑他的人，骂到小学毕业。大的二的上公社中学，剩下最小的。这修小妹是另一个路数，不单自家姐姐，天下人都是她姐姐。来到不久，已经钻过所有姐姐的被窝，让所有姐姐梳过小辫。哥哥姐姐走，她非但没有眷恋，反是窃喜，因为自由了。姐姐要管束她，哥哥呢，让人难堪，被叫作“哭死宝的妹妹”。她不像姐姐那样抗击，而是回避，撇清关系，佯装没感觉，表示“哭死宝”是“哭死宝”，自己是自己。一方面，是和兄姐分开长大，难免感情疏离；再一方面，独享父母照顾，多少有些自私。总之，他们三个，合力看，上面两个亲，底下一个独；分开说，则两头强，中间弱。整体上是平衡的。

“哭死宝”却也有自己的优势，读书。若非此长，即便姐姐扶助，也难立足。少年人群是个蛮荒社会，遵循丛林原则，弱肉强食。学习毕竟是校园生活的主流，就可出奇制胜。在乡下小学里并没显出山水，男孩都是后发，他又比人小一岁半年纪，走路都不稳，铅笔握得住吗？只能勉强跟上，不至于脱班。到了完中情形大改，每学期考试都往前排几位，初中三年级便名列第一，免试晋升高中。这时节，姐姐回船上帮父母干活，小妹小升初，也是修国妹的主张，如他们这样吃水上饭的人家，要想在岸上谋个立足之地，读书是个途径。知识青年上山下乡，村里也派到学生落户，大多是颓然的，偷鸡摸狗，糟践庄稼，乡人们都以为堕落不可救，修国妹看到的恰恰是，这些人另有一种命运，他们迟早回去城里，开展前途。修国妹自诩读过书的人，比周围人有眼界，晓得天地的广大，人在里面的小，唯其如此，才会有机缘，虽然不知道前面有什么等着，走过去，说不定哪一时迎面撞着，可不是吗？她遇着了张建设。

小妹其实不是读书的材料，可她喜欢集体生活的热闹，也受集体欢迎，属社会型人格，和小弟分处两极。他们长得不像，很少有人认出是兄妹，没人喊小妹“哭死宝的妹妹”，事实上，“哭死宝”的诨号没人知道，现在叫的是“白先生”。他长得白，船上人很少见这样的白皙，一个男孩生成瓷样的皮肤，简直是浪费，所以，这“白”字里就有一点戏谑。“先生”则是同学们封的，老师有事外出，常常让他替班上课。开始也有剽悍的男生欺他，也曾哭过，但老师不依。高中的男生站起来和男老师一般高，有时候就要讲武力，面对面地开打，几次过后，便怵了。“白先生”的地位渐渐成为公认，小妹不再回避亲缘关系，还特地告诉人们,“白先生”是哥哥，虽然从不称他哥哥，总是“小弟小弟”地叫。这就换作“白先生”躲她，严格说，躲她身边一双双眼睛，那眼睛都会逼人的。女孩子通常早熟，又盛行一种风气，和高中生交朋友。“白先生”可说是学校的精英阶层，长得好，还是同学的哥哥，正合乎戏文里的风月情节。“白先生”上面的姐姐，下面的妹妹，都是强势的人，使他格外对女性生畏。面对小妹一帮同学，真有羊入虎口的意思。这场追逐中，小妹最得意，既有脸面，又有实惠，因都来巴结她，争相做她挚友。她有意无意地，拿哥哥做人质，索取好意，心里却清楚“白先生”的斤两，无论表面多么风光，终是个无害无益的家伙！

小弟高三毕业，正逢全国恢复高考，进了省城的工业大学。积压十年的考生一并涌入高等学府，他是应届，又早读书，班上最年长的那个，差不多生得下来他。“白先生”自然做不成了，即便同学，他们这些小的，也属无名之辈。一九七七、一九七八年的校园，是“文革”前初高中、人称“老三届”的天下。从动荡年代过来，经历社会实践，抱着改变现实的激情，书生造反，只在务虚。于是，创建社团，组织论辩，出报出刊，演戏演剧，一时间风生水起，如火如荼。小弟们插不进嘴也插不进腿，走道都是擦边，除去课业别无其他。这样的边缘状况，到了大三大四，逐渐起了变化。还是那句话，校园生活终以向学和求知为主流，也意味着教育回归正途，小弟修国华有点脱颖而出的意思了。乡镇中学的头名状元，在来自全国的生源中，至高不过中游，头年打基础，次年起跳，第三年便腾空而跃。他的专业是电气工程，任课老师建议他考研，转计算机方向，其时，计算机在中国还在普及阶段，国外已经呈现新业态。小弟的学习禀赋，体现在专一，他特别能够集中注意力，亦步亦趋地进到深处，却不太具备联想的能力，触类旁通，简单说，就是路子窄。老师的建议确实挺有针对性，拓展知识领域，改造思维模式，同时呢，也指出下一步的目标。靠他自己是想不到的！

暑假回家，姐姐结婚，他第一次见到张建设。他又拔了个子，姑舅两人站在一起，舅子高出半掌，体魄上，不及姑爷的半身。细长的身条，脸更白了，架着副眼镜，比姚老师的新款。张建设暗想：不像修国妹的弟弟，倒像儿子！小弟则觉得姐夫和姐姐很配，都是有力气有主张的人，罩得住自己。

下一年，小弟本科毕业。因本校的计算机专业是新创，程度有限，还是老师做主，放弃直研，引荐报考隔省的大学研究院，通过卷试面试，顺利录取。过完暑假，即去就学。本可以走水路，开自家的船，沿途有几个货点，方便接应，还可看风景，好比古人赶考。可他也许用脑过度，或者是环境影响，逐渐养成晕船的毛病。听起来挺奇怪，水上人家的孩子不服水。因为这个，他连续几个寒暑假不回家，修国妹结婚，回来了，是住在书记大伯家里。所以，就改陆路。

去省城上学，是修国妹送的，这时候不巧，舟生未满百日，挂在奶头上，就由张建设出勤。小妹自听说有南京之行，便一径闹着也要跟去。大人都不同意，是从盘缠计算，节俭里过来，眼下的日子都觉得造孽了。修国妹向以为这个妹妹和他们两样，有“街华子”的浮浪，不是根性里带来的，而是风气所致。她和上面两个相差没几岁，可就这几岁里社会转变，从不足走向有余，是好事情，却也让人不安。内地镇市的物质世界尚可估量，省城就难说了。小妹多次起意到合肥看小弟，都被扼制住了，这一回无论如何不肯罢休。多少出于无奈，修国妹转念想，到大学里走一走，或许激发上进也不定。小妹很聪敏，即便心思不在读书，也混到居中。其实呢，还是宠溺心作祟，在她眼里，弟弟妹妹永远长不大。有了舟生，自己做了母亲，照理他们也长了辈分，可却相反，一并做了她的儿女。最后，就站到小妹这边。张建设对大学不熟，内心难免生畏，舅子是只能人帮，不能帮人，有小妹一同探路，总归踏实些，却又不好忤逆岳父母，等修国妹态度出来，事情就定了。

这三个人搭长途车到蚌埠，天已向晚。先在火车站看班次，买第二日的票。离开售票处站在马路牙子上，张建设想吸支烟，就有女人拥上来，拉他们住店和吃饭。走过两条街才算突围，剩下零星三四，尾随两个路口不见了。张建设知道凡车船码头都是法外之地，有不可测的危险，宁愿走远，到中心城区住一家大宾馆。他们一行都没进过宾馆，一推门，迎面而来几个外国人，以为去了不该去的地方，张建设撑持着率先往里走，那一伙人不及后退，差点让行李箱绊了，后面两个小的紧跟，小妹差不多是从对面人的腋窝底下过去的，只听一阵“索来索来”的疾呼。此时，却又迈不开腿了，光从上下左右照射，隐隐地传来音乐，水晶宫一般。恍惚中，有人引他们到服务台前，里外的男女也都是水晶人似的，闪闪烁烁。办好手续，乘上电梯，升、升、升、停，门打开。声光电收起，地毯上的栽绒发出一层薄亮，却是又深又软，把脚步声吃进去。在静谧中走过一扇扇紧闭的房门，门上刻着号码。三人分作两间，张建设和小弟一屋，小妹自己一屋。各自收拾了再聚一起，商量吃饭的事。张建设问弟妹们，“索来索来”什么意思，是不是责怪他们无礼？两个小的告诉说，恰恰相反，是向他们说“对不起”。张建设说：那还是咱们失礼了！

说一会儿话，便出门乘电梯下楼。适应的缘故，大堂里的灯光不像起初那么炫目，玻璃门外则一片灯海，车和人行在其中，都带了一束光似的。沿街走去，挑一家门脸敞阔，挂红灯笼的。果然轩敞得很，横竖排开，几乎有上百张桌，因是现烫现吃，就可从容照应。铁镬子嵌在桌面里，隔成太极图似的两部，分红汤和白汤，名为鸳鸯火锅。他点了牛羊肉，鱼虾海鲜，再加各样蔬菜，粉丝面条，又格外端上七八种蘸料。小弟心生不安，问姐夫花多少钱，张建设说，钱挣来就是为花的，重要的是物有所值。小妹说声“吃”，便下了筷子。他喜欢热辣辣的红锅，小弟却沾不得星点，只在白锅里涮，小妹则红白锅穿梭来回，小弟就嫌她混淆了辣和不辣，小妹不理会，兀自左右互动。于是招来服务员加一双筷子，令小妹分食，这才安定局面。同行不出一日，张建设已经领教这一对姨舅被惯得不轻，一个不经事，另一个专惹事，到社会上去，各有各的难为。他并不生嫌隙，倒是羡慕有父有母的孩子，不像他们兄弟，茕茕孑立。张跃进去部队已经三年，还未探亲一回，平时不怎么想起，想起就有一股辛酸，好在热气遮脸，花了眼睛，慢慢地，喉头的堵下去了。

吃完肉菜，下一束挂面，七分熟捞起，拌进佐料，再喝两碗汤，盘碗都干净了。结账离桌，走出门，凉风兜头吹来，一身透汗，脚下轻快，就在街上漫走。不知不觉中，转上岔路，路灯逐渐稀疏，终至全无，倒也不见得黑，因为有天光。两边的房屋矮下去，路也宽阔了，风鼓荡起来，却是湿润的，就有点沉，贴着人的脸和身子。前面绰约断续的灯亮，横陈一道高堤，愈走愈近，只看见大柳树间拉着电线，缀着五颜六色的小灯珠子，底下一溜摊位，衣服鞋袜，日用百货，南北干鲜。接着一段小吃铺，自己拣了鱼肉蔬菜，过了秤，交给掌厨的，或煎或炒，或汆或烤，热火烹油的，十分蒸腾。走过去，又是衣服鞋袜。小妹走不动了，眼巴巴地来回看。暗夜里的灯本来就有一种诡谲的色彩，光影交错中的织物，花团锦簇，真仿佛羽衣霓裳。和百货公司橱窗里的展示不同，一是量多，二是款式奇异。摊主大多态度倨傲，不在乎买卖，其实志在必得。像小妹学生模样，不挣工资，又没大人陪伴，只不过解个眼馋，更不会搭理了。女老板绕出摊位，也不开口，抬起胳膊肘子，人就顶到一边去了。小妹哪里受得了这个，胳膊肘顶回去。女人倒吃一惊，又笑了，捉住小妹的手，凑到亮处翻来覆去看，说勾了面料上的丝。小妹抽不出手，任女人一个指头一个指头捋过去，纵然有千百句厉害话要说，却让眼泪噎住。最后，女人松开手，说道：要买才能摸！还在小妹身上摸一把，言语和动作透露出猥亵，小妹终于哭了。已经走远的张建设和小弟折转身找她，见她僵直着身子，站在树影的暗处，看不清脸，觉得有事，却想不出什么样的事。张建设说：看中什么了，咱们买！小妹说：不要！扭头就往来路去，那两个疾步跟随。张建设想再看河上的船，却也只得走了。走到宾馆，分头进房间，张建设和小弟说了会儿话，这妻弟本来口讷，和姐夫又生分着，不过是敷衍。于是，相继洗漱，各自歇下了。张建设注意听隔壁小妹的房间，没任何动静，反有些不安，倘若有个短长，怎么向修国妹交代？势必早去早回。明日出发，当晚夜车返回，家里还有许多事，缴贷款，收租金，船上的马达要保养，筹划着给舟生办百日酒，想到舟生，不禁生出万般的欣喜，忽然间归心如箭。

以下的行程都按张建设计划走，将小弟送进学校，立即领小妹奔车站。小妹没提什么意见，听从姐夫安排，这也有点反常呢！顾不上多想，晚上八时整，登上京沪线快车，向北去了。火车启动，有一段经过市区，华灯夹道，广告和路牌在空中勾勒出红绿的线条和立方体，旱桥下的车流是光的河，惊鸿一瞥，不夜城滑出视野。晨曦中，车到明光站，张建设先下去搭船，修国妹在码头等他，留下小妹，独自北上。

下一年暑假，小弟回乡探亲，就已经是陆上人家，不再有晕船之虞。家中常住只有爹妈，但处处有姐姐的手：专给他辟出的单间，桌椅床柜，一应用物俱全；白粉墙上贴了各样奖状证书，从小学中学到大学；藤书架上是学过的课本，还有闲书，以武侠小说为主。自此，每年寒暑两假他都回来。不晓得姐姐在哪片水上，饭桌上的鲜菱角、野茭白、鸡头米，分明走船人放下的；房间里的新跑车、随身听、澳洲的羊羔皮，种种稀罕，不也是走四方的采买？临近岁末，姐姐姐夫带着小外甥，一帮人呼啦啦进门，他倒跑开了。至亲就是这样，不见想，见时躲。隔年的寒假，添了园生的啼哭，小弟向来怕吵，从功课里抬起头，寻到摇篮跟前，用眼睛瞪视，瞪到她收声，忽地笑了，才知道彼此是喜欢的。再到暑假，园生已经满地走，牵着绕到屋后，穿出山墙间的夹弄，上了堤岸。抱起园生，看河上的船，仿佛看见了自己，也像园生这么高矮，伏在姐姐背上。后来，下地走了，一根绳子拆两股，分别系在姐弟腰里，再合一股系在舱门的柱上，就像一对拴着的蚂蚱。拖拽着跌倒爬起，脸对脸唱《拍手歌》，船在身下摇，竟一点儿不晕呢！再后来呢，园生换了舟生，一个跟船走了，一个留在岸上。都是姐姐的亲骨肉，喊他舅舅的人，但和那一个亲，这一个远，就像姐姐和姐夫的区别。总之，每每回家，都有变化。

这三年里，小弟硕士毕业，直升读博。小妹头年高考落第，下年再落第，直到这年，考上皖南一所师范。姐夫手下的船翻了倍，自己的那一艘雇了船工，专做几家老客户，不为生意为的情分。县里买下商品房，受政府奖励，落了城镇户口。二老留恋这院子，弃船上岸，还没住热乎呢！因此姐姐一家先过去，舟生眼看上小学，县里的学校自然好过镇上的；园生呢，要进托儿班，乡下可没有这个。修国妹不跟船了，管岸上的交道，兼顾孩子。好比快刀切菜，顺遂的日子总是疾速的，回头看，都要吓一跳，竟然走出这么远。不单是他们，四周围也都变得不认识。县城拓展了，原先城关的分洪闸一下子到了中心区域，成为地标；土路铺上柏油，栽种行道树，甚至立起信号灯；平地起来高楼；码头的河滩修筑台阶，辟出方场，围一圈花坛；露天汽车站现在建了玻璃钢顶棚，底下一排排连椅，日光投进来绿莹莹的，班次增添十数趟，公路向四面八方辐射、交汇，输送人流和物流……

无数河汊被填埋，主干水道变得拥簇，往来繁忙，显得格外兴隆。事实上，别人也许没注意，却躲不过张建设的眼睛，他看到，水运的总量在迅速下降。不说别的，轮渡客就在减少；数一数停泊点的船家，也在减少；最关系生计的，货单在减少。连他这样的老码头，都吃过退订，也有的，是买他面子，勉强维系着，同样躲不过他的眼睛。陆路比水路时间短，运载多，吃用开销低，汽车就像公路破出膜的鱼子；反过来，汽车又催生公路，他不也买了一辆上海牌小车？更要紧的，就是乡镇厂式微。这一波兴起的都是织印、建材、五金、小化工企业，流程简易粗疏，快速获利的同时也快速污染环境，河面上肉眼可见柴油漂浮，码头上水客的号子声不知何时沉寂下来，替换的是打井的钻机轰鸣。街上人家，院子里巷道里，甚至机关驻地，都在开凿地下水。国家垂直省、地、县，一路设置环保部门，眼看关闭潮就要来临，内河里的船运也到收尾。就在这时候，发生一件事情，张建设的转折不能说直接起因于这里，但却是关键性的推动。

这就要说到李爱社了。张建设不是介绍他到明光镇上的窑厂做销售？头两年业绩不错，人脉铺得很广，都有浙江的订单。浙地的自由经济分外活跃，温州那一带从来没有消停过个体买卖，旧时代叫作投机倒把，军区都动用直升机冲击交易市场。世道轮转，到今天却应了潮流，成为先驱，连山林海岛河湾都允许私人买卖。俗话说，穷算命富烧香，自古来“淫祀”的传统，收敛几十年，这时候又续上香火。乡里村里，街里巷里，起来无数寺庙，一边是砖瓦需求量大增，另一边则用地紧凑，供应不足，于是四处进货，听起来也合乎情理。张建设每回遇书记大伯，多是喜讯。最近的消息，是在上海开发业务，虽有夸张之嫌，但这是个勇进的时代，只有想不到，没有做不到，所以也信了。其实，以张建设的眼光，是可看出破绽的，他多少有点存心的，半睁半闭地，让开了，不想让书记大伯扫兴，或者，也怕给自己惹麻烦。可是现在，麻烦来了。那窑厂里有张建设的熟人，否则也不能走人情，事后知道，李爱社主管销售，从簿记看，收益涨幅明显，但至少一半用于推送渠道，并且不断扩大，相应之下，汇款就有限了。工人日夜加班，一批批出货，上船上车，一溜烟地不见影，打水漂似的。当然，三角债已经遍及全社会，到处都是讨债的人，谁也脱不了钳制。但是，刨去正当的债务，或多或少，总也有盈余，否则，办企业为什么？李爱社的做派和口气都是宏大的，高屋建瓴，乡下人哪里是对手！每一次结算都被他吓回去了，这样，终于到了发不出饷也开不了工的日子。李爱社造下的亏空，即便在账面上也盖不过去。那些浙江、上海所谓的铺货点，他声称投资失败，全是虚拟，实际是吃喝交际，再加受骗上当。这才叫山外有山，他设套，人家设套中套，箍桶似的越箍越紧，终于逃不过了。民间的习俗是讲私了，第一，老百姓怕见官；第二，打官司费时费钱还伤面子；最后，就算胜诉，把人打进大狱，就算两清了。窑厂的本钱，一半集体，一半集资，关门熄火，于公于民都不好交代。厂领导商议，还是要找个居中的人顶事，冤有头债有主，顺藤摸瓜，就到了张建设这里。张建设先吓一大跳，紧接的念头是，他逃不掉的，两边都是他的人！于是，毫没有犹疑，一口应承。他没有去李爱社家找人，生怕他父亲难堪，但岳父母却上来了，说书记大伯去了家里，都哭了。就知道，不能有片刻拖延。

事情简单得很，两个字：还钱！说起来，张建设有了事业，钱却不如没事业的时候凑手。怎么说，那时候，哪怕只有一块钱，也是自己做主的；现在，百万家财，却是套在人家手里，所谓“人家”，或者银行，或者房产商，或者发货送货的上家和下家，有他欠人，也有人欠他，需要变现了，才能挪动。最终，他决定卖船。因是急着出手，降了一二成；单方面中止期约，又补偿租户违约金，所以，三不值两，一条船不够，再加一条，把李爱社的饥荒平掉了。这一切都是张建设和窑厂直接过从，事主都没有露面。交割完毕，张建设即登门书记大伯家，报告结果。大伯低着头，发顶花白，原本一条壮汉，却已经是老人了。张建设想到那句老话：你养我小，我养你老。但不好出口，人家是有儿子的，要他养做什么？自己受的恩情，做儿子都不够还的。说不出话，屋里屋外看一遍。大伯不抬头也知道他看什么，遂说道：那冤孽去了南边！其时，“去南边”往往是奔前程的意思，心想，李爱社要东山再起。紧接又怀疑起来，起得来吗？究竟不好细问，也不便多留，像是邀赏似的，说了声：保重，大伯！起身走了。下了台子，过去村道那边，进自家小院。家前家后打理得更加齐整，豇豆棚葫芦架一层高一层低，底下爬着南瓜藤，已经结纽，二老的日子很兴旺。朝屋里喊了声：走了！岳母跑出门，就只看见一个背影，上了河岸。

李爱社的事故，让张建设提前收拢船东的生意，卖船的经历又一次敲响警钟，内河运输的黄金期在颓势上，他们的机动船也老旧了。而且——这些日子他放空船任意漂流，不知觉中从淮水到洪泽湖，再到运河、邗江、长江，直下江西九江，临鄱阳湖，烟波浩渺中折转，溯源而上。原先密集的河汊多半填地修路，主河道架上许多新桥，涨水期里，河面淹到桥台，稍大些的船只便无法通行，行话叫作“闷桥”。于是，尚存的支线就拥挤不堪，就像城市交通高峰时段的堵车。他不赶趟，就总是让和等，看一条大船从洞口露头，渐渐出来，舱棚顶上站一个小女子，短裤短衫，抬腿举手，嘴里嚷嚷着，不觉笑起来。因为想起修国妹，初次遇见的样子，大不过这孩子的年龄，心里就又着急起来，不知道此时此刻，她带了舟生园生在做什么。于是开足马力，左突右进，竟然在一团乱麻中挤出缝，针似的穿过去了。从小没有家的人，总是特别恋家。

张建设还去看了姚老师。姚老师调往公署分行任贷款部主任，随着升职，底下的弟妹情况也改善许多。弟弟们搬出老屋，乡下的父母便回城安居，本来在船上住的四弟，在城关买下农业人的宅基地，造起三层楼房，县城扩大，又将城关乡纳进，倒成了中心区域。那条船还在手里没放，张建设只当送他，租金有一期没一期的，当年脚无寸土之地，如今横跨水陆两界。姚老师迁往公署所在地级市，住进银行自建的商品房小区，象征性收取费用获得产权，房屋装修得像五星级酒店，又收拾得干净，进门是要脱鞋的。穿了尼龙袜的脚一步一打滑，姚师母的性情也变贤淑了，亲自下厨，中午饭是在家里吃的。

姚老师胖了，眼角的鱼尾纹抻平，至少年轻十岁。最明显的是精气神，轩昂起来，像个做大事业的人。不知道本来如此，还是文明风气陶冶，姚老师家的菜式非常清淡，在出力人嘴里，可说索然无味，恨不能张口要一碟咸菜下饭，但看起来姚老师家不会有咸菜。酒是好酒，师母却限得很紧，姚老师呢，量也减了，二三盅就上头，眼圈红红的，仿佛要流泪。张建设说到转向的计划，诚恳请求：还要请您帮忙！姚老师回答了一句奇怪的话，等一些日子过去之后，再回想，方才明白其中意味。姚老师说：我和你张建设的交道，最是清白！

半年以后，张建设投入新行当，就是拆船。不出他所料，内河上的营生正发生变更：货运上了陆路，客运呢，演变成旅游项目，兴隆的土木工程诞生出另一碗水上饭，挖沙！载着起重机和链带的挖沙船，像坦克，又像炮楼，威风凛凛行走河道，似乎象征一种前所未有的力量的雄起。淘汰的旧船先是流向二手市场，再从二手市场溢出，流向废旧物处理场。到了这里，价格几近倒挂，送的要向收的缴钱。姚老师透露给张建设信息，地方政府开发工业园区，选址在淮浍涡三河交集处，开始启动招商引资。发展是硬道理的草创时期，农村土地流转活跃，可说是最低成本。趁此机会拿地，远算近算都是划算，问题是拿来以后怎么办？一不能闲置，二是必在实体经济范围，越出去就需要无数批文——如今，专有一行，倒卖批文，都是通天的人物在做。姚老师告诉说：像我们草根社会，见都见不到其中最末的一个！

也是机缘，年前，张跃进回家探亲。走的时候还是孩子，此时长成一条汉子，个头比哥哥高，肩膀也宽起来，说话有胸音。没有穿军装，穿的是便服，一件皮夹克。新疆那地方，九月下雪，非皮毛不可抵御，所以，就是寻常物件。果然，拉开行李箱，一件一件取出来，帽子、手套、靴子、围脖、羊毛毡子、狗皮褥子，整张的狼皮，眼珠子绿莹莹的，像在看人。堆了一床，屋子里顿时弥漫了动物油脂的膻味，老少都惊呆。反过来，张跃进也是惊呆，少小失怙，记忆中，就没有家，忽然间，平地冒出热乎乎一大伙子人，上有老，下有小，他还做了叔叔。那舟生眼馋他的夹克、军靴、军帽里印着的番号，黏在腿跟前，胳肢窝夹起来，跨到脖颈，就这么在村道上走。张建设跟在身后，渐渐走到前面，领上了河岸。兄弟俩并齐站着，同时从兜里掏出烟，互相看看，哥哥取了弟弟的，陌生的边地的牌子，对了火，抽一口，几乎呛着，异族的气味，咳几声，咽下了。两人没有多的话，只看堤底下的船，嗒嗒的马达声响，仿佛从很远处传来。幸而有舟生天问般的发问，两个大人都不及回答，方才不至于冷场。不过，亲兄弟之间，再生分也是血脉偾张，烫心！老家的院子里住了两天，便随兄嫂去城里的新楼，比平房逼仄，但居高，可远眺。张跃进再一次惊叹，这小县城和大都市有何差异！当年新兵出发，就在两条街外的武装部上的卡车，望过去，找了半天，才看见鸡窝大小的一个院落，夹在楼缝里。

那几日，有一搭没一搭的，张跃进也知道了张建设的规划，就说部队里有一个老乡兵，是县委大院的子弟，早一年复转，走前家里就定好工作，水利局做科员。他正想看战友，哥哥不妨也去，兴许能得到什么信息，张建设说好。两人扒拉些干鲜水产，事先并不通知，凑个星期天，直接拍上门，果然逮个正着。亲不亲，战友情，两人见面，一个大拥抱，推开来，你一拳我一脚，再拥抱。反复数次，气咻咻地歇手，这才看见门口还站着一位。张跃进介绍是哥哥张建设，战友亮着眼睛道：原来是你哥，早听说了，大胆创业勤劳致富，上过县榜的！张建设说不敢当。张跃进又惊呆，哥哥已成名人。这一天余下的时间里，都是战友和张建设说话，张跃进倒成了陪客，他并不觉得受冷落，还高兴自己能为哥哥扩展人脉，不定帮得上多少，总是聊胜于无！

战友比张跃进长两岁，叫海鹰，是干部家孩子常起的名字。“海鸥”“海燕”“海鸽”“大海”“小海”，他们大院，就有两个“海鹰”，幸亏不同姓，否则就要搞混了。父母是从总参下到省军区，再到地方人武部。那一年，海鹰小学三年级，说一口北京话，人长得白净，在县城里显得很突出。应该说，县委的子弟因政治地位，相对优渥的物质生活，多有一种轩昂的精神。海鹰又更特别些，从小生活在大城市，完全没有本土气息。这些外来的家庭对儿女都有着长远的规划，他初中毕业没升高中，直接入伍了。一是上山下乡运动还未过去，上面的哥哥和姐姐都当兵，按政策他跑不了插队落户，于是未雨绸缪；再则，军队出身，子承父业，下一代多半也是从戎的道路；事实上，还有第三条，部队系统好比一个大家庭，自己人总是方便照顾的。海鹰很快入党，提干，无奈他不喜欢军旅生活，不像北京大院里长大的哥哥姐姐，他在地方上，就算县委宿舍，还是避不了“老百姓”习性——这是从战争年代流传下来的社会分野的称呼。所以，海鹰就养成散漫不受拘的个性，在参谋一级上复转。本来有机会到公署和省城工作，但也是自小生活的影响，他就喜欢这个地方呢！早已经学会本地话，时不时地，遭到哥姐笑话。比如，硬币说成“毛疙”，头发说成“头毛”，盛饭叫作“垛米”。他交下了朋友，不止干部子弟，也有“老百姓”。这就是他的好处，没有门户之见，甚至，“老百姓”的吸引更胜一筹。后街背静的巷道，鹅卵石路面，自行车轱辘“格楞格楞”响，喊着同学的名字，柴门“吱”一声开了。杂院里，东家西家的披屋，挤出巴掌大的空地，支着铁鏊子，底下烧着树枝。面糊划一圈，竹签子一抹，再一挑，“啪”，翻个身，一张薄饼出来了。晚上留饭，吃的就是它，当地人称“烙馍”，卷进配菜——桌上至少七八小碟，小鱼、虾干、肉丝、蒜薹、芫荽、黄瓜丝、腌萝卜、臭豆子、鸡蛋皮……老话说，隔锅饭香，也怪他们家的伙食太过程式化，主食分干和稀，菜分荤素，从饭堂打来，盛进搪瓷缸，提回家直接上桌。母亲一来上班，二来没手艺，难得下厨，不是生就是煳，他家的锅都是煳底的。他和他的朋友，在哥姐的眼睛里有点“俗”，也是“老百姓”的同义词。但有一项，不得不服气，那就是，这些朋友，无论男女，长相都十分周正。前面也说过，可能临水的缘故，还是要远涉种族，此地人样貌好。

朋友中有一个姑娘，传说正和海鹰处对象，这大概是他要回来的最主要原因。早恋，也是地方上的一个特色。就这样，张建设认识了海鹰，由此，走进县委大院。

……

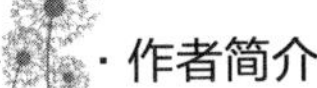

·作者简介·

王安忆，女，1954年生于江苏南京，原籍福建省同安县。现为中国作协副主席、上海市作家协会主席，复旦大学教授。1976年发表散文处女作《向前进》。1987年调上海作家协会从事专业创作。1996年发表个人代表作《长恨歌》，获得第五届茅盾文学奖。2004年《发廊情话》获第三届鲁迅文学奖优秀短篇小说奖。2013年获法兰西文学艺术骑士勋章。

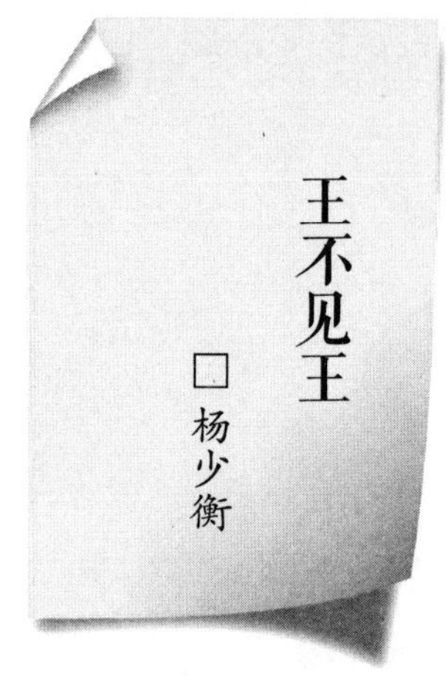

1

据我们所知，刚开始时王文章总说“五百年前是一家”，甜言蜜语地跟王均套近乎，热切得就像恨不得再成一家。可惜彼王不是此王，人家王均有定力，洞若观火，始终对王文章之流保持高度警惕，予以有效钳制。

王均初到任时，有一天在大会场开会，会间她在台上侧身，指指台下第一排偏中位置一个男子，低声问坐在身旁的县长娄士宗：“那位是谁？”娄说明：“林耀，建设局局长。”王点头，忽然举手轻拍，命坐在另一侧、正在念稿的县委副书记陈冬木暂停片刻。场上大小官员一时惊讶，不知女书记忽然有何见教。当时大家除了知道她是目前本县老大，名字比较中性不像通常女名，但是长相宜人外，其他的都不甚了解。这时就听王均点名，要台下第一排林耀局长站起来。林耀没料到竟是自己中了头奖，急忙听命起立，站得笔直，却不知道究竟是哪里长得好，忽然就给领导看中了。王均也不说话，伸出手，拿食指与中指比个夹东西的动作。众人诧异，随即一起恍然大悟：原来是指抽烟。那时林耀右手持一支笔，左手夹一支烟，正一边做记录，一边吞云吐雾。

林耀顿时红脸，像是业余小偷被抓了现行。他赶紧把香烟扔在会议桌下边地上，拿鞋尖踩灭。而后王均比了比，示意他坐下，命陈冬木继续。

那时场上很安静。

说起来，林耀这个头奖中得有点冤：室内公共场所禁止吸烟早已归为常识，本会场却由于某个特殊历史原因属于另类，其时场上星星点点，各角落有若干轻烟隐然升腾，此起彼伏，并非只有林耀一个在抽。虽然吸烟有害健康，毕竟还有相当比例烟民在为国家烟草税做贡献。这些烟民会犯烟瘾，时候到了就跟鸦片鬼一样直打哈欠。开会听报告长时间保持注意力不容易，有时难免感觉疲劳，这时候来支烟可以提神，有助于认真学习会议精神。这么说是不是歪理？无论如何，显然人家王均书记并不认同。林耀的倒霉在于所掌管单位比较重要，开会位置靠前，让王均一眼盯住，用两根指头夹起来修整一番，以警示场上其他烟民。其实林耀胆敢公然于领导鼻子底下抽烟，也属事出有因：那时候可不仅台下若干下属抽烟学习重要精神，主席台上领导也有，就在县长娄士宗身边，离王均不过两个位置。该领导面前有位牌，身材瘦长，就是王文章。距离如此之近，无须侧身观察，烟味肯定已经对王均有所骚扰，她不会不知道身边这位“五百年前是一家”正在干啥。但是她做视而不见状，没有命王文章当众站起来，因为人家毕竟是常务副县长，在党政两套班子里都有名字，排位仅次于陈冬木，应当得到足够尊重，给他留点面子。这个时候活该林耀被当众收拾，那其实也是做给王文章看的。林耀把香烟往地上一丢，王文章手上那支烟也不翼而飞，不知道去了哪里。

会后，王文章表扬王均，说王书记堪比当年林则徐，举重若轻。林则徐钦差大人虎门销烟声势浩大，使尽九牛二虎之力。王均书记会场禁烟没多说话，只盯住一个人，用了两根手指头。

王均询问："王副像是有点看法？"

王文章表示并无看法，百分之百拥护。他还借机做了点说明，称多年前本县人大即已制定、颁布公共场所禁烟规定。当时他就下决心响应号召，公文包里塞满戒烟糖。后来发现不行，糖比尼古丁还有杀伤力，为防止血糖过高，不得已继续"吸毒"。本来也还注意点影响，尽量低调，找个没人的旮旯，背地里用力猛抽几口，依依不舍赶紧扔掉，叫做"秒吸"，偷偷摸摸，做贼心虚。没料时来运转，遇上了张书记。张书记在王书记之前，掌握本县大政近一届。这位领导烟瘾不一般，他在台上做报告时，台子左边放茶杯，右边放烟灰缸，一口水一口烟，喝水抽烟两不耽误，从容不迫，公共非公共场所无差别，全县大同。张书记任上烟民们感觉特别宽松，特别有尊严，老大抽，大家跟着抽，主席台上互相扔烟，自由自在，其乐融融，没有谁敢来干涉。所谓"上有所好，下必甚焉"，第一把手就是这么厉害，率领本县成为禁烟另类。岂料好景不长，张书记忽然出事了，虽然出的事与抽烟没有直接关系，毕竟造成了本县香烟环境历史性改变。现在王均来当书记，会场上林耀那些人吞云吐雾，主要还是习惯驱动，下意识而已，并不是有意冒犯领导，他们没那个胆子。

王均说："抽烟不是问题，是非才是问题。"

"当然。明白。"

女书记是非观念很强，什么对，什么不对，眼睛里有条线。她敢拉下脸，时候到了绝不含糊，难得的是亦能掌握分寸，让人不容小视。该书记来历比较特殊，“五百年前一家”私下调侃，把她称为“伞兵”也就是“空降兵”，指其从外边下到本县任职。事实上由于干部交流力度大，加上任职回避制度要求，如今县区一级党政主官基本都是外地人，从本地成长起来的很少，因而所谓“空降”概念普遍适用，不同的只是降落高度有所区别。有的书记县长是从邻近县区提过来的，那是低空跳伞；有的是从市直下来，可以算是中空；最厉害的是高空跳伞，也就是从省里直接下到县里任职，这种领导自高处而来，见过大世面，非王文章一类井底之蛙可比。从省里下来的人当然也有区别，其中来自几大部门的尤其厉害，因为素质、历练与环境有别。王均下来前是省纪委一个处长，那个地方哪有等闲之辈？王还有基层工作经历，曾在省城城区一个街道办事处当过书记，后来成为区纪委书记，再到省纪委，此刻派来本县掌管一方，级别上是平级调动，明摆的是重视、培养，来日方长，未来不可限量，本县肯定只是她履历记录的一个小站点而已。以她这种来历，特别是在前任书记出事后从省纪委直下本县，不说所谓“有点事”的官员心里害怕，自认为“没啥事”的也不敢乱来。

“禁烟”事件过后没几天，女书记下乡调研，去了岭脚镇。刚刚开始看点，陈冬木突然来电话，报告了一起意外事件：本县北岗乡发生一场车祸，一辆卡车在一条乡际公路陡坡处倾覆，摔到沟底，车上人员非死即伤，目前已确认死亡四人，送院抢救七人，其中三名垂危。事件发生后，当地政府与相关部门迅速展开救援并立即向县里报告，分管安全的谢副县长正召集应急局等部门人员赶往北岗乡。这种规模的事故，按规定必须立刻报知书记、县长，亦须报告市里。当天王均下乡，县长到市里开会，副书记陈冬木管家，得知情况后陈亲自给王均打电话，询问可有什么指示。

王均了解：“伤员送县医院抢救了吗？”

北岗乡与县城距离较远，交通比较差，现场救援人员担心时间和伤情不允许，先把伤员就近送到北岗卫生院抢救，视情况与需要再考虑转院。县政府已命卫健委通知县医院做相应准备。

王均要陈冬木做好调度，此刻最重要的是救命，想尽一切办法保住伤员性命。事故情况按规定该怎么上报就赶紧上报。她还交代："有什么变化及时告诉我。"

"明白。"

接电话时，王均一行在岭脚镇区附近察看蔬菜基地，那里有大片塑料大棚，当地书记、镇长陪同王均视察。王均放下手机后扭头看了一眼，指着大棚区背后那片大山问了一句："这个方向往哪里？"

那座山就是北岗，土话称"北岭"。岭脚镇位于北岗山前低岭丘陵地带，北岗乡则在山那边。准确说不需要翻过山，眼睛所见，低山部分属岭脚，高处那些地盘就归入北岗乡地界了。

"近在咫尺啊。"王均下了决心，"去。"

她决定临时调整日程，立刻前往北岗，亲自探望伤员，督促救治。随同调研的县委办主任吴平赶紧劝说，称北岗看近实远，"望山跑死马"，加上路不好，车跑不快，挺费时间。车祸死人这种事，谢副县长赶去处置足够了，不需要第一把手亲自到场。王书记百忙之中，打打电话提提要求就已经非常重视了。

王均笑笑："打电话有你就足够了。"

她执意前往，说走就走，吴平哪里拦得住。一行人离开岭脚不久，新消息再次传到：送北岗卫生院救治的三名垂危者中，有一人已经不治。这位伤员不幸离世也造成本次事故不幸升格，以死亡五名进入了"较大安全事故"范围。

那一段路果然难走，曲折而坎坷，路面破损严重，呈所谓“畸肩”状，好比人的肩膀一高一低。驾驶员本人出自北岗，情况了解，路况熟悉，技术也过硬，“畸肩”难不倒，全程四十来分钟完成。他们突然到达乡卫生院时，现场人员个个措手不及，这是因为动身前王均特意交代不许提前通知，保证当地人员专心于救援，不需要分心筹划如何接待不期而至的王均一行。这么考虑貌似有道理，其实不合常规，县委书记驾到，哪有不提前通知的？但是人家王均就这样，或许是想趁众人对她了解尚少之际，来一次突然袭击，看看下边这些人在突发事件中表现如何。

没料到他们撞进了一场吵闹。吵闹发生于卫生院门诊楼一楼，挂号室对门的一间办公室里，该室房门紧闭。王均一行匆匆到达时，在挂号室了解车祸伤员此刻何在，值班人员指着走廊后边，报称都在手术室。一行人赶紧转身往那边走，突然一旁屋子传出怒骂，还有大喝：“快去！猪啊！”一行人诧异之际，紧闭的房门突然打开，一个人从里边踉跄而出，显然是被从后边推了一把，后边那个人可厉害，他不光推，还抬起一条腿，似乎要加踢一脚，只是动作没有完成，戛然而止。

有一两秒意外静场，然后是一声招呼，非常惊讶：“王书记！”

竟是王文章，他非常及时地把一条长腿收了回去。被推出门挡在他前边差点挨一脚的那个人是郑光辉，本乡乡长，此刻满脸尴尬。

王均问：“怎么啦？”

王文章笑笑：“王书记亲临现场，真快！”

他立刻命郑光辉赶紧带路，随同王均去手术室慰问伤员。

王均问：“情况怎么样？”

王文章报告说，重伤三人走了一个，另两个目前还撑着，情况依然危急。乡卫生院抢救条件不足，却又担心伤员死在运送路上。他考虑不能再等，得搏一下。已经命救护车紧急出动，送两个重伤号到县医院，医生随行护送，随时处理紧急状况。其他伤员生命无忧，就在乡里治疗观察。

“王书记有什么指示？”他问。

王均说：“你安排。”

他们匆匆去了手术室。手术室外急救通道上，救护车已经到位，警示灯闪烁。乡卫生院院长和医生们以及若干乡干部都在那里忙碌。一听来的这位竟是本县新任女书记，大家一时紧张。王均说：“别慌，做你们该做的。”

她在那里待了半个来小时，慰问伤员，听取汇报，提出若干要求，而后离开。王文章一直紧随左右，直到把王均送上轿车。

上车后王均才问了一句：“怎么是王副呢？”

陈冬木曾明确报告由谢副县长前来应急，怎么忽然变成王副县长了？王文章虽是常务副县长，此时还应由分管安全的县领导出场才是。另一个疑问是王文章怎会如此神速？王均从近在咫尺的岭脚镇赶来尚需一点时间，王文章怎么可能比王均还快？不仅提前到，指挥安排之余，还能把郑光辉叫到房间里闭门谈话，怒骂，又推又踢，如此了得。难道他搭了架直升机？

吴平立刻打电话，一问明白了：此刻谢副和他那队人马还在路上，正在爬北岗山呢。王文章跑到现场发号施令应是自行应急介入，就好比王均自己从岭脚跑到北岗。作为常务副县长，本县排名第四的领导，听到出事消息特意赶来了解并现场指挥救援也属正常，不算越权。至于王文章哪里搭的直升机，吴平提出一个合理解释：王文章是北岗人，其母住在乡下老家，今天是周六，估计是昨晚回家探母，住了一夜，今晨听到消息便就近赶了过来。

王均问：“‘嘎林内’是什么？”

吴平张口结舌，不知道王均问个啥。王均提到了刚才王文章与郑光辉在屋子里吵，她听到了一连串“嘎林内”，那是讲啥呢？吴平“啊”一声，明白了，连说那是土话，粗话，不太好听的，骂人的。

“不是骂猪的？”

王文章在房间里骂猪，那应当也属骂人，把郑光辉骂为猪。至于“嘎林内”的准确意思，还真不好直接对王均翻译。吴平拐弯抹角解说，土话“林”即“你”，“内”则是“娘”，“嘎”其实就是“干”。是啊，就是那个意思。

王均一撇嘴：“该去刷刷牙。”

那意思是嘴臭，净粗话。

她还问了一个问题：“这里有个‘游客服务中心’？”

“有的。”吴平回答，“在建重点项目。”

“有多远？”

吴平答不出来，前排驾驶员替主任回答：“还有五公里多。”

“知道路吗？”

“知道。”

“去看看。”

王均怎么会提起这么一个中心？主要是刚才郑光辉汇报，出车祸的卡车是游客服务中心工地运输车，死伤的都是工地民工。卡车载石头到工地，返程是空车，民工下班，图方便，爬上卡车跟着下山。货车车斗载人是违规的，司机可能还属疲劳驾驶，结果在陡坡上反应失当，摔了，司机本人也丧了生。

王均要去游客服务中心，并非拟勘察车祸现场，确定事故原因，这种工作归专业人员，即便是县委书记也未必能干。王均想看的只是工地，以对该服务中心有个大体印象，之所以想去留个印象，与车祸无关，另有缘故。

他们在那条路上走了近半个小时。路很窄，路面更差，有众多陡坡，若干地段已经被施工车辆碾出深深的车辙。翻过一个山坡，眼前突然开阔，一片工地赫然展现在前方半山坡上，这就是在建中的游客服务中心，属于本地“莲花山风景区”。工地范围不小，包括在建的一座大楼及其附属设施，还有一个大广场。大楼还在脚手架包围中，看上去有三层左右。大楼周边地形高高低低，有各种施工车辆在工地上穿梭。

按照王均的要求，驾驶员在坡顶停车，没有直接开进工地。王均下车，站在山头上观看工地。吴平紧随。

王均问：“怎么会在这里搞这个项目？”

吴平有些支吾：“是……那个……张拍的板。”

“总指挥是王文章？”

“是……是的。”

在建中的项目颇具规模，大楼及其附属设施加上广场出现在这一片山地间，某种程度上可称气势不凡，问题却也显而易见：号称游客服务中心，而游客在哪里？谁来让本中心提供服务？即便“莲花山景区”内容无限丰富，就目前而言，不说四面八方的游客拥在曲折难行的北岗乡际“畸肩”路上通行困难，仅从乡集到工地车辙遍布的这五公里路，就接连几个陡峭地段令人印象无比深刻，复制刚刚发生的“较大安全事故”无不条件充分。有哪些浑身是胆的游客敢来一试身手？交通状况所限，此间一座宏伟壮观的游客服务中心岂不是注定成为摆设？巨大投资岂不是注定去打水漂？

王均表情严肃，但是没有公开发表意见。看过工地后，一行人动身离开，再经北岗公路，回到了岭脚镇，继续她在该镇的调研活动。

两天后，王均在办公室接到王文章电话，后者请求王均安排个时间，想向她汇报一些工作。王均说：“来吧。”

王文章是特意来做解释的。原来他母亲早在半年前就被他接到县城，帮助管他儿子。王那天去北岗不是因私探亲，是专程察看游客服务中心工地。该工地近期施工进度不太理想，他很不放心。他在周五晚间到北岗，第二天上午叫了郑光辉一起上山，本来也打算把乡书记叫上，不巧那位回县城，不在下边，只抓住一个郑光辉。刚到半路，忽然听到车祸消息，王文章临时改变行程，带着郑去了卫生院。

“跟王书记不期而遇，哈。”王文章打哈哈。

“遇得挺突然。”王均忽然问一句，“那个郑光辉还行吧？”

这回王文章可没拿嘴踢，他满口好话，夸奖郑光辉是把好手。北岗现任书记是机关出身，基层经验少，比较弱，目前该乡工作主要靠郑撑着。游客服务中心那一摊子，王文章挂总指挥，现场具体问题还是靠郑去解决。

“我听说王副对这个项目还是很上心的。”王均说。

王文章称自己是北岗人，家乡难得开建一个重点项目，当然得多关心。但是项目总指挥是前任张书记硬要他干的，以熟悉本乡本土情况好协调为理由。他本人倒是真不愿意，本乡本土，有些事情反而不好处理，叫“本地猪屎厚沙”。

王均没听明白：“什么‘厚’？”

是土话，俗话，所谓“厚沙”就是多沙。说的是本地猪拉的屎里净是沙，不像外边的猪屎干净，意思是本地事情难缠。说来也真是，例如征地搬迁，游客服务中心那片工地迁了一个自然村，平了两个小山头，那山头上全是当地百姓的祖坟，干这种事哪会不挨骂？有人骂王文章是本乡人祸害本乡，“汉奸”，骂得他就像当年那个汪精卫。郑光辉也是北岗人，同样挨骂，“小汪精卫”。

“郑光辉其他方面怎么样？”王均还问。

王文章知道王均问的当然不是郑光辉颜值几分。他解释，郑光辉那个事他原本不知道。那种事一向都是你知我知，没有谁会自己说出去，就好比前任张书记“与多位女性发生不正当男女关系”，得等涉案出事才给曝出来。郑光辉乡长当了一届多，几年间换了三任书记，就是没用他，着急了，想提拔，也想调到外边条件好的乡镇任职，便利用春节拜年，请求“领导关心”，给张送软包中华烟两条，礼金四万。张出事后交代出来，郑被办案人员叫去做了认定。送钱这种事无论什么理由都不应该，还好数额不算大，是从郑妻储蓄卡上领出来拿去送的，来路还清楚，不是受贿所得。郑肯定要因此受个处分，暂时无望提拔，看起来他还经得起，目前工作依然很努力。

“当时他只找过张？”

当时郑也找过王文章，只是大家都清楚，这种事别人只能帮助说几句话，解决问题还得找老大。而且王文章不主张郑光辉离开北岗，总让郑老老实实待在那边干，郑不敢跟他多说。相求时郑也送了一条烟，没送钱，因为王不收钱，郑也不需要送。算起来，他俩属远亲，比“五百年前”还近一点。郑是王文章外婆那个村子的人，辈分更高，王文章得称他“表舅”。由于这层关系，有时候王会跟郑开开玩笑，彼此“阿猫阿狗”什么的。

显然他想对那天与郑光辉的吵闹略做解释，但是只谈阿猫阿狗，小心地不再提猪，也不谈什么“嘎林内”。这位表外甥与他表舅间的瓜葛哪会这么简单？那一天王均亲眼所见，王文章真是火大了，如果不是外边有人，王文章那一脚肯定踢到郑光辉屁股上，一点都不会客气。此刻王文章一味掩饰，只说好话，轻描淡写，王均也不多问，转口了解另外一个情况。

“我记得张的案子里也有跟游客服务中心项目相关的。”她说。

据王文章所知，游客服务中心工程招标时，中标单位给张送过钱，具体数额有好几种版本，准确数据多少，得等案情公布才清楚。如今一个项目特别是重点建设项目涉及方方面面，程序特别复杂。论证、立项、设计、征迁、招标、施工，很多环节都牵扯利益，需要领导拍板。张本人喜欢抓权，大事都得他定，一些利益方通过各种方式，拐弯抹角重点进攻他，他自己把握不住，就出了事。不过张的事情主要出在县城城区改造的几大项目上，这头油水大。莲花山风景区游客服务中心项目没有多少肥肉。

“你呢？当时也有人进攻吗？”

“免不了。”

王文章称自己胆小。农家子弟，出自一条大山沟，靠早起晚睡努力读书，好不容易考上大学，成为公务员，祖坟冒青烟了。一路摸爬滚打，终于当了这么个小官，很不容易，得特别珍惜。不敢说没有半点问题，人情往来，一盒茶一条烟什么的，都有，钱绝对不碰。有人怀疑他跟早先那位张书记之间有问题，其实他跟张的主要个人往来就是扔一支烟，点一次火。张腐败是张的事，他没跑去合伙。张涉案后交代了一堆人和事，除了郑光辉等一批科级干部，班子里也有多人被叫去问，传闻纷纷，他并不在其中，不是吗？张对他不错，放手使用，主要因为他肯做事，也能做点事而已。

“也想跟王书记提个要求，要个事做。”他忽然表示，“王书记刚来不久，本来不该给书记出题目。只怕别人赶到前边了，先容我说一说可行？”

“说。”

原来是涉及“客专”项目。该项目是近年本省交通建设一大重点，设计线路经过本县。该“客专”一期工程也即东段工程两年前开工，目前已接近完工，二期也就是西段工程已经提上议事日程。本县路段属二期工程，按上级要求，沿线各县需要成立相应机构，确立负责领导，协调各方，配合建设部门做工程。王文章提出让他来管这个事，理由是这条“客专”经过本县的路段，大多位于北岗乡，他来处理比别人有利。于他本人而言，为家乡做点事也属应该。

“都是出于公心？”

王文章嘿嘿，承认也有点私心，也许能在家乡留个好名声，不能总是什么汉奸汪精卫。搞得好，也许还能有一些意外好处，比如来日有机会让儿子挤进“客专”线，当个车站售票员什么的。哈哈，开玩笑。

王均说：“主动要求挑重担很好，具体还得研究。”

“主要看王书记态度。”

王均直截了当：“我觉得你不必多考虑这个。”

“书记认为不合适？”

“像你自己说的，那叫什么？猪屎沙多？”

王文章干笑：“哈，也是。”

王均告诉他，据她了解，前任那位张的案子尚未结案，案情可能还会发展，还可能牵扯到一些人和事。她很希望除了目前已经涉案的那几个，本县干部特别是班子里的同志不要再被牵扯，都能平安过关。但是也不能心存侥幸，如果确实有些事情，还是主动向上级交代为好，不要等人家说出来，被叫去查问才坦白，那就被动了，只怕悔之莫及。这一点，她曾经在班子里讲过，王文章想必还有印象。

王文章笑笑：“感觉像是指着我说的。”

“我更希望像你自己说明的那样，什么事都没有。”

王均还强调，身为县领导，除了廉政大事，其他方面也不是不需要注意。比如文明规范，讲话做事多注意为好。也就是所谓牙刷干净。调侃也要适当，避免不良影响。例如“空降兵”“跳伞”“五百年前是一家”什么的，尽管并无恶意，难免也会被人解读出其他意味，不如不讲，该严肃要严肃。实际上她也是拿这些与大家共勉，并不是指着哪一个说的。

“明白。”

都说到这种程度了，还能不明白吗?

2

王文章决意走为上。以我们观察，这个决心于他下之不易。王文章所谓“走为上”并非不告而别，更不是非法潜逃。他考虑的是合法途径，离开一段时间，暂避。为什么做此考虑？主要因为王均。

那时候王文章已经不讲“五百年前是一家”，因为王均有提醒，也因为事实上确与“一家”相距甚远，尽管县委班子里姓王的只有他俩。私下里王文章自嘲，叫做“王不见王”，这位女书记很厉害，好比林则徐，禁烟坚决，不容置疑，烟鬼们怎么办？只好避之唯恐不及。这当然只是调侃。王文章自知此王不是彼张，自己很难让她放心，特别是人家目光炯炯，于王文章经常如芒刺在背，这种目光下小日子不太好过，似也不容易做成事，以长远计不如先躲一躲。出于个人情况，王文章很难远走高飞另谋高就，必须以暂离而非长久甚至永久离开为基本选择。

那时候发生了一个意外情况：刘兴玉在西藏出了事情。刘兴玉是本县县委常委、统战部部长，数月前刚成为本市四位援藏干部之一，参加本省本批援藏干部队伍，去了西藏对口支援县，在那里担任县委副书记兼副县长，仅次于担任县委书记的本市另一位援藏干部。按照现行办法，刘去西藏后与本县工作脱钩，但是原职务依然保留，以利两地配合。刘进藏后工作非常努力，不料却在下乡调研时遭遇山石崩塌，刘在同车人员保护下跳车，逃生中被飞石砸中，腿部重伤，所幸被及时救出，性命无虞。由于伤情较重，养伤需要较长时间，恰本期援藏工作刚刚开始，为保证任务完成，本省援藏领队建议迅速更换人员，经省领导同意，本市奉命挑选接任人选。理论上说，这位继任人选应在全市范围内挑选。由于刘兴玉出自本县，其援藏后，本县上下发动，在支援项目、筹措资金上多方努力，以支持刘完成本期援藏任务，为保证这些项目资金落实到位，眼下由本县选派人员接替刘，比从其他县区挑选更为有利。这一考虑使选派范围和竞争大大缩小，被王文章视为机会。一届援藏为期三年，目前仅余两年多，算来不长，归来后有一定选择余地，回到本县相对方便，职务还有望上升。这两年多时间里本县情况可能还会有些变化，例如王书记可能高升，换来个汪书记，虽然不能指望姓汪的就不是林则徐，毕竟王不见王还是值得期待。

问题是此王要走，也还得过彼王一关。

他找王均谈了话，请求书记支持。

王均问："感觉你很迫切，为什么？"

王文章说："机会难得。"

"你说想为家乡做点事，忽然又动心其他机会？"

王文章表示，可以先去为西藏人民做点事，回来再为家乡做点事。

他当然必须这么说。什么"王不见王"之类，只供私下调侃，实上不了台面。

王均不含糊，表态明确：援藏很重要，任务很艰巨，有时候可能还会遇险，好比刘兴玉。王文章愿意去接手，必然反复考虑过，对困难和危险有足够思想准备，也属勇挑重担。这件事的推荐权在市里，决定权在省里，如果征求她的意见，她会支持。

从王均那里讨到这句话，王文章信心倍增。他写了一份申请报告，亲送市委主要领导，并做当面请求。他还利用开会之机到省里找够得着的上级领导做工作，请求给予支持。而后他开了一份书单，从县图书馆借来一大堆与西藏有关的书籍，关在办公室，通宵达旦阅读，恶补西藏知识，志在必得。应当说王文章争取这一机会很有利，首先是内定挑选范围限于本县，几乎去掉百分之九十的竞争者。其次是王文章本人资历胜人一筹，比刘兴玉都有资格。刘是在确定援藏后才提任县委常委的，而王是现职常务副县长，此前还当过两年副县长。以这样的资历，他不争取便罢，一旦真想去，且不要求提拔，别人很难跟他争。加上王被认为是“肯做事，能成事”，这就更其有利，把握性比较大。综合各方面因素分析，王文章此番“走为上”确实可期，眼看轮他去“高空跳伞”了。问题是“空降”都是从高处往低处跳，西藏位于世界屋脊，海拔那么高，从本县前往，还不如说是坐上火箭，“嗖”的一蹿直冲云端。

王文章想“坐火箭”也还有若干不确定因素，其中最具威胁力的还是其干净程度。王文章曾为涉案的那位张重用，令人有所存疑。该案是省纪委办的，王文章到底有没有问题，可不可以让他“坐火箭”，要上级才能把握。

那一天王均命人通知王文章，让后者于第二天上午去岭脚镇参加一个现场会，商讨该镇防洪堤改造项目。岭脚镇镇区挨着清溪河，现有防洪堤建于二十世纪末，当时经费紧张，项目标准较低，而作为北岗山区降水下泄主通道的清溪河夏秋水量集中，堤坝存在隐患。王均上次到岭脚调研时听到了这方面的反映，认为关乎民生和人民生命财产安全，须全力推进堤坝改造。那天现场会去了几大县领导，王文章虽不管水利，却因常务副县长分管财政，需要参与。

王文章给王均打了个电话，表示完全赞成改造岭脚镇区防洪堤，财政方面是县长一支笔，他协助分管，党政两位主官决定的事，他完全照办。现场会他可不可以请假呢？不凑巧他明天得到省城去一趟，是约好的事情，昨天他已经跟县长请过假了。

王均问："公事吗？"

王文章略支吾："也是准备援藏吧。"

"不是还没定吗？"

王文章忽然转口："最近岭脚那条路不太好走啊。"

"比你那个游客服务中心难走？"

"那倒不是。"王文章说，"这几天天气特别不好。"

"这不是更需要吗？"

王文章笑笑："不说了，听书记安排。"

王文章所谓"天气不好"指的是下雨。时逢雨季，近段时间本地降雨集中，气象预报明日亦有大雨。王均所谓"更需要"说的是这种时候到现场看洪水更直观，更明白堤坝改造非常需要，刻不容缓。

不料出师不顺，王文章乌鸦嘴竟一叫灵验：第二天上午，一行人被大水阻挡在岭脚镇外两公里处。

这里有一条小溪，是清溪河的支流，小溪上有一个小水电站，建有一条水坝，该水坝同时亦为过溪通道，有一条村道从水坝上通过。这条村道比北岗游客服务中心那五公里山路当然好多了，平坦，弯道亦不急促，平时车辆也不多。近日由于镇区公路改造，通行车辆暂时改走这条村道，水坝便成为车辆进出镇区的必经之路。由于连日降雨，小溪水面暴涨，此刻竟至淹没水坝。从河岸上看，只见一片大水，有一座建筑孤零零立于水中，那是电站的泄洪闸装置，下部已经被淹没。隐隐约约，还可见两道横栏在水线上下起伏，那是堤坝两侧的矮道栏。

当天上午两王同行，两辆越野车一前一后停在河岸边。王文章下了车，从后边跑到前边王均这辆车旁。

"不能过，危险。"他对王均说，"恐怕得考虑改期。"

此刻除了这条洪水淹没的村道，再无另外通道可达岭脚镇区。从降雨情况判断，几小时内洪水只会更大，不会消退，因此坐等亦没有意义。这时还能怎么办？王均坐在车里，眼睛盯着那片大水。凭着水面上那座建筑和隐约浮现的道栏，可以大体判断堤坝走向。水虽然淹过堤坝，似乎还没涨到足以淹没越野车的车轮、车头，理论上车还可以涉水而过。问题是谁也不知道会不会车行一半突然没水熄火。且上游洪水还在下泄，情况瞬息万变。半个多小时前，娄士宗与陈冬木刚刚从这里过去，到岭脚镇打前站，当时还什么情况都没有，岂料转眼水就没过堤坝。此时冒险过河，弄不好突然有更大水头来袭，没准儿车会给推倒，甚至会连车带人给洪水推过道栏，滚入堤下，被洪水卷得不知去向。这时还能怎么办呢？没有其他选择，只能如王文章建议，打道回府，另择吉时。明天有一位市领导到本县调研，王均需要陪同，接下来还有其他急迫工作日程，现场会少说也得推到一周之后，甚至更长时间，这于王均是个大问题。

她问驾驶员："这层水开得过去吗？"

驾驶员看看前方，再往上游看一眼，口气不太确定："应该……可以。"

"那么走。"王均下了决心。

没有什么事比水火更急迫。面对大水，尤其感觉此间防洪堤建设之重要，王均决意冒险，涉水前进。驾驶员听命发动，车刚缓慢开出，突然外边有人用力拍打车身，"砰砰砰"一阵响，急促之至。

竟是王文章。他站在一旁等王均他们掉头，不料一看这个车居然往前拱，他着急，扑上前就拍打车身。

驾驶员停了车，打开车门问："王副怎么啦？"

王文章张嘴就骂："嘎林内！你找死啊！"

驾驶员支吾道："这是，这是领导。"

王文章当然知道，没有王均下令，驾驶员哪敢擅自往水里开。这个时候他也不跟王均说，只是挡在车头前，转身朝后边招手。眨眼间，他那辆车开了过来。

“不许急，我先过。”他命王均的驾驶员，“好好看着。不行了我会退回来。如果过去了，你再跟。”

然后他上了他的车，命司机往水里开。

几分钟后他们越过了河道中线。

王均下令：“跟上去。”

两部车过了河，安然无恙，人车平安。

到了岭脚镇政府，下车后王均问王文章：“你就这么敢，当着我的面骂我的司机？”

王文章检讨，称自己并非胆大包天，也没骂人，只是着急了，土话随口而出。如果眼睁睁站在一边，看着女领导给洪水冲走，他没法交代，还会永远被人耻笑，一辈子抬不起头，那样的话还不如自己给冲走。

“要是王书记给冲走了，我怎么办？”他说，“我还有求于王书记呢。”

“有吗？”

他再次提到请王支持，听说最近市里将做推荐人选决定。

王均没有吭声。

现场会后，王均找娄士宗了解情况，问的是王文章请假的细节。通知王参会时，王报称拟往省城办事。他是不是真的跟县长请过假，以什么理由？

王文章主要工作在政府那头，一般事项请假直接找娄士宗即可。娄确认，王文章所报属实，说是约了一个医生，专家，要带儿子去省城看医生。当时县长不清楚王均有意让王文章参加现场会，电话里就同意他走。带儿子看医生这种事完全就是私事，怎么说“也算准备援藏”？绕个弯差不多也可以算一点：此去两年，一跑远在天边，事前有必要把后院事务安排清楚，例如给老娘买件棉袄，给老婆买包面膜，给儿子配副近视眼镜。虽都属私事，可视为预备远行。

王均还是那句话："不是还没定吗？"

几天后，王均到市里开会，市委书记和组织部部长一起找她谈话，就援藏干部继任人选正式征求她的意见。王均明确表态，建议由陈冬木去接刘兴玉。陈冬木是现任县委副书记，挑选他能体现本市对援藏工作的重视，也有利于本期援藏任务的顺利完成。

组织部部长很含蓄地提了一句："王文章好像很迫切。"

王均回答说，王文章曾找过她，当时她也曾明确表态，可以支持他去。但是现在考虑，还是推荐陈冬木更合适。

王均回到县里，立刻通知王文章到她办公室。也就几分钟，王文章赶了过来，脸上带着笑，或许认为已经心想事成。显然他一直关注着事情的进展，也有渠道打听到市领导找王均谈话的动态，不需要多久，谈话的具体情况可能也会传到他耳朵里。王均不等别人去告诉他，直接找他来，亲口相告。

王文章呆若木鸡。

"我只是表示了我的态度。如果市里决定还是你，我会服从。"王均说。

王文章干笑一声："书记这一巴掌把我拍死了。"

"你不是还坐在这里吗？"

"没戏了。"王文章不满，"王书记答应过的。"

"我改主意了。"

"为什么？"

王均问："'王不见王'什么意思？王容不得王？"

王文章不吭声，起身离去。

几天后，市里上报推荐人选，果然是陈冬木，王文章出局。王均作为县委书记，她的意见无疑分量独具，上级领导当然也自有把握。

这是为什么呢？悄悄地便有些议论在县里县外传开，比较具体的猜测还是涉张，也就是跟那位前任张书记的案子牵涉了。王文章为什么急于远走高飞？所谓“王不见王”只是表面原因，及早逃避才是内在驱动。只要能够走成，即使张案终于扯到他身上，只要情节不是特别严重，办案部门不太可能跑到西藏去把他抓回来，那样的话对本省本市声誉会有影响，也必然对本期援藏任务的完成造成不利。因此最大可能是暂挂，待他回来后再收拾。这就是说王文章为自己争取了两年多时间，他可以在这段时间里内外兼修，有关系跑关系，没关系找关系，待到一朝凯旋，时过境迁，问题可能变小了，过关就相对容易。王文章的如意算盘大约就是这么打的。可惜他碰上王均，上级领导当然也掌握了若干情况，该算盘终于给打翻在地，接下来自有好戏，可以拭目以待，看王文章那些事还怎么收场。

果然，不到一周时间，市委组织部干监科通知王文章前去，领导要找他谈话。王文章按要求到达，才发现谈话领导竟有两位，除了组织部一位副部长，还有一位市纪委副书记。这是一次两家联合进行的干部约谈，这种谈话通常出自市委主要领导要求，对相关干部某些问题进行了解。以组织部为主，表明问题暂时还没达到交纪委调查的程度，但是约谈与交代过程中如有新的发现，也可能非常迅速地发展成案件。

两位领导给了王文章一份单子，列有十几条他们要了解的问题。王文章必须做当面汇报，还需要写出书面说明。

王文章看了那个单子，说：“有几个是老问题，以前做过说明了。”

“可以再做说明，也可以进一步补充。”领导说。

问题集中在王文章近些年负责的一些项目的立项、招标、用地、开支等方面，其中包括莲花山风景区游客服务中心项目。两位领导要求王文章谈谈该项目情况，王文章还是那三段：前任书记拍板，总指挥硬安给他的，他本人没有利用以牟取私利。

“这个项目一直有反映。”领导说。

“我知道。”王文章说，“当时有人骂我汉奸，现在还有人骂。”

“你没觉得项目有问题吗？”

王文章沉默片刻，突然改口：“我还是直说吧。”

或许因为正式约谈开不得玩笑，也可能因为自知真实情况摆在那里，上级总会掌握，不能总是推三阻四。王文章干脆直接都揽到自己身上，承认这个项目，包括此前的“莲花山风景区”，都是他全力推上去的。起初几乎所有人都不认为项目搞得起来，包括那个张。是王文章千方百计运作，组织专家调研认证，提出建设规划，具体组织设计、争取省市项目经费支持、开展招商，一直到组织招投标，项目落地施工，所有环节都是他为主操作，他为之不遗余力。为什么？因为他是总指挥，更因为他是北岗人。总指挥表面上是张硬要他干，实际上是他跟张直接讨要，只是请张帮他做个姿态，这样接手有利于避嫌减骂。他之所以力推这个项目，主要是考虑家乡条件不好，产业薄弱，百姓贫穷。北岗石产业曾经兴旺过十几年，打石锯石运石卖石，搞得山疤路破河流污染，终因环境破坏严重被叫停。石产业下马后，北岗百姓还能吃什么？不能都出去打工吧？他考虑还是靠山吃山，开发旅游是可行的一项，毕竟有山有水，大树参天，奇石遍地，可登山、可漂流。人文资源也丰富，例如有一座秀才楼，一家三代出秀才。有一园石牌坊，大大小小二十几座。

“是不是还有一个土匪洞？”

确实有。该“土匪洞”常被人拿来调侃，视为王文章的忽悠瞎搞。这些人其实是不了解情况。北岗民间有句谚语“莲花山土匪洞”，“莲花山”说的是那儿主峰加周边山岭看上去像是观音菩萨的莲花座。那一带山岭地貌独特，有大量石洞群，只要识路，从山腰石洞钻进去，可以从山顶钻出来，还可以钻到周边山岭去。因为易守难攻，早年间曾有多股土匪盘踞，前前后后匪患闹了百年，所以才有“土匪洞”之名。在“莲花山风景区”规划里，“土匪洞”成为当地十大景观之一，改名为“剿匪洞”。这不是乱改，是有历史依据的。解放初，北岗一带聚集近千土匪，四处流窜，危害严重，解放军派了一个团的兵力，加上县大队、区小队、民兵，在北岗剿匪三个月。由于地形复杂，土匪剽悍，仗打得很艰苦，解放军、民兵加起来牺牲了三十多人，终于彻底清除百年匪患。事后当地修了烈士墓，立了“剿匪胜利纪念碑”，现在都成了资源，既是自然，也是人文。规划风景区时，王文章提出可以借助这一资源，搞一个剿匪野战游戏项目，到时候让几组游客分别扮演土匪、剿匪部队和民兵，给他们发游戏枪，定几条规则，安排合适路径，在保证安全前提下，让他们钻进山洞，乒乒乓乓打个痛快。有人讥笑这是“王氏土匪游戏”，他认账，确实是他提出来并列入风景区旅游规划，他相信如果能办起来，该项目一定红火。还有人举报他以开发旅游为名，坑蒙拐骗偷，靠欺瞒忽悠把上级扶持资金、银行贷款和开发商资金骗到老家北岗山沟里打水漂，他认为说得对，也不对。如果继续坚持，把项目办起来，那就是一片新天地。如果项目中途下马，给搅黄了，所有努力包括金钱就打了水漂。

“你担心这个吗？”

王文章承认，前任张书记出事给带走后，他就预感游客服务中心项目可能会遇到波折，那段时间隔两天他就要抽空去工地一趟，有时是半夜三更赶来回，催迫施工单位全速赶工。这也是想搞出既成事实。一般而言，投入越多，中止或者回头就越难。另外工程上也需要有一个段落，例如那座主楼，如果在封顶前停工，雨季一到，缺乏防护的墙体有可能被雨水渗透受损，严重的话将导致整个儿垮塌，那就前功尽弃。把封顶完成，就可以有效保护墙体，哪怕工程意外中止，东西还在那里，不会倒掉。出于这些考虑，他才拼命催促。千不该万不该，工地上居然出了事，而且是他最痛恨的车祸事故，一翻车死亡五人，列入较大安全事故，还引发更多注意和质疑。

"现在主楼封顶了没有？"

"已经完成。"王文章说，"终于松了口气。"

他觉得工程中止已经迫在眉睫。新书记王均到任后，面对各种质疑之声，必定会下决心重新开展论证。既然无法继续推进，他还不如暂时避开。他相信无论请什么专家来论证，都不可能一边倒，都还会有保留意见。特别是工程投入已经那么大，谁敢一句话拿几包炸药"轰隆"炸光，背起一堆债务？最不利的情况就是烂尾两三年，待他援藏归来，时过境迁，或许就能继续开始。

"现在火箭坐不成了。"他自嘲，"红景天喝了一堆，全白干。剩下大半箱只好塞到床铺底下，人家陈冬木不要那个。"

"很遗憾？"

他觉得也好，也许莲花山工程不用再等两三年。

"你在这个项目里没有经济方面的问题吗？"

王文章说，哪怕他是个大贪、巨贪，也不会在家乡这种项目上贪半分钱。

"那么你在其他项目上怎么贪？"

王文章即修改自己的说法，发誓迄今为止没在任何项目上贪过半分钱。

这种事能靠赌咒发誓解决吗？几天后，一组精干人员从市里悄悄进驻本县，加上本县配合人员，一起对王文章相关问题进行初查。调查人员了解的范围跨越十来年，从王当副乡长起，直到当下，王管的项目几乎都给问了个遍，整整查了十来天。

然后王均找王文章谈了一次话。王均告诉王文章，经请示市委领导同意，决定免掉王文章“莲花山风景区游客服务中心”项目总指挥一职，工程暂停，重新组织专家论证，以便做出科学决策。

王文章不吭气，好一会儿才表示：“我预料到了。”

王均要求王文章正确对待。她还说，尽管有不同看法，王文章所做的大量工作和努力还是得到公认，总体尚好，骂王文章“汉奸汪精卫”绝对是定性错误。

第二条王文章也预料到了：干部群众反映王文章存在若干问题，其中收受、转送高档香烟问题比较突出。要求王本人认真整改。

王文章感叹：“不如直接要求我戒了。”

“做得到吗？”

王文章摇头，称有时候人还得靠点什么，比如他得靠一支烟。

最后一条可称好消息：根据调查人员反馈，外界所反映的王文章几大问题，特别是所谓“涉张”事项，经查，暂未发现其违法违规的确凿证据。类似调查的结果通常直接报告上级，无须向相关对象反馈，但是可以给当地主要领导做点通气，由其把握。鉴于王文章的情况，王均认为可以对本人有所告知。

王文章笑了：“是不是出乎王书记预料？”

这话有点张狂了。

王均回答：“在我预料之中。”

王文章惊讶。

“但是我需要确认。”她说。

王均不讳言，王文章确实做过不少事，所谓“肯做事，能成事”，但是针对他的举报与议论也不少。市委领导对此很重视，她也认为有必要搞清楚，所以才会有相关查核。现在确认了，看来这个王在这方面也还可以放心。王均感到高兴。

问题是机会已经不再，王文章床铺底下大半箱红景天已经用不上了。

王均提起一件事：按照上级要求，县里正在考虑成立“客专”项目配合指挥机构，需要确定负责领导。她个人意见，要王文章来承担。她记得王曾经跟她提过这件事，不过今天还需要正式征求王本人意见。如果王还愿意，她就准备按程序正式提出。

“你也可以不干。”她说。

王文章喜出望外：“真的吗？”

“你说呢？”

“谢谢王书记信任！”

“但是呢？”

王文章明确：“没有但是。”

“需要再表演一回，表明是我硬要你干的吗？”

“不需要了。”

3

“客专”是个啥？那就是一条铁路，或称高速铁路、高铁。“客专”的全称是“客运专线”，表明了这条高铁的特定性。

本县目前没有一寸铁路。直到被“客专”线工程设计师画上一条虚线，才一举跻身未来的全国高铁网，也进入本省的“一横”之中。本省高铁规划通俗称之为“三纵三横”，“客专”属于中间那一横，其东端为本省省城，西端则穿越省界，接入国家高铁网中一条连接几座大城市的骨干线路，本省省会将通过“客专”与它们连成一线。本县有幸为“客专”途经，完全因为地理位置：这块地盘恰属本县，你不想经过也得经过。同样的原因，这条线只能走本县的北岗乡，难以另谋高就，因为北岗在本县海拔最高，地理上属于本省中部一座山脉的余脉，而“客专”大体沿该山脉南坡而行。高铁有其缺点，没法像村道一样忽上忽下，得讲究高度坡降，当然也得考虑巨大成本。数年前“客专”规划刚刚披露，本县便有大量反映，希望此段线路南移，从本县县城至少从岭脚一带经过。经多方努力，未遂，高铁还是高高在上，唯青睐北岗。线路难以调整，只能退而求其次谋求“设站”，这一艰巨任务非王文章莫属。

所谓“设站”指建一个火车站。“客专”线原本规划于本市地界设一个站点，具体位置有东、西两方案，尚未最后确定。原因是本市北部三个县都属途经，三县都想争取，但是又各有想法，所谓“各怀鬼胎”，原因相同：线路只在山区一线通过，离县城都有一定距离，三个县不约而同，都想争取线路南移并于靠近县城位置设站，结果无一成功。王文章是北岗人，如果“客专”线只是途经他的家乡北岗，那么北岗人在付出土地、劳动之后，可以幸福地“看到铁路修到我家乡”，却难以获得更多利益。如果有一个车站设在北岗，情况顿时大变，必定会有一条连接车站与县城的高等级新公路作为配套项目提上议事日程，这将根本改变目前的交通状况，“畸肩”路将从此进入历史，北岗将从一个偏远闭塞之地一变而为本县铁路、公路结合的新兴交通枢纽，必定极大促进各相关产业发展，这便是全盘皆活。不说别的，王文章全力以赴的莲花山风景区及其游客服务中心，忽然就不再是“坑蒙拐骗偷”的打水漂项目，而是极富远见的产业发展措施了。

王文章当年就是拿“客专”线和设站作为重大利好，促成了“游客服务中心”项目的确立。如果到头来这条线不修，或者本地不设车站，那么王文章的鼓吹谋划全得死个直挺挺，包括“游客服务中心”，当然也包括他自己。为什么王均甫一上任，王文章迫不及待就请求把“客专”事项交给他？那不仅是勇挑重担，更是救命之策。这个项目谁都可以来牵头，但是肯定没有谁会比王文章更切身、更上心、更急迫。王均改变主意，把王文章从“火箭发射场”扣下来，把“客专”任务交给他，可谓看得很准。当然，如她这种有洁癖的领导，更强调委以重任之际，需要确认此人手脚基本干净。

王文章发表体会：“女领导有两种，一种很一般，一种很厉害。女领导一旦厉害起来，真是没有哪个男领导可比。”

下级表扬上级，可以不吝美言。王文章表扬王均是数十年里最好的第一把手，一举为本县注入了未来发展的强大动力。其实王这么表述也属自我表扬。王文章当然也自认跟王均没法比。女领导是老大，他只排名第四。女领导高屋建瓴，他满裤管泥巴。最重要的是女领导出于公心，而他私心重重。作为本地人，他自知将终老本地，如果只为自己捞取好处而不为家乡干些事情，本地人骂娘会骂进他的骨髓，让他来日躲进骨灰盒都不得安宁。眼下他在台子上，人们只能在背后骂他汉奸，一朝下台了，满街的人都会当面吐他口水，他可不想享受这种“美好待遇”。无论如何，他必须为家乡做点好事，留点美名。王均是省里派下来的，根本不需要考虑这个，只需多说少做平稳过渡，不必计较干过些啥，不出大事就好。时候一到，照样提拔走人，无须在意这个地方又怎么啦，谁会在这里想念或者骂娘。但是王均就是不一样，与本县干部群众同心同德，敢于面对巨大困难，不惜付出艰辛努力，任职一方造福一方，办实事办大事，绝不敷衍。本县干部群众看在眼里，铭刻在心，永不忘记。

王均问："这些话跟以前那个张书记也说过吧？"

王文章脸皮结实，面不改色："他喜欢听。"

"打包带走，去跟他说。"

这个重要指示贯彻落实不太容易。

虽然从此不再"高屋建瓴"，王文章倒也不负所望。这个人确有能力，加上有一股劲，如他自嘲，拿出当初"坑蒙拐骗偷"那些招数，加上"好工"也就是锲而不舍，不达目的誓不罢休，难题被一一破解，"客专"站点终于最后敲定，设于北岗乡，定名为"莲花山站"。这一过程中，前台上蹿下跳的是王文章，后台遥控指挥的是王均，后者起的作用可称巨大，不仅在于对前者的支持，还在于王均直接处理了几大审批难题。

半年多后，"客专"线和车站项目开始征地搬迁，王文章奉命常驻北岗项目指挥部，紧盯不放，没有特别重要的事项不得离开。王均自己隔三岔五上山检查督促，确保项目按计划顺利进行。

那时出了件事情：有一天下午，县统计局局长丁家声匆匆上山，面见王文章，报告了一个急迫事项："截止期马上就要到了，怎么办，王副？"

王文章问："截止到哪个钟点？"

丁家声答："今天下午五点半，本周最后一个工作日下班时间。"

王文章不吭气了。

丁家声匆匆前来，牵扯到一份重要报表，涉及上年度本县 GDP 的确定。GDP 通常称为国内生产总值，它很重要，能反映经济发展，也能表现政绩，因此也可能被造假或注水。本县在前任张书记手上，曾接连数年 GDP 增长排名全市第一，这得益于争取的一些重点项目和招商项目接连落地，但是也有相当部分的浮夸，也就是数据水分。比如北岗乡，原先石产业产值耀眼，治理整顿后石厂倒光了，产值数据却不能少，必须以每年百分之几增长。王均到任后发现了这个问题，提出要挤水分，把数据做实。今年年初，县统计部门按照她的要求，组织力量细致工作，提出了一组新的统计数据，比之原数据有相当比例降幅。这份新数据当即被王文章压住，命统计部门先不要拿出来。

从担任常务副县长那时起，王文章一直分管统计部门，本县 GDP 那些事，没有谁比王文章更心知肚明。王文章向王均做了一次个别汇报，建议慎重处理。压水分搞准数据肯定是对的，却也得防止连锁问题发生。如果按照统计部门提供的新数据，那么本县发展增速将从当年全市前列一变而为倒数第一。

王均说："这不是问题。该是多少就是多少。"

"但是也会直接影响全市统计数据。"

本县调低数据后，全市的数据也将跟着相应下调，如果幅度过大，本市在全省内的排名会因之生变。这件事不仅影响本县，还影响全市。王文章建议可由书记、县长一起去向市主要领导和分管领导汇报，然后再定。

王均听进去了，与县长娄士宗一起去市里汇报了情况。市长把统计部门领导叫来一起研究，最终同意本县对数据做一定调整，但是不同意一步压到位，因为牵动太大，产生的数字缺口难以填补，只能视情况逐步消化。根据市领导的这个意见，县统计局做了一个新的上报方案，称之为B方案，比之前那个大压水分的 A 方案有较大回调。因为事关重大，王文章对丁家声强调，上报该方案务必直接请示王均。王均对该方案很不满意，一直压着不让报，直到截止期临近。

丁家声上山时，公文包里放着那份 B 方案。他告诉王文章，近日曾通过各种方式多次请示，王均一直不表态。昨日王均去省城开会，行前丁再次找她报告，她还让等。可能是想借在省城开会之机向上级领导反映，争取再压一点。问题是今天下午下班之前务必报送数据。丁家声给王均打电话，未联系上，可能因为会场不能开机。后来又发了短信，未见回复。无奈，只能上山面见王文章，请示怎么办。

王文章问："你请示过娄县长吗？"

请示过了。娄士宗说这个事只能请王均拍板。

"既然这样，干吗还找我？"

"王副分管啊。"

"我还能管过书记和县长？"

丁家声一时语塞，什么话都说不出来。

王文章问了一个问题，就丁家声的经验，此刻王均还有争取余地没有？丁家声直截了当回答："已经到了这个时候，不可能。"

"哪怕误期，到头来她还非得在你这张表上签字，是这样吗？"

"恐怕是的。"

"这好比你抓了只绿头大苍蝇，她得生吞下去，不吞还不行。是吗？"

"我哪敢啊！"

王文章叹口气，称王均那样有洁癖的领导哪会心甘情愿活吞苍蝇。与其大家合伙，逼人家女领导痛不欲生自己去生吞，不如找个消化功能更强大的人替她吞了，然后还可以帮她出一口恶气。这个人该是谁？不就是活该分管王副吗？

他在那张报表上签了名，还有"同意上报"四字。丁家声拿回报表，却不离开，手发抖，脸发白，说不出话。王文章问："你是怕王书记回来后撤你职？"

他点头。

“我来跟她报告，没你事。”

丁家声走后，王文章给王均发了一条短信，称由于王均在会场无法联络，时间不允许再等，他已经以分管领导身份签字，命统计局将B方案报送，特此报告。

王均怒不可遏，当晚从省城给王文章打来电话，命王文章立刻去把数据报表撤回来，待研究后另行上报。

王文章说：“王书记尽管批评我，事情不好再变了。”

王均摔了电话。

如果王均坚持，这份数据当然可以设法先撤下来，但是撤回本身马上会成为一大问题，其后果可能更难承受。王均作为第一把手，对此肯定心知肚明。基于这个判断，王文章才敢擅自做主，造成既成事实，让她不得不接受了事。

王均回到县城后，王文章在第一时间前去听训。王均冷若冰霜，劈头盖脸又是一顿怒批。所谓“替女领导吞苍蝇，还帮她出一口恶气”原来是这么回事，果然一如王文章事前所预料。王文章的消化功能确实强大，当场仅虚心听取批评，绝不多做解释。王均这种厉害领导明察秋毫，她哪里会看不明白，实无须王文章喋喋不休自我表白。他只检讨自己存有私心，从前任张开始，统计名义上由他分管，实际张本人总是亲自过问干预关键数据的确定与上报，不容他人多嘴。但是现在如果追究，张得负领导责任，王作为分管也跑不掉。张已经涉案给抓了，王还在，一旦惊动上级，王文章便首当其冲了。出于这种顾忌，王文章很希望数据水分慢慢消化掉，平稳消解，不要闹大。

“即便需要我承担责任，也希望能缓一缓，日后再追究不迟，眼下不是时候。”王文章说,“难得王书记信任支持，让我能为家乡做点事。‘客专’项目进展正在节骨眼上，那比什么A方案B方案要紧。”

王均不吭声，明显的那股气一点也没消。

几天后，王文章在北岗接到了县政府一份传真件，就领导分工调整征求意见。他注意到统计局已经划到别的领导名下，不再由他分管。

娄士宗打电话做了说明：“是王书记的意见。说是让你专心去做‘客专’。”

“感谢，这是书记县长对我的关心支持，完全拥护。”王文章表示。

事情悄然而过。王文章专注于北岗，王均时时过问，一切似乎都恢复正常，但是他们彼此清楚，这件事谁也不会忘记。

夏日里，“客专”莲花山站隆重奠基，举办了一个奠基仪式。按照“隆重简朴”要求，仪式定于上午九点进行。王均早早的，七点就亲临现场，恰巧又遇上王文章声色俱厉发飙，骂的居然还是郑光辉。

“到时候少放一颗，”他吼叫，“老子砍了你！”

王均脸一拉：“又怎么啦？”

其实没什么，王文章命郑光辉安排于会场四周悬挂四串大鞭炮，准备四个人，四个打火机。刚才一检查，所准备的打火机里有一个打不了火。还有供嘉宾奠基用的八把“锅铲”也就是铲土的铲子，王文章发觉其中有一把铲口有缺损，因此怒骂。

此刻郑光辉已经接任北岗书记，表外甥对他可丝毫没有更谦恭，不同的只是当众没见抬脚。王均一到，王文章马上变脸，夸奖郑光辉总是知错就改，少了个打火机，居然把王文章口袋里那个掏去凑数。

王均没多说，即开始检查。她天不亮动身，驱车近两小时，提前赶到北岗，是因为今天的奠基仪式虽然规模不大，于本市本县却是意义不凡，本市分管副市长将亲自出席以示重视，必须确保无误。王均察看现场，检查各种细节，包括王文章的状态。

“怎么人不人鬼不鬼？”她不满。

王文章称已经备好一件戏服，放在指挥部里，到时候一换就成。

他所谓“戏服”即正装、西装，正式场合目前需要那个。此刻没到时候，他身上是一件夹克，也还算齐整，只是这里一斑那里一点有不少烟洞，显示资深烟民地位。王均嫌他不人不鬼，主要是他灰头土脸，头发乱，脸色发黑，表情躁。

他说：“工地上待着，人就躁了。”

王均听汇报，看现场，走了一个多小时。王文章紧随，寸步不离。王均注意到他的动作有些怪异，左手总插在裤兜里，从不拿出来，却又动个不停。起初王均没太在意，后来越看越觉得刺眼，忍不住问一句：“你那个手怎么啦？受伤了？”

“没有。”

他把手从裤兜里掏出来，拍一下，表明一切正常。

但是剪彩时出了意外：郑光辉的四挂鞭炮放得山响，一颗不缺全给点着，供嘉宾铲土的八把铲子把把完好，不见差错，掉链子的竟是王文章自己。他换了“戏服”，站在王均身旁，为左侧最后一位剪彩嘉宾。动剪时他用左手抓着彩条，右手持剪刀，居然两手发抖，接连几剪，没有哪刀能剪到底。一旁王均发现不对，看了他一眼，他低声喊了一句：“王书记帮我。”

王均即接过他的剪刀，只一下，刀到带断，干脆利落。

简短仪式结束，送走市领导，王均看到王文章又把左手伸在裤兜里。

“到底是什么？”她眉头一皱问。

“没什么。”

“掏出来。”

王文章把东西从裤兜里掏出来。原来就是一盒烟，已经给捏成一团烟渣，一把杂碎。烟盒皮、过滤嘴、烟丝、烟纸，啥都有，就是没有一根完整的。

是犯瘾了。为了准备奠基，他已经三个晚上没睡完整觉。他不怕熬夜，只要有烟。今天上午没办法克服，陪同王均抽不得烟，搞得人不人鬼不鬼，剪刀都拿不稳，瘾急了只好拿手指头在裤兜里解决，把一盒香烟一根根捏碎。

王均问："谁有烟？"

郑光辉赶紧掏口袋。

"给他。"

没再多说话，女书记上车离去。

事后王文章调侃：经过成功举办"客专"莲花山站奠基活动，不仅本县交通和产业发展迎来历史性时刻，本县良好香烟环境也在开始恢复。

一星期后，市里考核组来到本县，一直深入到北岗工地。这个考核组考核对象仅一员，却是王文章。不久王文章被任命为县委副书记。本县原专职副书记陈冬木援藏去了，保留本地职务，归来后肯定另有重用。因工作需要，王文章被增补为副书记，接手陈冬木原分管的那些事务。

自始至终，王均没跟王文章谈这件事，但是显然她是关键，没有她力荐不可能有这个安排。这位领导很公正，该批评敢拉下脸，该关心照样关心。

王文章升职后继续驻扎于北岗，主要任务依然是"客专"项目，以及游客服务中心。后者经过了专家论证，在"客专"动工设站之后，重新上马已经没有疑义。王文章没再兼总指挥，只是一并管了起来。

然后有一个报信电话打到王文章手机上，消息惊人："听说搞到林则徐了！”

是林耀，县建设局局长，曾经被王均拿两根指头夹起来示众过。他说的“林则徐”是谁？知道的就是机关里若干烟鬼，其发明专利还归王文章。当年林则徐禁烟获罪，被清朝皇帝贬到新疆。眼下王均的事与禁烟无关，一星半点火苗都没有，只涉及一些数字。数字并不是易燃品，却可能意外自燃，一旦数字像汽油一样猛烈燃烧起来，其后果非常严重。此刻这些燃烧的数字竟是本县GDP数据，涉及年初那份B方案。时间已经过去近一年，那些数字像是已经进了垃圾箱，谁知道竟会突然起火：有人举报本县数据不实，涉嫌造假，恰又赶上省内一起类似案件被上级查究、曝光，省领导高度重视，批示督办，省、市统计部门的联合调查组突然来到本县。

林耀听说事情可能会“搞到”林则徐那里，却不知道王文章才是最可能被“搞到”的那一个。如今类似调查都是所谓“问题导向”，任务只在查问题，不是来发红包。本县GDP的问题实不难查，曾经有过的一份A方案很能说明情况，找到那东西毫不困难。一旦问题查实，责任人必受处理。这种事的处理不同于贪污受贿，平常情况下不一定很重，撞到风头上就不好说了，严重的话会伤筋动骨掉几顶乌纱帽。具体而言，王均作为第一责任人要承担责任，王文章是分管领导，过去注水有一份，如今还一再主张不要急压，且涉嫌擅自做主，情节如此亮眼，更是跑都没处跑。

王文章骂了一句：“该死。”

他把自己关在指挥部办公室里，整整待了一个上午，自称“考虑问题”，命众人不得干扰。实际上他是在里边抽烟，打主意，图谋自救。等到他出门时，那里是一屋子混沌，像是被一颗烟幕弹直接命中。

王文章直奔县城，途中给陈雄挂了一个电话。陈雄是市统计局局长，此刻与省统计局调查组一起下到本县，驻扎于县宾馆。王文章报称自己有重要情况要向调查组和陈雄报告，请陈安排时间听取。王文章自称清楚调查组刚刚进驻，工作正在有序开展。王曾分管统计，必定会被列为调查对象，可以等待调查组按既定工作安排，通知他后再来汇报。只因为近段时间他负责“客专”等重点工程，常驻于北岗，那边任务很紧，事情很多，只怕到时候调查组有请，他却给缠住了，弄不好会影响调查进展。今天恰好到县城处理一些事务，还有一点时间可以利用，这才主动联系，请求汇报。

“谁让你找我们？”陈雄很警觉，“你们王书记吗？”

王文章称自己没有跟王均报告，他也不会报告。所谓“王不见王”，王均让他守在北岗，不要到处乱跑，调查组到来这件事也还没有通知他。要是他向王均报告，那就是给自己找事了，因为他要反映举报的也包括王均的一些问题。

陈雄动作迅速，即与调查组负责人沟通，几分钟后便通知同意王文章前去。

王文章向调查组呈送了一份《情况说明》，作为书面依据，同时亦做当面口头汇报。有关A方案B方案的过程被他完整介绍，只是隐掉一个细节，就是他曾建议书记、县长向市领导汇报，他们也真的去汇报并得到了一些指示。说出这些无异于举报反映，相当于把责任推到上级那里，使事情扩大化复杂化，因此王文章不谈。这是不是隐瞒真相？可以斟酌。该情况别的人或许不知道，陈雄本人非常清楚，根本无须王文章举报。是不是需要向调查组报告，怎么报告，陈雄自有把握。王文章也报告了自己擅自做主签字上报报表的过程，并不讳言如此大胆的原因就是害怕承担分管责任。王文章强调两大要点：一是此前本县数据水分，主要责任是那位出事的张，王文章作为分管领导只能听从。二是王均到任之后高度重视实化数据，B方案已经有所体现。未能全部压实有具体原因，非王均所能为。王文章在王均未曾同意的情况下，出于个人考虑擅自做主报送不实数据，主要责任在他本人，不在王均。

他不是自称要举报吗？这么举报算个啥？无异于见义勇为，或者不如说是投案自首。调查组最关注的其实就是所谓“举报”。为什么人家愿意在既定安排之外，先听这个王反映问题？因为他提到举报“包括王均的一些问题”，这是调查组需要的线索与要害。王文章知道怎么才能引起他们的注意，果然一语中的。

这是举报个啥？有如给领导提意见：“一心工作太不注意身体了。”变种拍马屁而已。不同的只是王文章自我揽责加自请处分，表现得尤其充分。

王文章报告完情况，即驱车返回北岗，谁也不找，谁也不说。隔日，王均给他打了个电话，张嘴就批。

“谁让你那么干！”她怒气冲冲，“我不需要！”

“王书记不需要，王副书记需要。”王文章回答。

王文章需要什么？他解释：眼下他最怕王均离开本县，无论是出事还是高升。他曾突然梦到本县书记姓汪了，当即吓醒，发觉只是个梦，如释重负。他跟调查组谈的都是实情，所做的表示也都发自内心。

调查组在本县工作了两周时间，终于拿出一份调查报告，而后相关人员根据他们所负责任受到了相应处理，王均以负有领导责任被通报批评，而王文章受到严重警告处分。身处风头，这样的处分可算相当温和。另外还有一项众人均意料不到的结果，就是王均所希望的“压水分”竟通过这些处分得以实现。

王文章自嘲称，投案自首果然有助减轻处罚。处分是应该的，只要帽子还在，就可以继续做事。他自感得意的是有王均陪斩，一个小通报对王均不算什么，却可能让她无法那么快提拔走人。她在本县多留一点时间，于本县人民、“客专”等重点项目、他的家乡北岗以及他本人都是巨大的福气。

有天中午，王均只带一个随员，突然光临北岗，事前没有通知。时值午饭饭点，王文章蓬头垢面，不人不鬼，被抓个现行：他在指挥部，身边围着几个人，一人一个饭盒，一边吃饭一边开碰头会。王文章吃饭时居然还能抽烟，一支香烟在烟灰缸上袅袅冒气，下边是满满一缸烟灰。王边吃边抽，物质精神两不误，拿尼古丁当下饭菜。他本人背心短裤拖鞋，包装得就像个包工头，身边围着的都是小工头。

王均驾到，大家一时慌了手脚，王文章赶紧招呼给王书记搬凳子上茶水，一边拿条裤子往腿上套。王均没多理睬他们，眼睛转向房间另一个角落，盯着看，离不开。

这里竟是另一个风光：有一张小桌，小桌后边坐着一个小男孩，大约十岁模样，长相清秀，满面阳光，非常招人喜欢。小男孩面前放着个饭盆，还有厚厚的一本书。他在一边吃饭一边看书，对屋子里大人的喧闹充耳不闻。

“这孩子是谁？”王均发问。

王文章招呼：“小章，过来问书记好。”

男孩闻声而动，王均顿时心里一紧：小桌后边不是椅子，是一个轮椅。男孩推着轮椅滑过来，动作轻盈纯熟。他说了声：“书记阿姨好！”童声清脆。

王均笑笑：“好孩子，真有礼貌。”

她让男孩去吃饭，好好吃，细嚼慢咽，不要光顾着看书。

这孩子是王文章的儿子，放暑假在家。王文章的妻子在银行工作，近日行里安排业务培训，去省城，儿子在家没人管，他把他带回北岗，跟他一起住指挥部。

“孩子奶奶呢？”

“这段时间也在北岗老家，住在大妹家中。”

王均说：“我要跟你谈件事。”

王均此来必有要事，因为很突然，很意外。近期北岗的几大项目进展顺利，铁路路基施工已经全线拉开，隧洞桥梁齐头并进，施工单位都是国字号大公司，本县主要是提供保障，配合处理涉及地方的各种事务。由本市和本县为主承建的“莲花山站”主体建筑、广场和配套建筑都已开建，配套公路设计方案已经通过，动工可期。“游客服务中心”主楼也开始内装修。这些情况，王文章都及时向王均汇报过，没有什么可让她不放心的，无须她突然赶来。此刻会是什么事呢？王文章赶紧命人打开会议室空调，把王均请到里边，单独谈。

很意外：王均考虑让王文章走人，离开他现在正在负责的重点项目，离开家乡北岗，也离开本县，去当“空降兵”，做一次“低空跳伞”。

这事怎么提起？明年是换届年，市里着手考虑换届干部事项，市委组织部部长通知王均，让她下周一到市里，部长要陪同市委书记跟她一起研究本县领导层人员的去留升退，让她提一个初步建议。王均考虑王文章是本地人，不能在本县当县长、书记，只能提人大主任或政协主席，本县现任那两位都可以再干一届，轮到王文章至少在五年之后，从长远考虑，不如择机离开。由于前些时候统计数据不实的那个处分，目前他还不能提拔，可以考虑先平调到比较重要的县、区去，日后再谋求发展。王均想向市委建议让王文章去城中区，该区地位重要，是市机关所在地，人口与经济总量在全市排头。该区有几个重点项目要上，王文章抓项目有经验，能力强，非常适合。如果王文章去，很快就能进步，一段时间后，顺利的话可接任区长，提拔到其他县区也有可能。那就打开了大的发展空间，日后有望从县区长到书记，直到进入市级领导层。这种事当然也有很多不确定性，靠自身努力，也要看机遇。王均觉得有必要先与王文章沟通，听听王个人的意见，她本人倾向于让王离开。

王文章“啊”了一声：“很意外。非常意外。”

“你留在这里继续抓这些项目当然很好，换谁也不如你。”王均说，“但是机会难得，错过就可能耽误了。”

王文章问：“王书记是不是听到什么反映，感觉我有问题？”

王均说，任何事情都有正反两面，有一利必有一弊。本乡本土固然有利，也有所谓“猪屎沙多”之说。王文章抓“客专”项目以来，成效显著，大家有目共睹，存在若干争议也属难免，目前并不构成问题。她之所以考虑让王文章离开，确实也想让他避开日后可能遇到的某些问题，主要的还是希望为他争取一个发展空间。

“明白了。谢谢王书记。”

王文章道谢，然后断然拒绝。他说，如果是他有问题有所不宜，无须调离，可以就地免职，就地调查处理。如果不是这样，那就让他留在这里继续做这些事情，无须考虑他日后如何。就他本人情况，把他提到北京去当个部长，也不如让他留在本地当包工头。他早就清楚自己不能有任何奢望，只能选择终老家乡，死了就埋在这里。

“为什么？”

因为孩子，王均已经看到了。这孩子是王文章的一块心病。孩子原本很健康，很聪明，人见人爱。上小学一年级那年，也是暑假，由于工作忙，顾不上，他把孩子送到北岗，交给母亲照料。孩子调皮，与村中小朋友打打闹闹，跑到公路上，不幸被一辆拉石头卡车撞到，从此有赖于轮椅。王文章悔恨自责，他的脾气和烟瘾都是那以后上来的。从此他也最痛恨车祸，谁要在他面前谈论车祸，谁就像是跟他有仇。王文章平时打哈哈开玩笑，什么“空降兵”“汪精卫”的，更多的只是排遣，苦中作乐。孩子已经残疾，可以想见一生的艰难。做父亲的希望尽量让他生活得好一点，父母在时有人照料，父母不在了也能有人关照，死死待在家乡可能是最有利的选择。

“到其他地方孩子就没人管了？”

当然没那么绝对。如果调到区里工作，可以把家安在市区，对孩子的教育和成长也许更有利。如果职务还能继续向上，掌握一定权力，想必还会有更多人来关心这孩子。但是总归不是自己的乡土，自己只算那里的过客，没办法指望太多。时候到了，身边的人一哄而散，丢下个残疾孩子怎么办？留在本县，再不济也还有七大姑八大姨可以指靠，顾念旧情的肯定也会更多，只要他多做好事。现在的“客专”线和风景区建设对本县特别是北岗太重要了，视同做功德。做好这件事，家乡人们就会记住他。他们会说：“那个人虽然挖过人家祖坟，也还是做过一些好事。”这可能有助于他的孩子日后过得更好一点。

王均批评：“井底之蛙。”

她问了一件往事：有一回她让王文章随同去岭脚镇开现场会，涉险过洪水。后来才听说他原本要带儿子去省城看医生，那是准备去看什么医生？王文章回答，确实是约了一个专家，不是看眼睛配眼镜，是看神经内科，据说那位主任能治他孩子这种病。那一天没去成，隔了一周又去了，最终还是白走，孩子站不起来，已经无药可治。

“刚才谈到的事情，你是不是愿意再考虑一下？”王均问。

“王书记的好意我心领了，但是请千万不要提出来。王书记一定要答应，日后我和我的家人，包括儿子都会感激不尽。”

王均摇摇头：“好自为之吧。”

下午两点，王均动身返回，行前在指挥部大厅四处张望。

“孩子呢？睡了吗？”

王文章吼了一声：“小章，出来。”

眨眼间，小轮椅忽地从一根柱子后边闪现，在厅里轻快地转了半圈，停在王均和王文章面前。

王均说：“哎呀，小朋友这是骑滑板啊。”

小男孩快活地笑。他告诉王均，他能用轮椅踢足球，班里还没有谁踢得过他。

王均摸了摸小男孩的头，说了句：“这孩子真不容易。”

她的眼眶竟然悄悄一红。

王均没有孩子。她丈夫在省城一所大学做行政工作。不知是因为工作忙，耽误了，还是从一开始就打定主意丁克，他们没有孩子。但是她喜欢孩子，毕竟是女人。

一个月后，本市传出爆炸性消息：王均调任城中区区委书记。

原来她找王文章谈话另有由头，并不只是她说的那样。一个县委书记即便要推荐手下干部，最多也就是提出那个姓王的可以平调出去任职，不可能具体到建议调城中区干个啥，想这么做必有特殊前提。显然王均知道自己即将调任该区，有意让王跟她过去抓重点项目，甚至考虑日后提起来做搭档，真是极其看重。她不能提前透露自己的变动，王文章不知底细，谢绝她的好意。不过即使她把底细和盘托出，王文章似也很难下决心死在本县之外。

王均这一调任别有意味：城中区地位特别重要，历任区委书记都是高配，同时任市委常委，或副市长。王均则是平级调动，没有提拔。或许因为不久前刚因数据风波受到处理，尽管很轻微，却不好立刻就提，只能分步走。无论如何，把这么重要的一个地方交给她，表明了对她的看重，该女领导果然厉害，如王文章所评价。但是王文章也有看走眼的地方，例如他断定王均能在本县多留几年，结果被证明是错了，人家转眼就用这种方式“跳伞”而去。

这个结果对王文章极其震撼，如五雷轰顶。

4

那天市里会议结束时，王均把娄士宗叫住，问了些情况，提到了王文章。

“这个王胆子大。”王均说，“有一回当着我的面骂我的驾驶员，你知道吧？”

娄士宗嘿嘿：“这家伙是有毛病。”

“帮我带个话，让他好自为之。”王均说，“我都记着呢。”

这一重要指示于当天晚间即传达给王文章，未曾过夜，原因是市里的书记会议很重要，本县连夜开会传达，王文章被叫出北岗参会听精神。娄士宗把王均的话带到，王文章听罢眨了一下眼睛，脱口道：“不会吧？”

“你去问她。”

王文章自嘲：“虽然我表现还行，挡不住女领导爱记仇。”

王均调离本县后，“王不见王”，城中区委王书记管不着本县王副书记了。不料该局面只维持了半年，王均提升一级，被任命为市委常委，进入市委领导班子，虽然主要工作还在城中区，就领导层次而言又成了王文章的上级。娄士宗在王均走后接任本县书记，娄个头瘦小，心眼也比较小，记仇水平不逊于女领导。当年本县书记姓张时，娄一直受压制，张喜欢瘦高不爱瘦小，没把县长放在眼里，却重用王文章，时常越过娄直接给王下指令，搞得常务副县长比县长还牛，娄士宗不知道的事，王文章知道。娄士宗能忍，表面上逆来顺受，心里当然满肚子火，直到张出事才感觉出了口气。王均到任后，县里屡有人质疑王文章“涉张”，娄士宗实有所推动。幸而王均客观公正，查无问题，该用就用，让王文章过了一段舒心日子。当时娄士宗审时度势，跟王均保持一致，对王文章也比较客气，彼此相安无事。王均对娄、王之间的内情心知肚明，她临离开时想把王文章调离，可能也因为担心日后不是“王不见王”，是“娄不容王”。不料王文章死心眼，放弃大好机会，铁定要死在本县。娄士宗成为第一把手后延续王均做法，让王文章继续驻守北岗抓重点项目，那些事确实没有谁比他更合适。但是应该让副书记知道的事情、参与的决策，却不时让王文章待一边去，有时开会都不通知。王文章自嘲这样最好，专职山大王，死心塌地坚守“土匪洞”做功德。王文章并非真的“王不见王”，他不时会给王均打个电话，也曾借机到区委大楼当面汇报，把北岗山上的各重要进展报告给王均，虽然人家如今不管那些事了，王文章却始终不曾怠慢。汇报中王文章从不提个人事情，也不谈娄士宗，王均却很清楚，毕竟主政过本县，她有多条渠道了解。此次让娄士宗带话，她知道娄肯定会以最快速度完成任务。因为她是市领导，也因为娄乐意对王实施敲打。

第二天一早，王均准时到达区委大楼的办公室，她所谓“准时”就是提前半小时，这是她的习惯，除非遇到特殊情况。已经有一个人等候于门外，却是王文章。事前他没有电话联系，直接闯上门来，提前半小时，他对王均的作息规则了如指掌。

王均没有显出意外。她命跟在身后的区委办随员给王文章倒杯茶，同时通知原定于八点召开的一个会议后延，推迟半个小时。

“我要听听王副书记都有什么要说。”她说。

随员给两位领导都倒了杯茶，起身离开，轻轻带上办公室门。

“王书记一定有重要事情要提醒我。”王文章直截了当，“请明示。”

王均反问：“有吗？”

王文章记得王均在调任区委书记前，曾专程上山，跟他谈过一次话，当时就说过“好自为之”。直到王均调任，王文章才明白那是什么意思。现在王均带话，重提旧指示，一定又是发生了什么。估计除了重要，还很急迫，同时电话不宜，只能用这种方式提醒王文章注意。所以王才会在最短时间内直接上门面见领导，请求面示。

王均不置可否：“你一定有些猜想、估计吧？”

“会不会是郑光明的事情？”王文章问。

“你说一说。”

王文章报告：郑光明是郑光辉的堂弟，实为亲兄弟，郑光辉本人过继给叔叔当儿子，所以两郑又亲又堂。按辈分王文章得叫郑光辉表舅，那么郑光明也算。郑光明当了多年村长、村支书，办石厂赚过些钱。禁止采石后，郑的公司改行做土方工程，拥有钩机、铲车等一批施工设备，在游客服务中心、“客专”线路和配套公路工程中都揽到一些业务。前些时候郑光明突然被带走，县委班子开会时曾简要通报，称郑利用金钱权势，以威胁、人身伤害等非法手段，企图垄断北岗土方市场，涉嫌黑恶，正在接受调查。其后不久，郑案被列为省、市扫黑除恶专项斗争的一个重点案件，挂牌督办。外界传闻纷纷，指郑光明背后有两把黑保护伞，小一点的那把是其亲堂兄，乡党委书记郑光辉，大的那把就是王文章。

“你是吗？”

“领导放心，我不是。”

所谓“本地猪屎厚沙”，王文章在本地负责工程，乡里乡亲众目睽睽，不能不特别小心，秉持公正。王均早就提醒过，任何事情都有正反两面，本乡本土固然有利，也会有相应问题，“好自为之”，对此王文章记得很牢。郑光明为人比较霸道，手脚也不干净，王文章一直对他很警惕。当年王当乡书记时，就曾查过郑光明一些事，给过留党察看处分，撤掉了村支书职务。那一回工地上出车祸，王文章查问时得知出事的卡车属于郑光明那家公司，是通过郑光辉进工地的，气得差点一脚踢翻郑光辉，刚好被王均撞见。但是郑的公司通过合法招标争取工程，王文章并不干涉，因为当年是王文章下令关掉他的石厂，之后还得给人家留条出路。那时候郑光明转行搞土方工程，需要过审批一关，王文章还曾帮助给相关部门领导打过电话，除此之外再无什么瓜葛。王文章心里有数，无论人们怎么议论，都一笑置之。

真的如此坦然吗？其实未必。为什么王均给王文章带话，他立马赶来面见，而且主动提及郑光明一案？显然该案不可能如太平洋海沟里的一条疑似泥鳅一样与他毫无干系。说来王文章也属足够敏感，娄士宗话一带到，他脱口称“不会吧？”为什么有这种感觉？因为他知道王均不可能因当年驾驶员挨骂如此记仇。那件事的要害不是王文章刷牙不挤牙膏，拿本地粗话怒骂驾驶员，是他把王均的车挡在身后，自己先下水蹚路，不惜替王均让洪水冲走。当时王文章出于本能，并不是刻意表演，王均都看在眼里，她的看法其实是在那一刻改变的。此前王文章于她可有可无，爱走走吧，“高空跳伞、坐火箭”悉听尊便，她不阻挡。那一天之后不是了，她把王文章扣留下来，先查案底，查无问题即予重用。这个变化她自己从不提起，王文章却知道就那回事。因此王均忽然提起骂人，不是记仇，仅是让娄士宗带话的由头，要提醒的肯定不是让王文章多挤牙膏刷牙，那么会是什么？显然有要紧事，很急迫，此刻除了郑光明一案，似无其他。所以王文章才匆匆赶来面见。王均为什么不能说明白点，或者干脆直接给王文章打电话，命其前来听训话或直接相告？显然有所不宜。这种事很严重，很敏感，不比身上夹克尽是烟洞那么寻常。

王均问了一个问题："当年你帮助郑光明过审批关，收受过他什么好处？"

王文章一口咬定没有。对此他非常谨慎。

"你跟他没有任何经济来往？"

"除了有时碰面抽他一两根烟，再无其他。"

"金钱呢？"

"没有。"

"股份？"

"王书记听到什么了吗？"

王均不加解释，只命一条：王文章必须放弃一切侥幸心理，立刻前往市纪委投案自首，把自己与郑光明的所有私人经济往来交代清楚。

"我已经说了，没有这种往来。"王文章强调。

"真的吗？"

王文章还是一口咬定。他说，王均到任不久就曾查过他，事实证明他不是那种手脚不干净的人。单只是为了儿子日后生存，他也不会干那种事。

"郑光明已经交代了。白纸黑字，你有股份。"

"不可能！"王文章叫道，"这是谁说的？"

这还用问？王均怎么可能把信息来源告诉他？王均虽是市领导，目前主要工作却在区里，她不管办案，也管不到王文章，无论王涉嫌腐败还是黑恶，都是相关部门的事情，王均无权过问。但是显然她有信息渠道，以她的身份经历，上层、中层、下层都可能有渠道。她告诉王文章，别管是谁跟她说，怎么说，事情究竟如何，王文章问自己就好。她警告说，此刻一味否认无济于事，以她判断，王文章的时间已经不多。赶紧投案自首，争取减轻处罚，也许还来得及。如果没有足够把握，她不会跟王文章说这些话。她不希望在王文章儿子非常需要他的时候，他出了大事。

“真的不是那样！”

这种情况王均见过很多了。初涉案时，几乎每一个“对象”都坚称自己清白。但是案子办下来，最终还是全部承认，几乎没有例外。

“不应该这样对我的！”

王文章叫屈，称自己有幸得王均信任，负责惠及家乡的几大重点项目，他自感不能对不起乡亲和领导，确实是没日没夜，累死累活，不计得失，没有功劳也有苦劳。在王均调任，失去强有力支持的情况下，他忍辱负重，依然坚持不懈，因为他不是在为哪一位领导干活，而是为家乡百姓，当然也为自己。私下里总是自嘲，劳碌委屈不算什么，只要好事做成，让人记挂，日后有助残疾儿子活好一点就可以。现在几大项目都起来了，一天一个样子，眼见得胜利在望，他也没敢松懈，毕竟工程还没全部完成，还有很多事需要去做。哪里想到忽然自己成了黑恶保护伞，还腐败了？他不是那种人，别人不了解，王均最清楚。无论如何，万万不能这样，他无法接受。

“王书记得帮帮我！”

“我是在帮助你。”王均下令，“现在谈那些没有意义了。”

她命王文章不要申辩，按她要求去做，马上。

“王书记！你得相信我！”

王均站起身：“你走吧。我要开会了。”

“真的……”

“去跟他们说。”

离开区委大楼，王文章去了附近街上一个牛肉面馆，在那里要了一碗牛肉面。当天早起赶路，他还没吃早饭。由于不想让行踪为人注意，他没用公车，而是叫了出租。

他对老板指了指墙上的禁烟标志："抽一支行吗？"

老板略勉强："抽、抽吧。"

于是一支接一支，直到衣袋里那包烟抽光。这个时段小面馆生意清淡，只卖出他一碗面，老板对污染环境暂予容忍，未强烈干预。

然后王文章拦了一辆出租车，踏上归途。车刚刚从收费口进入高速公路，司机陡然紧张：坐在后排的王文章动静异常，从后视镜上看，他低下头，脑袋顶在前排副驾座的背靠，肩膀剧烈晃动，伴着一串奇怪的"呕呕"声。

司机忍不住问："这位客人，身体不舒服吗？"

他没回答。

"要不要……"

王文章头也不抬，顶着前排椅背低声回答："掉头吧。"

"什么？"

"掉头。"

那时他才抬起头看一眼车窗外。司机大吃一惊：该客竟泪流满面。

高速公路上怎么掉头？只能到下一个收费站口，出站再倒回。半个多小时后，王文章进了市纪委大楼。

事到此际实已无救。如果王文章不是现在自己走进这座大楼，接下来必然就是让这座楼里的工作人员带走。从王均谈话的严厉程度，可知事已急迫，迫在眉睫。如果刚才王文章没有让出租车掉头，而是返回家里躺平，等到人家把他带走，结果会是如何？几乎可以肯定会有"一二三四"，身败名裂，罕见例外，比之他人或许只会少了所谓“与多位女性保持不正当男女关系”而已。但是王文章自己走进来投案又能改变什么？与被带到“规定地点”如数交代，本质上并无区别，不外只是认罪方式不同。自首或许有助于减轻处罚，却不能改变其案性质。因此结果都一样，从此再也没有王副书记，再也无缘“客专”“游客服务中心”。多年之后，会不会有人说“那个王虽然腐败黑恶，也还是做了点事”？恐怕未必，无须期待。多年努力，一朝尽去，屈辱无尽，可想而知，再无面目见江东父老、家人，特别是自己的残疾儿子了。

王文章是什么人？这种状况下，居然不服，竟另有图谋。我们都知道他有前科，擅长“投案自首”，当年遭遇数据风波，他把自己关起来闭门抽烟，带着一屋子烟雾余味前去“自首”外加“举报”。这一回涛声依旧，他把人家牛肉面馆污染一番之后，打车中途，含泪折返，故技重演主动上门，却与上一回南辕北辙。

他一张嘴就表示：“有一位领导要求我来投案自首。”

跟他谈话的市纪委管办案的副书记即追问：“哪位领导？”

王文章回答：“不敢说是投案，我是来说明情况的。”

对方即叫来一个干部旁听、记录。此时此地可不容开玩笑。

王文章谈了与郑光明的过往关系，一五一十，什么情况，有何事迹，核心是强调自己清白，与郑没有任何经济往来，没有一分钱，没有一点股份。

“谁跟你说起股份？”对方突然问起具体情节。

王文章称郑光明出事后，县里传闻很多，他多多少少听到一些。

“关于股份他们怎么说？”

“讲得比较含糊。因为确实没有，传闻都出于猜测。”

“你可以谈得清楚一点，不要这么含糊。”

人家问的不是传言多含糊，而是具体人，是哪一个把含糊传闻传递给了王文章。

“主要是有，或者没有。”王文章强调，“确实是没有。”

对方不纠缠有无，唯盯紧人物：“是哪位领导要你来投案自首？”

“她肯定也是听到了一些传闻。”

“到底是谁？”

“是王书记。”

王文章直接供出了王均。以职务层次，现在或应称“王常委”，王文章习惯称她“王书记”。王文章报告说，今天上午他到区委办公室拜访王均，汇报“客专”项目近期进展，事前没有电话预约，主要是不想干扰领导既定工作安排。不料刚一见面，王均就追问他与郑光明的关系，明确要求，如果有问题，必须立刻前往市纪委投案自首。他当面报告，没问题。他本人不是郑光明的黑保护伞。王均没有消除怀疑，依然强调让他去纪委自首。因此他来了，郑重申诉：所传问题确实不存在，请纪委领导深入细致了解，不要让他无辜蒙冤。

“你知道，你要对自己的话负责的。”对方警告。

“确实是没有。”

对方让王文章稍候，不要离开。自己站起身走了出去。

他肯定是去请示主管领导，也就是将情况报告给市纪委书记。而后他们会迅速研究一个处置意见，立刻向市委书记报告。

情况相当反常。眼下涉案官员投案自首，或者主动前来报称没有，做个人申诉，都很正常，不算奇怪，像王文章这种方式却不多见：说是来投案，却坚称无辜，而且有意抬出一位市级领导。如果他是一时失言说及，或者迫于讲清楚的要求而不得不交代出王均，那还比较正常。他不是，一张嘴就声称某位领导要他投案，明摆的是在做铺垫，引发注意，随时准备抛出。时下一些犯案官员为了立功减罪，在案件办理过程中检举揭发上级领导，也属常见。王文章却不同，他自称清白，有何需要举报王均以求立功受奖？应当说他提及王均也颇费苦心，细致拿捏分寸，例如他描述过程，表明不是王均通知他来谈事，是他主动找王均报告时谈及郑光明一案。王均虽是市领导，主要工作在区里，管不了王文章，也不管办案，只因在本县当过书记，本县相关案件的传闻传到她那里，这不奇怪。恰王文章自己跑来拜见，出于不希望原手下干部下场太可悲，她严厉敲打，要求王文章正视自己的问题，在还来得及的情况下投案自首，这没什么不对，可以视为要求相关人员配合办案，不同于泄露案情干扰办案。但是王文章如此这般，有意地、公然地把上级领导抬出来，扯进自己的事情里，就显得极不寻常。他有什么必要这么做？莫非他想把王均变成一面挡箭牌，替他抵挡即将到来的危险，这能行吗？无论行或不行，王文章实在非常不应该。王均待王文章不薄，不说以往，就说当下，在完全可以置之不理之际，她好心提醒，试图拉王一把，哪知道转眼就被王文章抛了出去。当年王文章曾经把王均的车挡在身后，自己替领导下去蹚洪水。这一次他反其道而行之，为求自保拿领导顶在前边，无异于把人家拖下水。如此行径，即便达不到汉奸汪精卫水准，实也类同于出卖。

接下来会怎么样？如王均自己说的，没有足够把握，她不会跟王文章谈那些事。作为市领导，王均绝对不是从菜市场某位卖肉小贩那里听到什么传闻，其消息必是来自内部。因此至少可以推断：王文章在郑光明的企业里有股份，该情况已经被郑光明自己交代出来，至于数额有多少，是值一个亿还是一百元，目前不得而知，郑光明肯定已经如数交代。王均或许也已经知道，但是她不能跟当事者说，也无须说，这种事还有谁比当事者自己更清楚？显而易见王文章不值一个亿，却也不会只值一百元，否则也无须劝他去自首。根据王均的严厉警告，可推知对王文章的调查已经启动，采取组织措施已迫在眉睫。王文章心知肚明，却执迷不悟，人已经到了纪委，嘴巴还喊清白。接下来呢？最大可能就是既来之则安之，进去吧，到里边去说清楚。

一小时后，王文章离开市纪委，获准返回。没有顺便“进去”，只是受命深刻反省，随时准备配合组织调查。

他回到北岗，时“客专”项目工程正进入攻坚。北岗区域内两条隧道已全线贯通，一座控制性桥梁全力赶工，本段铁路路基已基本成形。“游客服务中心”工程则进入扫尾阶段，即将大功告成。王文章在他满是烟雾的办公室里发号施令，带着各路人马在工地上周旋，一如既往，不同的只是每一天清晨的太阳于他不再意味着新的开始，而可能是结束。郑光明黑恶案如滚雪球般不断发展，先是郑光辉给带走了，继而轮到北岗乡派出所所长和县公安局一位副局长，该副局此前也曾任北岗乡派出所所长。然后是县建设局局长林耀、现任县政法委书记吴平，黑保护伞之宽广令人瞠目。而最招人热切眼球的王副书记却一直未传“佳音”，老在北岗山上晃来晃去，令人大惑不解。随着案情发展和流言四起，王文章的每一次公开露面都有了某种戏剧性，人们交头接耳，总问该王怎么还在这儿。

“毕竟工作需要。”王文章自嘲，“可见肯做事错不了。”

实际上只是时候未到而已，与做事无关。这个世界不缺事，不缺人，当然也不缺领导。少了王文章就没了“客专”和“游客服务中心”吗？当然不是。无论缺了谁，地球照样转，总有那些事要人去做，也总有领导前仆后继。

一个多月后尘埃落定，王文章被宣布停职检查，从此于活跃多年的各种主席台上消失不见，也不再现身于北岗工地。停职不就是个开场吗？接下来该轮到表外甥跟着表舅等人前去“规定地点”了吧？人们拭目以待，却总是没有等到正式消息传来，而此起彼伏的传闻总是被确认为误传。王文章居然始终没有“进去”，直到郑光明案结案，相关人员判的判关的关，王文章也终于修成正果，仅以对郑光明黑恶案以及郑光辉腐败案负有重要领导责任被撤职，降两级，改任北岗乡政府副主任科员。

那时候有关他的一些消息才被慢慢知晓。原来王文章涉案的要害确实就是股份，他在郑光明的公司里确有股份，是当年他出面帮助该公司通过审批后，郑送给他的干股。虽然没有上亿，连本加上数年分红累计也达近百万。蹊跷的是王文章竟然没有从中拿过一分钱，甚至不知道自己有这么巨大的一笔名誉财产。这个事的始作俑者却是大表舅郑光辉，他自己从郑光明手上拿了钱，叫做“亲兄弟明算账”，日后他给某位张书记送过四万元礼金，张出事后，郑光辉供称礼金是从老婆银行卡上拿出来的，不是受贿所得，其实是瞎话，出水者同样是郑光明。当年郑光辉替郑光明游说王文章，请王帮助打几个电话，让郑光明的公司顺利通过审批，事后大表舅命小表舅给表外甥划一块干股，称会私下告诉王，眼下不必拿，日后用得着。不料日后果然有用，郑光明于案发后把它交代出来，白纸黑字，这行字差点就把王文章送“进去”，一举葬送。据称当时对王文章采取组织措施的纪要件已经送交负责领导，签了字即刻实施，这时王文章突然跑到纪委“投案自首”并坚称清白，事发意外且情节比较特殊，相关领导很重视，迅速碰头研究，决定暂缓一步，先把情况搞具体搞准确，再来动这个王。结果从郑光辉那里核对出细节，发觉郑对这笔股份一直“按下不表”，没跟王文章明说，想待“时机成熟”，因此王文章疑似无辜。问题在于王文章目前虽不知情，确实也有一份干股在他名下。如果郑光明不出事，他的公司垄断北岗土方工程，一直做大，王文章名下这笔钱就会越滚越大，一待时机成熟，例如王文章的残疾儿子成人了，需要用钱时，表舅兄弟奉上这笔股金，表外甥不会打灯笼笑纳吗？这种怀疑无疑具有合理性，但是办案只认证据。现有证据表明王文章目前不知情，且这笔干股随着案发已经成了泡影，那也就无须在调查过程中硬要王文章收下。

王文章没像其他人那样翻船沉没，关键却在王均。如果不是她及时严令王文章投案自首，恐怕一两天后王文章就会从北岗山上被直接带走，匆忙间只能往衣袋里塞一包烟。王文章到纪委投案却不认罪，那时候完全可以做自投罗网处理，直接宣布带走，为什么没有？原因也在王均：王文章把王均抬出来顶在前边当挡箭牌，使问题复杂化了。王均为什么要如此帮助王文章？不可能仅因为王曾是其部下。她部下还少吗？哪里能这么管？莫非王均在郑光明一案中也有牵扯？还有一个疑问：王均的信息是从什么渠道得到的？这些问题一定得了解、搞清，这就免不了要询问王均本人。但是她是市级领导，省管干部，就本案触及她需要报告市委主要领导，通过相关程序。如果上升到查她，权限在省委，更非本市所能决定。事情从涉及王文章变成涉及王均，这就更需要慎重，更要求准确，更得把握好。因此王文章才得以暂时获准离开纪委大楼，逃过迫在眉睫的危险。这居然就成了他的一个转机，其后幸得办案人员细致，弄清该股份由来，王文章终未翻船落水，只是从一条中型帆船掉到了一条小舢板上。

投案之前，王文章在市区一家牛肉面馆接连抽了一包香烟，显然所有前因后果都被他从香烟里抽出来，吐在满屋子烟雾里。那时他还下不了决心，只在高速公路上痛哭一场之后，才决意实施。他哭个啥呢？遭遇波折？悔不当初？愧对乡人？或者竟是因为即将走出的这一步？无论如何，落水沉没绝对不在他的选项中，因为他自认无辜，也因为其儿子。这残疾孩子还没长大成人，作为父亲，他还没来得及为儿子谋一个赖以谋生的位置，哪怕是他曾提起的“客专车站售票员”。他一定要有个脱身办法，首先必须逃过迫在眉睫的被带走。如果有其他选择，他不会去伤及王均，但是显然他已经走投无路了。尽管抬出王均并不一定有效，技穷之际也只能一试。王均对王文章可谓仁至义尽，他为了自救居然出手把人家抬去挡箭，无论会不会给王均造成重大伤害，对王文章都一样，此生怕是再也难逃“汉奸汪精卫”之名了。

因此唯有痛哭。

5

“莲花山”站举办落成典礼，王均作为首席嘉宾隆重光临。此时她已经卸任城中区委书记，调到市里担任常务副市长。本站是她在县委书记任上争取下来并由市、县为主开建的，当年奠基时她亲自参加，此刻大功告成，落成典礼由她代表市委、市政府出席当然最为合适。落成典礼依然只能“隆重简朴”，却丝毫不减其意义重大。

那天王均提前到达北岗，一如既往。娄士宗率本县一众负责官员早早在现场迎候。下车时她环顾众人，忽然问了一句：“那个谁？王文章不在吗？”

王文章还健在，未曾英年早逝，此刻虽未曾在现场晃动，其身份依然还是北岗乡政府副主任科员。值此重大活动于本乡举办之际，按常规王文章应当在这里承担相关接待工作，但却销声匿迹。说来也属正常：如果不是王均光临，是其他某位市领导欣然出席，王文章跑出来摇头晃脑，即使官小帽子轻，也不算太有碍观瞻。王均来了就不一样，王文章曾经为求自保恩将仇报不惜伤及王均，该“感人情节”多为人所传，谁不知道？这个时候谁敢“叫王见王”？即便县、乡领导没留意，当事者王文章自己怎么敢不记仇？这可不是胆大包天出来露一脸勾起领导“美好回忆”的合适时候，此刻得躲远一点，能躲到十八层地狱之下，王文章都会撒腿往那里跑的。说来好笑，这一切似乎冥冥中早有安排：当年举办奠基礼时，王文章空揣着一口袋烟渣，拿着剪刀打哆嗦，几刀剪不断彩带，只好求助王均，岂不早在预示这家伙到头来只好远远躲开？

不料王均竟主动问及，或许重回故地让她不免怀旧？这于远远躲开的王文章当然不算好事，于现场县、乡领导也有些敏感。娄士宗字斟句酌，小心翼翼地向她报告情况，称王文章降职处分后安排在北岗，是出于其本人请求，当时王提出希望能继续参与家乡重点项目建设，将功补过。县里考虑这边几大项目一直是他，没有谁比他更熟悉，让他来配合，帮助出出点子，解决一些具体问题，对工作也有利，便同意了。根据反映，王文章回乡以来总的还是努力的，没有躺平，但是工作中也还有些问题，例如脾气大，话粗，有时还像当初当总指挥一样。这些问题县、乡领导都及时给他指出，要求改进。今天落成典礼因为要求“隆重简朴”，现场出席人员不能太多，因而没安排他。

“是没安排，还是他不来？”王均问。

“这个这个……”

“让他来。”

娄士宗命乡里赶紧通知，要王文章马上到现场。可以先在指挥部待命，等仪式结束后再聆听王均重要指示。

“不。让他马上来见我。”王均明确表示。

这就有些棘手了。既然王均本人要求，把王文章叫来跟她见见何妨？

问题是盛典在即，让它顺利完成最重要，此刻必须减少不必要的干扰，以免出意外搞坏情绪。王均提出见见王文章，属于突然起意，否则她早会交代。在北岗这里忽然记起王文章很正常，发令召来之动因就比较复杂。王文章给王均留下的记忆不会全属负面，但是最后沦为“汉奸汪精卫”比什么都恶劣，足以抹除此前所有。或许王均始终搞不明白王文章怎么敢那么干？她需要一个道歉，至少一个解释？也可能这个解释对她根本不重要，但是仍然有必要让王文章再长点记性，让他来，或轻或重点他几句，有助于让他永生不忘。哪怕一句不说，如此见面于他至少已经是一番羞辱。可是此刻即使有谁在现场猛踢王文章一脚，让王均非常解气，但毕竟与落成庆典所需气氛有违，此刻还是营造热烈祥和为上，不宜仇人相见分外眼红，只能等庆典过了，该骂再骂，该踢再踢。

乡党委书记匆匆去打电话，几分钟后他报告称，王文章手机关机，人不知去了哪里，一时无法联系上。娄士宗赶紧请示王均，称已命乡派出所民警协助，务必尽快把王文章叫来。此刻庆典时间将近，可否请王均先入场就位？

王均摆摆手：“等。”

举重若轻，就一个字。她什么意思？如果不把王文章像犯人一般带到现场，她就不准备入场了？落成庆典就不能按时进行了？王均是现场最高领导，这种事只能听她的，她不开口，戏还怎么唱？

于是王文章便从十八层地狱之下给抓了出来。他被带到王均面前时，离预定的庆典时间只差十分钟。

从那一次区委大楼拜访，直到此刻，始终“王不见王”。忽然重逢于北岗，按照常规似乎得握个手，但是王均没伸手，王文章也只能把右手藏在身旁。他很客气很恭敬地一句问安：“王市长好！”人家领导有水平有高度，她不回答也不问候，只是指着王文章的上身问了一句：“还是那件吧？”

她是说衣服。当年举办奠基仪式前，王文章身着一件满是烟洞的夹克，被王均嫌为“不人不鬼”，王文章即去换了一件“戏服”也就是正装上场。此刻王文章看上去依旧那么瘦长，脸上有点风霜，却着装正式，身上似乎就是当年那件“戏服”。

王文章回答称，没有人要求他穿得正式点，他也没有预想到王均会召见，只因为今天这个日子比较特殊，他自觉换了装。在今天这个特殊日子看到王均，心情特别激动，要感谢王均对他的关心帮助，不好之处也请王均多批评指正。

他或许是在用这种方式表达某种迟到的歉意，与当初出租车上的痛哭遥相呼应。

王均说：“你可以先抽一支烟，平静一下。”

王文章称早已戒了。从那时候起，痛下决心，痛改前非。

“你儿子呢？都好？”

他儿子已经上中学了。他戒烟后，孩子居然随之变了个样子，如今越发懂事，学习很自觉。王文章已经提升了儿子未来的预期，觉得可以去考大学，至少是二本。或许到时候可以考一本执照，去当“客专”线上的列车司机？电气化列车，应该不需要靠脚去踩刹车，轮椅推上列车也早就不是问题。估计目前轮椅列车司机还不曾有，如果他儿子能开一先河，那就牛了，名闻天下。

王均一笑：“告诉他，书记阿姨祝他心想事成。”

场上娄士宗诸位这才放下心来。如此看来庆典氛围情绪不受威胁，无须担心仇人相见分外眼红了。不料王均一开口又出了一个巨大难题。

“去给他准备一把剪刀。”她交代。

给谁？王文章！王均下令把王文章抓捕到案，既不是要叫来羞辱，也不是让他当观众看热闹热烈鼓掌，居然是让他上台参加剪彩。这显然是不合适的。按现任职务大小排，至少得多加十几二十把剪刀，这才轮得到王文章。问题是王均提出来了，娄士宗怎么办？看到娄面有难色，王均笑笑，问是不是剪刀不够用，不够没关系，她那把可以让出来。

于是只能照办。

落成仪式拉开帷幕，圆满成功。

“王又见王”这幕场景迅速流传，令我们大感意外。根据王文章对“客专”项目做过的努力，论功行赏，往他手里塞一把剪刀，虽说出格也还可以理解，王均亲自来递这把剪刀就隆重得过于刺眼。人可以不记仇，却总得记点好歹吧？对王文章这种“汉奸汪精卫”不往七寸里打就属功德无量，何须如此高看？

这里边是不是另有缘故？

有一种最具颠覆性的见解，认为连王文章都自惭形秽、躲在出租车里痛哭的“汉奸”出卖行径，人家王均并不那么看。该领导高瞻远瞩，胸怀宽广且是非分明。她早就说过，王文章总体尚好，骂他“汉奸汪精卫”绝对是定性错误。也许当初她命王文章投案之际，心中已然有数，并不担心王文章怎么说，相反，她把王文章逼去自首，就是准备让他说出去。王均对王文章有一个基本判断，嘴上严厉，心里却不排除他可能确实没有问题。如果他真是拿人钱财股份，命其自首有助于减轻处罚；如果没有问题，他自会极力叫屈，拼命挣扎，在落水前抓住任何一根稻草。如果王文章把她当一根稻草，那就让他抓，她自有处理的办法与把握。敢把王文章逼上梁山，还怕他说？或许他这一说，王均才好对王文章的事情发表一些看法，提供一点个人意见？毕竟她是老领导，对这个人比较了解。王文章早已不归她直接领导，办案人员不来相问，她实无资格对王文章及其案子说三道四，王文章扯出她倒是让她有了机会。问题是王文章算个啥？值得她如此在意吗？涉案官员好比麻风病人，让人避之唯恐不及。王均不避涉嫌，不惜伤及自身，只管伸出手去，为什么呢？顾念王文章有功劳有苦劳？记起王文章曾见义勇为？或者竟是因为一个能用轮椅踢足球的男孩？王均在跟王文章严厉谈话时提到过他儿子，说她不希望在那孩子非常需要他的时候，他出了大事。显然她一直记着那个小男孩。小小年纪不幸致残的孩子应该得到帮助，对他来说，父亲出事会比天空塌陷还要严重。王均跟那孩子其实只见过一面，那是一个忙碌的中午，一个满面阳光、快乐活泼的小男孩把一辆轮椅当作滑板，轻快地滑行到她面前，说了声“书记阿姨好！”童声清脆。

孩子的声音无疑最具穿透力。

无论是什么，“王不见王”已成过去。“客专”线现已通车，“莲花山风景区”游人如织，当年曾沦为笑柄的王氏“剿匪野战”游戏正在那些山洞里打得如火如荼，众多年轻游客乐此不疲。

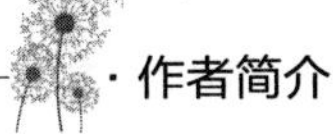

· 作者简介 ·

杨少衡，男，1953 年生于福建省漳州市。1969 年上山下乡当知青，1977 年起，分别在乡镇、县、市和省直部门工作。西北大学中文系毕业。现为福建省文联副主席、作家协会名誉主席。出版有长篇小说《海峡之痛》《党校同学》《地下党》《风口浪尖》《铿然有声》《新世界》，中篇小说集《秘书长》《林老板的枪》《县长故事》《你没事吧》等。

亲人和北京

□ 刘平勇

1

是的，我得立即带父亲去北京了。

我必须兑现一个儿子应该兑现的承诺。

父亲六十九岁那年的春天，双腿出现了严重的问题。他站不起来了。即便走很短的路都得借助一根木棒。

父亲到水田里拔了一个下午的秧苗，回到家里便站不起来了。我带他到了医院，当父亲挽起裤管时，父亲的双腿让我吃惊。他的双腿不匀称，右腿细，左腿粗，而且青筋凸起，弯曲扭结，整个膝盖之下，像缠着无数条青蛇，让人害怕。我问父亲什么时候变成这个样子的，父亲说，至少三十年了。

医生说，这叫静脉曲张，严重到一定程度会使人瘫痪。医生还说我父亲的腿风湿很严重，可能坐骨神经也会有些问题，需要细致检查。

作为儿子，我心里很愧疚。

记得小时候，我只要有个三病两痛，父亲母亲便急得不行，尽管当时经济条件很差，父母也会省吃俭用把儿女带到医院去治疗。父亲的静脉曲张至少三十年了，而我却一点都不知道，作为儿子，什么时候关心过父亲、问过父亲一声呢？

也检查，也打针，也吃药，可父亲的腿始终不见好转。从我记事起，到父亲六十九岁站不起来的这段岁月里，父亲都没有生过病住过医院。其实不是父亲没有生过病，而是那些发热头痛肚子疼之类的小病，在父亲的眼里简直就算不上病，艰辛的劳作，把这些小病，悄无声息地抖落在庄稼地里了。或许，我们理所当然地享受着父母无微不至的爱和呵护，而无暇无心关注父母的辛酸和疼痛。

父亲哀伤地对我说，要是他的腿就这样站不起来了，那就一切都完了。他说，现在社会恁个好，路也修得好，交通又方便，飞机汽车轮船到处都是，不愁吃不愁穿还有闲钱，你们六姊妹对我又好，经常给我钱，我还打主意出去好好走走看看。哪想到这该死的腿却站不起来了。

我为父亲打气，一定治得好的，现在医学那么发达，比这严重百倍的病都能治得好。

父亲叹了口气说，可是，你看，都半个月了，还没一点好转呢！

一个朋友说，偏方治大病，不如找一找民间医生。不是有句话这样说吗，高手在民间。我四处打听，终于打听到了一个名气很大的民间医生。

我把父亲的病情跟民间医生说了。这个民间医生很热心，拍着胸脯说，这简直就是小儿科，没半点问题。他说，像这种病，他治好的至少几十个，有几个是瘫痪了两三年的，他都治好了，现在还爬山打球游泳。

民间医生四十来岁，身材魁梧健壮，红光满面，目光有神。他指点江山谈笑风生，说这种病嘛，说白了，就是血液的问题，就是血管的问题，血管堵塞了，血液不通了，腿当然就疼了，压迫了神经，腿当然就会麻木，就会站不起来，就会瘫痪。医书上说，通则不痛，痛则不通，就是这个道理。针对这种情况，我用针灸推拿气功草药，完全可以使血管疏通，让神经恢复正常。民间医生的侃侃而谈，让我持怀疑态度，但他说的又不全无道理，我决定试一试，万一就治好了呢？

民间医生使出了十八般武艺，但我父亲的腿病依然不见好转。

那天我在书店里看见一本有关穴位按摩的书，我就把它买了回来，拿给父亲，让父亲慢慢揣摩。父亲是识字的，他太想让他的腿病尽快好起来，于是一头就扎进了书里。我和妻子每天上班，父亲就在屋里整天研究穴位按摩。三天后，奇迹出现了，父亲居然能够站起来了，五天后，父亲可以在屋里慢慢走动了。十天后，父亲可以慢慢走下二楼，在花园里慢慢游玩了。父亲的腿病一天比一天好了，只是要走远路，还需要时间恢复。

我鼓励父亲说，您识字多，身体又强壮，意志力又强，别说农村的老人，就是许多城里的老人都比不上您。您就坚持研究坚持按摩，要不了多少时间，您就像原来一样，想走哪里就走哪里了。等您的腿脚完全好了，我带您去昆明去丽江去九寨沟，要去北京也行，只是北京太远，玩的地方太多，要走很多路，特别八达岭的长城，太陡了，又长，腿脚不好肯定是不行的。

父亲说，有没有吊水岩陡？吊水岩是我们老家对面的一座山，高而陡。我说，哪里有吊水岩陡？有吊水岩陡，有几个人能够上去啊？父亲满怀信心地说，我就能上去！去年我都还上去了。如果没有吊水岩陡，那就没问题。我说，要是你的腿脚好了，肯定没问题。

我问父亲最想去哪里，父亲立即响亮地说，当然是北京，去了北京，其他地方不去都行。这辈子能去北京一趟，值了！你看我们村子，那么多老人，哪个去过北京？父亲环顾了一转四周，好像四周站着村子里的所有老人，父亲在询问他们，你们谁去过？父亲大手一挥，说，我敢肯定，没有一个老人去过！父亲的语气充满自豪，就像他刚从北京回来，还跟毛主席握过手一样。

2

父亲毅然决然要回老家去。他说，乡下空气好，我回乡下去，每天按完穴位，我就到田间地角走一走，看一看，有那些青枝绿叶的庄稼做伴，我的腿病肯定要好得快一些！

父亲黧黑的脸绽放着欣喜，笑着说，当然喽！现在我自己给自己治病，效果好着呢！照这样下去，说不定，将来我还会是治这种病的专家呢！今后在街上摆个摊子，一年治好十个八个的，挣的钱也有城里的那些老工人的多呢！父亲举起手，像健美运动员一样摆出一个夸张搞笑的造型，说，我只要腿脚好，身上有的是力气呢！

我开车送父亲回了老家，一再交代，说一定要坚持研究坚持按摩，不能中断！等腿病彻底好了，就打电话给我，我们就去北京，去天安门广场看毛主席纪念堂，去爬万里长城，去看故宫颐和园……

父亲站在老屋门口，阳光暖融融地泼在他的身上，风撩动着父亲灰白的头发。父亲真的老了。但因为要去北京的信念鼓动着他，使他看上去很精神。他眯着眼看着我微笑，然后伸出右手，举过头顶，模仿清官亭广场上毛主席的造型。父亲说，回去吧！好好工作，不要担心！等我的好消息。我转身离开的时候，忽然听到父亲用奇怪的调子哼着一首歌：我爱北京天安门，天安门上太阳升，伟大领袖毛主席，指引我们向前进……我心里高兴，因为父亲高兴。

起初，我每天打一个电话询问父亲的病情，过后就两三天打一个，再过后就个把星期打一个，再过后就十天半月打一个。每次父亲都会说，好得很呢！别担心，你们就好好工作，等着我的好消息吧！

大概过了一个月或者是一个半月，父亲打来了电话。父亲说，今天是星期六，你没开会吧？

我说，没开。

那就好，你回来一趟吧！

我说您的腿病彻底好啦？

你回来就知道了。

我觉得父亲的语气有些怪怪的，心里有些七上八下拿不定出了什么事。

我说，是不是又跟我妹夫闹别扭啦？

父亲说，你回来就知道了。

我开着车，一路上都在猜测究竟发生了什么事。

回到家，我看见父亲坐在草堆上晒太阳。我看了看四周，没有看见其他人。我看了看父亲的脸，父亲一脸的平静。

我说，就您一个人在家吗？

父亲说，是。

我说，您的腿彻底好了吗？

父亲没说话，只是从草堆上站了起来，然后像小学生一样伸伸腿弯弯腰跑一跑跳一跳，动作有些滑稽而笨拙，但作为一个六十九岁的老人，已经算得上矫健了。

我说，我还以为又跟我妹夫闹别扭了。

父亲说，闹啥子别扭？我才没闲心呢！

我之所这么说，是因为我父亲跟我妹夫和妹妹常常因为一些小事产生不愉快。倒不是妹妹和妹夫不孝敬老人，而是妹妹和妹夫的做事风格和效果不合父亲的心意达不到父亲的要求。比如说插秧，妹夫插秧不仅慢，而且行间距离不均，秧苗不直，东倒西歪的。父亲就看不惯。我为妹夫解围，对父亲说，这个可以理解，妹夫的老家是在大山里，那里只有山地没有稻田，只种洋芋苞谷不种水稻，他插秧插不好情有可原。

父亲说，插秧插不好就不说吧，他家那里出产洋芋苞谷，那洋芋苞谷他应该种得好吧？你抽时间去地里看看，稀一棵密一棵的弯弯扭扭的，像猪大肠，看着就刺眼。半亩地，一个人一天种完还要放老早工，可他，要磨个两天三天的。

妹妹说，种得稀一棵密一棵的弯弯扭扭的，像猪大肠咋个了？洋芋苞谷照样长得好，收成也不见得就比你种得直的少好多。

父亲据理力争说，做什么要像什么，大眼活路都做成这个鬼样子，难看啊！让别人看了吐口水说闲话你说丢人不丢人？

妹妹说，别人吃多了爱嚼舌根？别人爱咋说就咋说，我才不在乎。

父亲生气地说，自己的姑娘手膀子倒朝外弯了。

妹妹说，我们笨了灰了不成气候了做不好，你做得好，你就去做吧！

父亲显然更生气了，一下站起身，做就做，你以为我就做不动了？我就老了吃干饭了？父亲扛起锄头就下地了。

天黑了，父亲回来了。妹妹和妹夫曾经两天才干完的活，父亲一天就干完了。父亲毕竟六十多岁了，累得躺在沙发上喘粗气。喘着喘着他就把桌上的一个瓷杯摔在地上。瓷杯破裂的声音，把正在做饭的妹妹和妹夫吓愣了。但仅仅愣了一下，妹妹和妹夫又装作什么都没有发生一样继续做饭。因为我一再交代妹妹和妹夫，父亲发火的时候，要让着他些。父亲的心地是善良的，他的心里想的是屋里屋外的事要做得比别人家的好，全家老小的日子要比别人家过得好。只是父亲的性子急躁，古板，做事挑剔，凡事追求完美。他的这种性格，很受生产队队长的赏识，说父亲风风火火，做事严谨，号召大家向父亲学习，父亲因此好多次被评为劳动标兵。无论是点种薅刨栽插收割，父亲在我们生产队都是一等一的高手。

逐渐冷静下来的父亲站起来，提起灰撮和扫帚，把瓷杯碎片扫进灰撮里，然后提到门口的地里，用锄头挖一个深坑，把锋利的瓷杯碎片倒在深坑里，再填上泥土。回来时洗了手，坐在桌子边，妹妹把一碗饭递到父亲的手里，妹夫跟着把一双筷子递过去。父亲不说话，接过去就低头猛吃，看来，劳累了一天的父亲饿坏了。

3

父亲说，你跟我去一个地方看看！

我说，去哪里？

父亲站起来，轻松地往前走。说，走吧！

我走在后面，父亲走在前面，在阡陌纵横的田埂上，我走得有些东倒西歪，毕竟多年没有走这又窄又软的小路了。而父亲走得又轻快又稳准狠。我为父亲高兴。

这田埂，我儿时就赤着脚走了无数遍，至于父亲，就可以说走了一辈子了。

父亲在我家闸塘的二亩田边站住。说，你看看！

我说，看什么？

父亲说，看田啊！

我说，这不就是我们家的二亩田吗？

父亲说，你看看有什么不同？

我说，没啥区别，跟原来一样大，只是田埂比原来更窄了。

父亲说，十年了吧？哦，是十年了。以前都是我挖出来的，最近十年，都是你妹夫用牛犁出来的。你看今年这田有啥变化？

被父亲一提醒，我就发现，那田完全是用钉耙挖出来的，脸盆大小的土垡新新鲜鲜素面朝天。

我说，怎么今年又要用钉耙挖了呢？是不是没有牛了？

父亲骄傲地说，不是。你妹夫也说用牛犁，我说，我用钉耙挖，我想锻炼一下自己，证明一下我还行不行。我一个人挖的，两个星期就挖完了。要是年轻那会儿，一个星期就挖完了，挖的土垡也没有原来大了，也没有原来深了。不过，还过得去。村子里好多人见我这样，都有些不解，我就告诉他们，我就想这样锻炼身体，证明一下我自己还行。他们就夸我身体好，对我跷大拇指，说，都快七十岁的人了还这样厉害，真是了不起。

我也立即跷起大拇指，说，确实了不起！只是，这么大的一块田，挖完也太累了吧！不会伤到身体吧？

父亲扬了扬手，又踢了踢腿，你看，伤着了吗？精神好着呢！

我已猜到了父亲的用意，但我故意不说。

阡陌纵横的田埂上，走着两个人，前面那个是父亲，后面那个是我。

快要到家的时候，父亲终于忍不住了，说，你以前好像说过，我的腿彻底好了，你要带我去北京看看！

我连忙说，是的是的，您的腿脚彻底好了，我们就出发！

父亲又抬抬腿，然后在腿肚子上啪啪拍了两下，说，现在彻底好了，甚至比原来还硬朗！既然没有吊水岩陡，那就是小菜一碟了。末了，他又说，这一辈子，能够到北京去看看，也就没遗憾了。如果去了北京，一定能够见到毛主席吧？听说他躺在水晶棺材里，就像活着的一样。我说，能够见到，一定能够见到的。

我对父亲说，等我安排好时间，就来接您。

4

我把去北京这个议程跟我的一个朋友曹斌说了。曹斌十二分赞成并响应。曹斌说，他的父母和岳父岳母都快六十岁了，非常不容易，辛苦了一辈子，含辛茹苦把儿女养大成人，自己却连昆明都没去过，就不用说远隔万里的北京城了。曹斌煞费苦心说服了他和妻子的父母，让他们也去看看传说中的北京。起初双方的父母都不去，原因是怕费钱。他们说一个至少要花费五六千，大人孩子的七八个，至少就要花费四五万。四五万啊，要买多少粮食，他们心疼。曹斌说，就是要趁现在年轻，走得动，去外面走走看看。等到今后走不动了，即便再有钱也是白搭。钱是人挣的，钱就是要为人服务，要让人高兴，而不是人为钱服务，让人受苦。又举了许多虽然有钱，但却没有能力花钱的例子。好说歹说，双方的父母才答应下来。

这个北京行旅游团，我们称为亲情旅游团。由十三个老人、四个年轻人、一个小孩子组成，共十八人。老人小孩的饮食起居以及所有安全事宜，就由我们四个年轻人既分工又合作协调负责。十三个老人分别是，我的父亲，我的一个好朋友王鹏的父母，另一个好朋友陈昊的父亲，曹斌的父母及岳父岳母，我的一个侄儿的父母及岳父岳母和另外一个吃素食的老人。王鹏和陈昊都因为手里有事去不了，但他们又想表达对老人的孝心，就委托我照管他们的老人。几个朋友都是儿时的伙伴，心性相投，不分彼此，亲如兄弟，他们的父母，我当是自己的父母对待。

为了安全起见，我们做了分工，我主要看好我的父亲，还有我的两个朋友的父母，共四个老人，曹斌和他的妻子，看好他们的四个老人和小孩，我的那个侄儿看好他们那边的五个老人，我年龄大一些，负总责兼会计，曹斌做出纳，侄儿配合我们工作，共同管好这个亲情旅游团。我们确定了这个旅行团的目标：安全健康，开心快乐，吃好玩好看好，不能出现任何闪失。

那天我打电话告诉妹妹，说我要回老家接父亲到北京去旅游。

我刚到村口，就看见父亲站在村口的一棵白杨树下等我。父亲穿得干干净净的，像要去哪里做客一样。父亲笑着说，你来了？我以为你是早上来，我都来这里看过几次了。我说，本来是早上就要来的，单位上临时有事。我们明天坐车到昆明，下午从昆明坐飞机到北京。父亲高兴地说，好好好！

我说，您在这里等好一会儿了吧？

父亲说，不长，个把小时，反正闲着也是闲着。

回到家，父亲早已用一个旅行包把他的东西收好了。他说，彩芬（我的妻子）给我这个旅行包比我原来买的好多了，又牢靠又实用。她说好像是几百块的？我说，是啊！父亲说，就是了，一分钱一分货，假不掉的，我以前买的二十多块钱一个，才背十天，拉链就坏了。现在有了这个包，那个我扔了。

我说，你都带些什么？

父亲说，不多，就一套换洗衣服，还有牙膏牙刷洗脸帕。

我说，行，关键是要带好身份证，这年头，没有身份证，简直是寸步难行。

父亲赶紧从包里掏出一个塑料袋，一层一层地打开，拿出身份证来，给我看，说，在的，你看！

我说在的就行。父亲又拿出一个小本本给我看，说，老年证我也带着，听说好多公园，有老年证可以免票。又说，北京那些大城市的公园，门票一定很高，要是能免，我这老年证就赚大了。我连连点头，夸奖父亲脑袋灵光。父亲显得很受用。

临上车的时候，父亲站在车边，阳光照在父亲的身上，使他显得既精神又喜气。他把头上的蓝色撮撮帽摘下来，捏在右手里，左手的五个手指当梳子，梳了梳他灰白的头发，仰着头，看田野上空的蓝天。说，今天天气很好啊！

我把旅行包放到后备厢里，关上门，说，走吧！

父亲还站在阳光里，立即戴上帽子，说，刘平勇，你看，我穿这一套行吗？父亲穿件灰色衬衣，套一件棕色鸡心领毛衣，一件深蓝色外套，一条青色裤子，一双黑色皮鞋。

我说，行，蛮精神的！只是北京的夏天，比昭通还热。不过，不要紧，热了，把外衣毛衣脱了，穿衬衣就可以了。

再一看，我就发现了父亲的外套有些怪异，他左边腰部口袋处，在阳光下黑亮黑亮的。我以为沾上了什么油污，伸手一摸，硬硬的，是一条由上至下的三寸长的口子。父亲笑着，好端端的一件衣裳，那天去赶街，被小偷划开了，好在运气好，我身上的三百多块钱是装在右边口袋里的。小偷只偷走了几张餐巾纸和一个止血贴。父亲说他用520胶水去粘，但粘不

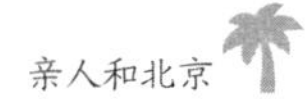

好，有胶水的地方又硬又亮，洗也洗不掉，难看点就难看点了，也没有什么大的影响。

我呵呵笑着说，是502，不是520。

父亲笑着说，都差不多嘛！

我说，换一件吧！

父亲说，衣服倒是还有几件新的，就是冬天穿的，太厚了。现在穿不起，太热了嘛！

我说，夏天咋个能穿冬衣呢？算了，到了北京，方便时再买一件。

5

我们开三辆车出发。我这辆车坐的是我父亲、陈昊的父亲、王鹏的父亲和他的后母。

在这里要强调一下，这一行的十三个老人，我父亲是年龄最大的，七十岁，也是唯一一个失去老伴又没有找新的老伴的人。因此，大家凑在一起时，看着其他成双成对的老人有说有笑的，父亲的孤独和忧郁，就在他的脸上显露无遗。

按说，父亲年纪大，理应坐在副驾驶位上。副驾驶位视线好，不容易晕车。可父亲主动坐到后面。其他几位老人都对父亲说，你坐到前面去吧，你年纪大。父亲看着王鹏的后母说，还是给她坐在前面去，她是女的。王鹏的后母说，不好意思，那我就坐在前面了，我怕晕车。父亲对王鹏的父亲和陈昊的父亲说，你们两个坐在窗子边吧！窗子边空气好，方便，我坐中间，我不会晕车。父亲如此识大体顾大局，我为父亲高兴。

我们把大家的身份证收起来，统一管理。一是方便，二是防止丢失。

到了昆明长水机场，我们换了登机牌，接着就是安检。老人们都很紧张。大包小包的东西丢在皮带盘上，还要把外衣脱了，身上的钥匙手机打火机之类的东西都要丢在一个篮子里。父亲紧张地看我一眼，说，这些东西没事吧？

我说，没事的。父亲说，那就好。安检人员用一个刷子似的东西在全身刷来刷去。忽然身上发出嘀嘀的声音，安检人员说，掏出来！父亲就从裤包里掏出两枚一元的硬币和一把小刀。安检人员随手就丢在了篮子里。安检人员要父亲伸开两手，由于父亲从小耳朵聋得厉害，听不见，没反应，安检人员有些不耐烦地把他的两只手拉了举起来，父亲紧着身子举着手站在那里，让我忽然想起家乡稻田里的稻草人。

刚一检查完，父亲转身就往前跑。我知道，他是担心他的包还有他的衣服以及篮子里的东西。他一把把他那个棕色的包抓了放在自己的脚下，然后才穿外衣，把钥匙和他的那部老人机装在外衣口袋里。

另一个安检人员让父亲把他的包打开。父亲迟疑着打开包，安检人员伸手就抓出父亲的茶杯，说，倒了！父亲说，是茶水！安检人员提高声音说，倒了！然后用头指了指旁边的垃圾桶。父亲问我，才泡的，才喝了几口，可惜！我可以喝了吗？我说，如果想喝，就喝！父亲立即拧开茶杯的盖，仰起头，咕嘟咕嘟就喝，喝了一半，停下来，张着嘴喘了两口气。我说，不想喝就别喝了，不就是点水吗？父亲说倒了可惜，还是喝了吧！又咕嘟咕嘟地喝起来。直到杯底只剩茶叶。父亲把茶叶倒在垃圾桶里，才把空杯子装进旅行包里。

一行人在宽敞明亮的屋子里走着，一会儿坐电梯，一会儿走路，到处都是穿得光鲜的人，手里不是旅行箱就是旅行包。到处都是喇叭里传来的好听的女人温柔的声音。父亲仰着头，四处看。我说，在看什么？看好路呢！

父亲说，我在看这些讲话的喇叭安在哪里。

父亲是第一次坐飞机。近距离地看见那么多升起、降落的飞机，父亲兴奋无比。飞机真的好大啊！以前听你三大爹说，飞机比一间房子还大，我还以为他是在吹牛呢！那时我们看见的天上的飞机，就是巴掌那么大点。巴掌大的飞机说有一间房子大，哪个会相信？现在亲自见了，我倒相信了，至少比我们老家的两间房子大。也怪，恁个大的铁东西，还要坐几百人，能在天上飞？真让人难以置信！

上飞机的时候，刚一进门，就有两个漂亮的空中小姐，一脸微笑向旅客打招呼。父亲也看着她们笑，但不知道怎样回答，就一个劲儿点头。

父亲的座位靠窗，我坐在父亲的旁边。父亲不知道怎样系安全带，我就教着父亲系好。父亲端坐在座位上，黧黑的脸上绽放着幸福的笑容。父亲从玻璃窗口看出去，看着外面许许多多大蜻蜓似的飞机，低声说，那么多飞机呀！我还是第一次见过。又说，到北京有多远？我说三千多公里。要多长时间才能到？我说预计四个小时。父亲的嘴唇动着，好像在计算着什么。说，三千多公里，也就是七千多华里，四个小时就到，一个小时要飞近两千里。天呀！比雀子还飞得快，真了不得！

父亲又说，这里面就像大客车一样，只是比大客车更干净，更漂亮，味道也好闻得多。

飞机就要起飞了，先是慢慢走，就像坐客车，之后，越来越快，快到一定的时候，忽然身子一扬，脱离了地面，嗡嗡的声音大得让头有些晕。父亲身子一怔，紧张地忽然抓住我的手，说，头还有些晕，有些怕，心都被提起来了。一会儿，飞机平稳了。父亲说，能不能看看外面？我帮父亲把玻璃窗口的遮光板拉开，说，好好看看吧！很壮观的。父亲把脸贴在玻璃上，兴奋地说，太神了！那些山，哪里还像山，简直就是一些小波浪。

那些房屋，哪里还像房屋，分明就是一些小草堆。飞机抖动了几下，父亲感觉奇怪，看着我，说，飞机也会抖？

我笑着说，那是气流的原因，会抖的。如果气流较强，还会抖得很厉害。

父亲有些紧张地说，不会不安全吧？

我说，当然安全啦！飞机飞得那么快，遇到气流，是常事。

飞机冲出了云层，跃入眼帘的，全是无边无际的白云，阳光照在上面，白得耀眼。父亲激动地说，现在我们在天上了，像孙悟空一样在云朵上面了。父亲说，我从来没有见过这么白的云。

一会儿，父亲又对我说，你看你看，下面又没有云了，全是山！我歪头看出去，绵延不断的山从远方荡开，无边无际。绿的是树，黄的是土，白的一定是路，密密麻麻的、弯弯曲曲的，九曲十八弯。

空姐推着装满饮料的车子走过来，声音甜甜地说，请问喝点什么？

我问父亲，喝茶、咖啡、可乐还是矿泉水？

父亲看着那么多瓶瓶罐罐，不知道要喝什么。我为父亲做主，说，喝点咖啡吧！尝一下！父亲说，都行。我把父亲面前的小桌子打开，放咖啡杯子。父亲说，服务太周到了，什么都有。父亲喝了一口咖啡，忽然皱着眉，说，煳的苦的。我说，咖啡就是这种味。父亲点着头。过了一会儿，又喝一口，眉头皱得像两个小疙瘩。我说，喝不来吧？干脆喝点茶！父亲说，太浪费了。我向空姐要了一杯茶给父亲，把父亲喝剩的咖啡杯子放进垃圾袋里。父亲喝了一口茶，笑着说，还是茶好喝。

又过了一段时间，空姐又推着车子顺着走廊过来。这次是食物，有牛肉盒饭和一些小点心。

我说，要吃饭了。

父亲说，还一点不饿呢。

我说，饿不饿都得吃点，要不，怕一会儿饿。

父亲拉了拉我，低声说，要钱的吗？

我说，不要，免费的，含在机票里的。

父亲说，那就吃点儿吧！

我为父亲把盒饭和点心打开。父亲吸了吸鼻子，看着米饭里的几点肉片，说，不是猪肉吧？

我说，牛肉。

父亲说，难怪！父亲吃了两口，就把勺子放在饭上，抬着头，慢慢地嚼着米饭。

我说，不好吃？

父亲说，你知道的，我从来都不吃牛肉。

我说，那就别吃了，吃点点心吧！父亲咬了一口点心，说，甜的，吃了牙疼！我还是吃米饭吧。

我说，吃不来，就别吃了！万一吃下去不舒服就不好了。

父亲说，吃！倒了可惜。粮食嘛，应该不会不舒服的。父亲就慢慢吃，直到饭盒里连一颗米星子都找不到。

四个小时的行程，父亲一直把脸贴在窗口看外面的风景，即便吃饭喝茶的时候，也是边吃边看。父亲看了看四周的人，大都在睡觉，包括我们旅行团的人。父亲说，这么好的机会，浪费了可惜。我说，什么机会？父亲说，坐飞机去北京，一辈子也就是次把，不抓紧把祖国的大好河山看个够，值不得。我笑了笑，觉得父亲的话还有些文绉绉的味道。父亲又说，我倒是舍不得这种机会，要睡觉，回到家里好好睡。

6

到了北京，来了一个导游带我们。导游把我们安排到一个很普通的酒店里住下。

陈昊的父亲、我的父亲和我住一个三人间，其余的标间，以家庭为单位住。在这里，有必要交代一下，陈昊的父亲和我的父亲是小学同学，同岁。我父亲比他大半岁，两人性格也有些相像，我们两家隔得很近，虽然是两个组，但相隔最多五百米，两家的田地都是相邻的，平时种地赶街都常常遇到，来往甚密。又加之陈昊和我从小就在一起玩耍，经常形影不离，我们都还没结婚的时候，彼此至少有半年在对方的家里。都好得像一个人了。

这一次陈昊的父亲之所以愿意单独与我们前往北京，最重要的原因是，他的老同学我的父亲要去，还有一个原因就是这次旅行是我带队，有我在，也就像他的儿子陈昊在一样。我知道，陈昊的父母也是把我当儿子看待的。关于这一点，我的母亲还健在的时候，就曾经在陈昊和我面前说过，说我虽然是独儿子（我还有五个姐妹），但有陈昊在，就是两弟兄了。这一点，陈昊也是把我当兄弟看的。本来陈昊是要跟着父亲和我们一起前往的，但他有急事实在走不掉。为此，一提起此事，他都觉得遗憾。

我对两位老人说，这次出来，机会难得，你们老哥俩有时间在一起谈天说地了。两个老人都说，是呀！自从高小毕业后，各忙各的，虽然随时遇着，都是匆匆忙忙打个招呼就走了，像这样的机会，还是第一次，一混，都五十多年了呢！

天热，我用电水壶烧水给他们泡茶，然后，到卫生间为他们调好水温给他们洗澡。

谁先洗，他们两个推让着。最后父亲说，我口渴，先喝点水，你先洗！

陈昊的父亲说，你大我半岁，你是老哥，你先洗！我也口渴，我先喝一口水。

父亲呵呵笑着，说，好吧，好吧！

我先带他们去看里面的开关，告诉他们左边是热水，右边是冷水，如果水太烫，就开一下右边的冷水，如果水太冷，就开一下左边的热水。直到适合为止。两位老人都说，懂了，跟家里面的一样的。

父亲先把自己脱光了，站在水龙头下，就开水。刚一开水，就惊叫一声，哎呀，水太冷了。我立即冲过去，说，怎么会冷呢？我刚才调好的嘛！我就隔着门说，您往左边开一下！左边是热水。我还没走开，又听里面惊叫一声，哎呀，水太烫了。我说，水太烫，您就朝冷水这边开一点嘛！试着开，适当点！里面说，还是烫！我说，再朝冷水这边开大一点！一会儿，里面又说，太冷了！咋个又全是冷水了？可能水管坏了呀！我说，您开门，我进来看看！里面说，不必了，我慢慢试。我说，快开门！我调出热水来给您！要不时间长了，弄感冒了，玩不好。门终于开了，水汽弥漫的卫生间里，父亲弯着腰，尽量把自己缩小，背对着我。我知道，作为父亲，他不好意思赤裸裸地面对他的儿子，从小到大，我也从来没有看见过一丝不挂的父亲。

可能是宾馆里用水的人太多的缘故，调冷热水确实很费力。即便当时调合适了，一会儿又冷一会儿又热的。我说，没法，只有随时调整将就了。

两位老人洗完澡，我们就坐在床上喝茶聊天。两位老人虽然小学同学，但在一起，也没什么话说。

好半天，父亲对陈昊的父亲说，其实，这次机会恁个好，你该把老伴带着来的！

对方说，我叫她一起来的，她说她坐不起车，不来。也倒是，路途恁个远，她肯定坐不起，平时，就是坐五里路，都要吐得死去活来的。

父亲说，咋个会呢?

我也晓不得。

可能身体不适应。

是吧。

父亲说，我倒是一点不会晕车。

陈父说，我也是。

父亲说，我一坐上车，就高兴，像我们这些人，很少有机会出远门。只要儿女们有时间带我们出来，我就一直睁着眼睛，看窗子外边的风景。各处有各处的风景，不同呢！你看从昭通到昆明的路，全是高速公路，来的是来的，去的是去的，又宽又平，车子各走各的，车子就不会碰头，安全呀！山恁个高，河恁个深，打恁个多钻洞，架恁个多高桥，太了不起啦！以前说愚公移山了不起，现在，就是几火车愚公也不可能做恁个大的事，现在用的全是机械化的东西，一台机器超过上千人的效率啊！我听刘平勇说，你看那些从河里支起的高架，有的百多两百米高，一根柱子都要上千万的钱啊!

陈父连连点头说，是呀是呀！这社会真了不起呀!

父亲说，我是第一次坐飞机。

陈父说，我也是。

父亲说，要是在过去，七八千里的路，至少也要几个月才能走到，现在呀，早上还在昭通，下午就到北京了，三四个小时就到，就是神仙腾云驾雾也没有这么快!

陈父说，哪有什么神仙呀，都是神话故事里这么说。

父亲说，我这是比喻呀。

父亲说，在飞机上，我看你还打瞌睡。

陈父说，是的，打了一会儿，本来我也想看风景的，可我坐的位子离窗子远，看不清，就睡着了。

父亲说，我呢，倒是舍不得睡觉，我的运气又好，正好坐在窗子边，我一直都把脸贴在窗子上看，在云彩的上边，一直都是晴天，阳光那种好呀！简直说不出来。要是下面没有云彩，就看得见下边的山，下边的树，下边的房子，就是那些弯弯扭扭的路，都看得清清楚楚。我觉得中国，还是山多。绝大多数时间看见的，都是山。要到北京的时候，下面好平啊，是大平原，书上说过，北京就是在大平原上。平原真的太平了。

陈父说，转回去的时候，倒要好好看看！但愿我的运气好，坐在窗子边。

父亲说，要是我的在窗子边，你的没有，我就换给你看！

陈父说，怕人家不准换。

父亲说，应该准的，我们是心甘情愿换的。

两个老人的对话，很家常，但我听着高兴。看得出来，他们出来是很高兴的。他们对这个世界充满了好奇和向往。

晚上睡觉的时候，我的床和父亲的床在一起，中间就隔不到两尺的距离。由于第二天早上要去参观故宫，六点就要起床，十点钟，我们就准备睡觉。父亲想跟我讲话。我觉得跟父亲讲话十分吃力，由于父亲耳朵背，讲小声了，父亲听不见，讲大声了，又怕影响陈父休息。我就说，不讲了，明天要早起，休息了吧！

我躺在床上翻来覆去睡不着。快四十年了，从来没有跟父亲这样近距离睡过觉。一晃，我都是中年人了，父亲也老了。我想，父亲的岁月不多了，走得动的时间，最多也就是十来年。今后一定要抽时间，带父亲多出来走走，看看祖国的大好河山，让老人开心，让老人有个盼头。

由于天气热，晚上睡觉，我总喜欢把被子掀开乘凉。父亲两次起来为我盖被子，轻脚轻手的，生怕惊醒我。嘴里轻声说，夜深了，气温下降，不盖被子会着凉的。这让我想起小的时候，我跟父亲睡，父亲常常从头到脚地把被子掖得紧紧的，生怕漏风冷着我。

7

参观故宫的时候，人多得脚尖碰脚后跟，我们一再强调我们的亲友团，一定要走在一起，跟着导游走，防止丢失。要是丢失了，要找到就犹如大海捞针了。我们按原来的分工，看好各自看管的老人。

导游边走边介绍，父亲一直跟在导游身边，身子倾斜着，竖着耳朵听导游解说。父亲非常珍惜外出的机会，他想尽可能地了解一下这个新奇的世界。我知道他耳朵很背，许多话他是听不清楚，但他还是尽力去倾听。

我问父亲，能听明白吗?

父亲说，勉强能。

父亲看了看我，笑着说，能多听一句是一句，这些地方，一辈子也就来一次。

导游走得很快，父亲又想多听导游解说，又想多看景色。这就使得父亲脚跟着导游走，却要回过头多看一眼那些来不及看的景物，这就难免会撞到摩肩接踵的游客。我在父亲旁边，帮着父亲道歉。

我说，安全要紧，就不要回头看了！这些景点，书上都有详细介绍的。您就跟着导游走，多听他解说，每到一个景点，我都买一本相关的旅游书，您带回去慢慢看，那些来不及看的地方，就可以在书上看到了。父亲高兴地说，那倒好。就是太贵了嘛！费钱。

我们不断为老人们照相，每一个大的景点门口照一张集体照，表示来过这个地方，其他小的景点就单独照，或者个别合影。老人们都很高兴，说来一次不容易，一定多照点做个纪念。父亲说，好在现在的照相机，不要胶卷。要不，照这么多，要费多少钱啊！

老两口都来的，我们就给他们多照些合影。看着他们成双成对恩恩爱爱的，父亲对我说，要是你妈还活着就好了，这次也就会跟着我们一起来旅行了。看着父亲忧伤的神情，我的心有些疼。我的母亲，已经去世六年了。

我就给父亲和陈父多照一些相。我说，你们老哥俩，第一次出来旅行，我给你们多照一些相，拿回去跟村子里的老人们分享。他们很高兴。看着他们，年龄相仿，个子相当，衣服相像，连帽子，都是蓝色的撮撮帽，还真像亲弟兄呢！

8

天安门广场上人山人海，导游们用小喇叭招呼着各自的团队。

就像是欢迎我们一样，北京的天空，难得一见的蓝。尽管是清晨，太阳照在身上，依然感到热。我们的亲友团在人海中，就像一滴水珠，简直都有些看不见了。老人们站的时间长，受不了，我们就让他们坐在广场上。于是就蹲的蹲，坐的坐，都有些溃不成军的样子了。只有曹斌家四岁的小男孩，根本静不下来，他在人群里，像只小蝴蝶，飞来飞去。他的妈妈一声一声地喊，曹建川，喊你不要乱跑！人恁个多，丢失了你就找不到爸爸妈妈了。

亲友团中，有个姓熊的老人，六十八岁了，他是我的一个侄女婿的父亲，侄女和侄女婿因为在做生意，根本没有时间走开，还有一个不好说出来的原因就是，如果侄女侄女婿有时间，也要多出至少上万的开支。这年头，生意难做，上万的钱，不是一个小数目。但侄女和侄女婿也很想表达对老人的孝心，就委托我们把老人带出来旅游。

老人吃素，节俭早已成为习惯，听说要四五千的费用，死活不来。后来侄女婿哄他，说我们自己根本不出一分钱，这次是我们公司回馈我们，给一个北京旅游的名额，每一分钱，都是公司出，这钱人家已经给了旅游公司了，您不去，人家也不会退我们半分钱，浪费可惜！老人才勉强同意了。他为自己准备了一个星期的素食，就跟我们出发了。走之前，侄女婿为老人准备了一个手机，并且把手机号码告诉了我们，让我们方便联系。侄女婿说，他已经教会他父亲使用手机了，如何开机，如何关机，如何接听，如何拨打，如何充电，为了避免丢失，还专门准备了一个小布袋装着手机，用一根小细绳拴在裤带上。还一再叮嘱他的父亲，一听见电话响，就要接听。万一找不到我们了，就打我们的电话。侄女婿说，他已把我和曹斌还有朱朝刚的电话输在手机里了，里面就只有我们三个的号码，随便拨通哪个都行。我们还交代所有的人，电话必须二十四小时开机。朱朝刚是我的侄女婿，协助我和曹斌为老人们服务的。

按照分工，这个老人，我们是分给侄女婿朱朝刚照管的。我都一再吩咐朱朝刚，主要就是盯好这个老人，因为他不喜欢说话，悄无声息的，又加上我行我素，东看西看的，一不小心就掉队了。才出门两天，他就掉过三次队了。

我们在天安门广场上等了一个多小时了，尽管其他团队都有序地向着毛主席纪念堂移动，但轮到我们团队，可能还需要一段时间。导游一再强调，不能走散了，等着，随时出发。

朱朝刚忽然叫了一声，老熊不在了！刚才，我还看见他在我的后面东看西看的，怎么一眨眼就不见了呢？我们亲友团的所有人都很紧张，说，赶紧找！要是丢失了那可怎么办！

我说，他不是有电话吗？打他的电话。朱朝刚连忙拨打他的电话，没人接，又拨，没人接，再拨，还是没人接。我说，广场上太闹，他肯定听不见。我们立即安排曹斌的媳妇刘仁艳看管好眼前的老人们，招呼好自己的小孩，在原地不要动，等着我们。我和朱朝刚、曹斌分头寻找，想来走不远的。可是广场上人山人海的，要找到这个老头，真的不容易。我说，他会不会去上厕所？我到厕所里去找，你们二人从不同方向找，一旦谁找到，就打电话通知。厕所有些远，当我气喘吁吁到了厕所里，厕所里人来人往的，我几乎把每一个蹲位都看了，没有。我想，他会不会上完厕所回去了呢？我又连忙赶回我们的亲友团，大家都紧张地问，找到了吗？我说没有。大家都有些愤怒，说，这个老头也是怪脾气，你要去哪里，也该说一声啊！悄没声的，丢失了咋整？这是在北京呀！你以为是在你老家，黑灯瞎火的也随便摸回来？

人群在骚动，很快就要到我们团队行走了。导游也慌了，说，我们快找，一会儿团队就要走了，再耽误时间，就不一定看得上了。

大家都说，要是看不上，太可惜了。

导游说，是不是背帆布包穿黑衣服那个小老头。我说，就是。

导游说，我有印象的，我也跟着找。

我又叮嘱刘仁艳看好大家，现在找人要紧。

这时曹斌和朱朝刚都转回来了，满脸的汗珠，焦急地说，人恁个多，到哪里找？我们忽然想到，去找警察，带我们到广播处去通过广播寻找。

我们团队前面的人都开始走了，马上就是我们了。大家都站了起来，四处张望，都希望一眼就看见这个老头子。

这时曹建川叫了一声，你看，那个爷爷回来了！

大家一看，果然看到了老熊。他也看见了我们，几乎是一路狂奔跑到了我们的面前，他一屁股坐在地上，低着头，身子一耸一耸的。大家都在埋怨他，说，你跑到哪里去了？害得大家急死了，找你找得好苦。老熊一声不吭。队伍开始出发了，我们拉起他，立即行动。我对朱朝刚说，这次，你拉着他的衣角，千万不能再丢失了！

后来我们一再问老熊，他才说了一句，我想在旁边随便看看，哪承想就找不到你们了！

父亲说，我们都老了，老眼昏花的，今后不能乱跑了！

老熊点了点头，然后，用手臂去擦眼睛。

父亲说，这一辈子值了，亲眼看见毛主席了。

大家说，是呀！是呀！

导游说，照相！照相！好好照点相带回去！

于是就照相，集体照，单独照，合影照，自由组合照。以天安门为背景，以毛主席纪念堂为背景。四岁的曹建川非常乐意为大家照相，他摆出各种姿势，还有板有眼的，惹得好多人都夸这小子聪明。越夸，这小子就越积极，至少有两斤重的相机挎在他的脖颈上，把他的腰都拉弯了。

9

导游是个三十来岁的男人，地地道道的北京人，看上去给人一种朴实厚道的感觉。他的话语热情体贴，让人听了温暖。他说，各位大伯大叔，这么大年纪了，看上去每个都还这么健康，这就是福气！我为你们的儿女这么有孝心，感到温暖和欣慰。他们真心诚意花那么多钱，带你们不远万里，来到我们伟大的首都北京走一走，看一看，这是很难得的。我能带这样一个亲友团，也是我的福气！

导游看着我和几位年轻人，说，特别是这位大哥，还有这几位兄弟、妹子，你们对老人的孝心，让我很感动，让我很佩服。我要向你们学习。带完你们这个团队后，即便再忙，即便再穷，我也一定要抽出点时间来，像你们一样带自己的父母出去走走看看，让老人开心。俗话说得好，尽孝是不能等的，从现在开始，从小事做起。人生短暂，钱，算得了什么？钱的作用，就是要给人带来幸福和快乐。否则，钱就是纸，没有任何价值！像大哥你们，就是看懂人生的人，就是把纸变成钱的人。从边远的昭通到北京，一个星期的旅游日程，至少每人要花四五千块，甚至还会多一点，但值，绝对值！你们帮助自己的父母圆了他们的梦，你们给他们带来了快乐和幸福。六七十岁的老人，没有一个不向往我们伟大的首都北京的！老人家，我说得对吗？

老人们都连连点头，说对。

导游又说，各位兄弟姐妹，把钱花在生我们养我们的父母身上，这是中国几千年来的传统美德，我们花得心安，我们花得快乐。因为我们的父母幸福快乐，就是我们最大的幸福快乐。说实在的，我做导游十多年，经常带外国团队，他们都是有钱的主，要挣点小费或者通过自费项目挣点提成，确实容易得多。但人不能只是为了钱，除了钱还有许多珍贵的东西，比如感情、道义、友谊、孝心，等等。当然，我也不是假装清高谈钱庸俗那种人，钱绝对是好东西，没有钱，好多梦想都不能实现。要是大家手无分文，就不可能组团来北京了。我起早贪黑当导游，没有时间送孩子去幼儿园，没有时间陪老婆逛逛街，父母病了没有时间陪在他们身边。上有老下有小要吃要穿要上学要看病要买房要人情来往，哪样都要钱。我之所以这样，就是想堂堂正正地用自己的诚实劳动挣钱，然后实现亲人们的那些基本的愿望。我们导游现在是没有底工资的，挣钱只有两个方面，一是小费，二是自费项目和购物的提成。国内的客人基本不会给小费的，甚至自费项目和购物也十二分地抵触。如果这两个方面都没有，我们带一个团队就白辛苦了。

老人们都点头说，是呀！是呀！不容易。

第二天，导游就跟我们几位做儿女的商量，说我们带老人出来，目的就是让他们高兴，让他们尽可能多看一些值得看的景点，出来一趟不容易。现在，每人有一个八百元的自费项目，希望我们体贴他理解他支持他，他就靠这些自费项目提成有点收入。能挣点生活费他也才有心思好好带着大家玩好，玩开心。出门，不就是为了寻个开心吗？希望互相理解互相关心互相支持了。

说实在的，我们几个做儿女的对导游这种做法有些反感，但将心比心又表示理解。要是我们不同意这些自费项目的消费，导游肯定没有好嘴脸，没有好嘴脸，他肯定就不会尽心尽力带我们游玩，离开了导游，偌大一个北京城，我们连东南西北都弄不清，必然影响大家的心情。于是我们几个组织者，就初步同意了。但由于涉及好多个家庭，又加上好几个老人的儿女没有到来，我们非常有必要跟老人们把这个道理讲清楚，回去以后再跟他们的儿女讲清楚。

我们把这事向各位老人说了，老人们大都说，太贵了，能不看就不要看了，一个八百元，十七八个人就需要一万几，太多了。我们又把导游的想法和我们几个年轻人的想法说出来，老人们就同意了，说，那好吧，多看点就多看点，导游说的也是体己话，他也不容易。我们回去后省吃俭用点就是了。

导游双手抱拳，脸也生动起来，说，感谢各位大伯大叔了！感谢各位兄弟姐妹了！有你们的体贴关心，我会尽力带大家玩开心玩快乐！到购物点购物是旅行社规定的，必须的，请大家配合，进去看一看，若有适合的，想买就买点，不买也行，总之，必须进去走一走，我们才能交差。我们不像其他地方的一些导游，强迫游客购物，不买够满多少多少就不行；更不会因为达不到目的，就把客人甩在半路不管！那是不道德的，我们是绝对不会这么做的。

老人们都觉得这个导游很好，我们也觉得这个导游还比较诚实。

之后的游览，导游非常尽心尽力，有说有笑语气柔和问寒问暖跑前跑后，大家都很喜欢他，我们也很开心，双赢的效果是我们所期待的。

优秀的导游，总擅长于攻心。我们这个相貌平平的导游，攻心术堪称精到。他说，十多年来，带了数千个团，这个亲情团是令我最感动的，淳朴善良真挚，老人慈祥可敬，儿女重情感恩。虽然只相处短短的一个星期，但我相信我永远不会忘记这个亲情团，跟你们相处，是对我灵魂的洗礼。他对我们情真意切地说，大哥，各位兄弟姐妹，你们是我的榜样，我要向你们学习，今后好好地对待自己的父母，让他们，像你们的父母一样，更快乐，更幸福。

晚上，父亲对我说，这个导游还真不错，说话润心润肝的。

10

爬八达岭长城，人多得只见人头不见长城了。

父亲指着几个高鼻梁白皮肤蓝眼睛黄头发的人说，你看，外国人。

我笑着说，这些地方，外国人就司空见惯了，来自世界各地好多国家的人，都喜欢来北京旅游。

父亲走在我的前面，走得很轻快，说，这哪里有我们吊水岩陡啊？

我说，当然啦，吊水岩是山，长城是石凳子啊！

父亲说，万里长城，真的有一万里吗？我看就不怎么长啊！

我告诉父亲，长城是中国也是世界上修建时间最长、工程量最大的一项古代防御工程，当时没有枪炮，修长城来抵挡外来侵略者。长城自西周时期开始修筑，延续不断修筑了两千多年，分布于中国北部和中部的广大土地上，总计长度达五万多公里。十几个省的边界上都有长城。

我们今天看见的是八达岭长城，明朝时候修建的，修了八十多年，有一千三百多里，只是万里长城的一部分，是世界上最著名的旅游风景区。

父亲又好奇地对我说，孟姜女哭倒的长城在哪里呢？

我一时难以回答，便说，这是民间传说故事，主要是想表达修筑长城的艰难和给人民带来的灾难很大。

父亲自言自语，我在书上好像看过，是有孟姜女这个人的，只是我在想，长城那么牢固，她咋能哭得倒了？

我呵呵笑着说，人太多，大家要注意，各自盯好自己的人，不要丢失！我们随便爬一段，爬不起了就打住！

父亲又说，我还以为比吊水岩陡多了，其实根本没有吊水岩陡。父亲一脸的喜悦，走得轻快极了。

这次北京行旅游，总之是成功的，平平安安去，平平安安回来。连小病小碰撞都没有发生。只是侄儿的父亲有些小情绪，在转回昆明的那晚上，我们住在一家小旅馆，侄儿的父亲抱怨说，床太硬窗子太小蚊子太多外面太闹。第二天早上吃早点，他用不吃早点的方式来表达自己的不满。侄儿跟我们解释，说不要跟他父亲计较，他的脾气就是这样的，又加上他的身体不是很好，情绪有些暴躁。

一年后，这个刚满六十岁的老人因病去世了。侄儿告诉我，其实去北京的时候，他的父亲就患病了，是那种治不好的病。当然，他没有让父亲知道。他想让父亲多走走，多看看，让他开心快乐，尽可能地多活一段时间。

后来，一起旅行的其他老人知道了这件事，心情都很沉重，都感叹人生无常。说这帮老年人中他的年纪还算小一些的，怎么说走就走了呢？

我说，人都是要走的，只是早点晚点。所以我们能活一天，就要好好地活，就要开开心心快快乐乐地活。就不要为生活中的一些鸡毛蒜皮的事去憎恨去愤怒去伤心去劳神。对于上了四五十岁的人，能够健康地活着，就是上苍的恩赐，就是修来的福气。

我还跟我们几位要好的朋友商量，每年尽可能带我们年迈的父母去旅游一次，时间充裕就去远点，时间不充裕就去近点，总之，只要去就行。让老人们有个盼头，活在希望之中。好友都很赞同。其实，无论什么人，无论年老还是年少，活着都要有个盼头，都要有所希望。否则，就是无头的苍蝇，到处乱撞等死。

11

后来，我买了两本书给父亲读，一本是《紫禁城全景实录》，一本是《故宫史话》。我说，在北京的时间毕竟很短，不可能看那么细。您有空就慢慢翻，就可以了解得更详细了。父亲非常高兴，说，你的心就是细，知道我的想法。我要好好看！

父亲回到老家后，一个劲儿地把这次旅游的见闻，详细地讲给我的妹妹、妹夫和几个外甥儿听，他还把在各个景点照的、那些专业照相的、二十元一张的照片集在一个影集里。有我的、他的，还有和别人合影的。有空就翻出来细细地看。他除了认真地钻研那两本关于故宫的书，就是到村子里游玩。如果有人问他，说这些天到哪儿去了，怎么没看见？父亲就会骄傲地说，我儿子带我到北京去玩了一趟。对方就会说，你这一辈子倒是好过了，儿子又有出息又有孝心，村子里难找呀！

对方又说，出去一趟怕要好多钱哟？

父亲说，出去一个星期，六七千呢，一天平摊一千块了！

对方说，那么贵呀！也要你儿子有钱呀！换作我们，就是六七百块也去不起呀！

父亲说，贵是有些贵，但来来去去都坐飞机，住的是宾馆，吃的是三顿，顿顿都有肉，算下来也还是值！

父亲说，有机会还是要出去看看，不看不知道，一看吓一跳，以前我还以为我们昭通城就算大的了。等到了北京一看，我们昭通城那个小呀！简直就是一颗小芝麻，北京就是个大西瓜。

对方说，有条件哪个不想去呀？但没那个命呢！唉，算了，还是去河边锄一下菜地里的草算了。

父亲本来还有好多话要讲的，但看着对方一歪一歪的背影，就只得打住了。

父亲相信，村子里没有一个老人坐过飞机。父亲在村子里转游着，希望遇到一个平时还有搭讪的老人，跟他们讲一讲坐飞机的独特感受。他们一定不知道飞机有多大。如果跟他们说，飞机比两间房子还大，他们一定不会相信。说飞机上想吃什么就吃什么，想喝什么就喝什么，想上厕所就上厕所，他们一定不会相信。

村子里一个十分固执的老人，听父亲说在飞机上想上厕所就上厕所，就质疑父亲，飞机飞在天上，要是想上厕所就上厕所，那些屎尿从空中落下来，落在人家头上身上怎么办？太阳好的时候，我们在院坝里吃饭，要是飞机从头上飞过，恰巧有人在飞机上上厕所，那些屎尿落在饭碗里，还不恶心死人？

父亲说，怎么会呢？

老人说，怎么不会呢？

父亲说，飞机上的厕所，一定是很严密的。等到飞机落地的时候，就派人把厕所里的屎尿用粪桶挑走去泼菜，就像我们农村的厕所一样，满了，就用粪桶挑走泼菜。

老人说，难道停飞机的地方都是菜园？

父亲坐过飞机，心里有底气，坚定地说，飞机场很大，周围绝对没有菜园！

老人说，没有菜园，怎么挑粪水去泼菜呢？

父亲叹息了一声，跟你说不清楚！转身就走，边走边自语，难道不泼菜就不可以挑去倒在地上的厕所里吗？

12

父亲早晚依然喜欢在村子里的大路上慢慢悠悠地行走。现在的父亲，已经不再是过去的父亲。现在的父亲是坐过飞机、去过北京在天安门照过相、参观过故宫颐和园十三陵爬过长城的父亲了。甚至父亲走路的姿势都有了明显的变化。父亲过去走路腰是弯的背是驼的头是低着的，好像路上随时会捡到金元宝一样；父亲过去的脚步是犹疑飘忽的，好像村子里刮什么风，他就像一片树叶，在乡村的道路上跌跌撞撞，随风飘动。现在的父亲走起路来，腰不弯背不驼头不低，脚步坚定而稳重，目光透着看破世事的淡然和自信，面对着他陪伴七十年的村庄和田野，嘴角总会溢出若有所思的微笑。

妹妹说，父亲自从到北京旅游回来，真的变了一个人，不再为一些鸡毛蒜皮的事跟他们闹得鸡飞狗跳了，也不再为田间地角的几株杂草几个脚印或者几块石头跟邻里寸土必争大动干戈、势不两立了。

妹妹说，父亲经常一边看书，一边问他们，你们知道故宫住过多少个皇帝吗？有多少人死在里面吗？告诉你们，二十四个皇帝呀！至于那些妃子，就更不计其数了。现在就只剩下那些阴森森的空房子了，那么多了不得的人物，现在连骨头渣渣都不见半点了，所以我们这些小百姓，有啥必要为一些鸡毛蒜皮的小事争呀斗呀你死我活生气呀！

父亲还对我说，你买给我的《紫禁城全景实录》《故宫史话》这两本书，我完全读了，比旅游时了解得多好多好多倍。哎呀！古人真的太了不起了。说世界上都没有这么大规模这么精致的建筑。只是那么好的建筑里，尽是一帮皇帝和他手下的大臣太监妃子之类的整天斗来斗去争来争去算来算去，多少人咋个死的都不知道。太阴森太恐怖了。

13

去年，我的好朋友陈昊的母亲去世，他的父亲伤心欲绝，一下子像抽了筋骨似的没了生气。陈昊的父亲有气无力地对我说，本来好好的，还跟我一起去赶街，还买着两斤凉粉回来，打一碗给我，她也吃一碗，哪承想只吃了两口，就倒下去了，说没就没了。我以后咋过呀！我劝他说，婶子已经七十三岁，也算高寿了，你看身边的好多人，还没到花甲就走了，人什么时候走，一定是有个定数的，叔叔你一定要保重身体，一定要好好活着！再伤心，人死也是不能复活的。像我妈，当时身体那么好，还不是六十四岁就走了，我爹跟您同岁的，当时也是伤心得要命，但还不是熬过来了！

他说，我知道的，只是，还在精精神神地去赶街，怎么说没就没了呢？

我知道此时的他，他的思维只定格在那个晴天霹雳的瞬间，任何人的劝慰都不能缓解他从天而降沉重如山的悲伤。我知道我的语言的苍白和无力。

我忽然想到，让我的父亲来陪一陪陈昊的父亲。他们毕竟是老同学，在北京旅游的时候，他俩同住了一个星期，形影不离。我说，叔，我去把我父亲叫来陪陪您！他看着我，眼里有泪水，说，好，好，你就去把他接来嘛！

父亲听我说了前因后果，表情异常严肃凝重。他叹息了两声，二话不说就跟我到了陈昊的家。陈昊的父亲拉着我父亲的手，站在场院上，都没说话，仿佛雕塑。好半天陈昊的父亲才说，从此以后，我跟你一样了！我父亲一边点头一边说，我十年前就像你现在一样了。当时我是难过得不行，但还不是熬过来了，熬过来就好了。

屋子的一角，是一个高一米宽两米的大相框，相框里全是我们去北京旅游时照的照片。除了集体照片，更多的就是他单独的和与我父亲及我的合影。两个老人的每一张照片，形体和表情几乎都是一致的。身子站得端端正正，两只手笔直地垂在大腿的外侧，表情严肃而有些生硬，目光刻意地看着前方，茫然而带着几分怯意。

陈昊的父亲对我和父亲说，娃儿们做的，说留个纪念。叫我没事时就看看这些照片，多想想开心的事情，说他们会多找一些时间，带我和他妈到更多的地方去走走看看，可是他妈却走了，本来好好的，说走就走了！他扬起衣袖擦拭眼睛，他的眼睛红红的，那种凄哀的眼神让人看了心疼。

我说，陈叔，您一定要保重身体，健健康康的，今后陈昊我们会带你们全国各地地去玩哈，人能够健康地活着，就是最幸福的了，所以能活一天，就要快快乐乐地活。您看，您的儿女们，您把他们培养得个个有吃有穿有车有房有身份有地位，真的了不起了！

陈叔微微笑了笑，说，是呀！他们也争气，这些天，恁个多人来，都是娃儿们的朋友，车子每天都有四五十辆，人每天都有十来桌。到烧纸那天（就是安葬的前一天，这天主人家要置办宴席，亲戚朋友都要前来为死者吊唁），至少也有七八十桌。我高兴，像这种事，我们村子里从来没有哪家这样热闹过。包括那些当官的和有钱的人家。这说明娃儿们会处事，会为人。他妈在那边知道，也会高兴的。

我说，这也是您教育有方，您看，您是老社长，村子里任何一家红白喜事，您都要忙前忙后亲自操劳。所以村子里的人，个个都前来帮忙。他说，这倒也是，只是村子里的年轻人，大都打工去了，剩下些老人娃娃的，也就是百多人。来的，大都是娃儿们的朋友。家里有了事，恁个多的朋友上门来帮忙，我高兴。

父亲和陈父站在相框前，看着那些在北京的照片，都不说话。然后两人又走到门口的场院上，坐在七月的阳光中，看着来来去去的人，听着锥心的哀乐，彼此相对，默然而坐，表情像一块石头。

父亲陪陈父不到两天。他要到城里去了。尽管父亲现在七十三岁了，但他依然还要照顾他的三个外孙在城里读书。为他们做早点、午饭，做晚

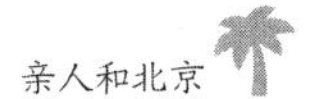

饭，监督他们读书写作业。

在我的记忆里，父亲是不会做饭菜的，七十岁了，父亲才开始学着做饭做菜。许多时候，我的脑海里都会浮现出年迈的父亲，孤独地穿梭在菜市场拥挤的人群里，为买到几棵中意的菜而讲价还价的样子，浮现出父亲在租住的狭窄的城市郊区的房子里择菜洗菜切菜淘米煮饭炒菜洗碗的形象。每当这时，我的心里就有些发酸。好在，父亲心里住着一个北京，他已经不再是那个常年窝在小山村里，遇到区区小事就生气就发怒的父亲了。

·作者简介·

刘平勇，男，1968 年生，云南昭通人，中国作家协会会员、昭通市作家协会副主席。1995 年开始文学创作，在《中国作家》《北京文学》《大家》《天津文学》《山花》等刊物发表文学作品二百余万字。有小说被《小说选刊》《小说月报》《中篇小说选刊》选载。出版长篇小说和文集八部。

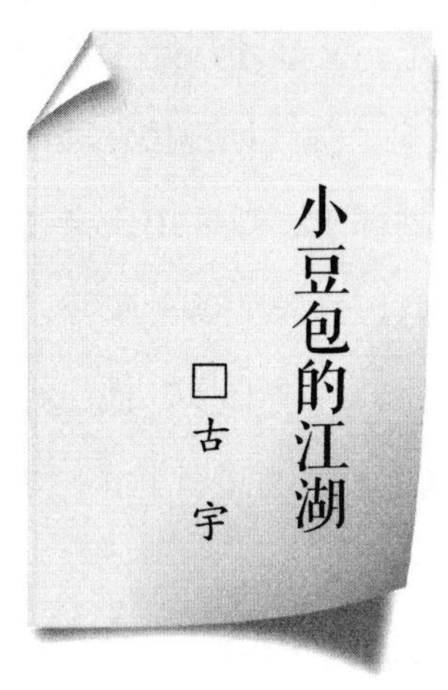

尚晓荣上小学后不久就有了一个惊人的发现，他赶紧告诉白如飞：“妈，我发现我们幼儿园好多小朋友都在我们班。”

“在你们班？我怎么不知道，他们转学过来了？”

“不是转学，他们就在我们班。大丫丫是铁依然，聪聪是王新宇，还有别的很像的人。我觉得他们都在我们班，只是长得不一样了。”

尚晓荣认真地看着白如飞，白如飞忽然明白了：“哦，你是说铁依然的个性很像你们幼儿园的大丫丫，王新宇特别像聪聪？”

尚晓荣使劲点头：“我越看他们越像。”

“还真是的，这世界上的人就是分类的，有的人和有的人很像。你这么一说，妈妈大概也能想象铁依然是个怎样性情的小女孩儿了，因为妈妈也了解大丫丫啊。你观察得可真仔细呀。”

“嗯，妈妈，我忽然不觉得特别想过去的小朋友了，而且我觉得我和铁依然会成为好朋友的，就像我和大丫丫一样。”

“嗯，你要交新的朋友了？”

“对。”

“真好。我猜你的新发现会帮到你呢。”

“嗯，我好像都能看得见了。”

“真好！你们这些小豆包毕竟跟幼儿园不一样，生活环境变了，相处的关系也会变化，可能会遇到新的趣事儿，也可能是新的困难，但妈妈相信你能处理好，也会有新收获。”

“嗯，我知道。妈妈你能先别演讲了吗？”

“儿子，我们大人一般不这么用这个词。”尚峥嵘嘴角跳动了一下，偷瞥了一眼妻子白如飞。

“好，好，我不演讲了。”白如飞乐呵呵的，重音落在了“演讲”两个字上。

她其实觉得尚晓荣这个词用得又准确又形象，白如飞发现儿子初次学着运用一个词时，几乎都是在用它的本意，天真无邪，比如他说过“妈妈，你的嘴巴太忙碌了”，这样的话会让白如飞乐上半天，她理解儿子的努力，他在尝试运用他的母语，试着让自己表达精准。如同当年他牙牙学语时一样，毫无恶意。

“儿子你接着说吧，我们听着呢。”

“妈，你知道吗，我可真喜欢上小学呀。我盼着下礼拜去学校呢。”尚晓荣眼睛闪闪发光。

这个午后的暖阳天，一切在尚晓荣小小的心灵看来还都那么完好，难得爸爸妈妈都在家，他们带他去公园玩儿，在湖畔的绿荫下溜达，尚晓荣开心了就一个人跑出去老远，没有人嘱咐他“别跑”“小心”什么的，他的好奇心指引着他发现大自然的有趣处。他忽然停下来大声说：“你们看，多好看！它们往我这边流呢。是金色的，亮闪闪的。”

他指着水中的阳光，眼睛一眨不眨地盯着看。

“我觉得是亮银色。”白如飞轻轻地说。

“是金色。”尚晓荣声音更轻地说，他拉住尚峥嵘的手，“是金色的，爸。”

没人说话，他们站着看，看着金星闪烁的湖水，水中的阳光不断地往他们这边流着。

“我在我们学校也看见过一次这样特别好看的，就是阳光从树叶中间晒过来，像一万年前一样，特别好看。我是在开学典礼上看到的。”

“一万年前的阳光啊，真好。”

尚晓荣不说话，久久地站着，最后他满意地轻叹了一口气：“咱们走吧。”转身他又开始疯跑起来。

白如飞望着儿子小小的背影，一种浅浅的幸福感涌上心头，忽然回想起自己年少时的情景，那时心完全敞开的，敏感无比。每到初夏，是石榴花纷纷飘落的时节，指甲盖大小的花瓣随风飘着，它们太轻了，要飘很久才能降落，慢慢地，石板地上会铺上一层薄薄的洋红。阳光是暖的，只是还有些懒洋洋的。暑假刚刚开始，大人都去上班了，白如飞姐妹蜷坐在院子的藤椅里看书，屋子里放着音乐，一看就是几个小时，大部分时候她们不说话，石榴花飘落，有的落在头发上，也不去掸。那时的几个小时像三十年一样漫长。

那时的阳光大约也是一万年前的，瞬间似永恒，美得让人担心。

看着尚晓荣无知无畏地勇往直前，白如飞和尚峥嵘都知道，生活等在深处，时刻准备给人以最真实的一击，让人看到它本来的面目。但他们不说，尤其是白如飞在努力吞咽着“演讲”的愿望，尚峥嵘似乎是真的淡定。那时，他们谁也无法预知命运将给他们怎样的安排。

中秋节前的一天放学，尚峥嵘去接尚晓荣，学校门口的人群渐渐散尽了，也不见尚晓荣的身影，几个没有接到孩子的家长跟保安求情进去找孩子。

尚晓荣正在教室里站着，看到尚峥嵘，他哇地哭了：

“爸爸，他们不让我回家。”

若干年后，已经上中学的尚晓荣听老爸学给他听当年的这件糗事时，扑哧一声笑了，有一点点不好意思。

他对这次经历记忆深刻，第一次被留校不让回家，渐渐冷清下来的校园从来没有这么让他感到不安过，也不知道后面会发生什么事情。

那天下午班主任孟非请假了，是年级组组长范玉敏老师代班，排队放学的时候，尚晓荣像往常一样轻松，他特别想说话，还用手指捅了一下排在前面的王新宇。

“那个孩子，你干什么呢？”范老师指着尚晓荣高声说，“你叫什么名字？”

“妈，他就是尚晓荣。”尚晓荣旁边的两道杠章钊伟说，尚晓荣以前就听说章钊伟的妈妈是学校的老师，这回才对上了，只是时机不好。

“尚晓荣，出列，你们孟老师没教过你吗？排队时能说话？开学都这么久了，还一点规矩没有？没上过学前班？规矩都要让老师来扳？”范老师说话语调一水儿上扬，在尚晓荣听来全部是问句，可又搞不懂应该回答哪个。

“问你呢？怎么不说话了？晓荣，你不是挺能说的吗？让你说话倒不说了？”

范老师的“晓荣”两个字和其他的话语气不大一样，尚晓荣觉得有点儿像孟老师的语调，夹在范老师比较硬朗的话中间很不协调，他不知所措。

如果是中学生尚晓荣，他就知道如何应对这样的局面了，首先要认错呀：“范老师我错了。”“错哪儿了？”“我不该排队说话。”“我下次改。”态度要诚恳。

可是一年级的小豆包尚晓荣还不明白这些，他还只会按字面第一层的意思来理解大人的话，他不明白范老师到底要让他说什么。

由于排队说话又不认错，尚晓荣被留在教室，做值日的同学也走了，教室的灯被关上，晒进教室的日光也暗淡下来，他被遗忘了似的，空旷的教室对他来说是陌生的。

终于他听见楼道里的脚步声，听上去有些迟疑，正有些担心之际，尚晓荣看见了爸爸，他揪紧的心一下子松弛了，哇地哭了出来。

“爸爸，他们不让我回家。”

尚晓荣即使哭着也还是看到尚峥嵘嘴角跳动着又被忍着的笑，听到爸爸和蔼地和他讲话，即使过了很多年，一经提醒，他立刻记起了这些场景。

“你怎么了，他们怎么不让你回家呀？”

“我也没怎么呀，他们就不让我走了。”

“你再想想。你一定是违反了学校的什么规定了吧？”

“嗯，我排队说话，还捅了王新宇。”尚晓荣隐隐直觉他不仅仅是因为这个被留下的。

尚晓荣是个听觉异常灵敏的孩子，他不明白范老师的话中间为什么会突然冒出孟老师喊他名字时的语调，回家之后他把自己的困惑讲给妈妈听，白如飞不以为然，她说："这个事情重点在于你要建立规则意识。"

白如飞要再等上几周，才能理解尚晓荣困惑的背后可能指向的逻辑。到那时她才会为尚晓荣惊人的敏感暗自捏把汗。

几周之后，秋天的风吹落了大半的树叶，白灿灿的阳光洒向操场，尚晓荣再也看不到从茂密的树叶缝隙中穿过的一万年前的阳光了。但他还是兴致勃勃的，完全没有意识到自己正在经历着人生中的第一个"多事之秋"。

一大早，白如飞刚刚把尚晓荣送到学校，就接到孟老师电话，让她带尚晓荣的同桌许韵菁去医院看病，因为许韵菁的姥姥一早闹到了学校，说尚晓荣昨天打了她外孙女的肚子。

孟老师跟白如飞解释说："叫您来，我也没办法，要不她姥姥也不肯走，第一堂就是我的课，她不走我就没法上课。您还是带许韵菁去医院看看，做个 B 超，给老人家一个交代。"

许韵菁比尚晓荣高出半个头，她非常善谈，无论是对白如飞，还是后来对陌生的医生，都主动问好，落落大方。

医生只瞥了一眼许韵菁就说："她没事儿。"又转向白如飞："这要是您孩子我绝对不会让她去做什么 B 超的。"

拿到 B 超结果，上午已经过半，白如飞要送许韵菁回学校，小姑娘不干了："阿姨，我肚子还疼，我上不了学。"

"医生说你没事儿。"

"医生说得不准。"

"B 超结果显示也没事儿。"

"我不想上学。"

"能告诉阿姨你为什么不想上学吗？"

“你能保证不告诉我妈吗？”

“我保证。”

“我得了九十五分我妈都还说我：为什么丢了五分！我太累了。”

“你觉得特别累，老是达不到妈妈的要求？”

“嗯，九十五分了还跟我嚷，我头直疼。阿姨尚晓荣考不了一百分，你不跟他嚷吗？”

“嚷也没用对不对？考试就是看看你们哪儿还不会，发现自己不会的地方学会就好了。”

“那尚晓荣其他让你不喜欢的地方你会嚷吗？”

“嗯，急了，累了，也嚷。”

“那他怎么办呢？”

“他有一次跟我说：妈妈你别冲我嚷了，我特别伤心。”

“你就不嚷了？”

“有时候还是忍不住，但我会跟他道歉。”

“他呢？”

“他说：‘你光道歉，老也不改。’”

“你们大人啊都一样。”小姑娘叹气道，“阿姨，你不要以为尚晓荣学习好就是好了，他在你和孟老师面前和背后的表现是不一样的。”

“怎么不一样呢？”白如飞转向小姑娘，专注地看着她。

许韵菁一路说下去，尚晓荣的形象在她的话里面变得越来越是个小恶魔，以至于出租车司机多次回过头来看小姑娘，他忍不住说：“真能编故事啊。”

白如飞笑，她想起刚开学时尚晓荣眉飞色舞地形容学校根本不存在的地下三层体育馆的情景来。六七岁的孩子正好是在学习分清现实和想象的关键期，白如飞庆幸自己知道这个。

围绕着学校那座根本就不存在三层的体育馆，尚晓荣足足讲了三天故事。最早话题是从体育课说起的，随着白如飞的兴趣提高，一座三层体育馆从尚晓荣嘴里变出来，并不断添枝加叶：一层是可以轮滑的旱冰场；二层是水冰场；三层是游乐场，有升降飞机模型，一般不让人坐，只有表现好的小朋友才可以坐。

“那么大的体育馆，我怎么没看到过？”

“是地下的。你没见过，家长都没见过。”面对白如飞的疑问，尚晓荣信誓旦旦，眼睛里闪闪发光。

“嗯，你真希望学校能有一个三层的体育馆，这样你们就可以尽情地玩儿了，是吧？”白如飞笑着看到尚晓荣一个劲儿点头，“那你能告诉妈妈从哪里开始是你的想象，是你编的故事吗？”

尚晓荣笑了：“从体育课可以轮滑开始，就是我编的了。”

“你希望体育课可以轮滑，像在幼儿园那会儿一样？”

“我想幼儿园的轮滑课和游泳课了。”

在白如飞回忆的思绪中，许韵菁说个不停，快到学校门口，她才忽然停了下来，看着白如飞请求道：“阿姨你能送我回家吗？”

“阿姨从学校接的你，只能把你送回到学校，这是规矩。”

白如飞不忍再看小姑娘失望至极的脸，她送许韵菁走进学校，看着她回了班。

在孟非老师的办公室，许韵菁的妈妈只瞥了一眼白如飞手中的 B 超结果：“真是辛苦您了。不过，这也不能怨咱家老人，她姥姥也是没办法，我们许韵菁虽说是借读生，学习也不差，凭什么被人欺负呢？都有点儿厌学了。你家尚晓荣，听说学习还挺好，可学习好也不能总是老欺负我家闺女呀。这次打在了我闺女肚子上，还用铅笔削尖尖的一边儿扎我们脸……”

白如飞正听得发呆，孟老师忽然开口了，她一改平日慢悠悠的语调，大剌剌地甩了一句：“没那么邪乎吧，越说越没边儿了。”

许韵菁妈妈看了孟老师一眼，把后面的话咽了回去。

“昨天自习课，我在的，他们是因为小红花儿该归谁发生争执，许韵菁急了把尚晓荣的不少小红花儿撕了，扔在地上。过程中他们有推搡，我两个人都批评了，还扣了他们每人一朵小红花儿。孩子们都比较要强，很珍惜小红花儿。”

“那我家许韵菁怎么觉得挨欺负了呢？”

“尚晓荣是男生，应该包容女生，等下午放学了，让他给许韵菁道个歉。都是同桌，小孩子打架不记仇。您说呢？”白如飞赶忙说。

“我觉得这样好，我还是愿意跟孩子父母打交道，说得清理儿。就这样吧，我下面还有课，你们看着解决解决。”孟老师站起身算是送客。

白如飞她们一起往外走，快到学校大门口了，许韵菁妈妈忍不住说：“晓荣妈妈，有些话我不知当讲不当讲，我们都觉得孟老师偏心尚晓荣。家长公开课我都来了两回了，孟老师叫你儿子回答问题都跟别人不一样，她居然说：‘晓荣，这个问题你来回答一下。’我们几个家长都觉得，孟老师对你儿子的态度比对别的孩子都亲切。她平时说话冷冷的，叫孩子从来都是有名有姓的，竟然叫你儿子晓荣，还是在公开课上。自己都不觉得。”

白如飞听罢不由得吓了一大跳，忽然想起儿子几周前的困惑：带着孟老师语气的“晓荣”两个字，奇怪地加在年级组组长、章钊伟妈妈范玉敏硬朗的话语中，来源大概也是在此吧？这样想着，她连忙站住看着许韵菁的妈妈认真地说：

“这就是孟老师不对了，小孩子最在乎老师的公平性了，班上的孩子都是家里的宝贝，上学了成了班集体里的四十分之一，如果老师偏向某些孩子，哪怕是不明显，也会被小孩子敏感的雷达感知到，其实对谁都不好。您说咱们要不要提醒一下孟老师，我看她太年轻了，没有经验。”

“我可不敢给老师提意见。”许韵菁妈妈惊诧地看着白如飞，感觉到白如飞的忧心忡忡不是装的，才说，“您可真是的，老师要是喜欢我家孩子，我高兴还来不及呢，瞧您愁的。说真的尚晓荣问题回答得确实棒，我们几个家长都印象深刻，还想问问你们是怎么教他的呢。”

“这真的不好。”白如飞若有所思地念叨着，她心不在焉，记起前一阵子尚晓荣在家说过“孟老师说了我们这几个好学生”怎样怎样的话。

白如飞当时还问他：“你们几个好学生都是谁？”

“就是我、铁依然、王新宇。章钊伟也算，还有你不认识的，我们几个是好学生。”

“孟老师觉得什么样的人算是好学生呢？”

“学习好的。”

“就这一条？”

“嗯。学习好的就是好学生。但不包括安小树，他学习也还行，可他太闹了，自习课都能爬到讲台底下去。他不能算，而且他跟谁都欠招儿，老师找他家长来，他爸来了还说：就这事儿您让我跑一趟学校？我们孩子来学校就是吃好、玩儿好、学习好的。以后这事儿就别叫我了。”

“你怎么知道安小树他爸的话？”

“我去孟老师办公室送我们班作业本时听到的。孟老师在班上说了：安小树就是学习不错也不能算好学生，让我们几个好学生也不要向他学，不要受他影响。”

许韵菁妈妈看白如飞有些失神的样子，不由得拉了她一下："您没事儿吧？"

白如飞稳稳心神，笑了笑：

"谢谢您告诉我这些，我对学校的事情了解太少了，我怎么不知道家长开放日的事儿啊？您都参加两回了？"

"是家委会按学号分配名额的，我知道了就来了，也就进去了，多了解一下闺女在学校的情况呗。"许韵菁妈妈看看白如飞，同情地说，"平时我看你们家是爸爸接得多哈，每次接了就走，从来不理我们。我们几个家长都替你们担心呢，自己孩子在学校都那样了，做家长的还不知道呢！好几个孩子回家说被你们尚晓荣欺负了呢，也就是他学习好被孟老师护着。"

"尚晓荣欺负了好多孩子？什么情况？"

"跟我们许韵菁说的情况差不多，好几个爷爷奶奶都想找你们家长说说呢，每次你们都来去匆匆的。"

白如飞心想尚晓荣在学校的处境不妙呀，怎么也没听他说这些呢？白如飞都不知道怎么跟许韵菁妈妈告别的，她也没去律师所上班，就直接去了尚峥嵘的工作室。

尚峥嵘倒是一如既往的淡定："一群独生子女，正是人嫌狗不待见的年纪，四面八方地走到一间小教室，磕磕碰碰太难免了，要相信儿子。那些婆婆妈妈的话，你就那么一听，孟老师不也说她越说越没边儿了吗。"

"我其实担心的是孟老师要是真的偏向尚晓荣，那可就麻烦了，得给他拉多少仇啊。"

"你不用太焦虑。要不下午我也去接？让客户再等一天？"

"别了，人家都从外地来了，说好的还是我去吧。只是，那，还要不要尚晓荣道歉呢？"

“嗯，先问问情况，不急。”

下午放学时，白如飞正带着尚晓荣找许韵菁母女，却被范玉敏老师拦下了。范老师领着儿子章钊伟，她看着尚晓荣说：“你来我跟你问句话。”然后冲白如飞点点头：“我跟尚晓荣说句话。”

没等白如飞反应，范老师把两个孩子带到两步开外，站住。

这时，白如飞看到许韵菁母女走过来，许韵菁妈妈看了一眼范老师，对白如飞说：“你们忙着，我们先回家了。小孩子打架不记仇，这事儿就了啦。谢谢您带许韵菁去医院。”说完娘儿俩爽快地走开了，许韵菁甜甜笑着，对白如飞摆手说：“谢谢阿姨。阿姨再见。”白如飞也摆手，但她的心思在范老师那边，赶紧转头过去看着。

白如飞听到范老师说：“尚晓荣，昨天你们为什么要藏王新宇的科学书？”

“我没有，是他藏的。”尚晓荣指着章钊伟大声地反驳道。

章钊伟不好意思地笑着，范老师并不看自己的儿子，她盯着尚晓荣继续说：“你们藏了就是藏了，要承认错误。”

“我没有，是他。”尚晓荣还是指着章钊伟，章钊伟更加忸怩地笑着，不说话。尚晓荣有点儿着急，一副想不明白的表情，“王新宇找不到科学书特别着急，我看到章钊伟把王新宇的科学书藏到三十九号柜门了，我就悄悄告诉王新宇了。”

“章钊伟说，书是他藏的，但主意是你出的。”范老师严肃地说，她眼光一直没有离开尚晓荣，忽然她语气亲切起来，“你承认吧，没关系的。”

“我没有，我没有，是他，是他。”尚晓荣提高了声音，有些着急但还是坚决地说，丝毫没有退缩。

范老师微微笑了，眼睛依然看着尚晓荣说："嗯，你们以后不要藏别人的书啊，同学找不到书，上课多着急呀，记住了吗？"

"记住了。"尚晓荣这回认真地点点头，认真地回答了范老师的问话。

范老师满意地点点头，她甚至几乎要伸手摸摸尚晓荣的头："嗯，你走吧，快跟妈妈回家吧。"说着朝着白如飞的方向微微示意，说："没事儿，没事儿。"不等白如飞回应，拉着章钊伟迅速消失在人群中了。

"什么呀，你就记住啦？"白如飞脱口而出，她有点儿气急败坏，但马上收住，蹲下来看着尚晓荣笑着碰了碰他的大脑门。

"范老师说以后不要藏别人的书，小朋友找不到书会着急的。我觉得她说得对呀，所以我说记住了。"

看着尚晓荣认真的样子，白如飞哭笑不得，她耐心解释着："可是你又没藏王新宇的书呀，范老师说你们以后不要藏人家的书，问你记住了吗，你说记住了，倒是让人觉得你承认藏人家的书了似的。"

"这么绕啊，我都糊涂了，章钊伟为什么说是我出的主意呀，我没有呀，我又不喜欢跟他玩儿。他为什么呀？"

"也许他怕他妈妈范老师说他吧。"

"他要是怕范老师，就不应该藏王新宇的书呀。"

"嗯，可不是。"

"可我真是不明白他干吗说是我出的主意，是不是王新宇家长告诉老师了？"

"嗯，也许吧，妈妈觉得你不喜欢跟章钊伟玩儿也挺好的，这是保护自己，免得卷到这种说不清的事情里去。"

娘儿俩回到家，让尚峥嵘知道这件事之后，尚峥嵘第一反应就是："你怎么能允许章钊伟他妈单独把儿子带走问话呢？"

没等白如飞答话，尚晓荣说："她是范老师呀，她要叫我，我不能不去。"

"爸爸是对的，那时候她只是章钊伟的妈妈，不是范老师。妈妈当时没反应过来，妈妈应该说：有什么话您跟我说吧。而不应该眼看着你差点儿掉进去。"白如飞拉尚晓荣坐到自己身边，"你今天做得很好，头脑清醒，不是自己做的事情，坚决不能替人顶过。"

"这点要表扬。"尚峥嵘拍拍儿子的肩膀说，"爸爸支持你！"

尚晓荣眼睛里泛着光，脸红红的，他问："嗯，那告诉王新宇他的书被藏到哪里了，对吗？"

"我觉得对。要不小朋友上课没有书多着急呀，耽误学习。"

尚晓荣和白如飞靠得更近些，似乎体谅了章钊伟的无奈，他说："章钊伟肯定是怕他妈妈，才说是我做的。"

"嗯，我们不希望你怕爸爸妈妈，你要告诉我们实话，这样爸爸妈妈才能真的帮到你。爸爸妈妈永远站在你的身后做你的后盾，无论发生什么事儿。记住了？"

"嗯，记住了，爸。"尚晓荣把手放到尚峥嵘伸过来的大手里。

白如飞看了一眼尚峥嵘，终于引到了正题上，她转过脸来看着尚晓荣，说：

"今天上午妈妈带许韵菁去儿童医院照B超了，她肚子疼，说你打了她肚子，孟老师说是你们昨天为小红花儿的事情争执，互相推搡了。你能告诉我们是怎么回事吗？"

"她跟我要我的小红花儿，我不给她就自己拿，把我还没来得及粘在作业本后面的小红花儿都抓了过去。我要，她也不还我，我就自己往回抢，她把我的小红花儿撕了扔在地上。她先打我的。"

“孟老师不是说过和小朋友有了争执，找老师解决。不要动手打人，一动手就说不清了，比刚才的事情还说不清。”

“可是找老师不管用。”

“不管用？”

“我课间出去玩儿，回到座位的时候，总是发现我的彩笔被扔到地上，盒子上有大脚印，去找孟老师，孟老师说：‘课间，你就不能让老师歇会儿吗？’找老师挨说的是我。”

尚晓荣学孟老师的口气学得惟妙惟肖，白如飞和尚峥嵘相互看了一眼，白如飞说：“嗯，老师上课太辛苦了，没有精力再去给你们这帮小豆包当侦探。”

“我告诉你吧，其实老师特烦老告状的小孩子，小孩儿也特烦没事儿就告老师的孩子了，所以你呀，别把什么有事儿找老师解决的话当真，那就是说给你妈这样的人听的。”尚峥嵘坏笑着对儿子说。

“尚峥嵘，你就别这添乱了，还嫌不够乱是不是？”

“有一次上课间操，安小树打了我后脑勺一下，然后马上举手说：老师，尚晓荣打我。我说我没有，是安小树打我。孟老师特别不耐烦，她说：你们俩说的都不一样，老师都不知道相信谁说的好了。最后扣了安小树的小红花儿，也扣了我的。后来孟老师还说我：让你别老跟安小树裹在一起，就是不听话。”

“什么话？学校这么大点儿地儿，一个班的，怎么不裹在一起呀？”

“安小树怎么不欠招别人？都从自己身上找原因！孟老师说的。”

“真是的，真是的，你们这群小豆包就不能让老师省省心呀。都从自己身上找原因哈。”白如飞怕尚峥嵘再说出不三不四的话来，赶紧接过话头儿。

“嗯，老师真够难做的，最后放大招儿就是找家长，碰上安小树他爸爸这样能说出‘以后这事儿就别叫我了’的家长，孟非这种年轻老师也就没啥招儿了。所以呀，儿子，我估计你得学习自己摆平事儿。你自己的江湖啊，有些事儿没人能替你。”

白如飞听了尚峥嵘的话都恨不得过去拧死他。

“我自己已经摆平了！爸爸，我告诉你啊，有一次课间我们在操场健身器材那儿玩儿，我喜欢爬那几个梯子，安小树没我爬得快，我们几个都想爬到顶上坐着，那样能看到整个操场，特别爽。所以他每次老是从下面揪着我的脚，想把我拽下来，他自己好先上去。那天他又这么干，被我一脚踹了下去。我以为他会发飙呢，结果他一屁股蹲儿坐在地上笑得可开心了，好像比坐到梯子顶上还开心，从那之后呀，他再也不欺负我了。”

“他就服了！”尚峥嵘大手一拍，向尚晓荣竖起了大拇指。

“别打架！”白如飞厉声说，使劲儿白了一眼尚峥嵘。

“就是你们女生才这么说，我们男生小时候谁没打过架啊？别说打架，我们小时候打开瓢儿的都有。咱不欺负人但也不能让人欺负了，一旦一回，爱欺负人的孩子闻着味儿了就围上你了，会老欺负你。江湖地位一定要从开始打牢。”

“尚峥嵘，你教点儿好行不行？”白如飞瞪着尚峥嵘。

“好好啊，听你妈的哈。”尚峥嵘笑嘻嘻的，“离那个什么章钊伟远点儿。别人我看都没大事儿，就这一家人幺蛾子最多。”

然而，有些人你越想绕着走越绕不开。

白如飞去澳大利亚出差两周，临行前终于给尚晓荣买了他心仪已久的轱辘运动鞋，其实就是运动鞋后跟处镶嵌一个线轴一样大小的回力小轱辘。白如飞特意嘱咐这鞋只能在家穿，不能穿到学校去，这爷俩都答应了，可就在白如飞临回来前一天，尚晓荣终于没忍住，把鞋穿到学校去了。尚晓荣说服尚峥嵘的理由是，他已经完全掌握了技巧，而且穿这鞋速度还比不上在冰上滑一下出溜得快呢，一点儿都不危险，学校里连女生都有穿这种鞋的。尚峥嵘想想就同意了。

结果，尚晓荣课间在楼道里炫技嘚瑟，章钊伟咬着他的水杯口，围着尚晓荣转着看，为了躲一个忽然跑过来的男生，尚晓荣一个急转身，碰到了章钊伟的水杯，水飞溅出来一点儿洒在章钊伟的胸前。尚晓荣马上道歉，章钊伟说："没事儿没事儿，就洒了一点水。"当时两人相安无事。

情况急转直下是第二天，白如飞来接尚晓荣放学，被章钊伟叫住："阿姨，我爸爸想跟您说句话。"

白如飞第一次见章钊伟的爸爸，他非常年轻，至少比范老师看上去年轻六七岁的样子，但他的穿着像是穿越回二十世纪八十年代初，单调的工装蓝不说，样式也是古板的，举止中却有一种鬼祟之气。面对白如飞的问候，他沉吟半晌，才细声细气地开口："昨天尚晓荣穿轮子鞋撞了章钊伟的牙齿了，满口的牙都松了，这年龄的孩子牙都是换了的，这一撞恐怕要影响一辈子。"

"昨天章钊伟说就洒了点儿水，没事儿呀。"尚晓荣吃惊地说。

"小孩子知道什么呀，晚上回家，范老师关心孩子在学校过得怎么样，一聊才知道遇到了这么危险的情况。他本来以为没事儿的，可是晚上吃东西牙就开始疼了，我们一摸这满口的牙都有点儿松了。我们已经反映给孟老师了，怎么能允许班上有学生穿这种鞋上学呢，多危险！这要是把小朋友撞翻在地，后脑勺着地会出人命的。我们家范老师说了，你们家就是家长太姑息了，才会一路升级出现今天这样的事情。"

“阿姨看看，你疼吗？”白如飞微微蹲下身来，观察章钊伟的牙齿。

男人暗暗捅了捅章钊伟，嘴里小声地嘟哝：“疼，疼。”章钊伟却讪笑着不说话，那笑就如那天说藏了王新宇的科学书时一模一样。

“怎么不疼呢？一直说疼呢。我们要去口腔医院看看，不知道有没有救了。”

“哦，得看看，听医生怎么说。”白如飞连连说。

“嗯，口腔医院的号可是难挂呢，幸亏范老师班上有家长是那儿的医生，已经帮着约了明天一早的号。您得跟着去一下，您知道的这看牙很贵的。孟老师也是知道的，您得跟着去一下。”

“章钊伟有十多个虫牙呢！”没想到两步开外一直站在那儿听着的安小树忽然大声说，“上次牙医来学校免费检查的时候说的。我有两颗虫牙，尚晓荣一颗虫牙都没有。”

尚晓荣从极度沮丧中恢复了点元气，看着安小树，有点儿要哭的样子。

“章钊伟被查出十多个虫牙那次还说他可能再也咬不动他们老家的大煎饼了，他说正宗的山东大煎饼跟北京的不一样，咬起来像咬屜布一样很有劲儿。他的牙被虫儿蛀得都酥了，他晚上做梦都梦见满嘴的碎牙。所以他的牙不是尚晓荣撞松的，他牙早就松了。”

“哪儿来的孩子呀，有没有家教啊，大人正说话呢，有你什么事儿呀？一边儿玩儿去啊。”章钊伟爸爸尖细的嗓音吱吱啦啦地响着，很刺耳。

在安小树后面站着的粗壮男人也开口了：“真新鲜，水杯碰一下门牙，还能把满口的牙都碰松了，还没救了？有意思啊。”男人一脸讥讽地看看章钊伟的爸爸摇摇头，白如飞想这人一定是安小树他爸。

“您这话什么意思？”章钊伟爸爸声音更细了，飘出更高音儿。

“我没什么意思，您啊拿到医生诊断再说事儿，现在就瞎咧咧，当心带坏了孩子。”安小树他爸从鼻子里哼了一声，转向尚晓荣粗声大气地说，“你就是尚晓荣啊？听说你跟我们安小树玩儿得来，明儿有空到我们家来玩儿哈。”说罢使劲拍了尚晓荣后背一下，尚晓荣眼里含着的泪水迸溅了出来，他用手使劲去抹。

安小树父子走了之后，章钊伟爸爸变得客气多了，似乎还有点儿担心白如飞不搭理他走人了事，他露出谦卑无比的神情，白如飞心一下软了，想想范老师和孟老师是同事，处理不好会让孟老师为难，她答应一早到所里简单处理一下工作上的事情之后就去医院，她让章钊伟如果先到了就先看着。

第二天白如飞到口腔医院时，医生刚刚给章钊伟检查完毕，那位家长医生正和蔼可亲地给章钊伟父子解释什么，看到白如飞进来，立刻变了脸：“现在这孩子真是淘气死了，不知深浅，看把人家范老师孩子十几颗牙都撞松了，都得补呢！”

章钊伟爸爸寡淡的脸面一下子威武起来，也不正眼看白如飞，腰板不由自主地挺得更直了。

白如飞气不打一处来，她正色道：“我是律师，请您把刚才的话写到诊断证明书上面，签上您的名字，我想知道这十几颗牙是不是因为虫牙才需要补的。”

牙医妈妈愣了一下，骄横的“专家”气焰一下子就灭了：“又没人跟您打官司，您要诊断证明干吗呢？”

“如果您不写，就请不要瞎说了。”

白如飞不再理她，转向章钊伟爸爸说：“您方便出来一下，我跟您单独说句话。”

章钊伟爸爸悻悻地出了诊室，站在楼道里不知道白如飞葫芦里卖什么药，他不直视白如飞的眼睛，也不说话。

“您觉得孩子补这十几颗牙两千块钱够不够？”白如飞说着拿出了一个信封。

男人的眼睛一下亮了起来，不敢相信似的看着白如飞，非常兴奋，他连连说：“够了，够了。”急急地接着白如飞递过来的信封：“谢谢您，谢谢您。”

白如飞抓着信封的手没有松开，她看着男人的眼睛，一字一字地说：“这个钱给章钊伟补牙用，不管是什么原因他需要补牙，看在孟非老师的面子上我们出了这个钱。但有一个条件，请你不要再来打扰我们。”

“好嘞好嘞。”男人忙不迭地说，白如飞松了手，转身头也不回地走了。

白如飞约见了孟老师，告诉她：“这次事件，尚晓荣不该穿这双带轱辘的鞋来学校，给您添麻烦了。我们带章钊伟去医院看了，需要补牙跟被尚晓荣撞到没有必然联系。这个大家都心知肚明，但是您跟范老师是同事，怕您为难，我们给了两千块，让他们慢慢补去，我们也没有时间一次次陪着，这事就这么了了吧。我们以后也会严格要求尚晓荣的。”

孟老师淡淡地应了。

临了白如飞忍不住说：“这群不让人省心的孩子加上家长，真够您胡噜的。”

一句话撞到了孟老师的心坎儿上，她脸慢慢放松下来了，真是难得一见：“可不是，一个个都通着天。王新宇的妈妈是校长的同班同学；范老师是年级组组长不说，还是校长夫人的老乡；章钊伟他爸要不是学历太低，跟着范老师进京后也就给安排在学校了，现在只能在家带孩子。这男的要是没工作，可够费劲儿了。”孟老师说着说着，嘴都撇到耳根儿后面了：“按理真不该跟您说这些，我看您是个通情达理的人，所以您也多担待吧。没办法，赶上了！”

白如飞不知道那之后没过几天，孟老师嘴里那两个手眼通天的女人打到了校长家里。

这回，章钊伟把王新宇的科学书给撕了，事后他说是安小树撕的，他也跟着撕了一点儿，不过是安小树让他撕的，是安小树的主意。

然而安小树他爸可不是好惹的，他几乎指着范老师的鼻子把她儿子章钊伟臭骂了一顿。范老师没有机会循序渐进地启发安小树，被气疯了。她绕过孟老师直接找到了校长，她没想到，王新宇的妈妈早已经找过校长了。

从藏书到撕书，前后不过几周时间，章钊伟妈妈范玉敏这回遇到了强劲的对手。安小树他爸不依不饶，王新宇爸爸更是炮筒脾气，放出话来，这事儿要是调查不清楚，就都别上课了。

孟老师没办法，按学校要求组织全班同学开班会，调查到底是怎么回事，知情的人都要做证。

对于这一切，直到期末家长会，白如飞才从铁依然妈妈口中得知事情的大概。回家之后她告诉了尚峥嵘，他们一起问尚晓荣，尚晓荣说：“是呀，我还做证了呢。”

“做证？你？怎么没听你说起呀？”

“那天大课间，章钊伟拿了一本科学书，从中间撕开了，然后他递给安小树说：你也撕，声音可好听了，可好玩儿了，你撕撕看。安小树接过来也撕了几下，还给了章钊伟。王新宇发现时，他的科学书已经被撕成一条一条儿的了。”

“啊！怨不得王新宇他爸急了。”

“章钊伟这回也赖别人，说是安小树出的主意，安小树真的撕了几下，不过他不知道撕的是王新宇的书，他以为是章钊伟不要的书呢。后来王新宇哭了，安小树还说要把自己的科学书赔给他。”

“安小树这孩子就是淘气，我看倒是没啥坏心眼儿。”白如飞说。

“做证的班会都谁来了呀？”尚峥嵘更关心儿子到底卷进去了没有。

“蒋校长都来了，还有王新宇、安小树的爸爸妈妈，范老师也来了。”

“那你还敢做证？”

“是呀，蒋校长说了谁看见了什么都可以说，知道多少说多少。”

“大人们都说什么了？”

“记不清了，好久以前的事儿了，怎么了？”

“没事儿，没事儿。今天开家长会听铁依然妈妈说了，才知道你们班还有这种事情发生。你当时怕了吗？还有别人做证吗？”

“我不怕，范老师上次说我出主意藏王新宇的科学书的时候，我可希望有人帮我做证了。这次当时看见的小朋友都站起来说了，不光是我一个人做证。”

白如飞和尚峥嵘这才略略心安了一些。

“孟老师这个班可没带好啊，没能树立起威望，没镇住这帮孩子。”尚峥嵘不由得说。

“主要是镇不住家长吧。”白如飞知道不该当着尚晓荣的面议论这些，可是话到嘴边忍不住吐露出来。

“这孟老师太没经验，从刚开学她处理几件小冲突的手法，我就猜到有今天了。”尚峥嵘说，“过去咱们小时候，学校也发生了好多事情，但那会儿家长都忙，没工夫搭理，很多事情就自然而然地过去了。现在可好，一点儿小事儿家长全力介入，什么事儿都变得错综复杂了。咱们那会儿老师还是比较有权威的。”

“孟老师可是人家学校费劲挖过来的人才，你别妄议老师。”

“我们孟老师课讲得可好啦，老有人来听她的课。”尚晓荣说。

“我知道区级的学科带头人。”尚峥嵘不以为然，“嗯，不是我说，这带小学低年级孩子，为人处世的经验更重要些，孩子多认俩字儿少认俩字儿都没什么，这要是习惯和性情走偏了，可就影响长远了。”

“得，你就别操那没用的心了，人家老师家长会上还说呢，学校不是幼儿园，家长得负起责任来，不要以为把孩子扔给学校和老师就完事儿了。”

“对了，今天家长会怎么样？”尚峥嵘问白如飞。

“嗯，孟老师说咱们班比范老师班总评成绩少零点六五，年级排名第二。”

“零点六五？才一年级就这么比了？”尚峥嵘很是吃惊。

“可不是，我也挺吃惊的，孟老师还说呢，如果你得一回九十九点五是失误，你要是老得九十九点五就是能力问题了，就得反省一下，家长要帮着一起找找原因了。”

白如飞冲尚峥嵘撇撇嘴：“这回期中考试范老师他们四班不光是总平均成绩最高，还评上了全校的先进班集体呢。孟老师说了，人家班吧，学生特齐整，没有拖后腿的。”

“人家的孩子，人家的班。”尚峥嵘微微皱眉，“不像是一个成熟的教育工作者说的话呀。”

“都是被范老师逼的，他们班，如果有人慢了，全班都等着他一个人，都不能出去玩儿。每次都这么着，一个人错了罚大家，所以才能评上先进集体的。”

“这话可别到学校瞎说哈。”白如飞说着冲尚峥嵘使了个眼色。

“儿子，你怎么什么都知道呢？”

“我有好朋友在四班，他说的。孟老师也这么说过，我有一次听到她和我们英语老师悄悄在议论。”

白如飞和尚峥嵘对视片刻，大人往往忽略小孩子的存在，以为他们什么都不懂，其实他们心里有数着呢。尚峥嵘觉得也好，本来也没必要把孩子保护在无菌环境里，他早晚要知道真实的世界。

“你听了就得了，回家说说没关系，别在学校说，对孟老师不好。”尚峥嵘嘱咐儿子。

“我知道，我们班小朋友都觉得还是在孟老师班好点儿，自习课谁先做完作业，谁就可以到操场上玩儿。要是在范老师班可就惨了，他们四班你先写完也没用，得陪着最后一个小朋友写完了才行。”

“你们还挺知道好歹，也挺知足常乐的。我就说呢，那个范老师自己家的事儿都处理成那样了，还能带出先进班集体？”

“刚说完别背后议论人家老师。”白如飞看了一眼尚晓荣说。

“妈妈，你说的和你心里想的不一样。”尚晓荣说。

“怎么不一样？”

“你明明不喜欢范老师。”

“谁会喜欢她呀？”尚峥嵘不屑道，他看到白如飞欲言又止，就转移了话题，“快说说，家长会上孟老师是怎么说儿子的？”

白如飞没有马上回答，她拿出笔记本，翻开念给尚晓荣听：“老师说你特别爱学习，好奇心强，听课很专注，特别爱回答问题，要是举手的时候再耐心点儿就更好了。还有啊，孟老师说你口头表达能力挺强的，但要再好好练练写，提高书写能力就更好了。对了她说科学课你学得最好，科学课老师表扬你了。”

“我们换科学老师了，换成八班的班主任杨老师，杨笔德。”尚晓荣说到杨老师名字的时候乐了。

“八班的那个男老师？就是每次放学都最早排队出来的那个班？”

“是，他从来都不训他们班学生，他们班放学最快，不像其他女老师的班，都得说好多好多话才让我们回家呢。但他们班是最一般的。”

“什么叫最一般的？”尚峥嵘问。

“就是永远拿不到先进班集体的那种，无论是做操还是学习成绩。我们孟老师说了，期末考试我们班成绩虽然比四班低了零点六五分，但比八班多了快两分了，他们八班又垫底儿。”

“哦，那你们原来的科学课老师呢？”

“家委会找了学校要求换老师，就被换掉了。”

“啊？我们怎么都不知道呀？”

“女生家长写了联名信。老师上课就是念课本，根本什么都不讲。女生们回去告家长了。”

“啊，女生？”

“女生都学习好，都怕科学课学不好，以后物理、化学受影响。”

“这么夸张？”

“嗯，我们班学习委员带的头，李凌云，就是课间老拿着个小本帮着孟老师记安小树违反纪律的那个女生。她还说考不上那个什么大附中誓不为人，我忘了是什么附中来着，反正是最好的中学，所以不能让科学课老师这样的老师耽误了。”

“你们男生怎么想？”

“男生没说，我不知道他们怎么想。但我问原来的科学老师一个问题，就是我一直想知道的那个问题：火车怎么就能跑，飞机怎么就能飞呢？我特别想知道是怎么回事儿，但老师说：我是学生物的，不是学物理的，你别问我这种问题。”

“啊，就这么把你的问题怼回来了？那，这个杨老师还行吗？”

“他教得好，老带着我们做实验，不怕麻烦，而且他从来不训我们。”

“那你们还挺幸运的。”白如飞说。

“你们学校这些家长真够能个儿的。这老师可怎么干呀。”尚峥嵘摇着头，“惹不起，惹不起呀。”

晚上尚晓荣睡了之后，白如飞才跟尚峥嵘学了孟老师的原话：

“尚晓荣，刚开学的时候特别好，后来大家都进步了，他退步了。都是你们家长不认真，也不在外面报补习班，本来该是得一百分的孩子，只能九十多分了。所有的好学生都是家长、学校、孩子自己三方一起努力的结果，差一方都不行，你们做家长的可想好了，现在偷懒，别到时候人家孩子清华、北大、国外留学，你们什么都不是，到时候后悔都来不及。”

“这都是什么话呀？除了清华、北大、留学，其他就什么都不是？她孟老师自己师范毕业生就什么都不是？也太自轻自贱了吧？这小学老师怎么说话还是这么损呢？跟咱小时候一点儿没长进啊？”

“这两句你就急了？”白如飞无奈地笑笑，“后面的大实话你还听吗？”

尚峥嵘示意白如飞说下去。

“孟老师还说，尚晓荣最大的毛病是，说起来头头是道，写下来乱七八糟。上课特爱回答问题，就是在幼儿园养成的坏毛病吧？跳着脚地举手，有时候没等老师叫就恨不得站起来了。”

“这还叫偏爱尚晓荣啊？我看许韵菁妈妈他们那些家长眼神有点儿不准吧？还是自己心理在作祟？”

“情况变化了吧？大概是你儿子刚开学那个新鲜劲儿过去了，人家孟老师不是说了吗，别人进步了。”

“我看她是偏爱学习好的孩子，你孩子掉出好学生圈儿了，自然就遭到嫌弃呗。这倒是好了，你原来的担心就不必了。”

“你倒是挺会自我解嘲的。”

“那你是怎么回应孟老师那一串话的呀？”

“我？拿着个本狂记呀。”白如飞笑着，“然后我特虔诚地跟孟老师核实：您的意思是说他口头表达能力比较强，以后需要多多练习笔头，多写写？还有就是上课回答问题很积极，以后注意举手的时候更沉稳些，等老师叫到了再起来回答？”

“孟老师怎么说？”

“她一愣，不过看我很诚恳又认真的分上，也只好点了点头。”白如飞得意地笑着，“我的转换能力厉害吧？这就叫正向表达。”

“嗯，还行，还行。”

“不过说实话我这趟学校去得还是挺挫败的。我觉得吧，这跟其他家长聊多了，还真容易焦虑呢。都是上课外班、奥数什么的，这班里面没在外面上各种补习班的，大概也就是铁依然和咱们尚晓荣了，没几个人。”

“铁依然？就是尚晓荣觉得唯一像个小女孩儿，而不是‘母老虎’的那个？”

“对对对，就是那个班长。”白如飞笑道，“现在小学都是阴盛阳衰，男生挨女生欺负。”

“我也见过铁依然她妈，性情真好！言传身教，女儿也错不了。”

“嗯，她妈妈说的话我特别赞同。她说，铁依然没有上什么补习班，在学校已经是语数英了，下学了还要语数英？孩子们都没有一点儿自己的时间了，这样不利于孩子健康成长。”

“就是啊，这才小学一年级，孩子们玩儿的时间都被占没了！”

“像我们这么想的毕竟是小众，几乎被围攻呢！”

“围攻？”

“也许用反驳更合适，都想说服铁依然妈妈收回观点似的。”

“给自己打气呢，其实他们最想说服的是自己，觉得自己做得有理，是为孩子好。”

“唉，其实咱们何尝不是呢，都希望能够相信自己做的是对的。许韵菁妈妈还说不上奥数班，每次数学作业的选做题怎么做？考试的最后一道加分题肯定不会呀！你看人家王新宇，是咱们班里数学最好的孩子，从幼儿园就学奥数了，三位数的乘法早就会了呢！”

“怪不得王新宇是班里的焦点呢，家长嘴里‘人家的孩子’，小豆包们肯定要羡慕嫉妒恨啦，被藏书、被撕书，真够受的。”

“王新宇的爷爷奶奶原来都是老师，他们坚信就是得提前学，小孩子可塑性强，打小学习好，越早就越好。还说这是人家搞一辈子教育的人的经验之谈。据说，王新宇就爱做题，让下楼玩会儿都不乐意，还得讲条件，说要做一篇卷子再下楼玩儿。要不是他奶奶亲口说的，我都不敢相信。”

“他奶奶亲口说的，你也用不着就相信。可能吗，才六七岁的孩子。”

“这样的小孩子真稀有啊，爱玩儿是小孩的天性啊。不过，可能就有这样的孩子呢。尚晓荣也说王新宇课间也不怎么出去玩儿，一是被藏书、扔文具什么的恶作剧搞怕了，一到课间就自己守着；二是他最爱的就是做题，还给大家出题玩儿，都是中国四大名著是哪四本书、战国七雄都有哪七国这样的问题，谁答对加一百分，错了倒扣分什么的。”

“只有在回答这些有标准答案的题时才觉得自信和自豪吧？你说这帮

孩子还没长大呢就不会玩儿了，长大了可怎么办呢？”

“你瞎操心，人家就玩儿答题游戏呗。”

“赶明儿我们工作室设计一款新游戏：就叫答题王。万卷归宗，邀你对决什么的，估计会受欢迎，等这帮娃长大了卖给他们玩儿。”

“你就不能正经点儿，我正烦着呢，开个家长会，吸入了大剂量焦虑。”

“你记得儿子算的那笔账吗？”

“哪笔账？”

“那次儿子回来说，他们班数学最好的一个同学跟他悄悄说：其实我是犯规了，我抢跑了，这些功课我都学过。”

“就是王新宇说的。”

“小孩子心里都明白，心明眼亮，尚晓荣当初自己跟咱们说他不学奥数，他说的理由你还记得吗？”

“嗯，他说，他不学奥数，他不想像王新宇那样都提前学会了，上课时间又必须坐在那儿，不能出去玩儿，那样太傻了。”

“他这么算时间账，是合理的。等他大点儿了，脑子发育到位了，那些东西学起来比现在提前学省劲儿又省时间，多合算。他自己能想得开，咱们不就是替他扛着点老师的批评吗？明儿你去跟孟老师说，儿子身体不好，咱们不能给他太多压力，让尚晓荣就待在中游，不显山不露水的就得了。”

“嗯，尚晓荣要是能接受，我也能接受。”

“我觉得越小的时候放手让他摸索学习方法成本越低，小学低年级的成绩算什么呀，没什么影响的。”

“你心可真大呀，根本就是无知无畏呢。你知道越多关于小升初信息什么的你可能就不能这么淡定了。我可挺怕的，眼前最怕的就是他要是不自信了，老考不过人家不爱学了怎么办呢？”

“学习本身就是有乐趣呀，要是光想着跟人家比才有动力，总会遇到有比不过的人，到时候就崩溃了。尚晓荣好奇心比较强，这才是真的动力，要相信儿子。”

“我担心他挡不住小学老师习惯性尖锐用词儿，这孟老师说话可也是够损的，现在我这儿给他玩命转换成正向表达。唉，人家老师本来对他有高期望，希望给班里争脸呢，一看这孩子和家长都这么不努力，还不知道得多少片儿汤话等着他呢。”

“这你可拦不住，倒不如索性顺其自然，让尚晓荣早适应，脸皮练得厚点儿好。你别老想人为干预命运的安排，没准儿事与愿违呢。”

“你别为自己大撒把找理论依据了。”

“说真的，你看看咱们这帮同学后来的发展，多大程度上跟当年在学校得的那些分相关呀？你们这些当妈的就别老杞人忧天了，弄得孩子都不知道迈哪条腿走路了。”

关于期末家长会的交流在尚峥嵘的劝解中结束，白如飞心情放松下来。尚晓荣放假了，她觉得自己终于可以松一口气了，至少在寒假期间暂时不会发生被揪到学校解决冲突的事情了。

这是尚晓荣的第一个假期，他上的幼儿园是没有寒暑假的，所以他非常高兴，有这么多天完全自由的时光，都是自己的。第一天是周末，尚晓荣跑来告诉白如飞：

“妈妈，我把爸爸的嘴脸贴门上了。”

原来尚晓荣把他画的爸爸的头像贴在自己房间的门上了，白如飞忍住笑指着画像说：“哦，你画了爸爸的头像，这是嘴，这是脸……”

没等白如飞说完，尚晓荣忽然领悟了：

“哦，我把爸爸的头像贴门上了。”

“嗯，爸爸戴着眼镜，我看到的爸爸就是这个样子的。”

“他总是笑，但从来不大笑。”

“对，他总是笑眯眯的，你画出了他的表情。”

“他心里有一朵花儿，他很高兴。”

“我喜欢这种表达高兴的方式，心里有朵花，是绿色的。”白如飞指着尚晓荣画在人物心口位置的一朵绿色的小花儿说。

“为什么不能说爸爸的嘴脸？”尚晓荣忽然认真地问。

“语言有的时候被大家用着用着，就有了特别的含义，如果我们说谁谁的嘴脸，大人们都会约定俗成地认为那是指不好的嘴脸，丑陋、阴险、不堪什么的。这就是语言的引申义。有时候看词的表面是中性的，但一引申就可能是贬义词了，所以一定要谨慎用词，不然就会伤害别人，引起误会。这么说可能有点儿复杂，这是个语法问题，你们要到中学才学到，但在生活中你们会慢慢碰到，你慢慢体会吧。”

“哦，我现在就碰到了，那天孟老师说安小树：您能不能带脑子来呀？肯定是不好的意思，你说的叫——贬义词？”

听到尚晓荣学得那么惟妙惟肖，白如飞心里真不是滋味，根据大人的表情和语气孩子一定隐约可以判断出褒贬意思。白如飞说：“那样说小朋友的确不好，是不礼貌的。”

“孟老师还老爱说：您能不能快点儿呀？您能不能把字写好点儿啊？您能不能让老师少操点心啊……这个您字不是你和爸爸教我的对长辈的尊称，您这个字在我们班，已经变成坏词了，我们谁要是被孟老师称呼您了，就是被批评了，比批评还严重，是羞辱。”

白如飞真是无语，语言本来是中性的，感情色彩让它们有了褒贬，有了鼓励和打击的能力，面对天真的孩子，老师可能想表达的只是“我很生气，我被气疯了”。他们可能只是太累了，太无助了。一遍又一遍的教导对于这些小豆包见效不显著，他们失望了，愤怒了，很容易地就选择了这样最无效的语言表达了自己的情绪，不仅无效，还有杀伤性，讽刺了孩子，伤害了他们想变好的本心。这真是不划算呀。

“我小的时候也常常听到这样的话，主要是小学老师爱这么说，因为教很小的孩子太难了，老师一个人管那么多孩子，妈妈爸爸只管你一个孩子，有的时候还累得要死呢，而且累急了、气急了的时候也吼你，说了好多伤害你的话呢。老师不容易，你们学不好，纪律不好，都会影响她的奖金，她的钱少了就不能给自己的宝宝买玩具什么的了。他们有的时候烦了，失去耐心了，会说你们，你不用介意。”

“可老师心情不好的时候太多了，有时候一堂课为一点儿小事儿骂一个学生十五分钟，别人还必须手背后坐好，不许动不许干别的。太耽误时间了。”

“你觉得特别耽误时间？”

“嗯，很多时候骂的不是我，我也觉得是自己被骂了。”

“你很难过？”

“我很难过。老师就好像拿个锤子想敲开我们的脑子，把那些题塞到我们脑子里似的，可那也不管用，妈妈，他们塞不进去。”

“那样的方法不对头，是不是？”

“骂我们根本不管用，我们的脑子就晕了，更不转了。”

“嗯，骂你们都不管用的话，老师会更生气了。”

“对，更生气了，孟老师急了就老说安小树是两面派。两面派肯定是个很坏的词，可我怎么觉得孟老师是个四面派呢？”

“四面派？”

“孟老师在家长会对你们，对来听课的实习老师，公开课上对外校来的人，平常在班上对我们，都不一样，是四个样儿。”

“大人在不同的情况下，表现是会有所不同。”

“但孟老师太不一样了。你要是不相信，可以变成一只壁虎，趴在我们班门框上自己去看看。”

“妈妈相信你，你希望老师更友好耐心地对待你们？”

“嗯。妈妈，我们学校真的是区里最好的学校吗？”

“嗯，好像是的。”

“唉，最好的学校都这样，那别的学校的小朋友可怎么办呀？”

“生活一定都不完美哈，每个小朋友都会遇到这样或者那样的困难，记得爸爸给你读过的《好兵帅克》吗？”

“记得，你不让我们上学的时候读，怕我学这帅克胡闹。爸爸说这个寒假再给我读一遍。”

“嗯，还记得你听爸爸读完《好兵帅克》你告诉我的那个秘密吗？”

看尚晓荣有些迟疑，白如飞提醒他：“你说：‘妈妈我告诉你个秘密，我觉得好兵帅克是在装傻。我很喜欢他。’”

“想起来啦，帅克是一个傻瓜又是一个天才。”

“怎么又是天才又是傻瓜？”

“他是天才是因为他在任何情况下都能高兴，他是傻瓜是因为在紧急状态时他还微笑着说：‘有什么事儿？’”

“是呀，帅克遇到那么多难的事情，他还是高高兴兴的。”

尚晓荣想到帅克的傻样子呵呵地乐了，说：“你们光看到我善的一面，还没看到我恶的一面。”

尚晓荣是在学布克中尉说的话，布克中尉经常折磨帅克，他总想让帅克见识见识他的恶，他的恶让尚晓荣恨恨的，却丝毫伤害不到帅克，帅克脸上总是浮现着他标准的微笑，笑眯眯地问：“有什么事儿？”于是那些骇人的折磨似乎就这么被消解了。

笑过之后，尚晓荣长长地叹了口气，他对白如飞说：“妈妈，我好多了，谢谢你。”

白如飞和尚峥嵘在教育儿子的理念上并未有重大分歧，他们都认为相比学习成绩，人格、性格和品格的养成其实更为重要，所以他们更重视这些学习之外的引导，或许尚晓荣是幸运的，有人为他的自然发育撑出了一点儿空间。

白如飞和尚峥嵘要在经历了更多的事情之后，才会认识到养儿子是一条单行线，其实无法评估怎么做对于尚晓荣更为有利；很久之后才会更加理解，无论他们选择做什么和不做什么，生活都会按它的轨迹继续。

在尚晓荣只有七岁的时候，他们还远没有那么从容不迫。

经过一个寒假的休整，白如飞和尚峥嵘都觉得儿子有能力可以继续应对他的学校生活，安稳地过上一段时间了，他们没想到这段时间是那么短暂。

白如飞再次被叫到学校是在一场大雪过后。

谁也没有料到，在料峭的初春，老天下了整整一夜雪，积雪在午间阳光无力地照耀下稍稍融化了些，又被下午的北风吹得冻在一起。如果攥成一个雪球在手里，那几乎是一个冰块儿，打在人身上不会散落成雪花，而会变成伤人的利器，尚晓荣明白这一点太晚了。

那个课间，尚晓荣提议打一场雪仗，得到了几个男生的响应，在他们被老师发现叫停之前，他们就惹下了祸事。

不知道谁扔出去的雪球擦伤了王新宇的脸颊，在离眼睛较近的地方划了一条口子。糟糕的是王新宇是被动卷入打雪仗游戏的，他并不想跟他们玩儿，结果却意外受了伤。

孟老师发现了，带他去医务室上了药。并给家长打了电话，王新宇的奶奶中午接他回家吃饭，看见那条细长的伤口，认为问题要比孟老师告知的严重，因为离眼睛太近了，想起来就后怕，于是她通知了王新宇的爸爸。他们一家人冲进学校，要求孟老师停课解决问题。

所有参与打雪仗的男孩儿家长被紧急招到学校，白如飞往学校赶的路上在想，是不是真的应该把尚晓荣送到各种补习班上，占满他的时间，消耗掉他的精力，让他无力给她惹出这么多麻烦。

白如飞是最晚到的家长，在孟老师的办公室，她见到了安小树爸爸正试图安慰王新宇爸爸："孩子就是闹着玩儿，都没恶意。"

白如飞眼见着王新宇爸爸要急眼，她赶忙说："闹着玩儿也不行，这大冰碴儿要是打到眼睛上，这孩子的眼睛如果出了问题，一百个咱们也赔不起呀！"

"这还差不多！终于来了个明白的。"王新宇爸爸重新坐下了。

安小树爸爸看了看白如飞，不易察觉地微笑了一下，不说话了。

"今天必须让孩子吸取教训，知道后果，避免他们下次闯出大祸来。"

"嗯，我同意，从这个角度讲，今天对这些孩子是件好事情，有机会认识到自己的错误，有机会改正错误。"安小树爸爸跟进的这几句话彻底卸下了王新宇爸爸心头的怒火，他闭上嘴不说话了。

王新宇妈妈开口了，她人长得很美。柔声细气的，话语像是江南水乡烟雨里飘着的一片树叶，又轻又软："我们这次其实最想解决的是王新宇总是挨欺负这件事情，为什么每次总是他呢？他回家跟我说：'妈妈，我课间连厕所都不敢去，就得守着我的座位。'"

她说这番话的时候语气没有什么起伏，磁性软糯的话语如一串水珠在荷叶上微微晃动，她美且白的脸部除了娴静没有多余的表情，但所有人的目光都被牢牢地吸引住了，不能移开。她让白如飞等人显得粗俗无比。

"为什么总是王新宇，为什么总是他？！"王新宇爸爸的火山忽然重新爆发。

大家从被王新宇妈妈安静的催眠状态震了出来，虽说吓了一跳，却又有了生机。白如飞心里暗暗窃喜，甚至庆幸。

这时孩子们下课了被带到了办公室，王新宇爸爸环视他们一圈儿，缓缓地但严厉地说："都说说吧，怎么回事儿？"

孩子们的声音像蚊子叫一样小，让人听不清，白如飞从来没见过尚晓荣这个样子，听孩子们挨个说完，王新宇爸爸大着嗓门说："我很不满意，你们都是男子汉吗？闹着玩儿？不小心？好汉做事好汉当！干的时候那么大胆子，承认的时候都找借口了？是男人吗？你们！我们王新宇总是挨欺负的事情必须从根本上解决一下了！我不能任由他这么被你们欺负着，课间连厕所都不敢去，看着自己的位子，生怕你们这些浑蛋小子谁又去藏他的书，撕他的书，毁坏他的文具。你们这些孩子就是嫉妒他学习好，就欺负他！还不承认呢！"

一片沉默，连孟老师都不说话。

"你们这些家长也都说说吧，都表个态！"

家长们挨个说完，王新宇爸爸继续说："我看今天来的多半是妈妈，这男孩儿就得爸爸管教才行，爸爸都去哪儿了？！你们的爸爸如果不能管教你们，下次再发生这样的事儿，就都送我们家去，我来替你们的爸爸管教管教你们！都听到了吗？！”

得到了肯定的回答后，他才放孩子们回家。

出了学校大门，安小树忽然说：“吓死我啦，要是被抓去王新宇家，咱们就要完蛋啦！”

“哎呀我的妈呀，那咱们可都要完蛋啦。”尚晓荣也附和着，他们笑了起来，刚才的垂头丧气随着笑消散了，几个男孩儿从惊魂未定中活了过来。

就是那次雪球事件之后，安小树爸爸提议班里组织个足球队，为三年级开始的年级比赛做准备。“童心杯”足球比赛是学校的传统项目，各班都开始筹备，有几个班有从幼儿园时代就开始踢球的孩子，实力强大，所以孟老师也希望家委会早点着手准备这事儿。

“男孩儿得有点儿这种大球运动，好把他们的精力都释放出来。省得他们惹事儿。我觉得学校这个传统挺好。”

几个男孩儿的家长都赞同安小树爸爸的话，并推举安小树爸爸当教练，带着孩子们练习踢足球。安小树爸爸豪爽地应允，并在几个周末的时间，带领孩子们大概掌握了一些基本要领。

第一次参加年级比赛，无知无畏的孩子们挥手入场时非常兴奋，缺乏正规训练的他们输掉了所有的比赛，眼见着开始时的兴奋喜悦之光黯淡下来。

虽说家长们都说就是运动运动，把多余的精力释放出去，可真输了比赛也都挺失落，于是安小树爸爸提议：

“不如咱们找个教练带着孩子好好练练。四班那几个孩子从幼儿园就开始踢球，有模有样的，多好。”

于是几个家长凑钱请了教练，孩子们开始每个周末练球。

坚持了一年的练习效果明显，安小树、尚晓荣几个孩子成了班里足球队的主力运动员。王新宇爸爸想让王新宇锻炼一下身体，也逼着他参加训练。他爸说了就算学不会踢球，在场上跑跑颠颠也行。王新宇热衷于给其他队员当啦啦队，也就坚持下来了。

小豆包们的生活逐渐步入正轨，白如飞很久没有这么放松过了，没有再被叫到学校过，没有别的家长告状。

当然生活中也有一些小小的失望，比如在学校的读书竞赛中，尚晓荣把听尚峥嵘读的《好兵帅克》六十万字都加上也没有进年级前十名，不过其他一切正常。从那之后他要求“进步”的心倒是安稳下来了，如白如飞劝他的那样，踏踏实实地在队伍的中游行进着，享受小豆包的美好生活。

经过一年的训练，孩子们的足球踢得真是相当不错了，孟老师看过他们的训练也是喜上眉梢。

第二个赛季，比赛分组名单出来，孟老师在班里说：“这次的分组对咱们班很有利，几乎没有强队，第一场对八班，他们最弱了，你们必须赢。”

安小树的爸爸试图缓解紧张气氛，告诉他们重在参与，放松踢球，不问输赢。但班主任老师的话还是起了绝对的作用，带着必须赢得比赛的命令，尚晓荣他们输掉了第一场似乎应该是最容易的一场比赛。

比赛前，家委会准备了啦啦队的装备，被孟老师拦下不让用，她只跟两三个关系很好的妈妈说了原因。年级组组长范老师看了他们班家委会准备的装备过于丰富，说你们班想干吗呀？出什么风头呀？所以孟老师认为还是低调些。只要能赢几场比赛，有没有这些形式的东西都行。

比赛在中午举行，两个参赛班来的家长不少，熙熙攘攘的操场上，白如飞看到人群中，王新宇忽然跪在发球圈外边，口中念念有词，最后双手合十，特别虔诚地拜了三拜，才站起身。白如飞问他这是干吗？王新宇说是学着奶奶拜佛给尚晓荣他们求佛保佑，白如飞看他认真的样子，觉得他奶奶一定是个真心向佛的人。

势在必得的对决，却事与愿违，尚晓荣他们输了，场上发挥失常，一个个身体僵直，完全没有平时练习的风采。比赛一结束，王新宇就跑去跟尚晓荣说：“真没用，你们居然输了，白帮你们磕头拜佛了！”

孟老师在班会上批评了所有参赛队员：“比赛的时候如果你们再像个木桩子似的戳在场上，明年我就让女生上。”

尚晓荣哭了，甚至连一向没心没肺的安小树都眼泪汪汪的。课间有女生直接对尚晓荣他们说：“真没用，下次我们上得了。”

参赛队员的父母都觉得重在参与，输赢倒在其次，输了，老师、同学都这么挤对参赛运动员不对。

王新宇爸爸不以为然：“我觉得孟老师是对的，比赛就要赢啊，不然干吗要比呢？”

“比赛总有输赢啊，输的队就不值得活了吗？”

“那倒不能这么说，但重要的是要有势在必赢的心态，重在参与是骗人的话。”

白如飞懒得跟这些家长讨论这些，她深切地感觉到儿子心理上承受的压力，她觉得有必要和他聊聊：

“输了球你一定很难过。”

“嗯，我们应该能赢的，太紧张了。”

“光想着孟老师说的必须得赢八班的话了？”

“嗯，都不会踢了。”

“输了球又挨说，更难过了。”

“还被女生羞辱，说什么下次替我们踢球。”

“她们希望你们赢。”

“那也不能靠骂我们赢啊，再骂我们下次真的不踢了，让她们上场，看她们怎么办。”

“没吃午饭参加比赛，输了还要挨骂，真够难过的，要我都得哭死了。”

“我哭了，连安小树都快哭了。”

“你现在好受点儿了吗？”

“好多了。”

“你们除了刚才说的紧张，还有哪里可以改进啊？”

“我们配合得不好，而且不了解对方。”

“看来你在总结经验教训了。你有什么办法吗？”

“我们要一起研究一下战术。”

“你们失败了，想办法总结改进，这就叫勇敢，不怕挫折。”

“嗯。我是队长，我必须勇敢。”

白如飞看到尚晓荣恢复了元气，心绪平静下来。

然而，再次比赛时，孟老师的告状重新打破了白如飞平复的心境。

孟老师撇着嘴告诉白如飞：“尚晓荣，净耍小聪明，那天中午人家二班训练，他居然拿着个小本，躺倒在人家球门后面侦查，被人家老师轰走了，碰一鼻子灰，惹得人家老师特别不高兴。”

“他是想知己知彼吧，他想改进咱们班的战术。他跟我聊过他的想法。他这个孩子遇事肯动脑子想办法，也许办法不合适，但没有恶意。”白如飞替儿子解释着。

“都是小聪明。”孟老师似乎拿定了主意，她认为她已经把尚晓荣看透了。

第二场比赛，安小树进了一个球，是尚晓荣一记长传恰到好处，安小树抓住机会，进了。他们踢平了那场比赛。

孟老师在班上大肆表扬了安小树，批评了其他没有进球的队员，尚晓荣觉得委屈，他回家跟白如飞哭了："要不是我传给他好球，安小树怎么能进呢？孟老师却批评我们。"

白如飞不知道怎么安慰尚晓荣是好，她忽然灵光一现，说：

"显然你们孟老师不懂足球啊，像妈妈也是根本不懂足球，只会为谁进了球喝彩，你这么一说我才意识到足球是一个集体运动，它的精髓在于配合。孟老师不知道她在说什么呢，你就原谅她吧，妈妈不知道的时候也糊涂呢。"

尚晓荣勉强被白如飞说服了，不再伤心。

晚上，尚峥嵘接到了铁依然妈妈打来的电话，她说："是科学课杨老师嘱咐铁依然一定要给尚晓荣家里打个电话，她不是班长嘛，让铁依然跟你们说吧。"

她把电话交给了女儿铁依然，铁依然说：

"杨老师让我告诉您，他要表扬尚晓荣，今天科学观察作业就尚晓荣完成得特别好，就他观察出来十个要点，其他同学也就看出一点到两点就不错了，杨老师让我一定打电话告诉尚晓荣家长这件事。还有他说中午看了我们踢球，他说尚晓荣的那个传球简直太棒了，跟世界杯里的传球水平差不多呢，还说要是他们八班有他这样的队员就好了。"

白如飞几乎是流着泪告诉尚晓荣这些话，她看到尚晓荣眼睛里也闪着泪花，但脸上亮起了光芒，那是她久违的光芒。

杨笔德老师的话虽然缓解了尚晓荣的低落情绪，但并没有改善尚晓荣他们几个失利球员在班里的处境。

孟老师大概以为自己的批评能够起到让孩子们奋发图强、后来居上的作用。足球赛季的班会主题基本上都是她在说足球赛的事情，什么事关班级荣誉、人家班赢了还训练加量，你们踢平了一场比赛不行，要赢一场才可以……

结果可想而知，尚晓荣他们又输了，孟老师冷着脸在班上说："你们也是创纪录了，咱们年级还没有哪个班从来没赢过一场呢，被剃秃了，你们也真够有本事的，我也真是服了你们了。明年看来还真得让女生上了。"

所有的小球员都被羞得抬不起头来，从那以后，班里男生和女生分裂成两大不同的阵营，"咱们班女生"似乎成了孟老师的口头禅，和她最后的荣耀，不争气的男生显然被她放弃了。

有人退出了足球队，尚晓荣作为队长去劝说，因为还有几场比赛，得到的回答是："别跟我提足球！你别再让我听到足球这两个字儿！"

尚晓荣跟白如飞说了这些事情。白如飞非常理解那些孩子的心情，也庆幸自己及时跟进帮助尚晓荣梳理了情绪，她没想到当初简单的想法把孩子推入了这样的境地，看到尚晓荣完全没有退却之意，还在尽心聚拢现有团队，她真是感慨孩子的善意和坚韧。

"遇到这么大的困难，你能咬牙坚持下来，妈妈为你自豪。这就叫顽强。"

"顽强？"

"打不死的小强。"看到尚晓荣笑了，白如飞心情好受些了，她继续说，"我们大人遇到这种情况都会想退缩，躲了，你们能迎难而上，虽败犹荣。你如果能过了这个坎儿，以后遇到困难你就不怕了。"

话虽这么说，白如飞知道尚晓荣真的是遇到他人生中的第一个坎儿了，而白如飞和尚峥嵘的离婚更是加剧了他的困难。白如飞提出跟尚峥嵘离婚的时候，尚晓荣正好在卧室门外，他第一时间知道了。事情迅速进入操作阶段，让尚晓荣的所有幻想破灭了，他只能顺从父母，他将跟白如飞过。

当然所有人都努力跟他说，不是因为他，只是他们不适合再在一起，他们不相爱了，但他们都爱他。

尚晓荣微笑，接受这个事实：他什么都没有失去，他有妈妈，有爸爸，爸爸妈妈都爱他，你看什么都没有改变。

是的，没有变，连他们总出差、总在忙这个事实也没有变。

第二个足球赛季快结束的时候，尚晓荣开始自己坐公共汽车上下学。

第一天尚晓荣很紧张，上了车他就站到了一位中年妇女的身边，假装是她的儿子，他以为这样坏人就不会知道他是独自上学的小豆包了。每到一站，他挤到车门口看看站牌，生怕坐过站。安全到达学校他紧张得出了一身汗，同时也特别开心，觉得自己很行。

下午放学，尚晓荣自己背着书包，颠颠地径直往公交车站走。白如飞接到了铁依然妈妈的电话：

“晓荣妈妈，你是不是跟晓荣走岔了，我远远看见他自己往车站走了，你赶快追吧。”

“谢谢您，他开始自己上下学了。”

“哎哟，你们可真心大，不过男孩子也真是要锻炼锻炼。”

“是呀，是呀，他早就想自己走了，我一直拦着。现在实在是没辙了，我太忙，下午也不能老是请假接孩子。”

“我看他挺高兴的，而且过那个小路口还停下来左右都看看。您放心吧。”

“真是谢谢您关心他。”

"铁依然跟他是好朋友，应该的。"

没两天，尚晓荣似乎就完全适应了，并开始有点儿享受自由的乐趣了。

他发现到学校的直达车比较挤，如果在第二站换另一路车人就少多了。那之后尚晓荣只要估算着时间合适，就会下车换车去学校，那样还能有座儿。后来，他还碰到了王新宇和他奶奶，一来二去两个小男孩熟悉起来。

尚晓荣逐渐接受了父母不在一起的事实，和王新宇碰巧一辆车的时候，听他念念有词的，尚晓荣觉得心情反而是放松的，不像以前那么烦他神神道道。

王新宇说他奶奶一心向佛，她吃素，又从来不浪费粮食，所以他们家老是吃剩饭，他爸爸有时候会火冒三丈地把剩饭倒掉，奶奶就会多在佛龛前跪上一些时间，保佑他们家香火旺盛。

再后来王新宇也开始自己上下学了，他告诉尚晓荣他爸爸得了肺癌。肺癌不疼，发现了几乎都是晚期，他妈妈和奶奶轮流在医院照顾他爸爸，所以他要自己照顾自己了。

尚晓荣告诉王新宇他爸妈离婚了，现在他跟妈妈住，他也要自己照顾自己。

尚晓荣说这话的时候，王新宇似乎不敢看他，他就说他爸爸躺在病床上脾气更加火爆，越来越多的事情不能按他的心愿呈现，即使他去医院也不能给爸爸带来快乐，让他爸爸满意了。

知道了彼此的秘密，尚晓荣和王新宇有了同病相怜之感，他们成了好朋友。

王新宇退出了足球队，他跟尚晓荣说："对不起你啊，我实在不能再待在足球队里了，我特别怕你们输，我看你们比赛比你们还紧张。"

尚晓荣说："我已经不在乎了，足球，输赢，还有好多其他的事情。"

尚晓荣和安小树几个心大的队员把赛季的剩余比赛勉强踢完，没有替补队员，他们每个人都要顶满全场。孟老师再也没有出现在赛场，女生们也没什么人看比赛了，队员们反倒是踢得轻松，最后居然踢平了小组实力最强的队，也算挽回了一点颜面。

比赛结束，铁依然跑过来跟尚晓荣说：“你踢得真好，真帅。”

铁依然的话是尚晓荣这阵子得到的最大的快乐，其他几个男孩儿也都挺高兴的。午休的时间还有一点点，他们几个人凑在教室后面聊天。尚晓荣双手撑在两边的桌面上，一边荡秋千一边和安小树说话，没有注意李凌云要过去。尚晓荣双腿悠到前面还没有收回，就感觉有人猛地推了他后背一把，他一下子躺倒在了地上，后脑着了地。

仰面朝天的尚晓荣看到李凌云抱着双肩，得意扬扬地讥笑着：“叫你不给我让道儿，一场球没赢还有脸乐呢！”

李凌云的表情一下子激怒了尚晓荣，他腾地跃身而起，挥着双拳左右开弓把李凌云从教室后面一路打到了讲台。用王新宇后来的话讲就是：一切在迅雷不及掩耳之间发生，他们都看见了孟老师惊恐的表情，她值午休班，迷迷瞪瞪地正准备离开教室，她吓坏了。

“人家一个女孩子，怎么能那么打人家呢！尚晓荣简直疯了。”孟老师后来跟白如飞说这话时，目光中的惊恐依稀可见。

她说：“你们家不是发生事情了吧？我从来没有见过尚晓荣这样。”

白如飞承认了和尚峥嵘离婚的事情，立刻得到了孟老师深切的同情：“您的脸都锈了似的，我就觉得有事儿。”

家庭的变故为尚晓荣赢得孟老师的同情，另外值得庆幸的是，下面要上的课是科学课，杨老师进教室也看到了这一幕，他跟孟老师说让他来处理这件冲突，孟老师乐得自己不负责。

杨老师请孟老师带李凌云去医务室检查并休息一下，然后拉过尚晓荣，轻声地问："告诉老师，李凌云做了什么让你那么生气？"

听了这话，尚晓荣紧绷着的神经立刻松弛下来，眼泪哗地流了下来。

杨老师安静地听完尚晓荣的话："嗯，你一定摔疼了，吓了一跳。"

"我不是因为疼才急的。我躺在地上，看着她那样表情的脸，在我上面扭着扭着，我心里有一团火腾地就点着了。"

"你气坏了。"

"我想到我们输球，她们羞辱我们时的嘴脸。"

"你太生气了。"

"我气疯了。"尚晓荣的心情此时平复下来，杨老师看在眼里。

"你生了很大很大的气，气得打了人，这样的结果是你想要的吗？"

尚晓荣默默地摇摇头。

"以后遇到这样生气的事情，你可以用手使劲顶在桌子边儿上，深呼吸，数十个数，还不行你可以大声说：我很生气，气死我了。"

"如果还不管用，或者她说：气死你气死你，怎么办呢？"

"你可以立刻离开现场，拿个纸写下你自己的感受，任何感受，比如我想把她打到黑板上。"

尚晓荣不好意思地笑了一下，低下头："我错了，杨老师，我不该打人。"

后来王新宇跟尚晓荣说："其实李凌云课间没事儿老是踢我，她带着一帮女生跟班儿耀武扬威，稍微让道儿慢了，她就踢我，特别讨厌！看着你把她一路打到黑板前面真是过瘾。"

李凌云的反应出乎白如飞的意料，李凌云央求孟老师不用跟她家长说，她说尚晓荣跟她道歉就行了。

谁也没有想到应激反应却出现在许韵菁身上，她因为目睹了李凌云和尚晓荣的冲突，拒绝上学了。她说走路的时候只要听到身后有人就害怕，怕是李凌云推她一把，摔着后脑勺。要是迎面看着尚晓荣也怕，怕他双拳把她打到讲台。

不得已，许韵菁妈妈只得带女儿去看心理医生。经过催眠，最后锁定不能上学的原因是因为尚晓荣。孟老师让尚晓荣帮助许韵菁学习，他们俩是班上开展“一帮一，一对红”活动的其中一对儿。许韵菁被催眠的时候，几乎每次都是被尚晓荣说的“你真笨”“你怎么这么笨”“你长没长脑子”这样的话吓醒，然后就是哭。

最后许韵菁妈妈说尚晓荣居然还骂过特别难听的国骂，就像是公共汽车司机遇到有人抢道，一边狂按喇叭，一边顺口骂出来的国骂一样。这些话从一个男孩儿嘴里骂出来，真是让人吃惊。

白如飞想尚晓荣一定是在公共汽车上学来的，他肯定不知道这些国骂的意思，他很可能只是学习了司机们表达愤怒的方式。

不管怎么样，白如飞百口难辩，而且羞愧难当，她把尚峥嵘也叫来，当面把尚晓荣臭骂一顿：

“你自己不喜欢被人骂这样的话，你怎么可以这么骂同学呢？己所不欲，勿施于人，你懂不懂？

“人家欺负你了，你那么伤心，现在你怎么能跟那些人一样欺负别人呢？现在人家就因为你都不敢来上学了！

“你怎么回事儿呀？你！你给我说说！”

看着尚晓荣知错的样子，白如飞骂不下去了。

“我觉得许韵菁的情况可能并不是那么简单。”半天没说话的尚峥嵘开口了，“记得你上次带她去照B超她不想上学的事儿吗？这次可能一样，也许儿子只是个诱因或者外因。”

尚晓荣在学校惹的祸事重新把尚峥嵘和白如飞拉到了一起，尚晓荣感觉到日子又回到从前，家里面有爸爸有妈妈。

“那也不行！尚晓荣必须反省，两个礼拜不能玩游戏！”白如飞气没有消。

“妈妈，三个礼拜不玩吧。”尚晓荣主动要求加罚。

“嗯，就三个礼拜，但有一个礼拜减刑，鉴于你认错态度较好。”白如飞说，“一定要为你的行为道歉，咱们得写一封道歉信给许韵菁。”

于是三人一起商量道歉信写法，并一起重温杨老师教给尚晓荣的缓解愤怒、克制愤怒的办法，他们一起练习了多次，并约定以后无论谁和尚晓荣过夜，都帮助他模拟练习一下。

许韵菁的心理治疗在继续，她如愿以偿地不用上学了，许韵菁的妈妈完全没有料到女儿在学校的遭遇是那么复杂，在心理咨询师的帮助下，许韵菁慢慢地让心里的委屈一点点流淌出来。

正如尚峥嵘猜测的那样，尚晓荣只是一个表面的、许韵菁最容易说出口的不愿上学的借口，不能融入女生圈子，才是让她痛苦的根源。

“我根本没有朋友，在学校！”许韵菁终于说出这句话。她以前也跟妈妈说过类似的话，但她妈妈的关注点全部在学习上。因为自己吃了没有好好学习的亏，虽然生意做得好，生活无忧，总希望女儿学习好，认为其他的都不重要。“学习好了自然有人跟你好了。”这是她甩给女儿的话。

但许韵菁觉得她就是得了一百分也不管用，女孩子们都听李凌云的，她如果不让大家理谁，大家就不敢理谁，不服从的人就会成为下一个被孤立的对象。全班女生大概只有铁依然不吃李凌云那一套，可铁依然是班长，学习又好，当然可以不怕李凌云。

在心理治疗室，许韵菁终于倒出满肚子的苦水，这里没有人打断她，教训她，她一路说下去，有人在听，有人能够接住她："我在学校，从一年级开始，就没有快乐过，被欺负，又高又胖，体育不好，学习不好，眼睛弱视，看不清黑板，矫正治疗被起了外号：独眼龙。

"'嘿，快来看，独眼龙。'

"发音不清，小舌手术前，被孟老师当众羞辱：你这是什么发音啊？她学我学得很像，班上所有的人都大笑。那以后我一当众说话就有点结巴，我的结巴就是那次落下的病根，根本不是跟隔壁哑巴学着玩儿，我妈打我能有什么用？我一年级时候多能说，我姥姥老说我小嘴巴巴的，我妈根本就不知道我怎么了，就知道跟我要一百分。

"还老是问给我买的那些好看的文具哪儿去了？都被李凌云她们抢走了！我说丢了，她就又给我买新的，反正她有的是钱。买了也是给李凌云她们买的。她不光跟我要那些漂亮的文具，班上有谁拿了稀奇一点的文具，她都会偷偷拿走，我们都知道是她拿的，可谁都不会告诉孟老师。对我这样的人，她会直接开口要！厉害的人她就偷偷拿。

"'嘿，许韵菁，明天给我们五个一人带一支这样的笔来。'

"'我不，我凭什么给你们。'

"'你不？信不信我让所有的女生都不理你。'

"我记得李凌云给我的那个轻蔑的白眼，她一个个点过身边的女生说，记住了，一、二、三、四、五，我们五个人，一个都不能少，明天拿来给我们。

"在学校礼堂看节目，我刚坐在老师安排好的位置上，肩膀就被人一拍，是李凌云的跟班儿：嘿，许韵菁，坐一边去，我喜欢这个位置。我不敢跟她争，从中间的位置移开，坐到角落里去。

“我从来不会拒绝，怕她们生气，孟老师老说都从自己身上找原因，别老告状！我就是这么做的，她们都知道，李凌云说：‘许韵菁怕我们，只要咱们联合起来不理她，她就得给我们她那些好看的文具。’我不止一次听李凌云这么说。

“在她们眼里，我就是好欺负，因为我妈我爸教我的善良，在她们眼里就是傻子，是傻子！

“我脑门上写着两个字：傻子！”

许韵菁妈妈在接到白如飞全家的道歉信后，跟白如飞道出了这些实情，她们两个都为孩子的经历震惊着。这孩子的世界也是一个小社会呢，谁想得到，小豆包们的江湖也是如此惊心动魄。

许韵菁妈妈扬言要找李凌云家长算账：“害得我闺女不愿上学，一提学校就怕，什么家庭能教育出来这样的小魔女呀？孟老师就是偏心学习好的孩子！”

白如飞凭直觉想到，李凌云的世界可能也不简单呢，果真在铁依然妈妈那里得到了证实。铁依然曾经被李凌云叫到家里玩儿。铁依然回家无心说出的一句话引起了她妈妈的注意。铁依然说：“李凌云家根本就没有她爸爸的气息。”

李凌云似乎在用学习好和性格强势掩盖她内心的零落，父亲在她的生活中永远是缺席的角色。

李凌云生活中最近一次出现父亲的概念竟是以电视台文艺晚会的形式。

那是李凌云八岁生日，家人为她举办了盛大的晚会，她邀请了班上几乎所有的小朋友，主持晚会的是电视台的太阳哥哥。在巨型蛋糕出场时，太阳哥哥读了她父亲写的一封感人至深的天外来信：“我亲爱的女儿，在你八岁生日之际，爸爸正在为祖国的航天事业工作走不开，爸爸请你喜欢的太阳哥哥读这封信，祝福我的宝贝女儿生日快乐。你要努力学习，团结同学，做优秀的班干部，将来成为祖国的栋梁之材。”

参加晚会的小朋友每个人得到了一个航天飞机的模型，大家都欢天喜地的，李凌云更是像一个公主，众星捧月。常年见不到父亲的冷落似乎也被这巨大的荣耀融化了，那一刻她似乎是幸福的。

白如飞参加了这个晚会，听了李凌云父亲那封可以到中央电视台春节晚会上宣读的信，忽然理解这个小姑娘了。

许韵菁妈妈却被这样气派的生日会镇住了，打消了找李凌云家长说理的冲动，她跟白如飞说：“怪不得李凌云学习那么好，瞧人家的家长，智商高啊，一定是遗传。”

白如飞无言以对，心里百感交集，她忽然非常感激尚峥嵘，虽然他们离婚了，还是她提出来的，尚峥嵘并没有像他威胁的那样“再也不见儿子，不见你们”。尚晓荣在学校遇到麻烦，他第一时间出现，继续充当一位冷静可靠的父亲，帮助尚晓荣面对人生的困难和坎坷。

几周之后，有一次尚晓荣在厨房帮白如飞擦碗，他忽然说：“妈妈，谢谢你把我从这些事儿里面捞出来，不然我就变成恶霸了。”

白如飞放下手里的碗，过去紧紧拥抱了儿子：“也应该感谢爸爸。”

进入四年级之后，班级活动彻底分成男生和女生两个阵营。有一次他们几个男生去朝阳公园玩真人枪战游戏，妈妈们刚想坐在一边的石凳上观战，被王新宇的妈妈轻声细语地拦住。她从书包里拿出一些医用垫子，铺在石凳上：“铺着点儿，省得凉着。这还是王新宇爸爸临终前我在医院买的，都没用完，他就走了。”

她说这番话的时候，语气中完全没有起伏，白如飞想起王新宇被雪球划伤脸的情景，那次她就是这般说话的模样，如同安静的旋涡，有一种把人吸入深渊的力量。

白如飞觉得非常恐怖。

白如飞已经从尚晓荣那儿知道了王新宇爸爸去世的事情。

王新宇爸爸生病的一年多时间里，尚晓荣多次跟白如飞谈到死亡的话题。

白如飞记得，早已经不需要人陪伴入睡的尚晓荣，有一天晚上临睡前叫白如飞陪他一会儿，白如飞和儿子并排躺在黑暗中，尚晓荣忽然说：

“我真的怕死啊。”说着有些哭腔了，“你说人死了什么样啊？”

白如飞一时语塞：“你怎么想起这个问题呢？”

“王新宇说他爸可能快要死了。”

白如飞抱着儿子，抚摸他的后背：“他一定特别难过。”

“嗯，他特别难过，我也替他难过。妈妈，人死了到底什么样啊？”

白如飞想起他们一起看过的电视剧《成长的烦恼》，里面的心理医生父亲面对大儿子迈克同样问题的回答：这是人类世代思考的一个问题，有些宗教比如基督教等认为人死后可以上天堂，有些人信奉佛教认为人死后会轮回，有些人认为存在永恒不变的灵魂，有的唯物主义者认为人死了就什么都不存在了。

白如飞学着这样的话说给尚晓荣听。

尚晓荣听了马上追问：“妈，那你相信哪种说法？”

白如飞迟疑了一下说，她还在思考。

尚晓荣倒也不计较，思绪被吸引到了《成长的烦恼》整体的轻松愉快气氛中，记起电视剧里迈克看到死去的叔叔跑步并和他打招呼，吓得他牛奶洒在地上的情节。尚晓荣微微笑了，他渐渐平静下来，在白如飞的怀抱里睡去。

白如飞跟尚峥嵘沟通了这个话题，提醒他注意适当的时候给儿子一些来自男人的引导。尚峥嵘说尚晓荣从来没有跟他流露过这方面的一丁点信息，真是奇怪。他们商量既然这样就任其自然，不主动提起。

尚晓荣再一次回到死亡的主题，已经是几个月后了。尚晓荣在黑暗里哭得很厉害，他哭着对白如飞说："我真怕你死了。不知道为什么我跟王新宇说的时候，我们俩都非常冷静，一跟你说就特别想哭。怎么就这么伤心啊？"

"我是妈妈啊，小孩子在妈妈面前都是放松的，有点脆弱的。"

尚晓荣在白如飞怀里安静地哭了半天，忽然他叹气道："我要是死了可怎么办呢？"

白如飞开玩笑说："你要是不死可怎么办呢？你还是想想该怎么活着吧。"

尚晓荣扑哧一声笑了，他有些疲惫地说："我想睡了，累了。"

"睡吧，妈妈陪着你。"

几个星期之后，尚晓荣告诉了白如飞，医院发了王新宇爸爸的病危通知。那天睡前他又让白如飞陪他，黑色的安静中，尚晓荣非常平静严肃地说："妈妈，我想好了，你要是死了，我不会特别伤心也不哭，你别介意哈。我想清楚了，我觉得我改变不了什么，哭和伤心也没有用。"白如飞轻轻地笑了，心想："我死了还知道吗？"

她说："我不介意，你不哭也没什么，你知道庄子吗？中国古代的哲学家，他妻子死后他不但没有哭还鼓盆唱歌呢。"

"真的？为什么呀？"

"据我理解，他的哲学思想让他觉得生死没有什么不同。"

“你是说人类从古代就一直考虑这个问题，有答案了吗？”

“没有统一的答案，所以人们一直在研究哲学问题。”

“这属于哲学问题？”

“对。”

“我什么时候可以学哲学？”

“一般到高中阶段。”

“不能早点儿？”

“也可以吧，但可能到那个年龄许多问题才好理解。”

“《成长的烦恼》里面迈克问他爸爸这些问题时几岁？”

“快十五岁吧。”

“嗯，那我再等等，我睡了。陪会儿我吧。”

“好。”白如飞陪着尚晓荣，看他入睡。

王新宇还没有到十五岁就失去了父亲，而他妈妈竟然那么坚强淡定，拿那些王新宇父亲没有用完的医用垫子，就像拿着家常的椅垫一样。

见她那样，所有第一次知道和以前就听说王新宇爸爸去世消息的妈妈们都说不出话来，大家都不敢看王新宇妈妈那张平静如水的脸。看着她纤细的手指抚平了垫子，没有人敢坐在上面，大家推说着平时上班老是坐着，好不容易有机会多站会儿。

王新宇妈妈一个人端坐在石凳上，一如既往地端庄优美，周围一切与她相比都显得俗气不堪。

那天晚上他们一起去餐厅吃饭，王新宇突然哭了，因为他刚刚知道他本来想设计的那个答题 PK 游戏已经有了，叫“头脑王者”。邻座的一群小青年正在玩这款游戏，王新宇哭着说：“连名字都跟我想的一样。头脑对决知乎赛季排位赛在进行：万卷宗师，智者大师。”

他号啕大哭着，没有人能够劝解。

尚晓荣跟男孩子们说："让他哭，让他哭吧。"

安小树的爸爸走过去，把王新宇紧紧抱在怀里，任他的鼻涕眼泪蹭了自己一身。

尚晓荣把手伸到尚峥嵘的大手里，强忍着眼睛里的泪水。

白如飞看着王新宇的妈妈说："您别憋着，哭出来吧。"

王新宇的妈妈淡淡地笑着："这孩子，跟他父亲一样急脾气。"

小学毕业的时候，尚晓荣告诉白如飞，王新宇的妈妈建议：毕业照到时拍两张，一张是孩子们，一张是孩子们和家长们，拍一张别具一格的合影。

·作者简介·

古宇，女，本名郭宇红，1969年生。中国作家协会会员，北京作协会员。毕业于北京大学。先后在大学图书馆和企业工作，业余时间从事文学创作。作品发表于《十月》《北京文学》《山花》《中国作家》《青春》等刊物，出版小说集《流年》。

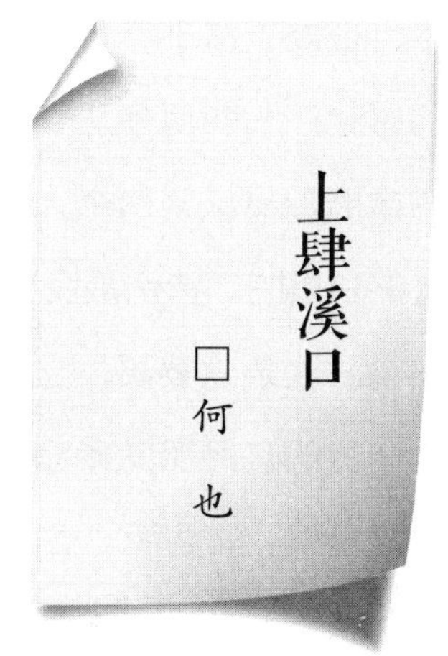

1

为了溪湾沙坝上的这一幅画，萧原已经前往写生十多次。时间、光线、视觉、意会，每一次都不相同，让人纳闷儿的是落在纸上的画面却差不多。对一个已经成熟的画家而言，那是感应力、创造力的缺损，等于在不断地重复自己，这样的状况显然是要人命的。

几次萧原都败兴而归，过几天又心有不甘，每次都驱车百八十公里从香城到丰浦的乡下，上肆溪口小街对面的溪湾沙坝，反反复复地折腾，也不知为的是哪一般。难不成这道溪弯的沙坝就是他的一道坎，不迈过去，他的创作状态就会戛然而止？

一个地方构成艺术家笔下的画作，看得到的着眼点固然重要，隐藏在背后的支撑更是不可或缺。上肆溪口这个依山傍水的小小圩市，人口流失殆尽，正处于似乎不可逆转的快速荒废之中，一直让萧原的神经末梢有发麻的感觉。一条百来丈长的小街，之所以凑得起圩市，靠的是身后嘎山脚下的畲厝和奚家寨两个大村，以及响廓山、大莽山上零散的村寨和对面几里外的三旗门。特别是发源于小圩市左前方——响廓山脚下砀窟潭的楸（yìn）婆溪。这条楸婆溪，它的源头砀窟潭，曾经是纵深山地里水运的起点，满载山货的乌篷船从砀窟潭边的小埠头出发，沿途可抵达襄摇、兜螺乡镇、丰浦县城、浦头溪、香城，甚至直到出海口。

眼下却行不得船了。启程于砀窟潭的水已减量过半，加上硬化公路的畅达，萎缩的水道多被交织的藤蔓、灌木丛，被堆叠的乱石所挤占。圩市也凑不成了。邻近的青壮人口基本都到城里创业或打工去了，留下老弱守候一天比一天破旧、一天比一天没有生气的村落。即便如此，上肆溪口仅剩几个常住人口的街面上仍然残留一家饮食店、一家杂货小店。可能是时代留给店家的无奈吧，受年龄、体力的限制，他们不知道还能干点别的什么，已经无处可去了。又或者，店头家是担心从周遭山山岭岭赴圩来的老相识失望而归？店头家知道的，不少老山民到上肆溪口赴圩，就是为了出一趟山（尽管上肆溪口也一样是山深水冷的偏远之地）。到了圩上细细看一遍市面，吃一碗点心，买一包盐或针头线脑扎在裤腰上，叹息着回他几十年都没有变过的老房子，再心念着下一个圩日的到来。

来过几次上肆溪口，收入萧原眼帘的就是这些。所以他到小吃店吃喝，总是准备胡乱给钱的，比如要求现宰一只鸡或现煮几条溪鱼。这样的消费属于大主顾，店头家叫翠莲婆子，她无论如何要给他大幅优惠，每每把他搞得就像个上门要钱的债主。萧原走进那家杂货小店，店头家是一个五十至六十岁之间的老头，名叫邬罔，他做生意基本上就是干坐着纳凉的姿态。萧原随意拿起伸手可及的一包香烟嗅嗅，不管优劣，只要不发霉，他买了就拆包，撒一支给店头家邬罔，自己取一支点火抽起来。稀奇的是，如果在城里吸这种劣质烟支，他立即就会惹毛喉咙憋不住咳嗽，在上肆溪口倒好，只觉得滋味有点冲，反而更提神些。抽了萧原的香烟，店头家邬罔请他喝茶，萧原正好想和他聊上一句两句，否则这地方也太过枯寂了。

萧原读过一部以三山地区为背景的长篇小说。作者借小说中人物的视角，是这样描写上肆溪口景致的：

天边露了醭白，凌晨清越的鸟叫虫鸣，声声在耳中回荡。吊脚楼下的秋婆溪哗哗畅流，对面溪湾沙坝上萦绕雾气的桃林正在缓缓开豁。溪流发源的响廓山，其浑噩也正在一丝一缕地消弭于无形，孤绝危崖直插底下的澄碧深潭。是时溪山蒙蒙，放眼四野一尽承载于苍茫之中。上肆溪口一条街，就这道窗好，最能领略山地动人心魄之处。暗暝天地幽杳，山影森森；醒早倚窗守望，雾露浸淫青山，绿水凄迷不逮，意会勾连自不待言。

萧原明白作者是站在哪个位置来观照上肆溪口景致的，他写生的溪湾沙坝恰好与之呼应相对。萧原知道自己有点另类。现如今的水墨画家，到野外写生，契阔山水，苦苦寻求突围的已屈指可数。这样的状态，萧原是做过反省的。对于这种挣扎，他甚至感到自己有点悲壮，却是无须对谁表白的。

2

萧原读了小说的那个片段，意象中的水墨意味时不时地就撩拨一下他，便从香城出发往山地赶来。只是车开到兜螺圩时，他又觉得自己首先可以在这里作一幅或几幅画。当他从越野车的后备厢取出画板，装上架子开始作画时，一个路过的女子在他身后驻足观看。女子的年龄已不小，看不出是大姑娘还是少妇。她的牛仔裤和黄色T恤显然并不搭配，同时还因为她趋于壮硕的身材和黝黑肤色的缘故，让萧原感到更多的是来自她身体的分量在起破坏作用。萧原不怎么往心里去，但他多少能意识到这些。等萧原落在纸上的水墨出现基本轮廓时，观看的女子开口说："糟蹋感觉了，干吗不到上肆溪口？站在我家窗口画画，我敢保证您能画出个子丑寅卯来！"萧原的确没有捕捉到被触动时自己想要的东西，经身后女子的这一吆喝，他写生的兴头便瞬间化为乌有。

等萧原回过神来，那女子已经在几十步外，眼帘里只有那道有着足够分量的背影。此刻的萧原，感到更多的是一个索然无味的自己，他往后备厢收拾了工具，上肆溪口也不想去了，还不如返回香城给紫鸢一个说法重要。

萧原已年过半百，年纪小他差不多两轮的紫鸢任职老婆的同时身兼经纪人，看管萧原的工作室和钱袋子。紫鸢恰好和萧原在兜螺圩见到的那个女子是相反情形。白净的紫鸢单薄轻巧，看上去挺文弱的，占起理来却谁都不饶，是个泼辣蛮缠的主儿。萧原要么写生要么创作，要么去找诸如喝酒品茶之类的乐子，尽量避开与钱相关的交易。还好有个紫鸢为他挡着种种的庸常与当下的纷扰。但是这一次不同，萧原创作一幅准备参加国展的画作，被一个叫潘存城的老板看中了想高价买走。萧原坚决反对，奈何身兼几种角色的紫鸢偏就认了死理。当老婆的紫鸢说，就算她还年轻，也是要有名头的脂粉、穿戴来撑场的；当经纪人的老婆说，眼下艺术品市场疲软得不行，难得撞上一个冤大头，哪能轻易就拒之门外？紧盯工作室和捂着钱袋子的老婆说，你我日夜操劳所为何来，为名难道不就是为了利吗？你端一下得了，太过可就不厚道了！不就一幅画嘛，复制个一模一样的，或者画一幅更好的，岂不两全其美！萧原一听，憋屈到泪水直冒，当时就想揍紫鸢一顿，只是现实确乎如此，紫鸢的说辞颠来倒去似乎都占理。

想当初，一名诗友见了萧原这幅《小姐楼》的写生稿时，便触动情怀了，当即赋诗一首：

田田绿荷露结清华
蓓蕾还在夜的沉睡中
呼吸朝气的
正是叶脉中的那一颗晶莹

池塘里的涟漪一圈圈舒放
夏五月的身影
流云过往在处子的心头
暖暖柔肠付与碧空青冥

眷念倏忽的一瞬
牵连山水之外
片刻间
楼上人泪眼涟涟

岁月辗转

小姐楼记住了寂寞的回响

思念还没有远去

但愿情留人间

就像这首诗一样，萧原落笔创作时，画面的意蕴既被诗情画意所引发，又有旷古幽情悠悠的延伸，可说是一幅得到神助之作。

3

在挂画的墙面上，《小姐楼》不见了。紫鸢坐地起价，多卖了三千。萧原说："要卖也不至于卖到三万三，人要有自知之明，我的画还没到那个价。更何况这幅画是我老早就声明不卖的，是不该卖的。"

"感觉我们的大画家是不是脑子进水了，多卖钱反倒惹你不爽了？"紫鸢喜欢哪壶不开提哪壶，"那个做企业的潘存城有的是钱，他买画是有用途的。不管是收藏，还是送给官家或哪一个金主，哪一种情况你不是名利双收？"萧原知道紫鸢并非故意，她说话和做事时的逻辑，总是处于偷换概念的错位状态。不自知便罢，还要他人跟着她的既定走。

萧原一时间无言以对。显然紫鸢还在哄抬价位的喜悦中，接着说："萧原你年富力强，加上我全力以赴充任丫头伺候着你，计划外多倒腾它一幅两幅画不成问题吧？"萧原说："就算是农民下地，也要看晴天雨天吧？"紫鸢说："以后还是你给画定价，如何卖看我的能耐，多卖的那部分就算是我的工资好了。"紫鸢又来了，习惯性地把话头随时滑向她内心想要表达的。萧原说："你提钱去把那一幅给我要回来。"紫鸢说："萧原你有没有搞错？现在是二十一世纪，我敢保证没有谁敢像你这样藐视市场的！”

刚认识时是萧叔叔，熟悉了就变成萧大哥，婚后萧原把紫鸢宠成女儿，她就习惯把他放在嘴皮子上耍弄了。萧原从外围搞到那个老板潘存城的电话打过去，对方知道他是画的作者、是经纪人的丈夫时说：“是大名鼎鼎的萧先生哪，先生的这幅《小姐楼》我是看到了就想占有的那种喜欢。你那位经纪人夫人很漂亮很温婉，很会做生意，在我眼里也是不得了的。哈哈。”

萧原原想开车去潘存城老板那儿把画要回，不知不觉地却又离开香城，甚至开到上肆溪口他也还没有醒过神来。

4

几次以后的这一天，萧原经过襄摇圩时，他赶超到一道熟悉的身影前停下车来。那女子一样穿着并不搭配的牛仔裤和黄色 T 恤。萧原摇下车窗说：“晃悠着哪。”那女子说：“没事不晃悠，能活呀？”萧原说：“上车吧。几次到上肆溪口都见不到你，我就是很想知道到底哪道窗口是你家的。”女子上车后，萧原伸手和她握一下说：“萧原，香城人，职业画家。”女子说：“邬芒，上肆溪口人，无业。高中毕业后很想外出打工，无奈不放心家里那个犟老头，只好在邻近几个圩市晃悠着打发日子。”

从襄摇到上肆溪口，开车也就十分钟路程。车到上肆溪口时，萧原说：“如果你家老头就是杂货店那个邬罔的话，在你家那道窗口是画不出子丑寅卯来的。当然，在你家窗口发发呆是没有问题的。”女子说：“那您几次赶来，还的是什么愿？”车在上肆溪口这条小街与溪湾沙坝的对称点处停下，下车后萧原指着曾经是吊脚楼客店，如今已夷为平地的地方说：“邬芒你能不能帮我请个能包工包料的木匠、泥水匠，在这里建一间四十平方米左右的平房，平房前建一个骑水亭子，在对面溪湾沙坝上也依样画葫芦建一个亭子，好让我每次到上肆溪口有个落脚居住、有个支架子画画的地方？”

邬芒说：“哪能说建就建？先前的吊脚楼倒塌了，可所有权还在宅基地主人的手里。”萧原说：“正因为如此才需要你帮忙啊。由你找原房主订个合约，建造所产生的费用由我全包，建成后房屋、亭子的所有权归原房主，我只需适当年限的使用权。”邬芒说：“是不是意味着，您不来上肆溪口时，我也有使用权？”

“房子能不放空本是最好的。到时候我多添置一套被盖用品，我不在上肆溪口，房子就由你看护居住。”萧原说，“等哪天上肆溪口的圩市恢复了，就选个街长让你当当也不是不可能啊。”

这话无疑把邬芒听高兴了，加了萧原的微信后，她当下与原房主通了电话。时近傍晚，便有两个五十开外的老头从大莽山赶到上肆溪口，当着俩老头的面，萧原指定了建造一屋二亭的地点和大概构想。俩老头听了，便默契地比画着拉卷尺测量起来，未几就有了相应的估价和建造期限。估价之低和建造时间之短，大大出乎萧原的意料。同样的一房二亭，若放在香城，其造价非多出十几倍不止。萧原对邬芒说：“等你与原房主签了合约，我就将预付款发到你的手机上。”俩老头听了表示要回家静候消息，掉头就爬大莽山去了。

做客上肆溪口，在翠花婆子的小吃店晚餐是唯一之选。一钵头米饭，一两样时蔬，最高规格是就着当地米酒，外炖一只现宰的小母鸡和酱油姜丝煎溪鱼。因为邬芒在场，萧原也邀邬罔和翠花婆子一起用餐。两个店头家在饭桌上都不怎么说话，翠花婆子还要随时起身伺候各位所需。

等吃饱喝足了，邬芒带萧原到自家窗前泡茶。邬芒说：“萧老师您为了画一幅画，驾车百八十公里跑了多趟上肆溪口，现在又要投资建平房和亭子，这样下来您以后一幅画要卖多少钱才划算呀？”萧原说：“我跑上肆溪口，费心费力建屋子、亭子，在外人看来近乎瞎折腾，于己却是非如此不可的。特别是画画是要有相应氛围的，感觉一来，就不再是一幅两幅画的事，而是为了能打开一个新境界。”邬芒说：“听起来这学问蛮高深的。”萧原说：“还不好说，到时候也有可能白忙活，颗粒无收。”邬芒感叹说：“这山里山外的差异也太大了。”萧原说：“刚才我和两个师傅说的，邬芒你能想象出建了那平房和两个亭子，特别是给两个亭子各挂一只红灯笼的时候，上肆溪口的面貌会不会有所变化？”邬芒闭上眼睛想了想说：“感觉一天比一天没有生气的上肆溪口又要活过来了。”

邬芒哪曾料得到自己居然能有这样的临时性表达。萧原说：“这就是邬芒你必须帮我的原因。上肆溪口因为这样一个点缀，相信多少能改变一点世人的目光。”萧原从提包里取便笺拟了一式两份的合约，请邬芒为中人，接着说：“原房主若同意，在合约上签个名摁个指模，这事就算定下来。”说罢，通过微信，当下就往邬芒的账号转了三分之一造价的款项。

被萧原的举动吓了一跳的邬芒说：“八字还没一撇，萧老师您就如此坚信这事能办得成？”萧原说：“选择相信或怀疑一个人是不用解释的。我对邬芒你会认真促成这件事抱有信心。”

5

夜里邬芒想去挤翠花婆子的床，把闺房让给萧原住。萧原不同意，坚持要在越野车里过夜。受空间局限，在车里过夜并不舒坦，萧原也不太放心车内空气的置换功能，给左右车窗分别留了道对流的缝隙。这样一来，楸婆溪哗哗响着的流水声和头顶响廓山上的风声便不绝于耳。时近四更邬芒敲车窗给萧原递进来一杯现泡咖啡，没容他开口说话她又转身回闺房睡觉去了。喝了咖啡，受刺激的神经活跃得就像个顽皮的孩子，更是让人难以入眠。萧原于是带上毯子，借助手机的照明，跑到要建造骑水亭子的岩石上，伶仃坐下守起夜来。

上肆溪口昼夜温差大，尽管裹着毯子，坐在溪风中的岩石上，其刺骨的沁凉竟近乎冬天。

上肆溪口黑黝黝的夜晚，唯有零星几扇窗口透出暗弱的灯光，一过二更就熄灭了。楸婆溪的流水声变得清亮而欢快，令人发毛的风狼嚎般从上空掠过响廓山。在城里感受不到的，因其雾气，这一天笼罩上肆溪口的并非星空，而是视野里的一片昏晦，与白天不同，此刻响廓山呈现的是其逼迫人的巨量山体。萧原在想，若是夜间的上肆溪口，灯笼高悬，街面、窗口处处亮堂，锣鼓丝竹萦回，砀窟潭雾息蒸腾，水影里飘荡着过往林涛的幻影，又会是怎样的一种情形？

或许吧，裹着毯子坐在岩石上遐想的萧原，背后似乎盯着一双放心不下他的眼睛。凄迷暗夜里的这种牵挂，让他隐约感到置身纵深山地的丝丝回响。

6

回到香城的第二天下午，萧原便收到邬芒通过微信发来的图片和视频。图片是原房主签字摁了指模的合约，从视频看到的是用于建造的砖块、瓦片、木料和水泥已经运到现场，三个木匠、泥水匠正在那儿忙活。

萧原在感激邬芒的执行力之余，油然间有了一个疑问：“搞不明白几个师傅是如何在岩石上搭建骑水亭子的？”邬芒很快回复道：“问过师傅了，他们会在岩石上打出至少深三十厘米的方形榫眼、牵引所需要的斜跨榫眼做着力支撑点，再搭建形成稳固的框架。”

难怪多出一个师傅。多出的师傅应该就是那个石匠了。萧原服气之余接着问：“遇上雨天或山洪，榫眼积水怎么办？”邬芒又很快回复道：“他们会在榫眼底部凿一道泄水的小孔。师傅还说，做支柱的木料挑选耐腐坏的。”

过了几天的下午，萧原又跑了一趟上肆溪口，正好撞见三个上了年纪的师傅将两根原木架在岩石和溪石上，其余横放的木料便从原木上滑过去，连续拼接几次，便轻松地将木料搬到对面溪湾的沙坝上。

就地取材的石砌地基，青砖砌起的墙顶已架设了檩条和椽子，只差铺盖瓦片了。这间长方形的平房，前有门窗，紧闭门窗后可用左右对流的气窗。平房的右前方，类似蹲着一只巨型狼狗，建造了木制云梯式的骑水亭子，不少构件还需填充，但基本架构已经完成了。

邬芒说：“这几个是这片山地最好的师傅了，他们只要应允了您的要求，干起活来就是九头牛拉不动的固执脾气了。”没想到师傅们是依着自己的山地脾气来领会萧原意图的。平房和亭子，外形粗糙但细节密致所呈现出来的那种稳固的观感，出乎意料对上了萧原的胃口。若非亲眼所见，外表苍老接近于老人的三个师傅，竟举重若轻地建造了在萧原眼里几乎完成不了的重活。三个师傅一定是经过长期紧密合作的小团体，干起活来才会有如此默契的配合。这样的观感，竟让萧原久违地感动、震撼了一次。

再拼上一道篱墙，栽上葡萄、瓠柰几样瓜果，就达成自己心目中的模样了。平时萧原画画，都落“青舍主人”的款，这去处就叫“青舍画庄”吧。一时间连名号也有了。邬芒听了也觉得好，对萧原，在内心更是满满的刮目相看。

萧原再次在手机上操作，把后续款项转给邬芒，说：“所有的付费都由你定夺，只要合情合理，别苛求他们。”邬芒笑道：“您也不怕我卷款到哪个地方去潇洒快活几天？”萧原说：“可我相信一个热闹的富有活力的上肆溪口更能吸引你。”邬芒说：“我终于明白了，我此前之所以成天在兜螺、襄摇、三旗门几个圩市游荡，原来在我心里等的就是您这一句话。”萧原说：“你也可以到外面更大的世界去游荡啊。”邬芒说：“到外面更大的世界去游荡，要有姿色和能耐，我这一无是处的，能干什么？”

这一天萧原从香城带来了一箱啤酒和炸鸡、卤鸭、红烧蹄膀子几样，和师傅们一道，在建造骑水亭子的岩石上聚了一次餐。其中一个师傅不喝啤酒，邬芒又到自家小百货拿来米酒，结结实实地吃了一顿。萧原酒喝多了，被搀到邬芒的闺房过夜。去挤翠花婆子床的邬芒也喝多了，却没事人一般，次日凌晨搭手翠花婆子做了早餐，萧原吃了，去工地一看，仨师傅早就忙开了。

7

一个多月的时间，萧原隔三岔五就往上肆溪口跑，吃惊地看到自己如此耗时费力，竟也情愿。

这一天萧原带上老婆紫鸢，去找老板潘存城。紫鸢以为萧原还对那幅《小姐楼》不甘心，便打预防针说：“不怕我撞头呀，还想着你那幅画？”萧原说：“你又没有拿回扣，撞什么头？”紫鸢说：“我就算有一天拿了回扣，还不一样都是你的钱袋子？”萧原说：“那可大不一样，等于路走到头了。”

这样的对话，差不多又是一番纠缠。奇怪的是，萧原并没有像以往一样为此窝火。

老板潘存城见两口子登门，便迎他俩到会客室泡茶，笑道："我必须有言在先，想赎回《小姐楼》，那可是要双倍价钱的！"萧原说："嫁出去的女儿泼出去的水，更何况卖的是超预期的价钱。"潘存城说："难不成我大把钱花了，你俩还要找个碴儿兴师问罪？""潘总误会了，我哪有开罪衣食父母的道理？"萧原说，"我今日登门，是因为我在丰浦县襄摇乡发现了一个叫上肆溪口的小圩市，因人口外流荒废了。但它那依山傍水的诗情画意，却深深地震撼了我，我花了不到卖你那幅画的钱，就在那儿做了一个精致的小型画庄，过几天开业剪彩也想邀你出席。一是壮我的行色，二是到实地看看，说不定也能撞击出你的一个商机来。"正在琢磨萧原说话动机的潘存城，话头被紫鸢抢了先："好你个萧原，每次你心烦，总是频繁外出写生，为的是能创作出一幅新作来。这次竟敢在我的眼皮底下，瞒天过海搞什么画庄，是不是在你那个叫上肆溪口的地方，有个漂亮妹妹勾着你？"潘存城笑道："萧夫人少安毋躁，过几天我陪你去做个实地考察，不就一目了然了？"

萧原避开紫鸢的话题，接着把他与上肆溪口结缘和举措的由来做了如实的描述。潘存城听了，除了偶尔微笑着点头，实则不置可否。回家的路上，紫鸢不干了，不停的话题，一直纠缠在她一无所知的上肆溪口的画庄上。萧原说："你不妨搞个突袭，与上肆溪口做一次零距离接触。"紫鸢说："搞什么搞，我人生地不熟的。"萧原说："唯其陌生，审视才会拉开相应的距离，才会产生画意，有了画意才会有诗情呀。"

8

萧原没有想到，紫鸢招呼不打就邀上潘存城“撞击”上肆溪口去了。邬芒打他的手机说：“有个漂亮的妹妹找上门了，到底是您萧老师的什么人呀？”萧原说：“我老婆对我私下在上肆溪口搞‘青舍画庄’不服气，找碴儿去了。”邬芒说：“好，我明白了。可我并不觉得您老婆有什么不服气的，是不是有个大老板陪同在她身边的缘故啊？”萧原说：“邬芒你不该挑拨离间的，说不定这个大老板很快就是上肆溪口的大金主了。”邬芒说：“那好吧，我懂了，相信我会伺候好他俩的。”

电话临要挂断时，萧原问：“邬芒你今日穿哪套衣服？”邬芒说：“我的标配啊，蓝色牛仔裤加黄色T恤。”萧原说：“那就好。”邬芒说：“跟我穿衣服有什么关系？”萧原笑道：“你的标配就是护身符啊。我前天就想以我的审美观为你买套衣服，感谢你这些天来的辛苦付出，还好迟疑一下没买成。”邬芒说：“搞不懂你们这些城里人是怎么想的。我明白自己长得丑，穿什么都一样，干脆呛死自己得了，萧老师您可别信我说的什么标配。这些天我就是认萧老师您看人对事的大度和长远的态度，要是您当真送我一套衣服了，也不知道我穿起来会怎么样——是认不得人了，还是人前人后人模人样了？”萧原说：“我觉得只要本色演绎自己，就比什么都强。”

“萧老师您言不由衷了。”邬芒说，“我要挂电话了。他俩到亭子那边比画着说了一阵子话，向我走过来了。”

9

两个去“撞击”上肆溪口的人回城后，潘存城也不忌嫌疑，给萧原打电话说："萧老师不介意吧？我实现承诺带萧夫人去上肆溪口了。"萧原说："挺介意的，你亲临上肆溪口，有没有看出什么名堂或商机？"潘存城说："在我看来，开发上肆溪口属于乡村振兴项目，'青舍画庄'剪彩那天，务必邀请襄摇乡的领导和市、县两级的媒体记者，要是能把场面、影响做足，相信我不但会受邀出席，还有重大的事项公之于世。"萧原说："我是不是可以认为潘总看中上肆溪口了，并且已有重大的投资计划？""前提就摆在那儿，要有多方唱和、帮衬才行。"潘存城留有余地说，"要是萧老师放不下面子，各种拉杂事不妨由潘某代劳，你坐享其成就行了。"

听潘存城的口气不像在开玩笑，他是来真的。

两天后邬芒来电话说："萧老师您要我订制的原木桌、架床、大灶铁锅，都按您指定的位置架设、垒砌。一通粗糙笨拙、结实耐用的家伙，原先我以为会很难看，没想到摆弄好了，和上肆溪口还挺契合的。'青舍画庄'的牌子也挂上了，暂时用红布蒙着，就等您看个好日子前来剪彩开业了。"萧原不放心，让邬芒转视频，看后更觉她是个能把事情实打实地做到位的姑娘，觉得自己再不开口就有点不厚道了："邬芒我每月给你开八百元工资，这工资每个月付现不过账，不妨碍你在上肆溪口打另一份工。时间就从我们在襄摇圩见面那一天算起。"邬芒说："就算萧老师您不给我开工资，我也会铆足劲干好的。我年纪老大不小的了，就想着上肆溪口能吸引几个男生，指望着其中有一个能看上我，让我这个老姨婆嫁出去。"萧原说："人长得不漂亮，我们就拼实力和气质。在这一点上你要相信我。"邬芒在电话另一头嗯嗯地点头，一定是既意外又惊喜的，赶上泪眼婆娑的了。

萧原知道邬芒还有话要说。果不其然，邬芒哽咽一下便接着说："除了已经和萧老师您合约的这一家，陪您老婆来的那个潘总，要我和上肆溪口所有的房主都签上合约。合约分几种，有和您一样翻修后拥有一定期限使用权的，有修缮后给租金租用的。我家的杂货店和翠莲婆子的小吃店，修缮后还由我俩看管经营，但我俩的身份变成员工，领潘总的工资，经营规模潘总说了算，经营所得归潘总。”萧原说：“这个潘存城，从头到脚念的都是生意经！”

邬芒说：“那个潘总要把这一条街居中的一座房子，尽量往‘小姐楼’方向改造，挂上您一幅叫《小姐楼》的画作。我看得出来，潘总的构想，您老婆听了蛮受用的，说潘总是‘被钱撑出来的气魄和能耐，典型的有钱就任性，浑身上下都是钱的一副德行’。潘总装作您老婆的激将法管用了，当下许诺说，只要我能把十几份合约给签下来，上肆溪口这个集休闲、自驾游、艺术家包括艺校生创作基地等于一体的大型民宿，我就是前台总管，您老婆就是总经理。他这个当董事长的，会调动所有资源来盘活上肆溪口这个地方。”

难怪紫鸢会一百个心眼看好那个潘存城。他的决断和动作之快，若非财大气粗、有长期拼搏商海的经验积累是做不到的。邬芒说：“萧老师您听了别不高兴。”萧原说：“要是那个潘总能把事情干成了，把上肆溪口盘活，不正好是你所思所想的吗？”

邬芒怯怯地说：“萧老师您才是我邬芒的福星。”说完挂断了电话。

10

接了邬芒的电话后，萧原时不时地就会在心里揣摩，仗着年轻漂亮，企图死死看住他的钱袋子、渐渐不服他管束的紫鸢，是否真有潘存城心目中那个总经理的样子。

萧原在作画的空隙，冷不丁对紫鸢说：“听说你很快就是上肆溪口大型民宿的总经理了，晚餐要不要花点钱上餐馆庆祝一下？”紫鸢说：“是谁向你嚼的这个舌根子的？是那个邬芒还是潘存城？”萧原说：“这有什么区别吗？”紫鸢说：“如果是邬芒，就是在妒忌我比她漂亮，妒忌我成了她的顶头上司；如果是潘存城，他就是无视自己的商业秘密，无视我紫鸢的隐私。”萧原说：“你什么时候将自己的头衔也改一下，萧原工作室总经理——加个总字，面子会不会因此好看一些？”紫鸢说：“一年收入也就几十万，还加个总字，不是明摆着羞辱人吗？”萧原说：“你也可以争取呀，我听说潘存城的集团公司，年收入过亿，你好好表现一下，让他把你栽培成公司的高层，那你就价值不菲了。”紫鸢说：“强将手下无弱兵，我相信潘存城有这个能耐！”

有点像赌气，紫鸢说完就离开工作室了。紫鸢是否良禽另当别论，在她的内心深处，择木而栖的愿景却不能说没有。她似乎也不加掩饰地几次做过表露它的尝试。

这一天的萧原，作画的心情被门外的一阵风刮走了，脑海里乱糟糟的一片，再没有往宣纸上落下一笔。

11

剪彩这一天，原本萧原只想邀几个亲朋好友，给“青舍画庄”揭牌，放一挂鞭炮就完事了。不想潘存城喧宾夺主，抢戏当了主角。县乡村振兴办公室副主任，襄摇乡的书记、乡长，邻近行政村的支书、村主任，悉数出席，上肆溪口部分房主也被邀请前来，现场高高低低地站满了人。仪式由潘存城主持，话筒的主动权始终由他掌控，开场白首先宣布上肆溪口集休闲、自驾游、艺术家包括艺校生创作基地等的大型民宿项目启动，该大型民宿是襄摇乡党委、政府落实乡村振兴战略的重头戏，上肆溪口很快将被打造成三山地区的文化、休闲娱乐中心，吸引山外游客前来领略鬼斧神工的大自然生态。他说今天落成揭牌的“青舍画庄”打的就是上肆溪口大型民宿的前站，是其重要组成部分。然后他走几步递话筒给襄摇乡书记做重要讲话，领导便把开发上肆溪口的重要性和政策扶持做了一番阐释表态。潘存城接着把萧原引向前说：“各位领导和媒体记者，各位亲朋好友和乡亲，此时此刻我要隆重推出的这位，是如日中天的国家级画家萧原，雅号‘青舍主人’，就是我们现在要揭牌剪彩的‘青舍画庄’的主人。萧原萧老师，是我们香城市最具备大师品格的山水画家，他现在的画作火到什么程度？以我和他打的一次交道为例，我和他已经是熟人朋友了，可最近我要购买他刚创作的一幅叫《小姐楼》的作品，连蒙带抢的，也要三万三千元才拿得下来！他还心犹不甘，三番五次要赎回！为了证明此言不虚，我要在上肆溪口这条街居中的位置，修缮一座‘小姐楼’来供他的这幅《小姐楼》！正所谓奇文共欣赏，好的艺术品我也不能独享，张挂出来以饱天下游客的眼福，则潘某何其幸也，上肆溪口何其幸也！”

这个潘存城，夸夸其谈的口才比演说家还要好。众目睽睽之下萧原就像提线木偶，内心摇摆在被潘存城追捧的受用与忸怩之间，站在那儿不知所措，直到潘存城塞给他话筒说：“现在我们以热烈的掌声欢迎萧大画家来几句心里话！”萧原只好开口接茬儿说：“感谢襄摇乡领导和媒体记者，感谢各位亲朋好友和乡亲前来参加‘青舍画庄’的揭牌剪彩，也感谢潘董事长给我戴了几百斤重的高帽子。我在这里也表个态，我还有一个吃饭的头衔——国家一级美术师，是香城师范大学、香城职业学院的特聘教授。等上肆溪口的民宿投入运营，我一定会带一批又一批的学生和画友前来写生作画，让充满诗情画意的上肆溪口为外界所了解、所倾情。为三山地区加油喝彩！”

萧原的话引发一阵热烈的掌声。他瞥了一眼人群中满是期待的紫鸢，不知道是望向自己还是潘存城，她那习惯性失血苍白的小脸这一天却布满了红痕。萧原反身回座位时故意走到邬芒身边。邬芒显然难以抑制内心的激动，竟抓着他的手摇着说：“我居然不知道萧老师您这么牛！”萧原说：“牛的是潘存城那张‘五湖四海’的嘴巴，你没看我都被他当道具了！”邬芒说：“反正我都不太懂，只觉得潘总格局大，满满的正能量！”

12

上肆溪口的大型民宿，套用了“青舍画庄”的修建模式，因其体量大了十几二十倍，三个老师傅便把各自的徒弟招来，组成各尽所能而又彼此配合互为跟进的一支施工队。老少师傅们常年奔走在三山这片广袤的山地上，往往能化腐朽为神奇，所需建材大多做到无缝对接，效率与质量并举，一个月下来，其整体面貌基本完成，参与其中的每一个人，包括襄摇乡党委、政府，都被其实打实的成效吓了一跳。工程由邬芒全面监管，施工期间给她开三千元月薪。潘存城同时派了一个负责财务的小孟姑娘当她的助理，每一笔用度由邬芒签字后，小孟姑娘才能支付。三个师傅看见邬芒握有实权，因为彼此熟知，每每尽力尽快把活干到最好。

潘存城没有食言，果然在上肆溪口居中的位置改造修缮一座“小姐楼”，挂萧原的那一幅《小姐楼》。紫鸢在接手总经理一职时征求丈夫萧原的意见，萧原说你自己看着办。紫鸢说：“反正潘存城安排我的也是兼职的性质，具体事务由邬芒担当，我只要开始时坚持一下，等就绪了我就爱去不去的。”

挂了画的“小姐楼”成了民宿的办公楼和宿舍楼。总经理紫鸢，前台总管兼法人邬芒，小卖部邬罔，由翠莲婆子加配一个伍师傅打理民宿厨房，财务总监小孟姑娘，会计事务交给集团公司旗下一家会计师事务所。大概也就一个紫鸢高高在上的吧，除了职责所在，其他人等均不分彼此协同干活，就像一个大家子。没有谁觉得邬芒在挑大梁，她大大咧咧的，忙活的手脚似乎一刻不曾停歇，让暗中监察的小孟姑娘，向上司汇报时全是感叹。

过后两口子才知道，潘存城私下曾安排邬芒到著名的土楼景区学习民宿管理经营，虽为期才七八天，但对方与潘存城私交甚厚，应该是倾囊相授的。

大概有半个月时间，萧原就在上肆溪口“青舍画庄”的门口或在骑水亭子上写生画画。紫鸢反倒有不少时间默默地站在他身后，递个湿毛巾或伺候一壶茶水。萧原说：“感觉你这总经理是不称职的。”紫鸢说：“我也就是徒有其名而已。潘存城给我开的和邬芒一样的三千元，打发谁呀，就这塞牙缝的一点钱！虽说工资还有绩效那一部分，只是要我干那些杂活，我不愿意也干不来！”萧原说：“那我就搞不明白了，潘存城往你身上打的是什么主意，白给你开三千元的月薪？”紫鸢说：“装什么傻，你不是表过态要带一批又一批的学生和画友前来写生作画吗？来了不是要住宿和吃喝吗？潘存城凭借当地政府、各界名流大造社会影响，你不是其中一员吗？”

13

上肆溪口大型民宿试营业期间，潘存城向各界团体赠送了“上肆溪口——山地的畅想之旅”食宿优惠券，员工绩效按定价总额的比例结算。这样一来，经常不在场的紫鸢也能拿到相应的绩效工资。因之只要是节假日或团体入住民宿，紫鸢都过来上班。萧原第一次带了十五名艺术学院的学生和几位画友到上肆溪口写生，食宿方面同样享受了大幅的优惠。

学生和画家都没有失望，上肆溪口的确是契阔山地纵深景致的好去处。满眼青翠的绿意和山地上的朗朗晴空，让人对山地气候产生了错觉，实际上这天午后就开始闷热得不行。入夜不到九点钟，在城里领教不到的雷雨便一阵紧似一阵地震荡着这一片山地。学生和画家都挤在骑楼上的窗口，体味疯狂的山风裹挟着雷雨在视野里肆意呼啸的惊奇。萧原和紫鸢爬上门口的骑水亭子，转头但见上肆溪口傍水的一条街上窗口亮堂的灯光，在电闪雷鸣中差不多被风雨所淹没，挂在亭子上的红灯笼，也在风雨中一明一暗地摇摆着。

似乎就在转眼之间砀窟潭里的水就涌动着蹿起，骑水亭子面前的鞦婆溪，山洪把巨石间的空隙填满，咆哮的浪击出白沫似的水花。萧原抱紧支柱，紫鸢抱紧萧原的腰肢，才能在强劲的风雨中站稳。紫鸢说：“要不是亲临山地，哪知道天地间还有这样的狂风恶雨！”只感到眼睛和耳朵都被雨雾蒙蔽的萧原大声说：“你在说什么？”紫鸢说：“我在说，女人只有在这个时候，才知道身边必须有个男人的存在！”萧原再次表示他听不清楚。紫鸢便不再言语，一边惊叹山地狂风暴雨的肆虐，一边细细领会来自萧原腰肢的力量与温存。

就在这时候，顺着路灯的照明，小孟姑娘也顾不了连衣裙被大雨淋了个透湿，举着伞匆匆赶了过来，冲着他俩大声喊道：“萧老师，有一个叫薛宇同的学生不见了！”晓得有急事的两口子赶快走下亭子，在这天昏地暗的狂风恶雨之夜弄丢了一个学生，一听一颗心便急上了嗓门。紫鸢问道：“邬芒呢？”小孟姑娘说：“邬芒也一时半刻没找着！”

没等走进“青舍画庄”房子，萧原就迫不及待打邬芒的手机，打通了，但她没接电话。萧原和紫鸢这下全傻眼了。这种时候，要是少不更事的学生来个头脑发热冒个什么险之类的，被山洪卷走，只怕连尸体也找不着了。

还好要将天地撕裂的电闪雷鸣就在这一刻戛然而止，一时间山地里的狂风暴雨竟也随之消失于无形，只剩下砀窟潭和粎婆溪里似乎要漫上天的山洪，咆哮着滚浪前行。雨停了，可以找人了，只是眼见这吓人的洪浪，反而让人更觉得有种种可能出现的风险。

再次打邬芒的手机，接通后对面传来震耳欲聋的轰隆声。萧原声嘶力竭地冲手机喊道："邬芒你在哪里？"听得出邬芒也是高分贝地往手机喊："我就在您对面溪湾沙坝的亭子上！"三个人连忙跑到屋外一看，隔着粎婆溪卷浪腾起的水雾，红灯笼下果然隐约能见到一道人影。萧原接着冲手机喊："我带来的一个叫薛宇同的学生不见了！"邬芒往手机喊着回话说："薛宇同和我在一起，他也在亭子上！"

这样的状况显然是萧原料想不及的。他愣了一下，听见邬芒喊着补充说："大家也别多想，薛宇同是我的表弟，他是我亲姨妈的儿子，本来只是带他到沙坝散散心，谁想突然下了暴雨，洪水来得太快了，转眼把回去的路淹没了，我们被逼上了亭子。要是暴雨再下十分钟，只怕这亭子也是保不住的！"

想象得出，在电闪雷鸣的狂风暴雨中，置身孤零零的亭子里，底下是一片裹挟着沙石奔腾汹涌的洪水，冒的是随时都可能被冲垮的风险，情形的确令人恐惧。

14

在山地深处的上肆溪口，"青舍画庄"平房里的灯彻夜亮着。经历了上半夜狂风暴雨的惊心动魄，在下半夜洪流奔涌的轰隆声中，紫鸢居然罕见地睡了一个特别安稳的觉。窝在萧原怀里恬然入梦的紫鸢，体形显小，似乎回到了初始那种甜美的纯粹，让人动容。这是萧原第一次见到紫鸢时就收藏于心的专属于她的样子。可惜只要她是醒着的，一旦触碰到现实就是另一回事了。果然翌日一早，有人看中了紫鸢发在朋友圈的一幅画，留言提出要到萧原工作室现场鉴赏，她草草喝了半碗稀粥，便驾车回香城去了。

白天学生和画友们各自选择一个视角，架画板作起画来。萧原会悄悄出现在某个学生或画友身后，但他一般不声不吭。他留意到那个叫薛宇同的学生，竟整日痴着，没往画板上画几笔。大雨过后，山地似乎经历了一场劫洗，增添了上肆溪口雨后荒凉的气息，随着洪流被卷向远方。这样的情景，对于山外的学子们，大概会终生难忘的吧？等再一个夜来临时，参照昨晚天地间突如其来的那一场肆虐，相信在每个人心中的回响一定会殊途同归，那就是一辈子都忘不了。

把客人安顿停当，和昨天突降大雨一样已是入夜九点。邬芒拎着一瓶当地米酒和几样菜，到“青舍画庄”找萧原来了。在厚重的原木桌上泡茶的萧原，见邬芒到了，就把菜、碗筷、酒杯在她面前摆开，斟上酒。萧原说：“今天是什么特殊日子？”邬芒说：“遇见萧老师后每天都是我的特殊日子。”萧原说：“潘存城董事长对你蛮器重的。”邬芒说：“那是不一样的。认真对我好的只有萧老师您。潘总是精明人，他从生意的角度器重我。而您不同，您考虑的是上肆溪口的前景和我邬芒的未来。”萧原说：“这我就好奇了，你怎么会这样考虑问题？”邬芒说：“萧老师您忘了？在遇见您之前，我长时间在邻近的襄摇、兜螺、三旗门几个圩市游荡，就一直非常无望地想着哪一天出现一个能改变上肆溪口和我邬芒命运的人。没想到，老天爷真的就可怜我了，萧老师出现了。”萧原说：“这也是你真诚地对人对事的回报，人与人之间是对等的。”

“那可不一样。”邬芒说，“就像昨晚我带表弟去溪湾沙坝散心，意外被大雨坏事了，还好萧老师您选择相信我。要是撞上的不是您而是别人，我就是长一百张嘴也说不清了。”萧原说：“薛宇同我有印象，是为数极少的我感到很难接近的一个学生。”邬芒说：“我这个表弟很可怜，不到三岁就死了妈，由我那个姨丈带着，偏偏我那个姨丈脾气火暴，干不顺当任何一件事。我敢说他长这么大就没有吃过一顿可口的饭菜。这样的家哪像一个家？来自父母的亲情，我那表弟哪有福消受！”萧原说：“这样的家庭，对孩子的成长的确会产生种种不良影响。”

“有个疑虑很长时间都困扰着我，我妈和姨妈姐妹俩为什么都是短命鬼？她俩身强体壮的，没有任何征兆，都死得早。”邬芒说，“我和表弟同病相怜，他没妈我也没妈，所不同的是他是男我是女，我能得到老爹的疼爱，他不但没有，还多了火暴老爹随时会崩溃的担忧。我年长他几岁，挺过来了，偏偏我觉得我那个表弟永远熬不到头似的，既自卑到骨子里，又固执到极端，给人的印象是九头牛都拉不动他。”萧原说：“能随你到溪湾沙坝上散心，说明他绷紧的神经在你面前至少有松动的可能。”邬芒说：“回头想想我很后怕，可也很感谢昨晚那场大雨。我和表弟被困在亭子上，上面是劈头盖脸的倾盆大雨，底下奔涌着吓人的洪水，我双腿发软，心想这下完了。看见表弟还倔强地扭曲着一张铁青的脸，直到我说‘眼看亭子就将被洪水冲垮，这一回姐姐和宇同只怕要落得尸骨无存的下场了’，他一听，这才冲破心理防线抱紧我，哭了起来。”

邬芒接着说：“我那可怜的表弟，大概从他记事起都没有像昨晚那样亲近过异性亲情，如同隔阂的那堵墙被洪水冲走了，雨停了许久他还不肯松手。”

萧原说："我相信，获得这个宣泄的出口的确不容易。"

因为话题挺沉重的，两人就像解渴一样光顾着喝酒，菜是一筷子没动。

15

紫鸢按约定时间驾车回到工作室，见到的是不速之客潘存城。原来潘存城让朋友经微信群加紫鸢的微信后预约看画。紫鸢恼羞成怒地说："堂堂潘总，你难道不觉得如此行径有欠厚道？"潘存城说："借此查岗一下有何不妥？"紫鸢说："你也太小看人了吧，区区三千元月薪就想拿下我？"潘存城说："我从来就没有要你二十四小时坚守岗位。只是此刻不同，这几天有一群学生和画家食宿上肆溪口，你作为总经理职责所在，应该身体力行确保他们的安全才对吧？"紫鸢说："不是还有邬芒、小孟、萧原在那儿确保吗？"潘存城说："昨晚连你也在场，还不是差点把一个叫薛宇同的学生给弄丢了，这个教训难道不应该吸取？"紫鸢这下坐不住了："堂堂潘总居然敢埋小孟当眼线监视我？"

"履职担责，利益相关，你难道会觉得我这样做有什么不妥？"潘存城说，"我在山地深处巨额投资民宿，项目正处于完善提升阶段，容不得有半点闪失，这么简单的道理难道你没弄懂？"紫鸢自知理亏，却也没拦住直冒上来的一股犟脾气："拿大话诓谁呀，大不了我辞职不干就是了！"

潘存城说："且不说食人之禄、忠人之事理所该当。投资上肆溪口，说好听一点，当初也就是经萧大画家的倡议，说难听一点，就是被他蛊惑才上贼船的，道义上你也该尽点职责吧？更何况我买了画，还特地翻修一座'小姐楼'供着它，给足了萧大画家的面子，难道这不是一荣俱荣一损俱损的事吗？"

“没想到堂堂潘总城府深不说，算计起人来还不怕露出獠牙来！”紫鸢说，“怎么能说你是被蛊惑上了贼船，而不是我和萧原被你绑架了？你知道那幅《小姐楼》是萧原要参加国展的非卖品，我贪图那一点钱卖给你，萧原心里窝火才有了上肆溪口之举。他邀请你参加‘青舍画庄’揭牌，你自作主张喧宾夺主，称‘青舍画庄’就是你上肆溪口大型民宿的前站、一个重要组成部分，对不对？无理无赖，可不是一个董事长该做的！”

“可怜萧大画家怎么摊上你这么一个难缠的主儿，也真够他喝一壶的！”潘存城一时拿紫鸢没办法，只好说了一句外围打援的话，便抽身离开。

其实紫鸢也只是嘴上不肯认输而已，第二天一早她关上工作室的门，便又反身奔上肆溪口去了。

16

紫鸢匆匆赶回上肆溪口时，潘存城和萧原正在小姐楼观摩那幅《小姐楼》。这一天潘存城的这个临机决断，让紫鸢有惊慌失措的感觉。毫无疑问，这个男人正在步步进逼给她施加某种压力。

两个男人无视紫鸢的到来，专注于彼此间的探讨。萧原说：“挂上了才觉得它并不太合适这里。”紫鸢紧接话头附和说：“你画这幅《小姐楼》时，放的是香城的心态，挂在上肆溪口当然不合适了，就像城里的小姐到乡下当村姑来了，怎么看都不太像。”潘存城笑道：“我建议萧大画家专门为民宿画一幅《上肆溪口山水图》，这一幅《小姐楼》我自当璧还。”

潘存城这样的倡议，既给了紫鸢妥协的余地，同时也看准了萧原在艺术创作上不至于敷衍的态度。从香城萧原工作室到上肆溪口的小姐楼，潘存城都按他习惯的节奏行事，见目的达到了，当即驾车绝尘而去。紫鸢便让自己待在那儿，不知道是该高兴还是自怜，反正每一步都处于潘存城的算计之中。这个潘存城，居然是这样解决问题的！

萧原说："你这样来回折腾，又何苦来着？"一时间紫鸢委屈得直想哭。两口子回到"青舍画庄"的平房，被搂进怀里的紫鸢，趴在萧原的胸口号啕了起来。萧原说："顾点儿影响好不好？门口几步外就有蹲点写生的学生和画友。"紫鸢说："我天生讨厌花几个钱就想左右你的人！"萧原说："资本最重要的品质就是在有效的管控中逐利。你难道不是为了几个钱，连情怀都可以不要了吗？"紫鸢说："这是我婚后最为糟心的一天。"萧原说："每个人都是不可能随便成功的，潘存城也不例外。你看他随机应变掌控局面的能力，遇事的耐受力，都是你我所不具备的。"

几个小时后，萧原收到潘存城这样一条微信："也不知道年轻漂亮的紫鸢小妹妹，此刻有没有在萧大画家的怀里梨花带雨、温顺得像一只小花猫？"萧原回微信说："原来潘总就是这样带领集团公司的，你居然连这等小事也得管着？"

与此同时，紫鸢也收到来自潘存城的一条微信："这两天老潘以个人的意志任意非为，得罪年轻漂亮的紫鸢小妹妹了。可你知道我老潘总是被多如牛毛的事务搞昏了头，你能不能试着原谅老潘这一回？"紫鸢回道："你谁跟谁呀？"

17

挂在香城萧原工作室的《小姐楼》，情幽意远的，自以为是得了神助的一幅画作。把它挂在上肆溪口的小姐楼，却有违和甚至背离之感。萧原非常吃惊地看到环境和心情对一幅画的影响。

“你画这幅《小姐楼》时，放的是香城的心态，挂在上肆溪口当然不合适了，就像城里的小姐到乡下当村姑来了，怎么看都不太像。”紫鸢脱口而出的话，意在为他开脱，同时也是最感性最本质的。萧原觉得应该从小姐楼的墙上取下《小姐楼》，挂回香城工作室，重拾对它的观感，反复印证，其差异才能更为清晰。但对创作上肆溪口山水这幅画，即使苦苦寻思，他心中也还是没有任何的着落感。

潘存城闪电式介入上肆溪口，虽为萧原所愿，在内心深处却是猝不及防的。民宿和上肆溪口的深山景致实现了无缝对接，晴空朗照下的清幽，夜里依山傍水的红灯笼和窗口灯光的魅惑，或狂风暴雨中的日夜，都给了游客异乎寻常的体验。游客来了报以惊叹，去了又有口碑流传，人来人往的，上肆溪口的纷繁和热闹差不多已经赶上从前的圩市。

一条起自上肆溪口这条街的末端，途经响廓山，直插砀窟潭的悬崖石壁，飞架砀窟潭，绕行溪湾沙坝、“青舍画庄”的栈道，短短几分钟便在伫立小姐楼窗口异想天开的潘存城的脑海里生动了起来。没几天潘存城就拿下建造栈道的设计图纸及报批手续。依着潘存城随时随地都要见成效的性格，萧原相信这条栈道很快就将出现在游客脚下。

18

距离“青舍画庄”落成已过大半年时间，萧原发现自己居然一次也没有进入创作状态。原本他以为上肆溪口的“青舍画庄”是个清幽的可以凭吊山高水远的理想之地，由于潘存城民宿的闪电式进入，转眼便喧嚣不已。萧原又开始驾车在方圆百里范围内漫无目的地游逛，最后在返程路上临要进入市区的地段，他驾车拐入一条村道，走了十几分钟，竟来到香江西溪一个叫砻仔园的河湾。砻仔园这个埠头，曾热闹过几百年，后埠头、圩市变迁，再后来陆上交通日渐发达，人流就像被一阵风刮走，砻仔园的埠头、圩市便被世人遗忘而荒废。这样的历史掌故，萧原是知晓的。今日一见，除了身后零落的村舍和田园，除了香江西溪的这一道河湾，哪还有什么古迹可寻？

随着沉闷的叹息，萧原回到城里的工作室。若是往时出一趟门回来，画夹里必定有一沓写生稿，带着被外界所撩拨或激发的构思，回到工作室便想一个人静静待着做好梳理。但这一天萧原是内心浮泛脑子空幻地回来，看见工作室的门是关着的，对紫鸢不在工作室竟头一回感到失望至极。

难道是只要紫鸢在，他便会反手关了门，就在工作室把男女间的那一档子事给做了？

出现这样的念头，萧原以为会把自己吓个激灵，谁想不但没有，意志反而更加消沉。看来他萧原是要么患上抑郁症要么赶上创作上的瓶颈了，或者二者兼而有之。

没有预约，却是掐准了点儿的，尾随而至的潘存城就在这时候出现在工作室。正要泡茶待客的萧原，意外看见潘存城送画回来了。他小心翼翼地打开一个长条状的包裹，把《小姐楼》展开挂回墙上。萧原说：“潘总用情至此，所为何来？”潘存城笑道：“《小姐楼》暂借萧大画家参加国展，展完归还，还要附赠一幅画当利息。”萧原说：“商人重利，潘总都这样开诚布公了，萧某岂有不领情的道理？”

“明明知道潘某今日意在登门讨好，萧大画家也不忘来一句挖苦，置潘某的仁义于何地？是不是要和那个漂亮的小妹妹紫鸢一样不按常理出牌，习惯性颠倒黑白？”潘存城说，“此番我要你一幅画当利息在其次，重要的是我给萧大画家带福利来了。”萧原说：“在上肆溪口建栈道，相信会给民宿带来效益。对需要静观山水的‘青舍画庄’却是一种损害，哪来的福利？”

“修建栈道的项目报批后，我私下做了一个无伤大雅的改变。”潘存城说，“从上肆溪口这条街的末端到石壁段为木栈道，建在高出砀窟潭水面十米左右的悬崖石壁部分为玻璃栈道，石壁到沙坝溪湾的亭子为不锈钢栈道，亭子到‘青舍画庄’门口的骑水亭子，将设计为网笼式吊桥。”萧原说：“潘总如此倾情上肆街无可指摘，但你说一千道一万的，哪一样不是为了掏游客口袋的企图？‘青舍画庄’宁静不再，便失去初衷，别说福利，我都想改弦更张，转让‘青舍画庄’了。”

“萧大画家你这临阵退缩的想法可是要人命的！”潘存城说，“我认为美术创作其实也是需要与时俱进的。不说我有把握为你的‘青舍画庄’营造好闹中取静的创作环境，单说把上肆溪口的民宿搞出规模效应后，我会着手打造‘青舍画庄’品牌，‘青舍画庄’不但会成为萧大画家最佳的创作场所，更重要的还将是你培养一批又一批门生的基地。我有言在先，到时候你财源滚滚，我可是要股份的！”萧原说：“潘总的好意我心领了，只是艺术创作和你的经营理念还是有区别的。”

“区别肯定是有的，但更应该推崇的是我们的共同理想。”潘存城说，“不瞒你说，我在筹建栈道的同时，也完成了上肆溪口所倚靠的响廓山和身后的砬山崖纳入景区民宿的可行性论证。响廓山和砬山崖两处也就剩下零星几个老人，房舍虽破，基础还在，启动上肆溪口民宿的修建模式，用不了两三个月的工夫便搞得定。连接两处的路线踩踏出来后，增添几座过山亭、几处扶梯之类的设施即可。连广告词我都想好了，‘在上肆溪口的云水间，畅享山地纵深的回响’，‘在响廓山与天相接，云淡风轻于世尘之外’‘攀爬千八坎，穴居砬山崖，体验悬岩的雄奇与温情’。等这三位一体的景区民宿投入运营，你的‘青舍画庄’便纳入中心景区的股份给分红，到时候你带学生、画友到响廓山、砬山崖写生创作，享受最高食宿优惠。相信这两处的悬崖绝壁风光，一定会让你们这些艺术家们生出天地悠悠的漠外视界、心怀旷远的大地情怀来！”

萧原说：“没想到你这个中文系的高才生投身商海，居然还能浪漫出诗人的境界来。”潘存城说：“你难道没有发现，你的《小姐楼》因为有诗人配诗，增色了不少？”

萧原抬头看了一眼潘存城，说：“看得出你是有备而来的。”

见话题转向文艺，潘存城及时刹车，笑着起身离去。

19

只要有钱，只要舍得投资，依靠已经相当成熟的当代建筑技术，游龙般腾云驾雾的一条景观栈道应声破土动工。潘存城雷厉风行，接着抛出修建响廓山、砬山崖两处民宿的规划，让邬芒的内心兴奋不已。眼皮底下的事，并且参与其中，三山地区，特别是上肆溪口将迎来翻天覆地的变化。当然邬芒也不是完全没有疑虑，只是那些疑虑随时被她风起云涌的内心所淹没。邬芒也不曾去寻思，只是萧原一在“青舍画庄”出现，她便迫不及待地匆匆赶了过来，赶过来也不清楚自己要干什么，唯有勤快地为萧原拾掇日常所需，烧水泡茶。

萧原说：“潘存城上响廓山和砬山崖考察，是你带的路？”邬芒说：“我分别雇了个知根知底的山民带路、背路上吃喝和用的。不管是上响廓山还是砬山崖，都是一大早出发天黑前回来。隔几天潘总又带了四五个商家前去考察，他精力充沛兴致勃勃的，反倒是我有点吃不消。”

刚好是萧原带走那批学生和画友——民宿出现短暂空当的那段时间。萧原说：“同样也是赶大早，雇个山民带路、背路上所需，明天你陪我上一趟响廓山。吃不消的话就在上肆溪口歇一天，大后天再上一趟砬山崖。”“我这就去准备！”短时间内跑了几趟山的邬芒也不知道是怎么想的，居然满心欢喜。邬芒所谓的准备，除了联系带路的山民，张罗路上所需用品，还给紫鸾打电话，要她在萧原爬山的两天时间，和小孟姑娘一起坐镇民宿。

响廓山似有万丈的绝壁危崖直入底下的砀窟潭。上肆溪口民宿完善后，特别是那次暴雨山洪后，实用的同时，恢复了也被视作是景观一部分的船只过渡。过完渡起水上岸就是三岔路口，一条上响廓山的杈口坪，一条前往三旗门。上杈口坪也有两条路，一条穿过牤牯岭，再攀爬响廓山，路近却艰险异常；一条从砀窟潭开始走崖壁上的盘山磴道，往往爬高几丈就得缠绕半日。从前杈口坪盘踞山匪，紧急时便坐“索兜”上山。有人咬指呼哨发出信号，便见崖壁顶头抛下一条末端带索兜的缆索，登山者套上索兜，崖壁顶头便有人往上拉起，其时务必两膝微屈，类似坐着在崖壁上蹬腿行走，眼睛不看上也不看下，就看双腿要蹬的石壁跟着往上移动。如此反复也不知道有多少次，直到用不上“索兜”时，就到杈口坪了。回头一看让人倒吸了一口气，砀窟潭已在一道道向巅峰收缩的崖磡绝壁之下，高山崖石耸立，峡谷弥漫云烟，大地莽莽苍苍，给人那种深不见底的惊惧。盘山磴道机关重重，稍不留神便踩空跌落崖磡，免不了尸骨无存摔死谷底。

这一天一行三人上山。与几十上百年前相比，其盘山磴道应该没有什么变化，但坐“索兜”上山及一路上机关重重，已无痕迹可寻也想象不出当年到底是何情形了。轻装上路的萧原和邬芒爬得苦不堪言，身负几十斤重、在前头带路的山民反倒若无其事一般。

上了响廓山这座雄奇石峰的杈口坪，一面旷阔的平地便铺展在眼前。坪中蓄有一口占了几亩地的池塘，水由双子峰的山涧引入，周围可栽种果蔬。池塘后错落建造几间石墙房舍。坪后的双子峰出人意料是土山，长满了松树、芼草和杜鹃、苦茶等灌木。进入杈口坪只有一个路口，路口有一道石砌山门，嵌一间类似望哨的石室，侧卧其中即可俯瞰攀崖磴道，床头堆放砾石，往下投掷，一人便可守关。这样的石山磴道，位临绝顶的杈口坪，外来者闭上眼稍一琢磨所处险境，四肢百骸早已酸麻软倒。登上响廓山的杈口坪，头顶白云悠悠，仿佛与天相接，与山下的村落圩市便是恍若隔世的了。

曾经闻名遐迩的响廓山杈口坪，大概是只要能动的都跑到热闹地界去讨生活了，山上只有面目苍老的三个老头守着残旧的房舍，已是个被遗弃的地方。

下山若要求快，其情形更像在噩梦中。先是走下百来级石磴，又往右朝牤牯岭方向走岩壁间小路。不多时连小路也隐没了，眼前的坡道已近乎陡立，身下是数百丈的纵深，让人见了免不了小腿肚抽筋。这时候有经验的山民便会面朝山体，双手稳妥抓牢灌木丛、菅草或藤萝，等脚底踩实了，才可往下腾挪移步。多事者抬头看势将倾倒的峰顶，俯瞰数百丈之下的山脚，胆吓破了踩空跌落崖磡，便只有葬身深谷藤蔓底下供野兽虫蚁啃食一途了。紧绷神经冷汗如注下得山来，回头一看刚刚在峭壁上人如蝼蚁的形迹，路径早已消失于崖磡的缝隙之中。

应该有几十年了吧，已经没有人为了快去抄这样的近道了。此刻一行三人只能站在崖磡上，魂魄悠悠地想象置身绝壁悬空下行的险境。邬芒说：“潘总说不久后将给这面崖磡架设几道配套护绳保险的软梯，供游客体验比蹦极还要刺激的历险。”

20

在上肆溪口后面，与牜牯岭擦肩而过，途经大莽山麓，抬头隐约可见在浅林苇草中的一道山脊，山脊的尽头是一座石峰，它就是砬山崖了。砬山崖是屹立在深山密林里的一座崖磡，即外界畏惧的“千八坎”。所谓“千八坎”，便是要上砬山崖得爬一千八百级石磴。那道山脊上砌的、凿的、铺的磴道崎岖难行，底下是危涧绝谷，稍有不慎打个滑脚翻滚下去，就会摔它个粉身碎骨。千辛万苦爬上砬山崖，眼前豁然出现一间巨大的石室。就像这座巨幅崖磡打哈欠时张开的大嘴，砬山崖就是隐匿在这张大嘴里、可供几十人口居住的一个小村落。崖磡底下，刚刚爬过的路径已被绿意浓郁的雾霭所遮蔽。

就像要奖赏来客的辛苦，砬山崖上是风和日丽的自然风光，目光远近，竟有着别处体会不到的一片晴明。

隐匿于崖磡石室里的砬山崖，顶头是悬崖，下面是崖磡，西边是如同用刀斧砍削一样的绝壁，通往外界的只有那道形同刀背的“千八坎”。崖磡上的石室旷阆开阔，临崖磡砌了一溜齐腰的墙头护栏。一个小小的村落就在石室内建房造舍，方位坐北朝南，放天井格式的房舍，光线足够，日照也不短。天井只用于采光，除了山风呼啸的雷阵雨，雨水一般泼不进石室。每户瓦房左边都搭有斜披，斜披后为灶间，中为饭厅，前做客房。因为山地蒸腾雾息，石室的内壁长年冒汗一样渗水，底部砌了水槽，水清澈甘甜，为方便取水，每户灶间都开后门。用过的水，经涵沟流到半山作灌溉梯田的补充。远离闹市的砬山崖，其天造地设竟处处令人惊奇到难以形容。只是即便有这样的惊奇，如今守候在砬山崖上的也只有三四个老人了，他们耕作崖下的梯田，大概过不了多久也干不动了。邬芒说：“潘总说他得到了神助，此生定要做足砬山崖的神奇，做足这道‘雾泉’的神功，与世人分享！”

差不多在响廓山的盘山磴道上折腾了一整天，回到上肆溪口，躯体的水分似乎被抽干了，僵直和酸痛遍布身心。萧原在“青舍画庄”休息了一整天，隔天又去爬砬山崖。奇怪的是，爬了响廓山和砬山崖，萧原更多的却停留在读那部长篇小说的印象里。只有读或亲临体验时的震撼，他却没能像潘存城那样敢于异想天开。

回到“青舍画庄”的平房，萧原说：“邬芒，你确信能按上肆溪口的模式，把响廓山和砬山崖上住户的合约签下来？不担心他们在资本面前露出贪婪？”邬芒说：“只要说明道理他们就不至于这样。山地的房子不比城里，只要十几二十年不住人就会坍塌荒废，一旦坍塌荒废被草木挤占，就等于还给山地了，回头连辨认痕迹都难。潘总说山民最能理解如何与大自然和谐相处，他们若出借产权供潘总开发，无论如何他都会修旧如旧，户主们不但能保住老家的房舍，日常有人照看维护，还能收租金，何乐而不为？”萧原说：“邬芒，你难道一直都不担心？潘存城这样摆大摊子，一旦难保周全收不了场，到时候搞砸了，你怎么办？”邬芒闪着泪光说：“萧老师您真的是站着说话不腰疼，潘总要做的，难道不正是我邬芒即使疯狂也实现不了的梦想吗？我有时候也担心潘总这样的大刀阔斧会有风险，可我更愿意他能成功，更愿意豁出去为他承担我所能做到的一切。萧老师您也一定看得出，只要这三位一体的民宿投入运营，这一大片面临衰落的山地就被他盘活了。”

邬芒给萧原送过来吃的，为萧原熬了泡脚的艾草水，接着说：“我很高兴能陪萧老师把响廓山、砬山崖爬下来，我也清楚萧老师您会因此为潘总担心，但我高兴的是，能让我所敬重的萧老师心中有数，而不是刻意回避，我就心满意足了。”

没想到萧原和潘存城的到来，使得邬芒的观念和人生境界变化会如此之巨。吃过饭，洗过澡，正在泡脚的萧原望着邬芒离去的背影，大感震惊。

21

爬了一整天的砬山崖回来，较之爬响廓山的情形好一点，却也困倦得直想倒下就睡，连紫鸢忙完民宿回到平房他也不知道。翌日早餐后他们驾车返回香城，竟也一路无话直到萧原工作室。两口子都太累了，一个是爬山的累，一个因参与民宿事务放心不下，为此整夜辗转反侧难以入眠。却也因为年轻，一路上还是由她驾车。

相较之下，工作室的事务显然单纯许多。萧原泡乌龙茶提神，两口子牛饮了多杯，才觉得神志回到眉宇之间。紫鸢说："昨晚看你昏睡不想惊动你，我可是整夜都没能合眼的。"萧原说："是不是有什么心事搅了你的清梦？"紫鸢说："不干总经理了，我想辞职。首先是上肆溪口与响廓山、砬山崖三位一体的民宿，潘存城经邬芒日连夜奔忙，集中了所有住户的申请，我和邬芒、小孟姑娘几个加班制作材料，准备通过当地向相关政府部门申请乡村建设的资金扶持；其次是潘存城拉来了大小商家，甚至是在外挣了钱的住户，进行股份制融资，牵涉到的利益方逾百家。小孟姑娘手头把握的其实是集团公司的账号，在一应费用统一调配的情况下，我虽非法人，但我是总经理，要么经手要么证明，出现任何意外我都是吃不了兜着走的。"萧原说："邬芒是法人，小孟姑娘是财务，出现什么意外，其责任岂不是都比你大？"紫鸢说："邬芒本来就是一无所有的，给了点甜头，她就是自愿栽进蜜缸淹死的那一种；小孟姑娘是潘存城的心腹亲信，难道你连这都看不出来？"

萧原笑道："三地的景观民宿一旦连为一体，这一片山地就被盘活了，当地山民也会因此受益。凭潘存城和那帮商家的能耐，以民宿为特征的这一大片景区，说不定就会因此被打造出响亮的名头，到时候水涨船高，你不当上肆溪口这个总部的总经理，难道不会心有不甘？"紫鸢说："我相信潘心城有的是办法，要你拿出真金白银和'青舍画庄'去加盟他们，并且通过商业运作把你培训艺术生的方式公司化，到时候你是推脱还是被他牵着鼻子往前走？"

萧原叹了一口气说："既然紫鸢总经理有如此之多的担心，那我就选择退出吧。但我有言在先，退出之前我要有个道义上的表示——把'青舍画庄'的使用权限转送给潘存城。毕竟我是始作俑者。"

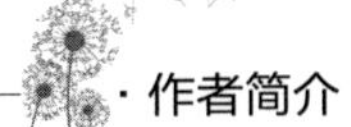

·作者简介·

何也，本名何元杰，男，1962年11月生于福建平和。中国作家协会会员。在《人民文学》《福建文学》《作品》《飞天》《诗刊》《雨花·中国作家研究》《江南》《都市小说》《时代文学》等报刊发表小说、诗歌、散文等文学作品五百万字。重要作品有长篇小说《嘎山》、中短篇小说集《捆绑调查》《坂园》等，出版有长篇小说、作品集多部。

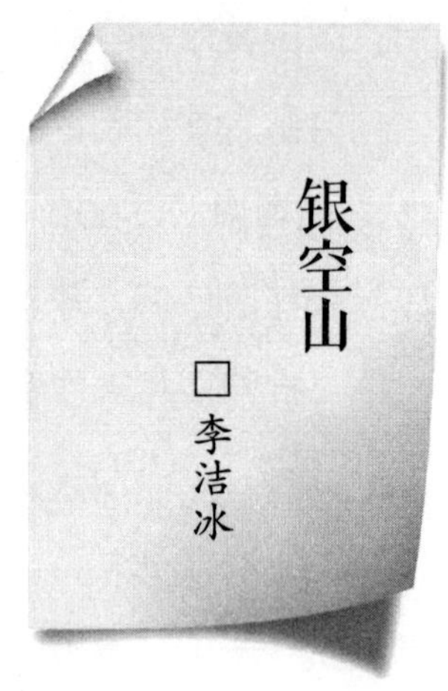

1

古戏装上落满积年的尘垢。一只点翠冠悬挂在窗户边上。几顶折翅的乌纱、一袭手工织绣的黄龙袍、一领《打渔杀家》的蓑衣、若干牛头马面的道具，堆放在炉边的角落里。房间里弥散着一股刺鼻的葱花油盐的味道，是刚炝过锅的、热油爆炒的艳香。

穿过吱吱呀呀的木制楼梯，我在九月暮秋傍晚的余晖里拾级而上，隐约听到楼上的某个角落里传过一声呼唤，到这厢来呀……那四个字，分得很开。先过唇齿，再走鼻翼，后经舌尖，一腔九霄，仿佛穿越半个世纪而来，让我的脑袋訇然作响。是她，这样的声腔韵，没有别人。是那个头扎雉鸡翎、一袭披风加身，在夜茫风萧的月光下策马奔驰的女子，是那个娇俏含嗔、眼波流转的民女梅翠娥。我吃力地爬着楼梯，透过半启的窗户，依稀看到楼道墙壁上的涂鸦。这时候，铁铲击锅的声音再度传来。先是急炝，继而爆炒，伴着一通大响，是碟子落桌的动静。应该是小炒出锅了。我喉咙里发出一串奇怪的响动，是饥饿的信号。这时声音又起了，妹子，快过来吧，俺在这里。我推开一扇门，里面阒无一人。正疑惑间，有只耗子突然从里面窜了出来。我打了个喷嚏，赶紧将门虚掩上。旁边的木门却吱呀一声开了。

今天回望那个画面，至今犹在梦中。最先看到的，是投在墙壁上一团怪异的影子，黑黢黢的，它在灯光下来回晃动，形如一朵绽开的巨无霸蘑菇。定神再看，原来是帽子。十九世纪欧洲宫廷贵妇戴的那种，缀着手工织绣的蕾丝花边。半垂挂着，遮住戴帽人的脸。蚌壳式的帽檐上，是一串红绿相簇的暹罗花。女子转过身来，冲着我一笑。说，你来了？屋子里没有亮灯。一台十三英寸的小电视轰然作响，满屏雪花亮得奇怪，间或夹杂着几串波浪纹和惊天的噪音。光影下是一张闪烁陆离的脸，有点虚肿，又由于光影的投射，显得格外阔大。但上面的眉宇，还有那张涂着豆蔻紫的唇，让人一眼认定，这是泗州戏花旦银萝。我走过去，说了声哎呀，找得人好苦。

戴帽子的人眉目不动，死盯着方寸屏幕，说，别闹，且看俺梅翠娥跟它斗斗法。我抑住心跳，拽个凳子在旁边坐下来。荧屏开始变得清晰。渐渐地，我发现这位姑且被称作银萝的女人，口中的“它”，原来是里面晃动的人头。确切地说，是正在跟这间屋子的女主人聊天的人。男女各异，经由指甲大小的窗口，时隐时现。伴随着晃动的影像，不断变幻着百样的姿态。蛐蛐般的唧唧声，在房间里起落着，宛若草丛里的合唱。银萝将贵妇帽上的纱罩拽下来，先是遮了半个粉面，再将口红去嘴巴上涂了几回。就这个动作，又让光阴倒流。早年槐树剪月的夜晚，纤翘兰花指，去樱桃红小口上一涂，再一涂，水袖一甩，古代仕女画中的俏人儿就活了。但屏幕前的这位，满月脸，卧蚕眉，早已不复过往。女子将蕾丝花边的披肩搭到身上，浑然不觉有双眼睛在看。她下半身穿着二十世纪五六十年代蚕豆印花的睡裤，裸足趿一双绣花皮拖，中西混搭，都是乡镇地摊的舶来品。如此扮着宫廷贵妇的行头，半老徐娘朱唇微启，跟屏幕里的小人头聊上了。

夜幕降临了。透过窗户朝外看去，紫藤萝遮蔽的飞檐旁边，一排宫灯在暮色里渐次亮起来。屋子里的蛐蛐声，依旧不停歇地吟唱着。肠胃又奇怪地蠕动起来。现在是晚餐时刻，眼前这位女子碗盏不动，双目燃烧。房间里除了一台小电脑、一桌、一椅，再无其他。哦，好像还有个敞盖的箱子。但不是普通的纸箱子，而是道具箱。斑驳的油漆褪落了，露出原初的木质纹理。让人讶异的是上面的合缝，刀片不进，显现出老式木工的精致。那是银萝的贴身家当，父亲关颖山家传的。银萝竟然还带在身边。只是里面的各式行头，眼下不再是登台唱戏的用场，而是伴着这位女子跟各路魑魅“斗法”。记忆纷若蜉蝣，再度挤挤挨挨地游上来。古堡贵妇则换了行头，一头电热丝金发，顷刻变身波希米亚女郎。视野里人头跳跶，方寸间不停地闪烁，争相向屋子里的美人邀宠。

暮色四合，有位老妇手中托着木盒，上面放着两碗米饭、一只砂锅羊肉莴笋炖豆腐、半盆荭菜蛋汤，踢踢橐橐送进来。银萝撩开遮住面颊的粟米烫发，开始带着浓妆用餐。另一份自然是客人的，我下意识地拿起筷子。菜的口味很重，盆汤像打翻的石膏水，让人心生疑窦。咀嚼食物的声音、杯盘的叮当声，夹杂在不时中断的蛐蛐声里，形成一种奇妙的混响。银萝的眼睛仍在屏幕上，她变得越来越躁动。眼波流转之间，由于光线的作用，看上去竟是逼人的美艳。这却不是泗州戏花旦的朴拙，而是慵腰、大腚盘，每寸肌肤都朝外挤脂肪的肉感。她吃饭的动作，也是见缝绰空，象征性地朝嘴巴里送着，生怕碰掉了口红。偶尔遇到晃眼的，会停止咀嚼，然后纤指舞动，朝对方弹去一串句子。终于熬到蛐蛐声落，银萝转过身来，用一张亢奋得近乎变形的脸冲我笑道，名字想好了，“花为媒”，这个名字可好？我随口应道，好，这名字好。心下犹坠五里雾中，弄不清她在说什么。银萝将筷子在手里打个绕花，笃笃敲下碗边说，花为媒，不懂吧？就是当媒婆，我要开个媒婆公司。

银萝的声音，总能在嘈杂声中凿墙破壁，形成一枝独秀，这是多年唱戏练就的童子功。现在，它在我的脑袋里铮然作响，带来某种奇异的化学反应，让我瞬间参透了这间屋子里的玄机。快手、抖音、流量、网红直播带货……成串的热词，像鱼嘴里的气泡冒出来，又嘟噜噜四散开去。那个曾经发誓终老戏台的刀马旦后裔，“打不死银萝要唱戏”的泗州戏名旦，跟眼前这张变形的脸，重叠又撕裂，让我深陷迷局。

熬至夜阑，房间里的女主人仍无收敛的迹象。我眼皮却沉得抬不动了，无奈起身告辞。银萝说再来呀。我嗯了一声，随手带门的时候，没留神夹了小指，顿感痛得钻心。楼道里黑黢黢的，连灯的开关都是坏的。我来到大街上，被彻骨的冷风一吹，才发现刚才的那句话不是送给我的。银萝两眼盯着电脑屏幕，压根儿就没抬头。

老街灯晕迷离，此刻进入了夜晚最热闹的时刻。我失魂落魄地走在大街上，突然意识到，银萝并未认出我。她既未寒暄，也未叙旧。自打我进屋就没离开屏幕，不停地和里面的人插科打诨。那顿饭，还有她的随口搭讪，都是职业化的，没有超出寻常。整个晚上，银萝时哭时笑，忽嗔忽闹，位置仍在戏台上，还是在现实中？这个女人戴着宫廷贵妇帽，穿着波希米亚裙，和我聊“花为媒”，叹流水落花，其实都是在闲聊。她并没问来者是谁，抑或根本无暇了解我是谁。拉广告的？送外卖的？偶尔到访的一位做瑜伽、保健品的旧相识？二十世纪槐树底下场外的看戏人？曾经的闺蜜小姊妹？这些都不重要。重要的是那台巴掌大的小电脑，盯住它，里面就能刨出金子。这一切，跟半空里豁亮亮砸下来的那道行腔，还在一个频道吗？多年前那个英气凛然的玳瓚公主，和眼下屏幕前的戴帽人，也许早就是两个“物种”了。

2

二十世纪九十年代初的一天，我走在午后的河堤上，望着远处汩汩流淌的河水，怀旧情结严重发作。那是暮秋初冬季节，万类霜天，大地呈现出不同的颜色。脚下的路是灰赭色的，河边的草丛挂着霜渍。叶子从树上不停地窸窸窣窣掉下来，让人莫名惆怅。这时我的眼前飘过几缕花纹，那是破损的唐诗封面的半角。我曾为它从夜阑描至旭日临窗，后来注意到吊诡的细节，所有唐诗中必有几句盛传民间。眼下那些句子突然蹦出来，在暮色里滑行，在晚霞里穿织，让我重新回到父亲的膝盖上，听一位三十多岁的年轻人打着拍子，吟哦“胡天八月即飞雪”。笑吟吟的母亲端出烙饼炒鸡蛋，上面冒出的香气让饥饿的孩子口舌生津。这是无数桥段中的一个。此后我独钟穿越，迷上了各种画面、声音乃至气味，并由此深谙考据的乐趣。比如木柴在煤球炉子燃烧时噼噼啪啪的火星，蜂窝煤被水浸湿后浓烈的、略带刺鼻的氨气味儿，茶壶被沸水顶开时锅底传出的吱吱扭扭的声响，它们时常让我唇角浮上会意的微笑。

这就不免说到银萝了。不唯声音，还有画面，无一不是人间绝配。半个世纪前的煤气灯下，水袖银蛇狂舞托起的那位绝色佳人，泗州戏花旦伊银萝。她声音的奇谲、灵性，浑如天籁，一出场就将我攫住了。一朝中毒，三十年无解。此后银萝的名字时常在唇齿间游走，冷不丁蹦出来。名噪苏北鲁南的泗州戏花旦，可是天降尤物啊！她的声、腔、韵，甫一开口，就没有别人的活路了。是的，都是陪衬，她是惠承天泽的牡丹花，开得最艳的那朵。但，银萝后来去了哪里？我不断地打探，亦真亦幻，多年犹在戏中。

十年前，安海媚打电话过来，语气神秘地说，老街有位女子，听说从外省刚回来，地方戏唱得倍儿棒，没准儿是你说的那谁？

G 城老街，有着我身边这座山海城市唯一的仿古建筑群，它的原生历史可以上溯到清嘉庆初年。大约三百年前，这里还是一片浅海滩涂，直到清康熙五十年前后才形成陆地。龙尾河、大浦河、西盐河多汇流于此。那时候盐商漕运舟楫穿梭，先有码头板浦、卞家浦，后来又有了新浦。经运河，入长江口，接通南北物流，笙歌画舫，浑然一派盛世的烟火气象。奈何后来世相更迭，原始的钟鼎瓦当、茶楼酒肆都湮没在历史的滚滚长河里。今天的建筑都是后来翻建的。让人不得不感叹时间的力量。离乱，生息，只要拉开了时空距离，总能奇迹般地开出花来。就像这街面两边，紫藤萝蔓以惊人的攀缘力量覆盖了路边的建筑。生庆公、肯德基店、公大商行的招牌在夜幕下光晕迷离，气质混杂。偶有几位身穿汉服的年轻人，手拈花枝招摇过市。半空隐约飘过一阵箫声，逶迤着，一忽儿没入了云际。

踏梅苑是一家新开张的中式仿古餐馆。整个二楼都是包厢，彼此间不隔音，就像有几百张嘴巴在嚅动，共同构成了雨后蛙鸣式的多声部合唱。才推门，就听哗的一响，声浪从里面流泻出来。众口声喧，正围着一位壮汉劝酒。我走到角落坐下，暗忖哪位是银萝。酒桌上的两位女子鼻眼局促，都不像。泗州戏花旦的美，是有辨识度的。银萝并不是古画上的淡眉细眼。她的眉毛很粗，过去每逢扮装，都要将眉毛剪了重画。银萝的唇很厚，要描成樱桃小口必大费周章。打粉底，定唇线，原有的嘴巴至少三分遮二。银萝的乳很丰，着戏装得裹两道束胸。银萝的笑很特别，就像《聊斋》里的婴宁，每个经过的男人都会被勾走心魂。银萝是戏台上的异类，更是天地造化的极品。

安海媚说，表姐，你迟到了。话音刚落，侍应小姐款款走来，躬身做了个姿势。举座欢呼，来了。

有人一脚踏进门里，缀着两只大绒球的披肩薄如蝶翅，恍若带进一股寒凉之气。屋里蓦地变得逼仄了。凤尾式绛色长裙，银丝纽扣从颈处一直扣到下摆。唇型不再是樱桃红，而是时下流行的豆蔻紫；睫毛刷得既黑且长，美目盼兮，巧笑倩兮。来人飘然落座，房内顿时安谧了许多，似乎都在等那人开腔。女子说，唉，耽误点事，让大家久等了。一口鲁西南乡音未改，尾音却多了几分特别。我暗叹一声银萝，像中了魔法似的呆住了。大家继续开吃。这时候屋子里出现了奇怪的静场。壮汉低着脑袋嘬弄蒜泥螺蛳，安海媚也停止了给左右添茶。象征性的消停过后，席间的嗡嗡声又起来了。中心话题只有一个，想听银萝唱一曲。

少顷，银萝清了下嗓子，就站起来唱了。银萝一开口，拥挤的包厢陡然变得无限阔大，是帷幕高挂，锣鼓紧敲；是刀枪剑戟，寒风阵阵，是脚踩水皮的一派凛然。“耳边厢又听雁声喊，开弓放出雕翎箭……”一曲《银空山》，声隆四座。曾经的泗州戏花旦，她的声音、气韵，和多年前几无变化。只是比起从前的圆润，似乎多出几分楔入骨缝的峭冷。妙！壮汉敲着碟子说，枯木晓霜，空山可探。众人哗地笑了。王大头，空山探得，是何路径？举座皆闻此话阴险，唯银萝不觉。她壁倚千仞，胯下催骑，勒马，纵马，甩鞭一气呵成，生将闲宴变作千军阵，一人技压百万兵！举座骇然，一时间呆若泥塑，不知在听，在看，还是在品酌。但她唱的时候，我发现一个不易察觉的细节。银萝的口型，变了。像西洋唱法那样，出现一种“撮唇”。就是将嘴巴噘起来，像一朵喇叭花似的开着。那些声腔韵，就是从那朵花里流泻出来的，未知跟哪路师父学的。“石榴开花红似火，梅翠娥头上插一朵。”三十年前那份野刺刺、泼辣辣、日晒雨淋出来的鲜灵呢？我摇了摇头，银萝怎么可能这样唱呢？自泗州戏花旦从民间戏班选拔到市里，人生曲线就不复过往了。

一曲落尽，众人意犹未了。银萝拗不过，又唱了几句“当你在穿山越岭的另一边，我在孤独的路上没有尽头，一辈子有多少的来不及，发现已经失去，最重要的东西，恍然大悟早已远去”，是蔡健雅的《思念是一种病》。银萝的唱法，应算戏唱。一首现代人的歌，竟被她唱出别样的韵味。众人说不出子丑寅卯，只觉得好听，就拼命拍巴掌。银萝能来，全看王大头的面子。席间得知，王大头跟银萝的老公是生意上的搭档，两人合伙用集装箱贩水晶到巴西，这些年赚得钵满瓢满。银萝那位，众人喊乔总的，曾经是G城某剧团经理。两人有个患多动症的儿子。后来举家落脚海南，不久前刚搬回来。前番乔总在G城最大的九龙饭店请客。在座被邀的，只有王大头，顺便将安海媚带过去，用她的低音炮嗓子助兴。银萝唱了两支后，就端然不动，仿佛身心抽离，去了别的地方。大家都很知趣，无人再嚷嚷着让她唱。银萝虽是浓妆，眉宇间的皱纹却形若蛛丝，在青白色的灯光下寂寂可见。凭着女性的直觉，我能察觉出王大头对她的呵护，已经超出了一般意义上的朋友。

3

曲终人散，银萝邀我到家中小坐。在车上，她依然心有旁骛，形若局外人。只有安海媚的笑声在暗影里不断响着，讲的都是美容行业的糗事。王大头将车子开到山门处停下。他现在变得异常殷勤，就像酒店大堂的礼宾员，跟银萝耳语几句后，便带着同伴开车走了。银萝带我继续朝里走。这座山脚下的别墅区，阔叶树一律高耸，像哨兵似的立在甬道两旁。门禁森严，是G城有名的富豪区。乔家的房子，坐落在靠山根最后一排，举目皆是黑黢黢的山峰。走进院落，第一个感觉是冷清。满地的落叶，显现出主人的懒于收拾。银萝带着我七拐八绕，带翅膀小人的喷水池、莲荷败落的鱼塘、龟背拱桥。一路紧走，风踩水皮的脚下功夫不减当年，我跟得气喘。门窗都闭锁着，才欲问起，银萝呀地推开其中一扇门。说，到了。然后有股子奇异的陈年气息兜头罩过来。正门几案上，几根明烛，供着一尊盘腿莲花宝座的菩萨像，眉目细长，兰花玉指高挑，正带着悲悯的气度俯视着来人。

原来是一间不大的居家佛堂，香烟缭绕，大悲咒的音乐在房间低回。

银萝说，先上香，求菩萨保佑。就从旁边的雕花盒子里拈出几支香来。双手举过头顶，面对菩萨默念片刻，然后放到明烛上小心地燃着。

当晚颇为蹊跷。原以为会聊个通宵，没想到上香后，银萝将我领到客房，掩门离去。夜里，外面下起了骤雨，窸窸窣窣的雨点，在房顶上发出怪异的响动。辗转至夜半，总算勉强睡了过去。早上，箭镞般的光线射进窗户缝隙，我骇然发现自己正躺在道具库里！屋内所有的箱笼上都蒙着积尘的盖布。仿佛主人正欲出门，因突发事件未及启程，被突然按了暂停键；抑或仓皇远走他乡，从此病理性失忆，忘记这里还有一干未装箱的东西。弃用两难，已经不在烟火议程。忽想起那位被称作乔总的，他早年是剧团经理的身份。看来嫁作商人妇的银萝，跑到踏梅苑唱《银空山》的银萝，还有她未谋面的老公，跟戏的关系，深藏玄机。否则这堆东西垛在家里，岂非咄咄怪事！而且自打照面，银萝就未笑过。以往那种婴宁式的娇嗔，没了。再往里看过去，屋角盖布上，又是一幅未装裱的宣纸佛字，统摄了整个屋子里的气场。我下意识地推开窗户，峰峦上空雾霾依然很厚，一道韵腔却破云而出，渐来渐近，在耳边訇然作响。

门扉一响，女主人头上罩着绒球帽匆匆走进来，随风带进一股寒意。妹子，没睡踏实吧？银萝说，只能将就着。这番话，信息量大得让人脑筋转不过弯。我连说睡得沉，这里挺好的。银萝叹口气说，都是临时租的。我哦了一声，觉得此话更深，不便追问，就转了话头说，你嗓子还在，韵味足着哪。银萝说，是吗？憋得慌，就跑去吼几声。如今唱堂会也没人听了。此后两人的对话，成了挤牙膏。银萝每句后面，似乎都憋着话，却总没有了下文。话题越来越稀，最后连对视的目光都变得躲闪了。

就在临近绝望的时候，银萝忽然想起什么，跑到窗户底下拧开某个旧木箱，翻弄半天，然后灰扑扑地抖出一个东西。待一层层剥开紫绒包布，竟然是点翠冠。凤穿牡丹的图饰赫然在目，鎏金虽经光阴的剥蚀，依然保持着奇谲的瑰丽。遗憾的是，那些翠羽，仅剩的几根都已折翼，变成了赭灰色。那是生母伊韵秋留给银萝的唯一信物。我想问点什么，又怕触动了她内心的隐痛，就说将来建泗州戏博物馆，没准儿可以捐出去，让更多人看到。银萝说，是吗？谁还认得这个，都是老旧物了。然后拿起一张《银空山》剧照，黑白色的，翘着长雉鸡翎的凤冠，绣金镂银的战袍，比画着，做了一个姿势。那种美，高古凛然，再次让我看呆了。接着翻。旧相册里掉出一张合影，是银萝早年在乡间"跑坡"卸装后拍的。标志性的翻领白毛衣，墨绿双排扣呢外套，鸭蛋圆脸，涂得夸张的唇。当下如获至宝，一把攥在手里。那时候的银萝，真是莲藕出水般的嫩，是《银空山》里的玳瓒公主、《聊斋》里的婴宁、《断桥》里的小青，一点媚、一点嗔，又带着毛刺儿。正看着，又有东西滑脱下来。大多是荧光刺眼的水晶图，目测皆有半人多高。旁边立着一个人，黝面润额，墨镜遮颜，是苏北鲁南常见的那种有钱人。

这时候耳边传过一个声音，幽幽的，唉，世间一切诸恶业，皆由无始贪嗔痴。

原来是银萝在自说自话。稍后，她指着黑白合影后排左上角的人头说，其实，当年也曾是白面书生。接过放大镜，我找了半天。放大，再放大，一团混沌。转去看背面的钢笔字，就愣住了。世界太小了，银萝的老公，竟然是我初中时的插班生朱元叟，外号朱老邪。这个不经意的发现，险些让我惊掉了下巴！朱元叟早年捣鼓瓦缸泥罐，唯一的亮点，是烧出几只赝品蓝花碗，送到县博物馆充当文物。此君色艺双痴，人却极拗，语稍不合，蚯蚓粗的青筋爬到额头上，立马动起拳脚。知之谓痴，不知谓邪。俩人竟然走到一起，必有大蹊跷。银萝说，他是二婚，后来随母改姓乔。银萝又说，他发了毒誓，把一个剧团的家当都打包运回来，说是送我的。

银萝最后说，他当年去海南贩水晶，是为了排大戏，说一定要让我唱主角。

4

昙花剧团的团长乔元叟，早年常将一句口头禅挂在嘴上，饥不择食，饥不择食。开始剧团的人不解其意，以为他整日忙得顾不上吃饭，后来始知是一种戏谑和无奈。暗喻自身条件局促，在择偶这桩婚姻大事上闭眼瞎摸，薅到篮子里就是菜。结果一揭盖头误终身。媳妇田筱桂，面相寡薄，颧骨外耸，民间俗称“克夫星”。两人自入洞房就干架。从制泥罐瓦盆的工艺组一路扭打到文化馆，又从文化馆楼下打到泗州戏剧团楼上。孩子生下了，也没耽搁，接着打。时打时停，谈谈打打，一场两性持久战的结果，乔元叟由饥不择食患上了噬吃症，且常被田筱桂撞破。银萝到县剧团报到那天，乔元叟从家里跑出来，躲到剧团院子里。刚进大门，媳妇就挑着绣花裤衩追来了。锁上，快锁上，乔元叟吩咐将大铁门锁起来，实则是想把田筱桂挡在门外。

银萝是在楼梯口碰到乔元叟的。夕阳的余晖这时候从走廊窗户打进来，银萝一头长发汪洋恣肆，更别提那腰、那臀，还有那潭深如渊的美眸。银萝那天穿了一条夸张的红花垮裆裤，上罩兜头黑色长马海毛衣，一丛牡丹花艳艳地在胸口盛开着。又值芳华之年，巧兮倩兮，嫣然盼兮。没注意旁边电光石火，有人顷刻跌进了黑洞。乔元叟立在墙拐角，恍眼看着一团火焰从楼梯上烧下来，心悸神颤，眼前一片昏黑。银萝，报到怎么不咳嗽声，让司机叔接哒？

整栋楼的人声突然消失了，只有那个声音在夕阳下的楼道里嗡嗡响着。银萝，报到是大事，怎么不提前打个招呼？银萝本想解释，却腾地红了脸。这个顽疾是从娘胎里带出来的，正如她婴宁式的笑。由此招来不少麻烦，民间尤以“神悸思春”为正解。比如乔元叟，眼下对着桃花缀面的银萝，湖泊上空飘走的云立马又飞回来，定格在那里，越积越厚，直到将她牢牢地罩在里头。

半年前全省戏剧调演，银萝在《红鬃烈马》一折《银空山》中饰玳瓒公主。犹如当年的泗州戏刀马旦、生身母亲伊韵秋灵魂附体。梳大头、狐狸尾、翎子、红硬靠、金蟒玉带、彩裤，那套行头一旦穿扎起来，锣鼓家伙一敲，惊才绝艳，气盈全场。一阵鼓起，一声锣歇，静场处人头攒动，左右张望，都在打探小女子是谁。文化系统历来有个不成文的“掐尖”惯例。大家心里都在嘀咕，上面又要“动编”了。果然，戏剧节大幕刚落，文化厅“掐尖”的红头文件就下了。调令在省厅某要员抽屉里锁了三个月，最后剧团孵出双黄蛋。县长姨妹，会弹脚踩风琴的幼教老师佘阿灵，和银萝同时调进。不过泗州戏花旦是临时借用，佘阿灵则是正式调入。这桩腾笼换鸟之事，全团人都知道，唯瞒了银萝一人。

现在，泗州戏花旦走进房间，以为团长找自己谈戏。没想到头件事竟然是补缀。银萝，下午有场报告会，这地方得拾掇下。乔元叟不唯眼神聚焦，胸腔共鸣亦达到峰值。这让银萝感受复杂。方寸斗室，一只憋气炉子占去大半。墙壁烟熏火燎，头盔道具、刀枪剑戟占去另一半。唯一一张单人沙发，赭色的腈纶罩布被烟头噬出几个洞眼。但屋内有股子神奇的气场。乔元叟拉开抽屉，摸出香烟盒大小的针线匣随手扔到桌子上。银萝不擅女红，拈着针头线脑，一时间竟觉得比舞台上的剑戟还重。犹豫了一下，还是半蹲下去，将对方的裤脚拽过来，开始初来乍到的针工大考。乔元叟就是在那时乱了方寸的，哪晓得头回遇到生马驹尥蹄子呢。银萝草草穿过几针，正欲咬线，隐约觉得有股子异样的气息从头上罩下来，从小在戏班子里学的童子功，让她纤腰一拧，足尖打个绕花，翩然落到沙发上。就听耳边蓦地爆出一阵訇叫，声音冲天花板直顶了过去。原来针线没扯断，被银萝一带，直接扎到对方的脚踝上。这时候大铁门哗啦一响，门卫老吴赶过来。谁摸电门了？我去关闸。乔元叟汗涔涔的，扶着桌沿坐到椅子上，挥挥手说，搞什么名堂，刚才讨论戏剧情节，放的录音，忙去吧。

银萝自知闯祸，连针带线急朝外拽，对方裤腿上还是洇了一片血渍。好身手，不知自己还悬着吧。银萝朝上看过去，乔元叟眼里那片云旖，此刻被烧得片絮不存，只剩下无数血丝织满了眼球，让他的脸看起来紫光萦绕。银萝哪知深浅，随口叹道，江湖果然水深。乔元叟一愣，问什么意思。银萝说，街面上都这样讲。乔元叟将手收回去，搓搓说，圣人在庙里塑着，能干事的都是恶人。银萝说，怎见得？乔元叟说，小女子懂啥，懒得跟你嗑牙。银萝说，连问都不问，觉得瘆得慌嘛。乔元叟说，有那么复杂？银萝转身欲朝外走。背后传过一个声音，《银空山》筹钱粮，马上要复排了。话音落地，银萝一脚门外，一脚门里。就像电影里的慢镜头，复转回身，蹲下去寻落地的银针。声音仍旧在屋子里回响着，不过这回是秋笙戏班班主关颖山的。银萝，这是你的命，戏里戏外都是。只此一句，泗州戏花旦灵魂出窍，一霎绷住的劲都泄了。

乔元叟说，我能把你捧红，这件事除了我，没有第二个人能做到。

银萝不接话。她蓦然发力，将针扎到手心里，说好啊，一报还一报。就算滴血盟誓，只要让我登台唱主角。

5

银萝从小在鲁西南民间戏班子的敞篷车上滚爬着长大，十二岁便出落得丰乳肥臀，像个十七八岁的大闺女。一根辫子攥上去满手冒油，常被大人揪着打滴溜坠儿。下海学戏后，团里若干虎狼后生，演罗成、杨宗保、高宠、浪子燕青的姑且不论；连立地太岁、混江龙、鼓上蚤侯小开也跟着做白日梦。银萝是吊在这些人脖子上长大的，打小人来疯。侯小开和银萝青梅竹马，俩人同年同月同日生，儿时过家家扮的都是小夫妻。奈何那孩子虽猴样地精，却生得手脚短小，只能演白鼻小丑、董超薛霸。乡间戏班子跑坡，一辆敞篷车，男女同吃同睡，长年在乡间游走，戏台上哭哭笑笑，戏台下搂搂抱抱，从无男女之大防。班主关颖山怕出事，趁着月黑风高夜，派人剪了闺女的辫子。银萝犯了拗劲，曾为此绝食七日，直到剪辫人被赶了事。

银萝天赋异禀，一头浓发长也相宜，短也相宜，风尘感和清纯气由内而外发散，成了击中男人七寸的致命利器。开心的银萝、蹙眉的银萝，走在大街上，那份濯而不妖的身段，若要唱戏，是正宗大青衣的料子。但银萝儿时独迷小青、梅陇镇上的凤姐、孙玉娇、红娘的媚眼。月儿弯弯照天涯，凤姐本是好人家。银萝看得最多的还是玳瓒公主。那是她生身母亲的看家戏。名噪淮水两岸的泗州戏刀马旦伊韵秋，怀胎七月，依然带着她跑遍苏北鲁南的九里十八乡。金彰紫授，韬略有，指日破辽寇。伊韵秋口衔雉鸡翎，侧身剑挑兰花指，踩着锣鼓点子一阵急急风，翎翅凌空一抖，再一挑，唰地摆个造型，观众看呆了！伊韵秋演《红鬃烈马》《锁麟囊》《七匹布》《大观灯》，还演《小放牛》《喝面叶》《王婆骂鸡》。真的是雅俗混搭，文武昆乱不挡。特别是那一番流水疾风的圆场功夫，动也生风，静也生风，被称为苏鲁豫皖一绝。“水上飘”的艺名即由此而来。伊韵秋却是一位个性极烈的女子，在得知有人上位后，便选择在一个秋雨霏霏的傍晚，突然蒸发了。没留下一个字，半句话。只剩下银萝还在堆满道具的车棚子里呼呼大睡，哪知醒来已是无娘的孩子。

伊韵秋红的时候，银萝厌戏、恨戏，想尽一切办法躲戏。她觉得那些咿咿呀呀的东西夺走了她的生母。母亲抱过自己吗？童眼未开时，银萝待在温润的乳山里，身体随时能被融化。她难得的欢乐，就是蹒跚学步后，偶串戏中的宝蟾、银心、四九。那样就能和生母伊韵秋同吃同睡，一起登台了。否则只能吮着被板车轱辘蹭掉指甲的小手，站在台下和别人家的孩子上演争母大战。戏台上的孩子一喊娘，银萝就在台下喊，错啦，那不是你娘，是我娘。舞台监督黑着脸拎了竹竿子走过来，鼻眼不分，冲着小银萝啪啪几竹竿子。关班主正忙着罗绡帐里结鸾凤，哪里想到闺女身上伤痕如织，心里狼咬虫噬呢？秋笙班“跑坡”四十余年，关班主要让这些人知道，每个人降临到世上都有命里的定数。她们的嗓子、身体，乃至毛发，自打落生就不属于自己。闺女银萝自然也是。若想声闻遐迩，就得经过地狱般的熬炼，冰河上蹚过几回，油锅上滚过几回，再到绝壁上挂过几回，非如此不足以成角儿。

关颖山用近乎残酷的旧式艺人生存逻辑，将戏班子里的每个人都塑成他想要的样子。小银萝刚学走路，关班主独钟的把戏，就是托着闺女翻跟头。先在臂上翻，后在剑把上翻，再去掌中翻，最后绕着指头翻。直到后来，一通锣鼓点子，银萝在地上像打挺的鲤鱼，一个接着一个，首尾相衔，一时间波翻浪叠落，万朵水花开，最多时翻过七十二个。那是秋笙班最红火的时候。那时候的银萝，不识人间烦恼事，万千娇宠集一身。那时候的银萝，最爱的是凤冠霞帔，一支失落的珠簪能让她在梦中哭醒。那时候的伊韵秋，是万众瞩目的泗州戏刀马旦、文武双绝的玳瓒公主。关班主是苏鲁豫皖地方官商的门上客。即便在“经济搭台，文化唱戏”的年月，刀马旦女王伊韵秋依然在舞台中央站着，谢幕时一众大人物烘云托月，都是陪衬。

银萝十三岁那年，女孩初潮，世界从此变了模样。

关颖山的苛毒与不羁，让银萝透过一双童眸，蓦然发现大幕拉开的背后，魑魅腾跶，人鬼互噬，穿织在急骤的锣鼓敲击中。凤荷、柳芷、梅荠、菁莲，都不过是古屏风画上的仕女，舞剑勒马，琵琶声咽。或咿呀一声，喜忧怨艾，待一团水袖抖开，眉眼未及看清，人就遁去了。银萝眼中的父亲，从至亲蓦地变身为西天路上的牛魔王。

关班主闯荡江湖多年，逢人作揖，遇庙烧香。终于碰到此生最大的心魔了。这日，雕皮袄，鼻烟壶，茶酽酒足，老调重弹。啪地抖开鞭子，萝，来几句。银萝梗着脖子，装作没听见。关颖山啪啪几鞭子，去闺女头上抖成一股风，一堆乌云头。银萝站在那里，眼不眨，气不乱。关颖山越抽越狠，云堆呼啦一散，掉到闺女脑袋上，额角的血渍立刻下来了。班主丹田之气乍泄，手旋心颤，一时竟有力不从心的感觉。银萝不躲不闪，任乌发缭乱，鞭声渐趋单调。关颖山，我让你七鞭子，再打就是自找没趣！关班主手腕一松一滑，鞭子掉到地上。才待弯腰拾起，眼前一片空茫。四十年后，老人们还摇头叹道，关班主的闺女六岁学戏，十八般武艺盈身，一支嗓子鹂啭莺啼，前景盖过生身母亲、红遍苏鲁豫皖的刀马旦伊韵秋哇。那年却魔鬼附体，戛然收声了。不知者谓之"倒仓"，知之者谓曰"神伤"。总之，百劝无效，成了团里的半哑巴。此后从头面到身心，就像加勒比海域的石斑鱼，发生了诡谲的异变。耳钉寸头，垮裆裤，大板鞋，再弄身陆战服穿着。见天跟着鼓上蚤侯小开、马达傅春生、江海罗战泡吧、抽烟、打群架。一匹没上笼头的生马驹子，眼看着一路狂奔，脱缰而去。

银萝一噤声就是三年。

萝，等娘唱不动了，你就是角儿，这些都是你的。曾几何时，伊韵秋香汗淋漓地从戏台上下来，一边卸装，一边逗弄旁边玩耍的小银萝。你要哪样？银萝独爱点翠冠。那是伊韵秋的祖传，从前清传下的。母亲偶尔心情好，会将刚卸下的凤冠放到银萝头上戴一下。银萝笑盈盈的，脑袋故意一歪，凤冠滑脱到手里。上面的翠羽斑驳颤颤，耀花了她的眼睛。那是伊韵秋的正午，牡丹皇后，一开即是百开。银萝眼里的母亲，是王宝钏、白娘子，抑或张素贞、穆桂英。台心一站，璀璨四野，追光打着，光环罩着。一阵鼓乐笙箫，万千叶瓣次第开。正中最艳的花蕊，就是她的生身母亲。

骄纵的银萝，少年不知愁滋味的银萝，就这样肆意挥洒着光影流年，并不晓谙自己的人生大戏亦将开启。天地转，光阴迫，大幕合上再拉开，已是江山易景，佳人改颜了。母亲走后，银萝才知道，早先看戏，以为是看别人，实则戏码上唱的，就是自己。须臾间，凤冠霞帔、蟒袍罗衫、剑戟雉鸡翎俱各归了新主。原来，生母并不是贾元春、穆桂英、白娘子、张素贞啊，原来她和凤荷、梅珊、柳芷、菁莲那些女子毫无二致。唯一不同的是，生母去向成谜，给团里人留下一个巨大的思维黑洞。一切都没改变，变的是一个叫银萝的女孩刀割般的心。

现在站在戏台中间的那位女子，是小白鞋秋寅。

6

银萝魔怔了。她发疯一般找那个女人。银萝终于知道何为心痛、心伤。是那种五脏六腑都被铁笸拽着，随时从体内拖出去的感觉。一旦扯出去，整个身体都空了。

至此一刻，银萝重新开了腔。

从前逢事见人，蹲起坐卧，无论登台与否，父亲拿鞭子都撬不开嘴巴的闺女，突然开唱了。银萝既一开口，声隆四野。她在雪地里唱，在雨中唱，在荒野上唱，在夜半更深的时候唱，踩着鼓点唱，打着拍子唱。奇怪的是，她的嗓音变了，由早年的通透变成了“云遮月”，民间俗称“烟熏嗓子”，就像一只附着在苍老树身上的蝉。那种蝉鸣声凄厉，震耳欲聋，故名“惊景”。它声音不美，仿佛用整个身体在嘶鸣。银萝现在就是“惊景”，她用拼死的鸣喊，去呼唤母亲，证明自己，或许什么都不是，她只是在唱，凭着生命的本能唱。这种唱不分场合，不分昼夜，一人全本，唱念做打，生将天地变作了大戏台。一曲未尽，一腔又回，声声戳心，犹如针锥穿耳，铁铲击锅。弄得团里人人惊乍，掩耳侧目，唯恐避之而不及。关颖山从温柔乡里惊醒，气咻咻地拎着鞭子出来了，兜头就是两鞭子。孽障，叫魂啊。银萝笑着，血渍从额角再度滴下来。打呀，关颖山，打不死银萝就要唱！父女俩胶着正酣。艄公捕快一干喽啰、马达傅春生、江海罗战陆续围过来打探。这夜半更深的，闺女不会落啥毛病吧？

唱病！关颖山将门哐地一摔。

众人满腹狐疑。老天爷赏的金钵子，吃饭本钱哪，就这样废了？

银萝噤声，银萝开腔，怨头债主，关颖山作为老江湖，焉能不察。这样的疯唱，不唯搅了他和秋寅的兴致，更让他对剧团前景担忧。这个孽障的每道韵腔、每句念白、每个眼神，都在向他示威。其实关颖山内心清楚，真正得到真传的，只有银萝。萝，等爹跑不动了，你就是角儿。一串跟头落罢，关班主嘴里时常冒出同样的话。

银萝的命运转机，是在全省传统戏曲会演时出现的。

秋笙剧团作为地方上的主力剧团之一，上报三部传统戏。主打剧目《盘夫索夫》，当家花旦小白鞋的看家戏，请专人改编，引入宫调元素。秋寅擅唱不擅舞，每唱必百转千回，肝肠寸断。此前乡间跑坡，至泣下处，曾出现百人唱和，戏台上下同韵腔的场面。关颖山自信满满，力拔头筹。殊不知，彼时港台风已经悄然挤进这片土地上的每条街巷。广场上跳的是嘣嚓嚓，年轻人迷的是RAP、切分音，“热情的沙漠”声如洪水，漫流肆虐，再不是老腔调一统天下了。

半个月后，上报剧目批下来。三部毙掉两部。同时传来一句话，领导要看打戏。

戏因人兴，人走戏亡。《红鬃烈马》一折《银空山》作为唯一的打戏，最初报上去是做陪衬的。这本来是泗州戏女王伊韵秋的看家戏，刀马旦一朝蒸发，从此剑戟入库，再没上演过。如今关颖山慌了手脚。近几年的秋笙剧团，其实早已风光不再。剧团车轮生锈，半年赋闲。有时候在村镇、乡间市井串串场子，应景演出，勉强糊口。现在关班主吩咐赶紧开库找道具。一把大锁风雨剥蚀，锈了多年。木牛流马、刀枪剑戟、鞍弓铠甲，一应物什悉数拖出，洗的洗，涮的涮。由马达傅春生、江海罗战、鼓上蚤侯小开守着，去太阳底下暴晒三日。一时间院子里花团锦簇，旌旗招展，人声熙攘，宛若过年。关班主笼着袖子转来转去。大冬天，脑袋仍像开锅的笼屉。早上小白鞋秋寅到团里来，乌眼蓬发，哑着嗓子让找人疏通关节。关班主摆摆手，说，回家待着，这事是商量的？跟谁商量？上面要的就是两个字，执行。

锣鼓家伙好攒弄，玳瓚公主却尚无着落。墙角旮旯都滤遍了，这才想起一个人来。打戏非银萝莫属啊，急问，人呢？马达江海左右递个眼色，都不言语。关班主遂差人四下里寻觅，权把扫帚扬场掀，掘地三尺。果不其然，最后在录像厅寻到了。银萝身着迷彩装，马丁靴长至膝部，骑着震天响的摩托车来了。到老班主跟前，两腿戳地，头盔一掀，直呼其名，关颖山，啥说道？关班主气短，嘴上自是软了。小姑奶奶，救人于水火也。银萝翻翻眼，与我何干？关颖山知道闺女的脾气，必得顺着捋才能谈下去，便如实相告。银萝哈哈大笑，说，好，这样好。关颖山眨巴眨巴眼睛，不知这话有何意。银萝卧蚕眉一竖，俺管打，你找人唱吧。关颖山想想也行，就讷个“秋”字，“寅”字尚未脱口。银萝戾声道，除非我死了！关班主一愣，再看眼前，哪里还是当年娇嗔女，也知讲下去，准得翻脸走人。遂作揖打躬，说小祖宗，就这样定了。

7

银萝接下《银空山》玳瓒公主一角，在秋笙剧团成了爆炸性新闻。

现在，团里人个个手心捏汗，都怕这锤子买卖，砸锅事小，连累饭碗碎了事大。哪晓得班主亦有苦衷，无钱请角儿，只能就地消化。随着会演日期临近，关颖山心如磐石，片言不进。眼看着日头东升西落，鸡鸣天亮。一声锣响，鼓乐齐奏，大圆场旋起来。一场大戏又要开场了。这边刺猬头银萝呢，依旧眯眼不睁。生母伊韵秋遁去数年，自己先是废了嗓子，继而废了功夫，人见人厌，形同活尸。如今天上忽然掉下一出打戏，非她银萝不演。始知人生无常，亦非全悲，悲欣交集，方为真世相。开悟之后，先摔头盔，后脱迷彩。闭着眼睛咬破手指，去玻璃上抹下一个血字“角”。那一刻，银萝的眼眶始如久旱的丘壑，浩浩大水漫天而来，直到湮过头顶。

全省传统戏曲会演在即。关班主嘴上的燎泡未好，心头又添新愁。闺女亢靡不定，热身甚慢。新来的配唱气质违和，被闺女否了又否。最后忍痛卖掉一副家传大靠，才从淮北矿上找到一位唱梆子腔的。女子气质娴雅，讲起话来鸟啭莺啼。那天头绾高髻，肩披金丝绒大披风，踩着七寸高跟鞋笃笃来了。两强相遇，一照面就不搭眼。对方捏着鼻音勉强合练两次，这边弦还没调准，就声称到时直接走人了。原来人家是来捞金的，按时间算钱。关颖山不免慨叹，倘是伊韵秋在侧，哪用他操半分心哪！暖手炉不烘了，貉皮护耳也不知去向。节骨眼上，当家花旦小白鞋又卧榻不起了。

8

今天回望四十多年前，会发现许多奇谲的现象。民间艺人生逢其时，百年不遇。每有大戏上演，瞬间爆棚。每有新面孔，必迎来万众欢呼。干柴与烈火，燃点甚低。那种感觉是岩浆久淤，冰镇雪盖，一朝迸发，蔚为大观。

银萝，就是在此时走上全省戏曲会演大舞台的。

《银空山》如期上演。紫红大幕徐徐拉开。景深处，天幕高挂，彤云远山。台下静场，万头攒动，阒无一声。随着一阵锣鼓音歇，胡笳声咽，一女子全副披挂，一阵急急风旋上场来。只见她背插旌旗，铠甲凤冠，锦袄绣裙，兰花指捻起红缨马鞭，两根雉鸡翎啪地一弹，平地打个旋子，再一甩，通身华彩猝然绽放！锣鼓家伙震天撼地地敲起来。雨骤雷狂，风吹惊沙扑人面，女子犹如神助，纵身跃马，直逼山高万仞。泗州戏刀马旦回来了！原来银萝就是伊韵秋，伊韵秋就是银萝啊！一霎时，她身上所有的细胞都激活了，犹如神灵附体，娇媚嗔怨，形神迸发。尤其那个大圆场，银萝凌波而行，万花缭乱处，闻风不见人，全面再现了伊韵秋当年"水上飘"的神韵！

大幕坠落，一片静场。突然，掌声海啸般地响起来，长达十几分钟。

剧团起程前，银萝无名高烧，三夜不退。烧到后半夜，竟然满口呓语。关颖山哑雷闷顶，耳鸣如哨。秋笙班跑坡四十年，怕是要栽到这个小孽障手上了，保不准她是伊韵秋派来索命的。从接上面通知到复排，满打满算，银萝热身不足半月，嗓音定调更无从捋起。关颖山本想让秋寅替唱，被闺女断然否决。从淮北煤矿请来的名角掂着曲谱哼了两次，跟银萝动作、气韵多处不搭。看来命犯八字，互不买账。更遑论乐队合练，弦老琴旧，文武不齐。银萝打小有三疯。一曰人来疯，天生的表现欲，人越多越出头，嬉笑无常，逞强心重；二曰拗疯，拗劲上来，雷劈狼追皆不怕；三曰饶舌疯，要么像檐底燕子树上鹊，从不顾及旁人脸色，要么嗒然收声，数月不开，形似哑人。如此异禀，若演玳瓒公主一角，形神俱贴，必是大出彩。她若掼小锣子，百牛莫拽。关班主了解闺女的脾气，提着心，吊着胆，就怕哪点对不上，戏班子百十号人吃饭家伙尽砸手上了。如此屏息三天，全团神经几近崩摧的时候，银萝烧退了。退烧后的银萝，眉宇娴逸，心神入定，连说话、走路的步态都变了。这时候离会演开幕还有七天。银萝门扉闭锁，躲在屋子里兀自练功。马达傅春生、江海罗战趴在槐树杈上，透过薄雾朦胧的窗玻璃，远远看到银萝宛若幽灵，腾挪跳跃，如燕衔云。十八般武艺，刀枪剑戟，悉数一一捡回。

绛红大幕再度徐徐开启。鼓音暂落，锣声即起。一干喽啰如过江之鲫，鱼贯而入。稍后一片静场，偌大的剧场里，芜若荒原，风吹四野。偶尔传过一两声咳嗽，更反衬出剧场大厅的神秘与幽静。所有人都知道自己在等什么。《银空山》“打雁”一折，《红鬃烈马》的华彩乐章。当年泗州戏刀马旦伊韵秋，纵横苏鲁豫皖民间大戏场，有人追逐千里万里，就是为了看伊韵秋“打雁”。独看她的云步、搓步、探海、大翻，纤腰款扭，凌空飞射。就为看她的一嗲一嗔、百媚千娇。《银空山》尘封几十年，玳瓒绝迹，优伶遁形。如今莺飞草长，河开雁来，好戏再度上演。《红鬃烈马》是传统戏的经典，《银空山》是经典中的经典，“打雁”一折则是经典中的戏眼。至于玳瓒公主，更是戏眼王冠上的那颗明珠，焉有不看的道理？多少人彻夜不眠，抱凳束袄，星夜排队，或四下里遍寻黄牛，去剧院门口搭人梯。恨不得钻地缝，垒堑打洞，只为淘得一张会演戏票。

终于，一阵胡笳声又起了。

锣鼓声由小及大，渐趋急骤，似有一万匹烈马奔踏草原，风声鹤唳，由远而来，渐来渐近。伴随着一阵惊天的鼓响，大幕里，小女子再度侧身旋出。两根标志性的雉鸡翎高耸凤冠之上，云立鹤翔。只见她风踩水皮，点如飞梭，照例一溜小圆场。耳边厢听得雁声响，空中大雁往上翻，开弓弹打南来雁。突然，一道韵腔从半空豁亮亮地劈下来，所有人顿时呆住了。是银萝，银萝自己在唱！这声音团里的人太熟悉了。煤矿请来的名角，这时候张大嘴巴，也呆愣愣地站在那里。盛装登场的大披肩滑落到地上，未知眼前发生了什么。台上的锣鼓依然在敲，雨疏风骤，时紧时歇。女子一溜小圆场，越转越急，越转越疾，直旋到天地生辉，满目生璨。每个人的心都提到嗓子眼上，眼睁睁盯着台上，只待下一刻惊天大爆发。却见女子凝神，抖翎，将雉鸡长翎作一个心字大圆，稍后一弹、一放，再度拧腰伏身，作海底探月。须臾，平地起跳，纤腰打个飞旋，张弓搭箭，凌空一射！

喝彩声像旱天刮过的惊雷，掠过半空，在剧场内外訇然炸响！

现在，观众满眼满耳，都是银萝。所有人屏着息，提着气，只看银萝在台上撒欢儿。台下甚至发生了骚动与争执。有人说当年的刀马旦又回来了，有人说是伊韵秋的闺女，也有说是小白鞋。正在嗡哄之间，一阵胡笳长鸣，银萝又出来了。此番红衣出场，几乎是被风刮出来的。斜侧里小踮步，大转身圆场，风踩水皮荷上飘，旋，旋，旋！水袖柔抻，兰花指捻剑。左右再旋大圆场，红鬃嘶鸣，剑指穹庐，形神定格，绮丽绽放！锣鼓声一阵急似一阵。银萝彻底演疯了！她搓步、云步、花梆子步；弹压雉鸡翎，一弹一甩，平地再起跳，唰地跃上帅字椅。与此同时，一道华丽丽的韵腔又出来了！威风凛凛坐将台，炮响三声紫雾开。丹田饱满，声遏行云。一片碰头好，再度响彻剧院上空。

大幕徐落再起。舞台上，剧情仍在推进。一位花容月貌美少年，白衣白马亮银枪，自幕后疾出。原来是南朝护国大将，身穿蓝白战袍，一派潇洒倜傥，率一众人马追杀薛平贵来了。满场虾兵蟹将，喽啰声喧，直搅得周天寒彻。少顷，锣鼓骤起，银萝又出。一阵小圆场，飞旋如陀螺，催马、打马，手执绳鞭绕如花，直指天宇。问声小将名和姓，报上名来好用兵。白马银枪高嗣继，谁敢与咱来对敌。两人即时开打。红蓝相间的战袍伴着锣鼓声疾，花团锦簇。两杆枪如银蛇绕身，密不透风。果然是自古英雄出少年，一派英气自凛然！玳瓒公主立于场中，又被惊天的喝彩声包围了。小踮步，大转身，花枪飞旋。锣鼓声再起。转，转，转，两人枪随人走，且战且行，愈战愈勇，一时间打得难分伯仲。稍后银萝一溜风踩水皮，翩然遁去。

大幕渐渐垂落。山鸣谷应，一众喽啰满眼穿梭。稍后一声老迈的韵腔，从天边飘过来。催马来到汾河湾，不见公主为哪般。苍凉沉郁，原来是秋笙班的压台元老上场了。紧接着是南朝大将，一身铠甲，纵马跃出。但台下已经静不下来了。剧场里似有群蚊嗡动，几位内急的，低着脑袋从前排穿过。场上的故事，人们早已烂熟于心，后面所有的演绎，都是在走过场。无论南朝大将易主，还是薛平贵夫妻相见，都不再是人们眼中的高潮了。并非场面不好看，抑或角色不卖力，而是玳瓒公主太出挑了。确切地说，是银萝一技压百芳，让在场的其他人都黯然失色。银萝的光焰，吞噬了所有人的目光。现在，人们身心游离，尚未从此前的画面中回过神来。这是银萝的魅力、银萝的异禀，也是银萝的悲剧，更是古今无数天才的悲剧。自古梨园多纷争，能成角儿者，非疯即魔，非同凡人。等银萝明白这个道理，已经太晚了。她此后所有的苦、所有的痛、所有的忧伤，都在为这片刻的灿烂付出代价。这些她根本无从得知，即便有知，亦身不由己。

生命绽放的银萝，再也回不去了。

9

年底，全市文艺界团拜会。夜晚灯火璀璨，裙裾摇曳。贵宾席上，银萝短发盈耳，芳华年少，化着最时髦的烟熏妆。同桌官员谈笑亲和。这时有位民间魔术师，被邀上台。他先是掏了一把牌，几番腾挪后，瞬间变成了巨钞，一张张朝下弹射着。最后天女散花，漫天飞舞的都是纸币，场面火爆异常。稍后，主持人用颇具磁性的声音，报出泗州戏刀马旦后裔献演《银空山》片段。话音落地，帷幕上打出巨大的戏曲佳丽头像。银萝站起身来，不遑多让，一番唱念做打。由于没扮戏装，竟多出几分时尚感。这时候有许多人过去索要签名。领导微笑着，就像看过年抢鞭炮的孩子。

这是银萝的好日子，连续数年穿梭于各地舞台，光耀四野，一时拿奖拿到手软。媒体麇集，专家激赏，被业界坊间视为“银萝现象”。这年冬末，突降大雪，参加春节团拜会的人被风刮得团团乱转。都说雪下得蹊跷。银萝当时在雪地上走着，心事浩茫。剧团参会者唯她一人，连乔元叟都没资格成为座上宾，足见市里对人才的重视。时隔不久，银萝接到一个电话，让去市郊取邮件。辗转半天后，口袋里多了一张艺校进修的通知书，这让她惊骇莫名。后来跑去跟团里汇报，乔元叟像看外星人似的盯了她几秒钟，说，咦？好。看来单位并不知情。赴京报到后，银萝始知那年传统戏大热，她和两位外省地方戏学员属于上面特批。银萝像八爪鱼一般，牢牢附着在汲取养分的吸盘上，宵旰攻苦，任督二脉一通百通，成为那届最抢眼的学员。毕业大戏《银空山》谢幕之际，玳瓒公主立于舞台中央，绛紫色的大幕在身后徐徐滑落。恩师黎子涵问她有何想法。银萝一愣，说回去啊。黎子涵摇了摇头，让她再想想。银萝在操场上坐了半夜，脑袋时而空泛，时而混沌，左右不知从何想起。恩师那些话若听天书。抬眼再看穹庐，月明星稀，剪月半挂。一声豁亮亮的行腔破云而来，惊天的锣鼓再度击打在耳膜上。是啊，高楼摩天，红尘万丈，与她何涉。

暮春将尽的时候，银萝回到团里。披衫挂缕，一身中性打扮。七厘米的高跟马丁靴，婀娜摇曳，英气灼人。奇怪的是，团里人看到她，似乎并没有久别后的讶异。大家照例忙碌，晒道具，吊嗓子，一如往常。几位刚从乡村找来唱琴书的，分成两班人马，正扯着嗓子在院子里练摊。人潮如涌，声浪爆棚，几公里外都能听到。银萝在艺校的时候，听说《银空山》几经波折，晋京终于获批了。她仍记得乔元叟的承诺。时隔数载，昙花剧团旧址易地，新租的办公大楼正在粉刷。银萝绕过四楼，一直找到五楼。远远看到团长室的牌子，正欲过去敲门，忽听啪的一响，是杯子落地的碎裂声。须臾，出来一拨人，有男有女，昂昂然离去。银萝进退维谷。正踌躇着，门咣地又开了，从里面走出第二拨人，低眉敛胸，颓靡而走。银萝自感已成观众，一时竟不知所为何来。正犹豫间，里面有个声音说，进来吧。应声出来一个人，跟银萝打个照面，是佘阿灵。房间内气场诡异。乔元叟头不抬，眼皮不翻，攥着一份文件在看。不知过去多久，嘴巴里突然冒了一句，有事？与此同时，佘阿灵像水蒸气般地消失了。银萝暗吃一惊，自己两年没在团里，就是天天上班，这种语气，若非刻意冷落，当属节外生枝。赌气说，没事。正欲走开，身后的声音又起了，木秀于林啊。银萝说，全凭乔大人发落了。乔元叟将文件朝桌子上一撂，没头没脑的声音，又起了。八字还没一撇呢。银萝不知这话是指晋京，还是角色。她难免心有狐疑，隐约不安起来。

银萝不相信上面敢赌佘阿灵，那是砸牌子。

乔团长忙得焦头烂额，眼下正在为《银空山》晋京筹钱粮。

地方上自然拨不出钱款。三摞报告打到省里，均泥牛入海。乔团长无奈到处磕头作揖，打拱化缘。弄得人家一见到他，就说，蚍蜉公来了。意讽蚍蜉撼大树，不自量力。岂知乔元叟一半为戏，一半为人。银萝赴京上学前，让他指天盟誓，必须保证主演《银空山》，否则永无可能。乔元叟邪劲上身，发下毒誓，若他乔元叟不能让银萝唱主角，黄沙盖脸尸不全。若唱回主角，八抬大轿，花红月圆，迎娶新人。

《银空山》晋京，跌宕数载，一波三折。其间论证会开了七次，方案修了九轮，主政领导换了五茬。百蛙争鸣，难定一尊。直耗得县花剧团人困马乏，兵流水泄。吊诡的是，唯余两位女子死死钉在原地，雷打不动，铆定彼此。AB 角大戏，訇然开场。

现在，排练大厅里，每日里刀枪剑戟，锣鼓声喧。一套班子，两班人马轮番登场，佘阿灵派头很大，特意在省里聘请了专家名师，贴身施教。跟班喽啰，风车般乱转。马达傅春生、江海罗战何等眼色，早已嗅出风声。董超薛霸，谁赏饭跟谁屁股后转。唯有鼓上蚤侯小开不忿，有次将银萝约到茶社，竹筒倒豆子。银萝始知镀金两年，城头变幻大王旗。坊间有句话，搞曲艺的人，唱与不唱，都得在戏台上戳着。观众最是喜新厌旧，三日不唱，即便再红，视为过气。银萝不在七百二十日，佘阿灵另辟蹊径，已由晚会、非遗、节庆商演等神奇上位。加之声光电助力，官商钦点，合力包装，风头一时无两。民间言必佘阿灵。这却不是传统戏曲的红，而是应了地方的景。佘阿灵那副幼教出来的嗓子，蕾丝装扮相，甜嗲腻柔，堪比布丁奶茶，风靡街巷，尤为年轻拥趸所追捧。复排《银空山》，自视当然之选。乔元叟揣着明白装糊涂，借壳生蛋。台照搭，戏照唱，设

AB 角。每日里锣鼓家伙震破天，乔团长暗祷奇迹发生，关键时刻顶他一把，内外两安。

原来《银空山》获批，据传是因地方某官员以内定姨侄女主演为条件的。佘阿灵手握尚方宝剑，早在两年前就投入排练。每日里头髻高耸，裙裾摇曳，观者麇集。鼓锣家伙一响，佘阿灵百怯顿消。大圆场、小圆场，早已经转出感觉，转出自信。眼下万事俱备，只欠东风。

江湖罗生门，门中有门。银萝何以深谙，只知道镀金回来，风动云挪，这风却不知是从哪儿刮来的。团里偶有排练，瑕疵频出，不是佩饰丢失，就是马鞭璎珞蒸发。银萝初始懵懂，后渐开悟。原来红尘中人，自古驭世秘籍，尽在平字。平头平常，平庸，平即是安。平字诀下，出头的椽子先烂。遂将马丁靴换下，爆炸头捋直，披衫挂缕悉皆锁入箱笼。为登台大局计，自此小翻领，平底搭襻鞋，不施粉黛，终日去窗边枯坐。乔元叟深谙小女子脾气，哪敢深言。时逢十面埋伏，生怕大火烧了龙王庙，自家人先干起来，只好闭着眼睛假寐。

如此各方架在油锅上。烈焰焚心，只待一声鸣锣。

光阴无声地流淌着。大多数时间，是佘阿灵在用场地。银萝偶尔去看她转圈子。看着看着，疑窦丛生。原先瞧热闹的心态，渐渐被某种莫名的东西取代。原以为佘阿灵只为凑数，满足虚妄之心，后来发现，这个女子野心勃勃，绝非客串心态。她的一招一式，中规中矩，因有幼教舞蹈功底，抬腿下腰，不怯旋转腾挪。对点对锣，竟也有模有样。首场彩排，银萝坐在那里，只待圆场结束，她想听她开唱。佘阿灵一开口，银萝就笑了。她头一次听人这样唱泗州戏。那声、那腔、那韵，宛若水银泻地，朝四下里漫溢开去，又像被抽了骨头，滤去了精髓，变得无色、无味、无香。只是被一种明显受过训练的气声托着，纤风浮云，在空中飘游。这是戏？银萝摇摇头，再看被请来的专家和领导神情，或点头，或微笑，或鼓掌。看上去认可度甚高。而且在彩排的时候，她惊奇地发现，原剧打戏的成分被刻意缩减，增加了许多伴舞的段落。一时间声动水响，万荷聚开，天幕上云翔凤舞，佘阿灵着一袭白纱长裙，从台阶上翩然而下，人们耳边鸟啭莺啼，场面繁复。这还是戏吗？这是在哪里？锣鼓家伙一波隐一波显。音乐声又响起来。碧海蓝天，波翻浪逐。银萝脑袋一炸，蓦然间石破天惊！原来，此《银空山》非彼《银空山》也。传统鼓锣偶穿其间，只是噱头。此前曾听说，有人花重金为佘阿灵量身，作为古今合璧的试点戏，银萝只当传闻，现在看来，驴马同釜，一锅混沌。外行人只是看热闹，分明已是音乐剧的节奏了。台上锣鼓家伙在敲，人如流水线切割般在演，台下在录像、拍照，掌声适时起落。一切有条不紊、天衣无缝。唯银萝心神抽离，仿佛置身天外。细观之下，乐队多了诸多陌生面孔。钢琴、脚踩风琴、小提琴，取代了早先的锣钹镲铙。原来锣鼓家伙的热闹，只是从音箱里放出来的。难怪从艺校进修回来后，就再没见过几位早年的老琴师。听说多已退休，或中风心梗，各有发落。唯一吹唢呐的，长年闭门不出，在家里喝中药调理。眼下，银萝坐在那里，就觉得地面在一点点朝下沉。短短两年，物是人非。这才想起广场枯坐半夜，懵然不谙的黎子涵的那句话。

人生就是楚门的世界。你走进任何一道门，其他门就关上了。

第二场彩排，依旧按老版本演出。无论承认与否，这是擂台的格局。乔元叟为此脚底磨穿。既已内定，意味着佘阿灵登台，除非突然倒嗓，银萝即是海底捞月。乔元叟自封石敢当，雷霆箭矢，邪性死磕。最后上面回复，彩排定分晓。乔元叟仍待奇迹发生。戏曲旦角黄金期极短，当打不红，即为废人。他不想眼睁睁地看着银萝废掉，必须力挺她登台。乔元叟舍命顶银萝，甚至被自己感动了。眼下锣鼓开场，千钧系于一发。他笃信只要银萝开打，天地陡转，主角立刻易人。

开场在即，乔元叟欲现当年盛况。为此上下呼号，请来了老领导、老戏迷、旧相识，左右不离老旧俩字。较之前番的前拱后拥，人头攒动，当晚剧场，一片银霜盖头，多龙钟老态，以及跑火车打闷雷式的咳嗽声。乔元叟急将夕阳红剧社留守的老人都找来，又拧开隔壁社区敬老院后门，锣鼓一敲，马扎板凳，悉数放入，才算填了空当。当晚，贵宾座唯一出席的上级前任主管，是坐轮椅到场的。银发鹤首，由小保姆推着，腿上搭着厚厚的毛毯。领导是泗州戏女皇伊韵秋当年的戏迷，此番到这座山海城市来，算是故地重游，也是特来一睹刀马旦后裔风采的。前排还有一位特殊嘉宾，银萝的恩师黎子涵。千呼万唤，终到现场一坐。银萝毕业后，黎子涵由于失望，俩人音讯隔绝。无论到G城开会，还是做评委，黎子涵再未联系过她，此番复排《银空山》，特地从京城飞来，力挺当年得意门生。

10

银萝是在年底一个冬雨霏霏的日子辞职的。

彩排当晚，她全套行头，惊艳登场。乔元叟从家里找来的几位老班底豁出性命重整锣鼓，一通震敲，响彻全城。鼓锣歇处，一阵胡笳声起。月高风烈，银萝纵马持鞭，再度侧身像风一般旋出！纤指一弹、一拢，捻住两根标志性的翎翅向空中一抖！大圆场，小圆场，大圆套小圆，环环相衔，在锣鼓声中，踩在每个鼓点上起舞，旋，旋，旋！不要音乐，不要伴奏，不要声光电，银萝就像一只天外精灵，突降人间。一人翔飞鹤舞，惊才绝艳，满台璀璨！这才是主角的戏啊，这是一人独撑全场的生命之蹈啊！

那是银萝久别三年后的亮相。她抖开双翅，一点点延展，一点点打开，天地大美，生命灿烂！银萝又演疯了。细心的观众能听出，剧中的标志性唱段，银萝几乎在用生命呐喊。她的声音，浑如苍龙，在云间游弋。尾劈云霾，声凿韵穿，重现生母伊韵秋当年的金石之声。台下的老领导浊泪纵横，好哇，后继有人，瞑目可慰矣。银萝唱，银萝哭，银萝嬉笑怒骂，百媚千娇。银萝终于知道母亲在舞台上的感受了。大千人生，烟火世相，有人追官炫富，有人逐利禄，她银萝不羡红尘，不慕鸳鸯，身心浑然，只为戏来。原来这就是她的人生，她的宿命啊。

观众都看出，那是银萝最后的演绎。空山之灵，遗世独立，已然绝响。

大幕垂落了。两台彩排相继告终，一切重新归于沉寂。时间在阒然流逝，到时候必然雌雄立显，伯仲分明。就这样熬过夏天，熬过秋天，在隆冬将近的时候，上面的通知下来了。《银空山》更名，不设 AB 角。主演佘阿灵，编导人员重金外请，重新组班，作为年度大戏晋京演出。

《海之凰》剧团启程前夜，市里举行了盛大的欢送会。当晚，宴会大厅华灯璀璨，裙裾飘飘，克莱德曼的琴声在空气中摇曳。按照惯例，这样的场合，所有业界的重要人物都会到场。银萝也接到了邀请。她心如沉釜，决意把戏的尾声演完，向所有曾经关注过她的人道个万福。红男绿女，一如往昔。走进大厅，银萝习惯性地找席位卡，没有，什么都没找到。既无人招呼、陪伴，也没人迎上来寒暄。到处都是陌生人，陌生的脸，奇怪的腔调。昔日师尊、同道亲和的微笑，都神秘地蒸发了。银萝稀里糊涂，顺着人流走进一个包间，看到董超薛霸、马达傅春生、江海罗战都在那里闲聊。众声喧哗，一波波涌出门外。席间人看到她，照例吃喝不误。银萝坐在桌旁，满脑子都在过电影。隔壁大厅浮浪甚嚣，鼓乐齐奏，正达到当晚送行宴会的沸点。这时候，空中飘过一句话，来来，给伊女皇满上！众皆哂笑不止。银萝盯着鼓上蚤侯小开那张明显喝高的脸，纤指一捻，将一杯红酒极为精准地弹了过去。

第二天，银萝辞职了。同一天，昙花剧团的团长乔元叟雇了辆拖卡，将剧团那些废弃的破铜烂铁整整装了一车，然后轰轰隆隆开走了。至于拖回哪里，大家都很忙，无暇过问。

戏台上的玳瓒公主死了。

现在的玳瓒，是乔元叟的媳妇。银萝沉吟道。那是我和银萝相隔二十年后的首次见面。现在的银萝，离开梨园界已经十余年。十年后的银萝，依然能够着盛装，赴晚宴，唱《银空山》，住富人区。总体上生活应该还不错吧。是吗？银萝说，都是做样子，戏台搬到现实里了。他吃了官司，眼下人在海南农场编筐子，判了无期。银萝说，所有家产都被拍卖，我被扫地出门了。在我眼里，她依然是泗州戏名旦。即便她富过，锦衣貂裘，香车美馐。她曾经拥有的一切，真是她想要的吗？那个叫乔元叟的男人，竟然娶了人中龙凤银萝，凭什么？银萝说，凭他兑现了诺言，让我唱了一回主角。银萝说，但我在台上，过足了戏瘾。哪怕台下只有一个观众，我是主角。可惜当时他没能八抬大轿迎娶我，我是坐在拉道具的卡车回家的。你能想象当时的拮据吗？真是绝境，借住在塑料厂的仓库里。那些演出服，就是我们的全部家当。

我一阵哑然。戏如人生。银萝一生都在戏中，无论台上还是台下。

他想东山再起。前些年拼命倒腾水晶，最阔的时候，包过港口的集装箱。你信吗？二十多年前我家就有冰箱彩电了。他一直想重组班子，但泗州戏没有观众了。从佘阿灵唱出第一句，我就知道观众的品味换了。大家都喜欢听她唱，甜腻得像蛋糕。银萝突然笑起来，好听吧，现在人们都爱听这个。一听就疯、就狂、就跺脚打响指。你见过吗？满场晃眼的蜡烛，都是由观众擎着的，夜空就像缀满星星的大锅。传统戏何曾有过这样的阵势啊。我辞职后也下海了，到处商演，什么都唱。话题至此，银萝叹了口气，唉，这辈子，我唱的《银空山》，演的《银空山》，末了发现，原来人生就是一座银空山，没有几人能躲得过。

一切有为法，如梦幻泡影，如露亦如电，应作如是观。

银萝说的时候，双手合十，片刻入定。她的声音依然好听，中音偏低，早已滤去云遮月的沙沙声。但口型变了，不再是唱戏的那种。这不会是黎子涵教的，也不是通俗唱法的口型。那是跟谁学的呢？撮着西洋唱法的口型，唱着最口水的歌。与此同时，泗州戏在哪里？玳瓚公主在哪里？我的心隐约痛起来。偶尔停顿，我终于忍不住，问了句压抑很久的话，这么多年，你去找过母亲吗？她是否还在人世间？

我留在台上，就是为了让伊韵秋看到我。现在，舞台没了，余生唯一的念想，就是去找她。听老家出去做劳务的人说，新加坡有家华人茶社，曾经有女子在那里唱过泗州戏，跟她长得很像。银萝说着，又渐入冥思。

这个在踏梅苑唱戏的女子，此刻悲喜皆无，语调和缓。她肚子里的话，总得向人倒出来。银萝的每一步，几乎都背着无形的魔咒。其间跌宕升沉，身不由己。

11

乔元叟做梦都没能料到，梨园生涯会这样终结。

昙花剧团苦撑几年，终于关张了。改制后，除去三两个人饭碗转到局里，其他人自劳自食，各寻出路。几位老戏迷端着小板凳蹲在门口，大哭一场，然后放了一串鞭炮去晦气。乔团长本可以留在局里管食堂，银萝辞职，万念俱灰，决意下海南闯荡。适逢单位搬家，一屋子破铜烂铁无人接手，正欲送废品站，乔元叟掏出口袋仅余的几百块钱悉数买下，借塑料厂仓库暂存。梨园半生，心存一念，总觉得哪天东山再起，大幕重启，这些好东西都还用得上。乔元叟何尝不晓，现代混响、MD、威亚抢滩陆上，他眼中的宝贝，早已是人们眼中的废物，即便贴钱都没人要了。

惭愧，你还是走的好。在临时租住的塑料厂库房里，乔元叟拽过银萝的手，不断呵着气，喉咙里间或发出困兽般的哀鸣。银萝心神俱灰，说，乔元叟，记着，你欠我八抬大轿。乔元叟看着银萝，本想再揭一重秘密，张了几次口，咽了。银萝直到辞职，都不知自己的临时工身份。她是从天上罚到人间的精灵，进退失据，懵然不谙世俗规囿，更无心追问。她只想要脚下方寸，一束追光，去演绎她对泗州戏的旷世之痴。挨至天明，乔元叟说，银萝，听着，三年内不让你重登舞台，黄沙盖脸尸不全。银萝伸手捂住他的嘴巴，说，去闯，我帮你看着。时下去留两难，茫然不知所终。实则，一个大活人，没有绳捆索绑，完全可以抬腿走人哪。南渡北归，飘萍过洋，没准能在异域遇见伊韵秋呢。再不济，京城还有黎子涵啊。锥心苦守，唯一个命字。银萝的忧乐荣焉，是要有场域安放的。一声锣响、一阵鼓哨、一串璎珞、一支头簪、一根点翠冠上的羽毛，都能让她的释放落有实处。没了这些，生死又有何异？铆定眼前人，纵使百般不搭，至少大本营还在吧。

在塑料厂仓库盘桓半宿，翌日，乔团长不辞而别。这位曾经的梨园老江湖再迟钝，也知风向变了。以前是戏，是角儿，是艺术，是识文解字懂点文墨。现今是铜臭逐日、身无分文，一切无从谈起。成王败寇，唯有孔方。有了钱就能八抬大轿娶银萝，就能拽回世人钦羡的目光。甚至可以重整旧山河，让刀马旦后裔重新登台。此后数年，乔元叟与族人合伙，将状如笆斗的黄水晶、紫水晶、红水晶稍加磨琢，做成大大小小的各式罗汉、菩萨像，借商船运到东南亚、巴西。几年下来，果然赚个钵盈瓢溢，嗣后在海南置宅、置地、搞物流。那是乔团长最膨胀的日子。先是将他与田筱桂生的儿子送到贵族学校，又用一套别墅的价码跟糟糠之妻迅速断舍离。田筱桂自掂分量，也知趣松口，另觅高枝。接下去，乔元叟以当地首富的身份，将泗州戏名旦银萝接过去，补办了传统婚礼。

水晶富商乔元叟，没想到重蹈岳父当年迎娶刀马旦的覆辙。

泗州戏名旦银萝，不擅女红，尤远庖厨。茶饭衣着均不着意，更不似当地贵妇，锦衣貂裘，而是整天凤眼蒙眬，冲着镜子出神。偶尔拿出母亲的那只点翠冠，比比画画，咿呀作声。家里花重金砌的游泳池、练功房长年闲置。请专职泰国教练来教瑜伽，往返几次，因路数和泗州戏刀马旦程式相悖，无奈解雇。年余，儿子出生，银萝气血两淤，恐哺乳累及形体，遂全托月子会所抚养。两三岁后带回来，动辄鼻口乱动，眼白多得吓人，后来始知是多动症。自此遍寻名医，久治不愈。时间转眼过去八年，银萝无心教子，又惧都市人车喧嚣，高楼晃眼，时常闹着回老家。乔元叟发下宏誓，等再出两趟远海，重整旗鼓，笃定送女王返场。银萝信疑参半，眼见得老公常年在外，自己却锣鼓声歇，一人终日于豪宅枯坐，自忖与活尸无异。慢慢地，松了筋骨，懒了梳妆。乔元叟这边掘山游海，初始尚有愧怍之心，久而神经趋于钝木。

乔元叟说，冤家，码头船开，你，你竟敢把钥匙匿了？银萝说，杀千刀的，再挣打金棺材躺进去挺尸哪。乔元叟说，无理取闹！你以为还是当年吗？银萝说，当年如何，今日又如何？乔元叟说，都把与你了，还要怎样啊？银萝说，莫非忘了那句话？乔元叟顿感心虚，说，姑奶奶，拗不过天去也。银萝说，我命由我不由天。乔元叟说，伊女皇，睁眼瞧瞧外面，闷在屋子里都快发霉啦。银萝说，千金不羡，只要一样。乔元叟最怕那两个字，银萝偏偏嘴巴一张，就吐出来，唱戏。银萝说，我要唱戏。乔元叟说，驴喊马嘶三十载，何足道哉！银萝黛眉一竖，你说谁是驴子？扑上去便撕拽。乔元叟反手一挡，未尝发力，对方借势跌坐在地上。“惊景”再起，穿屋凿梁。男户主说，哎呀呀，疯婆娘，捕快来了，你老公要进局子了！转身去厨房里一通大响，明晃晃的刀举了出来。银萝锐叫，剁呀，剁不死银萝就要唱！乔元叟扑哧笑了。冲着床头柜哐哐几下，用刀背将抽屉撬开。钥匙果然藏在里头，一把抓了，说，小姑奶奶，好生念经，待俺回来再论口舌也，咣地掼门离去。银萝自此再无梳妆，独坐悲双鬓，空堂欲二更。每日里趿着拖鞋，套着和尚领长汗衫嗑瓜子看电视。隔年暮春，听闻老家仿古街，近年又聚起一拨旧人，破鼓哑嗓，时有吹拉。乔元叟也深谙戏湮人灭的道理，遂派贴身司机，也就是当年的门卫老吴，赶紧送银萝和儿子回老家散心。

临行前，乔元叟说，等做完这船生意，我马上组团，舞台还是你的。

银萝蓬发敷面，裹着一件长长的春秋睡袍，眼神倏地亮了，又黯了。

G 城蜘蛛峰下的郁兰山庄，这年搬来了新住户。无人知晓在小区里晃动的宽面女子，就是当年名噪坊间的泗州戏名旦。银萝回归老家，心神渐安。定期到贵族学校去看望有多动症的儿子，或到门外美容店泡泡脚，偶尔也去老街，或附近的双龙井茶社喝茶。渐渐地，竟也适应了阔太太的生活。随着星移斗转，自知登台无望，唱戏的心也慢慢淡了。银萝最喜欢去的地方，是蜘蛛山门的桥头，槐枝枯朽，寒月高挂，远处钟鼓楼的檐铃不时在风中摇荡。整个山门附近，被分成三个场域。一帮抖着红绸子跳广场舞，放着《最炫民族风》。音乐声响得劲爆，跳舞人扭得喜庆。还有一拨暴走族，其声也烈，其势也壮，其行也威。一只手擎的铁皮喇叭訇然作响，后面跟者，出手出脚都很齐斩。吼声如雷，路人多避让。还有一拨常年在桥头，城门底下，抑或废弃的旧停车场。聚三五人，或七八人多扮古装，挑彩驴、花轿，唱《王二姐思夫》《王小赶脚》，车马蝇嗡，嬉笑哗生。观者云集，怡然自乐。

银萝最初站在那里，忽觉流年凝伫，星月陡转。不知怎么，耳边就冒出那句话，凡有所相，皆为虚枉。此后一众旧友陆续聚拢来，摆一通龙门阵，拾起锣鼓家伙一阵狂敲。银萝有时也过去吼一两嗓子，偶有云遮月，仍是旧时感觉。暗忖登台也好，不登也罢，若天不假时，实在没有唱戏的命，等乔元叟干不动了，择时收心，回来养老也好。谁知平地起风雷，水晶商人一夜之间被带走了。

12

三年后的某个下午，我顺着电线杆上的指向，在距 G 城六十公里以外的 G 镇到处寻找缝纫店。快过年了，洒扫庭除，修涮采购，照例少不了忙碌。转过油炸凉粉豆腐房、公厕、粥店，在门拐角枝杈旁的老槐树旁，终于发现一处门脸小铺。屋角用硬纸板写着两个字，缝纫。屋内四壁垂垂挂挂，都是尚未做好的半成品衣物。一张巨大的几案上铺着薄毡毯，上面撂着几本《上海服装》。一只橘猫正忙着用爪子洗脸，少顷，拿尾巴将自己盘在地上，目光警觉地盯着我。喂，掌柜的在吗？里面人应声而出。刘海齐眉，筒子状的棉袄，腰间系着蓝花围裙。和所有的裁缝一样，脖子上挂着软皮尺，笑嘻嘻地招呼道，来了！这样的声音，让我瞬间回到老街，那个守着小电视戏谑说唱的晚上。几年不见，取代宫廷贵妇帽的，是对方满头的棉絮，像雪花似的点缀在发梢上。看到我狐疑的目光，店主笑笑，说，有一批棉包，刚卸完。又说，回老家过年？听此话，必定是银萝无疑了。我就问，媒婆公司生意如何？银萝说，那东西玩不转，俺是电脑盲。又想到大烟袋、罗汉帽，就问，老乔出来了吗？银萝说，改判了，不过还得待十年。我抽口冷气，再有十年，银萝在哪里呢？她还能登台唱戏吗？稍后意识到对方早就不唱了。银萝让我将羽绒服脱下，开始捣鼓拉链。看着她脚踩缝纫机，忽想起那些聊过的桥段。两人目光一碰，银萝笑了。看上去泗州戏花旦虽变身裁缝，脑子依然灵光。又问老乔当年到底犯的哪样。银萝说，谁知呢？

窗外的鞭炮声，依旧在炸响，这是年节的气息。在这家连门板都没有的小镇裁缝店里，这位曾经在舞台上光芒万丈的泗州戏名旦，用她颠小圆场的脚，灵活地踩着缝纫机，嗒嗒嗒的声音，每次都响成一串。

最后一次和银萝见面，是在放生的河边。

那天告辞，银萝顿了一下，忽然问，放生吗？我说，是去河边放？银萝说，是的，放很多鱼，许了两千余尾的愿，得在出去前放完。我一怔，问她去哪里。出去，银萝说，我想出去看看那个在茶社唱泗州戏的是不是伊韵秋。我定定地望着这位昔日纤指如兰、眼下腰粗体胖的泗州戏名旦，忽然觉得，她是对的。银萝说，伊韵秋曾托过梦，她在新加坡经营了一家茶寮，常有华人过去听戏，偶尔她也会唱上一段。聊到这里，银萝脸上熠熠生辉。知道吗？我梦见茶寮，门口挂着一串宫灯，到处雕梁画栋，墙上有雉鸡翎、彩裤、大靠、红璎珞鞭子。从海南搬家的时候，点翠冠丢了，也许被人偷了。为此病了一个月。银萝说，自己的谵妄症，就是打那时落下的。我点了点头，对此深信不疑。银萝说，前阵子，有位女演员在网上晒点翠冠，被网友詈骂，没准儿就是。说到这里，她突然提高了分贝，知道吗？伊韵秋的嗓音，能够在一大堆音乐声里冒出来。我看着她的脸，恍惚间幻化成另一张脸，那是伊韵秋的模样。母女俩的脸就这样切入、淡出、重叠又撕裂。是的，戏台失去了，寻找生母，又成了她余生的牵系。

隔日，在小学校门口，远远看到一位女子骑着电瓶车过来。车把上是那种棉被似的防风帘。银萝戴着头盔，膝盖上绑着很厚的护膝，脚上是老式的翻毛皮靴。骑到我跟前，两腿一撑，踩住刹车说，上来吧。她这个姿态，让时间再度回流。那是银萝噤声的日子，抽烟、打群架、膀子上文着怪异的刺青。银萝作为戏子的背后，其实还有沉睡的一面。现在，它被激活了，作为银萝的保护色，让她融入世相烟火的同时，豁然重生。在鱼市，银萝哑着嗓子跟人谈价，她跟在一位面相狰狞的老男人背后，让他将大池里的鱼捞到筐里，都是半拃长的小活鱼。看得出，银萝已是这里的常客。

河边雾气蒸腾，日头被沉郁的雾霾遮蔽着。沿河一排尚未砍伐的梧桐树枝丫翘棱，古意森然，至少有五十余年的光景。衬着飞檐青瓦，竟然别具沧桑。我站在那里，看着河道、水流，还有岸边祈祷的银萝，觉得她的虔诚是对的。她一无所有，唯有虔诚，就像她对戏一样。也许虔诚能给她带回来母亲。

放生事毕，云开雾散。无意中遥看对岸，一群渔猎者长长的钓竿，已然在那里守候着。银萝视而不见，面容祥和。

·作者简介·

李洁冰，女，1962年生，江苏连云港人。著有长篇小说《苏北女人》《青花灿烂》《刑警马车》，中短篇小说《魑魅之舞》《渔鼓殇》等，长篇纪实文学《逐梦者》三部曲等50余篇（部）。曾获公安部第十一届金盾文学奖，江苏省第五届紫金山文学奖，江苏省第八、十一届五个一工程奖，首届“朔方”文学奖。小说多次入选《新华文摘》《小说选刊》等多种选本。

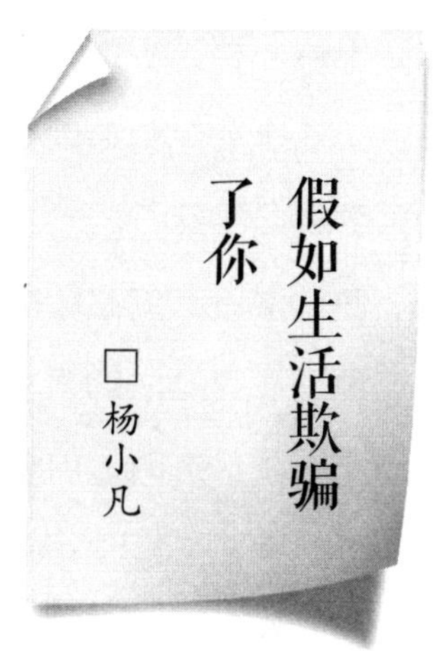

1

扫过健康码，测过体温，雷言顺着箭头指示的方向急急地寻找八号厅。

温缓跟在后面，高跟鞋叩击路面的声音有些凌乱和急促。她嗔怪地说：“急慌得跟打仗一样，晚不了！”

“还有三分钟就开演了！”雷言放慢一些脚步说。

进入八号厅，雷言很意外。偌大的放映厅里零散地坐着几个人，大屏幕上正在播放影视公司的广告。

今天是七夕，中国的情人节，这个点应该有一些男男女女来看电影啊。雷言得意地对温缓说：“今天，我们几个包场！”

“这种片子，年轻人根本不看的！”温缓答了一句。

今天是《八佰》上映的第二天。雷言认为观众会很多的，尤其晚上七点四十这一档，应该正是高峰期。他一周前就谋划了，精心调了班，计划在今年这个七夕节给妻子一个惊喜：请她看场电影，然后在木兰文化广场的且坐斋吃顿饭。

他觉得自己欠温缓的太多了，结婚七年来，节假日很少有时间陪她。但这也是没有办法的事，干了刑警就没有自由、时间，有时甚至生命都不是自己的了。这时，前妻史莉的影子突然从他脑海里一闪而过。唉，不想这些了，今天应该是个高兴的日子，看电影！

雷言看得很入神，温缓看得很紧张，两个人手握着手，都盯着银幕。温缓的气息一会儿急一会儿慢，她被狙击的场面和情节吸引。不知不觉间，两个多小时过去了。

他们走出放映厅，下到一楼大厅，走出大门。雷言掏出一支烟点上，深吸了一口，然后说："缓缓，我在且坐斋订好了位子，咱去吃饭！"

温缓突然想起女儿豆粒，就说："闺女还在家呢！"

"没事，老妈不是在家嘛，我提前安排好了。今晚你就放心吃吧。"雷言径直向广场中部的且坐斋方向走去。

且坐斋是这里最有情调的特色餐厅，以徽菜为主打，外加时尚果蔬和面点，不提前两天预订是订不到位子的，更不要说有情调的小包厢了。雷言一周前就让小邹帮他在手机上订了。小邹大学毕业，刚入刑警队两年，是真正的时尚青年。

雷言点了臭鳜鱼、毛豆腐，温缓点了两个素菜和一份黄精鸽子汤。下过单后，四色果盘和一壶祁门红茶很快端上来。雷言给温缓倒了一杯茶，然后笑着说："这徽菜啊，严重'好色'、轻度'腐败'，红茶是绝配，可煞荤清油！"

“这啥话到了你们男人嘴里就变味儿了！”温缓嗔笑道。

这时，雷言的手机突然响了。

干刑警这行，最怕手机突然响。他迟疑了几秒钟，迅速掏出手机，一看是局长的电话，下意识地坐直了身子，“局长！”

房间不太隔音，外面的声音有些乱。雷言把手机贴在耳边，一边听一边说：“好！好的。我马上出发！”

放下电话，雷言立即站起来。他不好意思地说：“缓缓，我不能陪你吃了。齐家寺出人命案了，局长让我立即到现场去。啊，对了，你把菜打包带回去吧！”说罢，他急急地走出房间。温缓长长地叹了口气，把杯中的茶一饮而尽。

坐上小邹的车，雷言就开始给已到现场的秦山林打电话。

秦山林是齐家寺的辖区派出所所长。齐家寺在城西十公里涡河北岸。电话里，雷言先安排秦山林封锁现场，然后让秦山林报告案发现场的有关情况。

秦山林对情况还是相当熟悉的，他说：“死者叫孔令白，是一个月前刚退休的男性教师，妻子在城里带孙子，他一个人住在村里。村民反映没听说他跟谁有过矛盾，死时手机落在地上，家里也没有被盗的迹象，院子大门敞开着。报案人李凤是晚上九点半左右到他家时发现的，初步判断遇害时间为……”

雷言听到这些，意识到这不像是流窜作案，极有可能是熟人作案。他部署道：“立即封锁出村的道路，严防村里人出去！同时通知镇里和村里的干部马上到现场。”

人被害无非这么几种情况：因财、因仇、因情。从秦山林的话里初步判断，这三种情况对于死者孔令白来说似乎都不太可能。从事刑警工作二十二年了，雷言经手的命案也早已过百，经历让他明白，作为刑警有时最不可靠的就是经验。在这方面，他是伤过心的。

八年前的阴历八月十六晚上，他的前妻史莉被人割喉致死。一时间全城轰动。案子是当时的副局长亲手抓的，他既是受害人家属，又是怀疑对象。唉，那件事真是不能想，都过去八年了，雷言还没有真正从那件事中走出来。

不想了，不想了！雷言点上一支烟，把车窗按开一条缝。外面风吹进来，啊，已经有些凉了。

雷言赶到齐家寺已经是晚上十点半了。

这是一个不到两百人的小村庄。涡河从村前流过，村西是一条干沟。村东头的宋沟与涡河相连，沟的水面有两丈左右宽，一座小型节水闸控制着水量。村子北面是一望无边的玉米地。村子的院落由西向东排列，南北每排三到四户，总共四十几户人家。此时，村里有五六家亮着灯，人们都围在孔令白家的院子前和村街上。

孔令白家在村西头把边儿，前面是河岸，开阔平坦。两米左右的院墙内，正房三间带檐廊，西边两间偏房，东边是一间厨房；大门朝南，有一座简单的门楼。孔令白是坐在院子里的藤椅上被害的，手机丢在右手下方的地面上。

雷言围着孔令白的尸体走了两圈，又围着院子走了一圈。

他边看边想，从现场看并没有打斗的痕迹，死者是坐在椅子上被锐器刺穿脖子左侧动脉流血过多致死的。由于天黑，即使在强光的照射下，也不能提取足痕。看来，现场只有天亮后再细勘了。

于是，他把派出所的人分成两组，一组封堵村子路口不准人出去，另一组由村干部带领，挨家挨户登记每户人员具体情况。然后他又把刑警队的人分成四组：一组由副队长叶鸣带领把守现场，研究侦查方案；一组由他自己带队询问报案人；另外两组，分别对村里逐人进行走访和面谈，查找线索。

安排完毕，雷言和小邹在村主任郭万明的带领下来到报案人李凤家里。

入村的路是上面给修的水泥路，到每一家的路还是土路，走在上面高高低低的，有些不平。路边的杂草丛中，不时有猫和老鼠窜出来，又消失在另外的草丛和柴垛间，偶尔有条狗汪汪汪地叫几声，栖在树枝上的鸡，咕咕地叫着，扑棱棱飞到另外的枝头。深夜的村庄，显然更加破败和荒凉。

郭万明一边走，一边介绍着李凤家的情况。

李凤今年五十一二岁，她丈夫叫孔德化，人有点老实，小时候感冒打针伤了脑子，头有点向右歪，村里的人都叫他"愣鹅"，也有人叫他"老愣"。他爹原来是生产队队长，也算体面人物，就连哄带骗地把李凤给娶了回来。李凤吃得胖，脸也不白，家里穷，没读过书，大字不识一个。她嫁给孔德化后，生了一男一女两个孩子，女孩子三岁时得急症死了，儿子初中毕业后外出打工，后来娶了邻村一个叫素的女孩。素小时候父亲就死了，家里也穷，不然是不会嫁过来的。嫁过来之后，她生了一个儿子。儿子四岁时，她外出打工跟一个南方人跑了，自此再也没有回来。

现在，孔德化住在前院，给儿子看家，兼带孙子，李凤一个人住在自己家。据说，两年前，李凤跟河南的一个四十多岁的光棍汉住了半年，后来又突然回来了。现在她还时不时要跟孔德化离婚，说不要齐家寺这穷家破院，不回来了。

雷言他们来到李凤家里，她正躺在床上玩手机。

李凤见警察和村主任郭万明到家，显然有些紧张。她急忙从床上下来，不知道说什么好。

雷言、郭万明在堂屋的两个塑料方凳上坐好，小邹坐在桌子左边的破椅子上，准备记录。李凤有些紧张地坐在床沿上，看着眼前这三个人。

雷言看着李凤说："你别怕。如实说说情况吧。"

李凤更加紧张，不敢看雷言，而是盯着郭万明说："说啥？我真不知道他咋死的。我看见他时，他和椅子都倒在地上。我叫了几声，他不应，用手机一照，见他不出气了，吓得我赶紧跑了出来。"

"你别紧张。雷队长问什么，你如实回答就行了！"郭万明边掏烟边说。

"你几点去老孔家的？"

"九点多吧。"

"具体几点？"

"记不清了，反正是九点多。"

"你去他家干什么？"

"去让他帮我修手机。"

"修手机？你的手机怎么了？"

"抖音玩着玩着就打不开了，也不能视频了。"

"你找孔令白修过几次手机？"

"那记不清了。我以前不会玩手机，都是他教我的。手机不能玩时，我都去找他修理。他是老师，能着呢。"说到手机，李凤慢慢地有些放松了。

"上一次你找他修手机是啥时候？"

"记不清了。有十来天了吧。"李凤停了一下，又接着说，"我这手机是杂牌的，便宜，老是出毛病！"

这时，雷言的手机响了……

2

孔德昌接到警察的电话，得知他父亲遇害了，两腿就筛糠一样地抖个不停。

他想从沙发上站起来，试了几次，腿还是发软。妻子问他怎么了，他的嘴唇哆嗦了几下，突然哇的一声哭起来。母亲毛爱芹听到哭声，赶忙从房间里出来，大声说：“德昌，哭啥？这三更半夜的！”

“我爸被害了！”孔德昌扶着沙发，终于站了起来。

“啊！”毛爱芹倚着门框向下滑，最终瘫软在了地上。停了两三分钟，她突然两手拍着地板，抽泣着说：“他是作死啊！上回我回家就感觉这个死鬼要出事。”

孔德昌的妻子最冷静，她问孔德昌是谁打来的电话。孔德昌说是警察打来的，要我和妈立即回去配合调查。见孔德昌魂不在身的样子，她说：“事儿已经出了，我拉你们回去！”

毛爱芹坐在车上，三个月前她回村里的情景浮现在眼前。

春节孔令白是来城里过的，他嫌在儿子这儿憋屈得慌，非要回家不可。他回村后，毛爱芹由于要带孙子，不能外出，就没有回去。一直到麦黄梢，她才坐城乡公交车回了趟齐家寺。

那天中午，她回到家里时，孔令白正在屋里翻箱倒柜地找衣服。

见妻子突然进屋，孔令白吓了一跳。“你这个老太婆怎么回来了！孙子呢？”

“这是我的家，我咋不兴回来了！”毛爱芹看着被翻乱的衣服，有些生气地说，“你这是找啥啊？”

“我那套西服，你给我放哪里了？”孔令白有些着急地说。

毛爱芹狐疑地看了看孔令白，没好气地说："这穿单褂子的季节，你找它干啥？"

"有用场。我要上最后一节公开课！"

"年前不是就不上课了吗？眼看着下月就要退休了，还上哪门子课！"

"最后一课，你懂吗？我人生的最后一课。"孔令白有几分得意和自豪地说。

毛爱芹不识字，但她对丈夫上课还是十分支持的。孔令白家以前是地主，他只上了初中，就没有再被推荐上高中。七十年代末，孔令白本来考取了一所大学，可由于政审的原因，最终还是落选了。后来，公社有位领导听说他成绩不错，就让他当了民办教师。虽说是民办教师，但他书教得顶呱呱的，教的学生都考上了中专、高中。后来，他还成了乡里的优秀教师。

孔令白心高，但他毕竟是地主成分的人，所以一般人家的闺女不敢跟他结亲，别人给介绍过来的女子要么长得丑，要么年龄大，他又不肯委屈自己，这样拖来拖去，就拖到了二十七八岁。这个年龄在那时的乡下就算大龄了，他成了开瓢嫩、吃菜老的葫芦。

毛爱芹当姑娘时长得双眼叠皮、杨柳细腰，也算是方圆十里之内的漂亮女子。但她右腿比左腿长了一点点，走起路来左腿有点跛。农村人娶媳妇，长得漂亮固然重要，但腿脚不灵便也是大忌，娶媳妇不能只看长得好看，还得要能打能跳，割、搂、锄、耙都会才行。她也是高不成低不就，一拖也拖到了二十五六岁。后来媒人就把她说给了孔令白。两个人一见面，你情我愿地投了缘。

毛爱芹嫁过来后，孔令白对她很好。放学后，就到地里干农活儿，加上民办教师十几元的工资，小两口日子过得比村里人稍微鲜亮些。孔令白白天教书、干农活儿，晚上就不停地看书，他一心一意想考试转正，成为正式的教师。

儿子孔德昌上初三那年，孔令白考上了县教师进修学校，他进城学习两年后就会成为正式教师。这下，孔令白高兴得逢人就递烟，进家就笑得合不拢嘴。毛爱芹却心里有些害怕，她担心孔令白进了城后被其他女教师给勾走了魂。

女人都有自己的小心思和小智谋。毛爱芹的智谋就是要求孔令白每周六放学后必须回家。理由也是硬邦邦的：儿子正在读初三，做父亲的每周都要回来关心儿子的学习。

毛爱芹的苦心没有白费。孔令白两年读下来没有一点花花事，一心一意在她身上。

五年前，孙子出生了。毛爱芹不去城里看孙子不行啊，她狠了狠心还是去了。狗打秧子猫叫春，随他去吧。说是这样说，可她每次回村听到一些风声，都要跟孔令白明里暗里吵一架。听到风声不一定来雨，但是无风不起雨也是老话儿。抓贼抓赃，捉奸捉双，毛爱芹抓不到实据，也就只好在心里生闷气、瞎嘀咕。

毛爱芹觉得，孔令白的死跟女人有关。不然，上次他怎么突然找西装，穿的衣裤挺括，精神比他们结婚时还焕发呢。但这是不能对警察说的啊，人都死了，要真是为了男女那点事，那儿子、孙子、她和儿媳妇的脸往哪搁呢？人喜欢啥就会死在啥上面，老孔啊老孔，你要是真的是为那点事死的，我都不会再掉一滴眼泪了。

毛爱芹虽说是这么想，车子到了自家院门口时，她还是哇的一声大哭起来。

凌晨五点半了，夜色即将退去，东方灰亮。

雷言问过毛爱芹话后连抽了两支烟。他确实有些累了，毕竟过了四十岁，一夜熬下来，确实有些头晕脑涨的。

让他失望的是，他从跟毛爱芹和她儿子孔德昌两个多小时的谈话中并没有得到有价值的线索。他们确实不太了解孔令白在村里的情况，虽然每天都通个电话或视频一会儿，但那都是围绕着孙子的。其他方面，他们并没有多深的沟通。事实也许就是这样，现在子女与父母真正深入沟通的确实不多，两口子真正了解对方内心的也不太多。

雷言掐了烟，想躺在车上休息半个小时。

他刚刚眯了十几分钟，手机响了。技侦组有了消息：从手机后台的数据热点分析，春节以后，孔令白除了跟他儿子、儿媳联系多点之外，联系最多的就是他所在学校的校长孟维三！

雷言命令说："立即把孟维三找过来！"

说罢，他又询问其他组摸排可有线索，现场勘察准备好没有。

这时，东方的天空泛起一片片红云，树上的小鸟叽叽喳喳叫了起来。

太阳就要出来了。

3

大马中学在齐家寺北面，也就四里多路。

刑警队副队长李想和队友的车子离学校还有一百多米时，就看到孟维三站在校门前了。

孟维三显然对孔令白的死感到特别意外。

李想的电话打来的时候，孟维三还没起床。听说孔令白被害，孟维三猛地坐起来：这消息对他来说太突然了。孔令白刚办完退休手续才一个月零几天，怎么就遇害了呢?

孔令白是孟维三的老师，从初一到初三的语文都是他教的，而且还是他初中三年的班主任。那时候，孔令白还没有转正，但他教的语文课在城西六七所中学里都是出了名的。

孔令白教学十分认真，对学生因材施教，尤其作文课上得最有特色。每次布置完作文题后，他都要详细讲解写作要点，而且每次都会写一篇模范作文。作文讲评课上，他把写得好的和差的作为典型例文加以分析，还把自己写的读给学生听。大多数学生都怕写作文，可他教的学生却都喜欢写作文。

“孟校长，我们想了解一下孔令白的情况。比如，他与其他老师有没有过矛盾，有没有过什么异常的表现。”李想掏出一支烟，对着孟维三扬了扬，“你抽烟吗？”

“我不抽的。也没给你们准备。”孟维三满怀歉意地说。

李想笑了笑，把烟点上，说：“不好意思，我一夜没睡了，这会儿有点困。”

孟维三开始回忆。

孔令白性格很温和，平时说话细声细语，从没跟哪位老师吵过架，甚至没听说过他跟谁红过脸。孟维三师专毕业后被分配到这里，他与孔令白由师生变成了同事。孔令白每次跟他说话时都是先叫孟老师。孟维三听不习惯，说了好多次不让喊他孟老师，就叫维三或者小孟。孔令白总是笑着说：“你是老师了嘛，再叫你的名字怎么合适。”这样一来，孟维三对孔令白更加尊重了，两个人也经常聊聊天。

后来，孟维三当了校长，他希望孔令白能当教导主任。但是孔令白没有同意。他说，我当了一辈子教师，就是想上好每一节课，再说了，我这性格也不适合当主任的。孔令白给孟维三详细聊过自己的性格。他说，他家原来是地主成分，从小他都是小声说话，从没有跟谁争吵过。再后来，他当了民办教师，虽然课教得好，但是，在公办教师面前总觉得低人一等，这是一辈子都改不了的。

孟维三把这段往事给李想他们讲了。李想听后说："这么说，他应该不会有什么仇家的。"

"他绝对不可能是被仇杀的！"孟维三语气肯定地说。

李想又点上一支烟，然后说："你回忆一下，他这一两年可有什么异常？"

孟维三边想边挠着头皮说："没有什么异常啊！"

"不急，你再认真想一想！"做记录的另一名警察说。

孟维三把孔令白这几年的事像放电影一样在脑子里快速过了一遍。

孔令白这几年情绪似乎有些低落。孟维三曾经找他聊过。每次他总是叹气，原因很简单，一是学生越来越少，不久的将来学生还没有教师多，这学校像啥呢？再者，能听出来他对退休是有些焦虑的，感觉教了一辈子书，现在身体好好的，马上没有课上了，这接下来的岁月干啥呢。别的老师都想早退休，他却跟别人想的不一样。

有一次，他说现在一月工资五千多块，加上年终奖、绩效奖、餐补等，一个月能拿七八千元，就教这么几个学生，真是对不起这些钱。学校里的教师基本都住在县城，学校集中排课，其他教师两三天才来学校一次，他却天天都来学校。

他对学校是真有感情。年前，他听说几所学校要进行公开课比赛，就专门找到孟维三，要求在退休前能上堂公开课，也算是对自己这几十年教学的一个总结。对了，从答应了这节公开课后，他确实有些变化。

想到这里，孟维三对李想说："想起来了，要说异常，得从公开课说起。"

天亮了，技侦人员开始勘验孔令白脖子上的伤口。

伤口在脖子的左侧，他是被利器穿透动脉血管而死的。穿孔不到一厘米，像是飞镖穿刺而过。现场除了有李凤的足痕，没有再提取到别人的足痕，初步判断，飞镖是从五米外射过来的。后来，果然在孔令白身后一米五远的地方找到一支细细的飞镖。

雷言立即在现场召开分析会。

这是他们从来没有见过的案例，用这种凶器的人，一定是专业人员，甚至是专门练过飞镖功夫的，不然，这么远距离，能射这么准，而且力度又这么大，一般人是绝对不可能做到的。从作案时间和作案现场看，凶手事前一定对孔令白的住处和活动规律非常熟悉，极有可能是仇家，或者是被人雇来的。

案情变得更加复杂。

从初步了解的情况看，孔令白为人和善，不可能有非要他命的仇家，但凶手显然也不是为财而来，这究竟是怎么回事呢？雷言一边让大家继续讨论，一边让大家安排各自手底下的线人迅速查找会掷飞镖的人。同时他又安排一组人去找县武术家协会会长锁长乐了解相关情况。

刑事案件往往都这样，山重水复得让人不知所往。

这时，雷言想起他的前妻史莉被害一案的破案经过。史莉在气象局工作，平时接触的人极有限，从颈部被割的伤口看，专案组判断极有可能是因雷言而被报复。当时，全面排查了经他手被抓的所有人，半个月都没有结果。正当案件侦破毫无头绪时，凶手黄小磊却投案自首了。这是所有人都没想到的：黄小磊是县医院的牙科医生，史莉因去看牙与之相熟，后来竟发展成情人关系。据黄交代，是史莉纠缠不休，他才动了杀人的念头。

每想到这些，雷言都觉得无地自容。平时，他根本没有觉察到史莉的变化，从她安安稳稳的表现上说，她怎么也不可能成为黄小磊的情人。但是后来雷言也想通了：那是因为自己的职业。他常常半夜不归，有时案子来了，甚至十天半个月都不回家。对于女人来说，寂寞是最可怕的，也是最容易导致移情别恋的。

想到这些，雷言下意识地想到了温缓。于是他掏出手机，给温缓发了条信息：缓，案子还没有头绪，你一个人辛苦了。爱你的言！

4

确定作案动机，是排查和寻找凶手的关键。

孔令白为什么被刺，凶手的作案动机又是什么？从各组调查的情况看，孔令白不可能是为财被害，也不存在仇杀的可能，情杀似乎也不太可能。

但是，从近几年农村发生的命案的情况看，因婚姻问题（尤其是婚外情问题）而出现的命案还真不少。

雷言心里一直觉得孔令白之死不可能与情有关。这是警察的一种直觉。但直觉有时恰恰会把案件侦办引入歧途。八年前，他前妻史莉被害一案就是一个例子。当时，专案组和他自己凭直觉判断，极可能是曾经被抓的嫌疑人报复作案。但是，他怎么也没有想到史莉是因情被杀。

因此，雷言没有忽视这种可能，他安排各摸排组重点摸排齐家寺出轨男女出轨的对象，尤其是孔令白接触过的女性。

但是，各种消息反馈回来，村里人对这些事都缄口不谈，或者矢口否认村里有过这种事。案情进入了僵局。

正在这时，县网信办冯平给县公安局打来电话说，此案已被群众用抖音和快手等媒体平台上传到网络，要求公安局立即正面回复。

局长接到电话后，亲自给雷言打电话了解案情。得知案件侦办进展不顺，局长命令抓紧破案，并报请市局立即支援。

半小时后，县公安局发出案情通报：

七月二十五日晚九点三十分左右，我县清涧镇齐家寺村村民孔某在家中遇害。孔某今年六十一岁，系大马中学退休教师。案件正在紧张调查中，我局将及时向社会通报案情进展。请广大群众不要信谣传谣。

市局刑警支队队长裴楠来到现场，简单听过雷言的案情汇报，立即提出：先让村民辨认凶器，同时通知市县两家武术协会的人来辨认。要从凶器入手确定嫌疑人！

村干部召集村民来到村委会，一一进入会议室进行辨认。开始的二十几个人都说没有见过那枚飞镖，当孔飞的奶奶看到那枚飞镖时，她突然浑身发抖，嘴唇哆嗦着说不出话来。

雷言叫人倒了一杯水，一边安抚着她不要着急，一边说：“你认识这个东西？”

孔奶奶直直地盯着桌子上的那枚飞镖足有两分钟，突然哭出声来：“俺的傻飞飞啊！”

雷言看看村干部，村主任说："飞飞，是她孙子！"

孔奶奶情绪终于平复下来，她说从昨天傍晚，就没有看见孙子孔飞了。但她确认孔飞有这个东西。

这时，一直坐在那里没有说话的裴楠给雷言耳语了一下。雷言立即安排小邹把孔奶奶先带离现场控制起来。他要与裴楠布置抓捕方案。

裴楠说，分成五个组：第一组，迅速启动拦截和协查方案，到周边路口、车站、码头堵截；第二组，上技侦手段，从天眼录像查找孔飞的离村时间和方向，调取孔飞的手机，通过定位系统寻找他的下落；第三组，准备抓捕，调六十名警察分成四队各带警犬待命；第四组，从后台调取孔飞手机中的资料，查找他的联系人及掌握他的生活动态；第五组，立即从孔奶奶入手，尽可能多地排查孔飞的联系人，了解其生活状态。

确定了嫌疑人，案子侦办的方向就明确了。

雷言有些兴奋，没想到换一个思路，案情就发生了逆转。按照裴楠的命令安排妥当后，他亲自负责询问孔奶奶。

孔奶奶在一位女警察的陪护劝说下停止了哭泣。

这时，雷言也从村主任那里弄清楚了孔飞的基本情况：孔飞，二〇〇四年九月九日生，在他两岁半时父母离异，后母亲嫁到江西；父亲长期在无锡打工，自从二〇〇八年冬与人结婚生子后，每两三年回来一次，平时偶尔寄点儿钱，孔飞跟着爷爷和奶奶生活。孔飞八岁才入学，在大马小学断断续续读完六年级，两年前到大马中学读了七年级，只读了一学期就退学了；他爷爷六年前脑梗，病后只能坐，不能行走，需要人照顾；家庭十分困难，二〇一五年被列为贫困户，半年前刚脱贫，但依然享受扶贫政策，家里的生活在村里属于较差的……

雷言一边听着村主任的介绍，一边在思考和叹息。

孔飞是典型的农村留守少年，尤其是父母离异，他被丢给爷爷奶奶，加上他爷爷生病卧床，又是贫困家庭，一般来说，这样的孩子心理都受过很大的伤害。但他为什么会对孔令白起了杀心呢？这将是下一步要重点搞清楚的作案动机。雷言觉得，这个案子可能并不像想象的那么简单，背后一定会隐藏着许多秘密。

孔奶奶年龄并不算大，只有六十三岁，但从她那苍老的脸和白发看，七十岁都不止。可见，生活的艰辛和家庭的不幸，让她过早地衰老。

雷言来到孔奶奶的屋子里，他尽量表现得轻松，声音和蔼地说："奶奶，您别怕，虽然这个飞镖是您孙子的，但我们也不一定认为人是他刺杀的，有可能是别人拾到这东西呢。"

孔奶奶听雷言这样说，眉头又舒展开来。看来，她心里不那么绝望了。

她首先想到的是自家与孔令白的关系。

孔令白与孔飞的爷爷是同辈分的，两家还用同一个祖坟地。从她嫁过来后，就没有见两家发生过矛盾。不仅如此，听说以前村里人斗孔令白的父亲时，他们家都躲在后面。她听老伴儿说过，孔令白家对他家有恩，以前他种孔令白家的地，一亩地一年只收他三十斤麦子。一直到现在两家的关系都很好。他儿子和媳妇离婚后，孔令白还给孔飞买过几次衣服；孔飞七岁那年，孔令白专门找到家里，拎着个新书包，说给孔飞报过名了，让他去学校上学。

孔奶奶想，孙子肯定不会跟孔令白做仇敌的。他平时那么关心孔飞的学习，有几次孙子想退学不去时，都是他过来一次一次地劝说。孔飞平时也从没说过孔令白的不是。有一天，孔飞在涡河里扎到十几条鱼，还亲自拎着两条大的送给了孔令白。

想到这些，孔奶奶心里放松了不少。她相信自己的孙子，不会是害死孔令白的坏人。这时，她开口对雷言说："我孙子肯定不会干出这种事的！"

雷言见孔奶奶主动开口了，就引导她说："您先说说他最近几天的事，他都干了什么，昨天是什么时候不见的？"

孔奶奶开始回忆起来："昨天傍晚，飞飞到涡河里扎鱼，他扎了三条斤把重的鱼，把鱼放在厨屋里，就坐在院子里玩手机。我问他晚上想吃啥，他嘟哝了一句'随便'，就拿着手机出去了。我做好鱼后，千等万等，等不到他回来，叫了几声，没有答应，我也没在意。平日里他也这样，有时在外面玩到半夜才回来。"

雷言见孔奶奶停了下来，就问："您是几点睡的？"

孔奶奶想了想，说："俺吃了点儿东西，又扶老头子解了手，收拾好东西就睡了。还没睡着，就听有人拍门。开门才看到有两个警察进来了。他们问问家里的情况就走了。那时候我还不知道孔老师死了呢。"

"您当时为啥没有给警察说孔飞不在家？"雷言追问道。

孔奶奶有些害怕了，她想了一会儿说："那两人没问，我也没想起来。"

雷言有些懊悔，如果昨晚就发现孔飞失踪，可能案子就已经破了。他又叹了口气，点上一支烟，接着问："您能确定从昨天到现在，您再也没有看到过孔飞？"

孔奶奶坚定地说："俺咋敢瞒你们，真没看到过他！"

雷言想了想，换了一个话题问："说说您孙子扎鱼的事吧。他从什么时候开始扎鱼的？他一个小孩能扎到鱼吗？"

问到孔飞扎鱼这事，孔奶奶心里是自豪的。这是他们孔家祖传的本领。

孔奶奶说孔飞小时候就跟着老伴儿在涡河里扎鱼，说起来……

5

雷言一步一步引导着孔奶奶，他要尽可能多地了解有关孔飞的事。

这时，小邹急匆匆进来了。他贴在雷言耳边兴奋地说：“雷队，嫌犯出村的方向确定了！裴队长请你现在过去。”

雷言给看护的女警察使了个眼色，立即起身往外走。

裴楠正在电话中指挥说：“请求立即调市县特警队、刑警队、治安队不少于两百人，到清涧镇、朱集镇围捕；同时通知两镇书记，让村镇干部组织群众参与围堵！”

雷言听他这口气，肯定是给市局刘局长打电话。

调动这么多人，不仅要局长同意，还要请示市政法委和市长、市委书记。见雷言进来了，裴楠用眼神打了个招呼，继续说：“局长，现在嫌犯极有可能躲在大片的玉米地里，不仅要拉网式围捕，同时要防备他逃脱，建议立即发布悬赏通告，发动群众！”

电话打完后，裴楠对雷言说：“天网图像追踪显示，孔飞于昨晚十点四十三分在离齐家寺西边五里路的张阁庄村口出现。根据时间推断，案发后，他立即逃离了村子；调取周围五公里的天网录像查看，到目前为止他也再没有出现，可以判断他是有意躲开每个村口和路上的摄像头，从庄稼地里逃离的。”

“他现在的位置确定吗？”雷言急切地问。

“我们判断，他现在极有可能就在朱集镇北的一大片玉米地里！”裴楠喝了一口水，又接着说，“他出现的地点离这里十二公里，与河南省的鹿邑县交界，极可能顺着庄稼地逃到河南。我现在去现场指挥围捕，你继续留在这里指挥协调那几个组。”

说罢，裴楠急忙上车，离开了村支部。

其实，雷言也想立即到现场去。

现在，他们应该包围了那片玉米地，正全力围捕。

雷言是在农村长大的，对农村的庄稼是十分了解的。现在玉米籽已长成，正是灌浆成熟的时候。这个季节，地里种的绝大多数是玉米，只有少量的芝麻和红薯，庄稼又都被树林和杂草围着，极易藏身。稍有不慎，犯人就会在庄稼的掩护下逃走。所以，现在最迫切的任务不是继续调查，而是全力抓捕。

他虽然这样想，但裴楠毕竟是市局的领导，只有服从。雷言又吸了一支烟，他要让自己镇定下来，考虑一下如何调整工作方向。

雷言点着第二支烟后，刚吸了两口，突然想到孔飞是不是带了身份证，身上或手机银行卡里有没有钱。如果他带了身份证，身上有钱的话，就有乘车远逃的条件。他下意识地看了看手表，现在已经十点二十分了，离案发时间已经过去十三个小时了。天黑之前如果不能归案，他就极有可能趁夜色逃到河南省，那就失去了最佳抓捕时机。

想到这里，他快步来到孔奶奶屋里。

看到孔奶奶正呆呆地坐着，他小声地问道："您孙子的身份证在哪里？"

孔奶奶愣了一下，摇摇头说："不知道啊。他平时都放在自己床头的那个小柜子里。"

"好，那我们一道去找找！"雷言边说边向看护的女警察使了个眼色。

女警察明白了雷言的意思，架着孔奶奶的一只胳膊，小声地说："我们过去吧！"

孔奶奶上警车时，两腿直打战。她是第一次坐警车，显然十分害怕。

女警察用力往上一推，加上雷言用力拉了一下，她才上去车。雷言和女警把孔奶奶夹在中间，这样坐是防止意外发生的最好办法。

车子开动了。雷言试探着问孔奶奶：“您平时可给孙子钱？”

孔奶奶看了看雷言和女警察，说：“从去年春上，俺家里的扶贫卡都交给他了。他是个好孩子，从不乱花钱。用钱的时候，都是他去镇上的银行取。”

啊，雷言心里咯噔一下。这么说来，孔飞手上是有钱的！

到了孔飞的家，雷言径直走进孔飞的那间屋子。

这是一间西屋，里面放了一张床和一个课桌，一把绿漆斑驳的椅子，床头上果真有个两尺多长的小箱子。

见箱子上了锁，雷言让孔奶奶找钥匙。孔奶奶说她不知道，钥匙都是孙子自己放的。雷言已经等不及了，他对孔奶奶说：“那现在只得硬打开了！”

箱子打开，里面是十几本课本，课本下面是一个绿塑料皮的日记本，在日记本里夹着一个银行存折。但是并没有找到孔飞的身份证。这时，雷言长叹了一口气。从这些迹象判断，孔飞行凶像是预谋好的，逃走时带了身份证。很显然，如果他是有预谋作案，事前一定想到了如何逃脱，甚至规划好了逃跑路线。

雷言心里越来越沉重。

他虽然只有十六岁，但他身上有钱，带着身份证，极有可能是已经逃脱。现在最要紧的是立即启动通缉、协查，通过身份证和路口、车站录像排查他的踪迹。

想到这些，雷言立即拨通了刘局长的电话。刘局长并没有同意雷言的推断，他认为既然孔飞没有在齐家寺周边村庄和道路的监控中出现，就说明他并没有跑远；何况他是一个十六岁的孩子，极有可能作案后由于害怕，躲在了玉米地里。现在，最紧急的是不能失去在玉米地里追捕的机会。

雷言想了想，也觉得刘局长的判断更有道理。这样看，即使孔飞躲起来也躲不了太长时间。但他转念一想，心里又有些担心。这么大一个孩子，胆子不会太大，他如果害怕了，现在地里的机井到处都是，要是跳了井，这案子还是结不了。

正在雷言担心孔飞跳井时，正翻着日记本的小邹突然说：“雷队，你看这日记！”

雷言接过日记本，小邹说：“你看这篇！”

我喜欢她，虽然我知道这是不可能的，但我拒绝不了。她的眼神，她身上的味道，我看到闻到就心跳得厉害。现在半夜了，我心里像猫抓的一样想她，我多想让她再抱我一下，让我闻闻她身上的味道，挨着她棉花一样软的身体！

她现在对我冷了，我去她家里，她也不理我。这都是这个人从中作乱的。我想，她肯定是跟他好了。她为什么说变就变，就跟这个老头子好了呢！我要警告这个老头子！

在手机上看了那种事，我心跳得厉害。手机上的男人如果是我，女的是她就好了。我真想啊。可是，也许现在她正与那个老头子睡在一起呢！如果是这样，我非得狠狠地警告这个老头子不可。

你要是不喜欢我，你为啥那天抱我，亲我？你让我尝到了好，又把我甩在空中了。这一切都是因为那个老头子吗？他能给你钱，我今后也能给你钱。钱是最坏的东西，他靠工资在庄上找过好多女人了……

雷言看着孔飞的日记，心里基本清楚了：孔飞日记里说的这个老头子，肯定是孔令白。那个“她”又是谁呢？孔飞为什么会爱上这个“她”？这个“她”一定是村里的女人。

现在对案情的推断应该很明朗了：孔飞爱上的这个“她”不再理孔飞了，跟孔令白好上了。所以，孔飞心生杀意，把孔令白射死了！

雷言一边看日记，一边做着推理。

这时，侦察队员燕华打来了电话。

燕华在电话里说，通过后台分析，孔飞是个典型的“手机少年”，他的抖音号上粉丝有十二万之多，而且互动频繁。

雷言立即让燕华他们到这边来，共同研讨。

燕华他们向这边赶来的时候，排查组又讯问到一个情况：李凤说，孔飞曾用飞镖射过她家的狗。

李凤被带过来后，雷言直接问道：“你详细说说这件事。”

昨天晚上李凤就被雷言讯问过一次，算熟悉了一些，没有那么害怕了。她有些生气地说了起来：“去年夏天的一个晚上，俺家的黑狗突然从外面怪叫着跑回来。见它在院子里用力甩着头，不停地大叫，俺吓坏了，以为它得了重病。这狗不停地叫，叫到半夜就不叫了。俺一看，它卧在地上死了，脖子旁边淌了一摊血。俺当时就想，肯定是孔飞这孩子干的！”

“你怎么确定就是他干的？你当时咋没有去找他？”雷言问道。

李凤想了想，然后说：“俺见过他用弓箭在村外射野鸡。狗出事前几天，俺才跟他奶吵过架。他肯定是报复俺！”

雷言想了想，又问道：“你跟他奶因为啥吵架？”

李凤看了看雷言，想了十几秒钟，才小声地说：“她奶嚼舌头，说俺跟人家好。”

啊，雷言认真地看了看面前的李凤，心想她现在这个模样，还会有男人找她吗？这样想着，就又问：“无风不起浪吧。她咋不说别人呢？”

李凤有些生气，愤愤地说：“她是欺负俺！欺负俺男人半傻。”说着说着，她竟哭了起来。

正在这时，燕华他们赶到了。

雷言让负责记录的警察先把李凤控制起来。

燕华坐下来，边打开电脑边说：“这个孔飞注册的抖音号叫‘扎鱼少年’，经常直播在河边扎鱼。他有十二万粉丝，而且回复很多。初步看，有不少人与他有联系！”

雷言立即想到，这样的话，如果他逃出去了，会有许多藏身之地。以后抓捕就更困难了。

电脑打开后，燕华调出视频。

视频上显示出孔飞在扎鱼，他手握两米多长的扎子，木杆直径有两厘米的样子，头上有个十厘米长的铁锥……

6

雷言分析着孔飞的手机资料，心里还是有一分担心。他担心抓捕的方向搞错了。

孔飞手机里保存在云端的资料很多，要认真梳理。从这里的信息，可以找出他这两年的生活轨迹。为什么他的手机信号一直没有出现呢？雷言还是觉得，现在查找他的手机信号才是最紧要的。只要找到了他的手机信号，他所躲藏的地点或逃跑的路线就清晰了。这样在玉米地里搜捕，似乎有点儿不靠谱。但是，刘局长和他的判断不一样，他必须听从刘局长的安排，这是他心里不太舒服的地方。

有许多案件并不是按正常逻辑走的。仅仅因为查看到一次录像，就能断定他在玉米地里吗？一点点误判，都可能失去抓捕的好机会。

雷言给裴楠打了电话，问现在搜捕的情况。

裴楠说：“这边乱哄哄的，我一两句话也给你说不清楚。你安排好那几个小组的工作，可以到现场看一下。”

雷言召集三个组的小组长，再次明确任务方向。

第一组，继续从孔飞手机的云盘资料里查找分析所有内容。尤其是要找准最近一段时间他跟哪些人联系最多，对联系人的具体位置要搞清。这些人的所在地，极有可能会是孔飞逃匿的地点。同时，要争取从上述内容中找到最近一段时间他内心的变化，也许从这些内容里可以分析出他作案的动机。从日记中推断，他对孔令白下毒手并非激情犯罪，极有可能是预谋已久。如果是预谋，那他就有可能做好了逃跑准备。雷言说：“我不太相信在玉米地里能抓住他，可能他已经逃脱出去了。”作为技术组，必须要有不放过任何疑点的精神。

第二组，立即开始对村民进行走访，确定孔飞日记里的那个“她”是谁。这个特别关键，孔飞之所以对孔令白作案，起因就是由“她”而起。从日记内容看，这个“她”的年龄应该是成年女性。孔飞既然心里暗恋“她”，并与“她”有过亲昵行为，这个“她”年龄应该在二十岁到四十岁之间，年龄太小，不可能孔令白也喜欢“她”；太大了，孔飞不可能暗恋上“她”。要把排查重点放在四十岁以下已婚妇女身上。

第三组，要立即请求省公安厅和电信局支持，重点搜索孔飞的手机信号。从现有的资料看，孔飞是个手机控，他不可能不带手机。那么，他的手机在哪里？为什么没有信号？这是两个必须找到的答案。如果找到了他的手机，那就可以搞清楚他的定位，这对抓捕和后续的案件侦破是关键的一环。

安排完毕之后，雷言让小邹发动车，他们赶往齐家寺。

现在，搜捕的范围已在齐家寺周边的村子全面展开。朱集镇和与之相邻的清涧镇，由干警分组带领，村镇干部带领群众配合，网格化搜寻和守候。每一组五至八名干警，带领十几个村镇干部和村民，对每一块玉米地进行拉网式搜索。警车在村路上闪着红灯，发着刺耳的鸣叫，围观的老人和孩子散布在每一条路上。

雷言看到这情形，觉得这样做可能是不行的。这么深的玉米地，这么大的范围，嫌疑人随便藏在哪里，都是不容易被发现的。更何况从案发到现在快二十四个小时了，而且，经过了一个晚上，他不太可能还藏在玉米地里，极有可能已经逃走了。

现在太阳已经偏西，再过两个多小时，天就会黑下来。夜里，即使干警不撤，守在各个路口，嫌疑人如果想逃走，借着玉米地的掩护也是十分容易的事。

雷言从车子上走下来，几个村民就围上来看热闹。雷言问一个老大爷："大爷，您认识这个小孩子吗？您觉得他能逃到哪里去？"

老人摇着头说："那咱哪能认识，现如今同一个村的小孩都认不全。"

"您觉得这孩子可能藏在玉米地里吗？"雷言又问道。

老人笑了笑，有些不以为然地说："嘿，他要逃早逃到百里开外了。这都一天一夜时间了，他会蹲在地里等你们抓？看你们这惊天动地的，咋想的？”

旁边的一个老头儿插嘴说：“你们别说悬赏五万,五十万也抓不到影子。他敢杀人，就不会躲地里等你们抓。你们一天抓不住，俺倒是一天担忧，说不定他从哪里冒出来再杀人，那麻烦可就大了。”

听着老人们的议论，雷言更坚定了自己的推断：孔飞肯定不在玉米地里了！

于是，他掏出手机给裴楠打电话。

电话接通后，雷言说了自己的想法和村民的议论。裴楠说现在找不到他的具体位置，只能这样搜捕。刘局长刚才又在电话中布置了夜里的防控安排，有些干警也怀疑搜捕的办法是否可行。听两个镇的干部说，两个镇共有土地近九十万亩，三分之一种的是玉米，三分之一种的是中药材，现在植株都在一米左右高，这么大的范围，要每块地都搜索不太可能。再说了，即使都搜一遍，那人是活的，他极有可能从这块地跑到那块地。但是，现在又不好收队，只能再坚持一夜看看。也许，他会在夜里出现。

雷言叹了口气。他也没有确切的办法，万一孔飞就藏在玉米地里呢?现在，他已不像前些年那样冲动了，有时候跟领导的意见不一样的想法多了，不仅出力不讨好，而且会引起领导的反感。想想这些年，他早应该被提支队长的，副支队长都干了五年，依然没有把“副”字去掉，这跟他好表达自己的想法是有关的。想到这里，雷言对小邹说：“回去，看看我们那几个组可有突破。”

小邹发动车后说：“雷队，我觉得这样是抓不到人的，方向可能错了。我判断，这个孩子应该是逃出了我们的视线范围。”

听过小邹的话，雷言没有马上接腔。他点上一支烟，连吸了三口后才说：“你别觉得。没有抓到人之前，我们所有人的判断都可能正确，也都可能不正确！”

雷言到了村支部，孟维三已在村支部里等着了。

现在，雷言想了解孔飞手机中存的关于孔令白那堂公开课的情况。孔飞为什么会直播孔令白那堂公开课？他直播孔令白讲课时，两个人应该是没有矛盾的，而且两个人的关系应该还不错。不然，他就不会帮他直播。那么，他们的矛盾应该是在这以后，这就是说孔飞发现那个“她”与孔令白相好的时间应该是在这之后。由此就可弄清楚孔令白与那个“她”是从何时好上的。

孟维三现在还是想不通，孔飞为什么会杀孔令白。

根据他的回忆，孔令白对孔飞很好。孔飞退学时，孔令白多次到家里找过他，希望他能继续把初中读完。孟维三也从没有看出孔飞对孔令白有敌意。就从那堂公开课直播说起吧，当时还是孔飞主动提出来的。

孟维三详细地给雷言复述着那堂公开课的前前后后。

孔令白主动向孟维三提出，他在退休前要参加教育局举办的公开课比赛。孟维三答应了他，并给他在县教育局报了名。这样做，一是想圆孔令白一个心愿，二是他的课讲得好，是极有可能获奖，为学校争光的。作为校长，又作为孔令白的学生，孟维三对这堂公开课也特别重视。他与孔令白商量后，选定讲语文教材七年级下册的《假如生活欺骗了你》。

这是一篇很不好讲，但处理好了又极易出彩的课文。孔令白做了认真的准备，孟维三也从网上找了一些关于这篇课文的课件，供孔令白参考。没想到的是，疫情从春节开始，一直到四月份都没有消除，教育局通知取消了这次公开课比赛。孔令白听到这个消息十分失望，眼看着离退休还有一个月，这精心准备的最后一课讲不成，他心里十分不甘。

有天晚上，孔令白来到学校找孟维三说这事儿。孟维三无奈地说，现在学生都在线上上课，学校只有他和几个老师守校，这堂公开课是上不成了。孔令白很想讲这节课，他说能不能让他在教室里把课讲了，传到网上去，就当给学生再上一堂网课。孟维三也觉得这个想法可行，就同意了孔令白上网课，但对于直播他弄不好。这时，孔令白想到了孔飞。他说："现在小孩子比我们玩手机玩得好，我见过孔飞这孩子直播扎鱼，很多人看呢。"

孟维三他们就商定找孔飞问问。没想到打通孔飞的手机后，他十分乐意，当即就说定了第二天上午到学校来。那天晚上，他们聊得很开心，孔令白十一点多才走。

讲课那天上午，孔令白特别重视，穿上了西装，系上了领带。虽然教室里只有孟维三和孔飞两个人在听，但从他讲课的激情里可以看出，他面对的仿佛是成千上万的学生。孟维三说："讲到最后，当他朗诵完'一切都是瞬息，一切都将会过去；而那过去了的，就会成为亲切的怀恋'时，眼泪顺着两颊流了下来。"

孟维三回忆说："那天直播后，他看了孔飞的手机，有两万多人在线呢。"说到这里，孟维三再次强调说，"他怎么会杀孔老师呢？我真的想不明白。"

7

另一组在走访过程中，把焦点很快集中到春分身上。

有七个村民反映，春分经常到孔飞家，也有人看到孔飞几次去春分家。而且，有一天中午，孔飞拎着一条鱼进了春分家。这样看来，孔飞日记里那个"她"极有可能就是春分。春分的老公孔祥在南京打工，十几天前疫情解封了，她带着孩子去了南京。

雷言和裴楠通过电话商量了一会儿，决定一方面调查春分与孔飞的关系、孔令白与春分的关系，另一方面要快速锁定春分的行踪，随时准备去找春分。

燕华再次去询问孔飞的奶奶。

孔奶奶见到燕华他们，比上一次更紧张。她是担心孙子孔飞现在不知逃到了哪里，要是抓住了是不是真的要偿命。当燕华问她，春分是不是经常到她家里来时，她却答非所问地说："飞飞是个苦孩子啊。"她一边用手擦着眼泪，一边重复着："飞飞真是个苦命的孩子。"

她说，由于孔飞爸妈不在身边，村里的孩子从小就欺负他，他的胆子特别小。上三年级的时候，班里有一个同学的彩笔丢了。老师让学生在班里找，找了很长时间没有找到。这时，孔飞吓哭了，班里的学生就一致说是他偷的。老师问他时，他光是哭就是不说话。后来，老师领着他来到家里，他爷爷听说他在学校偷了别人的笔，拿起院子里的树枝就往他身上抽。孔飞突然大声说："我没偷！就是没偷！"

"没偷你哭啥？"爷爷生气地问道。孔飞说："我没有爸妈，咱家穷，他们怀疑是我！"老师看到这种情形，也觉得可能不是孔飞偷的，就安慰了几句走了。第二天，孔飞说什么也不去上学了，一直拖了一个星期都再也不愿意去学校。后来，还是孔令白来到他家，说那个同学的彩笔找到了，是另一个同学用过装书包里了。这样，孔飞才答应去上学的。

孔奶奶一口气说出这些话，情绪平定了不少。这时，燕华就把话题引到春分身上来。

提起春分，孔奶奶的眼神似乎有了光。她不知道春分和孔飞之间的事。她说，春分是一个好媳妇，整天奶奶、奶奶不离口地叫她。自从进了齐家寺，她与孔奶奶就有缘分，时常到她家里来，有时还帮孔飞洗洗衣服，收拾院子里的东西。“家里做了好吃的东西，她总是端过来一碗，让俺和老头子尝尝。俺家要是做个像样的饭，也叫飞飞给她送去点儿。人不就是这样嘛，你敬我一尺，俺敬你一丈。”

孔奶奶说到这里，眼泪突然掉了下来。她说，这老天爷真不公平，好人就没有好命。你说春分这媳妇多好啊，可偏偏生了个哑巴，从南到北城里城外看了好几年，还是没治好。飞飞就经常到她家，跟那个不会说话的小孩玩儿。按辈分，飞飞叫春分嫂子，飞飞就经常到春分家帮她看着那孩子。

燕华听出来了，孔奶奶再说还是这些话。看来，想从她嘴里套出春分与孔飞更多的事也不太可能，她说的都是鸡毛蒜皮的小事。于是，她决定暂时结束对孔奶奶的问话。

从孔奶奶家出来，燕华就给雷言打电话报告这边的情况。

雷言的手机接通了，那边是乱哄哄的声音。从手机声音里，燕华听出雷言所在的地方场面很混乱。难道是抓住孔飞了？燕华的心跳加快了。

这时，雷言说：“这边出事了，一个七十多岁的老头儿晕倒在玉米地里了。”

下午，燕华才知道事情的真实情况。为了尽快抓到孔飞，早上公安局又增加了赏金，抓到孔飞的奖励十万元。这时，村民们才被真正动员起来，男男女女都拥进玉米地里，一块地一块地搜索。

齐家寺西边的唐楼村，一个七十四岁的老头儿也加入了搜捕的人群。上午十点多钟，太阳光已经很毒了，玉米地里的气温已经有三十六七摄氏度。这个叫唐仿仁的老人，本来身体就不太好，他在玉米地里找了四十多分钟后，竟突然晕倒了。村民们把他从玉米地里抬出来，放到地头的树下，用手一试，竟没有了呼吸。

裴楠接到报警时，就立即安排，要求救护车一定要把人立即送到医院。可是救护车赶到的时候，人已经没有了呼吸。现场的干警给裴楠打电话报告情况，裴楠当即说："一定要把人抬到救护车上带离现场！即使真正救不过来，以后也好处理！"

干警明白裴楠队长的意思，但已经晚了。唐仿仁的儿子和儿媳赶到现场，说什么也不让往救护车上抬。村民们也跟着起哄："人都死了，是要拉走火化吗？"

一会儿，又赶过来十几个干警，但村民们来得更多。无论怎么说，就是不让把人抬到救护车上。雷言来到现场时，这里已围了一百多人。在这种情况下，与村民硬来是不行的，必须立即把村镇干部找来，由他们出面处理。

村镇干部赶到时，村民聚集得也更多了。一条两里多长的机耕路上挤得满满的都是人，黑压压的，如一条蠕动的长龙。

最怕的这种次生事件还是发生了。现在，一方面要抓捕孔飞，另一方面又要处理这起突发事件。裴楠给市局刘局长汇报商量后，决定抓捕方案一刻不能停止，唐仿仁中暑死亡这件事，从公安局再抽几个人，配合村镇干部处理。

雷言接到指令后，又立即回到村支部，继续指导他所带的那三个组开展工作。

对村民的走访，收获并不大。相反，从众多村民的口中，走访组听到的却是对孔令白和春分的正面评价。

村民们都说孔令白当了一辈子老师，对谁家都好。平时谁家有什么事都喜欢找他帮忙，他从来没有拒绝过谁。几十年来，他一直文文气气的，穿着寡净，见谁都打招呼，也不跟人乱开玩笑，跟年轻的媳妇更是不拉不扯，清清白白的。

至于问到他与春分的事，大家都说没看到过啥。也见他去过春分家，但是，他谁家都去过，谁有事他都去帮忙。尤其是正在上学孩子的家，他是经常去的。去问问作业情况，去说说孩子在学校的情况。几十年了，真没听说过他与哪个女人有过花花事。

说到春分，村里老人都说这媳妇命不好。她生的儿子又白又胖，本来咿咿呀呀地想说话了，有一次发烧，去镇医院打了两次针，从此再没有学会说话。听说是打庆大霉素打聋了。十聋九哑，他当然就学不会说话了。她丈夫孔祥就与她生分了，一年也不回来一趟。

当询问到村里有没有男女相好的事，没有一个人回答。倒是有几个五六十岁的妇女笑着摇头，不作回答。再问下去，有人就说，现如今你情我愿的，丈夫媳妇都常年不挨边，鸡猫狗猪你追我咬的，年轻女人又没上锁，要说都能守住肯定难。

但是，燕华询问李凤时，却得到了不同的说法。

李凤确实比其他女人老实些，或者说有点儿憨，用村民的话说，少半叶子肺，有点儿半精不傻的。她显然对孔令白和春分有意见，甚至是有些过节。

她说，从去年开始，她就觉得孔令白跟过去不一样了。以前，孔令白对她很热情的，手机坏了，半夜里去找他，他都不烦，仔仔细细地帮着修。这两年他变了，有时九点多打他的电话都关机了；到他家去找时，大门他锁得紧紧的，叫也叫不开。手机关了，门锁了，谁知道能干啥呢？李凤的话语中透着愤愤不平。

说到春分，李凤撇着嘴说："这小媳妇长得标致，那身子，那腰，像大闺女一样细，俩眼睫毛听说都是假的，妖着呢。"

显然，李凤对春分很有成见。

燕华就说："听话音你不喜欢春分？"

"我就是不喜欢她那个妖样子。迷过少的迷老的，村里就数她最妖。"

接着，李凤又说了春分的一件事。

她说："有几个月了吧，就是春三月里，那天晚上月亮挺高的，俺的手机黑屏了，打孔令白的电话，他关机了。俺想这才八点多，不该睡呀，过一会儿又打，还是不通。一直打了好几次，最终都没有通。那天晚上，俺特别想看抖音，也睡不着，就上孔令白家去了。他家的门锁着，叫也叫不应，俺就站在门外等了一会儿。后来，俺想，平时见他去过春分的家，该不是又去她家了吧。这样，俺就像被鬼指使的一样，挪脚去了春分家。"

"到了春分家一看，她家的门也锁着。俺在门前站了一会儿，就走了。可是，刚走十几步，就听到她家的门开了，俺赶紧躲在一棵树后。接着一个男人出来了，从背影看，这人就是孔令白。"

"你说的是真的吗？"燕华听李凤这样说，突然兴奋起来。

"你们是公安局的，俺敢说瞎话吗！"李凤的头扭向左边，很生气的样子。

8

李凤说的情况很重要。

如果是真的话，那么就可以断定孔令白与春分是有那种关系的。按照这个逻辑推理下去，孔飞射死孔令白就成立了。从孔飞的日记里看得很清楚，他爱恋着春分。对一个十几岁的少年来说，最不能忍受的就是对方对自己的冷落。这里面最主要的是孔令白，如果不是孔令白与春分好了，她是不会突然远离孔飞的。

雷言把询问的内容报告给裴楠后，专案组经过商量，决定立即派人去南京找春分问话。

只要找到春分，更多的事情就会浮出水面。春分对抓捕孔飞极有价值，如果孔飞逃到了外地，她也许能提供孔飞逃跑的落脚点。但是，刘局长认为，围捕孔飞的行动仍要继续进行。现在，出城的路口、车站都封锁了，他应该是还没有逃出焦城。

四个小时后，小邹打电话向雷言报告，春分的手机信号固定在江北大学城的一处出租房里，没有移动。雷言下令，立即带人！人带到后，联系辖区派出所，在派出所里就地询问，并随时通报询问情况。

春分丈夫孔祥租的是民房，在紧挨大学城西面的一个村庄里。

这个村庄是在拆迁片区的最西边，村民当初为了能多得拆迁赔偿面积，院子里都搭满了简易的房子。从院门进去，像进了防空洞，不见一丝阳光。

当干警突然出现在这里时，春分正在床上躺着，外面坐着一个四五岁的男孩。男孩见有人过来，惊恐地站起来，啊啊地向春分的床边走去。

春分翻身起床，哆嗦着说："你们找谁？"

"别怕，我们是焦城公安局的。你叫春分吗？"

"是的。"春分手按着床沿站起来，声音抖得更厉害了。

"你丈夫孔祥呢？"

"他出车去了。"

春分扯了扯有些向上皱的白地红花褂子，才慢慢地镇定下来。

"有件事想找你了解一下情况。你跟我们走一趟。"为了尽量不引起春分的恐慌，燕华一边微笑着说，一边摸了摸旁边男孩的头。

到了派出所询问室，春分的身子还不停地抖动。

燕华倒了一杯水递过去，然后开口说："孔令白前天晚上死了！"

"啊？死了！"春分端着纸杯的手晃得厉害，水都洒出来了。

"是的。他被人害死了。我们找你，就是想了解一下你与他的关系。"燕华平静地说。

春分合上张开的嘴，又过了一会儿，才小声说："我跟他没啥关系。"

"这个你就不要隐瞒了。那么多人为什么单来找你？如实说，对你有好处。"

这时，春分突然哭了。声音一顿一顿的，惊恐中带着颤抖。燕华递给她两张抽纸，说："这可是在公安局，不说肯定是不行的。"

过了十几分钟，春分最终开口了。

她承认了自己与孔令白的关系。她说孔令白是个好人，对她一直很好。尤其是从一年前开始，他常到她家里来，就是劝她把儿子送到聋哑学校去。他说，现在国家有政策，农村的聋哑孩子上学可以免费。虽然孩子哑了，但在那里可以学到知识，同样可以从小学学到初中、高中，而且还可以考特教大学。

"开始的时候，我有些拿不定主意。后来，他说多了，我又上网查了查，觉得他说得有道理，就决定让儿子去上县里的聋哑学校。可我跟丈夫说时，他不仅不同意，而且还骂我，说不让我听孔令白的话。我心里很委屈，越想越想不通：人家是为咱好，你不让儿子去上学就算了，为什么还要骂人家呢。他越是这样，我就越觉得对不起孔老师。"

说罢，春分用两个手掌捂住脸，哭出声来。

燕华说："你不要哭了，事已经发生了，哭也解决不了问题。"听到燕华这样说，春分止住了抽泣。这时，燕华问："你丈夫孔祥知道你与孔令白的事吗？"

春分镇定了一会儿，肯定地说："他不知道俺俩好的事。"

"你再仔细想想，他真的不知道你与孔令白的事吗？"

春分想了想，说："他不让我跟孔老师来往，说他为什么对我家孩子这么关心？现在这年月，谁还无故帮助谁，肯定是对我有想法。我觉得，他心里怀疑我们之间有事，但是我俩本来就没在一起过几次，他肯定只是怀疑。"

"那你为啥来南京？是你丈夫叫你来的吗？"燕华继续追问。

"半个月前，他打电话让俺娘儿俩来的。他说打听到南京这边有家医院，治聋哑很灵的。我就带着孩子来了。"春分说罢，突然想起了她的儿子，便又四处张望着说，"我儿子呢？"

燕华说："在旁边屋里，警察叔叔带着他玩儿呢。"

"你们来半个月了，去过医院吗？"

"没有。他老是忙，天天出车，两天白班一天夜班地倒换。白班到夜里十点交车，夜班早上八点交了车，回家倒头就睡。我也问过他去医院的事，他说还没找好人，挂不上专家号。"

春分说到这里很生气。她是为这些天一直没带儿子去医院而生气。

燕华的电话响了。她起身出去接电话。

这时，小邹接着问话。他说："春分，说说你与孔飞的事吧！"

听到孔飞的名字，春分先是一愣，连忙说："我跟他能有啥事？"声音虽然不大，但小邹还是听出了春分的慌乱。

"有啥事？你自己应该清楚。这是在公安局里，你要知道，只有如实说，对你才有利。"小邹盯着春分的眼睛一字一句地说。

春分躲闪着小邹的目光，声音突然变大了："他还是个小孩，跟我没有啥关系！"

小邹却压低了声音说："告诉你吧，孔飞就是杀死孔令白的犯罪嫌疑人，现在已经被我们抓到了。我们找你，就是要了解你们三人之间的关系。"

春分显然是被小邹这番话击晕了，她突然愣在那里，像个木偶一样，没有了表情。几分钟过后，她突然双手捂脸大哭起来。

燕华进来后，递给春分两张纸巾，让她擦脸。她没有接。这时，燕华说："你就如实说吧，孔飞的日记都在我们手上呢。"

"孔飞还记了日记？我跟他并没有什么过分的事啊。"春分想，没有事就是没有事，如果不如实说，还真的会被怀疑有事呢！

春分边抽泣边讲述她与孔飞的关系。

她说她与孔飞真的没有发生过什么事。以前，孔奶奶对她很好，她就常到孔飞家去帮着做点儿提手垫脚的事。有时包了饺子啥的就端过去一碗，让孔奶奶和孔爷爷尝尝。两家关系好了，孔飞就常来她家玩儿，有时帮她看着儿子。后来孔飞不上学了，来的次数就多了。孔飞在村里也没有人一起玩儿，就喜欢到涡河里扎鱼，时不时拎来一条两条的。

说到扎鱼，春分想到一件事。她说："孔飞平时不仅喜欢去河里扎鱼，现在村里人都出去打工了，荒地多，地里的野鸡、野兔子也多，他还喜欢用弓箭射野鸡和野兔。孔奶奶就骂他，说他不学好，他就把弓箭放在俺家里。这样就躲过了孔奶奶。"

春分想了想，又说："孔飞平时见村里人都不打招呼，他到俺家却像换了个人一样，嫂子长嫂子短的叫得很亲。时间长了，我也就把他当亲兄弟一样。俺们之间真的没有发生过其他啥事。"

见春分不往深里说，燕华就引导说："春分，你现在要说实话。如果你们之间没有什么特殊的关系，比如男女之间的那些事，他怎么会在日记里说那些话呢？"

春分并不知道孔飞在日记里写了什么。经燕华这么一说，她觉得那次的事是瞒不住了，事已至此，就只有如实说了。再说了，就是说出来，也没有啥见不得人的。

春分想了想说："我全说。"

据春分说，她与孔飞真的没有发生过关系。只是在去年秋天的时候，他们有过一次拥抱。那天早上，她与儿子突然都发起了高烧，本来想起来去医院的，但浑身酸疼得厉害，就一直躺着。下午两三点钟的时候，孔飞到她家来玩儿，见她娘儿俩都发着高烧，就要用电动三轮车拉他们去镇医院。春分不想去，说什么也不起来。孔飞拗不过她，就去镇上的药店买了药回来。

春分说，孔飞那天很细心，像个大人一样。药拿回来了，又烧水，水凉了一会儿，他用嘴试了试水温，把药和水端过来。自己和儿子吃过药，孔飞并没有离开，而是坐在屋里守着他们，说再不退烧，就一定得拉到医院去。

晚上七点钟的时候，春分儿子的烧退了，啊啊地比画着要吃东西。春分的热还没有退完，身子酸疼得不想动弹。孔飞看出来了，就去给他们下了挂面。

挂面煮好后，孔飞盛了两碗端过来。他先喂了春分的儿子，孩子吃完后就睡着了。这时，孔飞又端起碗来喂春分。春分坐起身子，接过碗要自己吃，孔飞坚持要喂她。喂了几口后，春分还是接过了碗，自己把剩下的吃完了。春分说："那天看孔飞把碗接过去，放到桌子上后，我心里突然想，他要是个大点儿的男人多好！这时，孔飞让我赶紧躺下，我歪在床头看着他，想再坐一会儿。孔飞走过来，抱住我的膀子要我躺好，我心里一热，泪水就流了下来。突然，孔飞就抱住我，头抵着我的脸，不肯松开。我开始是一惊，后来就伸出两手抱住他的后背，俺俩就这样抱在了一起。”

春分说：“我们就那样抱过一次。”后来，孔飞再来她家时，她就看出了他眼神里的不一样，她自己也心跳得厉害。后来她多次想，孔飞还是个十几岁的孩子，坚决不能发生什么。就这样，她有意疏远孔飞。春分说，拒绝孔飞来的那些天，她心里很空，无着无落的那种空。

也正是在这之后，孔令白走进了她的生活。

“去年春天的一个下午，孔令白放学后回到村里，又顺道到了我家里。他说，已经与聋哑学校联系好了，如果要去就得赶快报名。那天，我把丈夫不同意孩子去的事，还有不让跟他来往的事跟他说了。孔老师很生气，气得脸都白了。当时，孩子睡着了，我们俩就坐在屋里说话，我越想越伤心，就哭了起来。他站起来，走到我身边递给我纸，让我擦泪。我当时脑子像不听使唤了一样，就一下子拉住了他的手……”

燕华听完春分的讲述，直觉告诉她，春分交代的是真的。

9

燕华继续询问春分的时候，小邹的手机响了。

雷言在手机里对小邹说：“让燕华继续对春分进行询问，你立即与当地警方联系，查找春分的丈夫孔祥，务必找到他。”

小邹想问为什么这样安排，雷言声音坚定地说：“这是命令，立即执行！”

小邹挂断了手机就找到当地派出所所长，把情况做了报告。这个姓赵的所长很是支持，拿起电话就跟区刑警队报告。这时，雷言又打通了小邹的手机，让赵所长接电话。雷言跟他说：“案情可能发生了变化，根据我们的判断，疑点正向孔祥身上转移。现在要尽快对孔祥的手机定位，对他实施控制。”

其实，在小邹他们刚到南京后不久，案情突然就发生了逆转：孔飞的手机定位在无锡一家网吧。

得知这一消息后，市局刘局长判断，最大的嫌疑人孔飞既然已经在无锡，就没有必要再继续在玉米地里围捕了，他立即命令停止在玉米地里的围捕。同时，刘局长安排人打电话请求无锡警方协查，迅速控制孔飞。

孔飞很快被无锡警方控制起来。焦城的警察还没有赶到，裴楠委托无锡警方先行对孔飞进行突审。通过突审发现，孔飞对孔令白死亡一事好像并不知情。他交代，自己的手机在离开焦城时就丢了。据他回忆，极有可能那天晚上坐船出村时掉河里了。来到火车站时，发现手机没有了，可火车就要开了，他也只得上车。他到无锡后，本来想跟父亲联系一下，但很久没有联系，手机丢了，记不住号码。他身上只有几十块现金，于是就进了网吧。在网吧，他用自己的微信号联系到一个无锡的网友，向他借了钱，第二天才补的手机卡。

从这些情况初步判断，孔飞也许真的不是凶手。

那真正杀死孔令白的又是谁呢？雷言在赶往无锡的路上不停地想。

从小邹反馈过来的信息看，春分承认了她与孔令白的关系，可以据此推断春分的丈夫孔祥有知情的可能。如果他对春分与孔令白的相好知情，极有可能会产生报复之心，那么，他射杀孔令白的嫌疑就不能排除。虽然从飞镖上判断孔飞嫌疑最大，但是，现在孔飞在无锡这么镇定，说明他作案的可能性不大，因为按常理说一个十几岁的孩子杀人后不会那么镇定。

那么，如果不是孔飞作案，春分的丈夫孔祥就是重要的嫌疑人。于是，雷言立即命令技术组查找孔祥手机的定位和移动轨迹。

信息很快反馈过来：通过手机定位查证，从案发到现在，孔祥的手机一直在南京，并没有来过焦城！

雷言接到焦城那边反馈过来的信息，一时产生了疑惑：如果是孔祥作案，他的手机怎么会显示其一直在南京？难道他有两部手机，或者故意没有带手机？

现在随着智能手机的普及以及各种知识在网上的传播，有些反侦察的小技巧被一些人知道，这为破案增加了难度。也许，孔祥知道一些这方面的知识，故意不带手机。这样一想，雷言觉得孔祥的嫌疑更大了。于是，他立即命令技术组扩大对孔祥手机流调的时间段，把他半年来的手机移动轨迹全部找出来。

给技术组做了安排后，雷言又给在南京的小邹做了安排，让他先行控制孔祥：控制住他，这个案子离侦破成功就会更进一步。

十几分钟后，后方技术组反馈过来消息：手机流调显示，半年来，孔祥先后五次回到过齐家寺。

雷言看到这个消息，压在心上的石头终于落了地。

看来，孔祥谋杀孔令白是有预谋的。不仅如此，他觉得孔祥是有反侦察能力的。案发那天他回齐家寺没有带手机，给警方留下他一直在南京的证据；同时，他也没有开自己的出租车，而是另租了车。事发半个月前，他把春分和儿子叫到南京来，是想避免由春分引起警方的注意。更费心机的是，他竟然用孔飞常用的那种飞镖射杀孔令白，这是要把警方的注意力转移到孔飞身上。

雷言到南京时，孔祥已经被控制起来。小邹他们找到他时，他的出租车正跑在中山大街上。

在江下区刑警队，雷言见到了孔祥。孔祥一脸无辜，很是镇定的样子。

雷言盯着孔祥，一连抽了三支烟，并没有发话。他在暗中观察孔祥表情的变化。当雷言点着第四支烟时，孔祥沉不住气了，脸上浮现出一层慌乱的神情。

这时，雷言开口了："七月二十五日你在哪里？都干了什么！"

孔祥见雷言开口说话，眨了一下眼，长出了一口气，心里猛地一松。

雷言当然看出了他神情的变化，就故意压低声音说："把那天到过的每一个地方，做过的每一件事、每一个细节，都说清楚！"

孔祥是有心理准备的。他说头天开的夜班车，二十五日一直在家休息。他妻子春分可以做证。说罢，就再不开口了。

雷言给小邹使了个眼色，小邹立刻明白雷言的意思，转身出了门。

雷言又点上一支烟，冷笑了一下，说："把你在家休息的所有细节说一遍！"

"在家睡觉还有啥细节？"孔祥表现得一脸不解。

雷言盯着他说："比如几点进家，进家都干了什么，几点睡的，睡的方向，床上有什么东西，上了几次厕所，几点醒的，等等。把所有的细节都讲一遍！"

孔祥没想到雷言会这样问。但他很快就镇定了下来，按照时间顺序边想边说。

孔祥说完停了下来。他望着雷言，是在猜想雷言接下来还要干什么。

这时，雷言又说："把刚才说的再重复一遍！"

孔祥疑惑地看了看雷言，不情愿地又重复了一遍。

这时，雷言突然厉声说："再说一遍！"

孔祥愣了一下，立刻就反被动为主动地质问："我都说两遍了，还要说什么！”

雷言猛地拍了一下桌子，盯着孔祥的双眼，一字一句地说：“你现在是嫌疑人，必须按要求接受调查！”

孔祥的心里显然是乱了，头上竟渗出一层汗来。

其实，他不知道这是雷言讯问的手法。一个人对自己做的事如果说了假话，只要连续重述三次，最多七次，漏洞自然就会出来。

此时孔祥说话已经不自然了，说一句想一句，慌乱让他的语速越来越慢。

这时，小邹回来了。他对雷言耳语了几句。小邹说完后，雷言却突然笑了。他指着孔祥说：“你以为你心机用尽就能蒙混过去？！二十五日早上回家后，你把你妻子和儿子支到老乡的住处去喝喜酒，这样可以让妻子证明你确实早上回家休息了。你又故意把手机留在家里，造成你并没有外出的假象！是不是这样？”

孔祥更慌了，一时不知如何回答，干脆闭口不言。

经验告诉雷言，孔祥快崩溃了。他就又冷笑着说：“现在是大数据时代，有手机定位、有影像追踪，你每一天的行踪我们都清清楚楚！”

“说，这半年时间，你为什么五次回到齐家寺！”雷言的目光犹如利剑直指孔祥的眼睛。

孔祥与雷言对视足足有两分钟，突然低下头来：“我交代……”

雷言离开南京时，突然想起孔令白上公开课时讲的那首诗《假如生活欺骗了你》。于是，他随手给温缓发了条微信：

假如生活欺骗了你

不要悲伤，不要心急

忧郁的日子里需要镇静

…………

·作者简介·

杨小凡，男，1967年生，安徽亳州人。中国作家协会会员。曾在《人民文学》《收获》《当代》《十月》《花城》等刊发表作品四百多万字，多部小说被《小说选刊》《中华文学选刊》等刊转载，出版长篇小说《酒殇》《窑门》《天命》《楼市》，中短篇小说集《药都笔记》《玩笑》《欢乐》《流逝的面孔》等。曾获《小说选刊》最受读者欢迎奖、中国报告文学奖、安徽省政府文学奖、鲁彦周文学奖、冰心图书奖等奖项。编剧和改编电影四部。

1

上半场越南队刚一进球，正慢镜重放的时候，程翔的手机响了。

进来一条微信。程翔拿起手机，没着急看，等慢镜播完后才解锁，点开微信。置顶的是一个足球的头像，右上角亮着红点儿，里面有个“1”。这个头像程翔太熟悉了，每周都会看到，是罗叔的。自打罗叔用上微信，就一直这个头像，二〇一四年世界杯的指定用球——桑巴荣耀。罗叔的名字下面显示着红色的“[语音]”，程翔认为这是罗叔抱怨中国队失球的留言，还没听，心里先笑了，然后才点进去。

语音里，罗叔大着舌头先喊了声：“翔……”

看来是一边看球一边喝的，程翔心里想。他继续听后面的话：“我跟家摔了一屁蹲儿，坐地上起不来了，得麻烦你过来一趟了，我已经打了120，随时联系吧……”

程翔没吃透罗叔这话的意思，赶紧把电话拨过去。接通后，程翔问：“罗叔，您怎么了？”

“动弹不了啦，估摸着是脑梗。”罗叔嘴里像含了一口水。

“120知道了吗？”

“已经报了门牌号，他们在路上了。”

程翔知道罗叔一个人住，身边没人，所以出了这事儿会找他。“您等着，我这就过去！”

八点半已过，路上行车寥寥，明天就除夕了，该走的已经走得差不多了，北京城每年就这七天敞亮。幸好不堵车，程翔一路疾驰，穿北四环、北三环，驶入西二环，拐上长安街，二十分钟后到了罗叔家的胡同口，平时这条路线得开五十分钟。

罗叔家的胡同是东西向的，靠墙根儿的南北两侧各停了一排车，导致中间的路变窄，错不开车；不知道哪天的事儿，胡同东口立了个禁行标志，变成单向行驶，只能西口进，东口出。以前可不这样，二十多年前程翔住这儿的时候，基本见不到停着的车，他们小孩能在胡同里踢球，码两块砖头当球门，感觉两边来来往往老有车过，比赛常被打断。程翔忘了现在东口不能进车，把车停在胡同东口前的那条南北向的大街上。不是怕罚款，是觉得铤而走险开进胡同，里面万一有车出来，顶上了反而麻烦，早一分钟赶到罗叔面前才是最重要的，跑会更快。

胡同不是笔直的，从这头到那头得有一里多地，程翔弯弯绕绕地跑了百十米，看到对面一辆闪着蓝光的急救车正从路两旁停放的私家车中间缓缓蹭出胡同。程翔跑到车前，问拉的是不是三十九号院的病人，姓罗。司机说是三十九号的，一位六十三岁的男性。程翔说我是他叫来的亲友。

车屁股的两扇门打开，程翔一蹦，跳上车。罗叔正躺在担架车上，看到程翔，苦笑了一下问道：“几比几了？”程翔握住罗叔靠他这侧的手，冰凉，整条胳膊软软的，像一条化了冻的带鱼。程翔说：“不重要，先去医院。”罗叔“呜里哇啦”又说了一段话，并抬起另一侧还能动弹的手帮助自己表达，只有了解他的人才知道说的是什么。程翔听出来，罗叔在说：“谁说不重要？赢了越南，就能获得世界杯的参赛资格！”

罗叔说的是女足。今天是女足亚洲杯的四分之一决赛，中国对越南，获胜方除了晋级四强，还能取得明年女足世界杯的入场券。之前罗叔发来语音的时候，中国队正零比一落后。

程翔打开手机上的直播视频，下半场刚开始，屏幕左上角显示一比一，中国队已经扳平了。程翔把手机举到罗叔面前，罗叔用右手指指自己的左眼，随后摆摆手。旁边的医护人员说：“病人左侧肌体失去功能，左眼也看不清了。”程翔调高手机音量，放到罗叔耳旁。罗叔冲程翔伸出右手的大拇指，担架车两旁的急救人员都在口罩后面笑了出来。

说话的工夫，中国队又进一球，二比一领先。罗叔歪着嘴笑了，先伸出三根手指，后来又换成一根。医护人员不解，程翔翻译道：“他预测这场三比一。”

2

罗亚楠赶来的时候，罗叔已经被送进抢救室，是程翔在急救车上给她打的电话。当时程翔问急救人员，罗叔这种情况应该怎样治疗，他们说具体治疗方案要看医院的大夫，他们只负责在尽量保证患者安全的情况下第一时间把车开进医院，基本每天都会遇到这种患者，通常情况，大夫会给病人溶栓。程翔问是不是需要家属签字，急救人员已了解程翔和罗叔的关系，说必须得有对这事儿能负责的人签字，溶栓有出血的危险，亲属不签字，医院没法做。就这样，程翔用罗叔的手机给他女儿罗亚楠打了电话。

罗亚楠风风火火地出现在罗叔的病床前，急诊大夫告知了溶栓的利弊，罗叔的CT（电子计算机断层扫描）片子已经出来，确认没有脑出血，心电图也正常，可以进行溶栓治疗。等待罗亚楠的时候，程翔在网上查了，主流的说法都是，罗叔这种情况越早治疗效果越好，若体质允许，溶栓是常规操作，有风险，但不高，可以说别无二法；所以在罗亚楠举棋不定的时候，程翔有条不紊地把所知道的都讲给了罗亚楠，给她吃了定心丸，促成签字。

程翔和罗亚楠也有十几年没见了，上次见是在她的婚礼上。程翔也知道，罗亚楠两年前离婚了，现在带着一个六岁的儿子，家里雇了个阿姨，负责接送孩子上下幼儿园。今天她爸出了这事儿，她心里肯定慌；不光是慌，还烦，事儿出在这种时候，除夕前夜，成心给人添堵似的。程翔注意到罗亚楠眉间的肌肉一直紧绷着，拧成一团，微微隆起；看得出，这是她的习惯表情，并非因今天的事儿才有的。细看，隆起的肌肉是三条，呈“川”字排列，三条隆起之间的皮肤生出两条底部是锐角的沟壑，像叠出死褶的纸。

罗叔被推进监护室进行静脉溶栓，亲友只能在外面等候。住院楼里的白炽灯发着明亮的光，楼道整洁，每隔三个房间就摆放着一株叫不出名字的有一人高的绿植，叶片闪亮，不知道从什么时候开始公立医院也干净起来。明天就过年了，有些病人只能在这里跨年，值班护士正给楼道里张挂虎年的拉花剪纸，已经挂好几嘟噜，年味儿渐显。这种气氛让罗亚楠待不下去，她穿上大衣，跟程翔说她去楼下透透气。程翔点点头，看着她一点点走远，消失在电梯口，“川”字还在他眼前晃。

程翔在楼下的花坛旁找到罗亚楠。所幸夜色凝重，花坛里衰败的花草不怎么引人注目。程翔把从自动售货机里买的热咖啡递给罗亚楠的时候，她眼眶里含着一汪晶莹的东西，嘴唇都咬白了。

“谢谢！”罗亚楠鼻子囔囔地接过咖啡，“今天辛苦你了。”

“应该的。”程翔若无其事地说。然后掏出一根烟点上，尽量不去看罗亚楠，又不显得像是故意在躲她。他曾追过她，罗叔还帮了他。

二十多年前，罗叔在牛奶厂上班，工作时间往瓶上贴商标，下班后喜欢踢球，是厂足球队的队长，得空就组织球赛，每周至少一场，多则两三场。后来厂里从德国进口了一套新设备，也重新设计了奶瓶的造型，并采用将商标印制在瓶上的新技术，生产力提高，劳动者被解放，传言会下岗一批人。别的人纷纷找门路、想办法，只有罗叔无动于衷，雷打不动继续每周组织人踢球，罗亚楠的妈妈对此意见大了。她和罗叔的矛盾在罗亚楠出生后日渐加深，她认为罗叔只顾个人玩乐，不思进取，对家庭尽不到责任；恰逢她们日化厂要分房，个人和配偶均无房的职工会优先考虑。婚后她一直住在罗叔家的两间平房里，现在跟罗叔假离婚就能拿到印有国徽经得起真伪检验的离婚证，这样她就是无房户了，若再带个孩子，说不定能分套小两居，房子到手后再择机复婚。罗叔也知道老婆对自己有意见，直接挑明，说弄假成真怎么办。罗亚楠她妈说她是对罗叔有意见，但为了孩子有个完整的家，不会假戏真做的。罗叔配合罗亚楠她妈分到了小两居，与此同时，他也接到自谋出路的下岗通知。新房子下来后，罗亚楠她妈带着她搬进楼房，没立即复婚，说那样太假，继续再演演，免得厂里人说三道四。罗叔一个人住在平房，自谋出路的方式是把临街那间房子的窗户扩成了门，弄了个小卖部。那是二十世纪九十年代中期，北京人的生活里还没出现超市，二环里的人买日用副食品就去家附近的油盐店或公家商店。那些公家商店是连锁的，当然那时候也没有连锁的概念，只不过都归一个上级部门管。每家店按阿拉伯序号排列，程翔和罗叔家这片儿的店叫二十四店。但如果只为了一瓶酱油或一袋糖就往二十四店跑，不值当，往返腿儿着得半小时，特别是菜炒一半的时候，发现缺盐少醋，奔二十四店来不及，需要尽快解决，罗叔这个小卖部的出现为这条胡同里的两百多户提供了方便。他在牛奶厂上过班，熟悉饮食口儿，有渠道拿货。不光解决了生存问题，小卖部还满足了罗叔的兴趣爱好，他把电视搬到柜台上，冲着胡同，那些年甲A联赛正如火如荼，凡转播比赛，这台电视机必会开着，罗叔对着它坐在藤椅里，脚边儿摆瓶燕京，全神贯注地看着，谁买什么，罗叔就让他们自己拿。顾客都是街坊，一来二去也熟了，东西在哪儿、多少钱，买的人门儿清，把钱放柜台上，直奔货架，拿完捎带问一句：“几比几了？”也有人不着急回家，跟着一起看会儿，罗叔会说：“那儿有马扎儿。”

程翔就是这样跟罗叔认识的，并于日后发展成罗叔的忘年球友。当时他上初三，成绩平平，家里不让他看电视，逼着学习，争取考个准重点的高中，但一到周末转播国安队比赛的时候，程翔就坐不住了，知道小卖部那儿的电视机肯定开着，这时候赶上家里缺什么，程翔会主动帮着去买，顺便看一眼球赛。如果不缺东西，程翔就以出去上趟厕所或休息休息眼睛为由，走出家门，飞奔至罗叔的小卖部——哪怕不买东西，罗叔也免费提供看球的座位。那时候胡同里宽敞，两边不停汽车，那玩意儿离老百姓的生活还远，自行车倒是家家都有，怕丢，都推院里去，所以小卖部门前围一堆人看球也不碍事，罗叔那儿成了周边足球爱好者的聚点。一个周末，罗亚楠她妈带她回来，目睹了罗叔召集一群人，攥着啤酒瓶、光着膀子看球的场景，人群中还不时传出一两句京骂。这一幕极不利于孩子的成长，也加速了两人感情的破裂，离婚证也没有换回结婚证的必要了。也就是这时候，父亲的形象在十四岁的罗亚楠心中一落千丈，她在看球的人群中听到刺耳的两个字："傻 ×！"当时她分不清父母的离婚是真是假，但她清楚，自己开始不喜欢回到这里了。成年后，她懂了这一切，对父亲的印象并没有扭转；挣钱买了自己的房子，哪怕是离婚后，也没有把二十年后还待在平房里的父亲接过去住住。

这些年罗亚楠和罗叔的关系，程翔也多多少少知道些，有的是踢完球一起吃饭的时候听罗叔酒后念叨的，有的是他看出来的。那次参加罗亚楠婚礼，是受罗叔之邀，和罗叔的一群年过五十的球友坐在一桌。婚宴安排了十二桌，一排三桌，共有四排，球友这桌被安排在最后一排的中间位置，这排的另两桌都是年轻人，不是新人的同学就是同事，可见新娘父亲的球友在这对新人心目中的位置并不高。这时候罗叔已经一个人生活了多年，罗亚楠结婚只是通知他一下，需要他配合出席，婚礼上的各种安排都是罗亚楠和她妈跟新郎一家商量着来的。新人协同双方父母，六个人挨桌敬酒的时候，轮到球友这桌，罗叔端着酒杯走在前面，向身后的五人介绍这桌的来头。因为在座的是罗叔的朋友，新郎父母客客气气，虽是过场式的笑容，也不让人觉得难受，倒是新娘新郎以及新娘的母亲，突然收敛起原本从上一桌带来的笑容，草草举杯，杯子尚未碰上来宾的杯子，就收回胳膊，迫不及待地将酒杯端到嘴边，连嘴唇都没沾，便放下了，就算完成了任务，然后转身又对下一桌笑脸相迎。罗叔则满面春风地举着酒杯，挨个和球友碰，先说了些和踢球有关的玩笑话，才郑重喝下杯中酒，喝完又跟身旁的球友勾肩搭背分析了一下当年的中超冠军将是国安还是鲁能，才不慌不忙甚至故意拿着劲儿踱步至下一桌。

又许多年过去了，这期间程翔不定期会跟罗叔他们踢场球，场边闲聊中，他陆续知道罗亚楠换了更好的工作、罗叔当姥爷了、罗叔的外孙子上幼儿园了、罗亚楠离婚了……从描述中，程翔能感受到罗叔仅仅是知道这些情况，并没有参与到这些事件中，父女关系仍如虚设。这次罗叔患病，赶来的罗亚楠像参加一个不得不出席的会议，一副“怎么老有这种麻烦事儿”的表情，只是在需要她签字的时候，才出现“哦，原来这事儿跟我有关”的反应。

此刻罗亚楠喝着罐装咖啡，站在夜色下的住院楼前说：“踢了一辈子球，这回终于给自己折腾得动不了了。”

程翔听出话里的怨气，说：“这是老年人的常见病，以后更得多运动，有助康复，少留后遗症。”

他既想安慰罗亚楠，也为罗叔鸣不平。

程翔想起罗叔曾提起过，罗亚楠刚出生的时候，罗叔一看，是个女孩，为了让她像男子汉，别娇滴滴的，起名“亚男”。上了小学，这名字总被同学嘲笑，说人是女的，名字里带“男”，二尾子。罗亚楠被气哭好几回，她妈带她去派出所把名字改成“亚楠”，罗叔也很无奈，觉得这就扛不住了，不配叫“亚男”，改就改吧！

本来程翔还想把刚刚和大夫交流的医学知识跟罗亚楠分享一下，现在看罗亚楠这种态度，觉得也没有必要说了。今天下午，也就是罗叔犯脑梗前，程翔还跟罗叔他们踢了一场球，因为快过年了，各家的事儿都多，程翔提前给罗叔拜了年，踢完就各回各家了。罗亚楠赶来前，程翔问过大夫，脑梗跟下午踢球有没有关系。大夫问罗叔有没有用脑袋顶球，如果顶了，撞击会让脑血管壁上的小血栓脱落，造成拥堵，从而脑梗。随后大夫又问，罗叔是偶尔踢一次，还是经常踢。程翔说经常踢，从三十多岁到现在，三十年了，每周一次，每年至少踢五十场。大夫说那就跟用脑袋顶球没关系，如果每周都顶几下，血管里的小血栓不会现在才脱落，应该早就被震落然后新陈代谢掉了。当拿到血检报告，得知罗叔有糖尿病后，大夫说这才是脑梗的罪魁祸首。血糖高会导致动脉血管粥样硬化，严重的则引起动脉管腔狭窄，造成阻塞，要不是每周一场球，说不定脑梗早就犯了。如果罗亚楠打根儿上不认可罗叔踢球，程翔觉得跟她说这些也无益，徒增烦恼。

这时候罗亚楠的手机响了，视频邀请，家里阿姨发来的。已经过了十二点，罗亚楠以为家里又出什么事儿了，赶紧接通。屏幕上是她六岁的儿子，咧着掉了门牙的嘴问："妈妈，你什么时候回来陪我睡觉？"

"小张阿姨没带你睡吗？"罗亚楠调门自动转到高频，"这都几点了！"

"她睡着了，你不是说今晚你陪我睡吗？"儿子有点儿委屈。

"我这边的事情还没处理完，赶紧自己去找阿姨睡觉。"罗亚楠不由分说。

"你说明天过年了，全国都放假，你怎么还上班呀？"儿子很认真。

"你能不能别折磨我了，赶紧睡！赶紧睡！"罗亚楠嚷嚷道。

程翔没想到罗亚楠冲着手机喊了起来，他站在一旁有些尴尬，从羽绒服兜里掏出刚才在售货机上买的啤酒，打开喝了起来。刚才在售货机前看到啤酒的时候，他突然很想喝上一口。罗叔已经脱离危险，大夫说病人在犯病后四小时内的黄金时间被送到了医院，病情已被控制，就看日后恢复的情况了。后遗症严重的，瘫痪一侧的身体会不协调，走路一甩一甩的；恢复好的，跟正常人没什么两样。程翔也松了一口气。想喝一口，还因为罗叔预测对了比分，中国队真的三比一拿下了越南。生活中值得喝一口的事儿已经不多了，而另一些事情则让人不得不喝一口缓解缓解。

这时候小张阿姨的声音传来，她出现在屏幕里，穿着睡衣直个（方言：不停地）道歉，解释说她已经把孩子哄睡，自己也睡着了，没想到孩子又爬起来，解锁了她的手机，跟妈妈视频上了。阿姨让罗亚楠安心处理手头的事情，她会照顾好孩子的，随后视频被挂断。

罗亚楠收起手机，一时间不知如何是好，下意识从兜里摸出一盒烟，没有打火机，来到程翔面前："借个火儿……"

程翔拿出打火机给她点上，她把打开的一盒 ESSE（爱喜，韩国香烟品牌）递到程翔面前。

"谢谢，我刚掐。"程翔说。然后他看向别处，觉得再看下去就成了对她的嘲讽，他不想用这种态度面对一个几近中年的离婚女性。十几年前他们"约会"那次，程翔为了显得成熟，从兜里掏出一盒在罗叔小卖部买的烟，烟卷还没抽出来，就听到罗亚楠用自以为更成熟的口气说："人应该培养好的习惯。"

"活到这岁数，终于知道生活里除了好习惯，还有很多糟心的事儿。"罗亚楠夹着烟深吸了一口，喷出烟雾，似乎还记得当年自己故作清高惹人讨厌的做派。

两人都没有再说什么。程翔间或喝一口啤酒，罗亚楠发会儿呆就抽口烟，时间在他们身上慢慢溜走。他们也不清楚自己怎么就到了这个年纪，拥有了现在的生活。

罗亚楠的手机又响了，还是视频邀请。她说了一个"靠"，拿出手机。屏幕上显示一朵荷花的头像，下面写着"妈"。她闭上眼睛又嘬了一口烟，吐出烟雾睁开眼，接通视频。

"楠楠，我这儿封楼了，丰台的密接住我这单元，刚给我们测完核酸，暂时不让出门了，社区每天给送菜，明天过年我去不了你那儿吃饭了。”视频里传来一个老年女性的声音。程翔想，这位应该就是罗叔的前妻，小时候他肯定在胡同里见过，现在脑海中已经无法浮现出她的样貌了。

“核酸结果什么时候出？”罗亚楠问道。

“说会尽快，阳性就直接带走。你先睡吧，有问题再联系，我就是告诉你一声明天过不去了，让你早点知道这事儿。”

“您那儿能收货吗，我买点儿过年的东西拿到楼下，让他们送上去。”

“还不清楚呢，刚封楼，明天白天问问再说——你那儿怎么回事儿，你在医院呢吧？你身后那是什么字，‘住院’？”

罗亚楠回头看了看，亮着红灯的“住院楼”三个字在夜空中发着光，“楼”的左半边线路有问题，以“娄”的形式亮着，就像她爸，剩半侧还是好的。

“没事儿，我也来验核酸，初一去给客户拜年，进门需要核酸证明。”罗亚楠编了个理由。

“那你也注意，早点儿休息，我这儿你放心吧！”

视频断了。罗亚楠收起手机，正想再抽口烟，发现左手上只剩一个即将燃尽的烟屁股。

“真他妈丧！”罗亚楠对空骂了一句，随后将烟头捻在右手的掌心。

程翔一怔，赶紧把正准备送至嘴边的最后一口啤酒倒进罗亚楠的手心。

“刺——”浇灭了火星儿的啤酒从罗亚楠的指缝间流了出来，一滴，两滴……落到地上，变成比看上去是黑色的地砖还黑的点儿，一个点儿，两个点儿……迅速洇成了一片。

3

溶栓顺利。已是除夕之夜，按入院时间算，一会儿在牛年和虎年交替的时刻，罗叔将被转移至病房。

昨天半夜，大夫劝程翔和罗亚楠回家休息，罗叔病情已经稳定，需要在监控室待够二十四小时。那里家属不能进，他俩待在医院起不到任何作用，还把自己熬得很累，不如在家休息足了，等病人需要他们的时候再出现，作为脑梗患者的家属，得做好打持久战的准备。程翔和罗亚楠便各回了各家，罗亚楠开车把程翔送到他停车的胡同口，程翔一罐啤酒喝完也有两个小时了，取了车，开回自己位于北五环的家。

一觉醒来，已快中午。程翔昨天跟父母约好傍晚去他们那儿吃年夜饭，他先给医院打了电话，罗叔一切正常，在监控室观察到晚上十一点，CT 复查，没有异样便可转移到病房，家属可以来照料探望。程翔下午到了父母家，帮着干了点活儿，跟父母聊了罗叔的事，他们还记得胡同里的那个小卖部，只是不知道程翔成了罗叔的球友。程翔高三那年，他们家所在的那条胡同因街道拓建政府拆迁——程翔家不在罗叔小卖部所在的那条东西向大胡同里，而是垂直于大胡同的一条南北向的小胡同，直通南边的大马路，大马路要扩宽——他们搬到了方庄，跟那条胡同的联系也就断了。但程翔还因足球跟罗叔往来不断，他的学校离小卖部不远，有时候放了学，还去罗叔那看会儿《足球之夜》才回家。

程翔能和罗叔以及他的小卖部藕断丝连，除了足球，还因为罗亚楠。在程翔还没搬家的时候，有一个周末中午去买东西，小卖部敞着门没人，电视机关着，他冲里面喊罗叔，说拿瓶蚝油，然后擅自打开电视机，看起中午的体育新闻。一个面容清秀的女生从后面的屋里出来，不解地看着程翔的举动，程翔也费解地看着她。此时的程翔还不知道罗叔和他女儿的事，问她："罗叔呢？"罗亚楠说："他在厨房炒菜。"程翔说："买瓶蚝油。"罗亚楠在货架上寻摸一圈，找到蚝油，交给程翔。程翔问多少钱，罗亚楠说不知道，这时候罗叔炒完菜，系着围裙来招呼罗亚楠去吃饭，她转身走了，剩下程翔和罗叔两个人。罗叔告诉程翔，这是他闺女，她妈出差，她周末就来这儿过，现在上高一，跟程翔一个学校。这时候的程翔只是个高二的学生，不知道也没兴趣打听罗叔离婚的事。但自此以后，他便开始在课间操的时候留意高一的学生，在一群被校服包裹着的女生中找到罗亚楠，对她投入的关注越来越多。有时候上着课、写着作业、做着广播体操，也会想起她，程翔知道自己恋爱了。他喜欢罗亚楠不谙世事的纯净，就像刚刚落下的雪，代表了世间最高级的美好。班上也有一些能跟他侃足球的女生，聊起高峰、曹限东、符宾滔滔不绝，这些女生让他觉得更像哥们儿，无法产生爱慕之情，顶多是羡慕她们比他拥有更多的球星海报；而罗亚楠这种清新脱俗的女孩，契合了程翔心灵深处对美的追求，让他念念不忘。听罗叔说，罗亚楠是中考发挥失常，才考到这所高中，忍辱负重暗下决心要高考翻身。程翔默默支持着罗亚楠，除了在学校暗中观察她，还时不时去罗叔的小卖部试试能不能碰到她，哪怕搬家后，也特意绕路经过小卖部，并积极参加罗叔在每个周末组织的球局，若能从罗叔的闲谈中听到罗亚楠的消息，程翔比进了球还兴奋。

直到程翔大一的暑假，罗亚楠高考也出分了，他才鼓足勇气，问罗叔："您闺女喜欢看球吗？"罗叔不假思索地说："一点儿都不喜欢。"程翔不知道该怎么接了。罗叔看出程翔的失落，问他："你想干吗？"程翔说他想去工体买国安对申花的学生票，如果罗亚楠也喜欢看，可以帮她带一张。罗叔说你再帮我多带张成人票，说着就开始掏钱。程翔快急哭了，其实他已经买好两张二十块的学生票。罗叔递给程翔两张一百块钱，程翔只得硬着头皮接过来，一晚上没睡，第二天带着一百八十块钱和两张学生票去找罗叔，说成人票已经售罄，只剩学生票，您也没学生证，给您买了票也进不去。这是他想了一晚上想出的办法。说您还是电视上看吧，比去现场清楚。罗叔看着找回来的钱笑了，说："我也是你这岁数过来的，你什么意思，我全明白，正好亚楠高考完了，让她看场球放松放松也对，再说了，土生土长的北京姑娘，不去工体看场国安也有点儿说不过去，她不愿意跟我去，正好你替我给她带路，看完球你俩一起吃个肯德基什么的，我请，就用这钱。"

程翔被说得脸发烫，索性顺水推舟问罗叔："您肯定她会去看吗？"罗叔说："这事咱爷俩儿得打个配合。"程翔问："怎么打？"罗叔说："你把这两张学生票给我，我告诉罗亚楠是我买的，让她拿着这两张票请你看。"程翔被说蒙了。罗叔进一步说："她现在高考结束了，面临报志愿选专业，我回头跟她说你们高中有个大一届的师兄，也就是你，上了一年大学，知道大学是怎么回事儿，可以带她转转你们学校，去教学楼看看，知道知道各专业学的都是什么；你们学校不是离工体近嘛，我就让罗亚楠作为感谢，请你去工体看场球，就用你这两张票，当然我得跟她说是我买的；亚楠上了大学，谈恋爱也是早晚的，跟你谈我还踏实点儿。"程翔听完，心里最想说的是："罗叔，下回踢球，我一定给您多传球！"罗叔最后说："其实这事儿也不是我说了算，咱俩的配合能不能打成，就看你和亚楠的缘分了。"

就这样，罗亚楠跟着程翔在他的学校转了一圈。校园不大，里里外外不到一个小时就绕完了，边转程翔边介绍了各系学的都是什么，将来毕业了能干什么。程翔上的是首都经济贸易大学，当年个别专业勉强够得上市重点，属于第二批录取的大学。罗亚楠听完介绍，没有过多表示，程翔问有她感兴趣的专业吗，刚才他在介绍的时候萌生过如果罗亚楠真能考到这里，两人就能每天见面了的幻想。罗亚楠欲言又止，程翔以一副过来人的姿态说，没关系，有什么想问的尽管说，知无不言言无不尽。罗亚楠问："去年这学校录取分数线是多少？"程翔说："五百左右，分专业，热门专业会高一些，有五百二也够了。"罗亚楠说："今天凌晨出分了，我考了五百九十七，没上六百，原本想报人大，现在只能报对外经贸了。"程翔不说话了，半天蹦出一句："恭喜呀，罗叔知道了肯定特高兴！"

罗亚楠听从了罗叔的安排，逛完程翔的学校，两人去了工体。出校门坐117路无轨电车，八站就到工体。车上，程翔没有勇气提起任何话题了，总有种越说越露怯的感觉，首经贸的学生能给对外经贸的学生什么建议呢，就像中国男足好意思说意大利防守反击的打法太保守吗？

终于到了工体，赛前球迷们的热烈气氛为程翔找回些自信。他问罗亚楠来过工体吗——估摸她九成没来过他才这么问。罗亚楠确实没来过，程翔又开始口若悬河，给她讲述工体的几场著名球赛，有对桑普多利亚和阿森纳"工体不败"的神话，有"九比一"大胜申花的传奇。今天国安的对手就是申花，球迷们兴致勃勃高喊着"九比一"，罗亚楠不解："过去这么多年了，为什么还对'九比一'念念不忘呢？"程翔说："足球讲传承，这是在扬国安队威，灭申花志气，足球文化的一部分。"

通过安检，罗亚楠和程翔坐到了学生票的看台，位于靠近发角球的区域，是上层看台，离场地十分遥远，已经有队员开始热身，人看上去真的只有蟑螂那么大，球则像个米粒，被一群蟑螂追逐着。罗亚楠不明白，既然是看球，什么都看不清，为什么还来现场看，学生票看台已经坐满，都是和他们年龄相仿甚至比他们还要小的球迷。

比赛开始前，双方运动员入场，场边一字排开，全场观众起立，升国旗奏国歌。瞬间，混夹着叫喊声、喇叭声和各种杂音的现场安静下来，国歌响起，众人齐唱，男声为主，低沉的声波像从海底升起的一种神秘能量，罗亚楠感觉自己被裹挟其中，愿意投身于这种催人向上的磁场中，跟着唱了起来。曲毕，现场广播开始介绍双方出场队员，先是客队的，每念出一个人名，从刚刚同样传来国歌声的空间中就会漫出两个字："傻——×"。罗亚楠本还沉浸在刚刚那种明朗磊落的情绪中，突然听到传说中的"京骂"，且万人合骂——是罗叔小卖部的电视前一两个人在骂所不能比的——严重感觉到被侵扰，像关进了充满阴谋的山洞，傻在原地。当程翔清晰的骂声混在模糊的声浪中传入罗亚楠耳中时，她才对外界有了反应，用不易察觉的厌恶看了眼程翔。程翔低头凑到罗亚楠耳边说："这就叫主场优势，国安到了上海，上海球迷也这样。"罗亚楠目视前方眼神飘忽地摇了摇头，不知是听不清，还是不同意，或是否定了这一切的意思。程翔后来也没再跟着骂。当换成播报主场队员上场名单的时候，每出现一个人名，之前低沉的"傻——×"换成了嘹亮的"牛——×"，程翔也没有张嘴，只是用喇叭配合别人喊这两个字的韵律吹奏出："嘟——嘟！"

罗亚楠本就微弱的看球热情在开场便消耗殆尽。她强忍着熬过九十分钟，然后跟随着散场的人群离开了工体。程翔要送罗亚楠回家，罗亚楠知道并不顺路，说她自己能回去，程翔只好陪罗亚楠走到车站。等车的时候，程翔问罗亚楠，觉得这场球好看吗？最终比分是三比零，国安又赢了，虽然不是狂胜，程翔觉得还是很过瘾。没想到罗亚楠说："我其实对这种事儿没什么兴趣，觉得耽误时间。"程翔一时接不上话。罗亚楠又说："我挺不理解看台上的那些人，把时间和精力花费在这种发泄情绪的幼稚事情上，不觉得浪费生命吗？"

这话一下把刚刚年满二十岁的程翔问住了。这时候车来了，罗亚楠跟程翔说了声“再见”，便上了车，混在挤车的人群中不见了。

和罗叔的配合没打成。但他的美意，程翔一直牢记在心。住胡同的那几年，罗叔还把程翔拉进他组织的球队，有时踢完球还骑车带他回家。程翔的初中高中学校都不让踢球，操场小，墙外就是居民区，学生脚下没准，球老踢出去，然后翻墙去捡，屡次踩漏居民的房顶，学校就禁止在校内开展足球项目。多亏了罗叔的球队，解决了程翔脚痒的难题，让他幸福度过中学的那几年。喜爱足球的人，踢不上球真的会情绪不好，坐立不安，跟烟瘾犯了极像。

这天吃过年夜饭，程翔用保温桶给罗叔盛了一份，带去医院。路上还在想，如果当年和罗亚楠“约会”成功，两人对上眼，他现在就得管罗叔叫爸了。岳父病了，姑爷送饭乃分内之事；即便没成一家人，跟罗叔踢了这么多年球，罗叔生了病，也不能视而不见，要不然这么多年队友白当了。

大年夜的环路是冲刷发动机积碳的最佳时刻。道路宽敞，没什么车，程翔踩着油门的脚就没抬起过，把车速控制在规定的上限。一会儿罗叔就要从监控室转移到病房，身边需要人了。程翔不清楚罗亚楠作为一个和父亲隔阂很深的女儿会不会出现，但他不会缺席，现在病房成了一块阵地，他必须守住，这是他从罗叔那儿学到的。前几年的冬天，罗叔约了一场球，他们球队和一个朋友小区的球队踢比赛，九人制。比赛当天，京城飘雪，车上的积雪已经有《新华字典》那么厚。有人在群里说不去踢了；有人说路上看到好几起车祸，路面滑得要命；有人说对方也来不了俩人，取消得了。罗叔在群里只说了一句：“能踢的就来。”程翔私信问罗叔：“场地这样，还能踢吗？”罗叔说：“不下刀子就能踢。”程翔说：“要不然问问对方，如果他们来的人也不多，改个好天再踢。”罗叔说：“不能问，对方没问咱们还去不去，说明不会爽约，既然约了比赛，就不能主动取消，下雪同样影响他们，谁先问谁就输了，说不定他们也在犹豫中，就看谁能顶得住。”罗叔这么一说，程翔作为比罗叔年轻三十岁的人，没道理不出场。他驱车来到球场，坐在车里换球服，看到风雪中一辆电动车穿越迷雾，停在场边，是罗叔，戴着厚厚的手套，膝盖套着护腿。程翔立马不觉得冷了，打开车门，走进场地。后来那场比赛成了欢乐赛，积雪太厚，球埋在里面根本看不到，众人就在雪地里追来追去，嘴里喷着哈气，像一个个蒸汽车头，所到之处，雪花被踏起，漫天飞溅。上半场嬉闹了四十分钟，积雪被踩平，成了冰场；下半场四十分钟，就是一场速滑比赛。最终双方满身雪水结束了比赛，共同留下足球生涯的美好回忆。

不知不觉，车已经超速，上了一百，想起往事，程翔难抑亢奋。

他赶到罗叔病房的时候，罗亚楠已经带了一位护工等候在这里了。病房有三张床位，最里面床的病友是脑出血做了开颅手术，腊八犯的病，已经在这儿住了半个多月，另一张床空着，罗亚楠给罗叔选了靠门的这张床。程翔放下保温饭桶，看到罗亚楠也带了饭食。罗亚楠说大过年的，还麻烦程翔跑一趟，她已经安排好，程翔不用惦记了，可安心回家过年。程翔说怎么着也得见罗叔一面，看看情况，好对球友们有个交代。今天白天，大伙开始在群里拜年了，自然是要感谢罗叔一年里张罗球赛的辛苦，纷纷艾特（“@”的音译）他，不见罗叔回复，都还不知道罗叔脑梗的事儿。程翔觉得这种事儿还是应该让大家知道一下，就说了昨晚的经过，有人当即就要来医院。程翔告知医院防疫管控严，仅允许病人的两位家属登记后进楼，他和罗亚楠已经占了这两个名额。队友们只能委托程翔探视后及时将罗叔的情况发布在群里，程翔是带着群里四十多个人——有的是罗叔这代人，有的比程翔岁数还小，都是罗叔在过去的二十年里从生活的各种场景里精挑细选出的对足球真正热爱的人——的嘱托来到医院的。

等了一会儿，罗叔坐在轮椅里，被护士推进来。护士和罗亚楠做了交接，嘱咐了注意事项，然后走了。罗亚楠给罗叔介绍护工师傅，说未来就是他帮着在病房照顾罗叔的起居，包括翻身、吃饭、上厕所、去康复中心训练、下楼晒太阳什么的。没等罗亚楠说完，罗叔扶着床沿站起来说："我这样的还需要护工？我都可以给别人当护工去了！"说完扶着床沿走了几步，给护工师傅看乐了。护工说老先生恢复得挺棒，生活尽量自理，主动训练肌肉神经，对康复更好，自己确实帮不上什么忙，如果日后真有需要，可以去医院的服务中心再找他，说完就走了。

罗亚楠不放心地看着罗叔，叫他赶紧坐下，刚溶完栓，不宜剧烈运动。罗叔说："这还叫剧烈？完全就是'蹭咕'。"说着要把左腿抬到床上，心余力绌，刚抬起十公分就抬不动了，失去重心，一屁股坐到轮椅里。罗亚楠着实被气着了，这种倔老头管他真是多余，忍着没发作。

这时候值班大夫来探望，让罗叔做了闭眼、鼓嘴吹气、抬左胳膊等几个动作，罗叔一一完成，还跟大夫开玩笑，说幸亏出事的是左侧，不影响他用右脚射门。程翔知道，罗叔踢球的惯用脚是右脚。

"恢复得相当成功，"大夫道喜般地说，"观察一周，情况稳定就能出院了。"

"我觉得现在就能回去了。"罗叔口条也顺溜多了。

"您心态也不错，这样挺好，有助于康复，住这儿除了观察，还为了进行恢复训练，一层的康复中心有仪器和道具，每天去练两个小时，锻炼您的小肌肉，您现在能抬胳膊了，未必能握住笔，您老踢球应该懂，小肌肉比大肌肉更难恢复。"

"您找根儿笔，我试试。"罗叔信心十足。

"好的大夫，听您的，一周后出院。"罗亚楠赶紧拦住。

“我这儿有锻炼小肌肉的。”罗叔掏出俩核桃揉了起来。

“半侧身体上上下下都是小肌肉，我们的仪器和道具更专业。”大夫笑了，安抚罗叔，“住不够七天，办不了出院手续，谁给您办谁担责任。”

“那我先坐他们的车回去，七天后再来办手续。”罗叔总有话说。

“我可不拉。”罗亚楠摆明态度。

“那我坐程翔的车回去。”罗叔看向程翔。

程翔笑了，不置可否。

“现在的年轻人都有分寸，他们知道该怎么做。”大夫看出罗叔有点儿人来疯，不再硬管。

程翔接过话，对大夫说：“麻烦您了，您忙去吧，我们在这儿陪着，人走不了。”

大夫一走，罗叔老实多了，坐进轮椅，也会好好说话了。

“主要是今天过年，不好意思耽误你俩的时间，你们都有自己的事儿。”罗叔像个犯了错的孩子。

“我已经陪我们家老头老太太吃过饭了，给您也捎了一口。”程翔打开保温桶，给罗叔宽心，“没酒，凑合吃一顿吧，大夫不让喝。”

罗亚楠也拧开自己带的保温桶，程翔看到她右掌心贴着肉色的创可贴，不特意往那儿看，很难发现。保温桶一层层打开，盛着不同的菜，罗叔看到了他最爱吃的烧茄子，一起生活的时候罗亚楠她妈总嫌油大，让他少做。现在这道菜出现在这里，信息丰富。程翔也看出门道儿，踢完球偶尔聚餐的时候，罗叔总点这菜。

“哪儿吃得了这么多，别脑梗刚好，又吃个胃出血。”面对一桌丰盛的饭菜罗叔如是说道。

程翔知道这是罗叔一贯的说话风格，他羞于表达的时候，会选择反向表达。就像当年他对自己跟罗亚楠她妈离婚的总结：终于得偿所愿，能一个人痛快地踢球了！

陪着罗氏父女坐了会儿，程翔识时务地离开，留下父女俩独处跨年。据程翔所知，进入二十一世纪以来，除夕夜罗叔都是自己一个人在平房过的。

4

初二这天，罗亚楠傍晚来到医院，给罗叔带来晚饭。天色比上个月黑得晚，进门的时候五点已过，天光仍在，病房里没人。罗亚楠放下饭煲，先去了一层的康复中心，没找到罗叔；又回来问楼层的护士，护士说罗叔一个小时前被程翔推着下楼了，罗亚楠便回到病房等。

等了二十分钟，天开始黑了，罗亚楠打了罗叔的手机，觉得该叫他回来了。手机在病床旁的柜子里响了，罗叔没带在身上。罗亚楠犹豫着要不要给程翔打个电话，叫他带罗叔回来。程翔跟罗叔也不沾亲，能这么陪伴照顾，已该万分感谢，但毕竟太阳落山了，世界抽冷子就凉了，罗亚楠怕罗叔被风吹到，刚见好，别再受了邪风，增加诱因。她拿着手机在屋中踱步，犹豫着要不要打电话催催程翔。那天存了程翔的电话，也加了微信，上午程翔给她发微信，说中午来给罗叔送饭，为了不过多麻烦他，她说晚饭她送。她突然想到，可以在微信里告诉程翔她来了，这样他也就知道晚饭到了，该把罗叔带回来了。又怕程翔不能及时看到微信，延误罗叔回屋时间，发生她所担心的事情。犹疑中，罗亚楠走到了窗口，看到几个人在楼后的空场踢球，定睛再瞧，里面竟然有罗叔。两个比罗叔年龄略小的大叔扶着罗叔，罗叔脚前摆着足球，正准备射门——球门就是罗叔的轮椅。罗叔缓缓启动，抬脚、摆腿、击球，球速尚可，向轮椅中间的空隙滚去，滑行，击中了轮椅的一根立柱，弹了出来；罗叔颤颤巍巍地跟进，补射，球从轮椅两轮当中的空当穿行而过，进了！轮椅后面站着一个人，是程翔，负责捡球，迅速拿到球后将球又摆到罗叔刚才射门的地方，罗叔在搀扶下，又完成了一次射门，用的还是瘫痪这侧的左脚，每次迈出左腿前，右臂都要大幅度往前甩动一下。罗亚楠打开窗户，冷风灌入，同时飘进来的还有楼下这个足球小团伙的欢声笑语。隐约能听到罗叔在说："借此良机，说不定我能练成咱们队的'金左脚'！"

罗亚楠冲窗下喊道："好球！"

正热火朝天的四个人扭头往楼上看。随后罗亚楠又喊着："球星该吃饭了！"

初三一早，程翔就给罗亚楠发微信说今天的晚饭他送，不用罗亚楠管了。罗亚楠说罗叔跟她商量过，出院前订医院的饭就行，大家都省事儿，罗叔也安心，吃送来的饭，他不踏实，叫程翔别每天跑了。程翔说，明天开始可以听罗叔的，今晚送最后一回，反正我自己也得做。

晚上安顿好孩子已经快十点，罗亚楠觉得还是应该去医院看看。年纪小的时候，她可以对父亲视而不见不闻不问，人近中年，她做不到了。父亲已对出院后的生活做了规划，继续回到平房住，也只能住在那里；他能做到生活自理，动作是慢一些，更应该亲力亲为，这样才能恢复彻底，不留后遗症。他还打算三个月后重返球场，"球局也得有人张罗，不能散"。这未必是最好的安排，罗亚楠知道改变上岁数人的计划很难，也没立即否决，就说先试着看，哪儿不妥，再调。她打算出其不意去趟医院，一天没出现，她想看看父亲能不能处理好自己术后的生活，如果已经睡了，她看一眼就走也安心了。

罗亚楠还没进病房，就听到门里传来看球的声音。她推开门，瞬间仿佛回到少女时期父亲的那个小卖部：三个老爷们儿——罗叔、程翔以及同屋病友的护工——正围在 iPad 前看着球赛，面前还摆了花生、鸭脖，幸好没有啤酒，要不然罗亚楠当场就得急了。

是亚洲杯的半决赛，中国女足对日本女足，怪不得程翔说今晚他来送饭，敢情还带了 iPad。罗亚楠进屋的一瞬间，正赶上中国女足进球，下半场刚开场一分钟，一比一！三个老爷们儿都手舞足蹈，同屋的病人也没睡，侧卧听着比赛的进程，因比分扳平而面露笑容。比赛刚开始的时候，只有程翔和罗叔戴着耳机在病房看，一会儿捶胸顿足一会儿拍大腿的，病友本已拉上自己这侧的帘子，听到他俩的看球反应后说："耳机拔了吧，大点声没事儿，也让我听听。"他的护工也索性搬着椅子坐过来一起看。现在罗亚楠突然从天而降，三个老爷们儿有种正在宿舍干坏事儿被教导主任撞个正着的感觉，那位护工反应神速地说："您女儿是吉星，她刚进门，中国队就进球了！"

罗叔兴致全在看球上，也没问罗亚楠大晚上来这儿有什么事儿，示意她坐下一起看。罗亚楠坐下前说："几点结束，大夫不是让您别熬夜吗？"

罗叔盯着屏幕说："我在家看英超，睡得更晚。"罗亚楠想说所以你脑梗了，但大夫嘱咐过，尽量让老人保持心情顺畅，啥事儿都让着点儿，所以她把话生生咽回去了。病人就该有特权吗，那好人要是也被气病了呢，是不是就可以平起平坐了，不用再忍着了？想归想，罗亚楠不会真的渴望这种平等。她觉得能在某方面做出让步的，是强者，面对现在的父亲，她可以让。

平心而论，在和罗叔的父女关系中，罗亚楠自打工作后一直有种居高临下的感觉。她从对外经贸毕业后，实习期的工资就比罗叔在牛奶厂的工资高；后来超市普及，罗叔的小卖部失去生存优势，也就不开了，正好他够六十岁，能拿社保的退休工资了，这时候罗亚楠的年薪是他的三倍。以罗亚楠妈妈的价值标准看，罗叔到了退休年纪混成这样，毫无疑问算一个失败的人。罗亚楠自打离开胡同后日渐受她妈的熏染，罗叔的缺点被夸大，构成了她对父亲的认知，情感上也不亲。包括得知罗叔脑梗后罗亚楠考虑的方式，也是居高临下的，她想大不了就花钱呗，雇人照顾罗叔，每月万把块钱，一年十二万，直到罗叔没了的那一天，她能把这钱挣出来，只要肯花这钱，自己的生活并不会受什么影响，反正跟罗叔也不亲，就像以前那样，完成做女儿形式上的义务就够了。包括现在看球，她虽然平视着iPad，内心却是居高临下的，带着同情，带着微服私访的想法，坐在三个老爷们儿的身旁，和他们看着同一场比赛。这三个男人，一个是曾经的下岗工人，一个是医院的护工，另一个是快四十了还没结婚、工作换了若干次至今还在自己交社保的程翔。罗亚楠是除夕那夜在医院陪罗叔，从他那儿得知了程翔的情况。这三个男人看起球来一个比一个专业，说得头头是道，罗亚楠像看笑话一样打算陪他们到比赛结束。

然而看上一会儿后，罗亚楠变了，她无法继续居高临下看着场上那些拼搏的女足姑娘。她们比她小十多岁甚至二十岁，满身朝气，斗志昂扬，起初她不懂她们为什么玩命追逐那个足球，只会用定义罗叔的态度去看待她们——贪玩而已。慢慢地，随着中国女足一次次抢球倒地，一次次被日本队员冲撞，一次次长途奔袭后气喘吁吁，罗亚楠发现她开始希望中国队员能护住球，顺利传到队友脚下，然后准确射向对方球门；当球权在日本队脚下的时候，她也随之紧张起来。感觉自己已从高处下来，走到场边，卷入到比赛中。

下半场接近尾声，依然一比一，双方体力都有所下降。罗亚楠如坐针毡，盼着中国队赶紧再进一球，拿下比赛，她喜欢自己参与的事情都有个好结果，要不然白跟着忙活了。然而并没有如她所愿，还是进入了加时赛。她从身旁的三位资深球迷处知道了比赛的规则，淘汰赛九十分钟打平，就进入上下半场各十五分钟的加时赛。结果在上半场加时赛即将结束的时候，日本队进球了，二比一。三位老球迷都没发声，只是换了个坐姿，继续盯着屏幕。罗亚楠看不懂他们的反应，是无语，还是心里有数，好戏在后头？可留给中国队翻身的时间只有下半场的十五分钟了，队员们的体力似乎也到了极限，罗亚楠已经从三位导师那儿掌握了在这种情况下，落后的球队会越踢越累的常识，她沮丧极了，提前开始代表中国队接受命运的审判。

但另外三位还不甘心，加时赛中场休息的当儿，还在商量着战术：队长王珊珊的位置该不该前移。好像胜负可以由他们仨决定似的。罗亚楠看了一眼表，十二点已经过了，她想好赖再熬十五分钟吧，之后就能结束这种双重煎熬了——陪脑梗父亲熬夜看国家队输球。

最后的这十五分钟里，中国队没有再度开场就上演一剑封喉的大戏为自己抢得一个光明的未来，场面上略显被动。踢了几分钟后，教练水庆霞做了人员调整，最后十分钟还换了两个人。时间一点点流逝，眼看着过半，日本队一球领先不慌不忙，中国队一板一眼但收效甚微。转播镜头拍下水指导在场边鼓舞队员继续向前的画面，解说嘉宾评论说都拼到这个时候了，而且日本女足的实力排名在中国队之前，中国女足没有丝毫气馁，不打光最后一颗子弹决不撤退，这已经值得所有人尊敬。罗亚楠不太懂球，不知道比赛的名次重不重要，看到场上这些女同胞的表现，她已经热血沸腾，觉得输赢并不重要。从这一刻起，她成了中国女足的球迷。

罗亚楠一边被女足精神感染，一边看着时间。一百一十六分钟，中国队的守门员大喊指挥队友站位，防守角球，反复布阵，一点儿不凑合，丝毫不像再有四分钟比赛就结束了，倒像比赛刚开始四分钟，一会儿还能发生很多事情。一百一十七分钟，日本队守门员开角球，故意拖延时间，罗亚楠不由自主地在心里骂了当年在工体听到的那两个字。一百一十八分钟，中国队员带球突破，被日本防守队员放倒，评论员说："不管比分如何，不管身陷何地，女足的姑娘永远知道自己在场上要做的事情，就是向前！"终于，一百一十九分钟，中国队左路传中，队长王珊珊——也就是十五分钟前房间里三位男球迷讨论的那位球员——抢在日本队员身前，用右脚背外侧一蹭，进了，再度扳平。"把中国队从悬崖边拉了回来！谁敢说铿锵玫瑰在此刻凋谢，中国女足的姑娘们不同意！"

病房里沸腾了，罗亚楠也跳起来，跟着喊了出来。欢呼声未落，门开了，值班护士让小点儿声，影响到别的病房休息了，关键是作为患者，不能再熬夜。为了能顺利看完最后几分钟的比赛，罗亚楠出面向护士保证，她来负责此间病房未来二十分钟的声音分贝并保证患者及时入睡。今夜中国女足通过一场比赛对罗亚楠进行了足球知识扫盲，她知道接下来就要进入点球大战。

哪怕是高考，罗亚楠也没有这般紧张过。当中国队最后一位罚球手王珊珊站在足球前，踢进这球，中国队就能晋级决赛，踢不进则继续下一轮点球淘汰赛的时候，罗亚楠能觉察到心脏的跳动已经波及胸口之外。她闭上眼睛，不敢看了。

不是因为怕输，即便没进，最终输掉比赛罗亚楠也能欣然接受，只是她不愿意看到女足们付出的艰辛被命运无情地捉弄。——她已经明白，点球输了，不是技不如人，不是没有坚持到底，只是一种命运的偶然。

眼睛闭上后，时间异常漫长。整个世界好像在随着心跳而动，她屏住呼吸，不让自己的心跳影响到王珊珊。

突然，病房里响起奇怪而让人喜悦的声音——是三位男球迷压低分贝发出来的。罗亚楠睁开眼，看到王珊珊挥舞着双臂，跑向中国女足的队伍，和队友们抱在一起。

“牛 ×！”罗亚楠的心里又冒出这两个字。

转播平台的评论员对比赛简单做了总结，祝贺中国女足时隔十六年后再次进入亚洲杯的决赛，然后播放了一个剪辑好的短片，画面是这届比赛女足的精彩集锦，用的音乐是《风雨彩虹铿锵玫瑰》。旋律一出来，罗亚楠知道这是首老歌，田震唱的，有一阵儿大街上老放，只是她从没细听过歌词。这次配上刚刚这场球，再听，句句将她击中。

病房的看球局及时散场。罗叔说：“今晚能睡一个好觉了！”

开车回家的路上，罗亚楠脑子里一直飘着《风雨彩虹铿锵玫瑰》的曲调，并配着刚刚这场球的画面。她之所以能坚持看完并愈发投入这场比赛，不是因为喜欢足球，是觉得女足姑娘在给她上课，告诉她未来的日子该怎么过，就像上大学时进错教室，听了几句，发现老师讲得还不错，就坐下来听到结束，还掏出笔记本，并在下课前积极举手提问。

这场球赛场上中国女性的表现，解决了困扰她已久的问题。在此之前，她每天过得很沮丧，觉得自己快有抑郁症了。曾经她是成绩优异的女学霸，现在成了离异妇女，一个人带孩子。孩子像所有孩子一样，总给家长添乱；她工作也忙，回到家还下不了班，被气急了只能迁怒孩子，发完火自己又后悔……她时常想：我是输了吗？该如何扳平比分？还存在反败为胜的可能吗？关键是怎么样才算战胜了生活呢？

以前罗亚楠的目标是要过得比她前夫好。那个人，就是一个男版的她。学生时代就目标明确，本硕连读，毕业后进了世界五百强的企业，很快就在中国分部当上中层管理者，她和他在朋友的聚会上认识，她认为工作稳定、事业有前途就是靠谱，两人开始约会。然后他们结婚了，有了孩子，他升上高管，干了几年，追求进步的脚步没停，又去上商学院，然后他们就离婚了。他净身出户，车、房、存款都留给了她和孩子，他跟商学院的女同学组建了新家庭。他也辞了职，进入那个女同学的家族企业，瞬间成了胡润百富榜上富豪的女婿，成为坐头等舱飞来飞去、每次都在机场书店买本书才上飞机的那种人——依然不忘学习。从此罗亚楠特硌硬“精英”这俩字，就像当年讨厌小卖部那样。

今天这场比赛，女足姑娘把答案告诉了罗亚楠。她开始明白，真正的对手只有她自己，从现在起，她要认真平等对待每一件该去做的事情——处理好工作中的每一个细节，好好对孩子说每一句话，好好吃每一顿饭，坦然面对各种关系，尊重各种生活的可能——不认真是对生命的亵渎，不平等是一种不易察觉的逃避。

罗亚楠突然想起一件往事，在她没有搬出胡同前，那时候罗叔还在牛奶厂上班，有一个周末，他突然向罗亚楠她妈妈要卫生巾，拿上就匆匆出门了。当时罗亚楠在另一间屋里写作业，不清楚父亲的意图，后来父母分开，母亲有一次跟她念叨父亲的诸多毛病时，再次提及此事。原来，那天罗叔是去踢球了，一场约好的比赛，罗叔有痔疮，长时间剧烈跑动会流血。“将是一场恶战”，这是罗叔在跟罗亚楠妈妈要卫生巾时的理由。

听妈妈讲完，罗亚楠觉得自己的父亲竟如此荒谬；现在她觉得对父亲的了解太少了。

5

初六罗叔出院。大夫已掌握罗叔的禀性，嘱咐罗亚楠，老爷子要是愿意动，别拦着，对恢复有好处，人本身就是动物，动物就是动弹着才能活下去的生物，成天坐着躺着违背天意，也容易让人消沉。罗亚楠全盘接受。

程翔也来帮忙，办完手续，把罗叔搀扶上罗亚楠的三排座商务车。车是罗亚楠前夫留下来的，当初买这车，前夫还没去上商学院，两人是为日后有二胎做准备。现在前夫成了别人的丈夫，坐进来的是罗叔，程翔在旁边的座位陪着，罗亚楠负责开车。目的地是罗亚楠家，出院前她推心置腹和罗叔聊了聊，鉴于罗叔的现状，她希望罗叔能去她家先观察一段时间，毕竟家里有阿姨，她白天上班，出什么问题有阿姨在身边，能及时解决，阿姨也可以给罗叔做饭，罗叔要是非想自己做，也可以，甚至他给全家做都可以，就当是恢复训练了；等罗叔真的能无障碍地生活了，又习惯一个人过，再给他送回胡同。罗叔坐在轮椅里听完，思忖片刻后说："那就先按你说的吧！"

回去的路上，三人聊的都是晚上的球赛，中国女足对韩国女足，亚洲杯决赛。上回看完半决赛，罗亚楠就开始关注决赛，几点开始、首发阵容是谁，罗亚楠已经门儿清。她知道中国队还有一位头号前锋叫王霜，上一场有伤没上，这场出现在首发阵容中，冲冠有望。

到家一切安顿好，喘口气，球赛就开始了，正好一边吃饭一边看。程翔没开车，罗亚楠给他拿来啤酒。阿姨炒了四个青菜，罗亚楠点了小龙虾、鸭脖、福寿螺，她知道这些适合看球。

儿子对家中的变化很敏感，问罗亚楠："妈妈你怎么也看球呀？"

罗亚楠说："因为好看。"

"那你以前怎么不看呀？"儿子逻辑缜密。

"以前没到看的时候。"

"为什么现在就到时候了？"

"就像你六岁之前也不用上网课，今天的网课学什么了？"

儿子不再问了。

大家的注意力转到球赛上。罗亚楠也做好了中国队会丢球的准备，这件事真的发生了——第二十六分钟，韩国队反击，边路起球，中路包抄，球滚进中国队的大门，一比零。

罗亚楠并没有慌。经历了上一场比赛，她知道接下来才是检验球队的时刻。这两天，她在网上看到中国队教练水庆霞的采访，水指导说上一场罚点球的时候，她告诉队员们，要有信心，这才是关键；能不能踢进不是最重要的，有信心就会有好的结果，任何时候都不要丧失信心。罗亚楠看着电视，信心满满。

继续比赛，场面上仍是韩国队占优。眼看上半场就要结束，罗亚楠想，下半场中国队调整好战术，连扳两球不是没可能。就在她顺着自己思路想象的时候，中国队手球，被判点球，韩国队员一蹴而就。上半场结束的哨音随后响起，中国队零比二落后。

这是罗亚楠没想到的结果。她认为中国队既然能在对日本队的时候创造奇迹，拿下韩国队也在情理之中，说了归齐还是不太了解足球，摘取冠军仅是她个人主观意愿。现在她反而轻松了，更认定了输赢不是比赛的本质，而是过程中是否全身心投入，义无反顾，毫不保留，若不因惰性、软弱有丝毫退缩，输也不是真输。

中场休息的时候，罗叔和程翔都说就上半场的表现看，客观地讲，中国队实力确实在韩国队之下，屈居亚军已属不易。冠军总是诱人的，俩人聊完务实的，又务虚地聊了聊，说下半场中国队也说不准会连进三球，分别发生在第五十分钟、第七十分钟和第八十五分钟，然后把胜利保持到终场，说得自己都哈哈大笑，又说想想就够美的了，不必当真。

事情却真的发生了。虽然没有真的发生在这三个时间点，但就是奇迹般地发生了。先是中国队在进攻中造成韩国队手球，也获得点球，扳回一城。五分钟后，在第七十二分钟，中国队的中场球员在边路给韩国队来了个人球分过，从两名防守队员中间钻过，传中，刚换上场的小个子球员张琳艳跑位准确，旱地拔葱，将球势大力沉地顶进对方球门。太美妙了，竟然打平了！人球分过也帅，插上头球也酷。罗亚楠家沸腾了，是她带头发出的声音，用筷子“砰砰砰”地敲碗。知道了主人的分寸，程翔和罗叔也跟着拍桌子喊了几声。

以为又要打加时赛，弄不好还会罚点球，没想到补时阶段，韩国队闯入中国队禁区，在球门线前几米的地方得球，拔脚怒射，中国队门将竟然挡住了近在咫尺的射门；但球反弹到韩国另一名队员脚下，她又是抡腿就射，中国队的后卫挺身而出，真的是挺起上身将身体打开到最大面积，同时双手背后，像堵枪眼一样挡住了射门，再次躲过一劫。评论员感叹道：“没有一点点躲闪的意思，人的本能是看到危险来临，身体会下意识收缩，中国队员的动作完全就是有意地迎危而上！”

看到这里，联想到上一场比赛终场前四分钟中国队还落后，门将防守日本队角球时的态度，罗亚楠知道，门将和后卫挡住韩国队的这两次射门，并非偶然。此刻，她想无论比赛结果如何，自己已经是中国女足的粉丝了。

上天迟早会眷顾有信念的人。第九十三分钟，中国队在韩国队禁区前做了一连串漂亮配合，最终将球射入大门，三比二，真的反超，也杀死了比赛。当裁判的终场哨音响起，评论员宣告比赛结束的时候，罗亚楠身上瞬间毛孔绽开，有一种肉身从人间蒸发的感觉，泪水汪在眼眶，她不好意思地扭过头，但还是被程翔看到了，他也善解人意地移开视线。

二十一年前的秋天，中国男足冲进世界杯，罗亚楠当时上高中，很不理解为什么有人要去街上游行，很多路都堵车了。人们兴高采烈，摇下车窗，探出头吹着喇叭，嫌声音不够大，还有鸣笛的，都影响她学习了。此刻，她也想来这么一次，可是窗外并没有出现二十一年前的热闹场面。因为现在是冬天吗，太冷了人们不愿出门？还是因为二十一年后，人们的注意力已经转移到生活中别的事情上去了，而罗亚楠却刚刚把注意力转移到这种事情上。

罗亚楠安排好罗叔睡觉，拿起车钥匙，准备把程翔送回去。程翔说他打车，让罗亚楠留下来陪罗叔，罗叔说：“辛苦你这么久，还是让她送吧！”然后意味深长地看了眼程翔。程翔没再推辞，随罗亚楠下了楼。

罗亚楠热车的时候，问程翔的地址，程翔说了北五环一个小区的名字，罗亚楠输入导航。又问程翔打理的那个球场在哪儿，程翔说离他家不远，罗亚楠问现在开着没有，程翔说只要有人订场就开放，无论几点，球场二十四小时有人值班。罗亚楠说想去看看，程翔说好啊，然后在导航里输入球场的名字。

此前罗亚楠加完程翔的微信后，翻了他的朋友圈，知道他在运营一家球场，过年前他发了一些球场的照片以及正月不歇业和订场电话的广告，照片上的人工草地看上去春意盎然，让人想在上面野餐。罗亚楠也从罗叔那儿了解到，程翔近些年涉足过很多行业，赔多挣少，还在外地待过两年，倒腾腊肉和茶叶，都没干长，直到最近这次跟朋友合作承包了一片地，建了几块足球场，对外出租，也搞比赛和儿童足球培训的活动。已经干了三年，看来能长久搞下去了。

罗亚楠自打离开大学，就没再踏上过操场、球场这样的地界，仅有的一些运动，无外乎自己在家骑骑健身自行车或参加公司的拓展团建。程翔在路上给球场打了电话，让提前把灯打开，一会儿有朋友来玩。

离老远，罗亚楠在桥上就看到夜幕下的一片绿色，圈着护栏，问程翔是那儿吗，程翔说对。罗亚楠驶出主路下桥，奔着那片光亮开去。

没想到球场这么软和。罗亚楠踩在上面，心也一下柔和起来。她小心翼翼走在上面，生怕踩坏。罗翔让她大胆走，这些人工草是特殊工艺制成，草与草之间撒有塑胶颗粒，支撑着草枝挺拔不倒，能对落下的脚和膝盖起到缓冲，减少运动损伤。罗亚楠绕着场地走，走到对面围栏时，看到上面悬挂的儿童足球训练营广告，面向六到十二岁的儿童，有各种程度的培训班，旁边贴着教练们的照片。罗亚楠问了上课时间、都学些什么，程翔一一告知后说，其实你们家的教练比我这儿的好——罗叔。罗亚楠笑了说，那你们这怎么不把他照片也贴上？程翔说我想贴，不懂的人都认为教练越年轻越厉害，为了招生，球场能运营下去，我们只能贴年轻教练的；从力量上说，年轻教练确实有优势，但从对足球和体育精神的理解来说，还是应该请岁数大的教练，我们的培训班比较基础，就是培养个兴趣爱好，罗叔能讲的，孩子们听不懂。

这时一伙人从围栏外的屋子里走出来，背着球包，告别后各自离开。那是一处餐厅，踢完球的人都爱跟队友聚聚，喝两杯高兴高兴，刚刚走的这伙人踢的是傍晚场，踢完一边看女足决赛一边聚餐。深夜的北京已经很冷了，一张嘴都冒白烟儿，程翔邀请罗亚楠进餐厅暖和暖和。餐厅也是球场的一部分，旁边还有一间屋子卖运动装备，已经黑了灯。

餐厅里没有客人了，服务员正在收拾，见程翔进来，招呼了声程哥。程翔道了声辛苦，挑靠窗口的位置坐下，那里有一长排高桌和高脚凳，正好能看到窗外的球场，他把桌上的饮品单交给罗亚楠。

罗亚楠正反面翻看完，说，喝啤酒吧，随后又说，我叫代驾。程翔去服务台后面取来啤酒，已经打开。两人碰了一下瓶，喝起来。程翔看到了罗亚楠右掌心里的创可贴不见了，换成花生米大小的一块硬痂。身后的电视开着，放着中央九的纪录片，讲述着一处古城遗址辉煌的往昔。

罗亚楠轻轻晃动着高脚凳，看着窗外一片喜人的绿色，像面对着麦田，让她联想到祥和、成长、丰收。她问程翔，足球场为什么是绿色的呢？程翔一怔，说因为正式比赛是在草地上踢的，草就是绿色的。显然罗亚楠并不是不知道这个，又问，那为什么要在草地上踢呢？程翔说，因为草地对身体的保护最好，很多动作适合在草地上进行。我会从另一个角度想这事儿，罗亚楠说，现代科技肯定能做出比草地更适合人体踢球的场地，之所以国际大赛还在草地上进行，可能因为草地是大自然的一部分，绿色也让人心旷神怡，人需要进行亲近自然的活动，没有什么能替代草地，你这里的人工草，也是对草地的模拟，让人站在上面就像在度假。

程翔笑了，说也许实际情况未必是这样，但我同意你说的。他说自己大学毕业后从事过很多工作，都没干久，也不全是挣钱赔钱的问题，总有种临时工的感觉，就想这些姑且是为更合适的工作做过渡吧。但什么是适合的工作，他并不知道，直到开始打理这个球场，每天早上进入场地，晨光照到身上，就觉得自己来对地方了。每天晚上，球场关灯前，他走进餐厅，坐在这个位置，看着绿色一点点隐退，球场睡觉了，内心也归于平静。明天太阳升起后，这片绿色又将承载着许多人的欢乐，洒上他们的汗水，人们从这里摔倒又爬起来，一次次突破自我，把自己练得坚韧，程翔知道这回终于找到了稳定的工作。

身后的电视被服务员切到体育频道，晚间体育新闻开始了。头条播报的就是女足亚洲杯夺冠的消息。三个小时前的镜头重放，看了依然让人激动不已。新闻最后说，明天女足队员将从孟买飞抵上海，进入酒店开始隔离。

“我有一个想法”，罗亚楠突然说。

“什么想法？”

“我想带孩子去趟上海，在机场迎接女足，当天再返回北京。”罗亚楠兴奋地说，“让他去看看冠军，我也见识见识。”

“万一飞机上有情况，回来被隔离，不害怕吗？”程翔问。

“看完冠军球队，就没什么好怕的了。”罗亚楠又问，“这里离得开人吗，你能去吗？”

“我？”程翔毫无准备。

“不好意思，我太着急了，主要是我得马上订票了，说不定一会儿就该出发去机场了。”罗亚楠已经掏出了手机。

“我可以，去沾沾喜气，能引来更多人到这球场踢球。”程翔和罗亚楠碰了下酒瓶，喝完笑了。

“笑什么？”罗亚楠问。程翔说：“没什么。”罗亚楠也跟着笑了。但她一定不知道程翔笑的原因，是因为他想到了刚才下楼前，罗叔对他意味深长的那个笑，现在明白了。再把这一周的前前后后串起来：若没有罗叔的脑梗，也不会出现此刻的情景；如此说来，罗叔竟然用这种方式——不惜脑梗，跟自己打了一个漂亮的配合。

但罗叔的这个“传球”很突然，像用脚后跟儿踢过来的，让程翔“接球”后有些措手不及，接下来怎么处理，就看他的了。他在心里对自己说，这脚可别打飞了！

· 作者简介 ·

孙睿，男，1980年生，北京电影学院导演系研究生毕业。出版长篇小说《草样年华》《我是你儿子》《路上父子》《背光而生》等多部，多部被《当代·长篇小说选刊》选载；中短篇作品发表于各大期刊，被《小说选刊》《小说月报》《中篇小说选刊》《北京文学·中篇小说月报》《长江文艺·好小说》等多种刊物选载，入选多种小说年选集。获评2019年《北京文学》中篇小说优秀作品，入选2021年“城市文学”中篇小说排行榜。获选首届《当代》杂志“年度青年作家”。

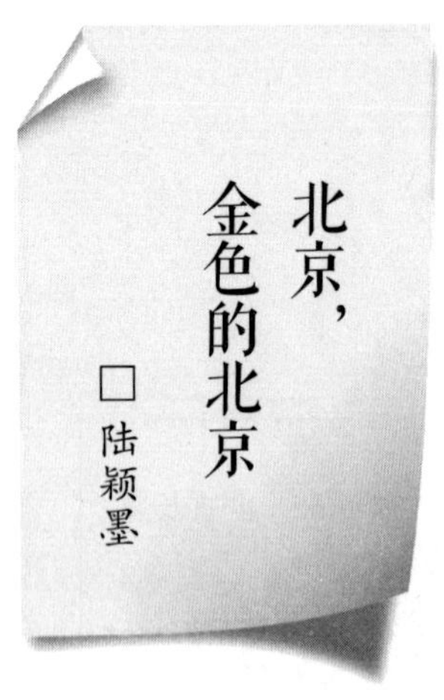

今夜微风轻送，把我的心吹动，多少尘封的往日情，重回到我心中。

——摘自《最真的梦》

1

我刚赶到青岛，天就下起了大雪。预报说，这雪要下一周，大家都在讨论，原定明天的出海任务会不会取消。晚饭时正式通知，按原计划出海。回到房间收拾东西时，我突然有一种莫名的兴奋，虽说当海军多年，在茫茫大海上顶着鹅毛大雪航行还是头一次。

这是一九九三年大年初八，我回老家过年后直接去了青岛。因为带着军装回去，二老很高兴。一九八八年部队恢复授衔后，要求军官因私外出一般不要穿军装，所以这几年回去都穿便装。今年春节因为这套军装，增加了好多应酬。父母去哪儿都得叫上我，还一定要穿上军装。总能收到一片赞扬声，说刚三十出头，就少校了。更多的说是海军的军装漂亮。还有的会问，北京没有海，怎么会有海军？这个问题，还得细细为对方解答，当然不止一次……

正在遐想着第二天海上的风雪飞舞，我呼机突然响了，一个陌生的电话号码，还是当地的。我犹豫一下，还是回了。没想到，这个电话影响了我很久，直到今天。

电话里的声音有点局促：“柳参谋吗？我是叶季材呀！”

叶季材？我沉吟了一下。名字似乎熟悉，但一时没有反应过来。

对方觉察到了，补一句：“驱逐舰支队的。”

我连连说你好你好。想起来了，这个叶季材原来是这个支队一艘驱逐舰的副舰长，三年前我在海军指挥学院代职当后勤指挥教员时，他要报考舰艇指挥博士，通过他一个在济南军区写诗的亲戚找到了我，让我帮他介绍认识他报考的导师。见过一面，我还请他在食堂里吃过一顿午饭，接触时间很短，印象不错，觉得他明显带有舰艇军官的特点，比较单纯，但很精干。特别是航海的经历很丰富，让我这个爱好写作的人羡慕。

他考上时，我已回到海军机关。他报到后给我来过一个电话。后来再无联系。

“能不能见个面，我有急事求你。”

求我？我心里咯噔一下：“你在哪儿？”

“我在海军四〇一医院，离你住的招待所不远。噢，我是打长途到你单位，才知道你来舰队出差。”

“是呀，你还在原单位吗？”他们部队距离市区远，来回得用一天。

“原单位。我女儿得了大病住在医院，我们一家春节就在医院过的。”他停了一下，“我现在过来找你？”

“不，我过来。”我放下电话，马上出门。

半小时后，我在医院招待所见到了他。三年不见，他变化不大，只是原来特别有力的眼神现在显得暗淡。他说他不久前刚毕业，回到老部队，在另外一条驱逐舰当副舰长。大年三十，十一岁的女儿突然发起了高烧，在支队医院治了大半天，控制不住，只好连夜送到这舰队中心医院。大年初一，诊断出女儿得了白血病。医院治疗几天后通知他，孩子病情严重，必须马上送北京，到海军总医院。北京，他没有熟人，情急之下想到了我。

“又要麻烦你，林之说总医院就是你们后勤系统的，你应该很熟悉，千万帮孩子找个好医生。”林之就是他那个诗人亲戚。

“非得去北京吗？”我问。

“是是是，你看，转诊单已开了出来。”说着，他拿出来递给我看，“明天的火车，医院真帮忙，春运期间，给弄了三张卧铺。”

“能不能等等，我们商量一下？”

他愣了一下，半天才有反应：“真是太麻烦你了，我也知道你出差很忙，但女儿确实等不起。要不你先忙出差的事，我们先过去，看看还有没有别的办法。”

他说最后那句话时非常勉强，我有些不忍。其实他误解我了，我知道他在北京没有熟人，但也高估了我。虽然我不学医，对白血病还是了解的，这个病基本上可以说是不治之症。前几年看的日本电视剧《血疑》，就是讲的一个小姑娘得白血病一直到死亡的故事。电视上反复出现小姑娘父亲绝望的表情，让人不敢正视他的眼睛，就像我面前这位父亲的眼神。

要我帮他们找个神医，几乎没有可能。我知道，部队医院强项大多在军事医疗上，像白血病这样的世界性疑难杂症，能找到国家顶流血液专家，也许有一线希望。可像我这样一个年轻军官，看是在机关，在面向全海军的总医院，又能有多大的影响力？再想通过总医院去协调北京其他有名医院的专家来会诊，根本没这个能力。

但是，我有一个思路，是实践中得来的。前年我有一个亲戚也是得了一种重病，想来北京。我劝他们去了上海的海军医院，在北京之外，看病这样一些事情，我这样大机关的小参谋还是可以协调的。通过部队医院协调上海一流的专家，成功率比较高，而上海的医疗水平说是国家水平，这话不过分。

我赶紧说：“能不能去上海？”不等他回话，我简要把理由说了一下，然后等他做决定。

长时间的沉默，终于他说：“我上海一个熟人也没有。”我知道他意思了。他就是冲着我这个“熟人”在北京。

正拿不定主意，这事实在太大了。忽然，我冒出一个念头：这白血病本来就希望不大，到北京就是治不了，我也没责任。到了上海就都是我的事了，万一人财两空呢？

我心里一惊，赶紧说：“那就去北京吧。”说着，让他带我到服务台，用军线电话接通了海军总医院。还算顺利，通过家属楼的楼道电话，找到了我认识的一个护士。

这个护士叫梁小湘，一九八三年我认识她的时候，还是实习护士。那时我右腿受伤，住院时她给我很多照顾，军校毕业到北京后，也保持着联系。去年她和爱人小古请我吃饭，问过能不能想想办法帮小古调回北京。我也问了几个京郊的直属部队，都没结果。

这么晚去电话，她很意外。我说明原委，问她肿瘤科有没有好朋友，她说有一个护士是军校同学，没问题。我就简单把老叶的情况和她说了，让老叶到北京后和她联系，请她尽力帮助。我还要在这里待一个星期。

放下电话，叶季材连声说谢谢，暗淡的眼神一下子亮了许多：“总医院有熟人就好办了。”

我真不知说什么好。认识一个护士，对这样一个病人来说，才是哪儿到哪儿呀，就好比茫茫大海上的一根稻草。我不好丧他的气，就没有再说什么。

和他告别后，我顶着雪花走在医院空荡荡的院子里，踩在积雪上的脚步声特别响。刚过春节，医院里没什么人，连路灯也没有全开。看看路灯下自己忽长忽短的身影，再想想还没有见面的那个病重的小女孩，心中真是没底，不由打了个寒战。

2

等我回到北京，已过了元宵节。回京的当天下午，我就给梁小湘打了个电话，问叶季材和他孩子的情况。她在班上，告诉我小孩病情有所缓和，因为在急性期，有炎症，用了些药，高烧压下去了。电话里，她告诉我，肿瘤科对孩子挺重视的，邀请了北京的几位名家过来会诊。我说我马上过去，她特地叮嘱我穿上军装。

从海军机关大院到海军总医院不远，骑车十多分钟就能到，但我还是喜欢抄近道。上长安街一会儿，就从军事博物馆边上拐弯，到了玉渊潭公园的南边。进公园看到不少的施工场地，因为过年还都停着。听说要用围墙把公园围起来，以后自行车不能进来了，我的近道也走不成了。原先满眼都是芦苇荡，有时还能看到野鸭飞来飞去。现在芦苇全砍光了，留下辽阔的水面，还结着厚厚的冰。年前的雪还没化，湖面白茫茫一片。看史书，这一块水域早先很大，明末李自成的部队进攻北京前，因为要饮马，几十万人都驻在这儿。你想有多大！

不觉已到了医院，在大门口又给梁小湘打了个电话，她让我先到医院招待所找叶季材，今天她是四点下班，马上就过来。我拐到招待所，看到叶季材正在门口张望，一见我赶紧迎过来："柳参谋，你回来了！"

我正诧异，他拉着我说是梁护士刚给她呼机留了言，说我就要过来。

到了老叶的房间，他边让座边说："昨天给孩子会诊了，请了好多专家，真没想到运气这么好。"

我也很高兴。没想到北京协调地方医院也不难，我一阵庆幸，亏得没让他们去上海。

老叶拿出一本杂志："麻烦你给签个名吧。"

我一看，上面有我写的一个短篇小说。

我说："这怎么签，这杂志上有十几篇作品，我在上面签名不是个笑话吗？"我告诉他，下半年我的第一本小说集就要出来，到时签名送他一本。

叶季材还是要让我签："我女儿看过你这篇小说，她让我请你签名。"

"她什么时候看的，看得懂？"

"昨天，当然看得懂。"他说，大前天开始孩子的病情有所好转，也有了精神，想要看书。他去医院图书馆看了看，大多是医疗书，倒是有不少文学杂志。他翻了翻，意外看到了我的新作，就跑到附近邮局买了一本。女儿听说爸爸在北京有战友，还会写书，觉得太了不起了，十分兴奋，想见我。

了不起？我心里一阵苦笑。孩子天真，在举目无亲的他乡，对我这个

“会写书的”寄予太大希望。还有孩子爸爸，从暂时的缓和中找到安慰和希望，从刚刚会诊就觉得我在北京很有能耐——唉，会诊结果怎么样了呢？

这时，老叶的呼机响了，他跑到服务台去回了个电话，回来对我说：“梁护士让我们去肿瘤科病房。”

很快，我们到了病房楼中间的入口。梁小湘和另一个护士在等我们。我猜想，小湘是怕我不穿军装进不了病区。

“那是肿瘤科的赵护士。”叶季材说，显然，他们已经熟识。赵护士冲我点点头，对老叶说：“会诊结果出来了，情况不大理想，一会儿林医生会给你说。”

老叶的脸色顿时变了，张着嘴说不出话。我虽然早有心理准备，心头还是有些发凉。

梁小湘说，咱们还是上楼找个地方细说。于是我们到了肿瘤科玻璃大门外的公用电视室。坐下后，赵护士说，专家们的意见和医院的诊断差不多，认定就是常见的一类白血病。

老叶马上说：“常见的是不是容易治疗呀？”

是呀，我也这么想。

小赵没有吱声，看了小梁一眼。梁小湘放缓口气说：“确实，许多常见病都很好治，因为病例多治疗的经验也很丰富和成熟。但白血病不一样，总体上没有攻克，越常见的说明大家都拿它没有办法。医生们反倒希望这是个特例，当然最好根本就是个误诊。”

但是没有误诊。我对我自己哀叹一声。

“医生一会儿找我就说这些？”老叶的声音沙哑了。

“是的。”小赵说，“再就是和你商量一下新的方案。”

“新的方案？”老叶的眼睛一亮。

“是的，新的方案，据说有希望。不过——”小赵欲言又止。

我赶紧说：“有希望就用呀。”

梁小湘让我们别急，听小赵说完。小赵接着说，这次会诊带来了新的信息，国外出了一种新药，对控制白血病有特效。只要控制住，再看各人自身条件，还是有治愈的可能。只是这种药刚进入我国，药很贵，都要自费。

老叶和我马上说：“再贵也要买。”

梁小湘说：“刚才林医生了解清楚了，一支三千，每个星期打一支，三个月一疗程，一般至少两个疗程。”

我不由倒吸一口凉气，牙缝直发酸。叶季材什么神态，我不忍去看。两个疗程七八万，要知道，我们的工资每月才五六百，这七八万是个很大的数字。现在见林医生，老叶能做出什么决定呢？这个钱马上就要到位。

沉默了一会儿，我问老叶：“你家能拿出多少？”

老叶说：“也就七八千元存款，凑凑，能到一万。”

我又问：“那你见林医生怎么说？”

“再难也要拿出来，只要有一线希望！”老叶的口气十分坚定。

3

叶季材见林医生的时间不长，回到电视室对我说：“讲定了，先治两个疗程，地方专家指导治疗。”

我说赶紧回招待所商量一下筹钱的事，毕竟这不是个小数，在北京三环边上可以买套房子了。作为后勤干部，也许是本能，总想着“兵马未动，粮草先行”。

“不急，先去看看我女儿，我跟她说你一回来就让她见你。”

“是呀，知道我为什么让你穿军装来了吧？”梁小湘说。我跟着老叶到了他女儿的病房。这个小房间两张病床，住着两个病号。

老叶一进病房，像换了一个人，满面春风大声说：“潇潇，柳叔叔来了！”

小姑娘圆圆的脸很可爱，她马上叫了声叔叔好。一位戴着眼镜的少妇从床边的方凳上起身，对我点点头，看来女儿随她，白白净净。

“是荣老师？”我听老叶介绍过她的情况，知道她老家在我们江苏，在部队驻地中学当语文老师，“一看就是标准的人民教师形象！”我半开玩笑，想尽快消除对方的生分。

叶季材拿出那本杂志，翻到扉页对潇潇说：“你不是要叔叔签名吗？”

潇潇有点害羞，点了点头。不好推辞了，我翻到有我作品的那一页签上。我打趣说：“这是大人看的书，你看得懂吗？”

“怎么看不懂，都五年级了。”老叶帮女儿掖了掖被角，“三年级就看长篇了。还瞒着我写童话，让妈妈给她投稿呢！”

潇潇撒娇地打了爸爸一下。

老叶说：“好好好，不说了。”转脸对荣老师说，“今天你回招待所休息一下吧。”

“不了。”荣老师说。

“你天天把小方凳拼起来睡，时间长了这怎么受得了？”

小方凳？我才发现，靠窗还有三张这样的方凳，加上两张病床边上的凳子，一共五张。荣老师就在这上面睡？

“妈，你听爸爸的吧，我都好了，再说还有肖阿姨在这儿呢！”

“是啊，有我呢，你都在这儿待了一个多星期了。”靠窗那个病床的病号正在低头看书，听潇潇说话，抬头笑着跟荣老师说。我看了一眼床头牌——肖进，海军陆战队排长。长得挺秀气，奇怪的是，她头上戴着一个红毛线帽子，像阿拉伯人的头巾。好看是好看，就是怎么在室内也不摘下。我脱口问："你是什么病进来的？"说完就后悔，在这个科，能有什么病？

肖进一愣，马上说："我的心脏边上有一颗敌人的定时炸弹，需要排除。"

我听得云里雾里。潇潇说："叔叔她是骗你的，肖阿姨就是感冒引起的肺炎。"

老叶两口子都点头。我也没多想，对肖进说："你还真幽默。"

4

和老叶夫妇一回到招待所，马上就谈到了医疗费。荣老师显然被这笔费用吓着了，一下没了主意，也许是加上这段时间住在病房没休息好，顿时蔫了，和刚才比老了好多。好在老叶比较镇定，也许是长年在海上当指挥员，突发情况见多了。可是，光靠心理素质，也变不来钱呀，而这钱，就是救命钱。

老叶算了算，自己家里一万，老家亲戚那里估计能够凑出五千。其他，他还一时想不起有什么来源。他问我，能不能问问财务部门，像他这样能不能贷款。我没贷过款，但凭直觉这条路不大能行得通。我答应他去咨询一下，忍不住还是问了一句："欠这么多钱你怎么还？"

老叶似乎早就想好了，平静地说："只要能救孩子，我愿意还一辈子。"

荣老师好像一下子来了精神，跟着说："对，我们愿意还一辈子。"

看着潇潇的父母，我鼻子有些发酸。算了算，自己也就能凑出两千元，我和我爱人都是月光族。唯一的外快就是稿费，最近倒是有一笔稿费，创历史纪录的，有一千八百多元。一般来说刊物出版社发稿费都是邮局汇款，这家出版社发稿费却不一样，用挂号寄的支票。这支票到银行去取要三个月后，也不知道为什么有这个规定。如果想提前取，就要去找出版社。谁好意思去上门要稿费？现在想幸好这三个月的规定，要不早就让我取出来花了。看样子，这两天要厚着脸皮去趟出版社了。

告别老叶夫妻，我骑车回海军机关大院，顺着湖畔边骑车边想潇潇的救命钱该怎么办。看看白茫茫的湖面，我心里空落落的。突然，看到路边有“宋庆龄基金会”的字样，哦，基金会在这里办公。就在这时，我脑子里冒出一个想法，赶紧加快速度。

进了机关大院，我顾不上回家吃晚饭，直奔办公大楼。到办公室，马上通过总机要叶季材那个驱逐舰支队，让找他们沈政委。

其实，这个沈政委我没见过面，但打过交道。他前几年在舰队当宣传处长，看过我的作品，也知道我很年轻，让人问我愿不愿意去青岛，到舰队创作室当专业作家。其时我已成家，当然不会愿意离开北京。后来，我给他打过一个电话，表达了谢意。

在办公室等了好一会儿，总机告诉我电话接通了。因为他们支队的总机已告诉他是我要的电话，就少了不少寒暄。我开门见山，先说了叶季材孩子的病情和医疗费的缺口，然后直接说出了自己的想法：能不能支队政治部发个倡议，让官兵们给叶潇潇捐款。

对方半天没有声音。

我以为电话断了，喂了一声，那边说：“我想想。”

这有什么好想的呢，战友之间献爱心不是挺正常吗？政委会有什么顾虑呢？对政委，我还是有些了解，知道他也爱好文学，喜欢读书。我这个喜欢写作的人，对爱好文学的领导有着天然的好感。这也是我能冒昧打电话的原因。

对方终于说话了，问我："这捐款的事，是叶季材的意思吗？"

"是我的意思。"

"他同意吗？"

"我还没跟他说呢，准备先和你汇报一下。"我还是犯嘀咕，这还用说吗？

对方又停顿了片刻，终于说："是这样，叶季材同志我们已经上报了提升。"

我脱口说："当舰长啦？！"真有点意外，但想想也应该提升了。三年前老叶就是副舰长，副团职，又加上博士毕业，这样的人才该用起来。

"不是，是到我们支队下面护卫舰大队当大队长，他以前在那儿当过护卫舰舰长。"

又是意外，我赶紧问："那老叶知道吗？"

政委说："年前征求过他的意见，叶季材不大愿意去，还是想在驱逐舰上干。他说他专长是航海作战，管部队全局能力不够。当时我们表示可以考虑他的意见，但研究再三，还是决定让他去大队。"

我说："让他当个舰长不是更好吗？你们支队有了博士舰长。"我的印象里，叶季材就是个航海业务型干部。我知道，到护卫舰大队是重用。驱逐舰舰长和大队长虽然是平级，都是正团，但驱逐舰舰长就管舰上一百多号人，而护卫舰大队有十几条舰艇，上千号人。并且和支队机关不在一个军港，是个独立的营院，责任大，权力也不小。我觉得老叶能力比较单一，不适合这么一大摊子。

我忍不住把自己的想法和政委说了，虽然觉得自己这个身份这样说不合适。

政委在电话那边笑了，说："你看问题还真准。"

我一怔，什么意思？

政委说，就是要解决他单一的问题。当大队长就是锻炼他的全面能力。他还拿自己当例子，因为一直在宣传口工作，刚到支队来当政委时，也是好长一段时间不适应，工作也受影响。

话说到这个份上，我觉得政委挺诚恳的，不过，这和给叶潇潇筹款有什么关系呢？

政委说，叶季材要走上主官的岗位了。要是他的部下都给他捐了钱，都是他的恩人，将来怎么工作？

我这才明白，政委为什么为难。叶季材提升，自然是好事；可对他女儿来说，就不见得了。

我问政委，可以把这个情况告诉叶季材吗？

政委说可以，舰队已经研究过，过几天任职命令就下来。

我不好说什么了，道声谢谢后挂了电话。在办公室坐了一会儿，心里有些郁闷，就打了个电话给梁小湘，把自己募捐失败的情况和她唠叨了一番。

5

第二天本来可以补出差的假，但我还是去了趟办公室和领导汇报了出差的情况。准备下午先去出版社把稿费取了，再到医院去，和叶季材商量筹钱的事。现在看，要救潇潇，核心问题就是钱了。

正要回家，呼机响了。一看，居然是医院的，我赶紧回了过去，一听是叶季材。他声音有点哑了，急促地说，潇潇昨天夜里突然发病，先是高烧，后来休克过去了，医生还在抢救。我心头一紧，赶紧骑车去总医院。

也许是我穿着军装，再加上神色匆匆，病区门口的值班员没有拦我。按理，下午还凑合，上午是治疗时间，外人根本不能进病区。

到潇潇病房门口，我看里面医生在忙，老叶两口子也在边上，就没有打扰他们。转身去了骨科，找到了梁小湘。

小湘显然早知道了。她让我不要慌张，这种情况常见，只要及时，医生处理起来也有经验。昨天晚上发现得早，及时抢救，刚才潇潇已经脱离危险，醒过来了。

昨晚？我一惊，忙说：“昨晚她妈妈恰好没在呀！”

“是呀，多亏了同房间那个肖进。”梁小湘说，“她是两栖侦察队的武林高手，睡觉都睁一只眼。今天凌晨潇潇发病时，她第一时间呼救了。”

“真该谢谢她，幸好她还没有出院。”

“出院，什么时候说她要出院？”小湘吃惊地看着我。

这眼神让我奇怪：“她不就是感冒引起肺炎吗，住几天还不出院？”

“谁说的？”

“她自己说的呀！”我说，“她还挺幽默的，说敌人在她心脏里埋了颗炸弹。”

“你是真傻还是假傻？她要是一般的病能住那个病区那个病房？告诉你，她心脏的主动脉上生了个恶性肿瘤，又没法做手术，随时会要她的命。”梁小湘连连叹气。

怪不得，是个炸弹。我真不忍心：“那就没有办法了？”

“这不是在做着化疗吗，对了，你有没有注意到她的帽子？”

“看到了。”我还正要问问怎么会戴这么古怪的一顶帽子呢。

“那是她头发全掉了。”

我的天哪，怎么会是这样！

忽然，梁小湘拿起呼机看了一下，说：“小赵来信号了，没事了，你过去吧。”

走进病房，见老叶夫妻俩都疲惫地坐在凳子上。肖进先发现我，冲我一笑，笑得我心里特别难受。她轻轻用手指捅了一下老叶。老叶醒过神来看见了我，马上起身拉我到走廊，小声说：“孩子刚睡着。”

我俩又到了电视室。

我真着急了，像目前这样控制症状，怕是不可靠的，还得用激素，副作用大。必须尽快开始有效治疗，必须马上和老叶落实经费的事。

我刚要开口，老叶主动说：“昨晚政委来电话了，说你找他了，真谢谢你这么费心。”

我说：“有什么好谢的，好不容易想出个办法，偏偏遇上你要提升。”说完又觉不妥，好像提升和给潇潇看病二选一似的。

老叶叹口气：“我也昨天半宿没睡，真不想去呀！”

是呀，哪个父亲愿意自己提升影响女儿救命的呢？

我也跟着叹气：“要不跟政委再说说，反正提升命令还没有下来，先缓一下，过段时间调整到别的部队不行吗？”我有点急糊涂了，也不考虑可行不可行了。

“兄弟，你误会了。我是真的担心自己胜任不了。那么大一摊子，作战训练后勤装备，我怕辜负了组织的信任。”

原来是这样。

“但是，就算我不提升，让官兵们捐款也不合适。你想，大家的工资都不高，每个月都有安排，存不下什么钱。你看我存的那几千元，还是多年前参加南极考察的补助。士兵们就那点津贴，更没法挤了。在捐款上，我比你有经验。我当舰长时，捐钱不公开。献爱心能力有大小，如果有人多捐，那少捐和没能力捐的压力就大了，处理不好会起反作用。捐款不公开数目和姓名，就我们几个舰领导掌握，这个办法我带到支队来了。哦，还没给你说，政委昨天连夜通知支队领导开会，决定给我困难补助，常委们和各部门领导还给我捐了钱。谁捐多少，政委也对我保密。”

确实有许多学问，也有许多感动。不纠结了，我马上问：“支队那边一共多少钱。”

老叶想了一下说：“补助加捐款六千元，已经非常多了。”

确实是不少，我算了一下，加上老叶自己的一万五，再加上我要取的那个两千，两万三了。一个疗程三万六，过了一半，不管怎么着，要把一个疗程的先筹出来，尽快开展治疗。

这时，赵护士找来了，说潇潇醒了。我们跟着赵护士，很快来到病房。

潇潇脸红红的，一看烧还没完全退。她轻声叫了我一声柳叔叔，突然问老叶：“爸爸，我这个病是不是要花很多钱？”

“没，没有呀，你的病又没什么大不了的。谁说要花很多钱？”老叶有些慌。

“昨晚我输液时，迷迷糊糊听到你和林医生在商量筹钱的事！”潇潇说。

“你能听见我们讲话？”老叶一惊，马上岔开话题，“那是你在做梦。”

“爸爸你别骗我了。我那时虽然不能动不能说，但听得见。我知道，是白血病，就是《血疑》里面幸子得的那个病。我知道是看不好的，不要借那么多钱。你们一辈子都还不完。”潇潇说。

“孩子，你千万不要瞎想，会好的会好的！”边上一直没有说话的荣老师一下子哭了出来。老叶也不知说什么好，嘴里老是不会的不会的，像是说给他自己听。

“柳叔叔，求你一件事。”潇潇忽然叫我，我连忙边应着边走到她床边。

潇潇像个小大人似的对我说：“柳叔叔，你能在你们单位帮我找个车吗？”

“可以呀，你要找车干什么用？”

“我想去看看天安门，你能带我去吗？小时候妈妈就教我唱《我爱北京天安门》，天安门的模样在我脑子里不知出现了多少次，多么想来趟北京，看看天安门呀。这回终于来北京了……”

“你不是答应爸爸妈妈了吗？一定要考上北京的大学。到时候看天安门的机会有的是。”荣老师在一边说。

“既然来了，就去看一看。现在天太冷，等你出院时，叔叔一定带你去看看天安门，还要看升旗，再留个影，让你在广场玩个够。”我赶紧接话。

“叔叔你不要安慰我了，我知道我的病肯定好不了了。趁着我还能动，带我去一趟。”小女孩的眼睛里充满着渴望。

我心里像刀割一般，喉咙发紧。潇潇的病情是肯定出不了病房的，别说去天安门了。

老叶夫妻俩已是泪流满面。

我舒了口气，用轻松的口气说：“这哪儿到哪儿呀。北京这么多名家给你会诊，拿出了国外的最好办法，肯定能治好。你说的那个《血疑》是什么年代呀，这不新药出来了吗？”

没想到潇潇说：“这进口的新药我不用，那么贵，爸爸妈妈要用多少年才能还清借的钱呀。”

我马上说：“谁说要你爸爸妈妈借那么多钱的？不用的。”

“叔叔你骗我吧？”潇潇说。但从她的眼神里，还是能看出有些期待。

“不骗你。昨天叔叔给你爸爸那个支队的沈政委打了电话，支队领导连夜开会，又是补助又是捐款，把问题解决了。沈政委你见过吧？”

“见过，是沈伯伯。他常到我们家来借书，我们家书多，好多人来借书。”潇潇的口气明显缓和下来，带了点自豪。

我很认真地对潇潇说：“你想想，你要不坚强起来，好好治疗，对得起沈伯伯他们吗，对得起你爸爸妈妈吗？”

潇潇用力点点头：“谢谢沈伯伯他们。叔叔，我错了，我一定坚强起来，好好配合治疗。”

我感到整个病房都松了一口气。我还发现，潇潇的精神一下子好了许多。

安慰好潇潇，我就先回海军大院了。下午，我直接去出版社把稿费取了。路上我想，现在说什么都没有用，筹款才是硬道理。

6

回来的地铁上，我的呼机响了。一看又是海军总医院的号码。难道潇潇又出了什么事？好在我已上了一号线，很快就到了军事博物馆站。去时我就从这里上的地铁，自行车就停在地铁口。本想不回电了，直接去医院，但怕有什么急事，我还是找个电话回了。

不是老叶是小湘，她说她给潇潇也筹了点钱，要交给叶季材，让我一块儿去。我说我正要去医院呢。她说那就好。又说到晚饭时间了，就在医院门口小饭馆吃个便饭。我说那正好，我也想请老叶两口子吃顿饭，就把他俩叫上，边吃边聊。

那个饭馆我去过几次，是个川菜馆，我特别喜欢吃里面的麻婆豆腐和凉面。我找了个小包间，不一会儿梁小湘也到了，她带了两个人，一个自然是老叶，还有一个四十出头的男子，穿着军装，是文职。

老叶连忙介绍："这是林医生。"

我马上抓住对方胳膊摇了摇，说："幸会幸会。"

梁小湘说："荣老师不肯来，要陪潇潇。我想想也是，昨晚她刚离开一晚就出那么大的事，不知要多自责呢。"

我怪小湘，没提前说有林医生，早知道他要来，该找个好一点的饭馆。林医生说心领了，晚上还要值班，小湘刚好要商量医疗方案的事，他也就来了，随便吃点就行，省下钱给孩子看病吧。

最后一句让我暖心。我也不客气，就点了几个家常菜。

服务员刚要走，老叶忽然问："有没有鲫鱼？"服务员说了句没有就出去了。我纳闷老叶怎么会想到要吃鲫鱼，他还有这个心情？除非是林医生想吃。我对他解释，在北京就很少见到鲫鱼，冬天鱼就更少，除了带鱼就是鲤鱼。

老叶有些失望地说："刚才出门的时候，潇潇说她想喝鲫鱼汤，没有就算了。"

哦，原来如此。

趁菜没上来，先说正事。我问先给潇潇开展一个疗程行不行，说白了就是钱不够，第二个疗程慢慢凑。林医生说，这个他和地方医院商量，应该没问题。他还告诉我们，两个疗程中间要停一个月，我们有四个月的时间想办法。但，第一个疗程要抓紧，他问我们筹了多少。

老叶说目前落实了两万多，一个疗程都不到。我马上说快够了，就把刚取的两千元拿出来递给他。老叶刚想推辞，我说"借给你的"把他话截断。紧接着，我问梁小湘："你有什么高招，还能筹来钱？"

小湘笑着说："怎么，我就没有一点办法了？"说着，拿出了一个大信封，打开一看都是钱。

小湘说："昨天晚上你打电话唠叨募捐失败的时候，女儿听到了，问潇潇是谁，我说是爸爸战友的孩子。没想到她早上一到学校就给老师说了，老师中午就发出倡议，到下午，好多学生就来捐了钱，还有不少老师捐了。"

林医生很意外："啊？！"说着，拿过信封，全倒在了桌面上。看起来有一大堆，都是小面额的，大多是十元五元。也有五十一百的，还有不少硬币。

"你数了吗，多少？"我忍不住问一声。尽管知道在这个场合问不合适，我还是问了。

"我数了一下，三千七百六十四元五角。"梁小湘边说边开始往大信封里装钱，因为服务员已经端了菜进来。

数字还是超出了我的预期。

忽然，我看到几张黄色的小纸片夹杂在里面，拿起一张看看，原来是小学的饭票，面额是五毛。我忙把那几张都挑出来："你的宝贝女儿真粗心，把自己的饭票都混进去了。"说着递给梁小湘。

梁小湘接过又放到大信封里了，说："这也是捐款。"看着我们诧异的表情，小湘说，"有两个同学，家长都是下岗工人，经济困难，身上也没钱，各捐了五元饭票。"

都呆住了。

我从信封里又拿出一张饭票，轻轻地抚摸。这哪是饭票呀，是一颗颗滚烫的童心。

五个菜已摆到桌子上了，像是在静静等着。终于，我说："这张饭票我留着了，做个纪念。"

老叶说："给我一张好吗？"他眼角亮亮的。

林医生站起来，也从信封里找出一张饭票，折叠好放进了军装的左胸口袋，说："我也留作纪念。"而后从右下兜里掏出了三百元，放进那个信封。我这才发现，这个见惯了生离死别的肿瘤科医生，眼睛也湿润了。

7

第二天是星期六，我正常上班。开春事多会也多，跟着领导开了一天会。下班时看了一下呼机，没人呼我，说明医院那边正常。这正常，既说明潇潇的病情没有变化，也说明老叶那里筹款没有进展。我就没有给他们打电话，一个人坐在家里沙发上想心事。老叶的任职命令应该下周就到支队，部队的春季训练就要开始了，作为部队军事主官，他留在北京的时间不会太久。怎么也得在他走以前把医疗费弄出个眉目。他要是一走，我压力更大了，而且最近自己工作也特别忙。想着头皮直发麻，可是有什么办法呢，他来北京不就是冲着我的吗？

回到家，我拿出那张五毛钱的饭票，看了好长时间。孩子们滚烫的爱心，让我感动又惭愧，自己这么一个大人一点招也没有。不行，要想办法呼吁更多的人来捐助。

我试着给《解放军报》长征副刊的江编辑打了个电话。电话里，我简要把潇潇的病情和学生捐款的情况和他说了，问能不能联系一下读者来信的版面编辑，我写封表扬信给抓紧发出来。

老江问我，是不是想借军报变相募捐？我实话实说就是那么回事。

老江说："我们军报的读者来信对这类稿子控制得很严，你这病号是家属不是军人，捐款的又不是军人，适合在地方报纸上发。"

我有点急眼了，说："地方报纸发我还找你？"又把孩子们捐款的情况细说一遍，特别说了我手里这张饭票。

江编辑似乎有点被打动，就问我潇潇父亲的情况。我连忙简要介绍了老叶的亮点：第一代博士舰长，参加过南极考察，率舰完成多次重大演习任务。说完，我突然发现叶季材还真是响当当的。

听我说完，老江沉吟了片刻说："我们想个办法，只能试试。给我们副刊写个小报告文学，两千字以内。主要写这位舰长，可以带出他女儿，也可以带出你说的那张饭票。但是，通篇要围绕军事训练。关于募捐的事，只能让读者去悟。不过丑话说在前头，要是让我们领导看出来红笔划掉，那是你没写好，可不能怪我。"

"你们领导都看不出来，还去让读者悟出来？"我说话有点没好气了，因为和他比较熟，也没有在意自己的态度。

"写不写你定。"老江倒没有计较，"不过我劝你还是写出来为好，有希望总比没希望好。说句心里话，万一把我们领导感动了呢？"

"我写我写。"他说得对，有希望比没希望强。只要有一线希望，就不能放过。

说干就干，我赶紧去办公室连夜开工。我给老叶打了个电话，又详细核实了一些"闪光的细节"，报告文学最讲究真实性，这一点上不能含糊。而后又给梁小湘打了个电话，核实学生捐款的一些动人细节，又核实了两个捐饭票孩子的名字，我还特地把这两个名字写在那张饭票的反面。

也许是神助，还没动笔，标题已在我的脑中跳了出来：《博士舰长和他的港湾》，题目一满意，下笔也快了。

晚上十点多，稿子终于写成了。对于学生的捐款，特别是那几张饭票，我写得特别用情，看着自己眼睛都湿润了。

事不宜迟，赶紧给江编辑传了过去。还是有点不放心，莫名其妙地把那张饭票的正反面也传了过去。

8

早早起来了，心里有事睡不着。就给江编辑家打了个电话，他爱人接的，告诉我，他拿着我的稿子，刚去办公室。

今天星期天，他这么早就去办公室处理我的稿子，真不好意思。想给他办公室打个电话，觉得不好。算了，不打扰他了。

今天不用上班，可得好好把时间排一下，用足。因为老叶要走，因为潇潇的病情等不起。

心里还是有点不定。正盘算着做些什么，忽然想起一件事，骑车直奔翠微路菜市场。这菜市场也算我们这一带比较大的，由于今天是周末，人也较多。我进了市场大厅，直奔水产柜。果然不出我的意料，柜里的水产都是冻货，还是那几样，没有鲫鱼。我有点不死心，问营业员："有鲫鱼卖吗？"

那营业员看我的眼神有点迷惘："你说的是非洲鲫鱼吧？过两个月天暖和一点会有。"

"不，我说的是鲫鱼，中国的。"

"没有，这儿从来没卖过。"营业员是北京小女孩，看来她真的对鲫鱼没什么概念。

我刚要离开，边上有位四十多岁的妇女对我说："甘家口菜市场，你可以去看看，有时候周末会有。"

甘家口不就在总医院那边吗？今天就是周末，我赶紧骑车奔甘家口去。好像已经看到那儿有卖的了，去晚了就会被别人抢走。

到甘家口菜市场，水产柜上依旧没有，我也死心了。想走，还是问了句："有鲫鱼吗，听说这儿有卖的？"

营业员是位老大爷，他问我事先预订了没有，我说没有。老大爷说，那就先预订一下，下周六来拿。我一愣，忙问："那上周人家预订的你这儿有吗？"他朝窗边上努努嘴，说："正在化冻呢。"我看窗边上有一块长方形的冰鱼，里面都是鲫鱼。

我说化开了就买几条。老大爷说那可不行，都是人家预订好的。我说这鲫鱼怎么这么紧俏，老大爷说不是紧俏，是没什么人买，都说是鱼刺多，卡喉。也就是三里河那一带江浙人多，愿意吃这种鱼。有人认识经理，就联系了外地货源，每周进一点。

三里河离这儿不远，路过两个红绿灯，还恰好是解放军报社的北大门和南门。过了南门那个路口，有个大院住着我一个江苏老乡。前几年电视剧《围城》热播时，他还跟我说钱锺书就住在他们院里，傍晚散步时常遇到。我去过那个院几次，没遇见过一次。钱锺书也是江苏人，应该那儿江浙沪的人不少，可不嘛，那儿还有一个京沪商场，专卖上海产品。我去买过多次上海的点心，特别是蝴蝶酥。

我赶紧赔笑脸，说："能不能匀点给我？我有急用。"

老大爷笑了，说："这鱼还有什么急用，有谁这么馋？"

我说："是个小姑娘得了白血病，在病床上要喝鲫鱼汤。"

老大爷想了想，说："那你得等一会儿，这冰还没化呢。"

我说："不化了，敲几条给我吧。"说着自己就过去敲了起来。

老大爷说："只能给你三条。"

好的，三条就三条，我从边上抠下三条，让大爷称好，付了钱，直奔海军总医院。

我到了医院门口那个小饭馆，找到给我点菜的那位服务员，问她能不能让厨师晚上做个鱼汤，我出加工费。

服务员说：“是给那位先生的女儿喝的吧？没问题，你晚饭时让女孩的爸爸来就行。”我又说：“做一条就行了，另外两条能不能寄存在你们店里的冰柜中？下周再做。”她说这个她得去问问，说着接过我手中的塑料袋，进去了。过了一会儿，她出来对我点点头，说行。我说声谢谢就要离开，突然想起什么，问她贵姓。她说姓潘。我记住了，一会儿告诉老叶。

骑车回大院吃午饭了，一路上很开心，速度飞快。我想着潇潇看到鲫鱼汤的表情，心里还蛮有成就感的。

9

回到家刚端上饭碗，呼机就响了。我一看，是军报江编辑的号码，赶紧起来回了过去。

老江问：“干吗，吃饭哪？”

我说：“是呀，你吃了吗？”

他说：“你倒挺舒服的，我为你这稿子忙了一上午，现在还在办公室呢。”

我连忙说：“谢谢。”

老江说：“谢什么谢，你可真绝，挺会打感情牌。”

“感情牌？”

“你装什么装，你把那张饭票都传真过来了，还不绝？弄得我在家一刻也不敢耽搁，还巧了，幸亏今天来办公室，领导也在加班。领导觉得这篇稿子有意思，现在春季大练兵就要开始，准备搞一个报告文学征文，各军兵种都要体现到。这个正面写舰长的，又是博士舰长，能反映军队现代化建设，让你再加一千字。”

“那太好了，学生捐款的内容我再加一点。”我想这可真是好事。

“你想得倒美。首先告诉你，捐款内容基本删除了。”

我急眼了：“怎么删了呢？”

“我也没办法。领导还把标题给你改了，叫《博士舰长》，要你加强舰艇上的内容，一是南极考察那次，破冰抢险的情节还要细化；二是他当护卫舰舰长时提出的‘书香周末’特别有意思，以及他的那个家庭图书馆，都值得细写，有新意。这一千字你抓紧弄吧！”

“什么时候要？”我有点提不起精神了。

“下午就给我，下周二见报。”

“这么快？”我还真有些意外，我知道副刊的稿子属于文艺作品，周期相对要长一些。

“怎么又嫌快了呢，你不是要赶时间吗？本来安排到三周后了，当然，这也是快的。我抱着试试看的心态和领导说，这个人现在是副舰长，下周就可能上任当大队长了，‘博士舰长’四个字也就没现在响亮了。领导觉得有道理，决定先发这篇稿。不瞒你说，挤掉了别人一篇稿子。”老江说。

听着，我还是非常感激，这位老兄真帮忙。但凭现在的稿件内容，对募捐已没有意义，早发晚发也没多少差别了。当然，这话我不能说。

忽然，我心里一动，问：“这征文评奖吧？”因为两年前我参加过他们一次征文，得过一个奖，奖金是三百元。

“当然评奖，领导说了，你这篇稿子是好稿子，我估计，应该能得奖。”

“奖金多少，涨了吧？”我接着问。

“怎么，你怎么像个葛朗台了，这么在乎这点奖金？是涨了，五百。

靠这五百你能发财？”

五百，加稿费，估计也有六百了。募捐整不来，拿奖金来凑，能凑一点是一点吧。我又问了句：“能不能我再好好写一篇，再给我一个奖？”

“你有病吧？”老江显然给吓了一跳，嗓门也高了八度，“哪有一个人获两个奖的？再说，这个奖还不一定给你，我只是估计。”

我觉得自己真有点丢人，但我还是顽强地问了句：“那我再写一篇，不用我名字，你们让写什么我都立马采访，一定竭尽全力写，行不？”

“行不，你说行不？”老江更没好气了，“你是真的，还是和我开玩笑？别啰唆了，抓紧写吧。你吃饱了撑的，我还饿着肚子呢。”说着挂了电话。

我还是不死心，心想让济南军区的林之写一篇吧。不过，林之是写诗的，现代派，写个小报告文学有点屈才，估计也没几人看得懂。想想，唉，还是算了吧。

10

中午不午休了，抓紧动笔弄那一千字。按照报社老江的要求，三点之前我把稿子传了过去。而后，给老叶去了个电话，让他晚饭前去小饭馆取鲫鱼汤。

老叶在电话里情绪很好，说正要找我，让我晚上过去吃晚饭，还在那个包间。

我说没必要，“上次是我请，是不是你要回请呀？都什么时候了，能省一点是一点吧。”

没想到老叶说，荣老师的弟弟来了，刚下火车，还带来了好消息，他们老家有个慈善机构，愿意捐钱给潇潇，数目还不小，有五万元呢。

我一听，差点蹦起来，这不太好了吗？有了这五万元，两个疗程的药费就不缺了。荣老师这个弟弟怎么不早来半天，我也不至于在军报的同志面前丢那么大脸。

约好六点吃饭，我四点半就到了饭店。也正好，和厨师说一说鲫鱼汤该怎么熬。我们江南人都会熬到汤发白，像牛奶一样。进了厨房，我才发现这一趟来得必要，因为是川菜，到处红辣椒，我生怕师傅顺手把辣椒就放进汤里。好在用的汤锅，要不，炒菜的锅都是辣的。

在炉子上小火熬汤时，我给老叶呼了一下，留言说我已到了。我看了一下表，也已五点了，怎么着再过一会儿也该到了。可是等了好大一会儿，不见人，我又呼了他一下。想想又顺便呼了一下梁小湘，没一会儿，小湘就到了，偏偏老叶他们还是没到。

难道出什么事了？我问梁小湘。

小湘说不会吧，下午她还见过潇潇，挺好的。再说，有什么情况，小赵和林医生还不第一时间通知她？

服务员小潘进包间，说：“汤熬好了，那位叶先生怎么还不来？”我跟着进了厨房，见那汤是熬好了，但比江南的熬法差点意思。我问店里有牛奶吗，小潘说牛奶没有，只有牛奶饮料。我说买一瓶赶紧拿来，小潘马上拿来一瓶。我打开倒一半进了锅里，汤还真的发白了。我尝了一口，味道还不错，至少看不出这汤发白是加了东西。

小湘说老叶没来，她送去吧。我说还是我去吧，一是我去看看潇潇，也看看那位女侦察排长。当然，我更期望看到潇潇见到这鱼汤时的神情。于是，我拎着这小锅里我参与创作的“作品”，骑上自行车，朝病房楼飞驰而去。

推开病房门，我见老叶没在，荣老师诧异地看着我：“怎么你来送了？

老叶早就去了，说是让我弟弟送来，他要和你谈事。”

“是是是，我们要谈事。”在潇潇面前，我们也不好谈筹款的事，在她那儿，知道的是我们早已筹好医疗费了。

“啊，这么香的鱼汤，真跟姥姥熬的一样！”潇潇兴奋地眯着眼、张开嘴，用力吸着锅上面的蒸汽。

“妈给你盛，还烫着呢。呀，这么多，你喝得了吗？”说话间荣老师已经给潇潇盛好了一碗。

“肯定吃不完，肖阿姨不喝吗？”潇潇说。

“对对对，肖排长，你也来喝一碗。”

肖进正看着窗外，没有任何反应。怎么啦？我有点纳闷。荣老师过去拿起她的瓷碗，肖进才回过身来，忙拿下头上的耳机。原来，她是在听随身听，她对荣老师说了句谢谢，又冲我点点头。从她的眼神中看出，有掩饰不住的伤感。听的什么音乐，让她如此动情？

看着潇潇美滋滋地喝鱼汤，我也非常有成就感，浑身每个毛孔都舒坦。人真奇怪，有时快乐会因一点很小的事情。

没时间自我陶醉，告别了荣老师和潇潇、肖进，我连忙赶回餐厅。

老叶居然还没有来。

小湘说她又呼了一次，没回。打招待所电话，一直占线。

因为正月，招待所没什么人，这占线的电话肯定是老叶在用，他一定遇到了什么急事和大事。我又骑上车，直奔医院招待所。

11

走进招待所大门，果然老叶还拿着电话，全神贯注在听着，一直嗯嗯嗯，见我进来，点点头，指指他房间的方向。我就没有打扰他，径直走过去推开房门。

房间里，一位二十来岁的男子坐在椅子上，见我进去，马上站了起来，笑着让座。但我明显感觉到这笑容是强挤出来的，我直接问："你是小荣吧？"

"柳参谋？我姐和姐夫都说你帮了好大忙。"

"没有没有。"我有些惭愧，我能帮多大忙呢？

"你姐夫怎么打这么长时间电话，怎么啦？"我忍不住问。

小荣脸一下变了，气鼓鼓地说："我觉得他脑子有病。"

"怎么有病，有病还念博士？"我心里有种不好的预感，但还是竭力放松语气。

"我们老家一个慈善基金会捐款的事，他跟你说了吧？"

"说啦，五万哪！这下潇潇的医疗费全解决了。太好了，真是雪中送炭。"我真是高兴。

"他脑子不知从哪儿抽了一根筋，问我这个基金会怎么知道潇潇生病缺钱。你说人家一片好心做慈善，帮忙救人，他还怀疑人家了。"

是呀，他们那边是怎么知道的？我问小荣："是不是你和他们熟悉？"

"那倒没有。"小荣说。

"那他们是怎么知道的？"我也会问呀，这事有点蹊跷。

"他非要问清楚这个，让我问基金会。我说这样对人家不尊重，人家好心好意来救急救难，他还质疑，这开得了口吗？被他逼得没办法，这大周末的，我还是硬着头皮打电话到负责人家里问了一下。是山东的一家食品公司要给捐钱，人家本来是给别的项目的，刚好在潇潇同学的家长那儿得知了潇潇的情况，也给潇潇捐了。"小荣说，"潇潇同学家长知道这事不是太正常了吗？”

我想想倒也是，潇潇的同学有不少本来就是支队的子弟，而荣老师又是中学的老师，中学生不少都是从潇潇上的小学出来的，从我周三打电话给沈政委，到现在已经是周日了，这段时间足够把消息传出去了。

就在这时，老叶终于进门了，一脸的沉重。坐下后，半天没有作声。我看他，是在努力克制自己的情绪。

还是我先开口：“怎么，打了半天，这捐款单位弄清楚了吗，不会是国外情报机构吧？”我故意开了个玩笑，想轻松一下气氛。

老叶勉强笑了一下，说：“那倒不是。”

“那不就得了嘛。”小荣说，“你这不是狗咬吕洞宾，不识好人心嘛！”

“既然柳参谋已经知道了，我就简单说吧。”老叶说，“我刚才给护卫舰大队的后勤处长打了个电话，问了一下现在给大队食堂供应副食品的是哪家食品公司。”

“是这一家吗？”我和小荣同时发问。

“那倒不是。”老叶连忙摇头。

我也就松了口气：“那不就结了嘛，你还担心什么呢？”

老叶艰难地说：“刚才后勤处长告诉我，原来的那公司今年5月合同到期，所以4月准备重新招标一下，有许多公司都会来竞争。”

“这家公司会来吗？”我心里不由一沉。

“不知道。”老叶摇摇头，“但我估计他们肯定会来。”

小荣不干了：“你怎么确定他们肯定会来，这种事情能凭你以为吗？要是你当法官，光凭你以为判案，要出多少冤案。”

我觉得也是，老叶在这事上做得太过了，就说：“对方不是给你一家捐钱。”

老叶摇摇头，吃力地说："我刚给基金会的领导打电话问了，说这家公司准备捐八万元，这五万元指名潇潇，其他三万元分成六个项目，由基金会定。而且，在昨天以前，这家公司并未和基金会有任何联系。"他问小荣，"基金会是昨天下午才找到你的吧？"

"是的，这不我连夜坐火车就赶来了，本来他们要医院的账号，我想这么大一笔钱，还是赶来当面说吧。"小荣一脸不满，"早知道我来找你干什么，直接让我姐要账号不就行了。"

我觉得这事确实有点挠头，老叶要去当大队长，估计当地早就传遍了。这家公司如果要去投标，早就关注谁能当大队长，要不，也不会这么神速。但是，这一切都是推测，万一人家公司真是搞的慈善呢！

正在这时，梁小湘进屋了，嚷嚷着说："呼你俩也不回，怎么回事？"

老叶拿起呼机看了看，连声说对不起。我就把简要的情况和她说了一下。梁小湘说："我觉得，基金会的捐款你还是接受，这潇潇的病情等不了了。那边这个招投标呀，完全可以秉公办理，也不一定他们能中。"

老叶："万一他们中了呢？"

虽然我觉得老叶有一定道理，但这样处理还是简单："你现在连他们来不来投标都不知道，还想到他们万一中不中，你就不想想万一他们就是慈善捐款呢？"

"你们说的都有道理，他们能在这么短的时间，找到我们老家，等捐了款，怎么就不能很快找到我？就算真的公开公平中标了，这捐出去的钱以后真要从官兵们的碗中抠回去，你说我管还是不管？！"

室内一阵沉寂，我知道他讲的是有道理，理智告诉我天上不会掉馅饼，但情感上还是希望这块馅饼真就从天上掉下来。

"那你就不要这钱了？"小荣带着哭腔问。

老叶艰难地点了一下头。

“那你就不管潇潇的死活，她是不是你的女儿？”小荣忽然扑通一声跪到了老叶面前，“我求求你了，救潇潇的命要紧。”

空气一下子凝住了，老叶像被电击了一下。他张了张嘴，突然双手抱头，用力抓着头发。我看到，热泪已经从他两边脸颊流下。

我连忙把小荣拉了起来，说：“小荣，你不要激动，总会有办法的。前两天，就在这间屋里，你姐姐和姐夫对着我发誓，就是还一辈子债务，也要救潇潇。”

小荣抹了抹眼泪，哀求老叶：“这钱咱先收下不行吗？以后再还给他们！”

梁小湘也说：“是呀，就算先借基金会的应应急，咱们有了钱先还这一笔，不就行了吗？”

我也帮着说：“你不一直想留在舰上吗？等会儿我就找沈政委，请求尽快把你调到舰上。”

老叶身子有点颤抖，说：“谢谢你们的好意，女儿我不心疼谁心疼啊，就是拿我的命去换我也愿意！”说着，从衬衣口袋里掏出那张黄颜色的小饭票，抹得平平整整，轻轻放到了桌子上。

“刚才我给孩子妈也说了，她也同意不要。”

时间好像静止了。

12

星期一下班，我还是接着去趟医院。昨晚那么一番折腾，饭也没吃成，我今天约他和小荣到老地方吃个饭，再商量一下，还有什么可筹款的资源挖一挖。叫了梁小湘，她说要值班，就不来了。

老叶先来了，说小荣还在和潇潇母女俩聊天，一会儿就过来。

我们排了一下筹款，快三万了，第一个疗程也就三万六，瞎子磨刀快看见亮了。

老叶说小荣可以拿出一万元，是他准备结婚装修房子的。我一阵感慨。

这样第一个疗程也就够了，我松了口气。

问他什么时候回部队。他说下周五要宣布任职命令，周四必须赶回去，小荣留在这儿顶替。

我知道春季训练任务很重，他一去就不知什么时候回来了，心里有一些不踏实。老叶一直在沉默，知道他内心更不踏实。

两人都不说话，也不知说什么。

好一会儿，小荣来了，一进门就问老叶："肖排长家里是不是出什么事了？"

老叶叹了口气，接过话茬儿："昨天肖进接了个电话，他们舰队有个干事写了篇稿子，是写她成长经历的，一个农村女孩子从小立下习武报国之志，到成为一个优秀海军特种兵的艰难历程。本来这两天要见报的，不知怎么回事，突然给撤稿了。"

"什么报纸？"我忙问。

老叶说："军报。"

我有些不解："就为一篇稿子？"

老叶说："唉，这孩子从小家里很苦，父母养育她不容易。她知道自己的病治不好了，想用这篇文章让父母知道他们的心血没有白费，告慰一下父母。"

我浑身一激灵，就赶紧到服务台给军报江编辑打了个电话，还好他在家。我张口就问：“昨天你说的挤下来一篇稿子，怎么样了？”

他愣了一下：“准备退了，稿子还不错，让作者另找地方，别耽误了。”

我问：“是写什么的？”

“是写海军陆战队一位女排长。”

我的天哪，想帮潇潇，却重重地伤害了肖进，我赶紧说：“能不能把我的稿子撤下来，先上那篇稿。”

“开什么国际玩笑，昨天连夜把大样都排好了。明天，不，今天夜里十二点就要开印，你说撤就撤？”老江真恼了。

见他这么说，我想自己也是急糊涂了。

可怎么面对肖进啊？我缓了缓口气，问：“那稿子退走了吗？”

他说：“还没呢，先电话通知了作者，让他另找出路。”

我说：“先把稿子给我，我来想想办法。”

对方说也行。

我说我现在就过去拿，海军总医院离军报社也就一站吧，我出门骑上自行车，到军报门口，拿到了稿子。

回到饭馆，老叶说：“跑哪儿去了，菜都快凉了。”我连忙说对不起。

13

星期二，军报出来后反响不错，让我惊喜的是那捐饭票的内容还保存着。

小荣第一时间给我打了个电话，说潇潇看了报纸高兴极了，真为自己有这样的爸爸自豪，本来她对爸爸回部队是一百个不愿意，现在反而劝爸爸早点回去，不要因为她影响部队训练。

还能有这样的作用，我也感到欣慰。

没想到周三傍晚，沈政委把电话打到了我办公室，劈头就说：“好家伙，你这是在将我的军呀。”一下把我说蒙了。

沈政委说：“昨天他们看到了报纸，这篇报告文学在部队引起很大反响，既推进了春季练兵，也推广了读书活动，有的舰上提出了‘少上牌桌，多上书桌’的口号，意思是周末少打扑克多看书。”

我知道部队到周末打球打扑克是很正常的事，但有更多的人喜欢看书，我自然开心。但我怎么将了他的军呢？

话说到正题，叶季材女儿生病的事在部队传开了，特别是北京小学生捐款，还捐了饭票，让大家很感动。官兵们也要捐款，都说不能比学生们捐得少，这下控制不住了，支队领导做了不少工作，规定除了团以上干部，每人不能超过十元，就这样捐了一万一千多。

末了，沈政委说：“我和主任两个人，昨天下午晚上到今天一整天，都忙这个事了，表格还是我画的。谁捐多少，只有支队队长和政委、政治部主任掌握。”

我不知道说谢谢还是对不起，第一反应是又增加了一万一千多，总数到了五万，这样潇潇的第二个疗程也有了一万多。但接下来的是深深的不安，一是干扰了政委他们的正常工作，再就是给他们出了难题。以后遇到这样的情况怎么办，总不能个个都写篇文章上报纸吧？

但愿以后不要出现这样的情况。

老叶明天要走，晚上我去了趟医院，病房还是不敢去，因为稿子的事情不敢面对肖进，就先去招待所等着。八点半两人回来了，老叶见了一把拉住我的手，说真不知怎么感谢才好，我知道沈政委已经和他把情况说了。

老叶动情地对我说：“我真感到羞愧呀，先前基金会的五万捐款，其实我心里一直惦着，没放下。如果潇潇的妈妈不支持我，也许我就妥协了。”

我一阵唏嘘，这样的选择对于一个父亲来说实在是太残酷了。

14

老叶回部队了，我得全面负责起来。

周五下午，我打电话给梁小湘，让她问问林医生第一个疗程什么时候可以开始。没想到，梁小湘给我的回话是，林医生让我明天晚上跟他出去吃顿晚饭。我问去哪儿，是不是我要请客。梁小湘说是地方医院的医生请，让我跟着去就行了。

小湘说的那个医院是北京一流的医院，在国内也是名列前茅的。特别是上次给潇潇会诊的专家，主要的一位就是这家医院的一位科学院院士。不管怎么说，这顿晚饭肯定和潇潇的治疗有关。怎么会是他们请林医生呢，还要叫上我？

周六下午，我请假提前一小时下班，早早来到总医院门口，林医生已在那儿等我了。两人会合后，他拦了一辆面的。我说没必要吧，医院门口有一路公交直接到沙滩，吃饭地点在王府井，走几步就到了。他拉我上车，说没事，这打车钱对方报销。

还有这么好的事？面的开得飞快，虽然路上颠簸，但比挤公交车舒服多了。有一次我也是骑车到这儿坐车去美术馆，中途到白塔寺一站让下车人挤下来，到车开走也没再上得去，只好等下一辆。

我问林医生为什么叫上我。林医生说，地方医院的李医生约的他，是那位进口药的药商请客。他说李医生就是会诊时那位院士的助手，潇潇的治疗方案也是他帮着拿的。以后几个月的治疗过程，免不了要时常和他联系，这种新药自己是第一回用。

那为什么药商要请客呢？我心里直犯嘀咕，千万别再生什么幺蛾子，尤其是别再附加什么费用。

“那进口药价钱定了吧，会不会涨？”我憋不住冒了一句。

林医生看我一眼乐了：“不会不会，我想跟他们谈谈能不能降点价。”

降价？我的心狂跳起来，这可能吗？看林医生笃定的样子，不仅不像逗我，还似乎有点把握。

还是打的快，说话到了目的地，是座特别豪华的宾馆。以前来王府井怎么没注意，抬头一看，天伦王朝饭店。林医生说的那位李医生和药品汪经理在大堂里等我们，四人一起登上了直达三楼的自动扶梯。到了三层，算是开了眼界，是个很大的广场，广场中间有演奏音乐，满广场就是个大型的自助餐厅，看菜品非常丰富。

找个僻静一点的四人桌，大家坐了下来。我看了一下自助餐的价格，每位一百二十八，出了一身汗。四个人吃下来，五百出头了，顶我那可能到手的奖金。今天晚上，怎么也要我们请客呀，总不能让林医生请吧？可我口袋里也只有一百多元。

李医生笑着对我说：“本来请你们吃鲍鱼的。”说着指指广场边上，“那个餐馆都订好了，可林军医说他不喜欢坐包间，嫌憋气，他特地挑了这个自助餐。”

林医生说：“这就挺好了，想吃什么吃什么，花样还多。我有重要的请客，就到这儿。跟你们说个笑话，去年我军医大学的导师来了，我请他们夫妇到这儿吃晚餐。偏偏那天中午我自己吃坏了肚子，晚上不想吃，就要了两份，坐在这儿陪他们，要了一杯开水，边聊天边看他们吃了一晚上。我看服务员的眼神，似乎在说，哪有这样请客的，自己不吃看客人吃，够抠门的。”

“我今天请客，我也不吃了，看你们三个吃。”汪经理接着开了个玩笑。

汪经理看上去三十多岁，李医生说是他们医科大学的师弟，后来去国外留学了几年，跟着这个新药品刚回国。“我们叫他‘帝国主义买办’，简称‘汪买办’。”李医生居然也开了句玩笑。

林医生笑着对汪经理说：“你的意思李医生说了，挣不挣钱是小事，想在军队医院做个宣传。但我实话告诉你，军队医院这样的病例不多，因为病人大多是军人，相对健康指数高。不像李医生他们医院，一是名气大，全国各地的病人直往那儿拥；二是面向的全社会，基数要高不少。”

李医生说话了：“是这样，你们总医院的病号主要不是来自门诊，是接收全海军各医院转来的，所以面也比较广，有需要这种药的，让他们知道，用不用可以自由选择。”

林医生说：“这倒是个双赢，可是我们医院连一个病例都没治好过，我们说话也没底气。”

汪经理说：“我们不是有一个病号了吗？李医生还说，是他和你远程合作。”

李医生说：“都在北京，近程近程。”

林医生说：“目前这个病号还是没法开展。”

李医生和汪经理都脱口问：“为什么，不是已经买了一个疗程的药，下周一就要开始治疗了吗？”

林医生说：“是这样，钱只够买一个疗程的药，连捐款都加上去，也就这么点钱。”说着，从口袋里摸出那张饭票，“你们说，小学生连这个都捐了出来，也就是这个能力了，我还捐了三百。要是光治一个疗程，前不前后不后，说你的药是有用还是没用呢？”

李医生沉吟了一下："这倒也是，怪不得你说能不能降点价，这个我和汪经理也说了。"

汪经理说："我们这新药刚进入国内市场，本来定价就不高，我是没有权力降价的。请示了上级，加上林军医和李医生的面子，每支降五百元。"

"太好了太好了，太感谢了。"我忍不住说。每支降五百元，一共二十四支，一句话就降下来一万二千元，这是多么大的一笔数字，怪不得他们在这儿吃饭一点不在乎。

"不过，这个价格仅限于我们四个人知道。要不，市场乱了，我们就要关门了。"

我说："放心，在我们这儿属于军事机密。"

林医生笑着看我一眼，而后对汪经理说："我觉得还要往下降一降！一万二千元确实不少了，但对方还是不够呀。按我以往的经验，新产品推广，开始时不赔就是赚。来之前我也和领导汇报了，领导意见也很明确，要是能把叶潇潇治好，医院当然欢迎这种药，也愿意推广这种药。"

汪经理和李医生对看了一眼，两人不约而同面露难色。李医生说："上次我们院士的一个关系，也就是这个价。"

林医生说："这个病号应该更特殊一点。"说着从包里拿出一份军报，翻到有我文章的那一页，"你们看，这是她的父亲，而且报上提到了叶潇潇生这病，在我们医院。你们想想，这么一个有影响力的案例，你们轻易放跑了，不是最大的贻误商机吗？"他又指指我，"这是本文的作者，我希望在给叶潇潇治好后，他再给这篇文章写个续篇。"

汪经理站起来，又重新握住我的手："原来是大记者，我还以为是林军医同事呢。"

我笑了笑，认不认都不合适。

汪经理沉默半晌，咬咬牙说："好吧，每支两千。"

我简直不相信自己的耳朵，居然有这么好的事情！这样，潇潇的医疗费不是全解决了吗?

林医生："不能再便宜一点？"

我极不理解地看了一眼林医生，担心是不是太过分了。

汪经理摇摇头："林军医，我们已表达最大诚意了。"说着从包里拿出一张纸，"你看，这是我们进货单的复印件，按理我是不能给你看的。"

林医生接过看了一眼，拍了拍汪经理的肩，啥也没说。

李医生说："饿了，吃饭吧。"

回医院的路上，我非常感谢林医生，一顿饭吃下两万四，收获真是太大了。我想起自己死不要脸地跟军报江编辑想多要一份奖金，和这个比起来，毛毛雨了。

听着我的感慨，林医生说，医药代理见多了，这个公司现在看来还是很有良心的，刚才他瞟了一眼进货单，也就是一千九百元，事实上他们公司是亏了的。

我也真心地说："遇到像你这样的医生，真是潇潇的福分！"

林医生也有些感慨，可能这次见面效果不错，他话也多了。说他读研究生的时候，他的导师带他到"文革"中下放的农村去访学，不少经导师看过病的病人或病人的孩子来见导师，个个都是感激得要命，一口一个活菩萨。导师告诉他，当年在农村行医，条件十分简单，一根银针、一把草药，再加上些常规药，他救了不少垂死的病人。导师常给他们说："在我们医生这儿，有时多用一点心，就是病人一条命。"

我听了颇为震撼，怪不得古人说"不为良相便为良医"，医者仁心啊。

15

一晚上睡了个好觉，第二天起身晚了点。这几天一直心理紧张，现在好了，医疗费全解决了。我给小湘、小荣都打了电话，把昨晚的成果和他们分享，一再关照他们不要把价格说出去，这是“军事机密”。

虽然忙着潇潇的事，但心里还一直惦记着肖进那篇稿子。看上午还有时间，翻出军报退出来的那篇稿子，又认认真真读了一遍。想了想，给海军报的一位编辑打了电话，然后去了他家，反正都住在一个宿舍区。

他问我：“什么稿子，这么急？”我把稿子给他看。他翻了翻说：“这个作者和我很熟悉，怎么让你转？”

我叹口气，把两篇稿子撞车的事给他说了，末了恳求他：“如果能用，就说是军报转给你的，我也和老江说一下。”

这位编辑说：“用肯定能用，我有个意见，你看行不行？这稿子很动人，但正面写部队生活的有些弱，你既然坑了它一把，也帮它一把。去采访一下这个肖进，再补充一下她训练中的动人情节。”

去采访肖进，我有点心虚。

“怎么，这个无名英雄你不肯做？”编辑问。

躲着不去见面总不是个事，我心一横：“行，下午就去。”

下午三点多，我到了总医院，潇潇见我过来很高兴，说：“叔叔太厉害了，让我爸爸上了报纸。”然后有点不好意思，小声嘀咕：“爸爸是表现优秀上报纸，我却是因为生病，表现不好上报纸。”

我马上说：“等你病好了，把你的事迹写出来，再上一回。”

荣老师也接着说：“我们潇潇学习成绩，从小到大都是班里数一数二的，她还得过市里竞赛一等奖。”

潇潇更羞涩了："我这算什么，肖阿姨还得过海军比武一等奖呢！"

肖进这回倒是没有听耳机，正捧着一本书在看，见我进去时抬起头来点了一下，看情绪已不像前两天那么低落了。她拉开床头柜把书放进去，从里面拿出一张报纸，对我说："柳参谋，大作拜读了。"她打开那张报纸，看那篇文章加上标题和插图，整整有半个版。她看了一眼又合上，对我笑着说："真好！"

不知道这两个字包含着多少含义，我故作镇静对肖进说："海军报有一篇写你的稿子，也要发这么一大版，编辑委托我帮着修改一下。我想采访你一下，现在行吗？"

"啊，太好了，肖阿姨也要上报纸了。"潇潇高兴地叫起来。肖进很诧异地看着我，荣老师先是惊讶，又马上说："快去吧。"

梁小湘早就联系好医生办公室。

我抓紧时间，顺着稿子的脉络，问了她练武情况，尽可能再找出点精彩的东西。她知道这篇稿子还能出来，当然很高兴，情绪和刚才完全不是一回事了，话也多了。很快，我捕捉到了潜水格斗她一人连胜五个男兵、荒岛生存创纪录等动人故事，这会让文章增加不少阳刚之气。不到一小时，我要的素材都齐了。

"谢谢你，柳参谋，我知道这篇稿子不用了，没想到又被你救活了。"肖进非常感激。

我太尴尬了，恨不得找个地洞扎进去。我这反常让肖进马上发现了，她很诧异地看着我。

终于，我实话实说告诉她，是我挤下了她的稿子。

她一下傻了，半天没有吭声。

我有点慌了："肖进，这事我当面向你道歉。"

她回过神来，抹一下眼角，朝我笑了一下：“对不起，我走神了，想起了一件事。”

“什么事？”我好奇地问。

“我提升排长时，有五个预提对象。经过几天考核，淘汰了三个，只剩下我和另一个甘肃女兵，我俩再二取一。又经过一天考试，前几项势均力敌，不分上下。最后一个项目是徒手格斗，我从小学武艺，她格斗肯定不如我。”

“所以你提升了。”我说。

“可我知道，她的老家比我老家还要艰苦，如果提不起来，那年底就要退伍，而我是从体育学院大二来当兵的，即使退伍，也不至于再回农村去。”她眼泪流下来了，“可是，我太想当兵，太想实现父亲的嘱托和自己从小的梦想，我把她远远地摔了出去。”

“后来呢，她退伍了吗？”我问。

“退了，现在在甘肃兰州一家工厂当保安。”她说完长长吁了一口气。

我也长嘘一声。

回到病房，小荣一见我，就急火火把我拉到走廊，说：“川菜馆的小潘不见了。”

我说：“今天是周日，不上班不是很正常吗？”

小荣说：“不是那么回事。我刚才去店里取鲫鱼汤，没找到小潘，问厨师，厨师说为了鲫鱼放冰柜的事，小潘和川菜馆老板前天吵起来，被老板开了。”

“为了两条鱼，开了一个人？”

小荣叹口气，说：“老板有好几个店，平时不怎么来。那天来了不知怎么打开冰柜，发现了这两条鲫鱼，问这鱼哪儿来的。厨师也没在意，顺嘴说了声医院病人的。老板一下子认真了，说医院病人的东西放在厨房，传出去谁还敢来吃饭。”

我说：“老板的担忧也对，早知这鱼就不放店里了，放梁小湘家不也一样嘛。都是我当时欠考虑，怎么会吵起来的呢？”

小荣说：“开始老板把那两条鲫鱼扔了，小潘又捡了回来。两人就争了起来，老板弄得下不了台，就把她开除了。”

“那鱼怎么还在做汤？”我问。

“厨师和老板说，是他没说清楚，这鱼是一位海军少校拿来的，做好才由亲友送进病房，而这病人和医院里的医生是亲戚。老板一听，这鱼不好扔了，怕是得罪了医院里的顾客。厨师又劝小潘朝老板认个错，小潘就是不肯，走了。”

“走了，去哪儿了？”我急了。

“说是另外找工作去了，不知道。”

我赶紧骑车到小饭馆，问厨师，有小潘呼机吗？厨师说：“我刚才呼了一次，停机了。”我不死心，又呼一次，果然传呼台说停机了。

16

潇潇的第一个疗程开始了。

我也恢复了正常的工作和生活。还在正月，事情比较多，该忙的都得忙起来。

到了周六，我的呼机又响了。一看是军报江编辑，赶紧回电话。

“有时间明天上午来一趟，把礼物拿回去。”

什么礼物？我真是让他弄糊涂了。

第二天我如约而至。他提了一个大塑料袋，满满一袋，不知装的什么好东西。

接过打开袋口一看，是大大小小的信封，看上去有上百封，都拆开了。

“你的文章出来后，读者的来信全给你拿来了。”

“有捐款吗？”我近乎本能地问，马上反应出自己是不是着了什么魔，不好意思笑了笑。

他说：“全是各地寄来的秘方，都说能治白血病，我也看不懂，你回去慢慢研究吧。”

啊，是治白血病的秘方，我有点惊喜。

我寻思这方子怎么看得懂，于是掉转车头又直奔总医院，先把小荣从病房呼出来，又把小湘叫了出来。

一封一封信铺在桌子上，大多是普通的中药药方，也有一些古里古怪的偏方，都是各地的热心人寄来的。我问梁小湘能不能看懂，小湘说她又不是学中医的，怎么会看得懂呢？她想了想，给赵护士打了个电话。赵护士说，每年这样的方子铺天盖地见多了，不少病人主流治疗办法没效果，都会吃中药和找偏方。她是不相信这一套的，要有用，还不早推广了？再说了，潇潇不是有进口药了吗？

梁小湘也赞同小赵的意见，但是我不死心，万一进口药疗效不行，这中医兴许还能托个底。

我没有说出自己的想法，像沙里淘金一样把这一张张方子都仔细看一遍，希望有什么新发现。倒是有一封信里，没有方子，刚才也没在意，再拿信打开细看，是北京一位姓陈的中医亲笔写的。说他有个朋友是部队的干部，看了文章后就给他打了电话寄了报纸。说是如果信任他，就当面把脉切诊一下，也许会有办法，后面留了电话和地址。

不知怎么，这封信引起了我极大的兴趣。我把这封信递给梁小湘，小湘看了看，觉得也没有特别，说：“不就是白血病吗，还有什么每人不一样，是不是在故弄玄虚呀？”

我说：“还是打个电话吧。”

小荣忽然问我：“难道那进口药没有用吗，还要这么急着去寻中医药？”

是啊，说什么以防万一，搁谁心里也受不了。我说：“了解一下，要有用，对肖进不是也有好处吗？”

确实，我心里也是这么想的，目前对肖进这种病，还真没有什么招，如果一直这样化疗下去，人不全垮了？

“那赶紧找。”小荣说。

我马上出门，要给那中医打电话，梁小湘问有这么急吗，我说我下周要出差。

我接通电话，对方很客气，让我下午就去。我回来问梁小湘，有没有时间和我一道去一趟，不远，就在什刹海。小湘问非得她去吗，本来她约好下午带女儿去天文馆的。我觉得还是带她去下为好，毕竟小湘在医院这么多年，可以凭直觉做个基本评判。她同意了。

下午，我和梁小湘坐上了公交车，还好人不多，都有座。我觉得最近麻烦她太多，有些不好意思，就表达了谢意。

“还这么客气？”小湘说，“尽管麻烦不要紧，以后想帮你也帮不成了。”

她告诉我，她已经申请调往青岛了。既然她爱人调不回来，她就过去呗，那边很欢迎她去，估计年内能办下来。

我有点怅然，唉，帮她爱人小古调动也没成，我觉得挺对不起她的。

小湘说：“这事不怪你，小古学的是指挥自动化，要回来，适合他的岗位不多，要转行。他又热爱这个专业，舍不得丢掉。不像我干护士，到哪儿都一样。”

我有些释然，说：“是去四〇一吗？那是舰队中心医院，条件还不错。”

梁小湘笑答：“不去四〇一，去基地医院。”

我一愣：“去基地医院，那儿离市区远，条件也差不少。”

她又笑了：“那不离他近吗？”

“这倒是，孩子怎么办？”我问，对她女儿我还真感激，一股捐款的波浪，就是她一个小孩子掀起来的。

“她当然跟我去青岛。”

17

要找的中医住在一个四合院里，院子不大，干净精致。进去才知道住了好几户人家，他家用三间北屋，专门有一间用来做诊所。陈中医没有我想象的那么老，也就五十多岁。

让我们坐下后，他直接问：“是你们的孩子？”

一下把我俩问得都不好意思。我赶紧介绍了自己，也介绍了小湘，简单把情况说了说。

陈中医听后，倒有些小小的感动，说：“难得你们为战友的孩子这么上心。”说着从抽屉里拿出一张报纸，我一看正是我写的那篇文章，已经从报纸上剪下来了。

“你写的？”

我笑着点点头。

梁小湘直接问：“为啥信上说什么人情况都不一样，不都是白血病吗？”

陈中医说：“中医讲究阴阳虚实，许多病都是五脏六腑的阴阳虚实不调。所以说同一种病，不同的人要吃不同的药；同一种药，不同的人治不同的病。”

梁小湘没吱声，但我看出来，她不大认同。我倒觉得中医讲的话还是有一点道理的，起码符合辩证法。

我直接把叶潇潇的情况先介绍了一下，又说起了肖进。

陈中医打断我：“那我要去看看这两个人，把把脉。”

我说：“当然没问题，求之不得。”

小湘马上说不行，人家林医生还在治着，这儿再加一个医生，用另一个方法？谁负责。

我愣住了。

对潇潇，我现在也有点放心了，肖进的情况就不一样了，为什么不能试一试呢？

我想，林医生那儿是可以商量的，他的导师当年不也用草药为人治病吗？

我把这想法当场说了。梁小湘想了想，觉得也是，刚好肖进的化疗一个疗程做完，要休息一段时间，先腾出一个月来，让陈中医试试。当然，她还要去问林医生和肖进的意见。她又问中医，潇潇用的那个进口药怎么样，没想到陈中医还知道这个药，说这是生物制剂，应该有一定疗效。但效果到底怎么样，还是因人而异。

我请陈中医下周去医院给肖进号脉，梁小湘有些顾虑，怕把中医弄进病房去影响不好。但我还是想试一下，说可以让肖进到电视室，请陈中医给她号脉。

临别时陈中医给我开了一张单子，说全是发物，要肖进先忌口，我看了一惊，怎么鲫鱼不能吃?

我一身冷汗，开始为潇潇和肖进吃鲫鱼汤担心。收好那张纸，连连点头说一定照办。

回到医院已是傍晚，我先把肖进叫到电视室，把我同梁小湘见中医的事和她说了，问她愿不愿意博一下。我觉得，肖进思想上通了，林医生那儿工作就好做多了。

肖进很干脆，愿意积极配合。她说小时候学功夫，就是跟村里一个老中医学的。中国功夫和中医是通的，也讲经络穴位。

这就好办了，我又把单子给她看了，问能不能管住嘴。她爽快地说："太能了，荒岛生存训练时，啥吃的也没有，也挺过来了，这小意思了。"说罢，还安慰我，"你们就让那位中医放心大胆用药吧，我心脏边这颗炸弹，爆炸本来就是迟早的事。"

看着她无所谓的样子，我心里又开始难受起来，但愿中医能有回天之力。

18

出差前一天，我专门到医院和潇潇、荣老师还有肖进道了别。潇潇和肖进的治疗，按照各自方案也开始了。末了，我又专门和梁小湘一起找到了林医生，说我要下部队，要个把月，这里就全拜托他了。林医生说："现在你就放心地下部队，医药费落实了，剩下的你也干不了什么，我会尽心的。"

"那地方医院的治疗方案，照着做就行了？"我心里还是悬着。

"过一两周，根据病人的情况，再调整一下。那边李医生会拿给院士把关。”

我说：“那院士要是能亲自来几趟就好了，像会诊那样。”

林医生：“那怎么可能呢？上次会诊是过年，北京的外地病号少，我们医院又很少出面请他们，都给了面子。现在，他们自己医院的病人要见他们一面都难。就算李医生，也忙得很，上次让我们跑到王府井，就是因为离他医院近，节省时间。”

我不能再说什么了，只是心里不踏实。林医生尽心尽力，但他毕竟头一次实施这个方案。

我忽然冒出一个念头，当初老叶他们要是直接去上海的话，协调专家要方便多了。唉，还想这干吗呢？

第二天一早，我随着工作组从京郊海军机场出发了。

一路上，隔三岔五给梁小湘打个电话，问潇潇和肖进的病。还真怪，肖进倒是没什么异样，她自己说喘气比原来轻松多了，真为她高兴。潇潇就有点麻烦，到第三个星期又发了一次烧，还有点厉害，李医生还专门赶过来和林医生一起会诊，又回去让院士出了意见，终于控制住了。

本来四月初回北京，临时在三亚接到一个出海任务，跟着舰队编队到西沙南沙巡航。我知道这一上舰，和北京的电话是没法打了，只好全部托付给小湘。特别着急的是，三天后肖进做 CT 检查，我太希望知道检查结果了。但是没办法，带着这个遗憾，离港了。

春天的南海还是风平浪静。航行中，每到夕阳西下的时候，我就喜欢坐在后甲板上，眺望北方。两个素昧平生的病人，成了我的牵挂。从那次顶着大雪在渤海出海，到现在冒着烈日在浩瀚的南海巡航，中间也就不到一个月，感觉经历了好多。虽然没有嘱托，也没有承诺，但心头一直沉甸甸的。

中途，大概是二十天以后，军舰在永兴岛停了一晚，我用码头的军线电话接通了梁小湘。虽然通话效果很差，还是掩饰不住声音里的激动。她先告诉我，肖进的CT照片出来了，那个肿瘤小了一点。林医生态度比较慎重，说光拍一次不能说明问题，万一角度偏差，也会出现这样的效果，不能盲目乐观。但肖进已经盲目乐观了，说肯定小了。

我笑着问："你是不是也盲目乐观了？"

她也笑着说："有点吧。"

我又问："潇潇怎么样？"

梁小湘说："还行，正常吧。"

我觉得有点不对劲，问到底怎么样。她赶紧说："一切都有序进行，有林医生在，放心！"

能放得下心吗？但再不放心也没有办法。好在航行途中事情不少，一忙起来，就好多了。

19

军舰靠岸已近五一，没有停留，直接坐军用运输机飞回北京。

一回到北京，就给梁小湘去了个电话询问情况。小湘电话里说："你可回来了，快来吧！"

我问怎么啦，她告诉我，潇潇前几天又休克了，直到前天夜里才抢救过来，现在病情稳定了。

到了病房，我看小荣和荣老师都在，潇潇面色苍白，吃力地说："柳叔叔，你可来了，我一直在等你。"

"等我，你在等我？"

“柳叔叔这不来了吗！”我见是肖进，跟没有病似的，拎着两瓶开水进来。特别吸引我的是，她头上的帽子没了，已长出了头发，比我这小平头还长一点呢。

“柳叔叔，你带我去天安门广场吧。”

我稳了稳自己的情绪，装着生气地对潇潇说：“叶潇潇同志，叔叔可要批评你，说话不算话。”

“我怎么说话不算话了？”潇潇一脸迷惘。

“我俩不是约定好了，等你病好了，一起去天安门前留个影吗？”

“是的，可我觉得我好不了了。”潇潇一下哭了。

“医生都没说你好不了，自己给自己打退堂鼓，你要不好好配合，医生还咋治？医生没法治了，病还怎么好？你怎么对得起那些给你捐款的叔叔伯伯，还有那些你认识和不认识的同学。我们任务千千万，你任务就一个，还完不成？”

“什么任务？”

“就是上次说，要坚强一些。不就发过几回烧吗？”我说。

小湘马上说：“叔叔在西沙岛上还打电话问你的治疗情况，你的情况他全知道。”

潇潇委屈地看着我，抽泣着说：“我就想看天安门。”

“等你这两个疗程做完，叔叔一定带你去。”

“可是做完还要好几个月呢。”

“对呀，你的病就好了呀，刚好国庆节。那时候，北京就是金色的北京，叔叔带你去看金色的北京。”

“金色的北京？”潇潇眼睛一亮。

“是呀，金色的北京！那时候，我们可以顺着医院大门，朝东到红绿灯，再朝南上长安街。出了大门全是银杏树，叶子掉在地上，没人舍得去踩，满眼望去一片金色。”当这幅画面在我脑海浮现时，我肯定地点点头，“对，金色的北京！”

“那天安门也是金色的吗？”潇潇问。

“是的，秋天的天安门也是金色的。”我的语气更加肯定。我不想骗她，等她病好了，我会带她去天安门广场看晚霞，夕阳照过来，整个北京都抹上了一片金晖。

“柳叔叔，我答应你，一定好好治病，我跟你去看金色的北京。”潇潇一脸神往，她转脸对荣老师说，“妈妈爸爸一起去！”

荣老师马上点头：“我和爸爸都去，跟潇潇一起去。”

“梁阿姨、肖阿姨也去！”

“对，都去，一起去！”

潇潇苍白的面庞露出了幸福的笑容。

20

秋天，说来就来了。

六个月过去，潇潇的疗程还差一个月，但病情依然没有好转。

倒是肖进，情况一天比一天好。做了三次 CT，每次都在变小，虽然很细微，也是大进步。林医生也认可这个效果，全力支持。有时候，我真想让潇潇也用中医药试试，小湘说：“人命关天，是可以随便试试的？”

“肖进现在不是很好吗？”我有点不甘心。

“她那是置之死地而后生！一是林医生没有别的办法了；二是她本身身体素质好，也真正配合；三是她控制力强，有一个月，她不吃别的蔬菜，根据陈中医的要求，只吃芦笋和西蓝花。一闻那味，我都要吐，她却照吃不误。”小湘说，“别人能做到吗？尤其像潇潇这样的小孩。”

“她吃芦笋干什么？”我有点好奇，那玩意儿确实很难吃，一股草腥味。北京这边很少有人吃，去广东出差，粤菜里有。

“说是能有利于肿瘤缩小。”小湘说，“也不知道真的假的，本来还要让她喝芦根汤，又不是冬天，上哪儿去找芦苇根！”

这倒提醒了我，芦苇根的药效我是知道的，我有一位战友，父亲脑子得了垂体瘤，是良性的，医生见他年龄大了，不建议开刀，有位中医给他开了个秘方，找芦根，他知道我老家在太湖边，让我帮着找。那年我刚好在家过春节，专门去了趟湖边，请渔民帮着挖芦根。渔民一句回话让我很吃惊：“是不是又有人脑子里生瘤啦？”看来，许多民间的秘方还是有用的。

找个周末，我又去什刹海找了陈中医，专门说了潇潇的病情。他说，现在这种情况他没法插手，如果医院说没办法了，他可以去试试。

他这个回答，我很失望，也有意见。是不是别人没办法，你再去试，也不用负责任？但是一想到肖进的病情，我还是千恩万谢地告辞了……

天气越来越凉。

转眼过了九月二十日，驻京海军全换上了白色春秋常服。星期一下午，我正在会议室开会，同事进来把我叫了出去。有个电话，原来是小湘打来的。

“潇潇快不行了，你赶紧来！”

我一听，赶紧请假，出门骑车直奔总医院。

老叶还在远航呢，还没法通知他，怎么办？

到病房，见围了一大群人。除了林医生和主任，李医生也在。

潇潇脸色苍白，上着呼吸面罩，心电监护仪上的电波也不规则。情况已经非常紧急，荣老师瘫坐在方凳上，倚着墙角，苍老而憔悴。边上还有四张方凳，在这五张方凳上，她已经睡了半年。

赵护士匆匆赶来，拉了一下李医生，李医生赶紧跟着出去了。

我问林医生："李医生怎么走了？"

林医生说："李医生要赶到学术楼，接一个国际长途，院士在国外访问，刚刚电话找到院士。"

我知道，医院只有一部国际长途电话，就在学术楼。但学术楼在病房大楼外面，跑过去加上下电梯得十来分钟。

"不行，跟我来！"我拉着林医生冲出病房，到了斜对面的护士站，拿起电话拨通了学术楼，让对方值班员把那边的内线电话话筒反扣在国际长途电话的话筒上，把手中的话筒递给林医生。

林医生马上和院士通上了话。这一招，是我这趟出海学会的。我在永兴岛跟北京通电话，舰上只有一部电话通军港，接通了值班员直接把内部电话和我接通，他那边两个话筒反扣就行了。

我真后悔，当初没有坚持劝说老叶他们去上海，怕担责任。如果潇潇是我的女儿呢？

林医生放下电话，马上布置护士配药。不一会儿，一位护士举着针筒冲进潇潇的病房。

几分钟后，心电监护仪上的波纹规则了，潇潇的脸也开始泛红。慢慢，她吃力地睁开了眼睛，一看到我，眼睛一亮，断断续续地说："柳叔叔，我坚强不坚强？"

我连连点头："坚强，坚强！"努力不让自己眼泪流下来，我心里非常明白，这一针下去，效果是非常有限的。

"那你答应我的，带我去看金色的北京，金色的天安门。"

“对对对，金色的天安门，叔叔马上带你去。”我抓住她的小手，急切地说。

“好的，爸爸妈妈也去，还有梁阿姨、肖阿姨。”

荣老师努力不让自己哭出声来，肖进在一边轻声安慰着她。

小湘轻声问林医生：“能不能马上叫辆救护车，带上救护设备，去趟天安门广场。”

林医生看李医生，李医生点了点头。

林医生看主任，主任说：“我去请示一下医院领导。”

小湘对潇潇说：“去要车了，我们都去天安门。”

潇潇笑了。

这时，心电仪的曲线又开始杂乱起来。

主任进来急切地说：“我直接请示了院长，车就过来。”

我对潇潇说：“潇潇，咱马上就走，车来了。”

潇潇张了张嘴但没有声音。监护仪上的波纹越来越微弱。

我心都跳到嗓子眼了，又不敢大声，急忙呼喊：“潇潇，潇潇。”

忽然，梁小湘说，心电仪又动起来了。

潇潇睁开眼，眯着看我，呢喃了一句。

小湘马上把耳朵凑到潇潇嘴边：“潇潇，你说什么？”

潇潇又吃力地呢喃一句。

小湘吃惊地看我：“她说柳叔叔头上有金色的天安门。”

都看我，我一惊：我头上？

我马上取下军帽，哦，帽徽里有个天安门的图案，确确实实是金色的。

我赶紧把帽子放到潇潇眼前，急切地说：“潇潇，你看，金色的天安门。梁阿姨、肖阿姨、林医生，还有你爸爸和他的战友们，头上都有一个金色的天安门。”

潇潇笑了，笑得无比灿烂。

荣老师已经轻轻抽泣起来。我发现，心电仪上的曲线已经拉直。

潇潇的脸上依然是灿烂的笑容。

都想大哭一声，又都忍住。仿佛大家都商量好的一样，只是轻轻地抽泣，生怕惊动了潇潇的笑容。

·作者简介·

陆颖墨，男，1963年生，江苏常州人，当代军旅作家。1987年在《当代》发表小说处女作。著有《海军往事》《寻找我的海魂衫》《白手绢，黑飘带》《中国月亮》《远岛之光》《军港之夜》等。小说《礁盘》2008年收入湘教版小学语文六年级课文。小说《小岛》收入2019年全国统编五年级语文课文。曾获第五届鲁迅文学奖等多种奖项。